LE CŒUR EN EXIL

LEONA BLAIR

LE CŒUR EN EXIL

PRESSES DE LA CITÉ

Titre original :
PRIVILEGE

Traduction française de Pascale DEBROCK

Publié avec l'accord de Bantam Book, Inc., New York

ISBN 2-258-01901-X

LIVRE I

CHAPITRE 1

Paris, avril 1914

— Emma ! Réveille-toi, je t'apporte ton lait, cria son père du fond de la boutique.

Dans son rêve, ses cheveux étaient dorés et soyeux et non châtain foncé, et ses yeux gris devenaient bleu ciel comme le sont toujours ceux des princesses. Mais le prince Charmant et son château féerique s'évanouirent. La voix de son père la ramenait brutalement dans le lit de ses parents, dans un quartier de Paris qu'elle ne savait pas encore sordide.

Elle se sentait merveilleusement bien, étendue dans le grand lit. Cette mansarde délabrée était ce qu'il y avait de mieux dans la petite maison obscure. Dans cette chambre, sa mère, avec un accent qui rappelait celui des conquérants allemands, leur avait raconté son enfance dans une ferme en Alsace.

— Mais maintenant, nous allons leur reprendre l'Alsace ! affirmait depuis peu son père.

Là, devant le miroir terni de la vieille armoire, Emma s'était vue grandir et avait appris à se retirer de l'univers bruyant et surpeuplé qui l'entourait pour se plonger dans un monde imaginaire.

— Elle ne veut rien faire et c'est ta faute, se plaignait Sylvie Béquier à son mari. Cette manie de l'appeler Princesse !

— Ferme-la ! Je suis chez moi ici, je l'appellerai comme je veux.

Aujourd'hui, Emma avait de la fièvre et un mal de gorge qui l'empêchait presque de parler, mais il était si agréable de se soigner et de rêver, douillettement installée dans la chambre, pendant que ses sœurs étaient encore à l'école... Les voix des clients qui s'élevaient de la boutique ne la dérangeaient même pas.

Le seul bruit qu'elle avait perçu, avant d'être réveillée par son père, avait été la fine pluie d'avril sur le toit. Maman était allée voir le curé et, en bas, le magasin était désert. Même la turbulente rue Borges, entrecoupée de ruelles obscures peuplées de rats d'égout, était calme à présent. Chacun s'apprêtait à déjeuner puis à sombrer dans une douce torpeur. Emma entendit son père dérouler les stores de bois qui protégeaient sa minuscule épicerie, fermer la porte à clef, puis traverser la cuisine et monter l'escalier avec ses sabots.

Jacques Béquier apparut sur le palier et Emma sourit à l'homme robuste aux joues rouges, à la voix dure et profonde. Il portait une cruche et un pot de lait bouillant. Il lui rendit son sourire.

— Eh bien, Princesse, ça va mieux ?

Elle hocha la tête et s'étira dans le grand lit. C'était merveilleux d'être la préférée de son père. Il s'emportait rarement contre elle et était fier de faire savoir combien les Sœurs trouvaient sa fille intelligente. Il déclarait qu'elle continuerait ses études aussi longtemps qu'elle le désirerait, jusqu'à son mariage si cela lui faisait plaisir.

— J'ai là exactement ce qu'il te faut, ma beauté, dit-il, posant le pot et la cruche sur la table de nuit. Du lait chaud avec de la bourrache, du miel et du beurre, et ta mère a préparé du saindoux pour te frotter la poitrine.

Il s'assit sur le lit, glissa les mains sous les bras d'Emma et la redressa comme une plume. Il dénoua les petits cordons qui attachaient sa chemise de nuit et la lui baissa jusqu'aux épaules. Puis il prit une noix du mélange de la cruche. L'odeur forte de l'huile camphrée et de l'eucalyptus que sa mère avait ajoutés au saindoux était agréable, pensa-t-elle pendant que son père la massait. Elle respira profondément pour laisser la vapeur la soulager.

Puis elle sentit qu'il abaissait encore sa chemise de nuit et que ses seins étaient découverts. Son visage s'empourpra et elle ouvrit les yeux.

— C'est bon, hein ? dit-il, ses mains lui caressant toujours la poitrine. Ça va te faire du bien. Sacré nom de nom, regarde-toi ! Quatorze ans et déjà une femme.

Sa voix était rauque maintenant, et son regard étrange.

Gênée, elle rougit.

— Papa, arrête, tu ne dois pas, dit-elle de sa voix enrouée.

Elle essaya de se recouvrir la poitrine avec sa chemise de nuit.

— Je suis ton père, reste tranquille.

Terrifiée par cet étranger dont les mains énormes et calleuses lui malmenaient les seins, elle se mit à pleurer.

— Bon sang, grommela-t-il du fond de la gorge.

Puis il se leva brutalement et défit sa ceinture. Emma se blottit de peur. Il allait la battre, maintenant ? Qu'avait-elle fait ? Mais ce n'était pas pour cela qu'il l'avait retirée. Son visage le disait quand il s'approcha du lit.

Elle se débattit à son contact mais il la plaqua sur le dos. Un énorme avant-bras lui bloquait la gorge pour l'empêcher de crier et une main gigantesque lui enserrait les poignets. De l'autre main, il arracha la couverture, découvrant ses jambes. La main encore enduite de graisse glissa le long de son corps. Quand il la força à écarter les cuisses, elle essaya de le frapper.

— Calme-toi... Laisse-moi faire..., grogna-t-il, emprisonnant les jambes d'Emma, la touchant là où personne ne l'avait jamais fait auparavant.

Elle pouvait sentir son odeur de transpiration et son haleine avinée.

Puis il la pénétra. Elle restait immobile sous lui, mais quelque chose en elle empêchait Béquier d'aller plus loin, l'excitait et l'encourageait à continuer de plus belle. Quand l'hymen céda, elle hurla de douleur mais personne ne put entendre son cri étouffé, pas même son père qui râlait de plaisir. Puis il poussa un long soupir avant de s'immobiliser, haletant et frissonnant. Emma avait vu des chiens et même des ivrognes faire ça dans les ruelles de la rue Borges et elle sut que c'était terminé.

Il se détacha d'elle et lui tourna le dos pendant qu'il boutonnait son pantalon et remettait sa ceinture. Quand il se retourna, ses yeux évitèrent ceux de sa fille.

— Merde ! murmura-t-il. T'as mis du sang sur les draps.

Il baissa sa chemise de nuit et la lui plaqua entre les jambes au moment même où sa mère frappait à la porte arrière de la boutique. Il se pencha sur elle, le visage collé au sien.

— Pas un mot, sinon je te tue, dit-il d'un air menaçant. Je t'aurai prévenue. Compris ?

Elle acquiesça. Il versa précipitamment le lait, tiède à présent, dans une tasse de fer-blanc, et la lui fourra sous le nez. Le beurre était jaune vif et figé en surface.

— Bois ça, ordonna-t-il. Bois !

Emma lui obéit sans résistance ; le beurre coagulé lui donna la nausée. Elle entendit la voix de sa mère et se remit à sangloter, la poitrine congestionnée, endolorie, le visage trempé de larmes et de transpiration. La jeune fille aurait voulu fuir au plus vite cette chambre désormais horrible, mais elle ne savait où aller.

— Elle a eu un cauchemar à cause de la fièvre, dit son père. Et elle vient d'avoir ses règles, elle a mis du sang sur les draps. Tu devrais rester à la maison et t'occuper d'elle au lieu de prier avec ce con de curé.

Quelques instants plus tard, Sylvie Béquier monta dans la chambre, l'air exténuée, portant une bassine d'eau chaude qu'elle posa derrière un paravent près de la fenêtre.

— Des cauchemars, grommela-t-elle, une grande fille comme toi !

Mais elle vit le visage d'Emma et le lit défait, et ses yeux s'agrandirent. Pendant un instant déchirant, la mère et la fille se regardèrent, puis Sylvie se tourna pour fouiller dans un tiroir. Son visage était sévère quand elle tendit à Emma un chiffon et une chemise de nuit propre.

— Va te laver, dit-elle tout en désignant le paravent, pendant que je change les draps.

— Maman..., sanglota Emma d'une voix si étouffée qu'elle en devenait presque inaudible.

— Calme-toi, dit Sylvie.

Ses mains et sa bouche tremblaient pendant qu'elle défaisait le lit. L'avertissement fut tout à fait clair :

— Pas un mot sur ce qui s'est passé.

Et Emma sut qu'elle se tairait à jamais.

CHAPITRE 2

Octobre 1914

Assise dans le tramway, Emma entendit les marchands de journaux crier : « Ypres, Ypres » et vit les Parisiens s'attrouper autour des kiosques. La guerre ne changeait pas beaucoup sa vie, ni même celle de Paris, depuis que les Allemands avaient été arrêtés sur la Marne en septembre. Il n'y avait ni queue ni rationnement. Le temps était doux et ensoleillé en ce beau jour d'automne et les citadins se promenaient, pêchaient et prenaient le soleil le long de la Seine, comme si la capitale n'avait pas été assiégée quelques semaines plus tôt.

Assis derrière elle, deux soldats ivres s'esclaffèrent :

— Bon Dieu ! Dire qu'il n'y a pas longtemps, les Boches étaient à cinquante kilomètres de là !

Quelques passagers leur sourirent avec indulgence : ivres ou pas, c'étaient les poilus, l'infanterie française. Emma était assise tranquillement, son sac à main serré contre elle, et le tram continuait de rouler dans un bruit de ferraille. Elle devait mener son propre combat et ne croyait plus aux miracles. Emma était consciente du désir constant que son père avait d'elle. Il la prendrait encore s'il en avait l'occasion. Elle faisait attention à ne pas sourire, à ne pas se trouver seule avec lui dans la maison. Ses petites sœurs grimpaient encore dans le baquet de la buanderie, près du poêle, pour prendre un bain une fois par semaine, mais Emma ne voulait pas que son père la voie nue. Aussi se lavait-elle dans une cuvette, dans le noir, lorsque la maisonnée était endormie. Elle avait toujours l'impression d'être souillée et pensait ne plus jamais se sentir propre.

— Vous avez entendu cela, mademoiselle ? lui demanda l'un des soldats avec une allégresse d'ivrogne. Une grande bataille va avoir lieu à Ypres, mais, que diable, vous êtes en sécurité à Paris !

— Et nous sommes justement ici pour vous protéger, ma petite dame, ajouta l'autre poilu.

Il posa une main sur l'épaule d'Emma et se retourna pour la regarder.

— Laissez-moi tranquille, je ne suis pas votre petite dame, dit-elle, dégoûtée par le contact de sa main et la puanteur de son haleine. Fichez-moi la paix.

Le tram approchait d'un arrêt et Emma descendit précipitamment, bien quelle fût encore assez loin de sa destination. Elle sentit les doux rayons du soleil d'automne sur son visage et esquissa un sourire tout en marchant.

On parlait souvent d'elle comme d'une jolie fille, mais il aurait été plus exact de dire qu'elle ne passait jamais inaperçue. Son maintien et la sobriété de ses mouvements étaient plutôt rares chez les jeunes filles de son âge et ses yeux gris semblaient cacher tout ce qu'elle ressentait par un regard direct et souvent déconcertant. Ses cheveux épais et châtains étaient retenus par un ruban noir et le chapeau légèrement défraîchi qu'elle portait ombrait un front haut. Son menton décidé tranchait sur l'ovale parfait de son visage.

— Tu as l'air si sévère en ce moment ! lui avait dit sœur Marie-Angélique d'un ton affligé.

Mais sœur Marie-Angélique ignorait tout de la honte et de la douleur d'être une femme. Elle n'avait jamais senti la chair rigide d'un homme s'enfoncer sauvagement en elle et la déchirer. Chaque jour, les Sœurs sortaient de leur couvent pour instruire les filles de la paroisse qui arrêtaient leurs cours quand leurs parents décidaient qu'il était temps pour elles de gagner leur pain. Le père d'Emma ne clamait plus partout que sa fille préférée pouvait rester à l'école aussi longtemps qu'elle le voulait. A présent, il exigeait qu'elle travaille à la boutique avec lui.

— Je m'enfuirai si je dois travailler dans ce magasin, avait déclaré Emma à la Sœur.

— Mon enfant, tu dois obéir à ton père. Il a besoin de toi pour l'aider aux frais du ménage.

— Non ! Je m'enfuirai, je le jure sur la Vierge, ou bien je me pendrai.

Grâce à la religieuse, alarmée par tant de véhémence, Emma se rendait aujourd'hui à la célèbre maison de haute couture Thiboux, où la nièce de sœur Marie-Angélique dirigeait l'atelier de couture.

— Les heures seront longues, lui avait dit la religieuse, et le travail est difficile. Mais tu feras ton apprentissage du monde, ma petite Emma. Tu ne t'es jamais éloignée de la sécurité de ton foyer. Tu dois prier la Sainte Vierge pour qu'elle te garde pure.

Tout en parlant, la religieuse caressait les cheveux d'Emma.

— Tu es si intelligente ! J'aurais aimé continuer à t'instruire.

« Ce ne sont pas les cours qui me libéreront, pensait Emma en remontant une large avenue, mais l'argent. » Elle regardait avec émerveillement les grandes maisons de pierre au milieu de parcs verdoyants, derrière leurs grilles de fer, et elle priait, non pour sa pureté déjà perdue, mais avec l'espoir qu'un jour elle fuirait la rue Borges pour une maison comme celles-ci.

Elle sonna à la porte d'un bâtiment que rien ne distinguait d'une résidence privée. Une domestique en uniforme la réprimanda sévèrement et la renvoya à l'entrée de service. Sa robe de serge noire, soigneusement repassée, lui parut encore plus miteuse quand elle vit Mlle Hortense, la nièce de sœur Marie-Angélique. Mlle Hortense, une femme aux formes plantureuses et aux sourcils arqués qui lui donnaient l'air d'être constamment étonnée, était très élégamment vêtue d'une robe de taffetas noir ornée de ruchés d'organdi blanc.

— Vous pouvez commencer aujourd'hui, déclara-t-elle d'un ton sceptique mais pas hostile, et nous verrons si vous nous convenez. Nous sommes déjà débordées par les collections d'été. Qui penserait que nous sommes en guerre ?

Sur ce, Mlle Hortense s'en alla, faisant froufrouter sa robe.

Le travail d'Emma consistait d'abord à nettoyer le plancher et à étaler de la mousseline pour protéger les beaux tissus de soie et de satin pendant que les couturières s'activaient à leur confection. Puis elle devait rassembler tous les boutons et toutes les agrafes, plumes, perles et paillettes restant sur les machines à coudre ou tombés par terre. Elle devait travailler dans le silence et avec discrétion, comme le lui avait recommandé Mlle Hortense, car Mme Thiboux ne tolérait aucun bruit. Puis Emma devait trier les différents ornements et les ranger en vue d'une prochaine réutilisation, mettant les boutons et les perles d'une même couleur dans les casiers appropriés. Enfin, elle devait ramasser les restes de tissus de tous les ateliers de confection, plier ceux de plus d'un mètre de long, assortir les autres bouts d'étoffe selon leurs tailles et porter les lourdes balles au chiffonnier quand il passait. Mme Thiboux, semblait-il, était fanatiquement opposée à tout gâchis. Par la suite, Emma devrait aussi apporter des rafraîchissements aux clientes dans les salons d'essayage, « mais pas aujourd'hui », avait décrété Mlle Hortense. « Si vous êtes engagée, il vous faudra porter un uniforme. »

A la fin de la journée, elle était épuisée mais peu pressée de rentrer chez elle. Elle s'approcha avec appréhension de Mlle Hortense pour lui demander si elle avait été engagée.

— Oui, oui, vous faites l'affaire, Marie-Angélique avait raison. Vous devrez être ici à 7 heures tous les matins. Tenez.

Mlle Hortense sortit un uniforme noir de la penderie où les couturières accrochaient leurs blouses et le tendit à Emma.

— Vous porterez cela quand vous travaillerez, ainsi qu'un bonnet et un tablier quand vous servirez dans les salons d'essayage. Vous devrez laver votre uniforme une fois par semaine et observer une hygiène très rigoureuse. Et il ne faut jamais manger d'ail. Mme Thiboux n'admettrait pas qu'une personne nauséabonde serve ses clientes. C'est tout pour aujourd'hui, vous pouvez partir. Eh bien, qu'est-ce qu'il y a encore ?

— Je me lave tous les jours, objecta Emma, le visage cramoisi. Je ne suis pas nausé... ce que vous avez dit.

— Allons donc, qui a dit que vous l'étiez ? Ces instructions sont valables pour tous ceux qui travaillent ici. Mme Thiboux est *intraitable* sur ce sujet. Maintenant filez, ma fille, j'ai à faire.

Emma s'en alla, des larmes de honte aux yeux. On l'avait traitée comme une paysanne sale et ignorante parce qu'elle était pauvre. Elle n'y retournerait pas ! Mais à l'instant où elle allait quitter la belle avenue, elle sut qu'elle serait là le lendemain matin. Thiboux l'éloignerait de son père six jours par semaine, du matin très tôt jusqu'au souper, heure à laquelle sa mère et ses sœurs étaient toujours à la maison. Et sœur Marie-Angélique avait promis de lui apprendre l'anglais en lisant la Bible avec elle le dimanche après la messe.

Elle monta dans le tram tout en faisant de rapides calculs. Elle gagnerait soixante-quinze sous par jour — les soldats au front n'en recevaient que cinq —, et après avoir économisé assez pour se payer une nouvelle paire de chaussures, elle achèterait quelques coupons de tissu chez Thiboux et se ferait un tailleur décent pour l'hiver. Elle détestait coudre, bien qu'elle fût assez habile aux travaux d'aiguille, mais plus jamais personne ne penserait qu'elle était sotte et qu'elle sentait mauvais.

— Où étais-tu toute la journée ? grogna son père.

Elle ne lui répondit pas.

— Sœur Marie-Angélique lui a trouvé une bonne place chez sa nièce dans une maison de haute couture, répondit sa mère. Mets la table, Emma, je redescends tout de suite.

— Sœur Marie-Angélique, marmonna-t-il tandis que sa femme disparaissait dans l'escalier.

Même Jacques Béquier n'osait mettre en doute la sagesse de l'Église.

— Qu'est-ce qu'elle sait, ta sœur Marie-Angélique ? Tu vas travailler avec un troupeau de débauchées.

Les yeux déjà alourdis par le vin, il vit le corps d'Emma se raidir.

CHAPITRE 3

Au bout d'une semaine, Emma travaillait sans même penser à ce qu'elle faisait. La redoutable Mme Thiboux n'apparaissait jamais. Emma se sentit vite à l'aise avec les autres femmes qui papotaient gaiement tout en actionnant les pédales de leurs machines. Leurs commérages portaient sur les riches clientes, leurs maris, leurs amants, leurs voyages, leurs soirées et leurs rendez-vous galants. Emma trouvait tout cela merveilleux. Seule une innocente comme sœur Marie-Angélique pouvait qualifier de perverse une telle existence. De toute façon, il valait mieux vivre dans l'opulence que dans la pauvreté.

A la fin de l'année, Emma lisait régulièrement les colonnes du *Gaulois*. Elle savait qui donnait les meilleures réceptions, qui avait changé d'amant ou était partie à la campagne pour une « cure », ce qui signifiait généralement un avortement. Toute la journée, la jeune fille écoutait des histoires scandaleuses sur les épouses et les maîtresses des hommes les plus puissants de France. Avec Clotilde et les autres apprenties, elle se moquait de la facilité avec laquelle une femme intelligente pouvait manipuler les hommes.

Les belles clientes de Thiboux intimidaient Emma. Elle les regardait se déplacer nonchalamment dans leurs somptueux dessous tandis qu'elle leur servait des tisanes dans les salons d'essayage. Les douces senteurs des savons et des parfums embaumaient l'air.

Pour Emma, ces épouses et ces maîtresses s'apparentaient aux déesses, superbes et parfaitement insouciantes. Elles ignoraient les interdits de l'Église sur la fornication et l'adultère, sans l'ombre d'un remords. Emma comprit rapidement que le sexe était un jeu pour ces femmes ; elles utilisaient leurs pouvoirs pour ensorceler les hommes. C'était leur seule arme, conclut-elle avec dégoût.

— Il va de soi, dit une des filles tout en observant l'expression d'Emma, que quand un homme pense à une femme, c'est d'abord avec son sexe. Celles qui ne savent pas en tirer parti sont des idiotes.

Le gratin de la société française semblait consacrer la plupart de son temps au renouvellement constant de sa garde-robe, puis à la chasse, aux croisières et au jeu. Mais le sexe était le passe-temps préféré et, à Paris, les occasions ne manquaient pas.

— Je ne vois pas pourquoi les hommes se marient, objecta Emma.

Elle s'était accoutumée aux rires que suscitaient presque toutes ses remarques.

— Pour avoir des enfants, petite ignorante. Après avoir conçu quelques héritiers pour sauvegarder leur titre et leurs biens, ils en profitent. Leurs épouses aussi, bien sûr, mais bien plus discrètement.

— Il faut comprendre, Emma, qu'un galant homme a des relations très sérieuses avec sa maîtresse. Il l'installe dans une maison et lui achète une luxueuse garde-robe. Il préfère inviter ses amis chez elle plutôt que chez son épouse ; c'est tellement plus gai !

Au grand étonnement d'Emma, n'importe quelle fille semblait pouvoir devenir la maîtresse de ces hommes. Il suffisait d'avoir un joli visage et un corps désirable pour être d'un seul coup très riche.

— Tu ferais une maîtresse parfaite, Emma.

Les joues de la jeune fille s'empourprèrent, ce qui provoqua l'hilarité générale.

— Mais oui, tu es très chic dans ton nouvel ensemble. Quelles jolies formes ! Mais tu es bien trop sombre, ma petite. Tiens, mets une fleur rouge sur ton corsage. Tu pourrais avoir un amant (Clotilde claqua des doigts) comme ça !

Emma se retira dans la pièce où se trouvaient les rouleaux de tissu pour trier les coupons restants. Elle ne voulait pas suivre les conseils de ses collègues. Cependant, elle croyait tout ce qu'elles venaient de lui dire. Ces femmes désabusées avaient toujours fait preuve d'une grande gentillesse à son égard. Elles l'avaient aidée à choisir le tissu de son ensemble noir, tout en vantant ses talents de couturière. Mais Emma attendait autre chose de la vie. Ces femmes travaillaient ici pour un salaire inférieur à ce qu'elles auraient gagné dans une usine parce qu'elles avaient la possibilité d'acheter les restes de tissu pour se confectionner des vêtements. Emma se rendit bientôt compte que le lien étroit qui les rattachait au monde de la belle société les asservissait complètement. Elles n'éprouveraient jamais le plaisir de posséder une luxueuse garde-robe, une belle maison, ou de déguster des mets de qualité ; elles ne connaissaient que la splendeur reflétée par les riches clientes, ce qui rendait leur existence un peu moins monotone.

Emma voulait vivre différemment. Pour réussir dans l'industrie de la mode, il fallait beaucoup de talent et un patron fortuné pour avancer les capitaux. Emma avait du goût mais pas assez d'imagination pour un tel métier. De plus, elle détestait coudre, alors pourquoi travailler durement pendant cinq ans pour finir couturière ? Si Emma restait là, elle ne pourrait jamais quitter la rue Borges, à moins de se marier. L'idée même du mariage la dégoûtait.

Dans la rue, les hommes se retournaient sur son passage, mais son attitude sévère les décourageait. Emma avait seize ans à présent. Un peu plus grande que la moyenne, elle avait une certaine élégance dans les tailleurs qu'elle s'était confectionnés. Ses vieilles chaussures lui faisaient mal aux pieds, mais elle refusait d'en changer pour le moment. Emma avait d'autres projets en tête qui nécessitaient chaque sou qu'elle pourrait économiser ; elle serait secrétaire !

Elle porterait sa jupe et son corsage toute la journée et non le vêtement sombre et informe de rigueur chez Thiboux. Assise à son bureau, elle taperait des lettres importantes pour des hommes d'affaires pendant qu'une autre laverait par terre. Et puis, les patrons étaient des gens sérieux ; rien à voir avec la brutalité des pauvres ou le vice des nobles. Tout le monde chez Thiboux pensait que le travail de bureau était monotone et bourgeois, aussi Emma confia-t-elle ses projets à sœur Marie-Angélique.

— Nous vivons une époque tellement différente, mon enfant ! soupira la religieuse. Comme il n'y a plus d'hommes à marier, les filles doivent gagner leur vie. Où cela nous mènera-t-il ? Que deviendront toutes ces femmes sans mari ?

Emma n'avait pas le temps de s'en préoccuper. La guerre qui avait éclaté deux ans plus tôt était une réalité lointaine pour la jeune fille. Cependant, à Paris, on voyait de plus en plus de femmes exercer des métiers masculins. Le réseau de tranchées boueuses qui s'étendait de la frontière suisse jusqu'à la côte belge était appelé le Front occidental ; mais les soldats, vêtus à présent d'uniformes bleu clair, moins voyants que les pantalons rouges, l'appelaient le « hachoir ».

Des dizaines de milliers d'ouvriers, de fermiers, d'employés et de vendeurs avaient déjà péri. Les journaux qu'Emma ramassait dans les salons d'essayage croulaient sous les offres d'emploi. Les sténodactylos étaient très demandées. « Les femmes sont invitées à se présenter. » « Cordialement », ajoutaient même certains journaux. Il existait des écoles spécialisées dans ce domaine. Emma en avait déjà choisi une. Dans un mois, elle aurait économisé assez pour les frais d'inscription ; par la suite, son salaire lui permettrait d'assister aux cours du soir.

Quand on lui donna ses gages, fin juillet 1916, Emma s'enferma dans les toilettes de Thiboux et mit les pièces dans la bourse de cuir qu'elle portait toujours autour de la taille, même pendant son sommeil. Elle avait juste assez d'argent pour commencer. Oubliant son mal aux pieds, la jeune fille courut prendre le tram, plus heureuse qu'elle ne l'avait jamais été durant ces deux dernières années.

Arrivée chez elle, Emma vit son père à travers la vitrine de la boutique ; elle entra dans la maison par la porte de derrière, et appela sa mère pour s'assurer de sa présence. Après s'être déshabillée dans la lingerie, elle rangea soigneusement ses vêtements, enfila une robe de coton et un tablier, puis se rendit au magasin en passant par la cuisine. Jacques Béquier exigeait de sa fille qu'elle l'aide autant que possible. « C'est pour gagner ton pain », grommelait-il, mais il voulait surtout la lorgner à son aise.

Béquier était en train de peser des oignons tout en parlant de la bataille qui faisait rage sur la Somme. Emma ignora son père. Elle râpa du gruyère et enveloppa deux œufs dans un morceau de journal pour un client. Une fois le magasin vide, la jeune fille se mit à essuyer le comptoir. Il y eut un moment de silence, interrompu par Jacques Béquier.

— Qu'est-ce que t'as aux jambes ? Tu marches comme un cheval boiteux.

— Mes chaussures sont trop petites, répondit Emma sans lever les yeux.

Elle s'éloigna du comptoir et recula vers l'angle obscur de la pièce, près des barils de harengs.

Béquier sortit de l'argent de la caisse.

— Viens ici, voilà des sous pour des chaussures neuves.

Comme sa fille n'approchait toujours pas, il les déposa sur le comptoir. Emma hésita avant de s'avancer rapidement et de s'emparer de l'argent.

— Tu vois ? dit-il d'un ton cajoleur. Je te donne tout ce que tu veux. Tu es toujours ma princesse. Viens embrasser ton vieux père.

Il attendit mais elle s'était de nouveau retirée dans l'ombre.

— Je suis ton père, reprit-il d'une voix douce et persuasive. Je n'avais pas l'intention de te faire du mal. Je voulais juste faire ton éducation.

Il fit un pas en avant.

— Sois gentille avec moi, murmura-t-il, ça ne fait pas mal après la première fois, tu verras.

Emma saisit un couteau à découper sur le comptoir.

— Ne m'approche pas. Si tu me touches, je te tue.

La porte de la boutique s'ouvrit. Emma laissa tomber son couteau et se réfugia dans la cuisine.

CHAPITRE 4

COURS DE STÉNODACTYLOGRAPHIE

Les grosses lettres se détachaient au second étage d'un immeuble, boulevard Saint-Michel. En dessous, on pouvait lire : MADEMOISELLE DANIELLE LARCHET, GÉRANTE.

Emma prit un escalier étroit et s'arrêta devant une porte arborant la même inscription. En l'ouvrant, elle entendit le bruit des machines à écrire provenant d'une pièce voisine.

— Asseyez-vous, je vous prie.

La femme qui venait de lui adresser la parole était Danielle Larchet, comme l'indiquait la petite plaque sur son bureau. Elle avait parlé sans tourner la tête, occupée à téléphoner.

Emma resta debout. Sœur Marie-Angélique lui avait appris à ne pas s'asseoir en présence de supérieurs. Danielle Larchet était une femme très maigre, tirée à quatre épingles. Ses cheveux, qu'elle coiffait en chignon, étaient tellement tirés que la peau de son visage semblait se soulever aux tempes. Elle portait des boucles d'oreille de jais. Un trousseau de clés pendait à sa taille et lui donnait l'allure d'une gardienne de cachot. Mme Larchet se tourna enfin vers Emma, révélant de petits yeux noirs sur un visage ingrat, ridé autour de la bouche. A part ses boucles d'oreilles, sa seule parure était un médaillon cerclé d'or en émail noir, épinglé sur son corsage amidonné.

— Que puis-je faire pour vous, mademoiselle ?...

Elle s'assit à son bureau, attendant des présentations.

— Béquier, Emma Anne. J'aimerais m'inscrire aux cours de sténodactylographie, madame.

Danielle Larchet observa la jeune fille. Elle avait l'air très jeune et trop pauvre pour se payer un repas décent. Son tailleur gris bien coupé dans un tissu de bonne qualité contrastait avec son sac à main défraîchi et ses gants reprisés. Cependant, le col et les poignets blancs de son corsage étaient impeccables. Ses cheveux brillants étaient remontés sous un petit canotier garni d'un ruban noir et blanc et elle portait des chaussures neuves. Son visage, aux traits fins et décidés, exprimait l'intelligence. Danielle fut conquise par ses grands yeux gris, mais un homme aurait certainement d'abord remarqué sa bouche ou sa silhouette.

Déroutée par son silence, Emma ouvrit son vieux sac à main.

— J'ai là un mot de mon professeur, commença-t-elle.

Mme Larchet secoua la tête en signe de dénégation.

— Nous ne sommes pas au lycée, dit-elle avec brusquerie. Cette école est ouverte à tous ceux qui veulent s'y inscrire.

— C'est ce que je veux faire, madame, reprit Emma avec ferveur. J'attendais simplement d'avoir économisé assez...

Elle s'arrêta d'un seul coup, tout embarrassée d'avoir mentionné cette question. Une femme bien née ne parlait pas d'argent.

Mme Larchet se demandait comment cette jeune fille, visiblement très modeste, avait bien pu obtenir de quoi payer les cours, ainsi que son tailleur et ses chaussures. Emma Béquier était vraiment très belle en dépit de sa minceur et de son teint pâle. Un instant, Mme Larchet douta de sa moralité, mais rejeta aussitôt cette idée. Ce n'était pas le genre de fille à vendre son corps aux militaires. Une sorte de beauté intérieure émanait de sa personne.

— Asseyez-vous, je vous prie, mademoiselle. Parlons des cours à présent.

— Je suis prête à payer toutes les semaines, dit Emma après s'être assise.

— Et les frais d'inscription.

— J'ai l'argent avec moi, annonça Emma avec fierté. Vingt francs comme l'indiquait *le Figaro*.

— Ah, mais voyez-vous... les frais d'inscription ont augmenté.

Emma blêmit.

— Ce n'est pas possible, dit-elle en secouant la tête.

— Je vous assure que si, murmura Mme Larchet, soudain honteuse.

— Je ne peux pas payer davantage. C'est tout ce que j'ai.

— Dans ce cas... je regrette... Il vous faudra attendre.

— Non ! fit Emma en se tournant, ses beaux yeux gris remplis de larmes. Je ne peux pas. J'ai déjà attendu trop longtemps. Vous ne comprenez pas.

La jeune fille n'était pas simplement ambitieuse, elle était désespérée. Danielle Larchet fut émue par son chagrin.

— Mademoiselle...

Comme la jeune fille ne répondait pas, elle ajouta :

— Emma, écoutez-moi. J'accepte l'argent que vous avez apporté, cela suffira pour commencer. Mais il faudra payer vos cours d'ici à la fin de la semaine.

Emma hocha la tête en souriant, l'air radieux. « Un sourire dévastateur », pensa Danielle.

— A présent, il faut remplir ce formulaire, reprit-elle, en essayant d'être plus formelle. Votre premier cours commencera lundi soir à 8 heures précises.

Tandis que la jeune fille écrivait son nom et son adresse, Mme Larchet se demanda ce qui avait bien pu la pousser à enfreindre son règlement. Faire la charité aux jeunes filles pauvres était plutôt l'apanage de femmes mieux nanties qu'elle. Elle avait enterré un mari rustre et avare un an plus tôt, mais Emma Béquier, à la fois si déterminée et si vulnérable, l'avait profondément touchée.

Elle lut la carte qu'Emma venait de lui tendre.

— Très bien, tout est en ordre.

Mais Danielle connaissait la rue de la Pompe et savait que cette fille misérable n'y avait jamais habité, à part peut-être comme servante.

— Au revoir, mademoiselle, dit Danielle. A lundi.

— Merci, madame Larchet. Jamais je n'oublierai ce que vous avez fait pour moi.

— N'en parlons plus, je vous prie.

— Très bien, madame, dit Emma avec un grand sourire. Mais je ne l'oublierai jamais.

Elle resta debout un instant, puis referma la porte derrière elle.

Danielle Larchet caressa ses cheveux tirés, son nez proéminent et sa grande bouche aux lèvres trop fines. Puis elle secoua la tête et retourna à ses papiers.

CHAPITRE 5

— Non, dit Emma avec fermeté. Je ne veux pas.

Elle fixait l'assiette de soupe qu'elle n'avait pas touchée. Ses sœurs s'arrêtèrent de manger, se demandant combien de temps il faudrait à leur père pour la punir. Emma était assise à côté de lui ; il tenait à ce qu'elle occupe toujours cette place.

— Tu feras ce que je te dis, ordonna-t-il en avalant bruyamment sa soupe. Tu as plus de seize ans. T'as reçu trop d'instruction au départ. Regarde ce que t'es devenue. J' veux pas que tu traînes dans les rues à n'importe quelle heure. Tu travailleras à la boutique.

— Non, répéta Emma.

Un cafard avançait le long de la table. En l'apercevant, elle eut un haut-le-cœur :

Emma sentit que son père la regardait avec ce sourire cruel qui précédait toujours ses explosions de colère.

— Ainsi, mademoiselle la princesse espère vivre ici gratuitement tout en faisant ce qu'il lui plaît, c'est ça ?

Il tendit la main pour lui caresser la tête mais elle l'évita aussitôt.

— Quand j'aurai terminé mes cours, je trouverai un vrai travail dans un bureau.

— Et l'argent pour les cours ? Où vas-tu le trouver ? cria-t-il en lui secouant le bras.

— J'ai économisé pour payer les frais d'inscription. Je travaillerai de la même façon pour gagner le reste.

Jacques Béquier donna un coup de poing sur la table.

— Tu aurais dû travailler ici, pour moi ! Chaque sou que tu gagnes m'appartient et tu vas me les donner tout de suite.

— Va au diable. J'ai déjà payé les frais d'inscription et on ne me les remboursera pas. Je commence lundi soir.

Les mains de Jacques Béquier se dirigèrent vers la boucle de sa ceinture.

— Petite garce, tu auras du mal à marcher quand j'en aurai fini avec toi.

Emma leva la tête et il s'arrêta. Le regard de sa fille était chargé de mépris et de haine.

— Espèce de diablesse ! murmura-t-il.

Il alla dans la boutique pour prendre deux bouteilles de vin rouge.

— C'est moi qui commande ! A partir d'aujourd'hui, tu paieras pour rester ici, t'as compris ? cria-t-il en claquant la porte derrière lui.

Le silence se fit dans la cuisine.

— Marie, Babette, il y a du ménage et du repassage à faire, ordonna Sylvie Béquier.

Sans rien dire, elle versa un verre de vin à sa fille aînée mais l'odeur écœurante du vin rouge dégoûtait Emma, qui refusa de boire.

— Il faudra que tu le paies, murmura Sylvie en faisant la vaisselle.

— J'ai besoin de tout mon argent, il le sait très bien ! S'il continue à vouloir m'empêcher de suivre mes cours, j'irai tout raconter au curé. Je le dirai aussi à sœur Marie-Angélique.

Sylvie secoua la tête, les lèvres soudain très pâles.

— Pourquoi habites-tu avec lui ? Comment peux-tu dormir dans le même lit que ce porc ?

Les épaules de Sylvie se mirent à trembler.

— Je suis sa femme. C'est mon devoir.

— Qui dit cela ?

— Le curé.

— Ce vieil homme en robe ! Qu'est-ce qu'il y connaît ?

— Je ne vois pas de quoi tu parles. Calme-toi, pour l'amour de Dieu !

— Je ne veux pas me calmer. Je te méprise autant que lui.

Babette fit irruption dans la cuisine pour prendre un seau d'eau chaude. Son regard alla de sa mère à Emma.

— Il va te battre, dit-elle à sa sœur avec indifférence.

— Prends le seau et va-t'en, lui ordonna Sylvie.

— Il le fera, princesse ou pas, insista Babette.

— Fous le camp, petite garce ! cria Emma.

Babette partie, Emma se tourna vers sa mère.

— Tu as de l'argent caché dans ta chambre... Je n'ai besoin que d'une pièce d'or, ajouta-t-elle avec précipitation en voyant Sylvie secouer la tête. Ça paiera mes cours et je pourrai lui donner ce qu'il demande pour son toit pourri. Quand j'aurai un travail, je le rembourserai. Je dois m'en aller d'ici, sans ça je le tuerai. Je le jure. Et tout le monde saura. Si tu ne me la donnes pas, je la prendrai moi-même. Je prendrai tout et je m'enfuirai.

Sylvie s'essuya les mains sur son tablier.

— Viens avec moi, mais ne fais pas de bruit.

Dans sa chambre, elle alluma la lampe et, après avoir sorti une longue paire de ciseaux pointus de son panier à ouvrage, roula le matelas du lit dont elle décousit soigneusement un des coins pour en extraire une petite bourse. Elle l'ouvrit et Emma sursauta en découvrant les napoléons d'or.

— Comment as-tu pu en avoir autant ?

— Nous les avons économisés depuis le jour de notre mariage.

— Mais il y en aurait assez pour qu'on puisse tous partir d'ici. A quoi sert l'argent, sinon ?

— C'est pour la guerre et les maladies.

Sylvie tendit un napoléon à sa fille, qui reçut la petite pièce d'or comme une bénédiction.

— Maintenant, donne-moi mon aiguille, dit Sylvie.

Emma regarda sa mère recoudre le matelas, puis remettre les draps bien en place. La jeune fille éprouva une soudaine compassion pour cette mère aux mains usées par le travail.

— Maman..., commença-t-elle.

Sa voix trahissait un besoin très fort d'être aimée. Mais sa mère secoua la tête.

— C'est tout ce que je peux te donner. Plus un mot à ce sujet.

— Oui, maman, dit Emma avec amertume.

Son silence venait d'être acheté. Le marché était conclu.

CHAPITRE 6

Février 1917

Emma se levait à 5 heures tous les matins pour quitter la maison avant le réveil de son père. Elle continuait de l'éviter mais ce n'était plus l'enfant impuissante d'autrefois, ni la jeune fille timide de chez Thiboux. Depuis trois mois, elle travaillait comme secrétaire chez Saxon-Vaillant, banquiers d'affaires.

Saxon-Vaillant n'ouvrait pas ses portes avant 8 heures mais Emma prenait toujours un café au lait et une tartine beurrée chez *César*, rue de Rivoli, avant de se rendre à la banque, place Vendôme.

Emma mit de l'eau à chauffer et se rendit aux toilettes, surmontant son dégoût. Après s'être lavée dans la cuisine, attentive aux moindres bruits, elle s'habilla rapidement d'un tailleur bleu marine. Clotilde lui achetait toujours du tissu chez Thiboux et Emma s'était confectionné un nouvel ensemble et trois corsages. Aujourd'hui, elle avait mis son chemisier de coton blanc et une cravate de taffetas rayée marine et rouge. Elle portait des gants noirs et s'était déniché un sac à main en cuir au marché aux puces. Ses cheveux étaient attachés et une plume rouge ornait son chapeau de feutre marine.

Une fois prête, Emma alla au magasin se faire un sandwich au fromage pour son déjeuner. Elle s'enveloppa dans un châle et sortit rapidement par la porte de derrière. Elle remonta la rue Borges jusqu'au square où se trouvait l'arrêt du tramway, en face de l'église.

Des femmes vêtues de noir, égrenant des rosaires, entraient dans l'église. En cette troisième année de guerre, presque toutes les familles étaient en deuil. La situation ne s'améliorait pas. Les poilus de retour du front étaient révoltés par la joie de vivre qui régnait dans la capitale. Le fils du boucher et le neveu du cordonnier avaient même parlé de mutineries.

Emma pensait qu'ils avaient raison de se plaindre. Cependant elle ne se sentait pas directement concernée par la guerre. La jeune fille avait étudié sans relâche au Cours Larchet et Danielle l'avait aidée à devenir une sténodactylo accomplie en un temps record.

Mme Larchet, qui attachait beaucoup d'importance à sa vie privée, gardait une certaine distance entre elles, mais elle était cependant la seule amie d'Emma. Sœur Marie-Angélique était l'amie de tout le monde et, à part Clotilde, Emma ne voyait plus personne de chez Thiboux. La jeune fille écoutait avec attention les leçons de savoir-vivre de Danielle, de même que ses conseils pour réussir dans le monde des affaires, hostile aux femmes.

— Il faut perfectionner ton anglais commercial, et avant tout, lui conseilla Mme Larchet avant son premier rendez-vous, tu dois faire bonne impression. Il vaut mieux posséder deux corsages de bonne qualité qu'une douzaine qui fassent trop bon marché. Ne sois jamais aguichante ! Certains patrons pensent que le fait d'avoir engagé une secrétaire leur donne le droit de coucher avec elle. De toute façon, ils essaient toujours.

Cet avertissement ne surprit pas Emma après tout ce qu'elle avait entendu chez Thiboux. Elle buvait les paroles de Danielle, déterminée à travailler dans un des meilleurs cabinets de Paris. En décembre, juste avant ses dix-sept ans, Saxon-Vaillant l'engagea pour ses capacités et son anglais courant. Son élégance sobre et naturelle et le sourire qu'elle adressa à son futur patron compensèrent son manque d'expérience.

La banque était privée. Les Vaillant de Paris avaient été unis par les liens du mariage aux Saxon de Londres quatre-vingts ans plus tôt. Trois mois après son engagement,

Emma était toujours impressionnée par son lieu de travail. Cependant, elle avait perdu sa nervosité. A sa grande joie, les autres la traitaient de snob, mais toujours dans son dos. Après tout, Emma était l'assistante du secrétaire privé d'Henri Vaillant.

Le tram arrivait. « Je partirai bientôt d'ici pour de bon, pensait Emma, et personne ne saura jamais que j'ai vécu dans ce quartier sordide. »

A la banque, Emma était distante et polie avec tout le monde. Elle sortait pour déjeuner sur un banc aux Tuileries chaque fois que le temps le lui permettait. Quand il faisait mauvais, elle mangeait dans le vestiaire, tout en lisant un roman anglais, puis elle remontait la rue de Rivoli, s'arrêtant avec envie devant les belles vitrines. Enfin, elle prenait toujours son café chez *César*.

Emma avait décidé de ne pas se faire d'amies parmi ses collègues de travail. Elles ne lui apporteraient rien de nouveau et pouvaient découvrir où elle vivait. La jeune fille avait en effet donné à Saxon-Vaillant la même adresse qu'à Danielle : rue de la Pompe.

De chaque côté de son bureau, situé entre deux fenêtres au bout d'un couloir, se trouvait une porte ; l'une donnait sur le bureau d'Henri Vaillant, l'autre sur celui de François Martin, supérieur direct d'Emma.

Martin sortit de son bureau en portant une pile de papiers. C'était un homme pâle, d'une trentaine d'années, avec une petite moustache, des cheveux bruns et raides et des lunettes cerclées de fer. Martin avait conscience de l'importance de son poste : Henri Vaillant était le directeur de la filiale parisienne et Sir James Saxon, un baronnet, celui de la filiale londonienne.

— M. Vaillant a rédigé les clauses de cette société en anglais, dit François en lui tendant les papiers. Vous pouvez commencer par taper ça.

— Oui, monsieur Martin, acquiesça Emma en lui souriant.

Il laissa tomber son air pincé et lui rendit son sourire.

— Mademoiselle..., commença-t-il en se penchant sur son bureau... Emma ?

— Oui, monsieur, dit-elle en se mettant à taper rapidement.

Elle n'avait pas l'intention de répondre à ses avances. Il recula, embarrassé par son changement d'humeur, et se retira dans son bureau.

— Faites-le aussi vite que possible, ordonna-t-il.

« Je serais certainement plus efficace que toi, si j'avais ton poste », pensa Emma.

Il serait peut-être recruté par l'armée. Les généraux devaient bien avoir besoin de secrétaires pour écrire leurs dépêches. Elle ne voulait pas qu'il se fasse tuer, bien sûr.

L'armée avait engagé son père, mais pas au front, malheureusement. Il travaillait dans un dépôt du service de l'Intendance à la périphérie de Paris et volait presque autant de marchandises qu'il en envoyait aux soldats.

Emma leva la tête. Un lieutenant anglais approchait. Elle devina aussitôt qu'il s'agissait de Julian Saxon, le fils du baronnet londonien. Emma avait entendu les filles dire qu'il s'était marié quelques mois plus tôt, juste avant de venir en France pour son service militaire. Elles l'appelaient « le bel Anglais ». Emma reconnut qu'elle n'avait jamais vu un aussi bel homme.

Il était vraiment très grand et très élégant dans son uniforme. Mais la jeune fille fut surtout frappée par la beauté de son visage et de sa démarche. Ses cheveux épais et noirs étaient coiffés sur le côté. Il avait le front haut, le nez droit, une bouche bien dessinée et le teint pâle.

Son visage était presque trop parfait. Emma pensa qu'il devait être hautain, comme sont supposés l'être les fils de baronnet, mais elle changea d'avis quand elle rencontra l'expression de ses beaux yeux noirs.

Pendant un instant, ils se regardèrent en silence et une lueur brilla dans les yeux du jeune homme puis disparut aussitôt.

— Bonjour, mademoiselle, je suis Julian Saxon. M. Vaillant m'attend, dit-il dans un français sans accent.

— Oui, monsieur. Je vais vous annoncer.

Elle transmit le message au directeur et Saxon disparut dans le bureau de Vaillant.

« Quel homme ! », pensa Emma avec un sentiment d'admiration. Il était très beau mais il y avait autre chose en lui qui la fascinait : son éducation. Il était aristocrate jusqu'au bout des ongles mais totalement différent des ducs et des princes dont elle avait entendu parler chez Thiboux.

Emma attendait avec impatience qu'il sorte du bureau de Vaillant. Cependant, bien que son sourire fût charmant quand il lui souhaita une bonne journée, son attitude était simplement courtoise.

Pendant des semaines, Emma s'habilla et se coiffa encore plus soigneusement que de coutume, espérant son retour. Elle levait la tête chaque fois qu'une silhouette apparaissait au bout du couloir. Assise sur son banc dans les jardins des Tuileries, elle frissonnait à la vue d'un officier anglais et se posait constamment toutes sortes de questions à son sujet. Emma enviait l'épouse de Julian Saxon.

C'était un gentleman et non une brute comme son père, ou un petit employé vieillot comme François Martin, ou même un banquier de la cinquantaine aux regards un peu trop indiscrets, comme Vaillant.

Emma se demandait si Julian Saxon avait une maîtresse ou s'il désirait en avoir une. Mais, le soir, quand elle regagnait la rue Borges, elle savait qu'elle ne pourrait jamais conquérir un homme comme lui. Tout ce qu'elle avait accompli semblait insignifiant désormais, comparé à Julian Saxon et à la vie qu'il menait.

CHAPITRE 7

La visite de Julian Saxon, fin mars, fut aussi imprévue que la précédente. Son beau visage avait vieilli. Ils parlèrent un moment avant qu'Emma annonce sa venue à M. Vaillant. La jeune fille était persuadée qu'il s'arrêterait encore devant son bureau en sortant.

Mais quand la porte s'ouvrit, Vaillant accompagnait le jeune homme. Tous deux allaient probablement déjeuner ensemble dans un grand restaurant. Déçue, elle prit son livre et se rendit aux Tuileries pour prendre son déjeuner en solitaire. De nouveau, elle se demanda s'il avait une maîtresse à Paris et s'il l'emmenait dans la grande maison des Saxon, avenue d'Iéna.

Emma secoua la tête avec impatience. Elle était encore en train de rêver. Avec tant de belles femmes à Paris, comment aurait-elle pu intéresser Julian Saxon ? Il n'éprouverait qu'un sentiment de pitié pour cette pauvre fille des bas quartiers qui travaillait durement pour gagner sa vie et qui avait perdu sa virginité depuis longtemps. Des dessous propres et des vêtements décents ne pouvaient rien y changer.

Elle n'avait pas remarqué que Julian Saxon l'avait suivie depuis la banque. Il se tenait contre un arbre et fumait une cigarette. Cette fille n'avait pas qu'un merveilleux visage et un corps parfait. Du moins, c'est ce qu'il avait pensé en la voyant pour la première fois. Il n'avait cessé de penser à elle au milieu des obus, des gaz et des cris des hommes à l'agonie.

Pourquoi n'était-il pas obsédé par Davina, son épouse, plutôt que par cette grande fille aux yeux gris dont il ignorait jusqu'au nom ? Les femmes ne manquaient pas à Paris ; il n'avait pas besoin de séduire cette secrétaire de Saxon-Vaillant. Pourtant, tout son être la désirait.

Julian Saxon regarda sa montre. Il avait moins d'une heure avant de retourner au front.

Emma avait presque fini de manger quand Julian approcha. Il lui demanda s'il pouvait s'asseoir à son côté. Elle hocha la tête, embarrassée par le morceau de pain qu'elle finissait de manger, essayant de mâcher le plus discrètement possible.

— Vous avez un avantage sur moi, mademoiselle. Je ne connais pas votre nom.

Après avoir avalé sa dernière bouchée et remis ses gants, Emma se présenta puis refusa la cigarette que Julian Saxon lui offrait.

— Aimez-vous travailler à la banque ?

— Oui, beaucoup.

Il sourit tristement.

— Les banques ne sont pas mon fort, dit-il. Dieu sait pourtant s'ils ont essayé de m'y intéresser. J'ai dû me rendre dans presque toutes les filiales que nous possédons : Londres, Paris, l'Allemagne, le Venezuela.

— Mais cela doit être merveilleux de voyager.

— Pas pour moi, j'aime trop Stridings — c'est le nom de notre maison dans le Kent. Si j'ai la chance d'y retourner, j'espère ne plus jamais en partir. Êtes-vous déjà allée en Angleterre, mademoiselle Béquier ?

Elle eut presque envie de rire. Comme si elle en avait eu l'occasion !

— Non, je n'ai jamais quitté Paris.

— C'est une très belle ville, dit-il en regardant autour de lui les larges allées et les arbres bourgeonnants.

Il tira longuement sur sa cigarette. Ses mains aux doigts longs et fins étaient très belles. Son uniforme était impeccable. Emma avait du mal à se le représenter dans les tranchées en train de tuer des Allemands.

Ils allèrent chez *César* prendre un café.

— Parlez-moi de Stridings, dit Emma.

— Je vais vous montrer.

Il sortit son portefeuille et lui tendit une photographie représentant un beau manoir de pierre avec un perron conduisant à une porte d'entrée massive. Emma n'était jamais allée à la campagne mais elle imaginait bien la douce tranquillité qui devait entourer cette demeure. Il lui montra une autre photo : une roseraie en fleurs.

— C'était à ma mère. Elle faisait pousser les plus belles roses d'Angleterre. Il y a aussi un immense parterre et des serres qui descendent jusqu'à la rivière.

Emma espérait voir une photo de sa femme mais il avait déjà rangé son portefeuille. L'horloge du café sonna deux coups.

— Je dois partir, dit-il.

Ils se séparèrent devant chez *César*. Ils avaient conversé en français mais Emma parlait en anglais à présent.

— Repartez-vous au front maintenant ?

Il acquiesça.

— Soyez prudent, dit-elle doucement, cherchant les yeux sombres tandis qu'elle lui tendait la main.

Il la serra un instant et elle sentit la chaleur de sa main à travers son gant. Emma était convaincue qu'il voulait ajouter quelque chose, mais il la relâcha. La jeune fille regagna rapidement la banque, déçue et pensive.

Elle ne connaissait rien des hommes de sa classe. Julian Saxon était énigmatique. Pourtant, son instinct lui disait qu'elle était loin de lui être indifférente. Il l'avait abordée dans le parc et avait passé une heure précieuse à discuter avec elle. Après tout, peut-être l'aristocratie anglaise était-elle vraiment plus civilisée. Elle devrait attendre sa prochaine permission pour savoir s'il voulait d'elle plus qu'une conversation amicale.

Si elle devenait sa maîtresse, son avenir chez Saxon-Vaillant était assuré. Elle obtiendrait facilement le poste de François Martin. Emma imagina l'appartement meublé qu'il lui louerait rue de la Pompe et les belles robes qu'elle porterait quand il viendrait la voir. Le soir, ils dîneraient ensemble au *Fouquet's* ou chez *Maxim's*.

« Idiote ! se dit-elle en arrivant à son bureau. Pourquoi voudrait-il de toi ? »

— Emma ! appela François par la porte ouverte de son bureau.

Elle s'attendait à être réprimandée pour son retard. Mais François était assis à son bureau, le visage blanc comme un linge.

— Que se passe-t-il ?

— J'ai été appelé.

— Mais vous m'aviez dit que vous aviez déjà été appelé et que M. Vaillant avait arrangé les choses.

— Il ne peut rien faire cette fois-ci. Je dois partir. Dans deux semaines.

Il ressemblait à un enfant effrayé.

Emma lui prit la main. Il fallait faire en sorte qu'il la recommande à M. Vaillant pour son poste. Celui-ci savait qu'elle était tout à fait compétente et, visiblement, ne restait pas indifférent à sa beauté.

— Allons, François. Ils ne vont pas mettre un secrétaire myope en première ligne. Vous travaillerez peut-être dans un bureau.

Son visage s'illumina et il étreignit la main d'Emma.

— Vous êtes si bonne avec moi, Emma ! Vous allez me manquer.

— Vous me manquerez aussi.

Sa main était moite.

— M'écrirez-vous ?

— Bien sûr, et je prendrai soin de tous vos dossiers jusqu'à votre retour.

Elle accepta de prendre un verre avec lui après le travail, puis regagna son bureau.

CHAPITRE 8

Emma laissa François l'embrasser une dernière fois dans le bureau sombre et désert. Ses baisers étaient aussi insipides que son personnage, mais pour pouvoir obtenir davantage d'Emma par la suite, il avait persuadé Vaillant qu'elle pouvait prendre son poste jusqu'à son retour.

— Soyez sage, François, pria Emma en sentant sa main lui caresser la poitrine.

— Comment le pourrais-je, alors que vous êtes si belle ? murmura-t-il en l'embrassant. Emma...

Sa main continua d'insister et ses lèvres se collèrent aux siennes. Son haleine sentait l'ail et son costume avait l'odeur de transpiration de ceux qui ne se lavent pas assez. Il la dégoûtait. François Martin n'avait aucune finesse. La situation aurait été différente s'il s'était agi du lieutenant Saxon. C'était probablement cela, l'amour.

— Laissez-moi faire, dit François en essayant de déboutonner son corsage. Il n'y a personne ici. Je vous aime, Emma.

Elle le repoussa.

— Je vous épouserai, Emma.

Sa main se précipita sur sa cuisse et ses doigts s'infiltrèrent sous le bord de son corset. Au contact de ses dessous, il se mit à respirer bruyamment.

— Je vous épouserai pendant ma première permission, je le jure. De toute façon, la guerre finira bientôt, maintenant que les Américains sont là. Ne me repoussez pas, je vous en prie, Emma.

— Cela suffit, François, arrêtez, dit-elle en s'écartant de lui, plus lasse que fâchée.

Il ne serait jamais qu'un petit employé toute sa vie. « Mon corps vaut plus que ce qu'il peut m'apporter en échange », pensa-t-elle.

Elle lui promit de lui écrire et de l'attendre. Une fois seule, elle s'essuya la bouche avec un mouchoir, se brossa les cheveux et rangea son bureau. Elle voulait appeler Danielle pour lui annoncer qu'elle avait le poste. Mais Danielle était à l'école pour les cours du soir.

Son nouveau salaire n'était pas aussi élevé que celui de François et insuffisant pour qu'elle déménage. Emma devait rembourser sa mère et verser de l'argent à son père toutes les semaines pour sa pension. Seul un homme riche pourrait l'enlever de la rue Borges.

Emma ferma son bureau et sortit. Elle s'arrêta devant la banque en voyant Julian Saxon descendre d'un taxi et parler au portier.

— Voilà Mlle Béquier, dit le portier. Peut-être sera-t-elle au courant.

Le lieutenant ne portait pas de chapeau et ses cheveux noirs brillaient dans la lumière. Il s'inclina avec grâce et lui serra la main.

— Je devais retrouver M. Vaillant ici, mais mon train a pris du retard. Savez-vous où il dîne ce soir ?

— Oui, chez *Maxim's*.

Emma aurait préféré ne pas être au courant. Julian Saxon hésita. Ses yeux étaient cachés dans l'ombre ; elle ne pouvait deviner ses pensées. Il la remercia poliment et s'engouffra dans le taxi.

— Le bel Anglais ! dit le portier. Et maintenant, vive les Américains, n'est-ce pas ?

Emma salua le vieil homme et quitta rapidement la place Vendôme pour prendre son tram. Son enthousiasme pour son nouveau travail avait complètement disparu.

Julian Saxon était en permission à Paris et n'avait même pas essayé de la voir ! Tous ses projets lui paraissaient ridicules à présent. Elle resta assise, silencieuse, jusqu'à l'arrêt devant la petite église, puis se dirigea, exténuée, vers la masure qui était censée être son foyer.

CHAPITRE 9

— Emma ! gronda Jacques Béquier.

Après le souper, la jeune fille était allée au square où tout le quartier fêtait l'entrée en guerre des Américains contre l'Allemagne. Elle trouvait cet enthousiasme un peu trop optimiste. Les Américains n'arriveraient peut-être pas à temps pour sauver la France.

Son père l'appela une nouvelle fois. La voix puissante la fit tressaillir. Elle se fraya un chemin à travers la foule, vers la petite boutique qui se prétendait « épicerie fine » alors qu'aucun produit de qualité n'avait jamais garni ses étagères.

— Rentre à la maison, ordonna son père. C'est déjà scandaleux que le vieux pour qui tu travailles t'ait chaque matin sur son bureau en guise de petit déjeuner. Tu ne me feras pas honte sous mon propre toit.

Emma rougit sous l'insulte ; la voix de Jacques Béquier se radoucit.

— Reste près de moi, ma petite beauté. Et quand les Américains seront là, t'approche pas d'eux. T'as entendu ? dit-il en fronçant les sourcils. Ils sont ici pour combattre les Allemands et pas pour déshonorer nos filles.

Il suivit Emma dans la boutique où Marie et Babette nettoyaient le plancher.

— Faites bien attention à ce que je vous ai dit, toutes les trois ! cria-t-il en fixant Emma.

Puis il leur fit signe de s'asseoir dans la cuisine. Sylvie Béquier était en train de coudre.

Il but au goulot une bouteille de vin puis se mit à chanter, priant sa femme et ses filles de l'accompagner. Seule Emma resta silencieuse.

— Béquier ! appela un voisin dans la rue. Viens avec nous.

Il se leva pour sortir, puis se rassit brutalement sur sa chaise. Après un moment de confusion, il se mit à rire stupidement et se laissa conduire dans sa chambre par sa femme. Il cria à ses filles de fermer le magasin et d'aller se coucher.

Une fois dans leurs lits, Babette et Marie ricanèrent en entendant les bruits venant de l'étage.

— Ils font l'amour, dit Babette.

— L'amour ? fit Emma avec mépris. Ils ne savent même pas ce que c'est !

— Toujours à faire la grande dame, renifla Marie. Qu'est-ce que t'en sais, toi qui passes tout ton temps à te faire de beaux vêtements ?

Emma se brossa les cheveux violemment mais ne répondit pas.

— Papa a peut-être raison, insista Marie. T'as peut-être un amant dans ton sale bureau.

— La ferme, petite salope, siffla Emma, retrouvant d'un seul coup le langage de sa rue.

Elle s'enveloppa d'un châle par-dessus sa chemise de nuit et alla dans la boutique. En haut, les ressorts du sommier se mirent à grincer bruyamment.

Emma se boucha les oreilles. Mais il lui était impossible de faire disparaître les odeurs du magasin : un mélange de lait caillé, de fromage trop fait, d'oignon et de vin rouge. Elles pénétraient ses cheveux, ses vêtements et tous les pores de sa peau. Son travail était une véritable bénédiction parce qu'il l'éloignait de ce taudis.

Comme il était loin, le temps où elle avait aimé l'obscurité de la petite maison, où elle était la princesse de son père ! Emma ne pouvait oublier le contact de ses grosses mains, épaisses et poilues. Ce seul souvenir la rendait malade. Maintenant que les Américains étaient entrés en guerre, l'armée ne risquait pas d'envoyer son père au front. Il continuerait de la convoiter chaque fois que son regard se poserait sur elle.

Pendant des semaines, dans le noir, la jeune fille avait rêvé de Julian Saxon, de ses mains propres et gracieuses, de son odeur de savon et d'eau de Cologne. Il n'avait rien à voir avec les garçons de ce quartier sordide. Il était différent de tous les hommes qu'elle avait vus auparavant.

Mais elle n'avait pas le temps de penser à l'amour. Avant tout, il lui fallait assurer son avenir ! Pour quitter cet endroit, Emma devait se marier ou avoir un amant et l'amour n'avait rien à voir avec cela.

Il faudrait peut-être épouser François Martin, qui se servirait de son corps chaque fois qu'il en aurait envie. Cette idée la fit frissonner d'horreur.

Les grincements du lit s'arrêtèrent et les grognements de son père se transformèrent en ronflements. Elle retourna dans la petite cuisine, remplit une bassine d'eau et lava ses dessous.

Dehors, la fête continuait. Emma se demanda si les Américains arriveraient bientôt et à quoi ils pouvaient bien ressembler. M. Vaillant disait qu'ils étaient très gentils, comme de grands enfants. Tout en étendant son linge, la jeune fille se mit à rêver à la vie en Amérique.

Puis elle alla se coucher dans son lit étroit, oubliant les Américains. Elle s'imagina dans les bras de Julian. Ses belles mains la caressaient, ses lèvres se posaient sur sa bouche et leurs deux corps se joignaient. Elle tressaillit de crainte puis de plaisir. Emma se rendit alors compte qu'elle venait de désirer ardemment ce qui la terrifiait le plus.

CHAPITRE 10

Pour la seconde fois de la semaine, Emma s'était offert le luxe d'un café chez *César* avant de rentrer chez elle. La jeune fille était assise à sa table préférée, plongée dans ses pensées. Elle se remémorait le jour où ils étaient venus ici après que Julian l'eut abordée dans le jardin.

Depuis, les mois avaient passé et Emma pensait ne plus jamais le revoir. Pourtant, il était là et semblait la chercher à travers la fumée et le brouhaha du café. Son visage était contracté et il souffrait d'une blessure à la jambe. Il se détendit en la voyant et boita à travers la pièce pour la rejoindre.

— Bonsoir, mademoiselle Béquier. Me permettez-vous de m'asseoir en face de vous ?

Elle acquiesça et il commanda du champagne pour deux.

— Je suis heureux de vous avoir trouvée, lui dit-il.

Emma ne lui demanda même pas pourquoi il la cherchait. Ils éprouvaient tous les deux le même plaisir d'être ensemble. Elle avait prévu d'être gaie et charmante lors de leur prochaine entrevue mais tout ce qu'elle put dire fut :

— Vous êtes capitaine, à présent.

— Seulement parce que tous mes officiers supérieurs ont été tués. Je ne suis pas du genre à crier « Chargez ! » et à conduire vaillamment les hommes à la bataille.

— Pardonnez-moi, vous ne vouliez pas parler de la guerre.

— Cela ne fait rien. Mais je ne devrais pas commander

ces hommes. Je n'ai pas le droit de leur donner l'ordre de mourir ici. Jamais je n'avais pensé aux problèmes de classes auparavant.

Julian Saxon semblait vulnérable. Emma éprouva le désir de le protéger et de le réconforter, mais ce n'était certainement pas le but de sa venue.

— Je vous prie de me pardonner, dit-il en se versant un peu plus de champagne. Je ne sais pas pourquoi je vous ai dit tout cela.

Son sourire le faisait paraître plus jeune que ses vingt-sept ans.

— Si seulement vous aviez pu rester en Angleterre ! dit Emma avec élan. Ils ont besoin de vous pour diriger les fermes du Devon.

Il la regarda avec curiosité. Ce qui l'attirait tant chez cette jeune fille, c'était son manque de prétention.

— Comment le savez-vous ?

— Par M. Vaillant. Il a dit que vous réussissiez très bien dans ce domaine jusqu'à la convalescence de votre père. Tout le monde n'est pas fait pour tuer, vous l'avez dit vous-même. Vous auriez été en sécurité là-bas.

Il fronça les sourcils.

— Ma sécurité n'est pas l'essentiel.

— Non, ce n'est pas ce que je voulais dire.

Emma s'adossa contre sa chaise, découragée. Décidément, elle faisait tout de travers. Julian croyait à présent qu'elle doutait de son courage.

— Je suis constamment inquiète à votre sujet, murmura-t-elle.

Julian lui prit la main et la porta à ses lèvres.

— Emma, il fallait que je vous voie, même si j'avais dû passer tout mon temps à vous chercher. Il fallait que je vous voie ce soir avant de repartir pour le front.

— Je pensais que vous veniez juste d'arriver.

— Non, je suis à Paris depuis trois jours, j'ai essayé de vous éviter.

— Mais pourquoi ?

— C'était la seule chose honorable à faire.

— Je sais si peu de chose de l'honneur !

Julian observa Emma. Elle était vêtue d'un tailleur d'été gris, de la couleur de ses yeux. Son regard se posa sur le chignon qu'il avait envie de défaire, puis sur la bouche qu'il avait déjà embrassée tant de fois en rêve. Il la désirait comme il désirait la paix et les pâturages d'Angleterre. Jamais il n'avait ressenti une passion aussi intense auparavant.

— Je dois partir... le dernier train.

Les bruits du café s'estompèrent et il ne vit plus que les yeux d'Emma. Là où il se rendait cette nuit, il n'y avait pas de place pour la beauté, la chaleur ou l'affection. Il la désirait, même si quelque chose en lui le mettait en garde. « Encore quelques instants, se promit Julian, quelques instants seulement et je cesserai de la voir à jamais. »

— Accompagnez-moi à la gare, supplia-t-il en lui prenant la main.

Mais le simple fait de se lever, de sortir dans la rue et de monter dans un taxi brisa cette sorte de communion silencieuse qui s'était établie entre eux. Dans le taxi, ils se tenaient très droits et ressemblaient à des étrangers contraints de voyager ensemble.

Le taxi s'arrêta devant la gare du Nord. Ils marchèrent en silence jusqu'au quai, conscients de la distance qui s'était installée entre eux.

Leur poignée de main quand ils se séparèrent ne fut rien de plus qu'une simple marque de politesse. Julian était déjà à mi-chemin sur le quai quand il se retourna pour lui faire un signe poli. Il vit le visage d'Emma et laissa tomber son bras. Sans réfléchir une seconde, il fit demi-tour et se mit à courir, luttant contre une marée de soldats pour la rejoindre. Ils tombèrent dans les bras l'un de l'autre et il l'embrassa comme s'il l'avait attendue toute sa vie.

— La prochaine fois, dit-il. Viendras-tu avec moi ?

— Oui, murmura-t-elle. Oui.

Et il s'en alla, cette fois sans se retourner, laissant Emma l'attendre pendant plusieurs mois, peut-être à jamais.

CHAPITRE 11

— C'est incroyable, dit Emma, en extase devant la statue grandeur nature d'un homme et d'une femme assis l'un à côté de l'autre.

« Nu, Julian Saxon serait pareil », pensa-t-elle.

Danielle contourna lentement les amants de pierre.

— Précisément, ma chère, incroyable parce que irréel.

Pourtant, aux yeux d'Emma, la sculpture était étonnamment réaliste. Les silhouettes de marbre avaient l'éclat et la chaleur de deux amoureux vivants. La jeune fille était fascinée.

— Continuons. Il y a d'autres sculptures à voir.

— Pas comme celle-ci, murmura Emma avec un dernier regard pour ce couple emprisonné dans la pierre pour l'éternité.

C'était un matin brumeux de septembre et les foules du dimanche n'avaient pas encore envahi le musée. Emma avait passé la soirée avec Danielle, puis elle avait dormi chez son amie sur le divan. Son père ne s'y opposait pas. L'appartement de Danielle, sur la rive gauche, était petit mais confortable et comprenait deux pièces. M. Larchet y avait amené son épouse après son mariage mais aucun signe de son existence ne subsistait, pas même, présumait Emma, dans le médaillon que portait toujours Danielle. La jeune fille ne cherchait pas à connaître la vie privée de son amie, de même que Danielle ne lui posait aucune question sur la sienne.

— Pourquoi dis-tu que c'est irréel ? insista-t-elle en

regardant la statue une dernière fois. Ils sont prêts à sauter dans la vie.

— Mais sans les problèmes que nous connaissons, et avec la perfection de leur grâce et de leur beauté. Ma chère Emma, tous les mortels ne sont pas beaux comme eux. La musique céleste ne joue pas quand les gens ordinaires font l'amour. Il y a d'autres bruits, d'autres détails qui ne sont pas agréables. Et il y a toujours des conséquences.

— Tu es tellement cynique, Danielle ! dit Emma en riant.

— Je suis lucide. Je pensais que tu l'étais aussi.

— Moi non plus, je ne crois pas à l'amour.

— Je ne sais rien de ce que l'on appelle amour, dit Danielle en secouant la tête, si cela existe bien sûr en dehors de notre imagination. Et comme l'amour aurait tendance à asservir les femmes, je me considère plutôt comme une privilégiée. Peut-être es-tu émue parce que toi et cette femme de marbre, vous êtes toutes les deux très belles ? Mais je serais étonnée d'apprendre qu'il existe un homme comme lui.

— Que veux-tu dire ?

— Il est sensuel mais pas vulgaire. Jamais je n'ai rencontré un tel homme.

Comme Emma ne répondait pas, Danielle la regarda avec curiosité. La jeune fille n'avait pas l'habitude de se livrer, même à sa seule amie.

— Tu penses à un homme, dit Danielle.

Emma acquiesça, soulagée de pouvoir se confier.

— Oui... à un homme marié.

— Grands Dieux, Emma, ne sois pas stupide !

— Il est tellement différent des autres ! Il est très nettement au-dessus de moi.

— Je te croyais plus intelligente !

— Il ne s'est rien passé.

— Pas encore, mais ça viendra...

— Je ne sais pas. Je l'espère. Il pourrait beaucoup m'apporter.

— Il pourrait surtout ruiner ta vie.

— Comment ? Je ne veux pas d'une misérable petite maison, ni d'un bébé chaque année. Et c'est ce qui m'arrivera si je me marie avec le genre d'homme qui veut m'épouser. Je ne possède pas ma propre entreprise, comme toi et, à la banque, j'ai atteint le stade où je ne peux plus avoir de promotion. Je préfère être la maîtresse d'un homme fortuné plutôt que secrétaire toute ma vie ou épouse d'un homme sans ressources. Mais je ne veux pas t'ennuyer plus longtemps. Allons nous promener au Luxembourg, j'en ai assez d'être au musée.

Le jardin était rempli d'enfants avec leurs gouvernantes, et de personnes âgées prenant le soleil sur les bancs.

Les deux amies ne parlèrent plus des révélations d'Emma. Cependant la jeune fille était encore plus décidée qu'avant.

A son travail, elle essayait de paraître calme et efficace mais son esprit était constamment ailleurs.

— Mademoiselle, vous êtes aussi rapide qu'une luciole, lui dit un jour M. Vaillant, se méprenant sur sa nervosité.

Elle lui répondit que les soucis étaient la cause d'une telle énergie.

— Ah ? Vous avez quelqu'un au front ?

Après qu'Emma eut approuvé, il la considéra de façon différente. Elle était très compétente mais aussi très jolie. Il l'avait remarquée dès le début.

— Eh bien, nous devons nous réconforter les uns les autres, n'est-ce pas ? Et laisser de côté tous nos soucis.

Elle ne répondit pas. Légèrement ennuyé, il se demanda si elle n'était pas enceinte de son soldat. Puis il continua sa dictée, espérant ne pas devoir chercher une autre secrétaire avant le retour de François.

Jacques Béquier remarqua également la grande nervosité de sa fille.

— Qu'est-ce que t'as en ce moment ? Quelle mouche te pique ? lui demanda-t-il dans la boutique.

Emma continua de peser du beurre pour un client sans se préoccuper de son père.

— Tout le pays est en deuil. Tu ne vois pas que nous perdons la guerre ?

— Ça jamais, nom de Dieu ! J'irai combattre les Boches dans la rue s'il le faut.

Il la regarda avec une expression de convoitise et de crainte puis il prit à témoin un vieil homme qui attendait d'être servi.

— Ah, les femmes ! Elles ne savent même pas se battre...

Dès qu'ils furent seuls, il se tourna vers Emma, essayant de voir ses formes à travers l'immense tablier dont elle s'était enveloppée.

— Va pas croire que tu peux accoucher d'un bâtard sous mon toit !

— Je ne te laisserai pas approcher un seul de mes enfants. Si tu es si brave, pourquoi ne vas-tu pas combattre les Allemands ? Peut-être qu'ils te tueraient. Si seulement tu pouvais être tué !

Ils se regardèrent en chiens de faïence puis Emma quitta la boutique.

En novembre, tandis que M. Vaillant lui dictait une lettre destinée à Sir James, elle apprit que Julian avait été une nouvelle fois blessé.

« Ce n'est pas grave, conclut Vaillant dans sa lettre. Il n'y a aucun signe d'infection. Votre fils est actuellement en convalescence dans un hôpital de campagne derrière les lignes. Le général m'a assuré qu'il sera bientôt rétabli et prêt à repartir se battre ; aussi, vous ne devez pas vous inquiéter outre mesure. »

« Vieil imbécile, pensa Emma, ne pas s'inquiéter alors qu'il risque la mort dès son retour au front ? »

Au prix d'un effort considérable, elle tapa la lettre le plus calmement possible et l'envoya à Sir James Andrew Saxon au numéro 9 de la place Frederick à Londres. Elle ne dit rien à Danielle. Comment l'aurait-elle pu sans révéler l'identité de l'homme qu'elle aimait ? Une fois seule, elle se raccrocha à l'image de Julian Saxon, ses désirs de richesse entrecoupés de rêves érotiques au seul souvenir de son baiser.

CHAPITRE 12

La neige tombait sur la France et le moral du pays était au plus bas. Julian Saxon revint à Paris.

Le calme régnait dans la gare mais l'anxiété et la tension se lisaient dans les yeux des femmes qui attendaient sur le quai. Un peu avant 8 heures, Emma se joignit à elles, le visage très calme, comme s'il s'était agi de n'importe quel soir de décembre, comme si elle avait souvent rendez-vous avec des hommes qu'elle connaissait à peine.

Un sentiment de honte l'envahit. Elle avait reçu un mot très bref de Julian et se posait toutes sortes de questions. Pensait-il qu'elle avait déjà eu des relations amoureuses ? Emma ne savait pas quel jugement portaient les hommes de sa classe sur les femmes faciles.

Mais que savait-il d'elle, en dehors du fait qu'elle était plutôt jolie et un peu trop prête à aller dans son lit ?

Emma secoua la tête. Ce n'était qu'un des multiples marchés de la vie, comme celui qu'elle avait conclu avec sa mère. D'après ce qu'elle avait entendu, elle n'était pas pire que la plupart des autres femmes.

Dans sa lettre, Julian lui demandait si elle pouvait venir à Neuilly pour le week-end. Pendant une semaine, Emma avait caché une petite valise dans son bureau ; elle y avait empaqueté sa plus jolie lingerie, un corsage en dentelle et une paire de bas. Sylvie, désormais peu soucieuse de l'emploi du temps d'Emma, croyait qu'elle passait le week-end chez Mme Larchet. Emma n'avait rien dit à son père.

La tension silencieuse qui régnait dans la gare fut interrompue par le sifflement du train, suivi des cris impatients des hommes et des femmes.

— Enfin ! dit quelqu'un.

Le petit groupe de femmes avança pour mieux voir l'arrivée de la locomotive. Des têtes émergèrent par les vitres baissées, des yeux se plissèrent pour retrouver des regards familiers, un visage connu dans cet océan humain.

Puis le train s'arrêta et une foule en uniforme envahit le quai. Les officiers qui sortaient des voitures de tête furent rapidement dépassés par les soldats impatients de rejoindre les femmes.

Emma sourit en apercevant Julian mais celui-ci ne pouvait la voir dans cette foule grouillante. De nouveau, un sentiment d'excitation lui parcourut le corps. Elle avait croisé ses mains gantées, s'efforçant de paraître plus digne et plus respectable. Emma vit alors que les lèvres de Julian bougeaient et qu'il parlait aux jeunes officiers qui l'entouraient. Ils devaient être amis. Si elle restait là, ils la rencontreraient et devineraient aussitôt les raisons de sa présence. Étaient-ils déjà au courant ? Julian leur avait-il dit ? Ou allait-il passer devant elle sans la reconnaître jusqu'à ce que ses amis aient quitté la gare ?

Les joues en feu, Emma se cacha derrière un chariot rempli de bagages. Son ensemble grenat dont elle avait été si fière lui semblait miteux à présent et son châle tricoté à la main ne remplaçait pas un manteau de fourrure. Ses seuls bijoux étaient les boucles d'oreilles de sa première communion et un médaillon provenant de sa grand-mère. Sa petite valise bon marché annonçait clairement qu'elle était disponible pour le week-end. Emma se vit étendue sur le lit d'un hôtel sordide, nue et commune. Le capitaine Saxon et ses amis se rapprochaient et elle regretta franchement d'être venue.

Ils s'arrêtèrent un instant à quelques mètres de sa cachette. Julian semblait chercher quelqu'un dans la foule. Les deux autres officiers enlevèrent galamment leurs képis devant les femmes qui couraient à leur rencontre sur le quai. La jeune fille remarqua qu'un des amis de Julian avait les cheveux d'un blond très doré et brillant.

De nouveau, Emma détourna les yeux et se blottit contre les bagages, profondément humiliée. Elle ne pouvait se montrer à eux, ils sauraient tout de suite qu'elle était étrangère à leur univers fermé. Il aurait fallu qu'elle soit différente, d'un autre milieu, pour approcher ce cercle. « Qu'ils soient tous maudits, murmura-t-elle. Un jour, je me moquerai d'eux. »

Tandis qu'Emma observait Julian, elle se prit à le détester pour sa supériorité. Cependant, après le départ de ses amis, il secoua la tête avec tristesse, puis se dirigea lentement vers une des portes de sortie, sa valise de cuir à la main. Sa blessure à la jambe rendait sa démarche hésitante sans altérer son élégance naturelle ; mais ses épaules semblaient s'effondrer sous le poids de la déception.

« Pourquoi ne serait-il pas déçu pour une fois ? pensa-t-elle. Il a dû toujours obtenir tout ce qu'il désirait. »

Mais elle était venue de son propre chef et ne pouvait renoncer sans même essayer.

Emma sortit rapidement par une autre porte et se dirigea vers Julian.

— Capitaine Saxon ?

— Emma ! J'ai eu peur que vous ne veniez pas.

Jamais elle ne l'avait vu sourire ainsi auparavant. Elle en fut tout éblouie.

— Je suis en retard.

Julian lui prit sa valise et chercha son regard.

— Ça n'a aucune importance, maintenant que vous êtes là.

Il fit une pause et l'observa plus attentivement.

— Que se passe-t-il ? demanda-t-il, sentant l'embarras d'Emma.

La jeune fille ne put affronter son regard et se contenta de secouer la tête.

— Ça ne fait rien, nous n'avons pas besoin d'aller à Neuilly, dit-il doucement. Nous dînerons à Paris et je vous raccompagnerai chez vous. C'est ce que vous voulez ?

Emma rougit, les yeux toujours fixés sur un bouton de sa tunique. Puis elle leva la tête et le regarda.

— Mais je veux aller à Neuilly avec vous.

Après un moment de silence, il lui caressa la joue et approuva. Tandis qu'il lui prenait le bras, Emma sentit monter en elle une vague de reconnaissance. Personne ne lui avait jamais demandé ce qu'elle ressentait et nul ne s'était préoccupé de ses désirs.

La voiture garée devant la gare était un cabriolet décapotable ; le bruissement du vent empêchait toute conversation pendant le trajet. Cela arrangeait Emma, de même que l'obscurité qui voilait ses yeux chaque fois qu'elle le regardait. Son visage était encore plus marqué de profil, presque sévère. De temps en temps, il lui jetait un coup d'œil, suivi du sourire qu'elle aimait tant. Mais avant de se laisser submerger par les sentiments, il fallait qu'elle garde les pieds sur terre.

Que faire pour le contenter ? Emma ignorait tout des artifices et des ruses dont parlaient les filles chez Thiboux, mais si elle ne le satisfaisait pas, Julian Saxon ne ferait jamais d'elle sa maîtresse.

Il lui prit la main et l'embrassa. A son contact, Emma sentit sa poitrine se gonfler et la pointe de ses seins durcir sous son corsage.

Une fois à l'*Auberge du Père Monsatte,* ils s'assirent devant la cheminée du petit salon et burent un apéritif. Leur hôte, un petit homme dodu, autrefois soldat comme l'indiquait sa décoration, les accueillit avec empressement.

— Mon capitaine, madame. C'est un bon présage de vous avoir avec nous pour la nouvelle année. Ça signifie peut-être que la guerre va bientôt se terminer.

Emma sourit gracieusement. Madame ! Pendant le dîner, elle le fit rire en lui racontant des histoires sur les clients les plus excentriques de Saxon-Vaillant, essayant de paraître sereine et charmante. Emma s'imagina Davina Saxon portant une robe de soie vert Nil au lieu d'une jupe et d'un chandail, avec un rang de perles autour du cou et une alliance à l'annulaire.

Ils retournèrent au coin du feu pour prendre un verre de cognac après le dîner, puis M. Monsatte finit par aller se coucher. Julian regarda Emma comme il l'avait fait à la gare, comme s'il voulait lire dans ses pensées, et l'expression de son visage changea.

— Je crois que je devrais vous ramener à Paris, Emma.

Ses yeux noirs étaient impénétrables. Il caressa doucement les cheveux de la jeune fille.

Emma lui prit la main et la tint tout contre sa joue.

— Mais je veux rester.

Elle se pencha vers lui et l'embrassa sans hésiter, comme elle l'avait déjà fait tant de fois dans son imagination.

— Mon Dieu, j'ai tellement rêvé de toi et de cet instant, Emma ! Mais tu es si jeune ! Qu'adviendra-t-il de toi après la guerre ?

— Chut, Julian, cela porte malheur de parler de la guerre.

Elle se leva et lui tendit la main. Ils montèrent dans une chambre qui sentait le pommier sauvage et la cire d'abeilles. Un lit à baldaquin et un gros fauteuil recouvert de cretonne fleurie remplissaient presque toute la pièce. De la mousseline blanche amidonnée garnissait le lit et les fenêtres. Une lampe éteinte était posée sur le dessus de la cheminée et une bougie sur la table de nuit, mais Julian ne les alluma pas. La lueur du feu était suffisante.

Pendant de longues minutes, il l'embrassa tout en la déshabillant, puis se dévêtit lui aussi. Les yeux d'Emma étaient fermés quand il la déposa sur le lit. Il lui défit son chignon, enfouissant son visage dans la douceur parfumée de ses cheveux. Ses lèvres se posèrent de nouveau sur la bouche et les seins d'Emma jusqu'à ce que le désir s'empare d'elle avec une ardeur qui l'étonna. Elle voulait qu'il la touche encore plus profondément, avide de sentir son corps sur le sien. Il la pénétra doucement et leurs deux corps s'unirent dans un même rythme, emportés par un plaisir toujours plus fort et plus violent.

Pour la première fois de sa vie, Emma connaissait enfin le bonheur.

Le lendemain matin, elle se réveilla avant Julian et le regarda dormir, profondément émue par son visage, si beau, si jeune, si confiant. De nouveau, elle éprouva l'envie irrésistible de le réconforter.

Elle effleura de ses lèvres l'épaule de Julian avant de sortir du lit, puis elle mit sa chemise de nuit et son châle et se dirigea vers la salle de bains. La femme de chambre lui fit couler un bain et tandis qu'elle s'allongeait dans l'eau chaude, Emma sut que jamais elle ne pourrait faire souffrir Julian.

Mais pourquoi aurait-il souffert de lui offrir le peu de chose qu'elle désirait désespérément ? C'était un homme du monde, fortuné, il prendrait certainement une maîtresse. Alors pourquoi pas maintenant, pourquoi pas elle ? Elle en serait heureuse, elle resterait fidèle. Cependant, il ne fallait pas qu'elle aille trop vite. Julian ne devait pas soupçonner ses intentions.

Le jeune homme dormait encore quand Emma revint dans la chambre. Elle avait encore envie de faire l'amour avec lui mais il aurait certainement été choqué si elle l'avait réveillé pour lui faire part de ses désirs. De plus, il avait besoin de se reposer. Emma s'habilla et descendit prendre un petit déjeuner de brioches et de café au lait, puis sortit prendre l'air. Comme la campagne était proche et calme ! La jeune fille sourit à la vue d'une oie énorme et d'une poule dédaigneuse traversant la cour de l'auberge. Soudain elle leva les bras en l'air, éclata de rire et se mit à tourbillonner sur elle-même. Elle s'aperçut alors que Julian se tenait debout devant la porte et qu'il l'observait.

— Je ne t'ai jamais entendue rire comme ça auparavant, dit-il, ravi.

— Et je ne t'ai jamais vu en aussi bonne forme.

Enlacés, ils partirent se promener dans les bois.

— Tu es si sérieuse, d'habitude !

— Je n'aurais pas eu mon travail, si je ne l'étais pas.

— Et c'est important pour toi ?

— C'est tout ce que j'ai.

— Sûrement pas. Tu as une famille.

— Tout était différent avant la mort de mon père. Ma mère a besoin de ce que je gagne à présent, si nous voulons continuer de vivre comme avant.

Elle hésita avant de reprendre :

— Mais je suis plus ambitieuse que ma mère.

— Dis-moi.

Elle se baissa pour ramasser une branche morte.

— Un appartement qui m'appartienne, une voiture, une loge à l'Opéra. Je veux voyager à travers le monde entier... et posséder des milliers de livres et avoir le temps de les lire.

— Où as-tu appris l'anglais ?

— Sœur Marie-Angélique, dit-elle, sachant qu'il penserait qu'elle était allée dans une école religieuse. Je le parle bien ?

— Très bien, avec un accent charmant.

Il s'arrêta et se tourna vers elle.

— Tout ce que tu fais me charme, Emma.

— Vraiment ? Je suis... comme tu voulais ? dit-elle en rougissant légèrement.

— Oh oui ! répondit-il en la prenant dans ses bras. Encore mieux que dans mes rêves. Emma, il ne faut pas avoir de la peine à cause de moi. Tu comprends ?

Elle hocha la tête, puis hésita avant de demander :

— Julian, montre-moi une photo de ta femme.

Il sortit une photo en couleur de son portefeuille. Davina Saxon était une blonde resplendissante aux yeux bleus et au visage en forme de cœur. Ses traits étaient fins, presque félins ; son menton fier et son sourire plein d'assurance respiraient l'aristocratie. « Une princesse de conte de fées », pensa Emma, à la fois envieuse et pleine d'admiration.

Elle lui rendit le cliché avec un petit hochement de tête qui signifiait qu'elle reconnaissait les limites de leur nouvelle liaison. Mais maintenant, Julian était avec elle. Il n'avait pas dit qu'il lui offrirait tout ce qu'elle voulait, mais il était encore trop tôt. Le désir la submergea et elle l'embrassa avec le même abandon que la nuit précédente.

— Revenons à l'auberge, dans notre chambre, dit Emma. Faisons encore l'amour.

Quand ils rentrèrent, le même air d'extase à la pensée du plaisir qui les attendait se lisait sur leurs visages. Une fois dans ses bras, Emma fut étonnée de voir comme son corps connaissait bien le langage de l'amour sans l'avoir jamais appris.

CHAPITRE 13

— Tue-le, dit le capitaine Saxon.

Le lieutenant William Poyndexter regarda le revolver qu'il tenait à la main. La lumière de la lampe à huile faisait briller ses cheveux blonds.

— Allons, Julian, tout le secteur sera en effervescence si je tire.

— Alors frappe-le à mort. Je me fiche de savoir comment tu le tueras, mais tue-le.

Les deux hommes, amis de toujours depuis leur scolarité, étaient seuls dans leurs quartiers. Tony Holland, l'autre officier qu'Emma avait vu avec eux à la gare, était sorti jouer au bridge avec le colonel. Près de la lampe, à un bout de la table, étaient posés une bouteille de vin entamée, deux gobelets et un morceau de fromage ; à l'autre bout, le *Times* datant de deux jours sous une boîte de biscuits de chez Fortnum & Mason. Un rideau de toile grossière les séparait des troupes dehors dans les tranchées. Sur le mur opposé, un énorme rat fixait les deux hommes de ses yeux luisants.

— Quelle horrible bestiole ! dit William, abaissant le revolver qu'il venait d'astiquer pour chercher une arme moins bruyante. Il est énorme.

— Pourquoi ne le serait-il pas ? Ça fait trois ans qu'il festoie sur les cadavres britanniques.

William prit une pelle et s'avança vers l'immonde créature qui, attirée par l'odeur et le goût de la chair humaine, ne bougeait pas, les yeux rouges et fixes, le museau contracté.

— Sale bâtard ! cria William après avoir manqué le rat, qui détala dehors.

Ils entendirent les voix des hommes en colère à la vue du rat qui s'enfuyait à travers les tranchées.

William reposa la pelle, se versa un peu de vin et regarda son ami avec un air d'excuse. Julian pensa que les cheveux dorés et les yeux bleus de son ami lui donnaient l'air d'un chérubin, même si ses exploits avec les femmes démentaient cette apparence angélique.

— C'est aussi bien, dit William avec un sourire irrésistible. Tout aurait été souillé.

Julian haussa les épaules et se leva.

— Je sors prendre l'air. Je ne peux pas respirer ici.

— Dis, mon vieux, qu'est-ce qu'il y a ? demanda William.

Il s'efforçait de paraître détaché, mais ses yeux bleus étudiaient Julian avec anxiété.

— Comment pourrais-je supporter cet enfer ?

— Je veux parler de cette fille, reprit William en hésitant. Tu l'as vue souvent, n'est-ce pas ?

— N'en parlons pas, William. Ça ne te regarde pas.

— Excuse-moi mais je suis aussi concerné. J'ai reçu une lettre de Davina me demandant pourquoi tu n'es pas revenu une seule fois pendant tes permissions.

— Oh, mon Dieu ! Je regrette qu'elle ait fait cela.

— Tu ne peux l'en blâmer, la pauvre. Elle ne sait pas ce qui se passe.

— Non, et elle ne doit pas être au courant.

— Tu pourrais y passer ta prochaine permission. Un jour, tu rentreras chez toi pour vivre avec elle.

— Ne sois pas stupide, William, aucun d'entre nous n'en réchappera. Nous aurions dû mourir il y a des mois déjà. Je ne peux pas gâcher le peu de temps qui me reste.

Pendant un moment, ils restèrent silencieux. William ne fit aucune objection. Statistiquement, la plupart des hommes ne survivaient guère plus de six semaines sur ce front.

— Que vais-je dire à Davina ?

— Tu n'as qu'à lui dire que je dois passer mes permissions à l'hôpital américain de Neuilly à cause de traitements spéciaux pour ma jambe. C'est ce que je lui ai déjà dit, mais elle le croira si ça vient de toi. Tu n'auras donc rien à te reprocher. Je regrette que tu aies été impliqué dans cette histoire.

William approuva en silence. Julian se leva et sortit, attentif à ne pas déranger les hommes trop épuisés pour se déplacer, même sous les coups de feu des lignes allemandes.

Il faisait un froid glacial. Il marcha un peu, bien que la boue lui collât aux bottes, et s'arrêta devant un arbre déchiqueté. Le jeune homme s'assit sur le tronc carbonisé. Le masque à gaz et le casque qu'ils avaient ordre de porter en permanence, même pendant leur sommeil, pendaient à son cou. Des flammes illuminèrent l'obscurité. Quand la lumière s'estompa, le visage d'Emma apparut devant lui.

Il se prit la tête entre les mains, tourmenté par le remords à la fois pour elle et pour son épouse. Délibérément, il se mit à penser à Davina. Ensemble, ils étaient allés à leurs premières soirées ; ils avaient échangé leur premier baiser. Il avait connu d'autres femmes pendant ses études à Oxford et ses voyages à l'étranger pour affaires, mais depuis leur enfance, tout le monde pensait qu'il épouserait Davina. Puis, quand ses parents avaient péri à bord du *Titanic*, il s'était senti obligé de s'occuper d'elle. Un an plus tôt, il avait fait le serment de lui rester fidèle jusqu'à la mort, mais cette dernière phrase avait une signification différente à présent.

Julian était persuadé qu'il mourrait très bientôt. En attendant, il ne voulait pas renoncer à ce qui le maintenait en vie.

Il ne croyait plus au devoir et à la bienveillance des classes dirigeantes. Il ne voulait pas d'un code qui sacrifiait la vie avec tant d'indifférence et que l'on disait d'honneur. S'il revenait, Davina le renverrait aussitôt à ce que son père appelait son devoir sacré ; elle le renverrait à la guerre. Il n'aurait aucun répit s'il traversait la Manche pour l'Angleterre ; Emma était son seul soulagement.

Il l'avait vue trois fois depuis le week-end de décembre, heures brèves et plus intenses que toutes les années de sa vie. Ici, il était terrifié et se sentait constamment exposé ;

avec elle, il redevenait un être humain. Ils ne parlaient jamais de la mort. Ils pensaient tous les deux qu'il serait en sécurité aussi longtemps qu'ils resteraient ensemble.

Un pistolet-mitrailleur résonna derrière les lignes allemandes ; Julian s'aplatit de nouveau contre le tronc. L'écorce de l'arbre mort lui rentra dans la joue et ses blessures à la jambe le firent grimacer de douleur. Péniblement, il se releva et, ramassé sur lui-même, se dirigea lentement vers ses quartiers.

Tony Holland était rentré et dormait à présent, enroulé dans une couverture, ne laissant rien voir que le bout de son nez et le tourbillon de ses moustaches dont il était si fier. William dormait à plat sur le dos, son masque à gaz de travers et ses boucles dorées en désordre. La bouteille de vin trônait sur la table, à moitié vide.

— Doux Jésus, faites qu'ils ne soient pas tués, murmura Julian, les yeux humides. Pas avant moi.

Il essuya ses larmes avec un mouchoir, sortit son papier à lettres et s'assit à la table.

Il écrivit trois lettres de condoléances aux familles des soldats morts sous son commandement. Le lendemain matin, il inspecterait leurs effets personnels pour s'assurer qu'aucun indice d'une aventure avec une Française n'y subsistait, ce qui pourrait embarrasser les familles déjà touchées par le malheur. Il était curieux et touchant de voir que les hommes gardaient toujours avec eux des souvenirs de leurs amours de guerre : un mouchoir, un ruban, un billet doux.

Les pensées de Julian revinrent à Emma. Il ne pouvait la laisser partir à présent, même s'il le fallait.

« Encore une fois seulement, pensa-t-il. Je la verrai une dernière fois et puis je renoncerai à elle, je le jure. »

Il s'étendit sur son lit et s'enferma avec elle dans une chambre chaude et parfumée. Dans ce bain de sang, il s'accrocha à elle jusqu'à ce qu'il trouve le sommeil.

CHAPITRE 14

— C'est de la folie de voir ce que font les femmes par amour, dit Danielle en tendant une serviette à Emma.

Emma se leva et sortit de son bain. Ses cheveux, déjà coiffés, étaient remontés très haut sur sa tête.

— Une femme se doit d'acclamer un héros, nous sommes là pour ça, dit-elle en riant.

Danielle, loin de partager une telle opinion, eut un air réprobateur. Elle alla dans la cuisine pendant qu'Emma se séchait et s'habillait. Danielle avait tout de suite vu qu'Emma n'était plus la même. Elle s'était préparée avec agitation pour ce premier week-end ; elle avait pris un bain parfumé et s'était rincé les cheveux avec du citron pour les faire briller. A son retour, la jeune fille rayonnait, éclatante et sensuelle, et ne pensait qu'à son prochain rendez-vous. Danielle acceptait la passion d'Emma pour cet homme ; certaines femmes aimaient les plaisirs de la chair, même si ce n'était pas son cas. Cependant, elle s'inquiétait pour son amie. Emma était amoureuse de l'homme qu'elle allait retrouver aujourd'hui et cela l'avait transformée.

— Parfois j'ai l'impression que tu ne te préoccupes plus du tout de ton avenir.

— Non, Danielle, mais je peux difficilement monter plus haut chez Saxon-Vaillant.

— Assure au moins ce que tu as ! S'il reste des hommes vivants après la guerre, ils pourront exiger des métiers comme le tien. Souviens-toi comme tu as travaillé durement pour obtenir une place pareille.

Julian aurait pu facilement appuyer sa situation chez Saxon-Vaillant, mais elle ne rabaisserait pas leur relation en lui demandant des faveurs.

— Je ne peux rien y faire, dit Emma.

— Tu pourrais montrer plus d'intérêt pour ton travail.

La jeune fille savait que Danielle avait raison. Elle ne pensait plus désormais qu'à son prochain rendez-vous avec Julian. De plus, elle dépensait tout son salaire en nouvelles toilettes. Ses maigres économies y étaient passées et il n'était plus question pour elle de quitter la rue Borges. L'appartement de Danielle était bien trop petit pour deux personnes. Mais rien de tout cela ne semblait avoir d'importance.

Elle se vêtit d'un ensemble d'été de tarlatane blanche bordée de bleu marine. Son chapeau, déjà prêt sur la table, était de paille blanche avec un ruban de soie marine. Une ombrelle de soie complétait sa tenue, de même qu'une petite mallette et une paire de gants blancs.

— Très chic, dit Danielle. Il te l'a offert ?

Emma ne répondit pas, fixant son chapeau avec des épingles.

— Bon Dieu, jamais il ne t'a fait de véritable cadeau ! Une femme intelligente ne se donne pas pour rien.

— Danielle, il peut difficilement acheter des diamants sur le front...

Avec un grand sourire, Emma embrassa son amie, rassembla ses affaires et sortit. Depuis le mois de mars, la capitale avait été bombardée par un obusier d'une taille gigantesque, situé à une centaine de kilomètres de là. Les Parisiens l'appelaient la Grosse Bertha, « hommage » à Bertha von Bohlen, fille du marchand de canons Krupp.

Aujourd'hui, une atmosphère de fête régnait dans les rues. Pendant des mois, Emma avait attendu avec impatience les quelques heures qu'elle allait passer avec Julian. Ils vivaient tous les deux dans le présent ; c'était tout ce qu'ils avaient.

La passion estompait toutes les différences entre eux quand elle était dans ses bras. Mais, contrairement à elle, Julian Saxon avait une place dans le monde. Emma voulait toujours qu'il lui raconte sa vie en Angleterre. Cela ressemblait à un vrai conte de fées. Pourtant, Julian était convaincu que les hommes de sa classe étaient une espèce en voie de disparition.

— Mon père et ceux de sa génération refusent de le voir, lui dit-il lors d'une de leurs longues promenades dans les bois. Mais la classe dirigeante ne peut plus gouverner seule, pas après cette guerre. Les vieux copains ne seront plus assez nombreux ; les balles sont très démocratiques.

Il s'arrêta pour allumer une cigarette, puis s'appuya contre un arbre en serrant Emma contre lui.

— Les vieux copains ?

— Des hommes de bonne famille et d'excellente éducation, comme moi. Autrefois, la guerre était un sport ; les gentlemen dirigeaient et une armée de métier combattait. On s'arrêtait l'hiver, comme pour les sports de plein air, et chacun rentrait chez soi, les soldats pour réparer leurs fermes, les officiers pour valser jusqu'au printemps suivant. Il existait des règles pour tout, même pour la guerre, mais le monde va changer à présent. Je ne pense pas qu'un survivant puisse rester le même. Je le regrette, j'aimais savoir qui j'étais exactement, comment me comporter et comment se comportaient les autres.

— Mais l'Angleterre sera toujours là, avec sa monarchie.

— Pas la même Angleterre, Emma. L'Empire britannique est fondé sur un système de classes et sur la certitude que chaque homme connaît sa place dans la société et veut s'y maintenir. Mais les soldats qui ont partagé les tranchées avec moi ne veulent plus être au bas de l'échelle. Le système de classes est en train de mourir, en même temps qu'une certaine Angleterre que je connaissais bien.

— Cela te manquera-t-il ?

— Oh ! oui, beaucoup. C'était une manière de vivre très agréable.

Depuis cette conversation, Emma avait eu le temps de réfléchir. Son ambition de rejoindre les rangs des privilégiés l'avait rendue encore plus consciente que Julian des différences de classes.

Maintenant, elle savait qu'il y avait entre eux beaucoup plus qu'une épouse, un abîme social qui ne pourrait jamais être franchi. Il fallait des siècles pour produire des hommes comme Julian Saxon, William, Tony.

Les amis de Julian faisaient toujours preuve d'une grande courtoisie à son égard quand ils se rencontraient à la gare ou allaient dîner ensemble au *Fouquet's*, mais ils savaient qu'elle n'était pas de leur milieu, même si elle s'habillait avec élégance et soignait ses manières.

« Quand la guerre sera terminée, je le laisserai partir, comme une vraie lady, sans histoires », se promettait-elle. Elle s'arrêta de marcher et chercha un taxi qui l'emmènerait à la gare. Soudain la jeune fille frissonna.

« Comment pourrais-je le laisser partir ? », pensa-t-elle.

Sans lui, elle aurait vécu constamment dans l'obscurité. Comment pourrait-elle le laisser partir alors qu'il avait apporté l'amour et l'honneur dans sa vie ? Julian ne lui avait jamais menti, ne l'avait jamais dégradée.

Avec ferveur, elle souhaita que la guerre ne prenne jamais fin. Puis, oubliant son taxi, elle continua de marcher.

Comme elle passait devant une église, elle y entra sans réfléchir et s'assit sur un banc, tremblante. Elle était souvent allée à la messe pendant les semaines de l'avancée allemande, quand les rumeurs parlaient de bataillons entiers de Britanniques anéantis par les forces ennemies.

« Mon Dieu, faites qu'il soit épargné, priait-elle désespérément. Je promets que je ne le reverrai jamais plus si vous le laissez vivre. »

Bientôt, il lui sembla que Dieu avait accepté le marché. La bataille faisait rage au sud de la Marne et elle n'avait eu aucune nouvelle de Julian.

La situation était la même qu'en 1914 : les enfants évacués, le gouvernement en déroute et le vacarme de plus en plus menaçant des canons sur la Marne. Emma ne les entendait pas. Elle ne pensait qu'à sa promesse de ne plus jamais revoir Julian s'il s'en sortait vivant.

Puis, comme par miracle, l'ennemi avança moins vite et fut finalement arrêté à quarante-cinq kilomètres de Paris. Quand Emma reçut enfin une lettre de Julian, elle décida de renoncer à son vœu.

« Pourquoi tiendrais-je ma promesse ? Après tout, Dieu a-t-il jamais fait quelque chose pour moi ? »

CHAPITRE 15

— Tu vas devoir fendre la foule, dit William. Il vaut mieux attendre, tu la trouveras plus facilement.

Julian approuva et ils se penchèrent par la vitre de leur compartiment. Tony Holland regardait les troupes s'élancer sur le quai puis envahir l'immense hall de gare.

William pensa qu'il se mêlait peut-être trop de cette histoire. Tony, lui, ne s'occupait pas de l'aventure sentimentale de Julian.

— C'est la guerre, disait-il. Il redeviendra comme avant quand la guerre s'arrêtera.

Tony alla rejoindre sa petite amie et les deux autres descendirent du train, puis se frayèrent un chemin vers la sortie.

— La voilà ! dit Julian.

Lorsqu'il vit la jeune fille, l'inquiétude de William se raviva. Secrétaire ou pas, elle était très jolie et il n'avait jamais pu résister à une jolie femme. Quand il la salua, il redoubla de charme ; il la trouvait délicieuse, mais il prit congé très vite, car Julian et Emma étaient totalement absorbés l'un par l'autre. L'attirance mutuelle qu'ils éprouvaient était si intense que, pendant une seconde, William les imagina faisant l'amour. La pauvre Davina n'avait plus aucune importance.

Emma chercha sur le visage de Julian ce qu'il avait enduré lors des dernières batailles. Il était commandant à présent, mais il n'en parla pas. Elle pensa que ses yeux avaient un éclat étrange, qui pouvait aussi bien provenir de la fatigue que du plaisir de la voir. Julian ne se détendait jamais tout à fait avant qu'ils soient vraiment seuls tous les deux.

— Peut-être aurions-nous dû demander à William de dîner avec nous, dit-elle sans enthousiasme.

— Non. Ce cher William a un rendez-vous important avec une fille des Folies-Bergère et je te veux pour moi seul.

Il l'embrassa. Une fraîche odeur de citron se dégageait d'Emma. Il avait une envie folle de poser sa tête entre les seins de la jeune fille.

— Je pensais que tu ne reviendrais jamais, dit Emma en lui caressant la joue. Je croyais ne plus jamais te revoir.

— Tu pensais peut-être que j'étais devenu fou là-bas, avec tous les autres ?

Elle secoua la tête. Une promesse à Dieu non tenue n'était rien comparée à ce qu'il venait de subir.

— Non, c'était ridicule de ma part.

Ses yeux noirs se posèrent sur le visage d'Emma, s'attardant sur sa bouche.

— Certainement ! dit Julian. Si nous allions danser ce soir ? Je n'ai jamais dansé avec toi.

La place du Tertre était toujours très animée, surtout depuis l'arrivée des Américains. Les petits restaurants ouvraient leurs terrasses sur la place ; les tables et les parasols investissaient les trottoirs.

Ils s'assirent dehors et regardèrent un mime et un acrobate. Un homme découpait des silhouettes dans du papier noir, un autre faisait des portraits au fusain.

Emma se tourna vers Julian, les yeux brillants.

— On essaye ? dit-elle.

Julian leur fit signe et ils posèrent avec sérieux, essayant de ne pas sourire jusqu'à ce que les artistes aient fini.

— Tes portraits sont presque ressemblants, dit Emma.

— Mais aucun artiste ne peut réussir le tien, dit Julian. Il est impossible de saisir ton visage sur le papier.

Le regard de Julian se posa sur Emma et la jeune fille se sentit frissonner. Ses lèvres s'entrouvrirent et elle soupira langoureusement. Puis elle rougit en pensant que tout le monde pouvait voir la passion qu'ils éprouvaient l'un pour l'autre. Elle baissa les yeux et roula les deux portraits avec le plus grand soin.

— Combien de temps as-tu ?

— Deux nuits, cette fois. Peux-tu rester avec moi jusqu'à demain soir sans problème ?

De nouveau elle leva les yeux et hocha la tête.

— J'appellerai le bureau dans la matinée pour leur dire que je suis malade.

— Te croiront-ils ?

— Pourquoi ne le croiraient-ils pas ? dit-elle en riant. Je n'ai jamais manqué une seule fois.

— Tu étais différente avant de me connaître, n'est-ce pas ?

— Je me détestais, dit-elle rapidement, se demandant ce qu'il voulait dire exactement. Je n'étais rien avant de te rencontrer.

— Aucun projet d'avenir ? Pas de beau jeune homme pour t'escorter à des soirées ?

— Pas un seul. François disait qu'il voulait m'épouser, mais la seule chose que je voulais, c'était son poste. Il m'a aidée à l'obtenir. C'était un mauvais marché pour lui. Il a été tué en juin. Pauvre François ! J'étais déterminée à prendre sa place mais pas de cette façon. Mais ne parlons plus de la banque ce soir.

— Non, tu as raison. La soirée nous appartient et j'ai là quelque chose pour toi.

Il sortit une petite boîte de sa poche. C'était une bague : une opale montée sur un filigrane d'or. Il la lui mit au doigt.

— Comment la trouves-tu ?

— Oh, Julian, elle est magnifique ! s'exclama Emma, les yeux aussi émerveillés que ceux d'un enfant. Mais comment...

— Comment je l'ai trouvée sur le front ? J'ai demandé à un ami de me la rapporter de Londres lors d'une permission.

Il lui embrassa la main. Des cris enthousiastes s'élevèrent de la table voisine, où quatre jeunes officiers américains leur portèrent un toast.

— A l'amour et aux amoureux !

— Ils ressemblent à William, dit Julian tout en levant son verre.

— Est-il amoureux de la fille des Folies-Bergère ?

La bague brillait à son doigt. Pour la première fois, il lui offrait autre chose que des fleurs et du parfum. « Ce n'est qu'une babiole, pour lui, se rappela-t-elle, cela ne signifie rien. » Julian eut l'air amusé par sa question.

— Notre William n'est pas intéressé par l'amour. Tout ce qu'il recherche, c'est un peu de réconfort, comme eux.

— Ils ont de la chance, mais leurs soldats trouveront peu de réconfort à Paris, dit Emma.

— Pourquoi ?

— Tu sais que Clemenceau a offert aux troupes américaines le libre accès aux maisons de passe ?

— Tout à fait vrai, dit-il en riant. C'était la moindre des politesses.

— Oui, mais Pershing a mis tous les bordels en dehors des limites territoriales des troupes américaines.

— Et quel est le point de vue du général Pershing ?

Julian l'aimait encore davantage quand elle parlait ainsi, librement.

— Il veut que les troupes américaines ne soient pas seulement les meilleures troupes du monde, mais aussi les plus morales, conclut-elle.

— J'ai tout de même pitié d'eux, dit Julian en jetant de nouveau un coup d'œil vers les officiers américains.

— Pitié d'eux ? Pourquoi ?

— Parce que la seule chose qu'ils aient, c'est un peu de réconfort alors que moi je t'ai. Emma, j'ai le cœur rempli de joie en te regardant, dit-il doucement.

— Oh ! Julian, moi aussi.

Il commanda du cognac après le dîner et fuma paresseusement jusqu'à ce que la place soit enfin dégagée. Un joueur de tambour accompagna un accordéoniste et les gens se mirent à danser.

— Danse avec moi, dit-il en l'enlaçant.

Emma pouvait sentir son uniforme à travers le tissu fin de sa robe. Elle essaya de mémoriser cette sensation ; la jeune fille savait qu'elle revivrait, le restant de ses jours, chaque moment de cette soirée. Elle aurait voulu que sa vie prenne fin en cet instant, les bras de Julian autour des siens, son visage si proche qu'elle pouvait voir sa barbe naissante ombrant sa peau claire et douce. Emma posa sa joue contre la sienne, puis ferma les yeux et se mit à tourner au son de la musique.

Julian pouvait entendre la respiration douce d'Emma dans la nuit. Dehors, le vent d'été frémissait dans les arbres et l'enseigne de l'auberge se balançait sur ses chaînes rouillées. Étendu sur le lit, Julian regardait danser les ombres sur le plafond. Jamais il n'avait éprouvé de sentiments aussi forts pour une femme. Avant de la rencontrer, le jeune homme s'était accoutumé à la mort, mais à cause d'elle, il voulait désespérément vivre quelques mois de plus.

Il se tourna pour la regarder. Elle avait dû vivre quelque chose de tragique, il pouvait le lire dans ses yeux gris, parfois si clairs qu'ils reflétaient les couleurs, parfois orageux et sombres comme l'ardoise. Ils étaient brillants et intelligents, mais parfois si tourmentés qu'il avait envie de la protéger.

Il savait qu'elle venait d'une famille plus modeste qu'elle ne le prétendait, mais cela n'avait aucune importance et il n'y faisait jamais allusion. Emma avait autant le droit que lui de porter un masque en public. Il avait bien combattu pour le roi et pour son pays alors qu'il désapprouvait les atrocités qu'il avait dû commettre.

Emma était nue dans la chaleur de la nuit. Il contempla sa poitrine ronde et ferme, la courbe de ses hanches et ses cuisses accueillantes. Le contact de sa bouche était paradisiaque.

Il était en train de l'embrasser quand elle se réveilla. Elle s'étira langoureusement, encore ensommeillée. Ils firent l'amour avec une violence qui était aussi douce et triste que l'amour lui-même.

— Je t'aime, Emma, je t'aime, je t'aime, murmura-t-il comme s'il venait de découvrir ces mots. Je ne peux pas vivre sans toi.

— Mon chéri, tu dois vivre. Je te protégerai, je t'aime.

Ils se sentaient tout-puissants.

Cependant, cette déclaration avait ouvert une porte qui

avait été fermée, et le matin suivant, allongée à ses côtés, elle ne put s'empêcher de lui demander :

— Aimes-tu aussi Davina ?

Julian secoua la tête.

— Alors pourquoi l'as-tu épousée ?

— Je pensais que je l'aimais et nos familles le souhaitaient. Tout le monde disait que ce serait une union parfaite. Nous connaissions les mêmes gens, nous avions même appris à danser avec le même professeur quand nous étions enfants. Et nous nous aimions bien. Je pensais que c'était ça, l'amour, et que cela suffisait. En fait, j'ignorais tout de l'amour avant de te rencontrer. Davina est une de mes erreurs, Emma, et j'en suis responsable.

— Je sais, je sais, dit-elle en s'accrochant à lui. N'en parlons plus.

La jeune fille était frappée par l'angoisse qui se lisait dans ses yeux et s'en voulait de lui avoir posé cette question. Elle savait tout cela. Julian l'aimait, elle seule, même si elle ne pouvait avoir que ces quelques moments avec lui. Ce qui se passerait après la guerre, cela aussi, elle le savait déjà. Sa vie serait jalonnée de rares instants pendant lesquels Julian lui appartiendrait de nouveau ; c'était ce qu'elle avait voulu, autrefois.

A partir de cette nuit, Julian écrivit à Emma aussi souvent que possible, lui racontant des choses qu'il ne lui avait encore jamais dites, sur ses amis, ses livres préférés, la musique qu'il aimait et les souvenirs qu'ils avaient en commun, comme s'ils avaient vécu une vie entière ensemble. En septembre, il réussit à obtenir une permission d'une nuit.

Comme ils n'avaient pas assez de temps pour se rendre à Neuilly, ils restèrent à Paris, au *Crillon*. Le lendemain matin, elle lui servit du thé avec un peu de lait pendant qu'il s'habillait. Emma releva la tête et vit Julian qui la regardait avec une expression de grande tristesse, comme un artiste essayant de fixer pour l'éternité un instant éphémère.

— Que se passe-t-il ? demanda-t-elle.

— Si seulement nous avions toute la vie pour prendre le thé !

Elle ne répondit pas.

— Je t'aime tellement, Emma ! Je t'aimerai toujours.
Cela lui brisa le cœur.

Dans le train qui les ramenait au front, Julian était assis à côté de William, perdu dans ses pensées. Tony dormait comme d'habitude, en boule sur son siège. Dans les wagons arrière, les troupes chantaient et leurs voix s'élevaient jusqu'à la voiture des officiers.

Julian restait silencieux, plus amoureux que jamais mais préoccupé par Davina, son épouse, qu'il n'avait jamais aimée de la sorte. Il soupira profondément, la tête entre les mains.

— Julian ? fit William.

Julian hocha la tête, touché par cette sollicitude.

— Je pensais simplement aux choses que l'on fait sans réfléchir. Elles sont comme cette guerre ; il n'y a aucun moyen de les arrêter.

CHAPITRE 16

Un mois plus tard, Emma alla chez *César*, avec un sombre pressentiment, pour rencontrer Julian après son travail. C'était la première fois qu'il l'appelait à la banque.

Il était assis sur une banquette, derrière le comptoir. Il semblait si loin, perdu dans ses pensées, qu'il ne vit pas qu'Emma s'approchait de lui. Une bouteille de cognac et deux verres pleins étaient posés sur la table.

— Julian, que se passe-t-il ? dit Emma en s'asseyant en face de lui.

— J'ai reçu l'ordre de rentrer chez moi.

— Pour de bon ?

— Non, pour une permission.

— Qu'est-ce qui ne va pas ? Ton père ?

La grippe se propageait partout, aussi mortelle que la guerre.

— William et Tony. Ils sont morts.

Ses mains tremblaient en soulevant son verre.

— Oh, Julian, non ! Comment ?

— Il y a deux jours. Ils étaient sortis avec une équipe pour aller réparer des barbelés. Tony a été tué sur le coup par l'obus mais William n'a pas cessé de m'appeler. J'ai cru que ce cauchemar ne s'arrêterait jamais. La fusillade était très violente, nous avons dû attendre l'aube pour aller les chercher. Nous les avons trouvés dans un cratère de boue. Tony avait reçu un morceau de métal dans la tête, il est mort sur-le-champ. Les épaules et les jambes de William avaient été brisées par le souffle de la bombe et il lui avait été impossible de sortir de cette mare boueuse. Il a gardé sa tête à l'air aussi longtemps que possible, puis il a été noyé. Il m'a appelé et ils m'ont empêché d'y aller.

— Mon chéri, c'est tellement affreux ! dit Emma en pleurant. Et tu as reçu l'ordre de les ramener chez eux ?

Il approuva, épuisé.

— Le colonel a l'air de penser que j'ai besoin de repos, Emma. Je voulais poster cette lettre de la gare avant de partir.

Il sortit une enveloppe de sa veste d'uniforme et la lui tendit. Emma hésita avant de la prendre.

— Que dit-elle ?

— Que nous ne pouvons plus nous voir.

— Non, murmura désespérément Emma. Non !

La lettre lui brûlait les doigts.

— Emma, nous ne pouvons pas continuer comme ça indéfiniment, dit-il, les mains tremblant toujours tandis qu'il allumait une cigarette. Nous l'avons toujours su, même si nous refusions de le croire. Il y a eu trop de mal, je ne peux pas en infliger davantage aux personnes qui me font confiance.

— Mais pas maintenant, Julian, pas maintenant ! La guerre va bientôt se terminer, tout le monde le dit, attends au moins que la guerre soit finie et que tu sois en sécurité !

Tout en secouant la tête, il lui prit la main un instant.

— Nous avons vécu une histoire merveilleuse à laquelle nous voulions croire, et ce fut une belle excuse pour faire ce que nous voulions. Mais il est impossible que cela continue, surtout pour toi. Tu représentes tout pour moi, tu le sais bien, mais Davina est ma femme. C'est pour ton bien autant que pour le sien. Il n'y a aucun avenir pour toi avec moi. Il te faudrait rester cachée jusqu'à ce que je puisse venir te voir en cachette.

— Ça ne fait rien, Julian ! Cela me suffira.

— Non, Emma, non ! Tu mérites infiniment plus. Tu devrais tout avoir. Je n'aurais jamais dû laisser s'épanouir notre amour, mais je t'aimais déjà bien avant de te le dire. Je n'ai jamais cessé de penser à ce que tu éprouverais quand le moment viendrait de nous quitter. Je sais, maintenant.

Il s'arrêta brusquement et prit son chapeau sur la banquette.

— Je dois partir, je vais rater mon train.

— Laisse-moi venir avec toi.

— Non, dit-il d'une voix étranglée. Je ne pourrais le supporter.

— Julian, je sais que tu dois rentrer en Angleterre. Mais reviens, tout ce que je te demande, c'est de rester avec toi le peu de temps qu'il nous reste. Je ne te demanderai plus jamais rien, fais-moi confiance.

Il la regarda. Emma, pensant que Julian hésitait, reprit espoir, mais il secoua la tête.

— C'est en moi que je n'ai pas confiance. Si je te prends encore une fois dans mes bras, je ne te laisserai jamais plus partir. Je trahirai Davina et je briserai le cœur de mon père.

— Et moi, comment peux-tu me quitter maintenant ?

— Ma chérie, qu'importe le moment ? Il faut nous séparer. Je t'aime, Emma. Je n'ai jamais voulu te faire de peine. Ton chagrin, c'est la seule chose que je regrette.

Pendant un bref instant, il posa la main sur l'épaule d'Emma, puis marcha rapidement vers la porte, emportant avec lui tout ce qu'elle adorait.

Elle resta assise, fixant désespérément la place vide. Une affreuse tristesse l'envahit. La jeune fille se sentait soudain abandonnée. Les années s'étendaient devant elle, longues et solitaires.

Après avoir mis la lettre dans son sac, Emma alla téléphoner à Danielle à son école.

— Puis-je rester avec toi ce soir ?

— Oui, bien sûr. Je serai chez moi dans une heure, dit Danielle, soudain inquiète. Emma ? Ça va ? Que se passe-t-il ?

— Il faut que je te voie. J'ai besoin de toi.

Elle raccrocha puis quitta le café.

Dans l'appartement, Danielle écouta son amie. Emma ne voulait pas laisser éclater sa douleur, car elle avait appris à cacher ses sentiments depuis longtemps. Elle s'était enfin arrêtée de trembler.

— Il ne t'a peut-être pas trompée, Emma, mais il t'a séduite.

— Ce n'est pas vrai, je l'aime et il m'aime, Danielle, depuis le début, avant même que nous le sachions. On ne choisit pas d'aimer.

— Il t'a quittée. Il pouvait faire un choix !

— Non, nous sommes trop différents. Si nous avions passé quelques jours de plus ensemble, il aurait eu honte de moi. Mon Dieu, mon Dieu, que va-t-il devenir maintenant ?

La tête entre les mains, Emma semblait désespérée. Danielle vint s'asseoir à ses côtés et elles restèrent silencieuses jusqu'à l'heure du coucher.

CHAPITRE 17

— Que vas-tu faire ? demanda anxieusement Danielle le lendemain matin.

— Aller travailler, dit Emma en haussant les épaules. La banque était la seule chose qui comptait autrefois.

— Oh, Emma, je suis tellement désolée.

Danielle parlait d'une voix mal assurée, tourmentée par le regard éteint d'Emma et la pâleur de son visage. Elle essaya de se maîtriser.

— Va finir de t'habiller, maintenant, il est tard.

La jeune femme débarrassa bruyamment la table du petit déjeuner. Elle ignorait totalement l'identité de l'homme qui venait de quitter Emma. Elle n'avait posé aucune question sur la lettre qu'Emma avait lue et relue une douzaine de fois la veille, puis rangée dans un tiroir avec les autres lettres qu'elle avait apportées pour plus de sécurité.

— Au moins, il ne s'est pas contenté de la poster, comme pour une vulgaire servante démise de ses fonctions, grommela Danielle.

Elle était certaine que cet homme avait des sentiments pour Emma. La jeune fille ne pouvait aimer un homme qui n'aurait désiré que son corps.

— Si seulement c'était un salaud ! poursuivit-elle entre ses dents. Si seulement il l'avait rejetée pour une autre avant qu'elle tombe amoureuse de lui !

Un coup de sonnette retentit. Contrariée par une visite si matinale, Danielle alla ouvrir la porte.

Un homme robuste se tenait sur le palier. Une cigarette lui pendait entre les lèvres. Ses veines dilatées d'alcoolique donnaient à son nez et à ses joues une couleur malsaine.

— Qui êtes-vous ? demanda Danielle, le détestant aussitôt.

— Jacques Béquier, répondit-il, les sourcils froncés. Le père d'Emma.

Plus que de la répulsion, Danielle éprouva un choc à la pensée qu'une pareille brute ait pu engendrer Emma.

— C'est une heure étrange pour une visite, monsieur. Que voulez-vous ?

— Je suis venu pour ma fille. Elle dit qu'elle reste ici tout le temps. Je viens vérifier.

La porte s'ouvrit derrière Danielle.

— Comment oses-tu venir ici ? s'écria Emma.

— Tu es ma fille. J'ai le droit de savoir ce que tu fais.

— Tu n'as aucun droit sur moi. Sors d'ici ou j'appelle les gendarmes !

— Je t'apprendrai à vivre quand tu rentreras, dit-il d'un air menaçant avant de descendre lourdement l'escalier.

Les deux femmes restèrent immobiles dans l'entrée. Quand elles entendirent la porte de l'immeuble claquer, Danielle referma rapidement celle de l'appartement à double tour.

— Sainte mère de Dieu, dit-elle, secouée par la haine de la jeune fille pour son père.

— Je suis désolée, je suis tellement désolée, fit Emma d'une voix tremblante, presque inaudible. Je ne sais pas comment il m'a retrouvée.

Danielle hocha la tête et mit son bras autour de l'épaule d'Emma.

— Ça va, n'en parle plus. Il ne faut pas que tu rentres chez toi. Il faut que tu restes ici jusqu'à ce que tu ailles mieux. Maintenant nous devons aller travailler, il est déjà tard.

« Sainte Marie, pensa-t-elle, cet homme ne doit jamais connaître la vérité. Il la tuerait. »

Une semaine plus tard, Julian se trouvait de nouveau en Flandre, juste avant le saillant d'Ypres. C'était un endroit affreux où planait une odeur de mort. Trois batailles impitoyables avaient eu lieu dans cette région au cours des dernières années. A présent, ils se préparaient à avancer à travers ce cimetière ouvert pour une attaque surprise.

Julian s'était porté en avant de la ligne avec deux hommes. Ils devaient s'occuper d'un nid de mitrailleuses allemandes qui dominait le champ sur une crête et faisait feu sur les Britanniques en contrebas. La petite patrouille marcha jusqu'à la colline en se protégeant, avec l'intention de prendre l'emplacement stratégique par-derrière.

Julian arriva avant les autres et observa le terrain avec ses jumelles. Il aspira l'air à pleins poumons. Le nid bruyant à l'autre bout de la crête n'était qu'un piège. Il y en avait quatre autres derrière, profondément ancrés, bien avant les lignes allemandes. Quand les Britanniques avanceraient comme prévu, ils seraient mis en pièces.

Il regarda sa montre. L'attaque britannique commencerait dans très peu de temps mais un seul homme pouvait accomplir ce qui était prévu s'il faisait preuve de rapidité et de discrétion.

Il renvoya les autres prévenir le colonel et lui dire de donner l'ordre de faire feu de façon continue pour couvrir le bruit de ses propres coups. Puis il avança jusqu'à ce qu'il se trouve derrière le premier nid. Deux soldats en gris se tenaient accroupis derrière leurs fusils.

Julian attendit que les Britanniques fassent feu avant de tirer dans le dos des deux Allemands avec son revolver. C'était un bon tireur et il les tua sur le coup, sans prendre le temps de réfléchir. Il retira la culasse de la mitrailleuse et la lança aussi loin que possible. Puis, après avoir vérifié son revolver, il se dirigea vers le second nid.

Il avait tué encore sept hommes de plus avant de parvenir au dernier poste. Il attaqua les deux occupants par-derrière et leur donna l'ordre, en allemand, de retirer la culasse et de la jeter. Comme ils refusaient, il les tua aussi.

Le colonel, qui avait observé sa manœuvre à l'aide de ses jumelles, regarda sa montre et secoua la tête.

— Vous n'avez aucune chance, Saxon ! murmura-t-il d'un ton pressant. Pour l'amour de Dieu, courez de l'autre côté, rendez-vous !

Comme si Julian l'avait entendu, le colonel le vit retirer

la dernière culasse et la lancer au loin. Puis il baissa son revolver, retira sa tunique et marcha vers les lignes allemandes, les mains au-dessus de la tête, sa chemise blanche rayonnant au soleil, au moment même où le barrage de l'artillerie britannique commençait. Le colonel le perdit de vue après la première explosion.

De l'autre côté de la colline, le commandant gisait tel un mannequin de chiffon.

Après la bataille, une mule attelée à une charrette se mit à remonter péniblement la pente afin de ramasser les corps. Les deux Allemands qui la conduisaient étaient très jeunes, mais leurs visages étaient noirs de boue et celui qui descendit le premier marchait comme un vieillard. Il s'approcha du corps et se pencha pour l'examiner.

— *Ist er tot ?* demanda son compagnon.

— Non, pas encore, mais il n'en a plus pour longtemps. Il a l'air anglais. C'est à eux qu'il appartient, pas à nous.

— Eux, nous ! Quelle différence quand on est mort ? grogna l'autre.

Il descendit et secoua la tête à la vue des os saillants de l'homme.

— Le pauvre !

Il découpa le pantalon du corps mutilé.

— Il est à nous, maintenant. Au diable le règlement ! Je ne vais pas le laisser là. Aucun homme ne devrait mourir tout seul dans la boue.

Son compagnon approuva ; ensemble, ils soulevèrent le corps et le déposèrent au sommet d'un tas de cadavres. Puis ils regagnèrent les lignes allemandes.

CHAPITRE 18

— Oh, c'est vous, ma petite dame !

La femme qui venait de parler était replète dans son uniforme et s'exprimait avec un accent difficile à comprendre ; c'était elle qui accueillait Emma tous les soirs au British Leave Club.

— Voici votre *Times*. Venez vous asseoir ici, c'est plus confortable.

Elle conduisit Emma à une table, sous les regards admiratifs de quelques soldats.

— Vous avez l'air épuisée. Voulez-vous une tasse de thé ?

— Non, merci.

La femme retourna à ses occupations et Emma s'assit. Pendant des semaines, tous les jours, elle était venue lire les nouvelles de guerre, essayant de découvrir où pouvait être l'unité de Julian. Aujourd'hui, elle avait beaucoup de temps : c'était dimanche.

La jeune fille se cacha derrière le journal et se mit à passer en revue les courtes listes de la première page. « Tués au combat. Morts de leurs blessures. » Puis elle regarda les gros titres de la page 2 : « Officiers tombés. Morts pour la patrie. » Elle parcourut les listes au-dessous de chaque sous-titre : tués, blessés, disparus, disparus présumés morts, et elle s'arrêta en voyant que le nom de Julian y figurait.

Saxon, Maj. J. A., DSO, fils de Sir James Saxon, Bart.; de Stridings, Kent.

Emma posa le journal sur la table et se mit à le fixer sans bouger. Il lui fallut quelque temps avant de comprendre que le nom de Julian était bien inscrit, que ce n'était pas un cauchemar.

Quelqu'un la secoua et lui tendit un verre d'eau.

— Allons, ma petite dame, buvez une gorgée et levez-vous, c'est ça, et maintenant venez dans le bureau.

Dans la petite pièce, la femme déblaya un vieux divan couvert de papier, puis fit allonger Emma, qui étreignait toujours le *Times*.

— Tué ? lui demanda-t-elle avec sympathie.

— Disparu présumé mort. Qu'est-ce que ça signifie ?

— Ça veut dire que vous pouvez espérer si vous en avez le courage. Il faut essayer d'en savoir plus. C'est votre mari ?

Emma secoua la tête.

— Oh ! Les autorités ne donneront aucune information à quiconque en dehors de la famille.

Elle rencontra les yeux suppliants d'Emma.

— Bon, d'accord, je vais essayer. Quel est son nom ?

Emma lui montra la liste du doigt. Un long moment s'écoula avant que la femme repose le téléphone.

— Je suis désolée, ils ne m'en diront pas davantage. Vous pouvez essayer son état-major.

Elle inscrivit une adresse sur un bout de papier qu'elle tendit à Emma.

— Vous avez été très gentille, toutes ces semaines, dit Emma en se relevant.

— Vous êtes blanche comme un linge. Voulez-vous vous reposer un petit peu ?

— Non, ça va.

La femme l'accompagna dans la rue.

— Vous serez mieux chez vous, avec votre famille. Voulez-vous un taxi ?

— Non, j'ai besoin de prendre l'air. Merci pour tout, merci.

Emma se mit en route vers l'adresse qu'on lui avait donnée. La place de la Concorde était déserte et il régnait un silence étrange pour une ville au seuil de la victoire ; les Parisiens avaient peur de la foule à cause de l'épidémie de grippe.

L'état-major était bondé quand Emma arriva, les jambes tremblantes de fatigue. L'excitation provoquée par les victoires des Alliés et les rumeurs d'armistice augmentaient de jour en jour.

— Je regrette, mademoiselle, lui dit un capitaine d'un ton impatient, mais nous ne fournissons aucune information aux personnes non apparentées aux officiers britanniques. Nous ne saurons peut-être rien de définitif avant plusieurs semaines.

L'opinion peu flatteuse qu'il avait d'elle se lisait sur son visage.

Disparu présumé mort. Quelle expression cruelle et terrifiante !

Son père serait le premier à avoir de ses nouvelles, pensa-t-elle brusquement. Sir James préviendrait alors M. Vaillant et le personnel de la banque serait peut-être mis au courant. Mais d'ici là, elle devait attendre. Même Danielle ne pourrait partager son calvaire. Ce soir Emma n'avait nulle part où aller, à part la rue Borges.

La tête lui tournait et une barre lui pesait sur l'estomac ; elle se sentait nauséeuse et épuisée. Emma se demanda si ce n'était pas un début de grippe ; plus d'un millier de Parisiens en mouraient chaque semaine. Mais elle s'en moquait. Emma avait toujours su que Julian risquait d'être tué. Pourtant, aujourd'hui, elle ne parvenait pas à y croire.

Les volets de bois de l'épicerie étaient fermés quand elle prit l'allée qui menait à la porte de derrière. L'odeur des toilettes l'écœura et elle vomit devant la porte. Elle entra pour se rincer la bouche et s'assit à la table de cuisine, frissonnante.

Brusquement, elle entendit un bruit de pas à l'étage : son père descendait les escaliers, tout en bâillant et en se grattant à travers sa chemise de laine.

— Que fais-tu ici ? demanda-t-elle, embarrassée.

— Je suis en congé le dimanche.

Comme elle restait silencieuse, il la regarda avec attention.

— Tu es malade. Peut-être que tu as la grippe. Je vais te faire un grog.

Après avoir allumé le fourneau, il s'assit à la table à côté de sa fille.

— Emma, dit-il avec tendresse. Ne peux-tu oublier ce qui s'est passé ? C'était il y a si longtemps... Emma ?

Elle le regarda de ses grands yeux gris, à présent dénués de toute expression.

— Ça n'a aucune importance. Plus rien n'a d'importance.

Un sourire s'épanouit sur le large visage de Jacques Béquier.

— Voilà de nouveau ma petite Emma.

L'eau s'était mise à bouillir. Après avoir versé le thé dans une tasse, il y ajouta le sucre et le cognac et, toujours souriant, poussa le liquide brûlant vers Emma.

— Laisse refroidir un peu, ma petite fille. Ça va te faire du bien.

A ces mots, Emma ne put s'empêcher de pleurer. Elle regrettait de ne plus être sa petite fille, celle qui s'asseyait sur ses genoux pendant qu'il lui chantait des chansons de sa voix bourrue, celle qui le regardait jouer aux boules dans le square poussiéreux. Elle l'aimait à cette époque, il savait la protéger et la consoler.

Il lui caressa la main avec maladresse.

— Tu vois, tu pleures parce que t'es malade. Tu as besoin de médicaments. Je vais chercher le docteur.

— Je ne suis pas malade, dit-elle en sanglotant.

— Alors qu'est-ce qui ne va pas ? Dis-le à ton vieux père.

— Il est mort. Il a été tué.

Toute trace de tendresse disparut sur le visage de Jacques Béquier.

— Qui ça ?

— L'homme que j'aimais.

— Qui c'était ?

Toute à sa douleur, Emma n'avait pas remarqué l'expression de colère qui était apparue sur le visage de son père.

— Ça n'a pas d'importance, papa, il est mort maintenant.

Il se versa un second verre de cognac, le vida d'un trait et se mit à fixer sa fille qui continuait de pleurer.

— Tu es enceinte de lui, c'est ça ?

Étonnée, Emma releva la tête. Sa surprise grandit encore quand elle passa en revue ses différents symptômes. Dans un sanglot où se mêlaient la joie et l'angoisse, elle approuva, stupéfiée par cette révélation. Aussitôt, son père se mit à rugir comme un fou et à la frapper.

— Putain ! Sale putain !

Paralysée par la peur, Emma leva les yeux vers son père. Il se tenait debout, rouge de colère, et la secouait violemment.

— Une putain, c'est ce que t'as toujours été, c'est toi qui m'as aguiché, cria-t-il.

Il la gifla à plusieurs reprises tandis que sa fureur augmentait de plus en plus.

— Je vais te montrer ce que tu es, dit-il en la tirant contre lui.

Ses yeux de dément exprimaient le désir et la jalousie. Son haleine fétide redonna la nausée à Emma.

Il la poussa contre la table et lui releva la jupe. Emma parvint à attraper la tasse de grog bouillant et la lui lança au visage. Sous l'effet de la douleur, il lâcha sa fille, qui s'enfuit aussitôt. Elle l'entendit crier « Emma, Emma », et dévala encore plus vite la rue Borges jusqu'à l'église. Accrochée à un banc, la jeune fille attendit à l'intérieur l'arrivée du tram. Quand elle s'y engouffra. Emma n'avait en tout et pour tout que les vêtements qu'elle portait sur le dos et quelques francs dans la poche de sa veste.

CHAPITRE 19

Emma était vêtue du même ensemble quand elle prit le train pour l'Angleterre, dix jours après l'armistice. La grippe l'avait beaucoup affaiblie. Le chapeau et le châle qu'elle portait appartenaient à Danielle, ainsi que le corsage qu'elle avait empaqueté dans son sac de voyage avec des sous-vêtements de rechange, une chemise de nuit et les lettres de Julian. Le reste de sa garde-robe se trouvait toujours chez son père ; elle n'avait pas voulu y retourner, encore moins laisser Danielle s'y rendre à sa place. Danielle se souvenait des marques sur le visage de son amie ce dimanche où elle était arrivée chez elle en piteux état. Elle n'avait pas oublié non plus quelle sorte d'homme était Jacques Béquier, aussi n'insista-t-elle pas trop. Elle se contenta d'aller à la banque pour leur annoncer qu'Emma était très malade.

— Emma, supplia une dernière fois Danielle, ne pars pas. Tu peux rester avec moi aussi longtemps que tu le désires. Tu n'es pas en état de voyager.

— Je ne me rétablirai pas avant de savoir ce qui lui est arrivé. Son père pourra me le dire.

Profondément déterminée à aller en Angleterre, la jeune fille n'était jamais retournée à la banque. Elle n'avait même pas appelé Henri Vaillant pour obtenir plus de renseignements sur Julian. Plus que jamais, leur liaison devait rester secrète.

— Alors écris à son père, implora Danielle.

Emma secoua la tête. Elle savait quel effet sa lettre

aurait sur Sir James. Elle ne s'attendait pas à un meilleur accueil de sa part lors d'un entretien privé, mais peu lui importait, elle ne ferait que traiter avec lui.

— L'idée même que tu te retrouves seule dans un pays étranger m'est insupportable. Il faut que tu reviennes tout de suite après.

Emma toucha le long visage de son amie et lui embrassa la joue.

— Ne te fais pas de soucis. Tout se passera bien. Et je t'écrirai, Danielle, je te le promets.

— En voiture ! cria le conducteur avec impatience.

— Tiens, dit Danielle, prends ça, comme porte-bonheur.

Elle tendit à Emma un petit paquet bien enveloppé, l'embrassa et la regarda monter dans le train. La jeune fille trouva une place près de la vitre d'un compartiment de troisième classe. Elle l'abaissa pour serrer la main de Danielle.

— Je ne serai jamais comme tu aurais voulu que je sois, Danielle, mais j'essaierai, je te le promets.

— Tu vas me manquer, Emma.

Le train démarra, leurs mains se séparèrent, mais Danielle continua d'avancer sur le quai.

— Si tu as besoin de plus d'argent..., commença-t-elle, les yeux humides.

— Non, non. Tu m'as déjà beaucoup trop donné. Au revoir, Danielle chérie, au revoir.

Le train augmenta sa cadence et bientôt Danielle ne fut plus qu'un point à l'horizon.

— Nom de Dieu, fermez la fenêtre, dit une voix d'homme. On gèle ici !

Emma remonta la vitre et s'assit sur son siège. Elle avait toujours des vertiges. La grippe lui avait permis de dissimuler sa grossesse à son médecin, surchargé de travail, et à Danielle, qui pourtant n'avait cessé de s'occuper d'elle. Elle se demanda encore pourquoi son père n'avait pas essayé de la retrouver. A cette pensée, elle ne put s'empêcher de poser une main protectrice sur son ventre. Emma n'allait pas à Londres dans le seul but d'obtenir des renseignements sur Julian, elle s'y rendait surtout pour son enfant.

Pendant les longues journées solitaires de sa maladie, elle avait beaucoup pensé à son avenir. L'enfant qu'elle portait était celui de Julian. Si ce dernier avait survécu, il se serait occupé d'elle et de l'enfant. L'idée d'un avortement lui répugnait. Pourtant elle savait qu'un enfant bâtard portait toute sa vie le poids de son illégitimité dans son livret de famille.

En Angleterre, de tels problèmes pouvaient être arrangés plus discrètement. Elle l'avait entendu dire chez Thiboux. Aussi l'enfant de Julian naîtrait-il dans le pays de son père.

Elle pourrait travailler en Angleterre en attendant la naissance du bébé. Les vêtements amples cacheraient son état. Mais quelle sorte de vie pourrait-elle offrir par la suite à cet enfant avec le salaire d'une secrétaire ? L'enfant de Julian avait droit à un foyer décent, une éducation privilégiée et une vie sans problème. Le père de Julian s'en chargerait.

Emma essaya de se souvenir de tout ce que Julian lui avait dit sur son père, des lettres que le baronnet avait écrites à M. Vaillant, et même des rares fois où Tony et William avaient mentionné son nom devant elle. C'était un aristocrate de la vieille école, fidèle aux traditions. Il n'avait pas apprécié la manière dont la guerre avait transformé son fils. Mais Julian l'avait beaucoup aimé, il ne pourrait abandonner l'unique enfant de son fils.

Le père de Julian personnifiait la richesse, les privilèges de la noblesse et le pouvoir, tout ce qu'elle désirait pour son enfant. Si Emma était intimidée par la place qu'il occupait dans la société, elle n'avait cependant pas peur de lui.

Elle défit le paquet que son amie lui avait remis. Dans une petite boîte plate, elle trouva le médaillon en émail noir cerclé d'or de Danielle, celui qu'elle portait toujours épinglé sur son corsage. Emma l'ouvrit ; une photographie de Danielle, plus jeune mais guère différente, la regardait. C'était le visage le plus triste et le plus sage qu'Emma ait jamais vu, le plus beau aussi, car c'était celui d'une amie.

Elle en comprenait le message : « Tu n'es pas toute seule, Emma, je suis ta famille à présent. » Ce long visage ingrat, cette bouche sévère et ces yeux noirs ne nourrissaient aucune illusion. Danielle était à l'abri des folies que les femmes commettent par amour. A partir de maintenant il en serait de même pour Emma.

Elle épingla le médaillon sur sa veste, puis soudain se couvrit le visage de ses mains et se mit à pleurer, pour la première fois depuis cet après-midi terrifiant dans la cuisine de son père. Dans le compartiment, les autres passagers lui jetèrent un bref coup d'œil. Embarrassés par le chagrin si vif de la jeune fille, ils détournèrent les yeux. La tête contre la fenêtre, Emma continua de sangloter dans son coin.

CHAPITRE 20

Londres, novembre 1918

Quand Sir James Saxon entendit frapper à sa porte, il se ressaisit. Il avait toujours désapprouvé ceux qui étalaient leurs chagrins personnels, et aujourd'hui l'Angleterre pleurait la mort d'une génération entière.

— Il y a une femme qui veut vous voir, dit son secrétaire à travers la porte, une Française qui parle anglais.

Il semblait avoir du mal à déterminer la catégorie sociale de cette femme qui visiblement n'était pas une lady.

— Elle dit qu'elle est... une amie du commandant Saxon.

— Vraiment ? Vous savez bien qu'il ne faut pas me déranger pour ce genre de femme.

Londres était envahi d'étrangères revendiquant des droits absurdes aux officiers et soldats britanniques.

— Elle est secrétaire à la filiale de Paris, Sir James.

— Pourquoi ne me l'avoir pas dit plus tôt ? Allez la chercher tout de suite.

Il n'avait reçu aucun message d'Henri Vaillant concernant une telle visite mais le courrier du continent n'était pas rapide. Il désirait parler à tous ceux qui avaient connu Julian, même si cela ne faisait qu'accroître son chagrin.

Il soupira profondément et regarda par la fenêtre le crépuscule tomber sur la place Frederick. Autrefois, le confort douillet de son bureau, la bibliothèque, les dossiers en cuir, les livres richement reliés, les tapis épais et le feu toujours allumé dans la cheminée rendaient agréable le spectacle de l'hiver. A présent, le froid avait envahi son âme. A cinquante ans, il se sentait très vieux. Un homme ne devrait pas survivre à son enfant, ce n'était pas naturel. Comme ils l'avaient attendu, avec Margaret, et combien Julian en valait la peine !

Son regard se posa sur le portrait de Julian en uniforme sur le mur opposé à son bureau. Son fils lui ressemblait énormément, mais le visage de Julian était d'une beauté incomparable. Il avait été un jeune homme exceptionnel, envoûtant aussi bien les hommes que les femmes sans même le faire consciemment.

Sir James sortit une petite boîte de cuir du tiroir de son bureau et contempla la distinction honorifique suprême pour un officier anglais. Le ruban était bordeaux et la croix en bronze. Mais c'était son fils qu'il désirait, l'héritier de son titre et de sa fortune, le dernier des Saxon.

Il entendit frapper à la porte. Après avoir rangé la médaille et s'être composé un visage impassible, il ordonna d'entrer. Son regard rencontra celui d'une femme très jeune. Elle avait un certain chic, elle était jolie, mais son chapeau et l'ensemble noir qu'elle portait accentuaient sa minceur et la pâleur inhabituelle de son visage. Sir James se leva et le secrétaire présenta Mlle Béquier avant de quitter la pièce.

— Je vous en prie, asseyez-vous, mademoiselle, lui dit Sir James. C'est une surprise. M. Vaillant ne m'a pas prévenu de votre visite.

Emma resta debout derrière la chaise.

— M. Vaillant ne sait pas que je suis ici : j'ai quitté la banque il y a un mois.

Sa voix était harmonieuse mais ses manières, inattendues chez une secrétaire, étaient trop directes et très troublantes. Elle le fixait de ses grands yeux gris.

— Je suis venue vous demander des nouvelles de Julian, dit-elle brusquement.

Le regard d'Emma se posa furtivement sur le brassard noir qu'il portait au bras. La jeune fille se mit à trembler. Sir James, choqué par sa manière familière de parler de son fils, ne lui répondit pas.

— Il est mort, dit-elle en se penchant comme pour le supplier de démentir une telle affirmation.

Il hocha la tête. Emma poussa un gémissement et se couvrit le visage de ses mains tout en vacillant. Sir James se précipita pour l'aider à s'asseoir, attrapa la carafe sur son bureau et versa de l'eau dans un verre qu'il lui tendit.

— Où ? Quand ? insista-t-elle, d'un air pitoyable.

— En Flandre, au mois d'octobre. Ce n'est officiel que depuis la semaine dernière, après les dernières recherches. Il n'y avait aucune trace de lui dans les hôpitaux alliés ou ennemis. Son colonel ne se faisait aucune illusion, mais pendant quelque temps nous avons espéré.

— Je sais, dit Emma, moi aussi.

Elle pleura sans bruit, toute menue dans le gros fauteuil de cuir. Sir James fut offensé par son chagrin. Il attendit qu'elle se reprenne avant de sonner son secrétaire pour qu'il la renvoie.

— Mademoiselle, je suis un homme très occupé. Je ne sais pas pourquoi vous êtes venue, mais cet entretien est terminé.

— Je devais savoir ce qui est arrivé à Julian. Personne ne me l'aurait dit à Paris.

— Aviez-vous vu le commandant Saxon à la banque ?

Les yeux gris d'Emma s'assombrirent et il fut surpris de voir qu'elle était en colère.

— Pourquoi l'avez-vous laissé partir à la guerre ? Il n'est resté là-bas que pour une question d'honneur, mais ce n'était pas le sien ! Il trouvait cette guerre cruelle, stupide, et il pensait qu'elle n'aurait jamais dû avoir lieu.

Sir James n'ignorait pas les opinions de son fils.

— C'est ce qu'il vous a dit ?

— Oui, mais il n'avait pas besoin de le dire, n'importe qui connaissant Julian l'aurait su tout de suite. Je l'aimais.

— Mademoiselle, vos sentiments pour mon fils ne me concernent pas.

— Il m'aimait aussi.

Sir James la regarda avec dégoût. Était-ce à cause de cette employée de bureau que Julian n'était pas revenu en permission avant le mois de septembre ?

— S'il n'y a rien d'autre, mademoiselle, je vais faire appeler un fiacre pour vous ramener à votre hôtel.

— Je suis venue directement de la gare. Je n'ai pas d'hôtel. J'ai très peu d'argent, dit-elle en rougissant.

— Ça ne me concerne pas non plus.

— Je suis enceinte de l'enfant de Julian, Sir James. Vous êtes certainement concerné.

— Comment osez-vous venir ici pour me faire chanter ? La police sait comment traiter avec des créatures comme vous.

Furieux, il chercha à atteindre le téléphone.

Emma resta assise, apparemment indifférente à ses menaces et, pour la première fois, il eut véritablement peur. Jamais elle ne pourrait prouver ce qu'elle revendiquait, mais elle n'hésiterait pas à faire un scandale. Toute trace de douceur avait disparu chez la jeune fille à présent. Elle ne ressentait aucune honte et semblait même impitoyable.

— Ce n'est pas du chantage. J'aimais Julian. Je n'ai jamais désiré son enfant. Je ne voulais que lui.

— Quelle honte !

— C'est pourtant vrai. Pourquoi ne vous dirais-je pas la vérité ? Il n'y aurait jamais eu d'avenir pour nous, nous le savions. Nous n'avons jamais pensé avoir un enfant. Je n'ai plus rien à perdre maintenant que Julian est mort. Je ne possède rien du tout, que cet enfant.

— Quelle preuve avez-vous qu'il s'agit bien de l'enfant de Julian ? dit-il froidement.

— Pourquoi ne croyez-vous pas que je l'aimais ? Vous croyez bien que j'ai couché avec lui ! C'est à cause de ce que je suis, n'est-ce pas ? Vous pensez que les « créatures » comme moi ne connaissent que la débauche ?

Comme il ne répondait pas, elle ouvrit son sac et en sortit un paquet de lettres. Elle lui en tendit une.

Sir James reconnut aussitôt l'écriture de Julian. Il s'assit brusquement. Après lui avoir lancé un regard furieux, il se mit à lire la lettre. Il découvrit un fils qu'il ne connaissait pas, un homme profondément désespéré et passionné. L'amour qu'il éprouvait pour cette jeune fille avait été la seule véritable joie de sa vie et en même temps il se sentait honteux et coupable vis-à-vis d'elle.

Aucun homme ne pouvait écrire des mots d'une telle force et d'une telle intimité à une femme s'il ne l'aimait pas. Mais Julian était-il le seul? Combien d'hommes avaient couché avec elle? Comment pouvait-il savoir la vérité à propos de l'enfant? La lettre trembla dans sa main. Il pensa un instant la détruire mais cela n'aurait servi à rien. Elle en avait d'autres dans son sac et probablement ailleurs. A présent, il était surtout question de l'enfant.

— Que voulez-vous ?

— Assez d'argent pour accoucher en toute sécurité et élever cet enfant comme doit l'être l'enfant de Julian. Un bon foyer, la meilleure éducation.

— Et une belle pension pour vous, dit-il avec mépris.

Emma ne répondit pas.

— Je dois réfléchir quelque temps. Je paierai votre hôtel, vous pourrez attendre un jour ou deux. Vos bagages sont à la gare ?

— Voilà tout ce que je possède, répondit-elle en indiquant son sac de voyage.

Sir James s'empourpra, horrifié à la pensée que Julian eût conçu un enfant avec une femme pareille. Il sonna son secrétaire.

— Réservez une chambre pour Mlle Béquier à l'hôtel *White* et appelez un fiacre pour qu'elle puisse s'y rendre. Elle aura besoin d'un peu d'argent.

Quand Emma se leva pour partir, elle aperçut le portrait de Julian. Pendant un long moment elle le contempla, puis ses yeux gris remplis de larmes se posèrent une dernière fois sur Sir James avant que la porte se referme derrière elle. Sir James s'assit lourdement, profondément troublé, se demandant ce qu'il devait faire.

Il voulait désespérément que l'enfant soit celui de Julian et que son nom et sa descendance continuent de vivre ; il savait aussi qu'il lui fallait garder les pieds sur terre.

Sa main se dirigea vers le téléphone pour appeler Henri Vaillant à Paris et se renseigner sur cette fille, mais il se ravisa brusquement : il était plus sage que personne ne soupçonne qu'il connaissait l'existence d'Emma Béquier.

En supposant que l'enfant soit un garçon, un bâtard pouvait hériter de ses biens mais pas de son titre. Il secoua la tête. La vérité finirait par surgir un jour ou l'autre, ce qui provoquerait le scandale qu'il cherchait à éviter.

Le titre disparaîtrait, faute d'héritier mâle, et ses biens reviendraient aux enfants de ses sœurs, qui n'étaient pas de véritables Saxon à ses yeux.

« Il devrait y avoir une solution », pensa-t-il. Il avait simplement besoin de temps pour la trouver. Il retourna à son bureau et appela sa belle-fille.

— J'ai un imprévu, ma chère Davina. Il me faudra rester à Londres cette nuit. Pensez-vous pouvoir rester seule ?

La voix, douce et féminine, le rassura.

— J'ai marché toute la journée et je suis fatiguée. Je me coucherai tôt. Serez-vous de retour demain ?

— Oui, à temps pour le dîner.

— Bonne nuit, alors, oncle James.

Elle l'avait toujours appelé ainsi depuis son enfance quand, petite fille, elle échappait à sa gouvernante pour se dépêcher d'aller retrouver Julian. Il quitta son bureau pour se rendre à sa maison de Regent's Park.

Comme il aurait été bon d'avoir le fils de Julian à Stridings ! Grâce à lui, la vie aurait repris comme autrefois.

Sir James sut qu'il ne pourrait pas dormir cette nuit-là, il lui fallait trouver une solution rapidement.

Bien avant minuit, tandis qu'il faisait les cent pas devant la cheminée de sa chambre, il avait fini par accepter la paternité de son fils. Julian n'était pas idiot, il n'aurait pas éprouvé de tels sentiments pour une fille volage. Et il ne lui aurait pas mis de telles lettres entre les mains sans lui faire entièrement confiance.

L'enfant de Julian était sa seule préoccupation désormais, bâtard ou pas.

Soudain, une idée lui vint à l'esprit. Cet enfant pouvait passer aux yeux de tous pour le fils légitime de Julian ! Ainsi le titre ne mourrait pas avec Sir James. Stridings et le reste de ses biens n'iraient pas à des étrangers. Le fils de Julian hériterait de tout légalement. Son fils n'était pas fautif, la guerre était la seule responsable. Sans cette guerre, Davina aurait été la mère de ses enfants, elle pouvait très bien l'être dans ce cas présent.

Sir James n'était plus fatigué. Cependant son plan ne pouvait se réaliser sans l'accord de Davina. Le risque était énorme mais l'enjeu était bien plus important que son titre : il s'agissait de l'enfant de Julian, son petit-fils.

Le sang des Saxon l'emportait sur tout, même sur le statut social de cette fille. Une Française ! Et probablement une catholique, comme tous ses compatriotes ! Elle n'avait fait que profiter de la guerre pour ensorceler son fils au moment où il avait besoin de réconfort. Avec un peu de chance, elle mourrait en couches. Et si elle survivait, il saurait comment traiter avec elle.

Sir James ne dormit que quelques heures. Il se leva tôt afin de poursuivre son plan, arranger le moindre détail et assurer le secret absolu sur toute cette affaire. Il n'alla pas à son bureau et passa la journée à téléphoner, à consulter des livres de droit civil et à prendre des notes.

Tard dans l'après-midi, tandis qu'il rentrait à Stridings, il réfléchit à la manière la plus adroite de tout raconter à Davina. Il fallait qu'elle soit d'accord, même si elle devait en souffrir. Seul l'enfant importait, désormais.

CHAPITRE 21

Après s'être habillé pour le dîner, Sir James descendit rejoindre Davina. Il traversa les longs couloirs où se succédaient des tableaux représentant les barons Saxon sur près de trois siècles. Comme son fils, il adorait Stridings.

Les jardins et les serres avaient été autrefois le domaine de Margaret. Des fleurs fraîchement coupées continuaient d'être envoyées toutes les semaines dans la maison de Regent's Park et à la banque, place Frederick. Son épouse lui manquait. Margaret aurait certainement approuvé ce qu'il avait l'intention de faire.

La maison, carrée et solidement bâtie, comportait deux salons, une bibliothèque et de vastes salles de réception au rez-de-chaussée. Les deux étages comprenaient douze chambres et le personnel logeait sous les toits et au sous-sol. Sir James préférait cette maison à celle de Londres ou à leur propriété en Écosse.

Il s'arrêta devant le portrait de Mlle de Roth-Vaillant qui avait apporté du sang français dans la famille au début du XIXe siècle, ainsi que les sociétés écossaises et l'hôtel particulier, avenue d'Iéna à Paris, en guise de dot. Davina avait apporté les riches terres du Devon.

— Rien de tout cela ne sera perdu, promit-il à Mlle Vaillant avant de descendre l'escalier. Pas tant qu'il y aura un Saxon vivant.

Davina était dans le petit salon, recroquevillée sur un canapé près de la cheminée, perdue dans ses pensées. Il se rendit compte qu'il ignorait son point de vue sur la plupart des choses. Il ne s'était jamais posé cette question auparavant. Davina avait été l'épouse idéale pour son fils, elle réussissait tout à la perfection. La jeune femme faisait vraiment partie de Stridings. Depuis son enfance, elle avait toujours été la bienvenue ; à présent, elle lui était d'un grand réconfort. D'abord orpheline et maintenant veuve. Désormais, il en était responsable.

— Hello, oncle James.

Il se pencha pour lui embrasser la joue, admirant comme toujours son teint parfait, délicatement rosé, les doux reflets dorés de ses cheveux et le parfum du savon et du talc qu'elle utilisait. Après Margaret, c'était la plus jolie fille qu'il ait jamais vue, et la robe noire très stricte qu'elle portait faisait ressortir sa blondeur et sa beauté. Il ne put s'empêcher de la comparer à la femme qui était venue à la banque.

— Voulez-vous boire quelque chose ? proposa Davina en l'embrassant.

Sir James accepta et s'assit sur le canapé tandis qu'elle lui versait un whisky. C'était un plaisir de la regarder. Davina était toujours très distinguée, que ce soit en robe, en uniforme de la Croix-Rouge ou en tenue d'équitation. Elle avait décoré cette pièce après le départ de Julian pour la guerre ; les murs damassés bleus et les rideaux de soie, les délicates tapisseries d'Aubusson, les chaises et le canapé de brocart pastel étaient un décor en parfaite harmonie avec sa beauté raffinée. Il lui était reconnaissant de l'attendre tous les soirs dans une maison où résonnaient autrefois les rires joyeux de Julian et de ses amis. Ils avaient tous disparu à présent : Tony, Williams, Julian. Que deviendrait l'Angleterre sans eux ?

Il se leva pour prendre son verre.

— Êtes-vous allée à votre réunion, aujourd'hui ?

Il l'avait poussée à voir du monde, à ne pas s'enfermer comme elle le faisait, mais il espérait qu'elle n'était pas sortie. Sa longue retraite depuis la dernière permission de Julian arrangerait les choses.

— Non, tout cela semble si stupide désormais ! La décoration du bal de la chasse ne m'intéresse pas.

— Moi non plus. Mais nous devons parler de quelque chose de plus important, à présent. Davina, je veux que vous m'écoutiez jusqu'au bout et que vous compreniez que nous n'avons pas le choix.

Sir James choisit ses mots avec soin. Il ne décrivit pas la jeune femme, cela aurait été tout à fait déplacé.

Il parla de l'enfant comme d'un accident de la guerre et non comme du fruit de l'amour profond de Julian pour cette femme. Davina n'aurait pu accepter l'idée que Julian l'avait délaissée pour une secrétaire.

— Mais la seule chose qui compte, conclut-il en faisant appel à ses sentiments, c'est qu'il s'agit de l'enfant de Julian et qu'il doit être élevé comme tel. Nous devons ignorer dans quelles malheureuses circonstances il a été conçu.

Quand Sir James regarda Davina, il vit que ses traits délicats étaient contractés par la colère.

— C'est à vous de décider, ajouta-t-il rapidement, mais sans cette guerre infernale, il aurait été votre enfant.

— Comment a-t-il osé ? murmura-t-elle en serrant si fort ses doigts autour de son verre qu'il crut qu'il allait se briser dans sa main. Un enfant ! Comment a-t-il pu m'humilier de la sorte ?

— Il n'était plus le même depuis longtemps. Nous l'avions pensé d'après ses lettres et le colonel l'avait confirmé.

Il caressa maladroitement l'épaule de Davina, se demandant si le colonel était au courant de cette liaison.

Davina le regarda avec, dans les yeux, une lueur glaciale qu'il n'avait jamais vue auparavant.

— Ainsi, oncle James, vous voulez que j'élève la créature de cette fille comme mon propre enfant ! Mais c'est une prostituée ; l'enfant peut être de n'importe qui.

— L'enfant est de Julian, Davina. Je me suis bien renseigné, il n'y a aucun doute à ce sujet.

La seule preuve qu'il possédait était une lettre que Davina ne devait voir en aucune circonstance. Elle n'accepterait jamais en sachant que l'adultère de Julian était un amour passionné.

— Pensez-vous que je vous proposerais cela si je n'en étais pas certain, s'il n'y avait pas en jeu plus que votre fierté ou la mienne ? Toute cette affaire me répugne autant qu'à vous. L'idée même que vous soyez obligée de payer pour une faute commise par mon fils quand il n'était plus lui-même m'est insupportable. Mais comment pouvons-nous abandonner son seul enfant, maintenant qu'il s'en est allé pour toujours ? Je vous promets, Davina, que j'en prends l'entière responsabilité. J'arrangerai tout moi-même, et après la naissance de l'enfant, je veillerai à ce que cette femme ne revienne jamais en Angleterre. Je ne m'attends pas à ce que vous aimiez l'enfant, mais seulement à ce que vous jouiez le rôle de sa mère.

Il se tourna et vit une expression de dégoût sur le visage de Davina.

— Et sa mère ? Comment est-elle ?

— Quelconque. Une petite Française vers qui Julian s'est tourné dans un moment de solitude, rien à voir avec nous.

— Est-elle jolie ?

Il fit un vague signe de la main. Le tour que prenait la conversation lui déplaisait. Davina elle-même n'était pas belle en cet instant.

— Elle n'a pas votre classe, Davina. Elle est... déplacée.

Sir James attendit son consentement mais, comme elle ne répondait pas, ses paroles se firent plus acerbes.

— Davina, je suis déterminé à ce que mes biens, à défaut de mon titre, aillent à un Saxon. Je reconnaîtrai cet enfant comme celui de Julian, légitime ou pas, et au diable le scandale.

Elle lui lança un regard haineux et s'assit en silence, tremblante, jusqu'à ce qu'elle se soit enfin dominée. Puis elle le regarda, le visage dénué de toute expression, et il sut qu'il avait gagné.

— Très bien, dit-elle. Mais je veux rencontrer la femme.

— Pour quelle raison ? Seul l'enfant est important.

— Je veux rencontrer la mère de l'enfant ; c'est ma seule condition.

Il redoutait ce qui se cachait derrière les yeux bleus de Davina mais il n'avait pas le choix.

— Je vais arranger cela dès que possible, à Londres.

— Non, dit Davina, ici à Stridings.

Il n'en fut pas surpris. Sa jalousie était la plus forte ; la Française devait venir comme une mendiante dans l'endroit que Julian aimait le plus, où seule Davina avait le droit de rester.

— Faites attention, Davina. Je parle sérieusement.

Elle hocha la tête, silencieuse mais implacable, et, à contrecœur, Sir James lui donna son accord.

CHAPITRE 22

— Quel joli costume, Madame ! dit la petite femme de chambre.

Emma approuva, aussi peu habituée à ce genre de compliment qu'à prendre ses repas au lit, ou au luxe de paresser dans une véritable baignoire aussi longtemps qu'elle le voulait.

Aujourd'hui, il fallait qu'elle soit en forme. Elle se préparait pour un rendez-vous avec Sir James afin qu'il lui fasse part de sa décision.

Sir James... Comme il la méprisait ! Elle s'attendait à de la colère et à de l'indignation de sa part — après tout elle était enceinte d'un enfant illégitime — mais pas à un tel mépris, comme si Julian n'avait pas participé à la conception de cet enfant. C'était d'autant plus pénible que Sir James ressemblait de façon frappante à Julian. Ses traits n'étaient pas aussi fins mais ils avaient les mêmes yeux, le même port de tête et surtout la même voix. En fermant les yeux, elle pouvait entendre Julian lui parler de nouveau, n'était ce dédain.

Cependant, Emma était convaincue qu'il avait décidé de l'aider. Il avait téléphoné tous les jours pour demander de ses nouvelles ; ce ne pouvait être que par intérêt pour l'enfant. Pour la même raison, il lui avait fourni des vêtements chauds pour l'hiver. Le costume que la femme de chambre admirait était en laine gris ardoise bordé de velours d'un gris plus clair. Elle l'avait choisi parmi un assortiment de toilettes qu'il avait fait apporter dans sa chambre d'hôtel. La propriétaire de la boutique était venue avec trois de ses assistantes, un tailleur et une pile de boîtes. Elles s'affairaient et bavardaient autour d'elle comme si elle avait été une cliente chez Thiboux. Il y avait également une sélection de lingerie aussi coûteuse que les costumes et les robes qu'elle essayait.

— Tout peut être confectionné en une journée et prêt pour le lendemain, Madame, lui avait assuré la vendeuse.

La réticence naturelle d'Emma lui était d'un grand secours : la femme y voyait l'attitude hautaine d'une lady.

— Ce manteau feuille-morte garni de renard roux vous va à ravir, Madame. Il fait ressortir la couleur de vos cheveux.

Emma l'avait accepté de même que l'ensemble gris, la cape assortie et deux corsages de soie. De toute façon, elle savait qu'elle ne pouvait pas tomber plus bas dans l'estime de Sir James. Dans les tiroirs de la commode se trouvaient des bas, de la lingerie, une chemise de nuit et un peignoir abricot, plus approprié à ce grand hôtel que le châle d'Emma sur la robe toute simple de Danielle.

Un chapeau de velours gris, des gants de cuir gris et des chaussures assorties complétaient l'ensemble qu'Emma avait choisi pour son rendez-vous. Elle portait le médaillon de Danielle et la bague de Julian. Après avoir épinglé son chapeau, elle prit sa cape et descendit. Un chauffeur en livrée la salua tout en lui ouvrant la porte d'une Bentley noire qui devait la conduire à Stridings.

C'était la première fois qu'Emma sortait depuis trois jours et qu'elle découvrait une autre ville que Paris. Pendant quelques secondes, elle reconnut différents endroits que Julian lui avait décrits. Mais quand la voiture quitta Londres et se mit à rouler à travers la campagne anglaise, la jeune fille sut pourquoi Julian aimait tant ces paysages verdoyants et pourquoi il recherchait toujours la quiétude de Neuilly.

Elle se demanda quelles pouvaient être les raisons qui avaient poussé Sir James à fixer ce rendez-vous à Stridings. Ce n'était certainement pas sa considération pour elle. Les coups de téléphone et les vêtements devaient l'apaiser et la garder hors de sa vue jusqu'à ce qu'il lui ait fait savoir sa réponse au sujet de l'enfant et, inévitablement, de sa mère.

Elle aperçut soudain un panneau indiquant Farningham. Ils approchaient de Stridings et, pendant un bref instant, ses pensées allèrent à Julian. Elle ne pouvait prendre le deuil de Julian avant d'avoir assuré l'avenir de son enfant.

Emma eut le souffle coupé en découvrant la maison au bout d'une longue allée, comme un joyau au milieu d'une pelouse de velours encore plus verte et luxuriante que tout ce qu'Emma aurait pu imaginer. Stridings réussissait là où Sir James avait échoué, en la faisant paraître faible et insignifiante.

Il n'était pas étonnant que Julian ne soit pas revenu vers elle, comme elle l'avait bêtement pensé au cours de toutes les journées horribles qui avaient suivi sa permission. Son choix n'avait rien de surprenant. Même s'il avait été libre, il ne l'aurait pas épousée, puis amenée ici pour y élever ses enfants car jamais elle ne pourrait faire partie de Stridings. L'enfant ne pourrait rien y changer ; pour vivre dans un tel endroit, il fallait y être né.

Elle eut besoin de tout son courage pour sortir de la voiture et attendre devant la lourde porte en chêne massif.

CHAPITRE 23

Sir James regarda la voiture approcher. Il avait fini par se dire que cette rencontre était nécessaire. Mlle Béquier devait voir ce qu'il offrait à son enfant avant d'entendre sa proposition.

Emma entra dans le petit salon, intimidée par tant d'opulence ; c'était précisément ce qu'avait voulu Sir James. Elle n'était plus l'effrontée qui s'était déchaînée dans son bureau. Il la salua d'un signe de tête.

— J'espère que vous vous êtes rétablie de votre voyage, lui dit-il.

Il sonna pour le thé et lui indiqua qu'elle pouvait s'asseoir sur le canapé, près du feu.

Les traces de fatigue et la pâleur de son visage avaient pratiquement disparu, ce qui rassura Sir James, inquiet pour la santé de l'enfant. A sa grande surprise, la jeune fille était plus que jolie, elle était d'une grande beauté. La sobriété de son costume gris contrastait de manière troublante avec son éclatante sensualité.

Son apparence raviva ses craintes sur la rencontre avec Davina. Mais sa belle-fille lui avait donné sa parole qu'elle ne dirait ni ne ferait rien qui puisse faire rejeter l'offre de Sir James.

— Je dois vous remercier..., commença Emma, qui n'avait aucune envie d'exprimer sa gratitude à cet homme hostile.

Elle fut incapable d'en dire plus et sa main toucha le col

de sa veste. Il secoua la tête et alla se tenir près de la cheminée.

— Les hivers anglais sont plus froids que vous ne le pensiez.

Emma eut presque envie de rire. Il feignait de prendre son dénuement pour une simple erreur dans le choix des vêtements qu'elle aurait dû emporter. Sir James voulait sans doute obtenir quelque chose, probablement les lettres de Julian. Ces Britanniques étaient des maîtres dans l'art de l'hypocrisie ; Julian le lui avait déjà dit.

Le maître d'hôtel apporta sur un plateau somptueux un service à thé en argent et de ravissantes tasses de porcelaine. Emma avait eu un moment de frayeur à la pensée que Sir James lui demande de servir le thé, mais, à son grand soulagement, le maître d'hôtel s'en chargea.

— Vous ne pouvez refuser à l'enfant de Julian tout ce qui lui est dû, dit Sir James après lui avoir fait part de sa proposition.

Le calme régnait dans la grande pièce. Le soleil couchant dardait ses rayons obliques à travers les hautes fenêtres du salon qui baignait dans une lumière qu'aucun de ses occupants n'était en mesure d'apprécier. Sir James attendait, observant la manière dont Emma était assise, les mains sur le ventre comme l'avait fait Margaret quand elle était enceinte de Julian.

Il appréhendait un peu la dangereuse mascarade, mais il n'y avait pas d'autre moyen de garder le fils de Julian définitivement — il était convaincu que ce serait un garçon.

Emma, sous le charme de cette voix à la fois si familière et si étrange, avait écouté attentivement. Son cœur s'était mis à battre de plus en plus vite au fur et à mesure que les intentions de Sir James devenaient claires. Il exigeait d'elle beaucoup plus que ce qu'elle lui avait demandé : l'abandon total de l'enfant.

Sir James lui avait proposé d'élever son enfant comme son petit-fils légitime et en retour de s'occuper d'elle jusqu'à la naissance du bébé, puis de lui fournir assez d'argent, « une fortune », pensa Emma, pour recommencer à zéro très confortablement dans n'importe quel pays, à l'exception de l'Angleterre. Sa fille, car Emma était convaincue que ce serait une fille, aurait de beaux vêtements, cette splendide maison, les meilleures écoles et un mariage avec un homme comme Julian.

Mais qu'adviendrait-il d'elle-même ? Elle serait bannie, congédiée, puis exilée comme une prostituée, comme si Julian n'avait jamais compté pour elle, comme si son enfant n'était pas tout ce qui lui restait après sa mort.

— Pourquoi devrais-je faire une chose pareille ? demanda-t-elle, les yeux chargés d'éclairs. Je ne suis pas venue ici pour donner l'enfant de Julian. Je suis venue pour obtenir de l'argent afin de l'élever décemment.

— Si vous n'acceptez pas mon offre, vous n'aurez rien, pas même un penny. Vous pourrez mourir de faim dans la rue, vous et votre bâtard. L'enfant sera un Saxon légitime ou il ira au diable.

Rouge de colère, Emma recula, impuissante. S'il lui avait arraché le bébé des bras, elle ne l'aurait pas détesté davantage.

— Soyez maudit, murmura-t-elle, soyez maudit !

Ils se dévisagèrent. Un gouffre les séparait, mais le même combat volontaire les animait. Sir James finit par dire doucement, avec l'instinct infaillible d'un homme qui doit gagner à tout prix :

— Pensez-vous que Julian aimerait que son enfant soit élevé comme vous l'avez été ?

A ces paroles, elle poussa un petit cri et se leva. Ses mains allèrent de son visage à ses épaules comme pour se débarrasser d'une douleur invisible. Emma regarda autour d'elle, puis revit les mains rouges et rugueuses de sa mère, sentit l'odeur de la boutique et de la ruelle, entendit le lit grincer sous le poids de son père et sut qu'elle avait perdu, comme autrefois quand, violée, humiliée, on l'avait forcée à agir contre sa volonté.

Avec une force due à des années de pratique, elle dissimula ses sentiments et fit un effort considérable pour mettre ses idées au clair. Elle promettrait à cet homme tout ce qu'il voudrait pour assurer les droits de son enfant, mais cette promesse ne durerait pas éternellement. « Un jour, j'obtiendrai plus de Sir James que de l'argent, pensa Emma, et je le rembourserai. »

La jeune fille hocha la tête rapidement sans le regarder.

— D'accord, dit-elle. Vous avez gagné. Comment cela va-t-il se passer ?

— Vous devez me laisser faire. Je me suis déjà occupé de tout. Julian était ici en octobre ; il n'y a aucune raison pour que l'enfant ne soit pas de Davina.

— Et elle est d'accord ?

— Pour la descendance de Julian, oui, elle est d'accord. L'enfant doit être légitime pour hériter du titre et il n'y a qu'un moyen d'accomplir cela.

— Tout le monde verra qu'elle déteste l'enfant.

— C'est vous qu'elle déteste, pas l'enfant.

— Continuez, dit Emma.

— Vous partirez toutes les deux séparément, ajouta-t-il rapidement, et Mme Saxon reviendra avec le bébé.

— Et le certificat de naissance de l'enfant dira-t-il que Julian est son père ?

Il l'en assura sans lui dire quelles difficultés il avait rencontrées pour parvenir à ce résultat.

— Et que Davina Fitzross Saxon est sa mère, ajouta Sir James.

Emma ne sursauta même pas, décidée à aller jusqu'au bout.

— Et en échange de ma promesse de quitter l'Angleterre, vous élèverez mon enfant de la même manière que Julian ?

Il hocha la tête.

— Il aurait voulu que son enfant soit élevé ici, dit soudain Emma.

Son regard refit le tour de la pièce, puis croisa celui de Sir James et, pendant un instant, il put presque croire qu'elle avait aimé son fils. Puis il rejeta cette pensée. C'était une femme sans émotion. Elle semblait plus préoccupée par la légitimité de l'enfant que par les sentiments maternels de Davina. Sir James s'en réjouissait ; cela signifiait qu'elle ne ferait pas de scandale. Elle désirait avant tout que son enfant soit un Saxon.

— Ma belle-fille veut vous rencontrer.

— Je n'en doute pas, dit-elle avec une ironie mordante.

— Si elle est... difficile, j'espère que vous comprendrez pourquoi ?

— Et si je le suis, le comprendra-t-elle ? Ça ne fait rien... Est-ce pour maintenant ?

Sir James sonna et Emma attendit que la porte s'ouvre et que Davina entre dans la pièce. Elle portait une robe en laine noire à manches longues, égayée par un collier de perles. Ses cheveux formaient un halo doré autour de son visage. Ses yeux, d'un bleu électrique, ne quittèrent pas Emma une seconde. Elle s'arrêta à l'autre bout du canapé et se mit à la dévisager, ne perdant rien de sa silhouette, de ses vêtements ou de sa réaction à cette inspection hostile et désagréable.

— Ainsi, vous êtes d'accord, dit-elle enfin d'une voix dénuée de toute expression mais avec un regard glacial.

— A la condition que l'enfant ne puisse pas soupçonner que vous n'êtes pas sa mère.

— Ce n'est pas à vous de poser des conditions. Pour moi, cet enfant n'a qu'un parent, mon mari. Vous n'existez pas.

Puis elle s'en alla, aussi calmement qu'elle était entrée.

Sir James et Emma évitèrent de se regarder. Emma se sentait nue et gauche.

— Quand dois-je partir ?

— Dans deux jours. Vous irez en train dans un village d'Écosse où une voiture et un chauffeur vous seront procurés. Une sage-femme vous accompagnera et restera avec vous jusqu'à la naissance, puis une infirmière la remplacera jusqu'à ce que vous soyez prête à partir. Vous porterez le nom de Mme Seaton et je serai votre oncle. J'ai votre parole que vous n'écrirez à personne ? Pas même à votre famille ?

— Je n'ai pas de famille. Mais j'ai une amie à Paris.

— Je crois devoir insister..., commença Sir James en fronçant les sourcils.

— Moi aussi. C'est ma seule amie. Elle n'est pas au courant pour le bébé ; elle ne connaît même pas le nom de Julian. Je ne lui dirai rien, mais je dois lui faire savoir que je vais bien.

— Alors il faut qu'elle vous écrive à une boîte postale à Londres. Je prendrai les lettres et vous les enverrai...

— Oui, oui, comme vous voulez. J'aimerais repartir pour Londres, maintenant.

Sir James l'accompagna dehors, le visage tendu. Elle monta dans la Bentley noire ; il s'assit à côté d'elle et lui parla à voix basse pour ne pas se faire entendre du chauffeur.

— Je vous appellerai demain pour régler les détails. La femme qui vous accompagnera veillera à ce que vous ayez des vêtements adéquats et tout ce qu'il faut avec vous.

Elle hocha la tête, pressée de partir. Sir James sortit et la porte claqua. Elle s'adossa au siège, les yeux fermés. Elle ressentait de la colère et de la honte devant le mépris de cette femme si froide et s'étonnait que Julian ait pu l'épouser. Mais avant tout, elle enviait désespérément Davina.

— Si j'avais pu ressembler à n'importe quelle femme au monde, cela aurait été Davina Saxon, murmura-t-elle.

Dans sa chambre d'hôtel, elle fit les cent pas avant de s'asseoir pour écrire à Danielle. Sa lettre ne contenait qu'une part de la vérité. Elle lui racontait que son amant était mort, comme elle le redoutait. Le reste était un mensonge au sujet d'une place de gouvernante qu'elle avait trouvée en Écosse. C'était une occasion unique et le salaire était très élevé. Ainsi, pensa Emma, à son retour à Paris, son amie ne s'étonnerait pas de la voir revenir avec de l'argent et de belles toilettes.

Elle ne parla ni de Stridings ni de Sir James, ni de l'enfant qu'elle portait, ni de l'incroyable marché qu'elle venait de conclure.

Mais tout cela était-il si incroyable ? Il n'y avait que dans les contes de fées que les princes épousaient les bergères. Emma devait saisir la vie comme elle venait et faire en sorte qu'un jour, d'une certaine manière, elle puisse rembourser ces gens.

CHAPITRE 24

« Tout a été trop facile », pensait Sir James dans son bureau, trois mois plus tard. Pourtant, il se sentait constamment épuisé par le poids du secret qu'il lui faudrait garder toute sa vie.

Pendant un long week-end, il était parti en Écosse pour voir sa belle-fille « enceinte ». Sir James avait logé dans la maison discrète qu'il avait louée pour Davina à la sortie d'Édimbourg, mais il s'était également rendu à Silvermoor Cottage, à Glengowrie, pour sa visite mensuelle à Emma Béquier et à la sage-femme.

Ses amis et collègues pensaient tous, sans exception, que Davina avait besoin de repos et d'une retraite absolue si elle portait l'enfant de Julian. A son grand soulagement, ils ne s'attendaient pas non plus à ce qu'il sorte et accepte des invitations avant la naissance.

Emma était calme sans être sereine. Pour Sir James, elle ne le serait jamais, ce n'était pas dans sa nature. Cependant, elle jouait son rôle à la perfection. La sage-femme lui avait dit qu'elle était en parfaite santé mais peu bavarde. Elle était toujours absorbée par les livres qu'elle dévorait à une cadence étonnante.

Sir James remarqua que la plupart d'entre eux étaient les livres préférés de Julian ; ainsi, son fils lui en avait également parlé. Leur liaison, contrairement à ce qu'il voulait croire, n'avait pas été que charnelle.

Aux quelques réflexions qu'ils échangèrent, Sir James vit qu'Emma était intelligente et qu'elle comprenait ce qu'elle lisait. Tout d'abord, elle avait demandé des livres et des romans relatant l'histoire anglaise et il la soupçonna de vouloir rester en Angleterre. Puis, à son grand soulagement, elle se mit à étudier les États-Unis.

Sir James était en train d'allumer une cigarette quand il fut brusquement interrompu par la sonnerie du téléphone.

— C'est un appel de Munich, Sir James, un certain Dr Herzog qui veut vous parler personnellement.

— Passez-le-moi.

Les affaires avec l'Allemagne reprenaient à une vitesse fulgurante ; il s'agissait probablement du directeur d'une compagnie chimique allemande recherchant un appui financier de l'étranger.

— Sir James Saxon ? Je suis le chirurgien chef de l'hôpital militaire de Munich et je vous appelle pour une affaire urgente.

Dérouté, Sir James attendit.

— Je ne veux pas vous alarmer, continua le médecin, et au même instant le cœur de Sir James se mit à battre la chamade, mais il y a un homme ici qui prétend être votre fils.

— Mon Dieu, murmura Sir James, mais c'est impossible...

— Peut-être. Mais il dit s'appeler Julian Saxon et habiter Stridings, dans le Kent. Là, un de vos domestiques vient de me dire où je pourrais vous joindre.

— Julian ? Est-ce bien Julian ?

— Cher monsieur, je vous ai dit tout ce que je sais. Il passe la plupart du temps à dormir. Il est resté inconscient pendant des mois et a très bien pu donner le nom d'un ami ; ils le font parfois.

Était-ce William ? Ou Tony ? Non, ils étaient morts tous les deux ; Julian avait ramené leurs corps. Peut-être un pauvre garçon que Sir James n'avait jamais rencontré ?

— S'il vous plaît, dites-moi la vérité, docteur. Est-il grièvement blessé ?

— Oui, mais grâce au ciel, il est entier. Il était nu quand ils l'ont trouvé. Nous pensions que c'était un des nôtres, mais un soldat blessé appartient à tous.

— Oui, dit Sir James en s'essuyant le visage. Se rétablira-t-il ?

Il essayait de ne pas croire ce qu'il venait d'entendre avant de l'avoir vu de ses propres yeux. Le médecin hésita avant de répondre :

— Il est très faible, bien sûr. La plaie est toujours infectée. Il a une bien meilleure chance de s'en sortir maintenant qu'il est à moitié conscient. Cela l'aiderait de voir quelqu'un qu'il aime.

— Je viens tout de suite. Mais, docteur, en avez-vous parlé à quelqu'un d'autre que moi ?

— Non, nous n'ébruitons rien avant que l'identification ait été faite.

— Personne ne doit être au courant. Nous ne pourrions supporter la publicité.

— Lui non plus.

Le médecin lui donna l'adresse de l'hôpital. Sir James, après s'être recueilli un instant devant le portrait de son fils, quitta précipitamment son bureau et se rendit à la gare de Victoria.

La chambre était dans l'obscurité quand Sir James y entra en compagnie du médecin allemand. Il se précipita au chevet du lit et regarda attentivement le blessé. Le visage décharné, d'une pâleur cireuse, était indéniablement celui de Julian. Sir James prit une des mains émaciées et la porta à ses lèvres.

— C'est votre fils ?

Sir James hocha la tête, trop ému pour parler.

Une infirmière s'approcha d'eux et murmura quelques mots au médecin. Quelques instants plus tôt, le patient s'était mis à divaguer une nouvelle fois, mais auparavant, il avait été éveillé et conscient. Le médecin regarda Sir James.

— Cela va être difficile pour vous d'attendre qu'il se réveille. Ça peut prendre plusieurs heures. Venez vous asseoir dans mon bureau. L'infirmière nous appellera.

— Non, merci, je veux être près de mon fils quand il se réveillera.

Le médecin et l'infirmière le laissèrent seul avec le blessé. Au bout d'un moment, celui-ci bougea et ses paupières tremblèrent.

— Julian, peux-tu m'entendre, mon fils ?

— Père ? murmura faiblement Julian.

— Oui, c'est ton père. Ne parle pas, mon garçon, je vais tout te raconter. Tu es dans un hôpital militaire près de Munich. Nous sommes en avril. Tu as été amené ici en novembre après l'armistice, d'un hôpital de campagne allemand. Tu étais inconscient quand ils t'ont trouvé et trop faible pour leur donner ton identité. Peux-tu m'entendre, Julian ?

— L'armistice ?

— Oui, la guerre s'est terminée peu de temps après. Tu as été grièvement blessé mais tu es vivant, Julian, tu es entier, tu n'as pas besoin de te faire de souci à ce propos. Quand tu retrouveras tes forces, tu seras comme neuf, tu comprends ?

Il ne répondit pas et Sir James attendit un peu pour voir s'il s'était rendormi. Au prix d'un effort considérable, les paupières s'ouvrirent et les yeux noirs de Julian le regardèrent avec amour. Les larmes coulèrent sur les joues de Sir James.

— Mon garçon, murmura-t-il en caressant le visage de son fils avec tendresse. Mon fils bien-aimé.

Il se tamponna les yeux avec son mouchoir.

— Tu dois dormir à présent, Julian. Il faut que tu manges et que tu dormes autant que possible.

Il lui parlait comme à un enfant, bien que l'homme étendu devant lui fût un héros. Pourtant, c'était son fils, sa chair et son sang. Il lui avait appris à pêcher, à tirer et à monter à cheval, à dire la vérité, à être aimable envers ses inférieurs, à tenir sa parole et à honorer les femmes, surtout celles dont il appréciait le corps. Cela, il le lui avait trop bien appris. Sir James redevint soucieux à la pensée de cette femme enceinte à Silvermoor Cottage.

Un des plus grands regrets de Sir James avait été de ne pas avoir vraiment connu l'homme dont parlait Emma Béquier. Maintenant, il avait une autre chance et il se jura qu'il ne ferait pas deux fois la même erreur.

Sir James alla s'asseoir sur la chaise de l'infirmière. A présent, il devait dire à Davina que son mari avait été retrouvé. En premier lieu, il demanderait l'aide de son ami, Lord Broadhurst, pour que la presse n'ébruite pas la nouvelle ; un héros ressuscité alimenterait aussitôt les journaux. Sir James ne pouvait prendre le risque que cette fille découvre la vérité. L'enfant naîtrait dans deux mois et il devrait s'assurer qu'elle avait bien quitté l'Angleterre avant le retour de Julian.

Son fils reviendrait auprès de son épouse et de son enfant et oublierait la guerre et sa folie. Il se rétablirait et reprendrait la vie qu'il avait toujours aimée. L'enfant ne serait pas illégitime, Davina ne serait pas humiliée et il n'y aurait pas de scandale pour les Saxon. Julian lui-même serait certainement d'accord, même s'il connaissait la vérité au sujet de l'enfant.

Après avoir attendu quelque temps au chevet de Julian, il alla voir le médecin.

— Il a l'air très malade.

— Il l'est. C'est même surprenant qu'il soit vivant. Il mettra longtemps à se rétablir. Faible comme il est, la blessure n'arrête pas de se réinfecter. Son corps sera couvert de cicatrices, vous devez vous y préparer. Est-il marié ?

— Oui.

— Je le pensais bien. Il ne cesse d'appeler son Emma. Cela me brise le cœur de l'entendre, mais je pense que c'est grâce à son amour pour elle qu'il a survécu.

Impassible, Sir James hocha la tête.

— Il faut la prévenir pour les cicatrices, continua le médecin. A-t-il des enfants ?

— Il sera père dans deux mois. Pourquoi ?

— Il a souffert de plusieurs blessures à l'aine. Je suis presque certain qu'il ne sera pas impuissant une fois qu'il aura repris des forces. Mais pourra-t-il avoir d'autres enfants ? C'est une autre histoire. Il faudra du temps, beaucoup de temps, je regrette de vous le dire. Il vaut mieux ne pas lui en parler, même quand il se rétablira ; la peur peut être aussi paralysante qu'une blessure. Son foyer et une femme aimante sont probablement tout ce dont il a besoin... et du temps. Il faut que vous soyez tous très patients.

— Combien de temps est-il resté inconscient ?

— Il a souffert d'une forte commotion cérébrale quand l'obus l'a touché. L'explosion s'est produite tout près de lui, à en juger par ses autres blessures. Et puis, peut-être n'a-t-il pas voulu se réveiller. Un homme qui a servi au front aussi longtemps que votre fils a très bien pu choisir de ne jamais revivre un tel cauchemar. Finalement, c'est un miracle qu'il se soit accroché à la vie. Mais sa raison n'est pas affectée. Il est parfaitement lucide quand il n'a pas de fièvre.

Il ouvrit un placard et en sortit une bouteille et deux verres.

— Voulez-vous boire quelque chose ?

Sir James retourna à sa chambre d'hôtel à dix heures du soir, trop épuisé pour dîner, mais avant de s'endormir, il téléphona à Davina.

CHAPITRE 25

Davina reposa le combiné et se mit à arpenter nerveusement la chambre de la maison d'Édimbourg. Son expression changea au fur et à mesure qu'elle revoyait le garçon qu'elle avait toujours connu, l'homme qu'elle s'était juré d'épouser.

Elle se souvint de leur premier baiser près de la rivière et de son désir ardent de le posséder. Elle aurait voulu faire l'amour ce soir-là, mais les hommes comme Julian n'abusaient pas des femmes qu'ils épouseraient.

Elle se souvint aussi de la soirée de leurs fiançailles, par une douce nuit d'été où régnait le parfum des roses dans le jardin. La pression ardente de sa bouche et son désir contenu l'avaient fait sourire d'un air victorieux.

Ils ne faisaient qu'un, à présent et pour toujours.

« Et il m'appartiendra toujours », se promit-elle avec passion.

Peu importait le prix qu'elle devait payer, peu importait ce que Julian lui avait dit pendant la dernière nuit qu'ils avaient passée ensemble après qu'elle l'eut persuadé de lui faire l'amour.

— Je te déteste. Je te déteste, toi et ta sale vérité. Pourquoi as-tu fait l'amour avec moi ?

Il y eut un silence bref et éloquent. C'était elle qui l'avait contraint.

— Je voulais faire un essai, dit-il. Je n'aurais jamais pensé que ça se passerait ainsi.

— Comment ainsi ?

— Je l'aime, Davina, je ne peux rien y changer.

— C'est moi que tu aimes ! Je suis ta femme, Julian. C'est moi que tu as promis d'aimer.

— Mais c'est impossible à présent ; ce n'est bien ni pour toi ni pour moi.

— Tais-toi, tais-toi ! Je ne t'écouterai pas !

Julian proposait le divorce comme seule solution après la guerre. Il prendrait tous les torts et s'en irait pour toujours parce qu'il aimait une autre femme que Davina, son épouse de quelques nuits seulement.

— Est-ce pour cette raison que tu t'es décidé à rentrer, pour me dire tout ça ?

— Je ne suis pas rentré pour te dire quoi que ce soit mais pour faire mon devoir.

— Salaud ! Espèce de salaud ! Je te méprise. Si seulement tu pouvais mourir ! J'espère qu'ils te tireront dessus et que tu en crèveras.

« Petite idiote, se dit-elle en souriant à son miroir. Tu aurais dû montrer plus de dignité et de compréhension. Il n'aurait jamais quitté l'Angleterre, Stridings et son père, pas même pour une femme. »

— Elle est vulgaire, murmura-t-elle, et cela attire les hommes. Très bien. Moi aussi, je peux être vulgaire.

Davina se remémora le beau visage de la Française, ses yeux gris et profonds qui avaient toujours soutenu son regard, sa bouche sensuelle et son harmonieuse silhouette. Il y avait quelque chose en elle qui devait éveiller la passion chez n'importe quel homme. Elle était certainement intelligente, toutes ces filles l'étaient. Davina était elle-même bien trop intelligente pour sous-estimer une rivale. Julian ne devait jamais la revoir. L'amour ! Il n'éprouvait rien d'autre qu'un désir physique pour cette femme.

« Je ferai en sorte que ce soit moi qu'il désire et je trouverai quelqu'un qui m'enseignera comment. »

Elle serra les lèvres. Personne ne soupçonnerait jamais que Davina Saxon n'était pas la mère du bébé. Elle devrait vivre avec la preuve de la trahison de Julian le restant de ses jours ; mais l'enfant prouverait à tout le monde que Julian aimait son épouse. L'enfant ramènerait Julian à la raison.

Dieu seul savait ce que ses amies avaient pensé quand il n'était pas rentré chez lui en permission pendant tout ce temps ! Davina était persuadée que leur aimable sympathie masquait leurs soupçons et qu'elles comméraient derrière son dos à mesure que les mois passaient.

Elles s'étaient toujours moquées de l'acharnement constant que Davina mettait à poursuivre Julian. Elles avaient même insinué que rien ne l'arrêterait pour conquérir Julian Saxon.

— Davina a réussi ! chantonnaient-elles avec envie le jour de son mariage.

Puis Julian était parti pour la France et n'était pas rentré lors de ses permissions. Avaient-elles deviné pourquoi ? S'étaient-elles esclaffées en apprenant qu'à peine marié, il voulait la quitter pour une catin française ?

« Mais j'ai son enfant maintenant. Désormais, elles n'auront rien à dire. »

Détendue, Davina alluma une cigarette. Jamais il n'abandonnerait son enfant ou la mère de son enfant, pas même pour cette femme. Julian était trop grièvement blessé pour rechercher sa maîtresse avant longtemps. Elle l'aimait assez pour le reprendre en dépit de ce qu'il lui avait fait, assez pour accepter de devenir la mère de l'enfant de cette femme même si Julian ne devait jamais connaître l'ampleur de son sacrifice.

Davina s'assit à la table de sa coiffeuse et sourit à son miroir, de son sourire doux et serein. Puis elle se pencha en avant pour examiner son visage. Elle fit bouffer ses cheveux, les boucles dorées que Julian aimait tant autrefois. Après avoir déboutonné sa robe de chambre, elle abaissa sa chemise de nuit de satin. Ses mains gracieuses entourèrent ses seins et les caressèrent jusqu'à ce que les pointes soient dures. Elle se leva, enjamba ses vêtements et se tint debout, nue, caressant ses cuisses comme Julian l'aurait fait, introduisant ses doigts entre la toison dorée pour découvrir, avec satisfaction, qu'elle était chaude et humide de désir.

Elle alla s'étendre sur son lit, et pour une fois, son plaisir solitaire ne se termina pas en sanglots.

De tout son cœur, Davina pria pour que le bébé dont elle avait tant souhaité la mort puisse vivre et sauver son mariage.

CHAPITRE 26

— C'est l'heure du thé, madame Seaton, cria Mme Atherton par la fenêtre ouverte.

Emma quitta le jardin et remonta l'allée jusqu'à Silvermoor Cottage. La sage-femme était toujours de bonne humeur. Leurs rapports étaient très cordiaux mais leurs conversations se limitaient à l'accouchement et au temps.

Silvermoor Cottage était un endroit charmant, à cinq kilomètres du village de Glengowrie. Cette chaumière d'apparence modeste avec son toit de chaume était joliment meublée de belles tables en bois fruitier, de chaises recouvertes de tapisserie et de confortables canapés. Il y avait une cheminée dans chaque pièce.

L'arôme accueillant du pain grillé et des galettes toutes chaudes embaumait la maison quand Emma entra. Mme Atherton, une femme rougeaude dotée d'une énorme poitrine, s'activait dans la cuisine à préparer le plateau du thé.

— Je meurs d'envie de boire du vrai café, dit Emma en s'installant dans le fauteuil à bascule.

— Allons, le café est mauvais pour le bébé et pour nous. Cela nous empêcherait de dormir et nous avons besoin de nos forces pour l'accouchement.

Elle tendit à Emma une tasse de thé au lait. L'enfant devait naître le mois prochain et la jeune femme était atterrée par le volume de son ventre bien que Mme Atherton lui eût assuré qu'elle n'était pas plus grosse que la plupart des femmes enceintes. Emma avait hâte que tout soit fini, et en même temps, elle était peu pressée de quitter Silvermoor. Pour la première fois de sa vie, elle était choyée, protégée et en sûreté. Épuisée à son arrivée, Emma était restée au lit pendant plusieurs semaines ; mais la sage-femme s'était plus préoccupée de sa mélancolie que de sa fatigue.

Mme Atherton pensait comprendre parfaitement la situation. La jeune Mme Seaton, bien qu'étrangère, était visiblement de bonne famille. Veuve, elle s'était retrouvée enceinte, et son oncle, M. Jerrold Seaton, était intervenu pour dissimuler un scandale quand l'amant avait été tué. Au début, M. Seaton avait été distant, ce qui était une réaction compréhensible de la part d'un gentleman de la vieille école — c'était un si bel homme ! —, mais par la suite son attitude envers elle s'était mise à changer. Mme Atherton voyait bien maintenant que M. Seaton aimait beaucoup sa nièce.

La sage-femme devrait partir immédiatement après la naissance. Il était clair que l'enfant serait alors remis à des personnes qui souhaitaient garder l'anonymat pour l'adopter. Cela se passait toujours ainsi ; elle avait été bien payée pour observer le silence. Mme Seaton était malheureuse — quelle jeune femme ne l'aurait pas été à sa place ? — et d'humeur difficile, taciturne, mais la profonde tristesse des premiers mois avait disparu.

— Reposez-vous à présent, avant l'arrivée de votre oncle. Il fait assez chaud pour faire la sieste dans le jardin.

Avec une docilité inhabituelle, Emma se retrouva dans un fauteuil sous le chêne, enroulée dans un châle. Elle appréciait beaucoup le calme de Silvermoor.

Elle avait tout son temps pour lire et Sir James lui envoyait tous les livres qu'elle désirait. Après avoir dévoré les classiques préférés de Julian, Emma voulut tout connaître sur le pays dans lequel vivrait son enfant. Quant à elle, elle avait décidé de partir pour les États-Unis ; un pays neuf et lointain qui lui convenait très bien. Là-bas, il lui serait plus facile de prendre sa revanche en temps voulu.

Elle marchait beaucoup et écrivait de longues lettres à Danielle sur la petite fille dont elle était supposée avoir la garde. Elle lui parlait de ses beaux vêtements, de ses boucles et de son poney.

Les réponses de Danielle étaient toujours affectueuses. Un jour, Emma reçut pourtant des nouvelles inattendues.

« Ta mère est venue te chercher hier. Ton père a eu une attaque le dimanche où tu es partie de chez tes parents. Il ne s'est jamais rétabli, il est mort il y a quelques semaines. J'ai pensé que tu devrais être au courant, bien que tu ne puisses rien y faire. »

Ainsi, ce monstre à la voix forte et au corps répugnant avait fini par se taire à jamais. Elle ne s'abaissa pas à l'hypocrisie des larmes ; elle avait trop souvent souhaité sa mort. Mais l'avait-elle provoquée par sa fuite ? Pendant quelques jours, Emma fut plus réservée que d'habitude, puis elle se replongea dans ses lectures, au grand soulagement de Mme Atherton.

Ses relations avec « oncle Jerrold » l'amusaient. Il jouait son rôle à la perfection. Il avait fait en sorte que Mme Atherton voie sa désapprobation mais il dissimulait son dédain. Leur antipathie était mutuelle, mais Emma savait qu'elle pouvait lui faire confiance pour l'enfant, et c'était tout ce qui lui importait. Il n'avait jamais vu les silhouettes et les portraits de Montmartre. Elle les gardait précieusement cachés avec les lettres de Julian.

Un oncle était censé avoir de l'affection pour sa nièce, aussi effleurait-il la joue d'Emma de ses lèvres chaque fois qu'il venait et qu'il repartait. Elle se demanda comment il se comporterait pendant la dernière visite précédant la naissance de l'enfant. Elle s'endormit doucement et n'entendit pas la voiture arriver, ni Sir James traverser le jardin et s'approcher d'elle.

Il la regarda. Ses cheveux défaits formaient une auréole autour de son visage, ses joues étaient roses et ses lèvres légèrement entrouvertes dans son sommeil. Le châle cachait son état, mais il y avait une maturité en elle qui était irrésistiblement féminine.

Il la désirait. Récemment, il avait reconnu à contrecœur qu'il éprouvait du respect pour son intelligence et son courage. Mais aujourd'hui, il pouvait voir Julian faire l'amour avec elle.

De sa vie, il n'avait connu de femme aussi sensuelle que

la maîtresse de son fils. Il enviait Julian et, en même temps, il avait honte de son désir et de sa jalousie. Il n'était pas étonnant que Julian, qui avait embrassé sa bouche et possédé son corps, soit tombé amoureux d'elle.

Cependant, Sir James se souvint qu'elle était d'un monde différent et par conséquent peu digne de confiance.

Emma bougea et ses paupières frissonnèrent. Le soleil se trouvait derrière lui et tout ce qu'elle vit fut sa silhouette et l'inclination familière de sa tête. « Emma », dit-il et elle sourit en entendant sa voix, un sourire radieux qui lui coupa le souffle. Elle s'étira langoureusement, si attirante qu'il se mit à trembler.

— Mon chéri, dit Emma.

D'un seul coup, Emma prit conscience de l'endroit où elle se trouvait, à l'instant même où Sir James se penchait pour l'embrasser, évitant sa bouche au dernier moment. Leurs regards se rencontrèrent. Aussitôt, le visage d'Emma se ferma et elle fut de nouveau la jeune femme froide qu'il connaissait.

Sir James alla dans la maison tandis qu'Emma restait là, sidérée par ce qui venait de se passer, se demandant même si elle n'avait pas rêvé. Comment osait-il la regarder pendant qu'elle dormait ?

Le visage d'Emma était impassible quand Sir James revint auprès d'elle après avoir pris le thé avec Mme Atherton.

— Il y a certaines choses dont nous devons discuter maintenant que la naissance approche, lui dit-il.

Ses manières étaient polies et distantes, mais il avait l'air plus préoccupé que d'habitude. De nouveau, elle se demanda pourquoi il n'était pas venu le mois précédent.

— Oui, bien sûr.

Si elle apprenait à se conduire comme une lady, elle pourrait passer comme telle auprès des personnes qu'elle rencontrerait dans sa nouvelle vie. Bien qu'elle méprisât Davina, elle voulait toujours lui ressembler.

— Voulez-vous faire une promenade avant qu'il fasse nuit ?

Emma hocha la tête. Sir James avait quelque chose d'important à lui dire que Mme Atherton ne devait pas entendre. Il l'aida à se lever et lui mit un châle autour des épaules. Puis ils marchèrent lentement, pour ne pas fatiguer Emma.

— Ça sent le printemps, dit-elle en respirant profondément.

— Vous avez choisi d'aller en Amérique, plutôt que de rentrer en France, dit-il, peu ému par le printemps. C'est une très sage décision. Comme vous vous embarquez dans une nouvelle vie, je pense qu'il serait aussi bien que vous portiez un nom différent.

— Je n'y avais jamais pensé, mais c'est une bonne idée.

Elle n'était pas spécialement attachée à celui d'Emma Béquier. Depuis ses quatorze ans, elle se battait pour y échapper.

— Quel nom choisirez-vous ? Il va falloir préparer les papiers.

Emma réfléchit un instant, puis se souvint d'un nom qu'elle avait découvert autrefois dans un roman français.

— Emmanuelle Béranger, dit-elle.

Elle leva les yeux vers Sir James, espérant un signe d'approbation.

— Très bien, dit-il en lui prenant le bras.

Sir James sentit le frais parfum citronné d'Emma et le souffle de sa respiration contre son bras.

— Mme Atherton m'avertira de la naissance, dit-il brusquement.

Elle s'arrêta et le regarda, étudiant chaque trait de son visage. Puis un léger sourire se dessina sur ses lèvres et il eut la certitude qu'elle savait qu'il la désirait.

— Est-ce la dernière fois que nous nous voyons ? demanda-t-elle.

— Cela fait partie de notre accord. Tout ce dont vous aurez besoin vous sera remis lors de votre départ pour les États-Unis. Rentrons maintenant.

Sir James salua Mme Atherton, puis se tourna vers elle une dernière fois. Les mains sur les épaules d'Emma, il se pencha pour donner le baiser rituel. Il sentit sa peau douce contre sa bouche et la chaleur de son corps sous ses mains.

— Votre oncle est un homme si charmant ! dit Mme Atherton après son départ. Et il vous aime tant !

— Oui, dit Emma, je sais.

CHAPITRE 27

Emma était étendue sur le lit et feignait un calme stoïque tandis qu'elle contemplait la progression du soleil à travers le jardin, sur les jonquilles, les iris et les marguerites. Elle avait peur et désirait désespérément parler à quelqu'un. Mais personne ne savait qu'elle se trouvait ici.

— Tout va bien, dit Mme Atherton.

La sage-femme replaça la couverture sur le lit et essuya le visage d'Emma. Puis elle continua ses préparatifs sous les yeux de la jeune femme. Elle éparpilla des bandes de mousseline fraîchement bouillies pour essuyer les yeux du bébé, de l'huile d'olive pour réchauffer le petit corps, de la vaseline, des ciseaux, une aiguille et du fil pour recoudre le cordon ombilical.

— Les premiers bébés prennent souvent leur temps pour sortir, dit-elle gaiement.

Au crépuscule, Emma avait rejeté sa couverture. La douleur lui était insupportable.

— Allons, allons, madame Seaton, il ne faut pas que vous épuisiez toute votre énergie ; il est encore trop tôt.

Emma approuva et sombra dans un profond sommeil quelques instants, puis se réveilla, en proie à de violentes contractions.

— Respirez à petits coups, ordonna Mme Atherton.

— Encore combien de temps ? supplia Emma.

— Tout vient à temps, ma chère, il faut être patiente.

Emma entendit des voix venant du rez-de-chaussée.

— Est-il là ? murmura-t-elle.

— Oui, oui, dit Mme Atherton tout en épongeant le front d'Emma, puis ses bras et ses jambes. Votre oncle est ici.

« Et elle, est-elle là également ? », pensa Emma. La princesse aux yeux bleus, prête à lui dérober le bébé de Julian...

Ce fut sa dernière pensée cohérente. Mme Atherton lui demanda de pousser de plus en plus fort à chaque contraction, sans tenir compte des faibles protestations d'Emma qui se plaignait d'être trop fatiguée.

— Je n'en peux plus, je vous en prie, dit-elle en français.

— D'accord, détendez-vous maintenant, madame Seaton. Parlez anglais, je ne vous comprends pas. Bon, il faut que vous poussiez aussi fortement que possible.

Emma se mit à crier.

— Elle n'est pas ici, madame Seaton.

— Qui ?

— Vous n'appeliez pas votre mère ?

— Non.

— Pourquoi ? Une femme veut sa mère dans de tels moments.

— Non, pas moi, dit Emma en pleurant. Qui est entré ?

— Seulement la nourrice, madame Seaton.

— Danielle, je veux Danielle.

— Poussez, c'est presque fini.

— Ne le laissez pas s'approcher de moi. Il ne faut pas qu'il me touche.

— Il ne vous fera pas mal, je vous le promets.

La voix rassurante de la sage-femme et ses mains habiles soutinrent Emma jusqu'à ce que la douleur se fasse plus vive encore et qu'elle retombe à demi évanouie tandis que la nourrice prenait l'enfant dans ses bras. Elle l'entendit crier et dans un geste dont elle ne se souviendrait que beaucoup plus tard, elle essaya d'attraper son enfant.

Il y eut un moment de silence, puis elle entendit la porte s'ouvrir et se refermer tandis que les pleurs de l'enfant s'évanouissaient. Ses bras retombèrent et elle sentit la douce pression des mains de Mme Atherton qui la consola jusqu'à ce que le sommeil la gagne.

A son réveil, Emma était sous la garde d'une infirmière,

une Écossaise austère et taciturne avec un fort accent, qui avait été bien payée pour ne pas poser de questions. Le silence qui régnait dans la maison l'oppressait. Pendant deux semaines Emma s'était mise à dépérir : elle mangeait peu et pleurait sans bruit, regrettant de ne pas avoir d'amie auprès d'elle.

— Je vais chercher le docteur si vous continuez de pleurer. Ce n'est pas comme ça que vous irez mieux.

— Laissez-moi tranquille. Comment pouvez-vous savoir ce que je ressens ?

Le visage austère la fixa un instant, puis la femme s'assit sur le lit et posa une énorme main sur ses épaules.

— Allons, mon enfant, n'importe quelle femme sait ce que c'est. Pleurez une dernière fois, et puis il faudra accepter.

— Était-ce un garçon ou une fille ? demanda Emma en pleurant contre l'épaule de la femme.

— Je ne sais pas mais, à présent, quelle différence ?

Bercée dans les bras d'une étrangère, Emma pleura le bébé de Julian, arraché de son corps et qu'elle n'avait jamais touché, ni tenu dans ses bras pour un dernier adieu. Elle pleura la mort de Julian et se jura de ne plus jamais aimer ; peu importaient sa terrible solitude et son besoin d'affection.

Ce soir-là, Emma dîna dans la salle à manger pour la première fois depuis deux semaines, puis elle regarda attentivement les documents que Sir James lui avait envoyés. Ils attestaient qu'elle avait dix-neuf ans, qu'elle était née à Lyon, orpheline, britannique par son mariage avec un lieutenant gallois qui avait été tué au combat en France. Son nom était Emmanuelle Béranger.

Sir James lui avait également envoyé un billet de première classe sur un bateau à vapeur faisant la traversée Plymouth-New York, de l'argent pour le voyage et une lettre de crédit sur une banque new-yorkaise de mille livres, sur laquelle elle pouvait retirer deux cents livres par an pendant cinq ans. Sir James agissait ainsi pour l'empêcher de retourner en Angleterre ; à Stridings, il lui avait bien fait comprendre qu'elle n'aurait plus d'argent si elle revenait. Emma n'avait aucune idée de la valeur d'une telle somme aux États-Unis mais en Angleterre, cela représentait beaucoup d'argent, plus qu'elle n'en avait jamais eu en France.

Assise dans son fauteuil à bascule, Emmanuelle Béranger se mit à rêver de New York.

LIVRE II

CHAPITRE 28

New York, 1919

Emmanuelle quitta la Cinquième Avenue pour prendre la 32e Rue Est. Elle repéra immédiatement l'école : une longue file de voitures avec chauffeurs était garée devant le bâtiment et des filles en uniforme bleu marine et coiffées de chapeaux à large bord en sortaient. Emmanuelle sourit en approchant de l'Académie féminine Treadwell, un immeuble de pierre de quatre étages. Il était agréable de se trouver au milieu de jeunes filles aisées. Elle les observa un instant avant de monter les marches et de sonner à la porte.

Une domestique en uniforme la reçut et lui fit signe de s'asseoir en attendant Miss Treadwell, la propriétaire et directrice de l'école. Le parloir, sombre et encombré de meubles, était propre et confortable. L'école avait bonne réputation, à en juger par ce qu'étaient devenues les élèves dont les photographies étaient accrochées aux murs.

Cela faisait trois semaines qu'Emmanuelle vivait à New York sans travailler. Elle n'avait pas prévu de rester inactive aussi longtemps ; mais, comme elle avait échangé son billet de première contre un de troisième classe, elle avait encore assez d'argent pour subsister un mois ou deux. Cependant, elle désirait trouver du travail le plus vite possible. Née dans la misère et habituée à économiser, elle avait l'intention d'augmenter son pécule, non de le gaspiller.

Dès son arrivée, elle s'était installée dans un petit hôtel miteux réservé aux femmes, puis elle avait parcouru tous les journaux qu'elle n'avait pas pu lire pendant la traversée. Il n'y avait eu aucun faire-part de naissance à Stridings ; Sir James était bien trop prudent. Après avoir feuilleté les quotidiens américains, Emmanuelle pensa qu'elle avait eu tort d'accepter le versement sur cinq ans ; elle aurait pu facilement monter une affaire avec la totalité.

Cependant, elle se sentait dépaysée à New York. Tout lui semblait différent. Pendant plusieurs jours elle était partie explorer la ville, puis s'était rendu compte qu'il lui fallait mieux connaître ce pays et ses habitants. Pour l'instant, New York la fascinait, malgré l'absence de vastes esplanades comme la place de la Concorde et de larges boulevards animés. Contrairement à Paris, New York vivait à l'intérieur de ses murs.

Emmanuelle avait acheté du tissu et passait ses soirées à se confectionner de nouveaux vêtements, grâce à la machine à coudre du gérant de l'hôtel. Pour l'hiver, elle avait l'ensemble gris offert par Sir James. Elle se fit un costume léger en flanelle marine pour l'automne, qu'on appelait ici « été indien ».

Avec l'instinct d'une citadine, elle sut rapidement où se trouvaient les quartiers chics de New York. Après s'être inscrite dans les plus prestigieuses agences pour l'emploi, elle demanda un poste dans ces quartiers. Mais, à New York, les Françaises ne trouvaient guère que des places de gouvernantes, de vendeuses ou de femmes de chambre.

Cependant, l'Académie féminine Treadwell venait de commencer son trimestre scolaire et avait rapidement besoin d'un professeur de français. Emmanuelle était vivement intéressée ; cet emploi lui permettrait d'étudier l'histoire des États-Unis, de perfectionner son anglais et d'apprendre comment se comportaient les jeunes filles de bonne famille de ce pays.

La porte du parloir s'ouvrit et une femme, un peu plus âgée qu'elle, entra dans la pièce. Emmanuelle se leva. Elle avait un visage quelconque, des lunettes rondes et une silhouette harmonieuse. Ses cheveux étaient tirés en chignon, mais les petites mèches bouclées autour de son visage atténuaient sa sévérité. Elle portait une jupe noire et une veste de tweed boutonnée sur un chemisier de soie blanche. Ses bottines ne firent aucun bruit sur le tapis quand elle traversa la pièce.

— Mademoiselle Béranger ? Je suis tellement désolée de vous avoir fait attendre. Je suis Katharine Treadwell, dit-elle en s'asseyant en face d'Emmanuelle. Voulez-vous une tasse de café ?

Emmanuelle refusa poliment ; aux États-Unis, le café était presque aussi mauvais qu'en Angleterre. Elle savait déjà qu'elle désirait ce poste, mais elle s'assit calmement pour l'échange conventionnel d'informations. Le salaire était inférieur à celui mentionné par l'agence.

— Oh, ils le font parfois quand ils sont sûrs que la personne qu'ils m'envoient correspond à ce que je recherche. Mais, honnêtement, je ne peux pas me permettre plus, le comptable donnerait sa démission. Peut-être... que si vous habitiez ici, cela faciliterait les choses.

— Habiter ici ?

— Vous auriez votre chambre et votre salle de bains personnelle, bien sûr. C'est très grand ici, surtout la nuit et les week-ends quand les filles ne sont pas là. Depuis la mort de mes parents, je me sens très seule. J'aimerais avoir de la compagnie, mais les autres professeurs sont plutôt sinistres.

Son sourire était espiègle comme celui d'une petite fille prise en train de caricaturer ses professeurs. Puis elle regarda les vêtements d'Emmanuelle, son visage et ses cheveux.

— Mais je suppose que vous avez déjà de quoi vous loger.

— Non, Miss Treadwell, et j'aimerais beaucoup vivre ici.

Ce serait une grande économie pour elle. Un minuscule appartement dans cette partie de la ville était hors de prix. De plus, Miss Treadwell lui était très sympathique. Elles montèrent voir la chambre.

Le week-end, Emmanuelle emménagea dans la chambre confortable du second étage. C'était la première fois qu'elle avait une chambre et une salle de bains à elle — Silvermoor ne comptait pas. La chambre était spacieuse et meublée dans le même style que le parloir, avec un fauteuil confortable, un bureau, des étagères, une armoire, une grande commode et un lit à colonnes.

Elle s'installa, contente d'avoir trouvé un port d'attache. C'était certainement un endroit étrange pour une femme avec son passé et l'avenir qu'elle convoitait, mais elle ne pouvait faire qu'une chose à la fois. Pour l'instant, Emmanuelle Béranger était professeur de français dans une école pour jeunes filles de bonne famille à New York.

CHAPITRE 29

1920

« Il y a peu de femmes dont le mérite dure plus que la beauté », écrivit Emmanuelle au tableau. Elle posa sa craie et se tourna vers la classe.

Puis, après avoir demandé à Miss Blessing de traduire la phrase, Emmanuelle continua :

— Pour lundi prochain, vous me ferez une dissertation sur cette maxime de La Rochefoucauld.

La cloche sonna et les élèves sortirent. La mère de Miss Blessing, une femme fluette et hautaine, considérée comme une des personnes les plus en vue de la société new-yorkaise, entra dans la salle pour chercher sa fille, l'aînée de trois autres, inscrites à l'Académie Treadwell, elles aussi. Elle lut la phrase sur le tableau.

— Est-ce votre opinion, mademoiselle ? demanda-t-elle d'une voix claironnante.

— Absolument pas. Je veux simplement connaître l'opinion de mes élèves.

— Enseignez-vous le français ou la philosophie ? demanda Mme Blessing, un peu trop doucement.

— L'un semble impliquer l'autre, dit Emmanuelle avec un sourire conciliant.

Mme Blessing entraîna sa fille et jeta un dernier coup d'œil au professeur de français. Emmanuelle enseignait depuis plus d'un an dans l'école et c'était la première fois qu'elle lui adressait la parole.

Le dernier cours de la semaine venait de s'achever et Emmanuelle attendait le week-end avec impatience. Katharine Treadwell était la plus adorable des femmes. Elle avait huit ans de plus qu'Emmanuelle et n'avait jamais eu d'argent. Ses parents, d'un niveau social très élevé, avaient tout perdu avant sa naissance et avaient été réduits à diriger une école pour les filles de leurs riches amis. Kate était chaleureuse, affectueuse et vraiment charmante, mais elle avait toujours l'air de s'excuser, comme si son arrivée avait précipité la malchance de ses parents et qu'elle en était la seule responsable.

Dès le premier mois, les deux jeunes femmes avaient pris l'habitude de passer leurs soirées ensemble. Elles s'installaient dans le petit bureau douillet de Kate. Emmanuelle préparait ses cours et Kate corrigeait les devoirs. Le week-end, elles allaient dans les musées ou à Central Park et faisaient les vitrines des grands magasins. Parfois, elles se rendaient à l'Opéra. Emmanuelle était fascinée par le spectacle de la haute société new-yorkaise dans les loges. Elle se promit qu'un jour elle aurait une loge à elle.

Ce week-end-là, elles décidèrent d'aller se promener.

— Je n'ai jamais besoin de regarder le calendrier, dit Emmanuelle. Je peux te dire quel jour nous sommes d'après ce que tu prends au petit déjeuner ou la couleur de tes vêtements : noir, marron ou gris.

Emmanuelle avait été surprise, puis étonnée par la vie austère que s'imposait Kate mais, au bout d'un an, leurs liens s'étaient approfondis et elle avait décidé d'aider son amie. Ses parents l'avaient convaincue que sans la beauté et la richesse le célibat était tout ce qu'elle obtiendrait.

— Je me suis toujours vêtue ainsi, les mères de mes élèves s'attendent à ce qu'une directrice d'école s'habille sobrement. Elles pensaient même que j'étais trop jeune pour remplacer mon père.

— Mais je m'habille différemment et elles m'ont bien acceptée. J'ai même vu hier une lueur d'approbation dans le regard de Mme Blessing.

— C'est différent, tu es française, tu es « Mademoiselle ».

Emmanuelle avait décidé que ses élèves l'appelleraient

ainsi. Le veuvage à vingt ans avait un côté un peu trop lugubre.

— Tiens, voilà quelque chose pour égayer ta vie, dit-elle en tendant à Kate une boîte plate.

Son amie eut un sourire radieux.

C'était un foulard de soie rouge que Kate s'empressa de mettre autour de son cou.

— Oh, merci ! c'est ravissant. Tu n'aurais pas dû.

— Je n'ai pas pu résister. Si ça te plaît vraiment, porte-le, même pendant les cours. Je ne pense pas que les mères protesteront. Elles ne soupçonneront même pas que tu es amoureuse de Spencer.

Rougissante, Katharine se leva pour reprendre du café. Spencer Atwood était un comptable qui s'occupait des livres de comptes de l'Académie Treadwell pendant ses loisirs.

C'était un homme d'une trentaine d'années, grand et à la voix douce, d'origine modeste et loin d'être riche. Pour Emmanuelle, il était clair qu'il aimait Kate, mais hésitait à demander la main d'une Treadwell, même pauvre.

Toujours écarlate, elle revint s'asseoir à côté d'Emmanuelle.

— J'espère que Spencer ne s'en est pas aperçu.

— Kate chérie, il ne te proposera jamais rien avant d'être certain que tu lui dises oui. Il est aussi timide que toi.

— Je ne suis pas sûre de vouloir me marier. Finis ton petit déjeuner, il faut que nous partions.

Emmanuelle resta silencieuse. Elle n'avait jamais pu attendre que les choses se fassent d'elles-mêmes, il était dans sa nature d'agir. Elle savait que Kate voulait vraiment épouser Spencer. Cette histoire d'amour aurait une fin heureuse, elle ne se terminerait pas en catastrophe comme la sienne.

Emmanuelle avait raconté à Kate la version de sa vie que lui avait fournie Sir James Saxon. Elle finissait presque par y croire.

— Comment était ton mari ? demanda un soir Katharine.

— Très beau. Les gens l'appelaient le bel Anglais. Il avait un charme fou, tout le monde en était conscient, ses amis, ses associés. Je ne pourrai jamais aimer un autre homme.

— Chère Emmanuelle, tu es si jeune et si belle ! Ne parle pas comme si ta vie était finie.

— Pas toute ma vie, mais une partie de ma vie.

Elles se rendaient à Coney Island avec Spencer et un de ses amis subjugué par Mademoiselle. Emmanuelle n'était pas impressionnée par les Américains qu'elle avait rencontrés, mais aucun n'appartenait à la bonne société new-yorkaise.

— Je pense, dit Kate comme si elle cherchait à se convaincre, que toute femme a besoin d'un mari.

— Peut-être, mais il m'importe peu de savoir qui sera le mien.

« Pourvu qu'il soit très, très riche », pensa-t-elle.

— Comment peux-tu dire une chose pareille d'un homme avec qui tu dois...

— Coucher ? dit Emmanuelle en souriant. J'ai connu une fille du nom de Clotilde qui disait qu'elle pouvait fermer les yeux et penser à toutes sortes de choses pendant ce temps.

— Faisais-tu cela avec ton mari ? demanda Kate, déçue par ce manque de romantisme.

— Non, bien sûr que non. Je ne pensais qu'à lui : je l'aimais. De plus, continua-t-elle pour rassurer Kate, c'est merveilleux de faire l'amour, il ne faut pas en avoir peur. L'homme et la femme ont été créés pour s'accoupler. Les hommes ne portent pas de feuilles de vigne comme dans vos stupides musées.

Outre leur puritanisme, Emmanuelle avait remarqué l'importance que les Américains accordaient à la beauté. Pour ses élèves, ni le charme ni l'intelligence, ni même l'esprit ne semblaient avoir d'importance. La fille la plus populaire de Treadwell était toujours la plus jolie.

— La beauté, la beauté ! s'exclama Emmanuelle avec impatience. La femme la plus remarquable que je connaisse n'est pas belle, mais elle a du caractère, de la verve et du panache.

Kate était en train d'essayer une robe que lui confectionnait Emmanuelle pour les vacances de Noël. La robe de soie rouge pâle faisait ressortir la peau laiteuse de Katharine et la chaleur de ses yeux noisette. C'était le second Noël d'Emmanuelle à Treadwell.

— Mme Blessing ? demanda Kate.

— Ah, celle-là ! c'est une force de la nature. Tous les vendredis, depuis notre première entrevue, elle assiste à ma dernière heure de cours. Non, en fait je pensais à Danielle, mais Mme Blessing a également un certain panache. C'est fini, tu peux te regarder. Qu'en penses-tu ?

— Oh ! dit son amie d'un air ravi. Est-ce vraiment moi ?

Kate porta la robe rouge pour sortir avec Spencer le soir du Nouvel An. Emmanuelle était sûre qu'ils se marieraient bientôt.

Cela faisait plus de deux ans qu'elle enseignait, et elle désirait changer de vie. Pas une journée ne s'écoulait sans qu'elle pensât à Stridings et à la manière de profiter de ce qui s'était passé sans gâcher la vie de son enfant. Une chose était sûre, elle ne pourrait rien entreprendre avant d'avoir acquis de l'argent et un certain statut social. Elle se sentait terriblement seule : elle allait avoir vingt-deux ans et n'était qu'une étrangère dans un pays étranger.

Soudain, Paris lui manqua cruellement, avec ses larges avenues, la Seine et les cafés. A New York, il n'y avait que des bars où une femme seule pouvait être arrêtée pour racolage.

« J'ai le mal du pays, mais je n'ai de foyer nulle part », pensa Emmanuelle. Il y avait Danielle, bien sûr, elles s'écrivaient régulièrement, mais elle ne se sentait pas chez elle dans l'appartement de Danielle. Encore moins dans la boutique de la rue Borges. Ses sœurs s'étaient mariées et habitaient le sud de la France. Sa mère n'aurait pas survécu sans l'argent qu'Emmanuelle envoyait à Danielle qui, chaque mois, le remettait à Sylvie par l'intermédiaire du curé.

Aurait-elle un jour un endroit vraiment à elle ?

Elle ouvrit le premier tiroir de sa commode et en sortit

les silhouettes de papier et les esquisses au fusain de Montmartre, protégées par un cadre enveloppé dans du tissu. Elle s'assit et se mit à les fixer jusqu'à ce qu'elle entende la musique et les rires sur la place du Tertre et qu'elle sente les bras de Julian autour d'elle.

CHAPITRE 30

Avril 1922

— Mademoiselle Béranger ! cria une voix stridente dans le hall du *Waldorf Astoria.*

— Mon Dieu, murmura Emmanuelle à Kate. C'est Mme Blessing.

Les deux amies la regardèrent s'avancer à travers le large couloir. Elle était aussi mince qu'une aiguille, dans une robe de soie noire qui lui arrivait aux chevilles et un manteau de velours noir garni de renard. Une large broche de diamant était épinglée sur son épaule et une autre sur son chapeau de satin noir. Ses boucles d'oreilles ressemblaient à des cascades de diamants. Elle souriait de sa grande bouche qu'accentuait un rouge à lèvres très vif.

— Eh bien, dit-elle, c'est une surprise.

Elle salua Katharine d'un signe de la tête, puis examina Emmanuelle avec attention.

— A la mode, comme toujours, mademoiselle. Je ne pensais pas que les professeurs venaient se détendre ici après l'école.

— Bonsoir, madame Blessing, dit Emmanuelle.

Elle ne fit aucun effort pour se lever et Katharine suivit son exemple.

— J'espère que vous n'avez pas oublié notre conversation, dit Matilda Blessing. Je ne peux pas attendre indéfiniment.

— Je vous promets de vous donner une réponse la semaine prochaine.

Mme Blessing fit un bref mouvement de tête, eut un autre sourire et partit au bras d'un homme grand et séduisant. Katharine soupira avec soulagement.

— Je m'apprêtais à me lever pour la saluer.

— Pourquoi le ferais-tu ? Tu possèdes la meilleure école de jeunes filles de New York.

— Peut-être, mais c'est grâce à Matilda Blessing qu'un grand nombre d'étudiantes y sont inscrites. Tout le monde la suit à New York. Je n'arrive pas à comprendre pourquoi elle n'a pas envoyé ses filles à Foxcroft. Cette école a une réputation qui augmente de jour en jour.

— Était-ce son mari ?

— Oui, Thomas Blessing, compagnies maritimes et banques.

— Je garde mes économies dans une de ses banques, mais je ne savais pas qu'il était aussi bel homme.

— Il ne faudrait pas que Matilda t'entende ! Elle est jalouse comme une tigresse. Tout le monde sait qu'il la trompe, mais elle dit qu'elle fait toutes sortes de choses pour le ramener auprès d'elle.

— Quelles sortes de choses ?

— Ce genre de choses se passe au lit, dit Kate, gênée.

Emmanuelle fronça les sourcils mais se garda d'approfondir le sujet.

— De quoi parlais-tu avec elle, Emmanuelle ? demanda Kate.

— Elle a besoin d'une secrétaire et aimerait bien que ce soit une Française. Elle m'a demandé si ça m'intéressait. Je voulais t'en parler ce soir au dîner.

— Vas-tu accepter ?

— Oui, il est temps pour moi de faire autre chose et cela risque d'être amusant.

— De travailler avec Matilda Blessing ?

— Je suis d'accord, c'est une femme terrible, mais c'est une bonne occasion pour moi, Kate, la meilleure que je puisse rencontrer. J'ai beaucoup appris à Treadwell, mais je ne peux pas continuer à enseigner le restant de mes jours. Tu savais depuis le début que je n'avais pas l'intention de rester professeur.

Katharine hocha la tête d'un air sombre.

— Tu vas me manquer, Emmanuelle.

— Tu seras bientôt avec Spencer, j'en suis sûre. Je ne pars pas à l'autre bout du monde mais sur la 52e Rue. Matilda Blessing est d'accord pour me laisser deux soirées libres et une journée par semaine, plus si elle n'a pas besoin de moi.

— Elle aura toujours besoin de toi. C'est elle qui donne le plus grand nombre de soirées parmi tout le gratin new-yorkais. Elle va t'épuiser.

— Mais je serai aussi payée en conséquence. Je dois penser à mon avenir. Je ne suis pas une Treadwell. Je n'ai pas hérité d'un nom comme le tien ni d'une école.

— Et de ma montagne de dettes ! Mais tu es très belle et une femme n'a pas besoin d'autre chose.

— Jusqu'à trente ans. Et après ? Non, une femme a besoin d'argent. Elle peut toujours acquérir une position dans la société, mais sans argent, le handicap est grand. Tes riches relations ne t'ignoreraient pas si tu n'avais pas besoin de gagner ta vie pour vivre.

— Si j'avais eu ton physique, ils m'auraient épousée depuis longtemps. Je suis sûre que tu te remarieras un jour.

Emmanuelle éteignit sa cigarette. Elle ne dit pas à Kate qu'elle avait l'intention d'épouser le genre d'hommes qui fréquentaient la demeure des Blessing.

— Qui sait, je peux faire un malheur à la Bourse et alors je n'aurai pas besoin de me marier ! Si nous marchions jusqu'au restaurant ?

Le *Waldorf Astoria* était le seul hôtel de luxe de tout New York qui acceptait les femmes seules et les autorisait à fumer au bar. Les New-Yorkaises venaient contempler le défilé permanent des femmes aisées et admirer leurs vêtements à la dernière mode de Paris. Emmanuelle exultait, contente de pouvoir copier les différents styles, pour elle et pour Kate. Elle vivait uniquement sur son salaire et déposait régulièrement l'argent de Sir James à la banque. Il ne lui restait plus que deux versements ; ensuite, elle essaierait d'investir tout cet argent après avoir passé un an ou deux avec les Blessing.

Emmanuelle se rendit compte qu'il lui serait difficile de quitter Kate, mais l'enseignement ne lui apporterait ni position ni richesse. La jeune femme voulait effacer son passé et être en même temps digne de l'enfant qui la liait tellement à ce passé. Elle se mit à penser à sa fille tandis qu'elles traversaient la Cinquième Avenue pour regarder les vitrines de *Tiffany*.

Emmanuelle admira les somptueuses pierres précieuses, les lourdes bagues en or et les bracelets. Elle portait le médaillon de Danielle et la bague de Julian mais les seuls métaux précieux qu'elle possédait étaient l'alliance qu'elle portait en Écosse, les cadres d'argent, achetés pour les portraits de Montmartre, et les pièces d'or qu'elle avait achetées à la banque et gardait cachées sous son matelas. « Comme une paysanne », se disait-elle toujours. Mais les pièces d'or représentaient la sécurité, accessible si nécessaire.

— Je commence à aimer New York, dit-elle à Kate.

— Plus que Paris ?

— Différemment. C'est une ville plus excitante que Paris, jeune, nouvelle et inattendue. Ça change tous les jours.

— Un jour, tu porteras plus de diamants que Matilda.

— Mais pas tous à la fois ; c'est vulgaire, à moins d'être aussi âgée qu'elle.

— Mais elle est vulgaire. Les Blessing sont très nouveaux riches.

— Qui ne l'est pas, à l'exception des Treadwell du *Mayflower* ? Carnegie, Rockefeller, Astor et Vanderbilt étaient pauvres avant d'être célèbres.

— On dit que quatre générations suffisent pour admettre quelqu'un dans la société, dit Kate en riant. Bien entendu, Boston et le Sud pensent toujours que les Astor sont des parvenus.

— Peut-être, mais j'ai l'impression que l'argent est la seule chose nécessaire pour faire partie de la classe dirigeante aux États-Unis.

Ce devait être la raison pour laquelle elle aimait ce pays. Ici on pouvait obtenir non seulement la richesse, mais une position dans la société. Emmanuelle appartiendrait à l'aristocratie de la richesse et sa fille, en Angleterre, à celle du sang.

CHAPITRE 31

Londres, avril 1923

Davina Saxon sortit nue de la salle de bains.

— Eh bien, dit-elle à l'homme étendu sur le lit.

— Vous êtes la pire des salopes. Vous pouvez envoyer un homme au septième ciel et rester aussi froide qu'un glaçon. Vous ne me laissez même plus vous baiser correctement ; vous ne voulez faire que des choses bizarres.

— Je ne vous ai pas engagé pour me baiser, dit Davina froidement. Je vous ai engagé pour m'apprendre à le faire. Et je crois que maintenant j'ai appris tout ce que je voulais savoir.

— Tu n'essaierais pas de me laisser tomber, poupée ?

Davina finit de s'habiller, puis s'assit pour enfiler ses bas en soie.

— Je n'ai rien à vous dire.

— Je ne veux pas que ça se termine entre nous.

Après avoir mis son manteau de zibeline, elle sortit de son sac une grosse somme d'argent, la jeta sur la table de nuit, puis se dirigea vers la porte.

— Lady Abondance ! dit-il en regardant les billets, puis Davina. Mais supposez que j'en veuille plus... de ça et de vous.

Davina se retourna et eut un sourire méprisant.

— Et comment ferez-vous pour obtenir plus ?

— Je pourrais facilement vous retrouver. Je sais qui vous êtes en réalité. Une femme riche et sexy toujours fourrée dans les journaux, à boire du thé et à organiser des expositions florales. Je finirai par vous trouver et vous me donnerez tout ce que je demande en échange de mon silence. Eh, je ne veux pas t'embêter, chérie ! Je veux juste te baiser. T'aimais ça jusqu'à maintenant, fallait voir comme tu gémissais quand je te faisais jouir.

Davina fit un pas vers le lit, le visage calme et inexpressif.

— J'en avais besoin. Je n'ai jamais aimé cela. Si vous essayez un jour de m'approcher, je vous tuerai. Je dirai que vous avez essayé de me violer et je vous ferai sauter la cervelle avec le fusil de chasse de mon mari. Me suis-je bien fait comprendre ?

Ses yeux étaient d'un bleu métallique. Pétrifié, il la dévisagea.

— Jésus, Marie, dit-il.

Puis il frissonna et remonta les couvertures sur lui tandis qu'elle quittait le petit appartement.

Davina se rendit chez *Harrods*, où la Bentley qui l'avait déposée devait venir la rechercher dans un moment. Elle récupéra les cadeaux qu'elle avait achetés auparavant, une robe de soirée bleue qu'elle porterait ce soir, des chapeaux de chasse pour Julian et oncle James et une boîte de soldats de plomb pour le petit garçon.

Quatre années s'étaient écoulées depuis que Julian avait été ramené à Stridings, plus mort que vivant ; des années de médecins, d'infirmières, d'infections et de fièvres qui ne guérissaient pas. Julian n'avait quitté son fauteuil roulant que depuis un an. Comme il n'avait pas manifesté de désir physique pour son épouse, Davina était allée en voir un autre.

— Il le fallait, murmurait-elle. Il le fallait.

Mais tout était terminé. Bientôt, Julian serait de nouveau dans ses bras. Et là, Davina était sûre qu'ils oublieraient le souvenir affreux de cette dernière permission et que tout reprendrait comme autrefois.

Pourtant, Julian était tendre et plein d'attentions, mais il n'éprouvait que de l'affection pour elle et non du désir, du remords pour son infidélité et non de l'amour. Il reportait tout son amour sur son fils, Andrew James Saxon.

Drew, grâce au ciel, était tout le portrait de son père. S'il

son retour. Un lit spécial avait été installé, qu'il devait occuper jusqu'à ce que ses blessures soient complètement guéries ; mais, depuis un an, il n'y avait plus aucune raison pour qu'il fasse chambre à part.

Parfois, Davina se demandait si ses blessures l'avaient rendu impuissant, mais son intuition lui disait qu'il n'en était rien. Il gardait ses distances à cause de l'humiliante conversation qu'ils avaient eue pendant sa dernière permission, plusieurs années auparavant.

Toutes les nuits, Davina laissait la porte entrouverte. Ce soir, elle fit de même pour qu'il puisse l'apercevoir nue. Elle désirait Julian si violemment que son corps lui faisait mal. Ses « leçons » avaient aiguisé sa faim mais ne l'avaient pas satisfaite ; seul Julian le pouvait.

Pendant le dîner, elle fut certaine que Julian viendrait, cette nuit. Elle était très belle ce soir ; la robe bleue faisait ressortir la couleur de ses yeux, le doré de ses cheveux et la peau veloutée de ses bras et de ses épaules.

Ils évitèrent de parler politique et Davina les fit rire en parlant des nouvelles pièces de théâtre et des derniers potins de Londres. Elle vit une lueur d'excitation dans le regard de Julian quand il se posa sur elle. Après le dîner, rougissante, les yeux brillants, elle monta calmement se coucher.

Elle se déshabilla, le cœur battant, et enfila une chemise de nuit en soie qui recouvrait à peine sa poitrine. Puis la jeune femme entra dans son lit, éteignit la lumière et resta immobile, attentive aux moindres bruits, jusqu'à ce qu'elle entende ce qu'elle avait attendu pendant si longtemps.

— Davina ?

— Oui, mon chéri ?

— Il faut que je te parle, j'ai déjà attendu trop longtemps.

Il s'assit sur le lit et lui prit la main. « Ne me parle pas d'elle, implora-t-elle en silence. Fais-moi l'amour. »

— De quoi veux-tu me parler? demanda-t-elle calmement.

— De notre vie de couple. J'ai été très égoïste en restant toujours préoccupé par mes problèmes. Je veux que tu saches que je te suis... reconnaissant pour tout. Pour Drew, bien sûr, mais aussi pour ta patience et ta gentillesse.

— Je t'en prie, Julian, ce n'est pas de la gratitude que je veux.

— Non, bien sûr, tu mérites bien plus, dit-il en lui caressant les cheveux. Davina, je veux parler de ce qui s'est passé cette dernière nuit. Je veux que tu me comprennes.

— Mais je comprends à présent, mieux que tu ne le penses, dit-elle avec passion. Julian, n'en parlons plus ; c'est terminé, comme la guerre. J'ai agi comme une enfant, je suis une femme. Si Drew et moi nous comptons pour toi, n'en parle plus. Nous sommes réunis, c'est la seule chose qui compte.

Elle l'embrassa longuement sur la bouche.

— Nous pouvons avoir d'autres fils, autant que tu veux.

Puis elle déboutonna la veste du pyjama de Julian et embrassa les cicatrices sur sa poitrine.

— Reste avec moi, mon chéri, dors avec moi dans mes bras. Nous avons besoin l'un de l'autre.

Il l'embrassa tendrement. Cela ne représentait qu'une goutte d'eau dans un désert comparé à la soif immense de Davina, mais au moins était-il enfin troublé par elle. Il s'allongea à ses côtés et, doucement, ils firent l'amour.

Cependant, Davina se rendit compte après qu'il ne lui appartenait pas complètement. Il éprouvait de l'affection pour elle et même un amour loyal, mais sa passion était pour l'autre.

Davina savait qu'elle ne le posséderait jamais tout à fait, tant que cette traînée n'aurait pas quitté définitivement son esprit. Elle décida d'agir lentement, progressivement.

CHAPITRE 32

New York, septembre 1923

— Bonjour, Emmanuelle, dit Thomas Blessing.

Surprise, Emmanuelle s'arrêta à mi-chemin de l'escalier. Chaque matin, elle s'arrangeait pour descendre après le départ en Rolls-Royce de Thomas Blessing pour Wall Street.

— J'ai cru comprendre que votre naturalisation est en cours, dit-il. Je peux faire en sorte que cela aille plus vite. Il suffit de s'adresser à la personne autorisée.

Il eut un petit sourire énigmatique et observa le collier de perles de la jeune femme — cadeau de Noël des Blessing — qui avait glissé sur le côté et entourait délicatement l'un de ses seins.

— Je serais ravi de vous faire cette petite faveur.

Emmanuelle sourit et secoua la tête. Thomas Blessing était le genre d'homme à demander d'autres faveurs en échange.

— C'est très gentil de votre part, mais je n'en ai plus que pour quelques mois.

Il examina les hanches et les jambes d'Emmanuelle tandis que le maître d'hôtel l'aidait à mettre son manteau.

— Si jamais vous changez d'avis, faites-le-moi savoir, dit-il, déçu.

Elle attendit que la porte se referme derrière lui, puis descendit le vaste escalier et traversa l'immense entrée recouverte de tapis persans pour se rendre dans son bureau.

Son lieu de travail était tendu de tissu vert et comprenait un bureau Chippendale, plusieurs fauteuils confortables entourés de petites tables et des meubles de rangement en acajou. Un vase rempli de roses jaunes décorait son bureau.

Emmanuelle s'assit et consulta son calendrier. Un peu plus tard, Matilda fit irruption dans son bureau, un journal de mots croisés à la main. Elle en avait toujours un avec elle et affirmait que cela lui calmait les nerfs.

— Qu'est-ce que Susan Pace-Abercrombie vous murmurait à l'oreille hier soir ? demanda-t-elle sans préambule. Est-elle encore en train d'essayer de vous engager à son service ?

Emmanuelle acquiesça, réprimant un sourire. Matilda était extrêmement possessive, même envers ses employés.

— J'ai refusé, bien sûr. Y a-t-il autre chose à faire pour la soirée jazz de samedi prochain ?

— Je ne pense pas. Assurez-vous simplement que le champagne sera très frais et que les musiciens seront très noirs.

— Les Noirs sont-ils meilleurs musiciens de jazz ?

— Je ne crois pas. Mais je veux le meilleur effet dans ma salle de bal blanche, et c'est sans commentaires.

Emmanuelle inclina la tête pour s'excuser. Après dix-huit mois au service de Matilda, elle savait que cette femme n'éprouvait que mépris pour les gens qui avaient peur d'elle. Mais Matilda ne supportait pas qu'on lui tienne tête impudemment et ses remontrances étaient immédiates et violentes. Mme Blessing sortit la liste des invités pour la lire à haute voix. Apparemment, Emmanuelle l'avait échappé belle.

A part les sautes d'humeur de Matilda, Emmanuelle était enchantée par son travail. Elle vivait au troisième étage de la demeure des Blessing, dans une suite luxueuse bien que modeste en comparaison du reste de leur maison. Elle séjournait dans des palaces à Newport et à Palm Beach. Elle accompagnait Matilda dans sa longue limousine à des parties de mah-jong, à des réunions d'œuvres charitables ou des goûters. Une fois, Emmanuelle fut même invitée dans la loge d'Opéra de Matilda ; elle portait une robe de soirée presque neuve de Matilda, qu'elle avait retouchée avec adresse. Matilda préférait lui offrir des vêtements et une soirée à l'Opéra de temps en temps plutôt que d'augmenter son salaire.

A quarante ans, Matilda avait affreusement peur de vieillir. Elle essayait tous les nouveaux remèdes qui promettaient une jeunesse éternelle, suivait des régimes très stricts, se faisait faire des massages faciaux et passait deux semaines de cure chaque hiver en Arizona. L'Europe l'aurait bien tentée, mais c'était trop loin de Thomas.

Les commérages sur son mari s'avéraient exacts. Thomas Blessing était un coureur notoire ; mais la jalousie de Matilda était telle que nul n'osait en parler en sa présence. Tout le monde faisait ainsi semblant de croire à la fidélité de Thomas. Emmanuelle, tout à fait détachée et consciente des soupçons de Matilda, gardait prudemment ses distances avec lui.

Une fois qu'elle eut passé ce test, son emploi fut assuré, surtout quand des femmes comme Mme Pace-Abercrombie se mirent à vouloir l'engager. Matilda adorait être enviée et les hôtesses de la bonne société new-yorkaise lui enviaient sa Parisienne élégante et cultivée qui avait des idées tellement originales pour les décors de soirées. En fait, Emmanuelle lisait la presse française pour être au courant des dernières extravagances parisiennes. Parfois, elle achetait également des journaux britanniques, mais ils ne mentionnaient jamais les Saxon dans leurs calendriers mondains.

— Vous êtes veuve de guerre, n'est-ce pas ? dit Matilda en lui tendant la liste.

— Oui, madame Blessing.

Emmanuelle rougit et se demanda comment elle pouvait être au courant. Kate était la seule personne à le savoir. Puis elle se rendit compte que Matilda l'avait tout simplement deviné.

— Combien de temps a duré votre mariage ?

— Pas longtemps, environ un an et demi ; mais il ne pouvait pas venir à Paris très souvent.

— Ça ne vous manque pas ?

— Paris ? Non, pas tellement.

— Au diable Paris, je veux parler du sexe, ma fille ! Une femme comme vous doit désirer un homme au moins une fois de temps en temps. Vous avez découragé tous les hommes mariés, ce qui est une bonne chose. Vous ne seriez pas en train de travailler pour moi sans cela ; mais vous avez aussi découragé les célibataires. Pourquoi ?

— L'intérêt qu'ils me portent est trop limité, dit Emmanuelle en haussant les épaules.

Matilda approuva, les yeux brillants de satisfaction.

— J'en étais sûre. Vous n'abandonnerez votre corps que pour une alliance ! Eh bien, ça ne marchera pas. Vous devez être un peu plus accessible aux célibataires si vous désirez épouser l'un d'entre eux, madame Béranger. Une femme de votre rang doit laisser les abeilles butiner le miel.

— Merci du conseil, madame Blessing, dit Emmanuelle, le visage figé.

— Je suis sûre que vous ne le suivrez pas. Vous désirez trop devenir une lady, mais sans famille et sans argent, vous n'irez jamais au salon si ce n'est en passant par la chambre.

Elle se leva et se dirigea vers la porte.

— Assurez-vous que les fleurs soient toutes exactement du même rouge pour la soirée jazz et faites envoyer une azalée rose à Mme Pace-Abercrombie avec mes compliments.

Emmanuelle s'assit à son bureau et essaya de retrouver son calme. Pour le moment, elle était coincée ici. Il serait facile de trouver du travail chez une autre douairière, mais cela ne durerait pas, Matilda se chargerait aussitôt de raconter une histoire malveillante à son sujet. Sans argent, Emmanuelle appartenait à Mme Blessing aussi longtemps que celle-ci en déciderait ainsi.

D'une certaine manière, Matilda avait deviné juste. Emmanuelle reprenait vie. Jamais elle n'aimerait un autre homme que Julian ; mais, à son grand étonnement, son esprit et son cœur ne pouvaient contrôler son corps. Pendant les cinq dernières années, elle avait dépensé toute son énergie à s'adapter à cette nouvelle vie.

A présent, elle se sentait presque chez elle aux États-Unis. Elle rêvait même en américain. Ses rêves étaient quelquefois érotiques mais son amant n'avait jamais le visage ou le corps de Julian.

Jamais chez les Blessing elle n'avait vu d'homme aussi charmant et bien éduqué que Julian. Leurs invités étaient tous nés dans la richesse et travaillaient assidûment pour augmenter leur capital. Ils possédaient de nombreuses et somptueuses demeures, des automobiles et des yachts. Ils ignoraient toute langue ou culture étrangère à la leur, mais adulaient la cuisine et la mode françaises, la littérature anglaise, l'architecture grecque, l'opéra italien et les symphonies allemandes. Emmanuelle avait l'impression que leur seul patrimoine était l'argent.

On frappa à la porte de son bureau. Emmanuelle alluma rapidement une cigarette avant de dire d'entrer. Elle parla en français au petit homme qui s'avança vers elle.

— Bonjour, monsieur Denis. Mme Blessing est très difficile. Quant à moi, je préfère traiter avec un Français.

Elle lui dit ce qu'elle désirait : des fleurs fraîchement coupées tous les jours pour les vingt pièces de cette demeure et pour les bureaux de M. Blessing à Wall Street.

— Et je dois avoir assez de fleurs rouges samedi prochain pour remplir la salle de bal que je vous montrerai avant de partir. Des géraniums, des roses, des œillets et des anthuriums. Mme Blessing veut absolument qu'elles aient toutes la même nuance.

— Cela va coûter une fortune de les assortir.

— Le prix n'a pas d'importance.

— Dans ce cas... Bien sûr, au pourcentage habituel ?

Emmanuelle le regarda d'un air surpris.

— Cinq pour cent de la somme globale pour vous, madame.

Étonnée, elle ne répondit pas. C'était la première fois qu'on lui faisait une telle offre.

— Eh bien, dix pour cent. On ne marchande pas avec une compatriote.

Une fois seule dans son bureau, Emmanuelle se mit à rire. Quelle idiote elle avait été ! Dix pour cent de ce que dépensaient les Blessing dans leurs somptueuses soirées représentaient beaucoup d'argent. Avec son salaire, elle aurait assez dans un an ou deux pour monter sa propre affaire ! Les fournisseurs et les traiteurs avaient bien profité de son ignorance. Elle avait perdu une fortune !

Avant la fin de la semaine, les « accords » d'Emmanuelle avec chacun des fournisseurs avaient été établis à dix pour cent et elle avait même réussi à récupérer l'argent qu'ils s'étaient bien gardés de lui verser auparavant. Aucun d'entre eux ne s'en plaignit ; les Blessing étaient une mine d'or.

CHAPITRE 33

Octobre 1923

Le télégramme de Danielle arriva un mois avant le mariage de Kate. Sylvie Béquier était mourante ; les médecins ne lui donnaient plus que quelques semaines à vivre.

— Tu m'avais dit que tes parents étaient morts, dit Kate, étonnée.

— Mon père est mort, pas ma mère, mais nous ne nous sommes jamais entendues.

— Cela ne devait pas être ta faute. Vas-tu y aller ?

— Oh ! Kate, je ne peux pas la laisser mourir toute seule.

— Bien sûr que non. Veux-tu que j'appelle Matilda pour toi ?

— Non, je lui dirai demain. Il faut que je rentre faire mes bagages.

— Elle ne va pas apprécier.

Matilda fut surtout furieuse qu'Emmanuelle refuse de lui donner la raison de son absence.

— Je demande une explication, dit-elle tandis qu'Emmanuelle faisait sa valise.

— Je suis désolée, madame Blessing, mais il s'agit d'une affaire tout à fait privée. Vous n'avez pas besoin de moi en Arizona et rien n'a été prévu avant la deuxième semaine qui suit votre retour. Je m'occuperai du reste avant mon départ.

— Quand partez-vous ?

— Demain, sur le *La Fayette*.

Elle voyagea en troisième classe, cela semblait plus approprié pour retourner rue Borges. Le train qui faisait Le Havre-Paris était bondé et bruyant, et elle arriva à la gare Saint-Lazare couverte de suie.

« J'ai vécu les meilleurs et les pires moments de ma vie dans les trains et les gares », pensa-t-elle.

Puis elle aperçut Danielle sur le quai, grande et mince, et toujours vêtue de noir.

— Je ne m'attendais pas à te trouver ici, dit Emmanuelle en l'embrassant. Oh, Danielle, tu m'as tellement manqué !

Les deux femmes se regardèrent, essayant de combler les années qui s'étaient écoulées depuis le départ d'Emma. Les rides sur le visage de Danielle s'étaient creusées.

— J'ai vieilli, dit-elle.

— Moi aussi. Mais nous avons toutes les deux réussi.

— Nous ne pouvons pas parler maintenant, Emma. Nous n'avons pas le temps. Nous allons prendre un taxi.

— Danielle, tu n'es pas allée dans la boutique ?

— Non, le curé est toujours venu chez moi. Mais je vais t'accompagner.

— Ne viens pas avec moi, Danielle, je t'en prie !

— Tu n'as pas à avoir honte, Emma. Tu n'as pas choisi d'être née là. Je sais que c'est la raison pour laquelle tu as changé de nom, mais quelle différence cela fait-il ? Tu es tout de même revenue... Bon. Vas-y, je prends ta valise.

La rue Borges lui sembla encore plus pauvre et sordide que dans ses souvenirs et, après avoir payé le taxi, elle se dirigea en tremblant vers la boutique. Quelqu'un se tenait derrière le rideau de la cuisine et, pendant quelques secondes, la peur s'empara d'Emmanuelle, comme si Jacques Béquier était encore en train de l'attendre. C'était le curé qui buvait du thé ; étonné, il se leva en apercevant la jeune femme sur le pas de la porte.

— Emma ? chevrota le vieil homme.

— Oui, monsieur le curé, c'est Emma.

— Grâce à Dieu, tu es venue, mon enfant. Tes sœurs... refusent de venir ; elles ne sont jamais revenues depuis leur mariage. Elle a été toute seule.

— Comment est-elle ?

Elle ne supportait pas d'entendre parler de la vie misérable que sa mère avait vécue.

— Elle reposera bientôt en paix, dit le curé. Monte la voir, mon enfant, il n'y a pas beaucoup de temps. Dis à l'infirmière de descendre.

Emmanuelle s'assit à côté de sa mère, près du lit même où elle avait rêvé et avait été détruite. Le visage de sa mère faisait peine à voir. Sylvie bougea, puis ouvrit les yeux, les mêmes yeux gris que ceux de sa fille.

— C'est toi ? murmura-t-elle en touchant la soie du corsage d'Emmanuelle. Tu as bien réussi.

— Oui, maman, dit Emmanuelle en pleurant silencieusement. Mais personne ne sait que je m'en suis sortie toute seule ; tu es la seule à savoir qui je suis vraiment.

Sylvie désigna le pied de son lit.

— Le matelas.

Les pièces d'or ; elle essayait de montrer à sa fille leur cachette. Mais Emmanuelle désirait autre chose d'elle que de l'or. Le visage en larmes, elle caressa la main rugueuse de sa mère.

— Nous aurions pu le repousser, nous aurions pu nous débarrasser de lui pendant toutes ces années. Pourquoi ne m'as-tu pas crue, maman ? supplia-t-elle.

— Menteuse, grommela sa mère en essayant de repousser la main de sa fille. Va-t'en.

Emmanuelle se leva en silence. Une heure plus tard, Sylvie l'abandonnait pour toujours. Emmanuelle prit les ciseaux et sortit la bourse du matelas. Elle contenait assez de napoléons pour payer un enterrement décent, acheter quelques nouvelles toilettes chez Thiboux et voyager en première classe pour rentrer aux États-Unis. Elle ne se demanda même pas pourquoi sa mère avait vécu dans une telle misère avec autant d'argent caché si près d'elle. Elle paya l'infirmière et s'arrangea avec le curé pour l'enterrement avant d'abaisser les stores pour la dernière fois.

— C'est fini ? lui demanda Danielle à l'appartement. Eh bien, c'est la vie, tu es arrivée à temps pour lui dire adieu. Va prendre un bain, un bain chaud fait toujours beaucoup de bien. Nous parlerons plus tard.

Danielle et son école avaient vraiment prospéré. A présent, elle louait tout un étage de l'immeuble du boulevard

Saint-Michel pour enseigner à une armée de futures secrétaires.

— La plupart d'entre elles ne se marieront jamais, dit Danielle. Les hommes de leur génération ne sont jamais revenus. Les Françaises doivent changer, devenir plus indépendantes. Et toi, que fais-tu à New York ?

— Pour le moment, je suis toujours sous le joug de cette femme dragon, mais j'ai pensé à un moyen d'y échapper dès que j'aurai assez d'argent. Je vais monter une agence qui se chargera d'organiser les soirées des New-Yorkais. Ce que je fais pour Mme Blessing, je peux le faire pour n'importe quelle autre hôtesse. Matilda Blessing a raconté à tout le monde que j'étais une veuve de guerre et maintenant elle prétend que mon père était un noble qui m'a déshéritée parce que je m'étais mariée contre sa volonté. C'est ridicule, n'est-ce pas ?

Après les funérailles de Sylvie, Emmanuelle se rendit chez un notaire et s'arrangea avec lui pour que le magasin soit vendu à n'importe quel prix. Elle réserva un billet de première sur le *Paris* et, quelques jours avant son départ, elle alla chez Thiboux et acheta plusieurs modèles des dernières collections qui avaient six mois d'avance sur la mode à New York. La plupart des femmes qu'Emmanuelle avait connues chez Thiboux n'y travaillaient plus ; celles qui restaient étaient polies mais distantes.

— Si je veux réussir, dit-elle à Danielle, il faut que je porte les vêtements adéquats et que je voyage dans les mêmes conditions que mes futures clientes. Je veux attirer les femmes qui ont besoin d'aide pour leur première entrée dans la haute société ; après tout, tout le monde n'est pas né de parents aisés et cultivés.

— C'est très démocratique de ta part. Je pensais qu'il fallait déjà naître dans un milieu privilégié pour en faire partie.

— En Europe, mais pas en Amérique.

— Reviendras-tu vivre à Paris, un jour ?

— Non, Paris me manque, mais j'appartiens à New York. Les États-Unis sont un pays neuf, jeune, plein d'avenir. Mais n'aimerais-tu pas venir à New York pour travailler avec moi une fois que je serai établie ? Tu gagnerais plus d'argent là-bas.

— Je suis trop vieille pour être transplantée, quels que soient les charmes du Nouveau Monde. Je viendrai peut-être te rendre visite une fois ou deux, quand tu auras fait fortune. Mais...

— Oui ?

— Tu es une personne de qualité, telle que tu es. Ne change pas.

Trop émue pour répondre, Emmanuelle lui tendit deux boîtes de chez Thiboux.

— C'est pour toi.

Danielle trouva dans l'une un ensemble de gabardine grenat. La veste était garnie de la même soie ivoire que le corsage assorti. La seconde contenait une robe de chambre beige ornée de dentelle écrue.

— Pour remplacer ce que tu m'avais donné.

— Tu n'aurais pas dû, dit Danielle d'un ton de reproche.

Puis, comme Emmanuelle attendait son approbation, Danielle prit son amie dans ses bras et la serra très fort.

— Ces vêtements sont ravissants, Emma, j'en prendrai encore plus grand soin parce que c'est toi qui me les as offerts.

« Une personne de qualité », pensait Emmanuelle tandis qu'elle se tenait sur le pont du *Paris*. Après avoir quitté Le Havre, le bateau avait traversé la Manche pour prendre des passagers à Plymouth. Emmanuelle regarda l'embarcadère ; c'était là qu'elle s'était embarquée pour l'Amérique après avoir promis de ne plus jamais revenir en Angleterre.

— Un jour, murmura-t-elle doucement, un jour...

Mais elle était bien obligée de changer. Sinon, elle ne voyagerait pas en première classe, avec des fleurs dans sa cabine, trois nouveaux ensembles et deux robes de soirée voisinant avec les derniers modèles de chez Patou pour Mme Blessing. Ce voyage lui avait coûté presque tout l'or du matelas, mais elle l'avait dépensé avec joie et émotion. Elle éprouvait une sensation de liberté et se sentait soulagée d'un fardeau immense. Elle serait de retour bien avant le mariage de Kate, avec le voile qu'elle avait acheté à Paris pour son amie.

— Vous êtes Emmanuelle Béranger, n'est-ce pas ? dit une voix d'homme.

Emmanuelle se retourna. Il était grand et très blond, comme William Poyndexter, bien que ce fût là leur seule ressemblance. Plus âgé que William, il faisait très américain.

— Je ne voulais pas vous effrayer, continua-t-il en souriant de ses dents aussi blanches que le col de sa chemise. Je suis Rupert McAllister, je vous ai rencontrée chez les Blessing.

— Oh, oui, bonjour. Venez-vous d'embarquer ?

C'était tout à fait le genre d'homme qu'elle voulait connaître.

— Oui, j'étais à Londres pour affaires, pour M. Blessing, en fait. Je travaille pour lui, nous avons quelque chose en commun.

Emmanuelle pensa qu'ils avaient très peu de choses en commun : Rupert McAllister était non seulement d'excellente famille, mais aussi très riche. Emmanuelle sourit, consciente de l'admiration qui se lisait dans les yeux bleus du jeune homme.

— Prendrez-vous l'apéritif avec moi ? demanda-t-il. Et le dîner ?

— J'en serais ravie.

Emmanuelle sut qu'elle coucherait avec cet homme avant la fin du voyage, peut-être le soir même.

— Regardez, dit-il. Ils larguent les amarres. Nous serons bientôt en route vers l'Amérique. Cette croisière s'annonce très bien.

Il se rapprocha d'Emmanuelle et elle sentit le parfum de son eau de Cologne. Ensemble, ils contemplèrent la côte s'éloignant petit à petit.

Emmanuelle n'avait eu aucune raison de remarquer le petit homme insignifiant qui l'avait observée depuis l'embarcadère. Celui-ci en avait reçu l'ordre d'un collègue de Paris, à qui on avait communiqué l'heure d'embarquement d'Emmanuelle à New York.

Quand le bateau ne fut plus qu'un point à l'horizon, le petit homme alla à la poste et envoya un télégramme à Sir James Saxon, au 9 place Frederick à Londres.

CHAPITRE 34

Avec soulagement, Sir James déchira le télégramme et jeta les morceaux dans sa corbeille à papiers. C'était la première fois qu'Emmanuelle Béranger s'aventurait hors des États-Unis et cela l'avait beaucoup inquiété. D'après le rapport qu'il avait reçu de Paris, elle était revenue en France pour les funérailles de sa mère et n'avait rencontré personne en dehors de son amie, Danielle Larchet.

Il venait de se servir une tasse de thé quand Julian entra avec une liasse de papiers à la main. Sir James jeta un rapide coup d'œil vers sa corbeille à papiers avant de reporter toute son attention vers son fils. Julian avait l'air souffrant.

— Avez-vous lu ces chiffres, Père ? Si la croissance continue aux États-Unis, ce pays deviendra une force financière avec laquelle nous devrons compter.

« Il n'a pas l'air fiévreux, pensa Sir James, il y a autre chose. »

— Il est trop tôt pour l'affirmer, n'est-ce pas ? dit-il.

Son regard se posa sur le portrait du jeune lieutenant, puis sur l'homme en face de lui. Le tableau était plus vivant. Julian ne s'animait qu'en présence de Drew ou quand il demandait de meilleurs traitements pour les anciens combattants de la Grande Guerre. C'était une noble cause, bien sûr, mais les gens se fatiguent vite des nobles causes.

— Pas du tout, dit Julian. Au train où vont les choses en Europe, une filiale américaine de la banque nous permettrait en quelques années de dégager nos plus gros bénéfices. Nous devons sérieusement penser à établir Saxon-Vaillant à New York.

Sir James approuva, bien qu'il fût déterminé à empêcher ce projet, ou du moins à éloigner son fils des États-Unis. Il fallait que Julian ait un autre intérêt que la banque.

— Très bien, je vais m'en occuper et étudier sérieusement ta proposition. Assieds-toi et prends une tasse de thé avec moi, Julian, tu as l'air d'avoir besoin de repos. As-tu vu le médecin récemment ?

— Non, je suis en parfaite santé.

— Tu as l'air tendu. Peut-être as-tu trop travaillé.

Mais Sir James savait que ce n'était ni la fatigue ni les nerfs qui tourmentaient son fils. Il lui tendit une tasse de thé.

— Je n'aurais jamais pensé que tu aimerais travailler à la banque.

— Je ne suis intéressé que par les revenus que je peux en tirer. J'en ai besoin pour mes troupes, comme les appelle Davina. Ils sont pauvres, ignorés dans une nation qui avait promis de s'occuper d'eux si par miracle ils survivaient.

— Tu devrais emmener Davina en vacances quelque part, suggéra son père.

Sir James aurait pu jurer que les choses s'étaient enfin rétablies dans leur mariage. Julian avait regagné la chambre de son épouse et Davina avait le regard aguichant et doucereux d'un chat qui festoie tous les jours. Il était clair qu'elle était passionnément amoureuse de son mari. Si ses mains ne pouvaient le caresser en public, ses yeux s'en chargeaient.

— Je n'ai pas besoin de vacances. De plus, il y a trop de choses à faire.

— Mais tu ne peux pas tout faire, Julian. Tu ne peux pas changer le monde tout seul. Il faut passer par les institutions existantes quelles que soient leurs imperfections. Sans cela, c'est l'anarchie. Je suis convaincu que tu devrais accepter le soutien de Broadhurst et te présenter au Parlement sous l'étiquette conservatrice. Ils peuvent te trouver une circonscription sans problème et tu gagneras, Julian, tu gagnerais n'importe où.

— Et pourquoi gagnerais-je n'importe où ? demanda Julian avec colère. Parce que je suis un héros de leur catastrophe ! Comment pourrais-je élaborer un programme politique avec des idées qui me dégoûtent et pour des hommes que je ne respecte pas ? Ils veulent m'utiliser, Père. Ils ont besoin des votes des anciens combattants et pensent les obtenir grâce à moi.

— Mais tu n'as pas besoin d'un programme politique. Tu as des idées à défendre : l'Angleterre ne doit plus jamais s'engager dans une autre guerre. Tes opinions auront d'autant plus de poids que tu sais de quoi tu parles.

Julian resta silencieux tandis que son père arpentait la pièce.

— Vous avez peut-être raison, Père. J'en parlerai à Lord Broadhurst. Nous allons chez lui dans le Devon pour le week-end et j'ai cru comprendre qu'une partie des députés conservateurs y seront également.

— Très bien, dit Sir James en se rasseyant à son bureau.

Mais quand il regarda Julian, il sut que son fils n'avait pas le cœur à faire de la politique. Le jeune Drew était tout ce qui comptait pour lui.

Au diable cette femme ! Elle était toujours dans le cœur de son fils et ne le lâcherait plus.

— Mon garçon, pourquoi es-tu si malheureux ? demanda-t-il doucement. Ne peux-tu m'en parler ?

Julian ferma les yeux et tira longuement sur sa cigarette.

— Je ressens ce que j'éprouvais là-bas, Père. J'ai l'impression de sombrer dans la folie. Je sens le danger autour de moi. Le monde n'est pas un endroit paisible, ni les hommes des pacifistes. J'ai entendu qu'il y avait des soulèvements en Italie et en Allemagne. J'entends le canon gronder et je sens la puanteur de la mort. Les hommes sont tellement pourris, comment pourrait-il en être autrement, sinon ?

— Mais il en a toujours été ainsi. Et pourtant, nous avons réussi à construire une civilisation. Nous pouvons continuer dans cette voie. Julian, tu as trop souffert. Essaie d'apprécier les bons côtés de la vie.

Les yeux de Julian étaient toujours fermés, empreints d'une fatigue plus morale que physique.

— J'ai été autrefois très heureux à Paris. Jamais je n'avais rêvé connaître un tel bonheur.

Tendu, Sir James attendit que son fils écrase sa cigarette. Julian reprit en souriant tristement :

— Je suis tombé amoureux d'une fille que j'avais rencontrée à Paris. Nous avions pris l'habitude de nous retrouver. Comme c'était mal et fou de ma part, et en même temps, comme c'était merveilleux !

Julian fit une pause et son sourire disparut.

— Au début, j'ai cru que je la désirais pour les raisons habituelles, parce qu'elle était ravissante, parce que j'étais écœuré de la vue et de l'odeur des hommes et que je voulais toucher une femme et respirer son parfum. Puis j'ai su que c'était la seule femme avec qui je voulais partager l'air que je respirais, la nourriture que je mangeais, ma passion et ma vie. Il y avait quelque chose de si... Je ne parviens pas à trouver les mots pour exprimer ce qu'elle était, mais son visage était d'une telle beauté et j'étais si heureux avec elle ! Je n'ai jamais été un héros, Père. Parfois, je me sentais très loin de cet enfer. Quand personne ne pouvait me voir, je tremblais de peur et de dégoût. Mais avec elle, je retrouvais mon équilibre. Je savais que je n'aurais jamais déserté et que je ne vous aurais jamais déshonoré. Je croyais même être en sécurité aussi longtemps que nous resterions ensemble. Elle ne parlait jamais de ce qui se passerait après la guerre. Ce n'était pas une intrigante, mais cette situation désespérée nous faisait mal à tous les deux.

Sir James se taisait, résigné à écouter jusqu'au bout. Julian se laissa tomber la tête entre les mains.

— Quand William et Tony ont été tués, je n'étais pas sûr de pouvoir continuer ; mais je ne pouvais pas lui faire plus de mal. Aussi je lui ai fait mes adieux et je suis rentré auprès de Davina. J'ai essayé, Père, j'ai vraiment essayé, mais ce n'était pas bien. Je devais dire la vérité à Davina.

— Tu l'as dit à Davina ?

Soudain, Sir James comprit la réaction de sa belle-fille quand il lui avait parlé d'Emma.

— Mais pourquoi, Julian, si c'était fini ?

— Parce que ce n'était pas fini, Père. Je savais que j'avais côtoyé la mort de trop près pour accepter de vivre à moitié, ou d'offrir une vie pareille à Davina. Mais comment celui qui n'a pas vécu de telles horreurs peut-il comprendre ? Comment Davina aurait-elle pu me comprendre ? Elle m'a dit qu'elle ne divorcerait jamais. Je ne voyais aucun autre moyen. J'avais l'intention de vivre en France après l'armistice. S'il n'y avait pas eu Drew, je serais reparti dès que j'aurais été rétabli. Je l'aime encore, Père. Je l'aimerai toujours. Elle me manque tout le temps ; elle est la partie de moi qui n'est pas là.

— Mais Davina ? Davina et toi ? Elle t'aime !

— Elle ne m'aime pas, Père. Elle veut que je sois tout à elle et je le suis en vérité. J'ai une dette envers elle dont je ne pourrai jamais me libérer. Autrefois je pensais que l'avidité qu'elle mettait à vouloir me posséder était de l'amour, mais l'amour a les mains ouvertes.

— J'espérais que les choses allaient mieux entre vous, que tu avais retrouvé le bonheur depuis que vous étiez... de nouveau ensemble.

Julian regarda son père et abandonna le code de silence qu'un gentleman observe sur de tels sujets.

— Davina est une femme excitante. Son appétit est contagieux. Je ne suis pas plus immunisé contre ses talents que n'importe quel autre homme. Et je suis son mari, elle a le droit de s'attendre à ce que nous ayons des relations sexuelles. Si les mariages se faisaient au lit, le nôtre serait un succès indéniable.

— As-tu essayé de retrouver cette fille ? insista son père.

— Pour gâcher sa vie une seconde fois ? Non, j'ai trop peu à lui offrir. Davina est la mère de mon fils. Jamais je n'abandonnerai Davina et Drew... Il faut que j'y aille, maintenant ; nous sommes attendus à dîner chez les Broadhurst. Au revoir, Père, merci de m'avoir écouté. Dites à Drew que je passerai le prochain week-end avec lui.

— Je le lui dirai, dit Sir James, attendant que Julian ait quitté son bureau pour s'effondrer dans son fauteuil.

Il avait le pouvoir d'illuminer le regard de son fils, de lui faire retrouver le bonheur.

Mais cela lui était impossible ! Il ne pouvait détruire la vie de son petit-fils ni trahir Davina, son associée dans le mensonge. Il choisit de trahir son fils.

CHAPITRE 35

Emmanuelle éprouvait un plaisir intense sous les caresses de Rupert McAllister.

— Je t'aime. Oh, Emmanuelle, c'est merveilleux...

Les mains du jeune homme guidèrent la bouche d'Emmanuelle, qui, à contrecœur, se plia au désir de son amant. Puis, dans une étreinte passionnée, il s'allongea sur le corps de la jeune femme et la posséda de plus en plus profondément, sur un rythme qu'il pouvait maintenir aussi longtemps qu'il le voulait. Emmanuelle se laissa aller doucement jusqu'à ce que, éperdue de désir, elle jouisse avec lui et qu'il s'effondre sur elle, à bout de souffle.

Emmanuelle rouvrit les yeux dans la chambre obscure de l'appartement de Rupert McAllister.

Quand la respiration du jeune homme se fit plus régulière, il se leva et alla dans la salle de bains. Emmanuelle fit la moue. C'était ce qu'il faisait toujours immédiatement après l'amour, comme si le principal événement de la soirée était clos. Un jour, elle l'avait observé en train de se savonner, les yeux fermés et une expression de béatitude sur le visage. Il avait un corps magnifique et en prenait grand soin.

Emmanuelle était étendue sur le lit, physiquement satisfaite mais toujours préoccupée. Cela faisait des mois qu'elle couchait avec Rupert et il n'avait toujours pas mentionné le mariage, sinon pour déplorer les constantes préoccupations de sa famille à ce sujet.

— Tu ne connais pas ces McAllister, l'avait avertie

Kate. Ils choisiront une épouse pour Rupert dans le *Who's who.*

— Cela fait cinq ans qu'ils essayent, insistait Emmanuelle. Peut-être veut-il choisir lui-même sa future épouse. Il dit que les filles de la haute société l'ennuient à mourir. Il dit qu'il m'aime.

— Seulement dans ses moments d'extase. Les McAllister ne se marient pas par amour, Emmanuelle, ils se marient par intérêt. Tu associes peut-être amour et mariage mais, pour lui, amour rime avec sexe.

Emmanuelle savait qu'elle ne pourrait jamais aimer un autre homme que Julian, mais elle voulait épouser Rupert McAllister. Son corps l'appréciait, même si son cœur restait froid.

Quand ils se séparèrent, leurs relations n'avaient toujours pas évolué. Emmanuelle s'assit à son bureau et essaya de mettre ses idées au clair. Elle était bien placée pour savoir qu'il ne fallait pas faire confiance aux hommes, même si elle avait toujours de l'espoir après la nuit grandiose qu'elle venait de passer avec lui.

La jeune femme n'avait pas été assez prudente avec son argent et avait fait de folles dépenses pour se vêtir comme la fiancée d'un McAllister. A présent, elle semblait plus loin que jamais de son but. Il lui faudrait doubler son capital afin de pouvoir quitter Matilda sans risquer sa vengeance. Depuis sa rencontre avec Rupert, elle n'avait plus aucune ambition et renonçait à ses projets. Il aurait été plus facile d'échapper à Matilda en devenant l'épouse de Rupert.

— Vous avez l'air épuisée, lui dit Matilda en entrant.

Son corps était toujours mince et ferme mais sur son visage se lisaient les effets des cigarettes, du café et d'un régime trop strict.

— Vous ne devriez pas veiller si tard, ma fille, nous avons un emploi du temps chargé, de la Toussaint jusqu'à 1925.

Les deux femmes se mirent à discuter de la soirée d'anniversaire de la cadette des Blessing, puis du bal que Matilda donnait chaque année pour célébrer Noël. Emmanuelle, qui connaissait les sautes d'humeur de Matilda, savait que celle-ci avait l'intention de lui dire une méchanceté. Le coup partirait d'un moment à l'autre.

— Avez-vous entendu la nouvelle au sujet de Rupert McAllister ? demanda Matilda avant de quitter la pièce, comme si elle ignorait tout de la liaison d'Emmanuelle. Il s'est fiancé.

— Vraiment ? dit Emmanuelle, qui parvenait toujours à se contrôler. J'ai dû rater le faire-part.

— Il n'y en a pas eu pour le moment, mais ça ne saurait tarder, dit Matilda, triomphante. Eh bien, sa fiancée a beaucoup de chance, ne trouvez-vous pas ? J'ai entendu dire que Rupert baisait comme un dieu.

Le soir même, Emmanuelle répéta cette conversation à Rupert.

— J'espère que tu ne lui as pas déclaré que tu étais bien placée pour le savoir, dit-il en souriant bêtement.

— Pourquoi confirmer ses soupçons ? De toute façon, tes parents sont toujours en quête d'une future épouse pour toi, tu me l'as dit toi-même. Je savais que ce n'était pas vrai.

— Mais c'est la vérité. Cette fois, j'ai capitulé.

— Tu plaisantes ?

— Pas du tout. Ce sera annoncé dans le *Times* demain. C'est pour ça que je voulais te voir ce soir, pour te le dire.

— Comme c'est aimable de ta part ! Pourquoi ne pas me l'avoir dit la nuit dernière, ou toutes les nuits où tu disais que tu m'aimais ?

— Elles étaient bien trop excitantes pour être interrompues. J'espère que nous en aurons encore beaucoup d'autres.

— Espèce de salaud !

— Allons, Emmanuelle, tu ne pensais tout de même pas que je t'épouserais.

Le silence de la jeune femme en disait assez long.

— Emmanuelle, tu es une femme ravissante et formidable au lit, mais à part ça, nous sommes totalement différents. Je dois épouser une femme de mon milieu ; tu sais de quoi je parles.

— Oui, très bien. Mais dis-moi, Rupert, sais-tu si ta future épouse et toi, vous vous accorderez sur le plan sexuel ?

— Non, répliqua-t-il durement. Chez les McAllister, les hommes épousent des vierges.

— Et couchent ailleurs avant et après le mariage. C'est logique. Et pourquoi les fiancées des McAllister n'exigent-elles pas, elles aussi, d'épouser des puceaux ?

— C'est différent.

— Pourquoi, parce que vos équipements sont différents ? Mon Dieu, vous ne pensez qu'avec votre tuyauterie.

— Ne sois pas vulgaire, dit-il d'un ton hautain.

— Petit con ! Salaud ! dit Emmanuelle en français.

— Je ne parle pas français, répliqua-t-il avec froideur.

Après lui avoir traduit ses injures, Emmanuelle se leva et sortit. Sans réfléchir, elle contourna la Cinquième Avenue, puis se dirigea rapidement vers l'Académie Treadwell. Une autre porte venait de se fermer sur elle. Elle avait déjà gravi de nombreux échelons, mais ce n'était toujours pas suffisant.

« Arrête de pleurer, se dit-elle, personne ne t'aimera pour ce que tu es mais pour ce que tu peux donner. »

— Emmanuelle ! Qu'est-ce qu'il y a ? dit Kate en ouvrant la porte.

— Je suis venue pleurer sur ton épaule. Spencer est-il là ?

— Non, il travaille chez un client, ce soir. Tu claques des dents. Viens t'asseoir, il y a du feu dans le salon et du café chaud.

Kate, la silhouette alourdie par sa grossesse, conduisit Emmanuelle vers un fauteuil et lui apporta une tasse de café.

— Bois ça maintenant et, quand tu auras fini de trembler, tu me raconteras ce qui s'est passé.

— C'est tellement stupide ! Rupert est fiancé.

— Qui te l'a dit ?

— Matilda, avec un plaisir non dissimulé, bien sûr, et Rupert en personne, ce soir. La nuit dernière, il était trop occupé à dire qu'il m'aimait.

— Eh bien, qu'il aille au diable ! De toute façon, il n'est pas assez bien pour toi !

— Je le sais. Je ne suis pas amoureuse de lui. Je voulais simplement l'épouser pour être... en sécurité.

— Parce qu'il a de l'argent et une position sociale ? Tu

dois épouser quelqu'un que tu aimes. Là, tu seras vraiment en sécurité. Tu ne pourrais pas supporter de vivre avec un homme que tu n'aimes pas.

— Je ne peux pas non plus vivre de cette façon. Il faut toujours que je m'écarte pour laisser passer les autres en premier, je n'ai de place nulle part.

— Mais autrefois, tu avais bien un foyer. Cela peut recommencer avec un homme qui en vaille la peine.

— Je n'ai jamais eu de foyer, sanglota Emmanuelle en se couvrant le visage de ses mains.

— Si, avec ton mari.

— Je n'ai jamais eu de mari, c'est une histoire qui a été inventée de toutes pièces.

Kate s'assit calmement et Emmanuelle lui raconta tout, sauf l'épisode de son père. Les mains de Kate se posèrent sur son ventre, comme pour le protéger, quand Emmanuelle lui parla du bébé.

— Mais tu n'avais pas le choix, dit enfin Kate.

— Tu crois ?

— Pas à l'époque. Tu ne pouvais pas prévoir ce qui t'arriverait. Tu étais toute seule... As-tu eu des nouvelles de l'enfant ?

— Non, mais je suis sûre que c'est une fille et qu'elle a tout ce dont elle peut rêver. Je pense que son grand-père l'aime, même si sa soi-disant mère ne l'aime pas.

— Le bébé n'était pas responsable. Aucune femme ne peut rester insensible devant un petit enfant.

— Elle, si, dit Emmanuelle en tremblant légèrement. Il est tard. Je ne veux pas que Spencer me voie dans cet état. Tu ne lui diras rien, Katharine ?

— Bien sûr que non. Mais tu peux passer la nuit ici et aller te coucher avant son retour.

— Si tu voyais mon bureau ! Il faut que je commence tôt demain.

— Alors je t'appelle un taxi, mais je n'aime pas que tu dormes sous le même toit que cette garce. Tu n'as pas besoin d'un sale type comme Rupert, et tu devrais quitter Matilda. Ce n'est pas une amie pour toi.

CHAPITRE 36

Décembre 1924

Avant même que les invités soient arrivés, Emmanuelle sut que ce bal de Noël serait le plus éclatant que Matilda eût jamais donné. C'était certainement le plus onéreux. Même les invitations, argent sur papier japonais blanc, étaient de véritables œuvres d'art.

— Un arbre blanc ? s'était exclamée Matilda quand le gigantesque sapin avait été dressé dans le hall d'entrée, entièrement revêtu de marbre blanc pour l'occasion.

— Attendez de le voir avec ses ornements, je suis sûre que vous approuverez, répondit Emmanuelle. De l'argent massif et du cristal.

— Essayez-vous de me ruiner ? avait demandé Thomas à son épouse et à sa secrétaire en leur souriant avec indulgence.

Une fois l'arbre décoré, il n'y eut plus aucune objection. Le sapin brillait, tel un palais de glace, et ses minuscules cloches de cristal tintaient chaque fois que la porte d'entrée s'ouvrait.

La salle de bal blanche, ainsi que toutes les pièces du premier et du second étage, avaient été envahies par toutes sortes de fleurs blanches. Le parfum des gardénias, des roses et du lilas de M. Denis embaumait l'air ; les orchidées et les camélias semblaient fleurir sur des arbres argentés. Le service de porcelaine blanche ornée d'un liséré d'argent et les verres de cristal avaient été dressés sur les tables du buffet, recouvertes de velours blanc. Les petits cadeaux destinés aux invités, des chaînes de montre pour les hommes et des bracelets d'or blanc pour les femmes, étincelaient de mille feux.

— C'est spectaculaire, dit Matilda à Emmanuelle après une dernière inspection des lieux.

Matilda Blessing portait une robe argentée, du renard blanc et des diamants.

— J'espère qu'il vous sera possible de faire mieux encore l'année prochaine.

Emmanuelle sourit en pensant à la fortune qu'elle aurait pu gagner avec cette soirée si elle avait touché des honoraires. Son expérience augmentait considérablement. Elle avait déjà choisi les fournisseurs, traiteurs, fleuristes et bijoutiers qu'elle engagerait quand elle monterait sa propre entreprise.

Cependant, elle ne pensait pas avoir économisé assez d'argent pour résister aux tentatives de sabotage de Matilda si elle venait à la quitter.

— Cette robe ne m'appartient pas, dit brusquement Matilda en examinant Emmanuelle avec attention.

— Non, dit Emmanuelle tout en consultant la liste des invités.

La robe faite sur mesure chez Thiboux était en soie blanche et descendait en une cascade de franges du décolleté jusqu'au sol. Sa seule décoration : des rangées de perles noires sur les épaules veloutées. La jeune femme portait un diadème, son collier de perles, des pendants d'oreilles offerts par Rupert au début de leur liaison, et l'opale de Julian.

— Très sobre, dit Matilda, mais dès le moindre mouvement, alors là, cela devient carrément obscène.

Matilda pensa qu'il lui faudrait la surveiller. Elle avait dû se résigner devant les multiples liaisons de son mari, mais Emmanuelle était tout à fait le genre de fille pour qui Thomas pouvait perdre la tête. Il avait atteint l'âge dangereux où les hommes divorcent de leurs épouses pour se marier avec des filles qui ont trente ans de moins qu'eux.

— On a sonné, dit Matilda en descendant dans l'entrée pour recevoir ses invités devant le sapin de Noël.

A minuit, la demeure des Blessing regorgeait des plus

importantes personnalités new-yorkaises. La soirée était un véritable succès. Emmanuelle prit son verre de champagne et se dirigea vers la bibliothèque pour se détendre un moment.

— Bonsoir, fit une voix d'homme.

Elle retourna la politesse sans lever les yeux, s'effondra dans un fauteuil, puis se déchaussa.

— Fatiguée ?

Elle leva la tête. L'homme qui venait de lui adresser la parole se tenait près de la fenêtre et fumait la pipe. C'était un bel homme avec un visage aux traits marqués. Il était d'une taille moyenne avec une tête carrée, un corps trapu et musclé comme celui d'un boxeur. Ses cheveux bruns étaient indisciplinés. Emmanuelle lui donna environ trente-cinq ans.

— J'ai mal aux pieds.

— Je me suis toujours demandé pourquoi les femmes portaient ces choses, dit-il en montrant les chaussures avec sa pipe.

— A cause de la mode.

— Les toilettes font-elles la femme ?

— Non, elles en donnent simplement l'impression et c'est la seule chose qui compte.

Comme elle sortait une cigarette, il s'approcha pour lui donner du feu et ralluma sa pipe avec la même allumette. Il avait de beaux yeux sombres et un regard sympathique.

— Je ne pense pas, dit-il en s'asseyant sur une chaise près d'Emmanuelle. La femme est tout ce qui compte.

Elle le regarda d'un air sceptique.

— Vous ne les en convaincrez jamais, dit-elle en montrant les invités dans la pièce voisine.

— Je sais, admit-il tristement.

Ils se sourirent et continuèrent de fumer confortablement.

— J'aurais dû me présenter. Mon nom est Harding Ellis.

— Emmanuelle Béranger, dit-elle en lui serrant la main.

L'expression de son visage changea.

— Ah oui, Tom Blessing m'a parlé de vous. Vous êtes la secrétaire de sa femme.

— J'ai également entendu parler de vous ; vous êtes le

nouveau propriétaire du *Star Tribune*. Je suis surprise de ne pas vous avoir vu plus tôt, monsieur Ellis.

— Je ne suis venu ici qu'une fois pour un dîner privé avec Tom. Je ne suis pas un mondain, je n'en ai pas le temps.

— Ce n'est pas très gentil, dit-elle en souriant. Où serais-je si personne ne venait aux soirées de Mme Blessing ?

Le silence se fit entre eux tandis qu'Emmanuelle finissait tranquillement sa cigarette et son verre de champagne.

— Je dois y retourner, dit-elle.

— Pourrai-je vous revoir ?

— Je serai bientôt de retour pour une autre pause.

— Ce n'est pas ce que je veux dire. Accepteriez-vous de dîner avec moi ?

Elle le regarda plus attentivement.

— Oui, cela me ferait plaisir.

— Mardi soir ?

— Oui, vous pouvez m'appeler ici pour me dire où je pourrai vous retrouver.

— Je viendrai vous chercher.

— Non, monsieur Ellis. Je préfère garder ma vie privée secrète.

Quand elle se leva, le regard d'Ellis fut attiré par le corps souple et élancé de la jeune femme qui ondoyait sous les franges de sa robe. Il quitta la soirée juste après.

En le voyant partir, Emmanuelle se posa des questions. Elle le savait célibataire, mais pas « mondain » et par conséquent rejeté par la plupart des mères de la haute société new-yorkaise. Ces dernières n'admettaient toujours pas qu'un nouveau riche puisse « souiller » leurs pedigrees. Elles étaient très réservées vis-à-vis d'un homme comme Ellis, qui avait débuté du mauvais côté à Chicago et fait fortune tout seul, trop récemment selon leurs critères.

« Qu'ils aillent tous au diable », pensa-t-elle. Ils devraient admirer le succès d'Ellis, et de tous ceux qui réussissaient par eux-mêmes, le sien également. Cependant Harding Ellis l'aurait-il regardée avec autant d'admiration s'il avait su d'où elle venait ? Ou s'il était au courant de sa tumultueuse liaison avec Rupert McAllister ?

Elle allait dîner avec Ellis, mais pas coucher avec lui. Elle avait vécu chastement pendant cinq ans avant de rencontrer Rupert et faisait de même depuis leur rupture. Le genre d'homme qu'elle désirait épouser, très riche et d'excellente famille, ne se marierait pas avec elle à moins d'être assez vieux pour être séduit par sa jeunesse. Emmanuelle ne s'en sentait pas capable.

De toute façon, l'argent l'intéressait plus que tout ; tôt ou tard elle prendrait le risque de monter sa propre affaire. La perspective d'un dîner avec Harding Ellis lui était très agréable. Elle aimait ses yeux, son sourire et la manière dont il fumait la pipe.

Ses chaussures trop serrées lui faisaient mal ; avec une légère grimace, elle retourna dans la salle de bal.

CHAPITRE 37

Au cours du dîner, Emmanuelle se rendit compte qu'elle s'amusait beaucoup en compagnie d'Ellis dans le restaurant où il l'avait emmenée. « C'est un repaire de journalistes, lui avait-il dit. J'espère que ça vous plaira. »

Elle était contente de ne pas s'être habillée pour l'occasion. Harding portait un complet alors que la plupart des hommes de sa position auraient mis une veste de soirée. Mais il aurait été probablement bien plus à son aise avec un vieux pull et un pantalon de sport.

Les steacks étaient parfaits, mais c'était surtout l'ambiance du restaurant qu'Emmanuelle appréciait. Les clients étaient visiblement des habitués. Des hommes et des femmes étaient engagés dans de grandes discussions ; d'autres, venus là pour se détendre, plaisantaient entre amis. D'autres enfin écoutaient avec attention un pianiste de jazz à l'autre bout de la pièce.

— On voit que ces gens aiment ce qu'ils font, dit Emmanuelle. Vous aussi, d'ailleurs.

— Si j'avais eu le choix, j'aurais été journaliste depuis le début. Je serai rédacteur en chef du *Star* dès que j'aurai trouvé les hommes capables de diriger mes autres intérêts. Je possède quelques journaux, mais il m'a fallu attendre longtemps avant d'avoir un quotidien new-yorkais qui m'appartienne.

Ses yeux brillaient d'un enthousiasme qu'Emmanuelle n'avait jamais vu dans le cercle des Blessing.

— Qu'allez-vous en faire ?

— Le meilleur journal du pays, dit-il d'un ton confidentiel. J'essaierai de tenir compte des deux grands courants politiques de ce pays aussi honnêtement que possible et je garderai mes opinions personnelles pour l'éditorial. C'est malhonnête d'influencer le public en orientant les informations. Vous seriez étonnée de voir comme c'est facile à faire.

— On dit qu'il est impossible de vous acheter.

— C'est Tom Blessing qui vous a dit cela, dit Ellis en riant. Il m'avait justement invité à dîner parce qu'il voulait connaître mon opinion sur le problème des impôts et des bolcheviks.

— Et vous n'avez pas joué le jeu, dit Emmanuelle avec une satisfaction évidente.

— Non, je n'en avais pas l'intention.

— Il n'a pas dû apprécier, dit-elle en souriant.

— Dites-moi, mademoiselle Béranger, lisez-vous le *Star* ?

— Je n'ai pas le temps, à l'exception de la page mondaine, bien sûr.

— Et qu'en pensez-vous ?

Comme elle hésitait, Ellis insista.

— Eh bien, je pense que c'est ennuyeux, voilà tout. Tous ces noms et ces dates... m'ennuient. Les seules photos sont celles des fiancées et des jeunes mariées. On ne parle pas assez des danses, des bals, de tout ce qu'une femme modeste aimerait savoir sur le gratin.

— Et que veut-elle savoir ? demanda Ellis avec attention.

— En France, les gazettes mondaines vous disent quelles sortes de pâtisseries ont été servies sur quelles sortes d'assiettes, combien de domestiques il a fallu pour nettoyer les chandeliers, quelles sortes de draps Madame a dans son lit et quelles sortes de lacets les courtisanes utilisent pour leurs corsets, dit Emmanuelle en riant.

— Cela ferait certainement sensation.

— Pas plus que vos magazines d'amour, monsieur Ellis.

— Vous les avez lus ?

— Je n'ai lu que *Véritable Amour* et *Passions cachées*. Monsieur Ellis, la vie ne se résume pas à la rédemption morale ou au bonheur éternel.

Il ne lui répondit pas et la regarda calmement un instant.

— Voulez-vous du café ?

Emmanuelle accepta. Il avait commandé son café en même temps que son dîner, habitude américaine qu'Emmanuelle n'avait toujours pas adoptée, mais ses manières, ses vêtements et son élocution étaient raffinés.

— Vous n'êtes pas new-yorkais, n'est-ce pas ?

— Non, je suis né à Chicago.

— Votre père était-il dans le journalisme ?

— Non, mon père était un alcoolique, commença-t-il tristement. C'était un alcoolique heureux, toujours de bonne humeur, mais incapable de garder un travail. C'était difficile pour ma mère, mais elle a pu me mettre au lycée après sa mort. Ensuite, j'ai travaillé dans l'administration. Là, j'ai appris beaucoup de choses sur les entreprises du service public. J'en possède à présent quelques-unes, mais malheureusement trop tard pour aider mes parents.

Emmanuelle était surprise de l'entendre parler si ouvertement d'une enfance pareille.

— Tom Blessing dit que je suis ordinaire ; il a probablement raison.

Emmanuelle ressentit une bouffée de colère. Cet homme valait dix fois mieux que Thomas Blessing.

— Il ne faut pas écouter ses racontars.

— Je ne les écoute pas.

Blessing lui avait aussi parlé de la liaison d'Emmanuelle avec Rupert McAllister. Il avait été grossièrement explicite sur son désir de coucher avec Emmanuelle dès que sa femme aurait le dos tourné. Harding ignorait pourquoi ce vieux bouc pensait avoir une chance avec une fille pareille.

Maintenant qu'il avait fait connaissance avec Emmanuelle, il était étonné qu'elle ait pu avoir une aventure avec cet imbécile de McAllister. Mais l'attirance physique ne s'explique pas et, en dépit de la pureté de son visage, c'était une femme d'une grande sensualité. Elle était très belle et pleine d'esprit ; Ellis était fasciné par ses yeux mais il avait remarqué qu'ils ne reflétaient pas toujours son sourire.

— J'ai entendu dire que vous étiez parisienne. Ce doit être merveilleux d'habiter une ville aussi belle.

— Vous connaissez Paris ?

— Je n'y ai séjourné que très brièvement après la guerre. J'ai eu de la chance ; je suis arrivé après les combats... Oh ! excusez-moi ; votre mari a été tué à la guerre, n'est-ce pas ?... Racontez-moi votre enfance en France.

Emmanuelle lui parla d'une enfance modeste mais respectable et bourgeoise à Lyon, de son mariage, de son départ pour Paris. Elle parla d'une petite fille en uniforme qui roulait son cerceau dans un parc et d'une jeune fille éduquée chez les Sœurs jusqu'à son mariage.

Après le dîner, ils allèrent dans un bar écouter du jazz. A 11 heures, il la raccompagna chez les Blessing.

— A dimanche ? demanda-t-il devant l'imposante porte d'entrée. A la patinoire de Central Park, à midi ?

— Mais je ne sais pas patiner !

— Je vous apprendrai. J'apporterai même les patins.

Il lui serra la main et repartit en sifflotant un morceau de jazz qu'ils avaient entendu dans la soirée. Quand elle se coucha, Emmanuelle fredonnait le même air.

CHAPITRE 38

— Il est très beau, dit Emmanuelle en se penchant pour embrasser le bébé.

Katharine la regardait d'un air soucieux.

— Ma chère Kate, il ne faut pas que tu me regardes ainsi, dit Emmanuelle en venant s'asseoir à côté d'elle. J'adore mon filleul et je suis heureuse pour toi, vraiment très heureuse. J'ai mis le passé derrière moi.

— Je suis sûre que le brillant Harding Ellis y est pour quelque chose, dit Katharine avec un sourire.

— Il a tellement d'ambition, Kate ! Il y a toujours quelqu'un qui essaye de s'opposer à ses projets, mais lui, rien ne l'arrête. Tu as pu le constater quand tu l'as rencontré.

— Oui, il est comme toi.

— Merci, mais, même si c'est vrai, que peut faire une femme avec de l'ambition ? Pourrais-je diriger un journal ou ouvrir une banque ? Être gouverneur ou président ? Voilà où se trouve le pouvoir.

— On dit, observa Kate en attrapant son fils, que la main qui tient le berceau dirige le monde.

— C'est un homme qui a dû dire ça, pour que nous restions dans nos foyers.

Emmanuelle ne voulait pas discuter d'un tel sujet avec Kate. Son amie était très heureuse avec Spencer et son bébé ; c'était tout ce qu'elle avait toujours voulu. Mais jamais Emmanuelle ne pourrait se contenter de vivre ainsi, sans Julian.

— N'es-tu pas un peu amoureuse de Harding ?

— Amoureuse ? Non, mais je l'admire beaucoup. Il a dû se battre, lui aussi, pour sortir d'un milieu qui n'était pas tellement plus élevé que le mien, bien que je lui aie caché la vérité sur mes origines. Je le comprends bien mieux que des hommes comme Rupert, où même Julian. Pourtant j'aimais vraiment Julian.

— Tu disais que tu avais mis le passé derrière toi.

— Le passé, mais pas Julian, jamais.

— Mais cela fait des mois que tu vois Harding. Imagine qu'il te demande en mariage.

— Il n'en a pas le temps.

— Il prendrait son temps pour toi, Emmanuelle, si tu le laissais faire.

— Je n'en suis pas si sûre. Il me désire, Kate, même s'il n'a jamais fait que m'embrasser la joue, mais de là à parler mariage... je ne pense pas qu'il en ait vraiment envie. C'est aussi bien pour le moment car je ne veux pas me marier. Dès que j'aurai trouvé un moyen de quitter Matilda, je pourrai enfin travailler à mon compte.

— Tu pourrais monter une affaire tout en étant l'épouse de Harding. C'est parce qu'il n'est pas de bonne famille que tu ne veux pas. Parfois, tu me désespères.

Tandis qu'elle s'apprêtait à retrouver Harding, Emmanuelle se mit à réfléchir. Avec le mariage, elle ne ferait qu'échanger une forme de dépendance pour une autre. De plus, Kate avait raison, il ne faisait pas partie de la haute société.

Pourtant, chaque fois qu'elle décidait de quitter Matilda, la vieille peur de se retrouver sans un sou à la rue la reprenait. Tout changement lui paraissait hasardeux.

Avant de rencontrer Harding, elle avait eu l'intention de contacter Sir James pour lui demander plus. Elle savait qu'il la désirait, et un vieil homme pouvait se montrer très généreux quand il désirait une jeune femme.

Mais maintenant, il y avait Harding, solution bien plus séduisante. Aux yeux de Sir James, elle n'était qu'une traînée ; mais pour Harding, elle était son égale.

Emmanuelle arriva devant le restaurant français préféré de Harding et l'aperçut à travers la vitre. Elle n'avait pas l'habitude de le voir aussi calme. Ses multiples activités le tenaient toujours en mouvement. Il avait des actions dans l'acier, les automobiles et l'immobilier, de même que dans des entreprises de service public.

Emmanuelle fut émue par l'expression de son visage : il semblait fixer quelque chose d'inaccessible.

Elle se demanda pourquoi il n'était jamais allé au-delà d'une simple poignée de main avec elle quand il la raccompagnait chez elle. Mais elle s'amusait beaucoup avec lui. Ensemble, ils assistaient à des jeux de base-ball, à des dîners entre amis avec des gens brillants et pleins d'esprit ou se rendaient à Harlem pour écouter du jazz.

Quand ils sortaient pour une soirée plus formelle, il était toujours impeccablement vêtu. Tout ce qu'il portait comme accessoires, cravates, boutons de manchette, chaussures et mouchoirs, était toujours de très bon goût. « C'est parce que mon valet fait toutes mes courses », lui dit-il un jour. Le valet conduisait aussi sa Rolls, mais dans ses heures de loisir, Harding préférait une voiture plus petite et plus nerveuse.

Jamais il ne l'avait invitée seule dans son appartement de la 6e Rue. Celui-ci, sobre et élégant, était assez grand pour les soirées du personnel du *Star Tribune* et les petits dîners d'affaires qu'il donnait régulièrement. Emmanuelle appréciait les journalistes, passionnés par leur métier, drôles et souvent paillards, comme les filles de chez Thiboux.

Mais Emmanuelle prit soudain conscience en regardant Harding que ses yeux noirs et sa bouche n'étaient pas ceux de Julian. Si les deux hommes s'étaient trouvés côte à côte, Harding aurait été éclipsé par la grâce et la noblesse de Julian.

Elle eut honte de ces pensées. Il était injuste de comparer Julian à un autre homme. Harding était un homme d'une grande valeur et elle méprisait tous ceux qui le regardaient de haut parce qu'il s'était fait lui-même.

Harding sentit la présence de la jeune femme et leva les yeux. Pendant un moment il ne bougea pas et garda les yeux fixés sur les siens avec la même expression de tristesse. Emmanuelle éprouva un immense sentiment de tendresse pour lui. « Il mérite beaucoup plus, pensa-t-elle. Je ne pourrai jamais aimer un autre homme que Julian. Mais je pourrai le rendre heureux. » Elle lui sourit gaiement.

Harding lui fit signe de venir et se dirigea vers l'entrée pour l'accueillir. Il avait vu son large sourire mais c'était son sourire professionnel, celui qui ne brillait jamais dans ses yeux. Quand elle avait ce regard, il lui était difficile de ne pas la prendre dans ses bras pour la réconforter et la protéger. La nature de ses sentiments l'étonnait. Jamais il n'avait éprouvé une telle tendresse pour une femme, ou plutôt une telle passion, mais il n'était pas sûr des sentiments d'Emmanuelle. Il n'accepterait d'elle qu'un amour comparable au sien ; il tenait trop à elle.

Tôt ou tard, il l'épouserait et effacerait à jamais la tristesse de ses yeux.

CHAPITRE 39

— Vous êtes très belle, dit-il en lui prenant les mains. Comment va Spencer Treadwell Atwood ?

— Il est en pleine forme. Vous avez le bonjour de Kate.

Ils commandèrent à dîner, un steack pour Harding, comme d'habitude, et un poulet chasseur pour Emmanuelle. Ils échangèrent leurs différents projets. Matilda allait donner une grande soirée dans sa maison de Palm Beach. Les invités étaient pour la plupart des hommes politiques, accompagnés de leurs épouses, qui se rendaient là-bas pour choisir un candidat républicain pour la prochaine élection présidentielle. Harding partirait bientôt en voyage d'affaires au Canada, mais il cherchait toujours un moyen d'augmenter la diffusion du *Star*. Quand Harding Ellis l'avait racheté, le *Star*, journal ennuyeux et conservateur, était en train de faire faillite ; cependant, le redémarrage se faisait lentement.

— Toute publication doit s'attendre à être déficitaire pendant au moins deux ans, mais avec un peu d'effort, le *Star* aurait pu éviter cela.

— La situation est-elle grave ?

Peut-être était-ce la raison pour laquelle il paraissait si préoccupé ce soir ? Même les milliardaires pouvaient être ruinés, comme les Treadwell. Il secoua la tête.

— Je ne me serais pas embarqué dans une telle aventure sans capitaux pour me tirer d'affaire en cas d'échec.

— Je sais de quoi vous parlez. J'ai le même problème. C'est un secret, bien sûr ; je veux travailler à mon compte en montant une agence chargée d'organiser les soirées mondaines.

— Je pense que c'est une bonne idée. Après ces trois années passées avec Matilda, vous avez certainement beaucoup d'expérience.

— Oh ! oui. Je sais qui reçoit et qui ne reçoit pas, et pourquoi. Je sais quels mets et quels vins il faut servir à ce genre de soirées et où me les procurer. Et je connais tous les endroits à la mode. Mais je n'ai pas encore assez d'argent de côté en cas d'échec. Je pense que je réussirais sans problèmes s'il n'y avait Matilda. Elle ne supporte pas la moindre contrariété et n'hésiterait pas à me nuire, du moins pendant un moment.

Emmanuelle se demanda si elle devait en dire plus ce soir. « Au diable mes scrupules, pensa-t-elle, il faut que je sache s'il a l'intention de m'aider. » Elle soupira.

— Je suis dans une situation absurde. Je veux m'échapper des griffes de Matilda, mais d'un autre côté je ne veux pas prendre de risques.

Harding refréna difficilement son envie de lui offrir tout l'argent qu'elle désirait : il ne voulait pas d'une telle relation avec elle.

— Emmanuelle, je pense qu'il y a un moyen de vous libérer de Matilda Blessing. Allez-vous m'écouter jusqu'au bout avant de vous décider ?

— Bien sûr, Harding, de quoi s'agit-il ?

Elle était prête à devenir sa maîtresse ce soir s'il le désirait.

— J'aimerais que vous rédigiez la page féminine du *Star*. Je veux dire par là faire la mise en page, choisir les événements intéressants et les journalistes pour les reportages, s'occuper du choix des photos, etc.

Emmanuelle était contente de savoir dissimuler ses sentiments aussi facilement. Surprise et déçue, elle continuait pourtant d'écouter.

— Je veux éditer une page entière deux fois par semaine, en plus du carnet du jour, avec des articles supplémentaires chaque fois que nécessaire. Vous êtes bien plus au courant que moi dans ce domaine. Je suis convaincu que ce que vous dites sur l'avis des lectrices est juste, et vous connaissez la scène mondaine mieux que personne... Laissez-moi finir, dit-il en voyant qu'elle voulait l'interrompre. Je sais ce que cela signifie pour vous d'avoir votre propre affaire, je ne le sais que trop, mais je pense que vous débuterez plus facilement une fois que vous serez établie au *Star*. New York est fou de publicité ; les gens veulent être dans les journaux, ils y seront grâce à vous. Avec le temps, vous aurez acquis un certain pouvoir. Tout le monde désire être puissant pour réussir.

Emmanuelle approuva. A présent, ses yeux gris le fixaient avec une grande intensité.

— Il pourrait y avoir quelques problèmes, finit-elle par dire.

— Lesquels ?

— Je ne peux pas rivaliser avec un chroniqueur comme Maury Paul.

— Pourquoi ? De toute façon, ce n'est pas une chronique que je veux mais une page entière réservée aux femmes.

— Matilda va m'attirer des ennuis.

— Elle pourrait certainement nuire à son ex-secrétaire, mais pas au rédacteur en chef du *Star Tribune*. Un autre problème ?

— Mon salaire. Je gagne beaucoup chez elle.

— Je l'améliorerai.

— Il faudra l'augmenter de beaucoup. Si je quitte les Blessing, j'aurai besoin d'un appartement.

Il accepta. Emmanuelle secoua la tête, tentée par cette proposition mais toujours hésitante.

— Je ne suis même pas sûre d'en être capable. Les journalistes du *Star* vont se moquer de moi. J'ignore tout du journalisme.

— Emmanuelle, le monde manque de personnes compétentes. Vous êtes une femme très compétente qui travaille durement pour réussir. Et vous avez de l'expérience. Je compte développer mes reportages sur la mode et vous envoyer à Paris pour les collections. Qui pourrait faire cela mieux que vous ?

— Les collections de Paris ? J'adorerais cela !

— Vous aurez probablement tous vos vêtements gratuitement, sans parler des autres avantages. Cela devrait suffire à égaler les ristournes que vous obteniez chez les Blessing. Allons, Emmanuelle, essayez.

— Pourquoi faites-vous cela, Harding ?

— Parce que j'ai besoin d'une personne efficace et brillante, et vous l'êtes. Bien sûr, ce n'est pas la seule raison, dit-il en rougissant légèrement. Vous savez combien je vous admire.

— Je sais et j'y suis très sensible, mais je ne peux pas baser mon avenir sur l'admiration d'un homme, pas même la vôtre. J'aimerais un contrat grâce auquel il serait très difficile de me renvoyer.

Il faillit lui proposer le mariage mais il se ravisa à temps. Il ne rabaisserait pas Emmanuelle, ou le travail qu'il lui offrait, en associant un contrat de travail à une proposition de mariage. Il l'aimait trop pour cela.

— D'accord, dit-il. Il me sera impossible de vous congédier avant cinq ans mais il vous sera aussi impossible de démissionner, à moins que nous ne soyons tous les deux d'accord. C'est équitable ?

Comme Emmanuelle acquiesçait, il parla plus sérieusement.

— Emmanuelle, j'ai vraiment besoin de vous pour le *Star*. Je dois mettre un peu de vie dans mon journal. Ce n'est pas un jeu.

— Je sais, Harding, je voulais simplement que les choses soient claires dès le début.

— Alors, c'est d'accord ?

— C'est d'accord !

Son enthousiasme faisait plaisir à voir. Elle lui donna ce merveilleux sourire qu'il ne lui avait vu qu'une fois ou deux.

« Bientôt, pensa-t-il, je la tiendrai dans mes bras et elle sourira ainsi, seulement pour moi. Je ferai en sorte qu'elle m'aime. »

— Allons chez *Louie* boire du champagne. Nous signerons le contrat demain, mais nous pouvons commencer les festivités ce soir.

Elle éclata d'un rire joyeux. Il aimait cette femme aussi passionnée qu'intelligente et ambitieuse. Si une femme comme Emmanuelle aimait un homme, ce devait être avec son esprit et son cœur autant qu'avec son corps.

— Quand le direz-vous à Matilda ? demanda-t-il.

Il fut enchanté de la voir rire et soulagé par sa réponse.

— Dès que nous aurons signé le contrat, et j'attends cet instant avec impatience.

CHAPITRE 40

Pour son premier jour au *Star Tribune*, Emmanuelle avait choisi ses vêtements avec le plus grand soin. Elle désirait avoir l'air d'une femme d'affaires mais ne voulait pas que le personnel la juge trop sévère. Elle portait une jupe et un chandail de laine rouge foncé, un manteau noir à col de fourrure et un chapeau de feutre assorti avec une plume.

— Ils vont me détester, dit-elle à Harding tandis qu'ils se rendaient au *Star Tribune*, sur la 42e Rue.

— Après l'explosion de Matilda Blessing, vous ne vous apercevrez de rien.

— Mon Dieu, elle était vraiment en colère ! J'ai cru qu'elle allait avoir une crise cardiaque. Ensuite, elle a menacé de me ruiner.

— Si j'étais à votre place, ça ne m'empêcherait pas de dormir. Vous ne lui appartenez pas. Quant à vos collaborateurs, je ne m'inquiéterais pas non plus. Ce ne sont que de sympathiques jeunes gens qui essayent de faire de leur mieux, comme nous.

— Même s'ils ont très peu d'expérience dans le journalisme, ils en ont toujours beaucoup plus que moi. Ils vont se demander pourquoi vous m'avez choisie et tireront une conclusion évidente.

— Au début, peut-être, mais quand ils verront ce dont vous êtes capable, ils changeront vite d'avis.

Les portes de l'ascenseur s'ouvrirent sur une vaste pièce avec des rangées de bureaux éclairés par des lampes.

Emmanuelle entendit le concert des machines à écrire et des téléphones, et éprouva une certaine excitation. Ce n'était pas la première fois qu'elle venait, mais la situation était entièrement différente.

Deux jeunes femmes et deux hommes attendaient dans un petit bureau. Harding lui avait déjà donné une liste avec leurs nom, âge et expérience. Après avoir fait les présentations, il les laissa seuls. Emmanuelle accrocha son chapeau et son manteau, puis s'assit à son bureau.

— J'espère que vous resterez tous avec moi et que vous continuerez de faire ce que vous faisiez avant mon arrivée. Il va me falloir un certain temps avant de tout assimiler. J'ai quelques idées sur la création d'une page différente, mais j'aimerais d'abord savoir si vous pensez que je suis divinement inspirée ou tout simplement folle.

A ces paroles, ils sourirent et se détendirent un peu, prêts à écouter.

— Je suis allée à la bibliothèque, continua Emmanuelle. Les pages mondaines sont ce qu'elles ont toujours été, ce sont les échos mondains qui ont changé, surtout depuis que les aristocrates fréquentent les gens du show business et les artistes. Je pense que nous pouvons en parler dans la page féminine. Mais bien sûr, il nous sera difficile de surpasser Maury Paul. C'est une vraie bible à lui tout seul et il a ses entrées partout.

— J'ai entendu dire que vous étiez la fille d'un duc, dit Doris Birnham.

La jeune femme à l'air moqueur était plutôt élégante. Emmanuelle lui sourit.

— Je pense que si l'on s'adresse à un plus large public, la diffusion du journal augmentera, poursuivit Emmanuelle.

— En ce qui me concerne, plus il y aura de photos, mieux ça vaudra, dit Kenneth Conan, le plus jeune des deux hommes, qui était photographe.

— Nous pouvons commencer tout de suite, dit Emmanuelle.

Kenneth approuva. Il venait d'avoir vingt-six ans, l'âge d'Emmanuelle, mais il ressemblait plus à un adolescent qu'à un adulte. Il avait les cheveux roux pâle, des taches de rousseur et un corps très mince.

L'autre femme, plutôt quelconque, se nommait Sheila McCarthy ; Emmanuelle pensa qu'elle devait probablement faire tout le travail. Enfin, Henri Styles, un vétéran reporter-photographe semblait content de laisser la première place à Kenneth.

Emmanuelle sortit de son sac la liste des prochaines soirées mondaines.

— J'ai déjà appelé ces hôtesses et elles nous laisseront entrer, à condition que nous nous conduisions comme il faut. Nous devrons nous habiller. M. Ellis a décidé d'offrir à chacun d'entre nous plusieurs tenues de soirée.

— Fantastique ! dit Doris.

— Comment avez-vous fait pour qu'elles nous laissent entrer ? demanda Kenneth.

— Je les ai rencontrées. Auparavant, je travaillais chez une femme très en vue dans ce milieu.

— Oui, M. Ellis me l'a dit, dit Doris, curieuse d'en savoir davantage sur Mme Blessing.

— Je vous en parlerai un jour, dit Emmanuelle en souriant. Ce fut une expérience peu commune ! Mais si nous préparions quelques pages, à présent ? J'ai cru comprendre que la page doit être rédigée deux jours à l'avance.

— Oui, mademoiselle Béranger, seules les informations les plus récentes se traitent à la dernière minute.

— S'il vous plaît, appelez-moi Emmanuelle.

Ils tombèrent d'accord pour parler d'un goûter de charité, d'une grande soirée mondaine et de deux autres événements qui plairaient certainement aux lectrices, puis donnèrent le nouveau ton de la page.

— Folles soirées et bonnes œuvres, commenta Doris. Très bien tourné.

— Et nous verrons où va l'argent gagné au thé de charité et comment les fonds sont dépensés, dit Sheila avec enthousiasme.

La politesse réservée des premières minutes avait disparu. Pour la première fois depuis qu'Emmanuelle avait donné son accord à Harding, elle se sentait tout à fait à l'aise dans son nouveau travail.

— C'est sensationnel, dit Harding quand l'épreuve de la première page sortit une semaine plus tard. Bien sûr, nulle part ailleurs dans le journal nous ne mélangerons des titres en italiques avec des caractères romains.

— Pourquoi ? Ce serait moins sinistre, dit Emmanuelle avec prudence. Une suite d'articles grisâtres avec des titres uniformes est difficile à lire jusqu'au bout.

— Depuis combien de temps y avez-vous pensé ?

Emmanuelle fit une moue, les lèvres pincées, la tête légèrement inclinée.

— Depuis que j'ai lu le journal avec attention. Le *Star* est aussi triste que le *Times* de Londres, et qui peut lire ce journal à part les Anglais ?

— Eh bien, dorénavant ne gardez pas vos opinions pour vous. Je peux ne pas être d'accord, mais j'aimerais bien les entendre. Maintenant allons dîner pour célébrer votre réussite.

Ils dînèrent souvent ensemble au cours des mois qui suivirent. Harding voyageait beaucoup, en Europe et en Californie, et Emmanuelle regrettait de ne pas le voir en fin de journée quand il était absent.

Elle avait trouvé un appartement dans Park Avenue. Dès qu'un minimum de meubles y seraient livrés, elle quitterait sa chambre d'hôtel. Le loyer de l'appartement était cher et elle aurait besoin d'entamer une partie de ses économies pour pouvoir le payer, mais il correspondait tout à fait à ce qu'elle désirait. Le salon et la salle à manger avaient vue sur Park Avenue. La cuisine, la chambre et la salle de bains donnaient sur la cour de l'immeuble, plus tranquille.

Chaque fois qu'elle s'y précipitait pour y apporter de nouveaux achats, elle arpentait les pièces vides et ensoleillées, respirait la fraîche odeur de peinture et touchait les appareils ménagers de la cuisine et de la salle de bains avec un plaisir intense. C'était la première fois qu'Emmanuelle se sentait véritablement chez elle. C'était son foyer et elle l'adorait.

CHAPITRE 41

Février 1926

Emmanuelle s'assit à son bureau et vérifia son emploi du temps.

— Deux mariages et une soirée au profit d'un hôpital. Je vais faire un article sur Coco Chanel avec les croquis des présentations de Paris. Il faut que nous préparions quelque chose d'original pour le Kentucky Derby et que nous rédigions les interviews de Gertrude Ederle et d'Helen Wills.

— Elles ne font pas partie de la haute société, remarqua Doris.

— Ce sont des femmes et des vedettes. Même la haute société s'intéresse à elles. Heureusement, il ne faut pas être dans le *Who's who* pour traverser la Manche à la nage ou gagner à Wimbledon. Bon, je pense que ce sera tout pour le moment.

— Mademoiselle Béranger, vous avez oublié la soirée Charleston chez les Blessing, dit Kenneth Conan.

— Non, dit Emmanuelle en souriant, je m'en charge, et vous, Ken, vous prendrez les photos, d'accord ?

Il ne l'appelait jamais Emmanuelle, comme les autres. Ken était tombé amoureux d'elle dès le premier jour. Ses sentiments pour la jeune femme le laissaient sans voix mais n'altéraient en aucune façon ses talents de photographe.

Emmanuelle aimait bien travailler avec lui. Elle avait

décidé de l'emmener avec elle à Paris lors des prochaines collections.

Une fois seule, elle regarda sa montre : 4 heures. Il était temps de rentrer chez elle pour prendre un bain et s'habiller. Harding l'avait invitée pour fêter son sixième mois au *Star*.

Elle était en pleine forme. Tout s'était passé si vite... Les premières semaines de nervosité semblaient loin, à présent, et Emmanuelle avait l'impression d'avoir toujours dirigé la page féminine d'un grand quotidien new-yorkais. Désormais, les restaurateurs la saluaient par son nom et les hôtesses new-yorkaises lui faisaient part à l'avance des cérémonies ou des soirées à venir. Ce n'était pas de cette façon qu'elle avait voulu faire son entrée dans le monde, mais elle était satisfaite de la tournure des événements. Le *Star* lui donnait un pouvoir spécial sur les personnalités influentes.

Sa page était très populaire, à en juger par le courrier. Emmanuelle avait l'art de raconter des détails piquants que les femmes ordinaires, qui ne posséderaient jamais de loge à l'opéra et n'assisteraient jamais aux grandes soirées, avaient envie de lire.

Et, miracle des miracles, Matilda Blessing avait fini par envoyer à Emmanuelle une invitation pour sa soirée Charleston. Elle était adressée à la rédactrice des échos mondains du *Star*. Emmanuelle tenait enfin la preuve que sa page commençait à acquérir une certaine influence.

Quand elle ouvrit la porte d'entrée, elle s'arrêta comme d'habitude pour admirer son appartement. Il n'était toujours pas terminé mais avait déjà beaucoup d'allure. Tout était beige et blanc. Emmanuelle aimait le luxe de la lumière et de l'espace. Harding avait tout d'abord pensé que ce serait froid, mais à présent il en appréciait la sérénité sobre et dépouillée. L'estampe japonaise sur le mur blanc du salon était le cadeau offert par Harding pour sa pendaison de crémaillère ; c'était la seule œuvre d'art que possédait Emmanuelle. Elle n'avait pas encore accroché les portraits de Montmartre ; elle voulait que tout soit parfait avant de le faire. Ils étaient toujours soigneusement emballés avec les lettres de Julian sur la dernière étagère de son armoire.

Deux fauteuils moelleux et confortables, assortis à son canapé de velours beige, venaient juste d'arriver. Emmanuelle s'assura qu'ils étaient disposés le mieux possible dans la pièce. Les murs semblaient vides maintenant que tous les meubles étaient à leur place, mais elle avait décidé d'ajouter les dernières touches au fur et à mesure. Pour le moment, elle avait de toute façon dépassé son budget.

— Je n'achèterai des tableaux et des bibelots que lorsque j'aurai trouvé exactement ce que je veux, avait-elle dit à Harding.

A présent, Emmanuelle inspectait sa penderie avec le plus grand soin, à la recherche d'une tenue spéciale pour la soirée avec Harding. Elle choisit une robe courte et très décolletée dans le dos qu'elle avait commandée chez Patou d'après un croquis de la dernière collection. Ne serait-il pas sensationnel d'assister à la prochaine ? Elle n'était pas encore connue à Paris, mais une fois qu'elle aurait présenté sa carte de presse, elle le deviendrait, du moins dans le milieu de la haute couture. Elle ouvrit un tiroir et en sortit des bas de soie d'une extrême finesse et des dessous de satin.

Tandis qu'elle se détendait dans un bain parfumé, ses pensées revinrent à Harding. Il continuait de garder une distance physique entre eux, mais Emmanuelle était persuadée qu'il était amoureux d'elle. Il attendait simplement le bon moment. Elle tenait à lui et appréciait tout particulièrement la manière dont il l'encourageait à agir de façon indépendante.

— Vous devez voler de vos propres ailes, lui disait-il. C'est dans votre nature.

Ils s'étaient moins vus récemment, trop absorbés par leur travail. Emmanuelle, en compagnie de Kenneth Conan, assistait à toutes les mondanités new-yorkaises dont elle rendait compte dans le *Star*. Harding s'efforçait de faire de son journal un grand quotidien politique et populaire. On critiquait son impartialité mais il répondait toujours que ses opinions personnelles étaient clairement exprimées dans la page d'éditorial.

Emmanuelle ne s'était jamais sentie aussi bien avec un homme auparavant, pas même avec Julian. L'immense gouffre social qui séparait Julian Saxon d'Emma Béquier avait assombri les merveilleux moments de leur liaison. Quant à son aventure avec Rupert McAllister, elle se résumait à un échange mécanique de sensations purement physiques.

Mais avec Harding, il y avait beaucoup plus qu'une profonde attirance physique ; il y avait également une grande amitié et une sorte de camaraderie qu'elle n'avait jamais connues avec un autre homme. Le sexe gâcherait probablement tout mais Emmanuelle désirait Harding.

— Dites-moi la vérité, Harding, dit-elle après le dîner, ma page aide-t-elle vraiment à augmenter le tirage du *Star* ?

Elle avait les joues rouges sous l'effet du champagne.

— Tout à fait, affirma-t-il. Vous lisez le courrier aussi bien que moi. Mais laissons le travail de côté pour ce soir. Si nous dansions, du moins jusqu'au prochain charleston ?

Harding était un bon danseur, souple et facile à suivre. Il avait beaucoup d'allure dans sa tenue de soirée. Emmanuelle sentit sa main sur son dos nu et se serra contre lui, la joue tout près de la sienne. Elle se demanda s'il pouvait sentir sa poitrine à travers l'épais tissu de sa veste. Il avait une odeur de savon et de tabac à pipe, et un parfum indéfinissable qui lui était propre. Ils se taisaient ; Emmanuelle gardait les yeux fermés pour mieux apprécier le rythme de la musique, heureuse d'être avec lui.

Quand ils quittèrent le restaurant, ils prirent un taxi pour traverser Central Park. Dans la voiture, Emmanuelle se tourna vers lui comme si elle attendait ce moment depuis longtemps et il l'embrassa. Avec un petit soupir de joie, elle lui rendit son baiser et sentit la main d'Harding parcourir son dos nu sous sa cape. Il la prit dans ses bras et se mit à la caresser. Ravie, Emmanuelle se laissa faire.

Elle entendit Harding changer l'adresse qu'il avait indiquée au chauffeur pour donner la sienne et une délicieuse sensation l'envahit.

Après avoir fermé la porte de son appartement, il la souleva dans ses bras pour l'embrasser encore. Il la porta dans sa chambre et, tout en lui parlant doucement entre deux baisers, la déshabilla sur son lit.

— Je n'allumerai pas la lumière ; je veux seulement te toucher, je te regarde depuis si longtemps...

Ils étaient étendus dans l'obscurité, comme deux amants aveugles qui se découvrent en promenant leurs doigts sur le corps de l'autre. Il sentait la finesse de son cou, la douceur et la courbe de ses seins, elle parcourait de ses mains la ligne de son dos, les muscles tendus de ses cuisses. Emmanuelle voulait qu'il prolonge ce voyage de découverte ; il en était conscient et la touchait légèrement, lentement, intimement. Dans le long silence obscur, il l'adora avec son corps, ses mains et les secrets soupirs de passion qui lui échappaient et se mêlaient à ceux d'Emmanuelle. Quand ils reposèrent enfin dans les bras l'un de l'autre, calmement, Emmanuelle avait les larmes aux yeux. Harding l'avait profondément émue. Leurs rapports n'étaient pas seulement passionnés, ils révélaient également une véritable affection.

Harding se leva pour aller chercher deux verres de champagne qu'ils sirotèrent dans le noir.

— Je t'aime, dit-il. Mais tu le sais, n'est-ce pas ?

— Oui. Je le sais et j'en suis très heureuse.

— Et toi, Emmanuelle ?

Elle ne pouvait pas lui mentir, pas maintenant ; l'obscurité lui facilitait la tâche.

— J'ai peur de l'amour, Harding. Cela fait si longtemps ! Mais jamais je ne me suis sentie ainsi.

Il posa son verre et lui retira le sien des mains.

— Que ressens-tu ?

— Je ne suis pas sûre, mais j'ai l'impression d'être tout simplement... moi-même.

— Tu es à moi, dit-il en l'enlaçant. Tu es à moi maintenant.

Emmanuelle n'appartiendrait jamais à personne, mais ce n'était pas le moment de le lui dire, surtout pas maintenant qu'il lui faisait encore l'amour. Il fut moins appliqué que la première fois et beaucoup plus passionné. Il voulait que ses relations avec Emmanuelle soient bien plus qu'une simple attirance réciproque. Elle ne s'en apercevrait que de nombreuses années plus tard.

CHAPITRE 42

— Dans le matelas ? dit Harding, étonné.

— Dans le matelas ou au fond du puits, dit Emmanuelle en riant. C'est là que les paysans français cachent leurs pièces d'or. Et comme cet appartement n'a pas de puits...

Elle tapota le matelas sur lequel ils s'étaient allongés pour lire les journaux du dimanche tout en buvant du café. Un feu flambait dans la cheminée et dehors la neige étouffait les bruits de la ville.

— Mais tu n'étais pas une paysanne.

— Non, mais j'étais pauvre tout de même.

Emmanuelle trouvait plus facile de lui dire la vérité dans la chaleur du lit, à ses côtés. Harding posa son journal et l'attira contre lui.

— Alors, ce que tu m'as raconté n'était pas vrai ?

— Non, c'était bien pire, commença-t-elle avec dégoût. Mon père avait une épicerie dans un quartier sordide, sale et bruyant, bien plus vieux que n'importe quel taudis de ce pays. Tout y était laid à l'exception de quelques arbres sur une place. Je détestais cet endroit ainsi que ma famille.

Son regard se posa sur les voilages de soie blanche de sa chambre, les rideaux beige moiré, l'élégante coiffeuse, les oreillers moelleux et les couvertures blanches de son lit.

— Cela n'avait rien à voir avec ici, je n'étais pas chez moi. Voilà mon premier foyer, le premier endroit qui m'appartienne vraiment ; c'est pour cette raison que j'aime tant cet appartement. Mais tu connais la pauvreté aussi bien que moi ; nous n'avons pas besoin d'en parler.

Harding se souvenait d'avoir vécu dans la pauvreté mais aussi dans l'amour tandis qu'Emmanuelle n'éprouvait que de l'amertume pour son passé.

— Parle-moi de ton mari.

— Oh, Harding, pas ici, pas maintenant.

— Si, maintenant, s'il y a vraiment quelque chose entre nous.

Elle attendit un long moment avant de commencer.

— Il a été la seule chose de bien qui me soit jamais arrivée dans ma vie et je l'ai aimé comme on n'aime qu'une fois quand on est jeune. Il aura toujours sa place dans mon cœur, il fait partie de moi.

Harding comprit qu'elle ne pourrait jamais l'aimer comme il l'aurait voulu. Cela lui brisa le cœur, même s'il appréciait l'honnêteté d'Emmanuelle. Elle leva les yeux vers lui.

— Je pense que l'on ne fait qu'un avec la personne que l'on aime.

— Épouse-moi, Emmanuelle, ne put s'empêcher de dire Harding, je sais que nous serions heureux.

— Non, Harding. Nos relations sont parfaites comme elles sont ; ne gâche pas tout. Je veux rester libre de faire ce que je veux.

Il dut faire un effort considérable pour ne pas insister.

— Au moins, tu ne seras plus jamais pauvre, dit-il en lui caressant les cheveux. Tu as réussi. Tu pourrais travailler dans n'importe quel journal new-yorkais si tu en avais envie. Tu n'as plus besoin de moi ni du *Star.*

— Harding ! Je n'ai aucune intention de vous quitter, toi et le *Star.*

C'était une erreur de parler mariage alors qu'Emmanuelle remportait ses premiers succès. Il fallait attendre que la réussite ne soit plus la seule chose qui comptât pour elle et qu'elle l'aime autant qu'elle aimait l'argent, le pouvoir et la liberté. Harding désirait qu'elle lui appartienne totalement.

Mais il n'avait pas de plus grand rival que son mari. Sept ans s'étaient écoulés depuis sa mort et rien ne semblait avoir changé pour Emmanuelle.

Pourtant, le fantôme disparaissait quand ils étaient dans l'intimité. Il aurait cessé de la voir, autrement. Emmanuelle adorait faire l'amour, se donnait entièrement et prenait un grand plaisir à le contenter.

Emmanuelle ne ressentait pas avec Harding le bonheur sublime et poignant qu'elle avait connu avec Julian, mais elle éprouvait cependant pour lui un attachement profond et désintéressé et une confiance toujours plus grande.

— Alors, pourquoi ne pas l'épouser, demanda Katharine après qu'Emmanuelle lui eut avoué ses sentiments pour Harding.

Katharine était de nouveau enceinte et respirait la joie de vivre derrière ses lunettes.

— Nous sommes heureux comme ça pour le moment. Et Harding veut un amour qu'il m'est impossible de lui donner. Il le mérite bien pourtant ; ce ne serait pas juste.

— Tu es tellement romantique ! protesta Katharine. Tu ne penses qu'à ta première idylle. Cela n'aurait pas duré, tu le sais bien, même avec Julian. Emmanuelle, tu serais heureuse avec Harding.

Mais Emmanuelle était déjà heureuse. Elle avait enfin un foyer, une belle garde-robe, une Torpedo et une carrière qui la rendait célèbre. Elle ne désirait qu'une chose : l'indépendance totale. Harding avait raison ; toute affaire qu'elle déciderait de monter par la suite bénéficierait énormément de sa position actuelle.

Les fournisseurs et les fleuristes, les couturiers, les décorateurs et les restaurateurs lui étaient tous reconnaissants de la publicité gratuite qu'elle leur accordait par le simple fait de mentionner leurs noms dans la page féminine.

— C'est incroyable, dit-elle à Danielle lors de son passage à Paris pour les collections. Je ne dépense presque rien. Harding dit qu'il n'y voit pas d'inconvénient car je ne les sollicite pas et je ne favorise personne. C'est merveilleux, je peux mettre presque tout mon salaire à la banque.

Au contraire, la situation financière de Danielle était devenue rapidement instable. L'Europe, après l'essor de l'après-guerre, ne s'était pas totalement remise et glissait maintenant vers la récession. La France ne connaissait pas la vague d'expansion économique des États-Unis. Danielle avait dû diminuer ses frais d'inscription de façon considérable pour que son école puisse fonctionner.

— Mais je m'en sors, dit Danielle. J'ai toujours su m'adapter.

Danielle était trop fière pour accepter de l'argent ; aussi Emmanuelle n'insista-t-elle pas. Elle lui proposa de devenir son associée dans l'école, mais Danielle refusa.

— Parle-moi de Harding Ellis.

— Il veut m'épouser, mais même s'il me manque quand je ne suis pas avec lui, je ne veux pas me marier. Tu peux certainement le comprendre.

— Je ne suis pas comme toi, ma chère Emma. Je n'ai jamais été attirée par le sexe. Les femmes qui le sont doivent se marier ou avoir des amants.

Le jour de son départ, Emmanuelle demanda au chauffeur de taxi de passer devant la banque Saxon-Vaillant, place Vendôme. Elle le pria de s'y arrêter et d'attendre tandis qu'elle entrait dans le bâtiment. La même atmosphère de luxe tranquille régnait dans le hall d'entrée. Elle se tint là un instant dans cet endroit où elle avait travaillé pendant la période la plus exaltante et la plus confuse de sa vie. Elle pouvait s'imaginer sortant de la banque en courant pour retrouver Julian à la gare.

Elle retourna vers le taxi, garé à l'emplacement même où Julian lui avait parlé, sous le réverbère, un soir d'avril. Comment une voix et une présence pouvaient-elles laisser une telle empreinte dans la vie d'une femme ! A Stridings, l'enfant de Julian devait regarder le monde avec les yeux et le sourire de son père.

Le taxi démarra et elle aperçut *César* à travers un voile de larmes. Les parasols n'avaient pas changé mais ils semblaient aussi fatigués et abattus que Paris, usé par ces temps difficiles.

A son arrivée au Havre, elle alla directement dans sa cabine sur le *Carmania* et resta seule avec ses pensées jusqu'au lendemain matin. Quand elle en sortit, elle était redevenue Emmanuelle Béranger ; son chagrin s'était estompé au fur et à mesure que le bateau s'éloignait de l'Europe.

Harding était en voyage d'affaires en Californie pour

quelques jours, mais il lui avait fait envoyer des bouquets de roses blanches. Avant qu'Emmanuelle ait fini de défaire sa valise, il l'appela et elle fut heureuse d'entendre sa voix. Puis, après avoir pris un long bain pour se détendre, elle s'assit sur son canapé avec un verre de champagne, alluma une cigarette et prépara l'article sur les collections de Paris.

Un matin d'août, Emmanuelle arriva très tôt au *Star* et se mit à attendre Kenneth Conan avec impatience.

Elle l'appela à son bureau.

— J'ai besoin d'un service, Ken, un service très confidentiel.

— Bien sûr, mademoiselle Béranger, tout ce que vous voulez.

Ken arriva rapidement, flatté de cette confiance.

— Si vous aviez fait un enfant à une fille, où l'emmèneriez-vous se faire avorter ?

— Cela ne s'est jamais produit, dit-il, le visage écarlate.

— Mais vous sauriez où aller si vous ne pouviez faire autrement, insista Emmanuelle. Les journalistes sont au courant de ce genre de chose. Il ne faut pas que ce soit un de ces avorteurs connus de tous ; cela finit toujours par se savoir.

— Les autres sont trop dangereux ; parfois ils opèrent dans des endroits sordides, n'importe où. La fille peut en mourir.

— Je suis la fille, Ken, et je ne veux pas mourir. Vous êtes le seul en qui j'ai confiance. Aidez-moi à trouver quelqu'un de sûr, s'il vous plaît.

Emmanuelle le regarda de ses grands yeux gris.

— Ken, quelqu'un m'a donné un nom hier, peu importe qui. J'ai rencontré l'homme ce matin dans une cafétéria. Il était grand avec des taches sur le revers de sa veste et des grosses mains aux ongles sales. Je lui ai demandé comment il allait procéder ; il m'a répondu que, pour trois cents dollars, il introduirait ses doigts dans mon ventre. Il a dit qu'habituellement ça réussissait dès le premier coup, mais que si ça ne marchait pas, il recommencerait sans me faire payer de supplément... Aidez-moi, Kenneth.

— Mon Dieu ! Ne le laissez pas vous toucher ! Pourquoi Ellis ne vous épouse-t-il pas ?

— Cela ne vous regarde pas, dit-elle en détournant la tête.

Kenneth put voir que la colère d'Emmanuelle ne le visait pas. Elle était furieuse que Harding n'ait pas pris les précautions nécessaires. Pendant sa liaison avec Rupert, elle avait toujours fait attention, mais elle s'en remettait parfois à Harding. Pour la deuxième fois dans sa vie, un homme était la cause de son malheur. Elle le soupçonnait d'avoir planifié cet « accident » pour l'épouser. Mais il n'en était pas question. Elle ne renoncerait pas à sa nouvelle vie pour un homme, quel qu'il soit.

— Je ne peux pas avoir cet enfant, dit Emmanuelle en le regardant.

Et Kenneth céda.

CHAPITRE 43

Emmanuelle descendit du taxi au coin de la 12e Rue, comme Ken le lui avait dit. Elle marcha jusqu'à l'adresse qu'elle avait apprise par cœur, puis monta les marches de l'immeuble en tremblant. Quand elle trouva l'appartement G, elle frappa trois petits coups à la porte.

Le petit homme mince et chauve qui lui ouvrit avait l'air inquiet mais pas sinistre. Il avait desserré sa cravate et remonté les manches de sa chemise.

— Entrez vite, lui dit-il.

Il ferma la porte à clé et lui fit signe de le suivre à travers l'appartement vide. Emmanuelle se retrouva dans une cuisine sordide. Une ampoule éclairait la table recouverte d'une toile cirée. Il n'y avait qu'une seule chaise. Quelque chose brillait sur l'évier de la cuisine et Emmanuelle se rendit compte qu'il s'agissait d'instruments disposés sur une serviette.

— Avez-vous l'argent ? demanda-t-il.

Elle hocha la tête et lui tendit une enveloppe. Après avoir recompté les cinq mille dollars en petites coupures, il enfonça les billets dans sa poche de pantalon.

— Déshabillez-vous, puis allongez-vous sur la table.

Il prit une bouteille de whisky sur une étagère et se mit à boire au goulot.

— Vous en voulez ?

Emmanuelle secoua la tête.

— Buvez-en un coup, ça vous fera moins mal, lui conseilla-t-il. Je ne peux rien vous donner, vous savez. Il faudra partir d'ici rapidement, dès que j'aurai fini. Et faites le moins de bruit possible, sinon je m'arrête en plein travail et je fous le camp d'ici.

De nouveau, il lui tendit la bouteille et cette fois Emmanuelle accepta.

— Très bien, dit-il avant de se tourner vers l'évier. Allons-y. Vous verrez, je fais du bon travail.

Dérouté, Harding reposa le combiné et secoua la tête. Il traversa la salle de rédaction et se dirigea vers le bureau d'Emmanuelle. Il était neuf heures du soir et l'immense salle avec ses rangées de tables, de téléphones et de machines à écrire était en pleine effervescence. Les pages spéciales comme celle d'Emmanuelle étaient déjà bouclées depuis longtemps, aussi Harding ne s'attendait-il pas à voir les collaborateurs de la jeune femme. Mais Kenneth Conan était là, assis à son bureau, dans l'obscurité, avec une bouteille de gin à portée de main. Harding vit qu'il était en piteux état et ne put s'empêcher de sourire. Avec Emmanuelle, ils étaient tous les deux conscients de l'adoration du photographe pour la jeune femme et ils agissaient avec discrétion en sa présence.

— Ken ? dit Harding. Que faites-vous là ?

— Ça se voit, dit-il en se servant une grande rasade d'alcool.

— Qu'est-ce qu'il y a ?

Un tel comportement était inattendu chez lui. Kenneth était un jeune homme habituellement dynamique et toujours de bonne humeur.

— Vous avez un sacré culot d'oser demander une chose pareille, Ellis ! Vous savez mieux que personne ce qui se passe !

— Que diable voulez-vous dire ? demanda Harding après avoir fermé la porte.

— Je ne peux pas vous le dire ! Elle me l'a fait jurer.

— Jurer ? Mais qui ?

Soudain Harding, inquiet, s'approcha du bureau.

— C'est Emmanuelle ?

Kenneth posa la tête sur la table et se mit à sangloter.

— Pour l'amour de Dieu, dites-moi ce qui s'est passé ? Où est Emmanuelle ?

— Elle est en train de se faire avorter, articula péniblement Kenneth.

— Mon Dieu ! Où ? Et pourquoi, pour l'amour de Dieu, pourquoi ? demanda-t-il en secouant le jeune homme.

— Mais vous ne saviez pas qu'elle était enceinte ?

— Non, bien sûr que non ! Pensez-vous que je l'aurais laissée... Où est-elle, Conan ? Il faut me le dire !

— A quoi ça sert ? Il est trop tard. Elle n'a même pas voulu que je l'accompagne ; elle a dit qu'elle ne voulait pas que j'aie des ennuis s'il arrivait quelque chose.

— Conan, au nom du ciel ! Dites-moi où elle est allée !

En une seconde, Harding fut dehors après avoir dévalé les escaliers. Il arrêta un taxi et donna l'adresse.

— Vingt dollars pour vous si vous m'y amenez en cinq minutes, dit-il.

Le taxi démarra en trombe et Harding fut projeté contre le siège arrière.

« Laissez-moi arriver à temps, supplia-t-il tout bas. S'il vous plaît, faites que j'arrive avant qu'on lui ait fait du mal. »

Le soi-disant médecin s'était installé sur une chaise avec un instrument dans la main quand un bruit de pas dans l'escalier l'arrêta brusquement.

— Emmanuelle ! cria la voix de Harding. Emmanuelle ?

— C'est vous ? demanda le petit homme d'un air furieux en se tournant vers elle.

— Oui, répondit la jeune femme, stupéfaite.

— Et merde ! jura le médecin.

Rapidement, il roula ses instruments dans la serviette, empoigna sa veste et disparut par une autre porte. La jeune femme se redressa et descendit de la table. Elle entendit une fenêtre s'ouvrir, puis des pas précipités le long de l'échelle de secours. Harding continuait d'appeler sur le palier. Emmanuelle traversa le salon désert pour lui ouvrir la porte.

Il tressaillit de douleur à la vue de son visage livide.

— Emmanuelle, qu'as-tu fait ?

Elle lui tourna le dos et repartit vers la cuisine. Harding la suivit, inquiet, furieux.

— Nom de Dieu, réponds-moi ! jura-t-il en apercevant la table, la bouteille de whisky et les vêtements d'Emmanuelle sur le sol.

— Nous n'avons pas eu le temps, dit Emmanuelle en s'habillant. Et ne me parle plus de cette façon. Je ne t'appartiens pas.

— Pourquoi ne m'as-tu rien dit pour le bébé ?

— Pourquoi ? Pour que tu puisses m'arrêter ? C'est ce que tu veux ? Que je t'appartienne ?

— Je t'aime. Je ne veux pas que tu m'appartiennes. Je veux que tu sois heureuse.

— Oui, bien sûr, à condition que je t'épouse. Est-ce pour ça que tu as manigancé ce petit accident ?

— Je ne mérite pas tes accusations. Je ne voulais pas d'enfant. C'est toi seule que je veux.

— Alors, tu n'en veux pas non plus ?

— Ce n'est pas ce que j'ai dit. Je veux que notre enfant vive, bien sûr, mais je ne me serais jamais servi de lui pour t'épouser. Si tu ne le sais pas, tu ne me connais vraiment pas.

Emmanuelle regarda Harding, émue par la colère et la fierté blessée qu'elle lisait sur son visage.

— Je n'aurais pas dû dire cela, Harding, mais je ne veux pas me marier. Je ne veux pas d'enfant. Je ne sais pas quoi faire.

— Fais ce que tu veux... à l'exception de ça, dit-il en regardant la table de cuisine. Je reconnaîtrai l'enfant. Je l'adopterai, que tu m'épouses ou pas. Mais ne risque pas ta vie ; elle est trop précieuse. Et ce bébé est aussi mon enfant.

— Mon Dieu, tu ne comprends pas.

— Alors, dis-moi.

— Je ne peux rien te dire, je ne suis pas sûre de vraiment me connaître. Je suis contente que tu sois arrivé à temps, mais furieuse d'être enceinte. Cela n'a rien à voir avec toi, mais comment puis-je renoncer à tout ce que j'ai construit, à cause d'un accident ? Nous avons pourtant tout fait pour que ça n'arrive pas. Ce n'est pas juste !

J'avais tellement de projets, j'allais... mais quelle importance, à présent ?

— Tu peux continuer de travailler pendant des mois ! En ce qui me concerne, tu peux travailler jusqu'au dernier moment chez toi, ou au bureau, et revenir tout de suite après la naissance du bébé.

— C'est facile pour toi, Harding ! Ce n'est pas toi qui auras un gros ventre pendant tes discours, tu ne seras pas obligé d'arrêter de travailler et ce n'est pas toi qui devras accoucher non plus. Ce n'est pas une expérience très agréable.

Pendant un long moment, ils se regardèrent en silence. Puis Harding reprit :

— D'accord, Emmanuelle, fais-toi avorter si c'est vraiment ce que tu veux, mais va au moins en Suisse ou dans un endroit sûr. Ce n'est pourtant pas cette grossesse qui t'a amenée dans un endroit pareil. Il y a autre chose, quelque chose dont tu ne veux pas me parler. Pourquoi refuses-tu de m'épouser ?

Brusquement, Emmanuelle se posa la question. Harding était un homme exceptionnel. Il représentait tout ce qu'elle aimait. Son pouvoir était fondé sur la richesse, mais il l'avait obtenu grâce à son mérite.

Huit années s'étaient écoulées depuis la disparition de Julian. Quelle importance cela avait-il, à présent ? Ce n'était pas Julian qui l'embrasserait ou la prendrait dans ses bras en lui disant : « Je t'aime. » Harding l'aimait mais elle avait déjà vécu les plus beaux moments de sa vie. Que pourrait-elle donner à cet homme et à son enfant ?

— Harding, je ne t'aime pas autant que tu le mérites, dit-elle rapidement. Je t'admire et te respecte, je suis heureuse quand je suis avec toi. C'est tout ce que je ressens, mais tu désires tellement plus...

Harding nia par fierté. Il lui dit qu'elle n'avait pas encore pris pleinement conscience de ses sentiments.

— Emmanuelle, dit-il en se mentant à lui-même, cela me suffit. Nous allons être très heureux ensemble, tu verras.

Avec gratitude, elle se blottit contre lui. Harding venait de la sauver.

CHAPITRE 44

Ils se marièrent deux semaines plus tard au coucher du soleil sur les pelouses d'un hôtel dans le nord de l'État de New York. Ils réservèrent toutes les chambres pour leurs invités, puis les jeunes mariés s'en allèrent passer leur lune de miel à bord du nouveau yacht de Harding.

— Tu te rends compte, réserver tout un hôtel pour un mariage ! dit Emmanuelle à Kate tandis qu'elle s'habillait. Comme c'est merveilleux d'être riche !

Katharine finit de boutonner la robe de tulle gris argent d'Emmanuelle.

— Tu n'épouses pas Harding pour son argent !

— Est-ce une constatation ou une question ?

Un voile de tulle, fixé par un camélia blanc, encerclait la couronne. Elle n'avait pour tout bijou qu'une paire de boucles d'oreilles et l'opale de Julian sur une chaîne à l'intérieur de sa robe.

— Une constatation. Je sais que tu l'aimes, même si tu ne l'as jamais dit ouvertement.

— C'est un homme adorable.

— Ça ne veut pas dire tout à fait la même chose.

— Non, c'est vrai. Je suis enceinte, Kate.

— Oh ! c'est merveilleux ! Tu es heureuse ?

— Oui... non, je ne sais pas. C'était un accident.

— Et tu détestes tout ce que tu n'as pas planifié ! Mais tu l'aurais épousé tôt ou tard, tu l'as toi-même dit !

— Oui, peut-être.

— Chère Emmanuelle, c'est ce dont tu as besoin : un

mari qui t'adore et un enfant. Rien ne peut remplacer ce que tu as perdu, mais une nouvelle vie va commencer pour toi.

Emmanuelle attrapa son bouquet de lis et de camélias.

— Je sais, Kate, il faut simplement que je m'y habitue.

Les deux jeunes femmes descendirent les marches de l'hôtel colonial et attendirent devant les portes-fenêtres du salon le signal du juge qui devait célébrer la cérémonie. Emmanuelle aperçut Danielle, toujours très digne ; c'était elle qui l'accompagnerait.

— C'est original, avait dit Harding en souriant lors de sa rencontre avec Danielle, mais une fiancée doit être donnée en mariage par quelqu'un qui l'aime.

— A condition que ce soit à un homme qui l'aime autant, répondit Danielle. Je suis sûre que c'est vrai en ce qui vous concerne.

— Alors, je suis doublement content que vous soyez venue, avait répliqué Harding avec sincérité, pour moi et pour Emmanuelle.

Après avoir reçu le télégramme d'Emmanuelle, Danielle avait embarqué immédiatement. Son amie lui avait également envoyé de l'argent et un billet de première classe pour le voyage.

— Tu n'as pas l'air surprise, pour le bébé ? lui demanda Emmanuelle en privé.

— Mais non. Dans tes lettres, tu semblais très heureuse de ta situation présente ; aussi, pour quelle autre raison aurais-tu soudain décidé de te marier en trois semaines ? Ma chérie, j'approuve tout à fait ton mariage, y compris le bébé.

« Je donnerai son nom au bébé, pensa Emmanuelle. Cela lui fera plaisir. Elle aura une famille et sera tante Danielle. »

La plupart des autres invités était des journalistes du *Star* ; le mariage avait été prévu exprès un samedi, tard dans l'après-midi. Les « amis » mondains d'Emmanuelle n'avaient pas été invités, bien que la jeune femme eût toujours assisté à leurs mariages, thés, bals et autres réceptions.

Le mariage fut célébré discrètement avec Danielle, Kate

et Spencer comme témoins. Ken Conan était chargé de prendre les photos.

Pendant les deux semaines qui avaient précédé son mariage, Harding avait offert de nombreux cadeaux à sa future épouse. Il y avait deux Manet, un Seurat, un manteau d'hermine, une voiture de sport rouge et un énorme diamant.

Emmanuelle savait que si elle arrêtait définitivement de travailler, elle ne manquerait de rien. Pourtant, cette pensée réconfortante ne lui suffisait pas. La jeune femme désirait avant tout le respect de Sir James et de l'enfant qui lui avait été retiré. C'était la seule chose que Harding ne pourrait lui acheter.

La voix de Kate la ramena doucement à la réalité et elle se dirigea vers Harding et Danielle.

Le soleil doré de septembre se posa sur les jeunes mariés. Tout le monde pensa que c'était un bon présage ; Kate fut la seule à dissimuler ses pressentiments.

Harding était assis à la gauche d'Emmanuelle dans leur loge du Metropolitan Opera. Il contemplait l'enchantement de la jeune femme avec plaisir. Kate et Spencer Atwood, leurs invités, étaient assis à la droite d'Emmanuelle.

Pourtant, ce soir, elle avait l'esprit ailleurs. Chaque jour, elle appréciait un peu plus sa vie avec Harding. La panique qui l'avait conduite dans la cuisine sordide de l'avorteur semblait très exagérée à présent et elle espérait que l'enfant serait un garçon. Elle pensait que Harding préférait un garçon et voulait le rendre heureux.

Elle entrait dans son sixième mois mais l'ampleur de sa robe cachait son état. Elle restait souvent dans son bureau. Ils avaient loué un appartement plus vaste dans l'immeuble d'Emmanuelle sur Park Avenue et elle voulait que tout soit prêt pour la naissance du bébé. L'appartement comprenait cinq chambres, plusieurs salles de bains et de quoi loger une femme de ménage, sa femme de chambre, le valet-chauffeur de Harding et une nourrice. En bas se trouvaient une grande cuisine, un salon, une salle à manger et un bureau pour chacun d'eux.

Emmanuelle avait les yeux fixés sur le ténor. Il était mince, brun et moustachu et ressemblait à François Martin, le secrétaire particulier d'Henri Vaillant, ce jeune homme qui avait été tué comme Julian et neuf millions d'autres soldats.

— C'était merveilleux, dit Kate après les derniers applaudissements, le visage rayonnant.

Aussi ronde que Spencer était maigre, Kate était extrêmement heureuse de son mariage et de ses deux fils. Son sourire radieux en était la preuve.

— Magnifique, renchérit Harding tout en aidant Emmanuelle à mettre son manteau de fourrure.

Elle adorait les belles choses et il pouvait dorénavant la combler, ce qu'il n'avait pas voulu faire quand Emmanuelle était sa maîtresse, pour ne pas fausser la nature de leurs relations. Son épouse ! Son enfant ! Il était fou de bonheur.

— La Dame aux Camélias a vraiment existé, dit Spencer. Elle était célèbre pour son tempérament.

Ils entendirent la voix familière de Matilda Blessing derrière eux.

— Comment vont les tourtereaux ? demanda-t-elle. Katharine, êtes-vous de nouveau enceinte ? Non ? Quelle chance ! Emmanuelle, vous êtes ravissante comme toujours. Comment va la grande gestation ?

Emmanuelle se demanda comment cette femme avait bien pu lui sembler menaçante.

— A merveille, merci, dit Emmanuelle. Où est Thomas ?

Matilda fit une réponse vague, cette question ayant toujours l'air de la contrarier.

Dans la rue, une longue file de limousines noires, légèrement couvertes de neige, attendaient devant l'entrée. Emmanuelle serra son manteau d'hermine contre elle ; elle appréciait l'air frais de novembre, la neige et la joyeuse animation des New-Yorkais à la sortie du spectacle.

Elle reconnut Davina Saxon avant même que la belle tête blonde se retourne pour parler à l'homme qui se tenait à son côté. Une voiture s'approcha du couple. Le cœur d'Emmanuelle se mit à battre la chamade et ses yeux cherchèrent l'enfant. Mais c'était stupide. Davina n'aurait pas emmené un enfant de sept ans à l'Opéra. Davina était seule avec l'homme au chapeau haut de forme. Quand il se retourna pour lui prendre la main, Emmanuelle aperçut son visage.

Julian ! C'était Julian !

La jeune femme lâcha la main de Harding. Elle n'entendit pas son appel tandis qu'elle dévalait les marches et courait derrière la voiture. Elle revit le visage de Julian, sans son chapeau, à travers la vitre. Il était mince et triste, et paraissait plus âgé avec ses cheveux clairsemés de gris. Mais c'était bien Julian.

Emmanuelle l'appela mais la voiture avait pris de la vitesse et son cri ne fut qu'un murmure dans la nuit. Harding la rattrapa. Elle était à bout de souffle, gênée dans sa course par sa robe longue et sa grossesse.

— Que fais-tu ? Qui était-ce ?

Elle ne répondit pas, encore sous le choc. Un froid insupportable l'envahit et elle frissonna.

— Chérie, que se passe-t-il ? demanda Kate. Tu es pâle.

— Kate, aide-moi, il faut que je m'allonge, je crois que je vais m'évanouir.

— J'appelle un médecin, dit Harding.

Elle se retrouva dans un des salons de l'Opéra, étendue sur un canapé. Kate lui faisait boire de l'eau à petites gorgées.

— C'était Julian, dit-elle à Kate, une fois qu'elles furent seules.

— Tu sais bien que c'est impossible.

— C'était lui, je le reconnaîtrais n'importe où. Davina était avec lui. Il n'a pas été tué, il est vivant. Je dois le retrouver. Il faut que je le voie.

— Quel bien cela te ferait-il ?

— Que veux-tu dire ?

— Il est marié, tout comme autrefois, et tu l'es aussi, maintenant. Tu attends le bébé de Harding.

— Mais mon bébé ? Je veux savoir ce qu'il est devenu. Je veux lui en parler.

— Allons, il doit penser qu'il s'agit de l'enfant de son épouse.

Harding frappa à la porte.

— Il y a un médecin dans les coulisses. Il sera là dans un moment.

— Tout va bien, Harding, cria Kate. Elle a simplement besoin de quelqu'un pour la calmer. Vas-tu le lui dire ? questionna-t-elle en se tournant vers Emmanuelle.

— Non, non, je ne peux pas, il ne comprendrait pas. Je lui dirai que... j'ai cru voir mon mari, c'est très près de la vérité. Oh, Kate, il est vivant, il est vivant...

Harding revint avec le médecin, qui lui administra un calmant tandis que Kate murmurait une vague explication à Harding. Emmanuelle ne dit pas un mot dans le taxi, puis s'isola dès qu'elle rentra chez elle. Chaque fois que Harding entrait dans la chambre d'amis pour voir si elle allait mieux, Emmanuelle faisait semblant de dormir.

Elle n'avait pas oublié que Julian avait choisi de retourner auprès de Davina ni que cette dernière était censée être la mère de son enfant. Tout le monde devait continuer à le croire dans l'intérêt de l'enfant, mais ne fallait-il pas révéler la vérité à Julian ?

Pourquoi Davina et Sir James ne lui avaient-ils pas dit que Julian était vivant ? Elle était facile à joindre, et elle aurait gardé le secret.

Julian avait-il essayé de la retrouver après la guerre ? Se souvenait-il d'elle ?

A l'aube, Emmanuelle finit par s'endormir ; elle agirait dès le départ de Harding.

CHAPITRE 45

Après avoir appelé trois des meilleurs hôtels de New York, Emmanuelle finit par trouver les Saxon. Pendant une heure, elle attendit dans le hall de l'hôtel avant de voir Davina se diriger seule vers la réception. Emmanuelle s'avança.

— Je veux vous parler, dit-elle brusquement.

Surprise, Davina s'assura d'un rapide coup d'œil que personne de sa connaissance n'assistait à cet entretien. Ses yeux détaillèrent Emmanuelle, notant au passage sa grossesse.

— Comment avez-vous su que nous étions ici ?

— Je vous ai vue à l'Opéra hier soir. Il n'a pas été difficile de vous retrouver.

Davina, qui s'attendait depuis longtemps à un désastre, fut presque soulagée de se trouver face à Emmanuelle.

— J'ai entendu parler de votre nouvelle profession. Vous êtes une journaliste mondaine.

Le ton de sa voix exprimait bien le ridicule et l'absurdité d'une telle situation quand on connaissait les origines de la jeune femme.

— Je n'ai rien à vous dire, conclut Davina.

— Où est Julian ?

— Sorti. Mais vous ne pouvez pas lui parler.

— Je lui parlerai si vous refusez de répondre à mes questions.

— Bon, d'accord, mais pas ici. Nous pouvons prendre un taxi et rouler dans le parc.

Dans la voiture, Davina alluma une cigarette.

— Nous sommes venus à New York parce que Saxon-Vaillant ouvre une filiale ici.

— Je ne suis pas là pour converser ; je me fiche de la banque. Je veux savoir ce qui est arrivé à Julian.

Davina serra les lèvres un instant avant de commencer.

— Il a été trouvé longtemps après votre départ. Il était à demi mort quand ils l'ont ramené à Stridings ; il n'a pour ainsi dire pas parlé pendant des mois. Il n'avait aucune force et ses blessures ne cicatrisaient pas. Elles étaient toujours infectées. Il a souffert et déliré pendant des semaines, puis son état s'est amélioré un peu. Quand il a été presque rétabli, nous lui avons montré son enfant, nous pensions que cela le réconforterait. Après sa guérison, nous ne pouvions pas lui révéler la vérité, cela lui aurait fait trop de peine.

Emmanuelle ne répondit pas. Julian avait choisi Davina quand il l'avait quittée à Paris. C'était au nom de ce choix que Davina parlait.

— Mais pourquoi ne m'avez-vous jamais dit qu'il était vivant ? Quel mal y aurait-il eu à cela ?

— Nous nous étions mis d'accord pour ne plus avoir de contact avec vous dans l'intérêt de l'enfant.

— Mais il était cruel de me laisser croire à sa mort ! Cela n'aurait rien changé de me le dire.

— Maintenant vous êtes au courant et cela ne fait que rendre les choses encore plus difficiles pour vous et pour nous. Il faut que vous laissiez Julian tranquille ; il a assez souffert. Laissez-le vivre en paix à Stridings avec Drew. Cet enfant est toute sa vie, il nous sacrifierait tous pour lui.

Il y avait de l'amertume dans la voix de Davina, mais l'étonnement d'Emmanuelle était trop grand pour qu'elle le remarque.

— Drew ? demanda-t-elle.

— Son nom est Andrew James Julian Saxon, mais nous l'appelons Drew.

— Un fils, murmura Emmanuelle. J'ai eu un fils ?

Pendant de nombreuses années, l'enfant avait été une petite Emma avec tout ce qu'elle-même n'avait jamais eu. A présent, il était question d'un futur baronnet. Tandis qu'elle écoutait Davina lui parler du futur héritier de Stridings, Emmanuelle se prit à détester cette femme qui se faisait passer pour la mère de son fils.

Le silence se fit dans le taxi, puis Davina s'adressa à Emmanuelle après l'avoir longuement observée.

— Je suis également enceinte, lui dit-elle.

Emmanuelle eut l'impression de recevoir un coup. Davina se vengeait enfin de tout ce qu'elle avait subi à cause d'elle.

— Je sais que Julian ne fera jamais de Drew un bâtard mais la vérité le déchirerait. Que penserait-il de son père et de moi, son épouse... et de vous ? Vous ne pouvez pas détruire le peu qui lui reste. La guerre s'en est déjà chargée.

— Arrêtez-vous là, ordonna Emmanuelle au chauffeur.

Sans un mot, elle sortit du taxi, incapable de respirer le même air que cette femme qui avait déjà tout et lui avait encore pris Julian et son fils.

Et s'il apprenait qu'elle avait abandonné son enfant, il n'éprouverait que mépris... Emmanuelle savait bien que son fils n'aurait pu lui être enlevé sans son consentement.

Épuisée, la jeune femme s'assit sur un banc. Elle se souvint alors qu'elle avait un mari à qui elle devait loyauté et respect et un enfant qui ne remplacerait jamais celui de Julian. Il y avait eu l'enfant de Julian, puis maintenant celui de Harding ; aucun ne lui appartenait vraiment.

Elle décida d'attendre le moment opportun pour revoir Julian.

En tremblant, elle se releva et traversa le parc. Désormais, elle ne vivrait plus que dans l'attente de cette rencontre ; elle avait oublié qu'elle donnerait bientôt naissance à l'enfant d'un autre homme.

CHAPITRE 46

— Tu ne fais jamais une seule chose à la fois, dit Kate à Emmanuelle tandis que celle-ci jonglait avec les téléphones.

— Il y a trop à faire. Je passe un coup de fil à mon agent de change et ensuite je t'annonce une grande surprise.

Emmanuelle était assise à son bureau de Park Avenue, une cigarette à la main.

« Elle fume trop et n'arrête pas une seconde », pensa Kate. Emmanuelle, enceinte de huit mois, était plus active que jamais depuis la soirée à l'Opéra. Pas un mot n'avait été échangé au sujet de Julian ou de son fils depuis le jour où elle était rentrée chez elle, glacée, après son entretien avec Davina. Kate s'inquiétait.

La détermination implacable dont faisait preuve Emmanuelle pour rivaliser avec Sir James et Davina avait quelque chose d'effrayant.

— Voilà, dit Emmanuelle en raccrochant. Je vais gagner beaucoup d'argent dès que cette action sera en hausse, puis je la revendrai.

— Et si jamais elle baisse ?

— La radio ? C'est ce qui marche le mieux à la Bourse. Harding y a investi plusieurs millions et il s'y connaît.

— Il ne sait toujours pas combien tu as gagné à la Bourse, n'est-ce pas ?

— C'est mon argent. Je n'ai aucune raison de l'ennuyer avec ça.

— Je suppose que tu as raison, ça semble simplement bizarre de ne pas lui dire. Bon, de quelle surprise voulais-tu me parler ?

— Eh bien, Kate, il faut que je sois très franche avec toi.

— Tu l'as toujours été. Continue.

— Je sais que Spencer et toi avez des problèmes d'argent, ne le nie pas, Kate.

— Je ne le nie pas. Des écoles comme Foxcroft sont en train de nous passer devant. Il n'y a plus assez de filles aisées à New York pour remplir tous les établissements privés de cette ville.

— Alors, pourquoi ne te débarrasses-tu pas de ton école pour t'associer avec moi ? Je veux toujours monter une agence pour organiser les soirées new-yorkaises. Je n'aurai pas le temps de la diriger, mais je suis bien placée pour y envoyer des clients grâce à ma page du *Star*.

— Mais nous n'y connaissons rien, Spencer et moi.

— Ce n'est pas très compliqué. Spencer pourrait s'occuper des livres de compte et du budget, et toi tu veillerais à ce que les commandes soient bien prises et livrées à temps. Plus les soirées sont originales, mieux cela vaut. Quant aux mariages, baptêmes et autres réceptions, tu es d'assez bonne famille pour savoir ce qu'il faut faire.

— La haute société m'a laissée tomber après mon mariage avec Spencer, mais je connais les règles du savoir-vivre. Pourtant, en ce qui concerne les soirées... je ne saurai pas par où commencer.

— Les fournisseurs s'en chargent. Ils savent très bien utiliser ce qu'ils vendent. Nous achèterons ou louerons tout ce dont nous avons besoin. Tous les fournisseurs de New York voudront travailler avec nous.

Kate avait les yeux d'un enfant qui vient d'ouvrir un magnifique cadeau de Noël.

— Oh, crois-tu que cela pourrait marcher ?

— Il n'y a aucune raison pour que ça ne marche pas. Nos honoraires seront exorbitants, sinon les clients ne nous prendront pas au sérieux ; nous toucherons également d'énormes commissions des fournisseurs. Ne prends pas cet air choqué, Kate. Je ne suis pas Jeanne d'Arc, je suis une femme d'affaires. Je t'enverrai des clients en donnant la priorité dans ma page du *Star* aux soirées qui utiliseront nos services. Nous allons gagner plein d'argent !

— Mais où trouverons-nous l'argent pour investir avec toi ? Personne ne veut acheter une école en faillite.

— Vends la maison, tu en possèdes quatre. Tu obtiendras un bon prix pour le terrain.

— Vendre ma maison ? Mais...

— Je sais, les Treadwell y ont toujours vécu. Et alors ? Si tu ne veux pas vendre l'école, vends le terrain. Ensuite, tu auras assez d'argent pour déménager dans un bel appartement comme celui-ci, ou pour acheter une nouvelle maison qui n'aura pas besoin d'être réparée toutes les deux minutes. Allons, Katharine, accepte.

Kate promit d'en parler à Spencer le soir-même, pour le persuader de discuter avec Emmanuelle le plus tôt possible.

— Spencer est très conservateur, rappela Kate juste avant de partir.

Emmanuelle s'assit près de la cheminée et alluma une cigarette. Elle aurait préféré que l'affaire se règle entre Kate et elle. Spencer était plus que conservateur, surtout quand il s'agissait des biens de son épouse.

Après la naissance du bébé, Emmanuelle désirait être aussi active que possible. Son but n'était pas de rester une employée salariée toute sa vie et les soirées mondaines lui semblaient superficielles.

De plus, sa page féminine ne jouait pas un rôle très important dans le *Star*. Harding faisait de la politique et, par l'intermédiaire de son journal, pouvait influencer l'opinion publique. Mais qui se soucierait dans cent ans de la robe que Muffy Petterson portait lors de sa première soirée ? Personne. A plusieurs reprises, Emmanuelle avait songé à engager quelqu'un pour la remplacer tandis qu'elle-même traiterait de sujets plus importants.

Puis elle avait finalement décidé de ne pas abandonner le *Star*. Le pouvoir, même limité, que lui donnait sa page était fort appréciable.

Emmanuelle se rendit chez les Atwood le lendemain après les cours. Les bâtiments de l'école avaient sérieusement besoin d'être restaurés.

Spencer fut intéressé mais prudent.

— Tu as prévu de demander des arrhes peu élevées à tes clients alors qu'il nous faudra en verser à tous nos fournisseurs et leur payer la totalité des frais avant d'avoir été réglés par nos clients.

— C'est vrai, dit Emmanuelle. Les riches ne paient que s'ils sont satisfaits des services rendus. Et il leur faut toujours du temps. Voilà pourquoi nous avons besoin de capitaux. La location de bureaux, l'achat de meubles et le personnel que nous engagerons vont nous coûter cher. Mais l'ensemble de nos liquidités sera immobilisé entre le moment où nous paierons les fournisseurs et celui où les clients nous régleront.

— C'est un inconvénient de taille, dit Spencer. Les gens pour qui tu veux travailler sont excentriques. Imagine que nous devions commander cinq cents petits cadeaux chez *Tiffany* pour un bal ?

— Oh, Spencer, ne sois pas stupide ! Plus ils sont extravagants, plus nous gagnerons d'argent.

— Si nous sommes payés.

— Bien sûr que nous serons payés, dit Emmanuelle avec impatience. Pourquoi ne le feraient-ils pas ? Ils voudront réutiliser nos services. Je ne vous entraînerai jamais dans une affaire hasardeuse, vous le savez. A part ce que j'ai prévu d'investir avec vous, j'ai assez d'argent de côté pour combler les découverts. De plus, l'Académie Treadwell n'est plus viable. Il faut agir rapidement. Il faudra payer les cours privés des garçons et toutes sortes d'autres choses. Voilà une manière de vous en sortir. Et j'ai besoin de vous, il n'y a personne d'autre en qui j'aie confiance !

Les Atwood se regardèrent puis sourirent.

— D'accord, Emmanuelle, nous sommes tes associés.

— Formidable ! Je vais dire à mon avocat d'établir les contrats avec vous. Ça gagnera du temps.

— Comment allons-nous appeler notre agence ?

— R.S.V.P., ce qui signifie « Répondez, s'il vous plaît ». Ça vous va ?

— C'est parfait, dit Kate, les yeux brillants. Je suis impatiente de fermer l'école. Il va aussi falloir que je renouvelle ma garde-robe. Si nous buvions un verre de vin pour fêter cela ?

Après le départ d'Emmanuelle, Spencer se tourna vers son épouse.

— Je pense que nous pouvons vendre deux des bâtiments et louer un appartement tandis que nous rénoverons les deux autres pour y vivre par la suite. Je sais que leur vente nous rapportera assez pour payer les travaux et notre part de R.S.V.P.

— C'est merveilleux, mon chéri !

— Es-tu vraiment certaine de vouloir te lancer dans une telle entreprise ? Emmanuelle est très persuasive. Bien plus que moi.

— Je pense que c'est une bonne idée; nous en avons vraiment besoin. Je sais que tu es d'accord, alors pourquoi t'inquiéter ?

— Je veux simplement être sûr que tu le fais vraiment autant pour moi que pour Emmanuelle.

— Je le fais pour nous, Spencer, pour toi, moi et les enfants. Il est vrai que je m'inquiète aussi pour Emmanuelle.

— Elle court après quelque chose qu'elle n'aura jamais et je pense qu'elle le sait. Harding en est conscient lui aussi. C'est dommage, ils sont faits l'un pour l'autre.

— Vous avez beaucoup d'intuition pour ce genre de choses, Spencer Atwood ! Pourquoi vous a-t-il fallu tant de temps pour savoir que je vous aimais ?

— Je n'osais pas y croire, dit-il en l'embrassant.

— Mais tu le crois, à présent ?

— Oui, même si je ne comprends toujours pas ce qu'une femme comme toi fait avec un vieux comptable poussiéreux.

— Une femme comme moi ? murmura-t-elle avec passion. Mais tu es ma raison d'être.

Emmanuelle retourna chez elle la tête pleine d'idées et attendit d'être seule avec Harding dans son bureau pour lui annoncer la nouvelle.

— C'est ce que tu as toujours voulu. Mais pourquoi maintenant alors que tu devrais ralentir ton rythme ?

— Harding, je suis en pleine forme.

— Pourquoi m'avoir caché tes placements boursiers ?

— Par superstition, dit-elle, consciente de son irritation. Je vais gagner une fortune, Harding.

— Je suis sûr que tu réussiras, mais j'aimerais bien t'aider.

— Non, je dois agir seule. Je vais l'appeler R.S.V.P. Cela te plaît ?

Harding approuva, puis resta silencieux.

— Que se passe-t-il, Harding ?

— Je viens de m'apercevoir que je ne t'ai jamais donné ce dont tu avais vraiment envie.

— Mais si, tu le fais tout le temps.

— Je ne parle pas des fourrures et des bijoux. J'aimerais simplement pouvoir te protéger.

— Mais tu m'as d'abord aidée à quitter Matilda, ensuite tu m'as donné une page du *Star*. Je n'aurais rien fait sans toi.

— Oh ! si. Tu n'as pas besoin de moi.

— Je ne te comprends pas : tu as toujours dit que tu voulais que je vole de mes propres ailes.

— Pas toute seule.

Il régnait un calme étrange dans le bureau. Inquiète, Emmanuelle se sentit soudain menacée d'un danger inconnu. Elle alla s'asseoir sur l'accoudoir du fauteuil de son mari.

— Il y a quelque chose qui me fait vraiment envie, Harding. Un château, dit-elle en souriant. Je veux une maison sur l'Hudson.

— Toi ? Tu veux quitter New York ?

— Nous pourrions garder cet appartement comme pied-à-terre pour les soirées en ville et acheter un terrain pas trop loin d'ici. Oh, Harding, je veux une vraie maison avec une allée bordée d'arbres, des pelouses, une roseraie et des ormes. Je veux que mon bébé grandisse dans cette maison.

Il la prit doucement sur ses genoux et posa la main sur son ventre gonflé.

— Je vois que tu en as vraiment envie.

— Le feras-tu, Harding ?

— Si tu me promets de ralentir ton rythme jusqu'à la naissance du bébé, dit-il, les yeux brillants. Je l'aurais fait depuis longtemps si tu m'en avais parlé plus tôt.

Elle s'appuya contre lui et lui prit la main.

— J'ai vraiment besoin de toi. Pas seulement pour cette maison. Je veux que tu sois heureux, Harding.

— Ma chérie, je le suis. Mais il y a une chose qui me rendrait encore plus heureux.

— Quoi donc ?

— Que tu me fasses confiance et que tu n'aies pas de secret pour moi.

Sans le regarder, elle lui pressa la main.

CHAPITRE 47

Février 1927

Harding attendait dans la chambre d'hôpital. Il essayait de lire les épreuves de la page d'éditorial du dimanche mais il lui était impossible de se concentrer.

Le médecin lui avait assuré que l'accouchement se passerait sans problème ; Harding s'inquiétait surtout de l'agitation de son épouse. Pendant les trois derniers mois de sa grossesse, elle n'avait pas arrêté une seconde. Il était convaincu que quelque chose la préoccupait.

— Les femmes enceintes se renferment souvent sur elles-mêmes, lui avait dit Kate. Elle redeviendra comme avant dès la naissance du bébé, tu verras.

Mais cela ne l'avait pas réconforté.

— Nous nous ressemblons tellement ! Nous sommes tous les deux entêtés et déterminés à obtenir ce que nous voulons ; et nous voulons toujours plus. Je la comprends. Mais pourquoi ne pas me dire ce qui ne va pas ?

Kate alla vers lui et posa le bras sur son épaule.

— Elle a dû fermer beaucoup de portes au cours de sa vie. Sois patient, bientôt elle les rouvrira toutes pour toi. Elle t'aime beaucoup plus qu'elle ne le pense.

Harding approuva et lui embrassa la joue.

— Tu es adorable, Kate. Je n'ai jamais eu d'amitié avec une femme auparavant ; c'est une chose rare, merveilleuse.

— Jusqu'à la naissance du bébé, il vaut mieux la laisser seule avec ses pensées, avait-elle conclu.

Ce n'était pas facile pour Harding. Emmanuelle l'aimait, il en était sûr, malgré sa nature indépendante.

En public, elle était toujours très sophistiquée. Pourtant, il savait qu'elle préférait prendre une bière avec les autres journalistes du *Star* plutôt que de converser avec l'élite sociale. Les histoires drôles la faisaient rire de bon cœur et elle en racontait parfois elle-même. Emmanuelle avait un rire merveilleux, très communicatif. Sa personnalité complexe l'avait attiré. Il ne s'ennuyait jamais avec elle, mais il y avait des moments où elle lui échappait, et cela, il ne pouvait le supporter.

Il savait qu'elle ne se serait jamais mariée aussi tôt s'il n'y avait eu le bébé. Mais elle avait fini par l'accepter et même par s'en réjouir. Cependant, elle avait changé depuis le fameux soir où elle avait cru voir le sosie de son premier mari. Harding souffrait de voir que cet homme avait encore une telle emprise sur elle.

Le médecin leur avait conseillé d'éviter tout rapport pendant les derniers mois de grossesse. Sans cette interdiction, les choses se seraient peut-être améliorées entre eux. Il la désirait et il avait besoin de savoir si son désir était réciproque.

Harding était persuadé que le sexe permettait de connaître une femme mieux que tout. Au lit, il pouvait dire si une femme était généreuse ou égoïste, soupçonneuse ou confiante, calculatrice ou honnête. Emmanuelle, elle, se donnait entièrement.

Mais, à présent, l'ombre de son ancien amour viendrait-elle assombrir leurs relations ? Autrefois, il avait été assez fou pour croire que cela était préférable à un rival vivant, mais désormais il savait que c'était faux. Il ne pouvait combattre un fantôme.

La porte s'ouvrit et il se retourna.

— Vous avez une fille, monsieur Ellis, dit l'infirmière. Une belle petite fille. Trois kilos et demi.

— Et mon épouse ?

— Elle va bien, elle dort. Vous pouvez voir votre fille, elle est dans la nursery.

Plein de reconnaissance, il suivit l'infirmière à travers le couloir.

Emmanuelle se réveilla quelques heures plus tard avec une sensation pénible de déjà vu. Puis, avec soulagement, elle vit les fleurs dans sa chambre d'hôpital et, par la fenêtre, les tours de New York. Quelle expérience différente de Silvermoor ! Mais le cri qu'elle avait entendu à travers le brouillard de son anesthésie avait été celui de son fils inconnu.

Emmanuelle somnolait quand on lui apporta l'enfant. Elle sentit la chaleur du petit corps et regarda avec curiosité le visage fripé. Elle ne s'était pas attendue à réagir de cette façon à la vue de sa fille. Elle éprouvait un amour immense, différent de tout ce qu'elle avait ressenti auparavant. Cette minuscule créature lui appartenait complètement. Elle posa ses lèvres sur la tête du bébé.

— Ma chérie, murmura-t-elle, ma belle petite fille, jamais tu ne regretteras de m'avoir pour mère.

Elle n'interrompit sa contemplation qu'à l'arrivée de Harding.

— Comment vas-tu, ma chérie ? demanda-t-il en l'embrassant.

— Harding, veux-tu faire quelque chose pour moi ?

— Oui, tout ce que tu veux. Qu'y a-t-il ?

— Je veux que tu lui ouvres un compte d'un million de dollars dès que possible.

Elle ne leva pas les yeux vers lui et ne remarqua pas l'altération de sa voix quand il lui répondit :

— J'en ai déjà ouvert un d'une somme nettement plus importante. Toi et moi, nous en sommes les coadministrateurs. Mon avocat avait simplement besoin du nom de l'enfant.

— Dana Katharine Ellis, comme nous l'avions décidé, dit Emmanuelle.

Elle lui souriait. La mère de Harding s'appelait Katharine, elle aussi.

— Merci pour ce que tu as fait, Harding, je t'en suis reconnaissante.

— Reconnaissante ? C'est aussi ma fille !

— Oui, bien sûr, je suis stupide. Oh, regarde-la, Harding. Je n'aurais jamais cru qu'elle serait aussi belle.

Emmanuelle était de nouveau absorbée par son enfant. La douleur et la colère de Harding s'estompèrent en la regardant. Il se rappela qu'au fond d'Emmanuelle Béranger vivait encore une petite fille qui tout naturellement pensait à protéger son enfant de la pauvreté qu'elle avait connue. C'était la raison pour laquelle elle lui avait semblé si intéressée. Elle adorait l'enfant qu'elle avait refusé au départ. C'était une bénédiction.

Peu de temps après son retour de l'hôpital, Emmanuelle décida d'engager une nounou anglaise. Harding n'y fit aucune objection.

— Bien que les Anglaises aient la réputation d'être plutôt dures, à mon avis, dit-il.

— Alors nous exigerons qu'elle ne le soit pas. Mais franchement, Harding, ce sont les meilleures et je veux ce qu'il y a de mieux pour Dana.

Dana avait deux mois quand Nanny Mills fut engagée. Emmanuelle retourna travailler un mois plus tard. La jeune femme fut profondément émue par l'abondance du courrier qui l'attendait et les nombreux cadeaux que ses lecteurs lui avaient envoyés.

— Je n'aurais jamais pensé que mes lecteurs s'intéressaient à moi de façon si personnelle, dit-elle à Harding.

— C'est parce que tu leur donnes ce qu'ils veulent vraiment, lui répondit-il. Pas uniquement des détails sur les dernières soirées mondaines mais une façon différente de regarder la vie.

En tenue de soirée, Harding était assis dans un fauteuil tandis qu'Emmanuelle finissait de se maquiller. Le miroir réfléchissait les reflets cuivrés de ses cheveux et l'éclat de son collier d'émeraude et de diamant, ainsi que le bracelet et les boucles d'oreilles assortis sur sa coiffeuse. C'était le cadeau de Harding pour la naissance de Dana. Emmanuelle était très belle et en pleine forme. Ce matin, elle s'était rendue chez son médecin pour une dernière consultation. Celui-ci avait assuré qu'elle était totalement rétablie et avait même ajouté qu'elle pouvait reprendre une vie conjugale normale. Emmanuelle attrapa son tube de rouge à lèvres.

— Ne le mets pas tout de suite, dit Harding. Je vais te porter dans le lit, j'ai envie de te faire l'amour très lentement.

Il attendit sa réaction. Emmanuelle eut un sourire complice et séducteur.

— Nous allons rater le gala du gouverneur.

Harding alla vers elle et la déshabilla tout en lui embrassant la pointe des seins. Elle eut un soupir de plaisir à ce contact, puis se pencha en arrière et laissa sa robe glisser sur le sol.

— Au diable le gouverneur, ça fait tellement longtemps ! dit Harding.

Ses mains parcoururent doucement le dos nu et lui caressèrent les cuisses.

— Oh, oui, dit-elle, trop longtemps.

Elle l'aimait ; ce soir, il en était sûr. Emmanuelle ne pouvait désirer un homme avec autant d'ardeur sans amour. Tout son corps frissonnait de plaisir. L'amertume et l'inquiétude de Harding avaient disparu sous l'étreinte passionnée d'Emmanuelle.

CHAPITRE 48

Pendant ses rares instants de solitude, Emmanuelle sortait les cadres des portraits de Montmartre.

Julian était vivant, il ne représentait plus le passé mais l'avenir. Elle devrait faire attention ; Harding n'était ni un saint ni un imbécile. Jamais il ne tolérerait une liaison avec un autre homme.

Elle ne savait pas encore quand et comment elle retrouverait Julian ; mais une telle rencontre était inévitable.

Chaque jour, le *Times* de Londres lui était livré à son bureau. Alors que Dana était âgée de trois mois, Emmanuelle lut dans le quotidien anglais le faire-part de naissance suivant : « Le commandant Julian Andrew Saxon et Davina Fitzross Saxon ont la joie d'annoncer la naissance de Juliana Carole, le 29 mai 1927, à Stridings, Kent. »

Kate ignorait les projets d'Emmanuelle alors que les deux femmes travaillaient ensemble. Emmanuelle était toujours aussi secrète à ce sujet.

Peu de temps avant la naissance de Dana, elle avait trouvé des bureaux à louer pour R.S.V.P. Kate et Spencer avaient commandé les meubles. Dès le retour d'Emmanuelle au *Star*, ils furent prêts à faire démarrer l'agence.

— Je ne sais pas comment tu arrives à tout faire, lui avait dit Spencer lors de l'inauguration de R.S.V.P.

— Je ne fais pas tout moi-même. Le secret du succès, c'est de déléguer sa responsabilité.

— Et d'avoir des clients.

— Spencer, arrête de t'inquiéter, pour l'amour du ciel. Dès que nous aurons envoyé nos annonces publicitaires, nous aurons encore plus de clients que prévu.

Matilda Blessing prenait son petit déjeuner quand elle reçut l'annonce.

— Très Art déco, dit-elle à Thomas, c'est tout à fait Emmanuelle.

Les lettres R.S.V.P., inscrites en caractères gras de couleur rouge, semblaient jaillir sur le fond noir et brillant de la carte. A l'intérieur, les hôtesses new-yorkaises étaient invitées à s'adresser à R.S.V.P. pour l'organisation de leurs soirées, un service unique et exclusif. Le nom d'Emmanuelle ressortait sur la petite carte de visite professionnelle qui accompagnait l'annonce.

— Ces garces ont toujours voulu me prendre Emmanuelle, elles l'auront maintenant, même au prix exorbitant qu'elle demandera en échange de ses services.

— Eh bien, je suis sûr qu'elle en vaut la peine, quels que soient ses tarifs, dit Thomas avec un clin d'œil.

Matilda sentit monter en elle une bouffée de colère. Pendant un bref instant, elle se dit qu'elle pourrait colporter des rumeurs scandaleuses sur son ancienne secrétaire pour éveiller les soupçons de Harding Ellis. Mais elle était persuadée qu'Emmanuelle était fidèle à son époux. Elle avait toujours été distante avec les hommes, à l'exception de Rupert McAllister. Quelle petite idiote elle avait été en espérant l'épouser ! Ellis était un homme séduisant, malgré ses origines. D'une certaine manière, Emmanuelle était parvenue à obtenir tout ce qu'elle avait toujours convoité : l'argent, une entrée dans la société et un mari influent.

Mais Dieu seul savait ce qu'elle faisait pendant ses voyages à Paris ! Matilda pourrait découvrir une fissure dans la vie de la jeune femme. Qui était-elle, après tout ? Une petite parvenue ! C'était elle qui l'avait découverte et qui l'avait formée.

— J'ai appris à cette petite garce tout ce qu'elle sait, grommela Matilda, et je ne lui pardonnerai jamais de m'avoir quittée. Personne ne me quitte de la sorte.

R.S.V.P. remporta un succès immédiat. Spencer engagea trois nouvelles secrétaires en plus de leur réceptionniste. L'hiver approchait et l'agence était débordée.

Emmanuelle était ravie ; faire fortune était une délicieuse expérience. La jeune femme semblait réussir tout ce qu'elle entreprenait. Les investissements de Harding devinrent plus spéculatifs au cours de l'hiver 1927.

Chaque fois qu'ils avaient un jour libre, ils cherchaient un terrain sur les bords de l'Hudson. En novembre, ils trouvèrent exactement ce qu'ils voulaient : un site qui surplombait le fleuve, assez élevé pour être à l'abri de l'humidité.

— Je peux déjà voir la maison et le jardin, dit Emmanuelle.

— Et la piscine et les courts de tennis !

— Et des arbres, dit Emmanuelle en étendant les bras, des douzaines et des douzaines d'arbres.

— Autant que tu veux, ma chérie.

Harding acheta le terrain à Emmanuelle comme cadeau de Noël. A présent, son argent avait un but, au-delà de la satisfaction qu'il prenait toujours à le gagner. Harding s'occupait avec un grand plaisir des journaux et des magazines qu'il possédait, mais il avait aussi des intérêts dans l'industrie du transport aérien. Il avait également investi des sommes considérables à la Bourse, cette merveille du monde économique qui contribuait à rendre fulgurante l'ascension des États-Unis tandis que l'Europe s'effondrait.

Munie de photographies de manoirs anglais et de ses propres souvenirs de Stridings, Emmanuelle se mit à interroger les architectes.

Juste avant le Nouvel An, Matilda Blessing entra en coup de vent dans son bureau.

— Je vais donner un gala à Venise en juin, dit-elle. Ce sera un bal costumé absolument authentique dans un de ces somptueux palais roses sur le Grand Canal.

— Et vous m'y inviterez si j'y consacre une page entière dans le *Star*.

— Deux pages, marchanda Matilda.

Emmanuelle réfléchit un instant, tout en contemplant calmement le plafond.

— Je vous donnerai deux pages si vous parvenez à avoir le prince de Galles pour votre bal.

— Excellente idée ! Thomas s'en occupera, il connaît tout le monde.

— Il faudra inviter quelques aristocrates anglais pour l'accompagner, suggéra Emmanuelle.

— Et qui mieux que vous sait quel Anglais inviter ?

— Qui, en vérité ? répliqua Emmanuelle avec un sourire glacial.

CHAPITRE 49

Février 1928

— Votre épouse a des idées bien arrêtées sur la façade et les plans de sa future maison, cela simplifie mon travail, dit l'architecte.

Kate jeta un rapide coup d'œil vers Harding, qui se tenait debout, sa fille dans les bras. Il souriait à Emmanuelle, heureux de l'intérêt qu'elle prenait à la construction de son nouveau foyer.

— Elle a ses idées sur tout et je lui fais confiance.

C'était un dimanche après-midi et les Atwood étaient venus déjeuner pour fêter le premier anniversaire de Dana. Les deux fils de Kate jouaient dans la chambre d'enfants.

Dana était tout le portrait d'Emmanuelle en miniature. Ses cheveux étaient plus foncés, presque aussi sombres que ceux de Harding, mais elle avait la bouche et les yeux gris de sa mère. Elle était très mignonne et toujours habillée d'une manière exquise, avec des robes à smocks, des manteaux et des bonnets faits sur mesure à Paris et des bottines en peau de chevreau importées de Florence.

— J'ai oublié de lui demander quand ce serait fini, remarqua Emmanuelle.

— Donne-lui du temps, dit Spencer en riant. Il doit dessiner les plans, commander les matériaux et engager des entrepreneurs.

— Les travaux ne commenceront pas avant la fin de l'été, dit Harding. Je ne pense pas que ce soit fini avant l'automne 29, mais c'est un bon architecte. Ça vaut la peine d'attendre.

Il avait signé le contrat avec l'architecte et lui avait versé un acompte très important. Tandis qu'il regardait son épouse et son enfant, Harding pensa que c'était le meilleur investissement qu'il ait jamais fait.

Parfois, il rêvait d'avoir plus d'enfants pour remplir cette grande maison, un garçon surtout, mais il n'en parlait pas à Emmanuelle. Il était beaucoup trop tôt et ils avaient le temps. Emmanuelle n'avait que vingt-huit ans.

Nanny Mills vint chercher Dana pour l'emmener dans sa chambre. Emmanuelle alluma une cigarette.

— J'ai pensé à un moyen de tripler nos bénéfices, dit-elle à Kate et à Spencer.

— Je pensais que nous célébrions un anniversaire, aujourd'hui, protesta Spencer en souriant.

— Je crois que nous devrions avoir notre propre traiteur au lieu de nous adresser à des restaurateurs. Ainsi, nous ferions des économies considérables.

Il y eut un silence de réflexion. Puis Harding hocha la tête en signe d'approbation. Il n'intervenait jamais dans les affaires de R.S.V.P. à moins d'en avoir été prié.

— Je pense que tu as raison, dit Spencer. Cependant R.S.V.P. était censé être un prestataire de services.

— Au départ, mais personne n'avance en restant à la même place.

— Je parie que tu as déjà repéré une cuisine.

Emmanuelle approuva joyeusement. Elle avait attendu le moment opportun pour amener le sujet. Spencer et Kate furent d'accord pour aller voir les locaux qu'elle avait trouvés.

— Quelle belle journée! dit Emmanuelle à Harding dans la soirée.

Il ne lui demanda pas si elle parlait de l'anniversaire de Dana ou de l'expansion de son agence. Harding savait qu'elle voulait faire autant pour leur fille que lui ; à ce rythme, elle y parviendrait certainement.

Mais il se sentait exclu du centre de ses intérêts. Il ne lui reprochait pas son succès mais sa trop grande indépendance. Parfois, il espérait même secrètement l'échec de

R.S.V.P. Il s'en voulait d'avoir de telles pensées mais c'était plus fort que lui.

R.S.V.P. acheta un immeuble de deux étages sur la rive nord-ouest, équipé pour préparer des dîners pour cinq cents personnes. R.S.V.P. avait aussi financé un escadron de camions spécialement conçus pour livrer les plats. Emmanuelle avait encore d'autres projets mais elle avait appris à procéder avec prudence avec les Atwood.

Quand Matilda Blessing reçut les réponses de ses invités, Emmanuelle simula l'indifférence.

— J'ai décroché le gros poisson ! lui dit Matilda d'un air de triomphe au téléphone. Son Altesse le prince de Galles a gracieusement accepté. Aurai-je mes deux pages ?

— Bien sûr, comme convenu.

L'acceptation des Saxon était bien plus importante ; Matilda aurait pu avoir huit pages si elle l'avait souhaité.

— Qu'allez-vous porter ? demanda Matilda.

— Je regrette, c'est un secret. A ce propos, je suis en retard pour l'essayage.

Elle raccrocha et appela Kate.

— Peux-tu me retrouver chez le tailleur ? Je veux être sûre de faire le bon choix.

Quand elle sortit du salon d'essayage, Kate approuva, les yeux écarquillés.

— Je sais que les autres femmes porteront toutes des jupons à panier, des perruques poudrées et des mouches. Je veux être différente.

Emmanuelle était déguisée en page. Pour le bal costumé, elle ne toucherait pas à ses cheveux coupés très court. Son costume était de velours noir avec une collerette plissée argentée et de larges manches. Le pourpoint assorti était si luxueusement brodé de perles de cristal que des rayons de lumière irradièrent quand elle se tourna vers Kate. La culotte bouffante s'ouvrait aux cuisses sur de longs hauts-de-chausses noirs. Elle portait des chaussures de soie noires à hauts talons avec une boucle d'argent et un chapeau incliné de velours noir avec une plume argentée.

— Emmanuelle, je n'ai jamais vu quelque chose d'aussi provocant ! observa Kate.

— C'est ce que je pensais. Mais ce n'est pas... vulgaire, n'est-ce pas ?

— Non, pas du tout. Harding va adorer. L'a-t-il déjà vu ?

— Non, c'est une surprise. Il le verra au bal.

Mais quand Emmanuelle s'embarqua pour l'Europe, Harding n'était pas avec elle. Il était parti pour la Californie, deux jours avant son départ, en voyage d'affaires.

— Il s'agit d'une usine d'aéronautique, lui avait-il dit avec excitation. Je peux l'acheter pour une bouchée de pain si j'arrive le premier.

— Alors, tu dois y aller. Mais que veux-tu faire d'une usine d'aéronautique ?

— C'est l'avenir. Un jour, tu ne navigueras plus vers l'Europe, tu voleras.

— Pas moi. Je me demande toujours comment ils font pour voler.

— Ça ne te dérange pas d'aller seule au bal des Blessing ?

— Non, bien sûr. Je serai avec Ken et les autres.

Sur le bateau, elle ne remercia pas la Providence de la laisser aller seule à ce rendez-vous. De toute façon, même si Harding l'avait accompagnée à Venise, elle aurait vu Julian.

Elle n'avait fait que donner une légère impulsion au destin en mettant Julian sur la liste des invités.

Emmanuelle débarqua à Gênes et arriva à Venise deux jours avant le bal.

CHAPITRE 50

Venise, étrange cité d'un autre temps, s'accordait parfaitement à l'humeur rêveuse d'Emmanuelle. Tandis qu'elle se promenait à travers les rues étroites ou en gondole sur les canaux, l'enchantement de la jeune femme grandissait. La rencontre tant attendue avec Julian exerçait-elle un charme mystérieux sur Venise ? Ou était-ce tout simplement la beauté de cette ville qui l'avait envoûtée ?

Apaisée par ses longues promenades solitaires, elle s'habilla pour le bal, puis sortit sur le balcon. Elle était descendue au *Gritti* ; Julian était au *Danieli.* De leurs balcons, ils pouvaient apercevoir dans la lagune le campanile qui miroitait dans le soleil de juin.

— Êtes-vous prête, madame Ellis ? demanda Kenneth Conan après avoir frappé à sa porte.

Il était 9 heures précises. Emmanuelle voulait être au palais une heure avant la foule des invités.

— J'arrive, Ken.

Kenneth continuait de l'appeler « Madame Ellis » pour tenter de dissimuler ses sentiments, mais cette fois il semblait également lui rappeler qu'elle était l'épouse de Harding. Inutile de lui rafraîchir la mémoire. Ce qu'elle faisait à Venise ne concernait pas Harding. Elle mit une cape noire qui la recouvrait jusqu'aux pieds, un loup de satin noir et s'en alla rejoindre Conan.

— J'aime bien ce chapeau mais votre costume est toujours un mystère.

Ken était déguisé en moine ; sa soutane le rajeunissait et lui donnait un air austère.

— Vous le verrez dès notre arrivée. Êtes-vous sûr d'avoir pris assez de pellicule ?

Ils montèrent dans une gondole devant l'hôtel.

— Au palais Rezzonico, dit Emmanuelle en s'adossant contre les coussins de velours, le cœur battant.

La sérénité étrange de ces derniers jours avait complètement disparu. Emmanuelle avait l'impression d'être suspendue entre l'obscurité du ciel et les profondeurs sombres de l'eau, à bout de souffle.

— Emmanuelle, dit Kenneth (dans cette ville féerique, il semblait naturel qu'il l'appelât par son prénom), êtes-vous heureuse ?

— Cher Kenny, pourquoi me demander ça ce soir ?

— Je ne sais pas. Je me suis toujours posé la question.

— Oh, oui, dit-elle doucement, plus heureuse que je ne l'ai été depuis longtemps.

— J'en suis content, dit-il en fixant l'eau. Je veux que vous soyez heureuse. Je vous aime.

— Oui, je sais.

— Tout être humain est le bouffon d'un autre, dit-il en haussant les épaules.

— Vous n'êtes pas un bouffon. L'amour ne se commande pas.

Il ne répondit pas.

Un Noir immense, vêtu d'une splendide livrée de laquais royal du XVIIe, les aida à sortir de la gondole.

Kenneth paya le gondolier, puis suivit Emmanuelle à l'intérieur du palais Rezzonico, loué pour la circonstance.

— Mme Blessing a dit que tout serait d'époque, annonça Kenneth en lui prenant le bras. Et ça l'est, en vérité. Seule la plomberie rappelle que nous sommes au XXe siècle.

Dans le hall, plusieurs laquais attendaient pour prendre les manteaux. Kenneth secoua la tête ; la soutane était tout ce qu'il portait. Son regard se posa sur Emmanuelle tandis qu'elle retirait sa cape. A la lumière des torches, son pourpoint scintillait et ses jambes brillaient à travers les hauts-de-chausses de soie. Pendant un instant, Kenneth resta sans voix.

— Vous êtes très belle, finit-il par dire.

Une heure plus tard, une foule somptueusement vêtue entrait dans le palais et s'éparpillait sur les terrasses. Longtemps avant l'arrivée de l'escorte princière, les danseurs de menuets avaient envahi les salles de bal.

Emmanuelle donna les dernières instructions à son personnel, puis parla à Matilda Blessing, magnifique avec une robe bouffante de satin rouge et une coiffure Renaissance.

— Vous étincelez comme la vitrine de chez Van Cleef, lui lança Matilda, venimeuse. J'aurais dû me douter que vous ne porteriez pas de robe. Faites attention que personne ne vous morde la cuisse ! J'espère simplement que vos employés font leur travail aussi bien que vous.

— Ne vous inquiétez pas.

Emmanuelle se retira dans l'ombre afin d'observer l'entrée principale sans être vue.

Peu de temps après 10 heures, elle le vit entrer et s'arrêter pour saluer Matilda Blessing. Aucun costume n'aurait pu déguiser son physique ou sa démarche avec sa légère claudication, à peine perceptible. Il portait une tenue de cavalier avec un chapeau à plumes sous le bras. Il était masqué mais elle l'aurait reconnu n'importe où.

Il représentait infiniment plus à ses yeux qu'une belle histoire d'amour. Sans lui, sa vie aurait sombré dans l'amertume.

Quand il traversa la pièce, le regard d'Emmanuelle se posa sur la jeune femme en robe de satin bleu qui l'accompagnait. Son expression changea aussitôt. Davina était splendide dans son costume de Marie-Antoinette. Ce rôle de reine lui convenait tout à fait. Elle souriait d'un air radieux aux autres invités mais, chaque fois que son mari parlait, Davina tournait vers lui un visage éblouissant et lui consacrait toute son attention.

Emmanuelle se mit à trembler. Elle aspira profondément pour se maîtriser avant de les suivre dans la pièce suivante. Davina restait constamment aux côtés de son mari. Il lui fallut attendre une heure dans l'ombre avant d'avoir l'occasion de parler seule à Julian.

Tandis que Davina dansait une valse avec un petit Méphistophélès, Julian se dirigea vers le buffet et demanda un cognac. Il sortit une cigarette et Emmanuelle eut la gorge nouée à la vue de ses mains. Elle examina de plus près ce visage tant aimé.

Il n'était pas aussi maigre qu'à New York mais il y avait des rides profondes aux coins de sa bouche, les rides d'un homme qui souffre. Ses cheveux avaient blanchi et il avait le regard sombre des premiers jours passés ensemble à Paris.

Elle ne pouvait toujours pas parler. Son amour pour Julian n'avait pas changé. Mais que ressentait-il pour elle après toutes ces années ? Il devait être heureux avec son épouse et ses enfants. La présence d'Emma Béquier pourrait l'embarrasser ; il regrettait peut-être les instants passés avec elle.

Comme elle hésitait toujours, il prit son verre, leva la tête et l'aperçut.

Son visage pâlit. Ses yeux se fermèrent une seconde derrière son masque, puis s'ouvrirent et s'élargirent sous l'effet de la surprise. Il reposa son verre sur la table et s'avança vers elle.

— Emma ? Est-ce vraiment toi ? Mon Dieu, j'attends cet instant depuis tellement longtemps...

Toujours sans voix, elle hocha la tête. Il ôta son masque et son visage s'illumina.

— Retire le tien, Emma. Je veux revoir ton merveilleux visage.

Ils se dévisagèrent en silence. Julian humecta ses lèvres et reprit la parole.

— J'ai essayé de te retrouver, mais M. Vaillant n'a pu me donner aucune information. Où étais-tu partie ?

— A New York, dit Emmanuelle.

Ainsi, il avait essayé de la retrouver. Un groupe de personnages masqués et hilares se dirigea vers eux et ils se séparèrent. Quand ils revinrent l'un vers l'autre, Emmanuelle frissonna au contact de Julian sur son bras, à travers le velours et la dentelle de son costume.

— Il faut nous revoir seuls quelque part, Emma ; nous

avons tellement de choses à nous dire ! Peux-tu me rencontrer demain ? A 9 heures ?

Elle lui donna l'adresse d'un café dans un quartier éloigné de Venise. La valse allait bientôt prendre fin mais Julian n'avait aucune envie de la quitter.

— Dis encore mon nom, fit-il, comme autrefois.

Il observa le mouvement de ses lèvres et les larmes lui vinrent aux yeux. Il remit son masque et, à contrecœur, retourna auprès des danseurs.

Emmanuelle le regarda s'éloigner. Ce bref échange de paroles l'avait étourdie. Elle avait dû faire un effort immense pour ne pas le prendre dans ses bras. Demain, Julian serait enfin à elle.

Mais que se passerait-il après ? Son amour pour Julian était plus fort que tout. Mais Harding et Dana l'aimaient aussi. Qu'adviendrait-il d'eux ?

Elle n'avait qu'une vie mais la moitié de celle-ci appartenait à Julian.

Elle contourna les danseurs et rejoignit Kenneth.

— Je m'en vais, Ken. J'ai un mal de tête terrible. Sheila, même s'ils sont complètement saouls, tâchez d'obtenir les noms exacts des invités.

Près de la piste de danse, Julian observait Emmanuelle tout en conversant poliment avec son hôtesse.

— Qui est le page dans le costume brillant, là-bas ? demanda-t-il à Matilda Blessing.

— Comment, vous ne connaissez pas Emmanuelle Béranger ? C'est la rédactrice des échos mondains du *Star Tribune*, la reine des colonnes, comme je l'appelle.

Après un examen minutieux, elle pensa que Julian Saxon était un très bel homme, mais réservé comme tous les Anglais. Il sourit et cacha sa surprise en entendant le nom d'Emmanuelle Béranger.

— Je n'ai malheureusement pas le temps de lire la presse américaine d'une manière très approfondie.

— Demandez à votre femme, elle est certainement au courant.

— Au courant de quoi ? demanda Davina.

— Emmanuelle Béranger, la journaliste.

Les yeux de Davina se tournèrent brièvement vers son mari.

— J'ai entendu parler d'elle. Est-elle ici ?

— Elle est en plein travail, dit Matilda.

Elle observa le couple puis ajouta avec un léger sourire :

— Votre mari me demandait justement qui elle était. C'est elle qui m'a aidée à organiser ce bal, à faire la liste des invités et à bien d'autres choses. Elle travaillait pour moi autrefois.

— Comme c'est fascinant ! dit Davina. Chéri, j'aimerais un peu de champagne.

Matilda regarda le jeune couple s'éloigner.

CHAPITRE 51

Ils s'assirent au soleil à la terrasse du café comme deux enfants bien élevés qui se retrouvent après neuf ans de séparation.

— Je pensais que tu étais mort, dit Emmanuelle. Pendant des années, j'ai cru que tu étais mort. Raconte-moi ce qui s'est passé.

Il lui parla de la guerre et de ses horreurs.

— Mon pays est fier de moi, conclut-il. On m'a décerné la Victoria Cross, distinction suprême, pour avoir tué ces hommes.

Il lui offrit une cigarette puis la regarda, et son expression changea.

— Je t'aime, Emma, dit-il avec ferveur. Mes sentiments ne changeront jamais. Cependant ma vie a changé. J'ai deux enfants, à présent, mais c'est mon fils que j'adore. Je n'ai connu son existence qu'après avoir été ramené à la maison. Quand la fièvre ne me faisait pas délirer, je pensais te retrouver dès que possible. Vois-tu, ma chérie, tous mes sermons sur l'honneur et le devoir m'importaient peu lors de mon retour à Stridings pour ma dernière permission. J'ai fait l'amour avec Davina ce soir-là. C'était ce qu'elle attendait de moi. J'ai été stupide, cela n'a fait qu'empirer les choses. J'ai su cette nuit que nous ne pouvions continuer à vivre ensemble, Davina et moi. Je lui ai dit que nous devions divorcer après la guerre et que je retournerais auprès de toi.

« Si seulement j'étais restée à Paris ! pensa Emmanuelle. Si seulement j'avais pu garder mon fils ! »

— Je voulais t'écrire, continua-t-il. Je voulais venir à Paris pour te l'annoncer mais on m'a donné l'ordre d'aller au front. Et puis, je me suis réveillé en avril à Munich. Mon père est venu m'identifier.

En avril ! Elle était enceinte de sept mois en avril 1919 ! Sir James n'était pas venu la voir, ce mois-là. Quel tour monstrueux les Saxon leur avaient-ils joué ? Son contrat avec Sir James et Davina était basé sur l'hypothèse de la mort de Julian. Ils avaient réussi à le garder avec eux contre sa volonté et ils avaient même utilisé son fils pour arriver à leurs fins. Emmanuelle faillit lui révéler la vérité.

— Il n'y a pas de plus terrible punition que d'être aimé par ceux que l'on veut trahir ! Pendant ma convalescence, je me suis dit que je n'étais pas assez hypocrite pour continuer à vivre avec Davina. Après tout ce qui m'était arrivé, je me fichais pas mal des apparences. Et puis, ils m'ont amené Drew. Il avait treize mois. J'ai été surpris d'avoir un fils, un petit garçon aux yeux noirs qui me regardait avec confiance comme seuls les enfants peuvent le faire. Il a toujours ce regard. Il a pris l'habitude de jouer près de mon lit, tranquillement, comme s'il savait que j'avais besoin de calme. J'étais heureux en le regardant. Pour moi il représentait William, Tony et tous les jeunes Allemands que j'avais tués. Et comme je t'avais perdue, Emma, d'une certaine manière, je te voyais en lui. Tu l'aimerais, c'est un merveilleux petit garçon... Il fallait que je reste avec lui. Même à présent, je ne peux pas lui en vouloir de s'être interposé entre nous. Je l'aime trop. Je ne pourrais jamais l'abandonner à sa mère.

— Pourquoi donc ? demanda Emmanuelle avec colère. Est-elle méchante avec lui ?

— Il a toujours été beaucoup plus proche de moi que de sa mère, de la même manière que notre fille est plus proche de Davina... J'ai essayé de te retrouver à Paris, mais Henri Vaillant m'a dit que tu avais tout simplement disparu. J'ai arrêté mes recherches. Je n'avais rien d'autre à t'offrir qu'un rendez-vous secret à l'abri des regards, comme ce café. Tu méritais tellement plus...

Emmanuelle resta silencieuse. Un instant, elle voulut lui

demander s'il avait une photographie de son fils puis se ravisa ; elle ne supporterait pas de regarder Drew maintenant. Par manque de courage, elle avait tout perdu.

Plus que jamais, Emmanuelle désirait son fils. A la naissance de Dana, elle avait découvert avec surprise combien elle était possessive ; mais elle était parfaitement consciente que ni Drew ni son père ne lui appartiendraient jamais.

— J'ai une fille, dit soudain Emmanuelle.

— Je pensais bien que tu étais mariée, à cause de ton nom.

— Béranger est le nom que j'ai pris quand je suis partie pour les États-Unis. Je l'utilise encore professionnellement. Ma fille s'appelle Dana et mon mari est Harding Ellis.

— Quelle sorte d'homme est-il ?

— Ne me pose pas de questions, supplia-t-elle. Je ne te demande rien sur Davina.

— Elle n'a pas changé, mais elle ne m'a jamais fait de reproches. Je l'admire pour cela. Parle-moi de ton mari, s'il te plaît, Emma.

— Il n'a rien à voir avec toi ni avec nous.

Elle brûlait de lui dire la vérité sur son père si vertueux et sa chère épouse si indulgente à son égard. Mais il était trop tard. Son fils, le futur baronnet, deviendrait l'héritier des Saxon. Emmanuelle ne désirait pas raviver la souffrance de Julian par des aveux trop cruels. Cela n'aurait servi à rien.

Julian la mépriserait s'il apprenait qu'elle avait vendu son fils pour un millier de livres sterlings.

— J'ai entendu dire hier soir qu'Emmanuelle Béranger était couronnée de succès. Emmanuelle est très belle, mais je peux encore voir Emma dans ses yeux. Je me souviens de ce premier matin à Neuilly quand tu m'as dit toutes les choses que tu désirais. Je voulais tout t'offrir. J'espère que tu les as maintenant... Ne pleure pas, ma chérie. Je ne supporte pas de te voir pleurer.

Il lui caressa la joue.

— Oui, je remporte un grand succès. Alors pourquoi faut-il que je pleure ?

Elle sortit un mouchoir de son sac et essuya les larmes

qui coulaient sur son visage. Elle se leva, traversa la terrasse du café et contempla le canal. Julian vint à son côté et elle s'appuya contre lui. Il la prit dans ses bras et elle éprouva le même bonheur qu'autrefois.

Jamais elle ne renoncerait à son amour pour Julian. Son père et son épouse s'étaient cruellement servis d'elle, mais ils ne l'empêcheraient pas de revoir Julian et de l'aimer.

— Dois-je te perdre une seconde fois, Emma ?

— Non, mon amour, murmura-t-elle. Jamais plus. Je serai avec toi chaque fois que je le pourrai. Mais d'autres personnes me sont chères, à présent. Il y a des règles à respecter.

— Nous le savons tous les deux, Emma.

— Je serai à Paris pour les collections cet hiver.

— Ce ne sera pas avant plusieurs mois.

Elle approuva, puis lui caressa le visage et les cheveux.

— D'accord, dit-il en souriant doucement. Je te retrouverai au Havre. Nous pourrons passer quelques jours ensemble si tu viens un peu plus tôt.

Après une étreinte brève, passionnée, ils se séparèrent. Dans la gondole qui la ramenait à son hôtel, les sentiments d'Emmanuelle étaient partagés entre sa colère contre Davina et Sir James et sa joie à la pensée de la prochaine rencontre.

CHAPITRE 52

Emmanuelle fit sa valise et partit pour Paris le soir même.

— Vous avez tous une soirée en ville, avait-elle dit à Kenneth juste avant son départ. C'est le *Star* qui vous l'offre.

— Pourquoi ne restez-vous pas avec nous ? dit Ken en fronçant les sourcils.

— Je n'ai pas besoin de chaperon, Kenneth. Ma plus vieille amie habite Paris et j'ai envie de la voir. Je vous rejoindrai sur le bateau après-demain.

Elle désirait se retrouver seule pour mettre ses idées au clair et réfléchir à son avenir avec Julian.

Après une nuit sans sommeil, elle arriva à Paris. Elle ne parla pas à Danielle de ce qui s'était passé à Venise. En fait, elle fut confrontée à de nouveaux problèmes. En voyant les chaussures usées de Danielle, ses gants reprisés et ses blouses élimées, elle sut tout de suite que ses affaires ne marchaient pas. Danielle ne pouvait plus se permettre de moderniser ses équipements et les jeunes femmes ambitieuses, désireuses de suivre des cours de secrétariat, s'inscrivaient dans des écoles plus modernes.

Emmanuelle dut se mettre en colère pour que Danielle accepte l'argent qu'elle lui offrait.

— Mon Dieu, c'est ridicule ! Tu m'as donné de l'argent, ton cœur et ton épaule quand j'en avais besoin. Tout ce que je t'offre, c'est un prêt et tu vas l'accepter, un point c'est tout. Je m'occuperai du transfert dès mon retour.

— Je n'ai jamais accepté un sou de personne au cours de ma vie, pas même de mon défunt mari.

— Mais je ne suis pas ton mari ! Si seulement tu venais en Amérique ! Tu deviendrais riche en une nuit à la Bourse.

— La Bourse ? Emma, il ne faut pas que tu joues.

— Je ne joue pas ! J'investis.

— Je pensais que tu étais heureuse avec ton agence.

— Je le suis, mais spéculer de temps en temps n'a jamais fait de mal à personne.

C'eût été un manque de tact que de lui parler de l'expansion de R.S.V.P. Ils venaient de racheter deux nouvelles cuisines et avaient engagé les plus grands chefs pour les diriger. En ce moment, Spencer négociait l'achat d'autres camions de livraison et d'une usine de confiserie. R.S.V.P. ne refusait jamais un contrat et les affaires marchaient bien.

— Où allons-nous ? demanda Danielle. Après Thiboux, bien sûr ?

— Déjeuner dans un bistro sur la rive gauche. Je meurs d'envie de manger un vrai repas français. Ensuite, nous pourrions aller au musée comme autrefois.

— Pour admirer ta statue une nouvelle fois ? Les Français sont de vrais romantiques mais je pense que les Américains croient aussi à l'amour ! D'après tes lettres, il est clair que tu aimes ton mari.

— C'est un homme merveilleux.

Le ton de sa voix alarma Danielle.

— Mais tu n'as toujours pas oublié ton milord anglais.

— Comment le pourrais-je ?

— Ton mari sait-il que tu ne l'aimes pas ?

— Ce n'est pas vrai ! dit Emmanuelle, écarlate. Je lui suis très dévouée. Je ne ferai jamais rien qui pourrait le rendre malheureux.

— Calme-toi, ma chérie. Il est possible d'être fidèle à un homme avec son corps et de le trahir avec son cœur ou l'inverse.

Elles restèrent silencieuses jusqu'à ce que le taxi les ait déposées devant Thiboux. Ensuite, elles allèrent se promener dans le jardin du Luxembourg. Des enfants couraient après des cerceaux et faisaient naviguer des bateaux sur les bassins. Elles prirent le thé dans les jardins, puis s'arrêtèrent devant l'école sur le chemin du retour. Elle paraissait aussi fatiguée que sa propriétaire.

— De la peinture fraîche et un nouvel équipement vont tout remettre à neuf. Tu es toujours le meilleur professeur de Paris. J'en suis la preuve vivante.

Elle regarda le bâtiment dans lequel Emma Anne Béquier avait compté les sous de ses frais d'inscription un par un.

— C'est vrai ; tu pourrais descendre au *Ritz* au lieu de coucher sur mon divan.

— J'aime ton divan, rétorqua Emmanuelle.

Le matin suivant, elle fut soulagée de voir que le long visage de son amie s'était détendu.

— Tiens, dit Danielle en lui tendant un paquet. C'est une poupée pour ma petite filleule.

— Tu la verras bientôt, je te le promets. Au revoir, chère Danielle.

Emmanuelle était triste de quitter Danielle mais elle se sentit mieux quand elle aperçut Kenny et les autres qui l'attendaient sur le pont.

Quand le *Normandie* entra dans le port de New York, Emmanuelle était dehors sur le pont et scrutait la foule avec attention. Puis elle aperçut Harding sur le débarcadère avec Dana et agita gaiement les bras, heureuse qu'ils soient venus l'attendre.

— Ils sont là, ils sont là, cria-t-elle à Kenneth.

CHAPITRE 53

A Douvres, Davina choisit quelques magazines de mode avant de monter dans le train. Julian vint l'aider puis retourna s'asseoir près de la vitre. Comme d'habitude, ils avaient réservé tout un compartiment ; leurs domestiques voyageaient en seconde classe.

A part quelques brefs séjours à Paris, Deauville et Monaco, les États-Unis avaient été leur premier voyage à l'étranger. La semaine à Venise avait très bien commencé pour Davina ; mais à présent elle se demandait ce qui allait se passer. Julian voyagerait certainement plus souvent sans elle pour rejoindre cette femme.

Elle le regarda. Il semblait absorbé par la lecture des journaux qu'il avait achetés à la gare. Julian avait toujours été très beau, mais il y avait désormais quelque chose de fascinant en lui. Peu importait le contenu de ses discours pacifistes, les gens semblaient conquis par sa sincérité et sa passion. Davina lui reprochait de consacrer trop de temps à la cause des anciens combattants et à la Société des Nations. En temps normal, il aurait été impatient de retourner à son travail. C'était ce qui comptait le plus pour lui, après son fils.

Davina était sûre qu'il faisait semblant de lire. Julian était toujours à Venise avec Emmanuelle. Ou l'appelait-il Emma ? Elle savait qu'ils s'étaient retrouvés quelque part dans Venise. Julian avait mystérieusement disparu pendant trois heures sans prévenir.

— C'était un bal merveilleux, mon chéri, tu ne trouves pas ?

— Comment ? demanda-t-il, le regard lointain. Oh oui, spectaculaire, même pour les Américains.

— Quelle vieille peau, cette Mme Blessing ! J'ai cru qu'elle ne te lâcherait jamais. Mais je n'y prends pas garde, toutes les femmes sont folles de toi.

Il ne lui répondit pas et reprit sa lecture.

« Il faut que son père fasse quelque chose », pensa Davina. S'il pouvait lui obtenir un siège au Parlement, Julian serait obligé de rester en Angleterre.

Son engouement pour cette femme était intolérable. Cependant Davina possédait deux atouts qu'elle n'avait pas eus autrefois, quand Julian lui avait annoncé son intention de divorcer : Drew et Juliana. Visiblement, Emmanuelle avait été assez intelligente pour taire la vérité à Julian. Il était temps que son époux lui donne un autre enfant. A cette pensée, ses genoux s'écartèrent légèrement.

Elle regarda les mains de Julian et se demanda comment il allait la toucher désormais. Elle était certaine qu'il ne l'abandonnerait jamais, elle et ses enfants. Mais il pouvait ne plus jamais coucher avec elle ; ce serait presque aussi intolérable qu'une humiliation publique.

Julian sentit le regard insistant de son épouse et leva la tête. Il lui sourit et Davina eut l'impression que ce sourire courtois, bienveillant et totalement dénué de passion lui transperçait le cœur.

Elle éprouvait un désir physique si intense pour Julian qu'il lui était toujours difficile de se contenir en attendant qu'il se tourne vers elle. Elle abandonnait alors son rôle d'épouse et de mère pour laisser libre cours à ses talents érotiques auxquels il ne pouvait résister. Mais la repousserait-il maintenant qu'il avait retrouvé la femme dont il avait rêvé toutes ces années ?

Les yeux de Davina s'attardèrent sur le visage de Julian, le contour de sa bouche, la courbe de ses épaules et de ses cuisses. Elle le désirait passionnément, déterminée à lui prouver qu'elle était toujours son épouse.

Julian fixait obstinément son journal. Il savait qu'il ne résisterait pas longtemps à Davina et qu'il serait bientôt prisonnier de son étreinte acharnée.

Comment deux femmes aussi passionnées pouvaient-elles être si différentes ? Emma l'embrassait, Davina le dévorait. L'ardeur d'Emma n'avait rien à voir avec la voracité de Davina. Il n'était qu'un rituel érotique pour Davina, alors qu'avec Emma il se sentait éternellement amoureux.

— Je suis impatiente de voir le bébé, dit Davina. Pas toi ?

— Et Drew, répondit Julian.

Il ne pensait pas qu'elle aimait véritablement l'un ou l'autre de ses enfants.

— Bien sûr, mon chéri. Juliana est ma toute petite fille, mais Drew est à un âge intéressant ; il remarque tout.

Soudain, Julian se demanda si Davina était au courant de son rendez-vous avec une autre femme à Venise. Mais le visage de son épouse était ouvert et rayonnant. Il se tourna vers la vitre et se refugia dans ses pensées.

Davina sortit son ouvrage de couture. Les secousses du train parvenaient à masquer le tremblement de ses mains tandis que Julian la possédait dans son imagination. Sa respiration s'accentua, ses jambes se serrèrent comme pour le garder plus longtemps en elle. Et lentement, elle se mit à bouger, au rythme cadencé du train sur les rails.

Quand Davina fut enfin calmée, elle se mit à réfléchir. Après tout, elle possédait son nom, son corps et ses enfants. Aucune femme ne pourrait jamais avoir tout cela. Pas même Emmanuelle Béranger, que son mari et sa carrière retenaient à New York.

CHAPITRE 54

— J'aurais pu t'accompagner, dit Harding quelques mois plus tard, alors qu'ils se rendaient au théâtre.

— A Paris, pour les collections ? demanda Emmanuelle d'un ton qu'elle s'efforçait de rendre très calme.

— Non, simplement pour la traversée, à condition que tu partes une semaine plus tard sur le *Dresde*. J'aimerais me rendre en Allemagne. La situation ne fait qu'empirer dans ce pays. On dirait notre Sud après la guerre civile. L'inflation y est si élevée qu'avec des devises fortes, du matériel et de la main-d'œuvre tout est bon marché.

— Veux-tu investir ?

— Peut-être. J'y vais surtout par curiosité.

— Je n'ai jamais aimé les Allemands. Ils menaçaient déjà Paris quand j'avais quatorze ans.

— Mon amour, tu es une Yankee à présent, à l'exception de ton élégance bien française.

— Tu le penses vraiment ?

— Ça ne fait aucun doute. Tu es énergique, décidée et tu prends des risques. C'est typiquement américain.

Emmanuelle apprécia le compliment, bien qu'elle eût préféré « faire » typiquement anglais. Elle voulait une éducation anglaise pour Dana et des meubles anglais pour sa maison.

— Si je vais en Angleterre pour acheter des meubles, m'accompagneras-tu ? demanda-t-elle tandis que la Rolls s'arrêtait devant le théâtre.

— Si je peux. Sinon, je fais confiance à ton bon goût. Mais je veux choisir moi-même mon bureau.

Il lui prit le bras et ils entrèrent dans le théâtre. Pendant la pièce, Emmanuelle avait l'esprit ailleurs. Elle pensait à son rendez-vous en France dans trois semaines.

Elle n'embarqua pas sur le *Dresde* ; son emploi du temps l'en empêcha. De toute façon, elle n'avait pas l'intention de voyager en compagnie de Harding.

Au Havre, Julian monta à bord du transatlantique et elle sortit de sa cabine en courant pour le rejoindre. Il la serra dans ses bras et lui embrassa les yeux, les joues et la bouche comme pour se persuader de sa présence. Ensemble, ils descendirent à terre, plus heureux que jamais.

— J'aime ta façon de conduire, dit Emmanuelle dans l'Hispano-Suiza de Julian.

— Tu conduis aussi ?

— Oh, oui, quand j'ai le temps.

— Parle-moi de ta vie, je veux tout savoir sur la célèbre Emmanuelle Béranger que je viens juste de rencontrer.

Ils s'arrêtèrent de parler avant d'arriver à Rouen. Quand la porte de leur chambre d'hôtel se referma derrière eux, ils se jetèrent dans les bras l'un de l'autre avec passion.

Les mains d'Emmanuelle caressèrent les cicatrices sur le dos de Julian.

— Mon Dieu, que t'ont-ils fait ? murmura-t-elle.

Elle embrassa les blessures comme si elle cherchait à les guérir et à faire disparaître toutes les souffrances de Julian.

— Je t'aime, dit-elle.

Il s'allongea sur elle ; tout son corps réclamait cette femme. Avec elle, il redevenait le jeune homme heureux d'autrefois.

Au cours de cette première rencontre, ils ne mentionnèrent jamais Harding. Ils n'avaient que trois jours et elle voulait les passer seule avec lui sans penser à son mari, à sa fille ni même à son fils. Elle avait appelé Danielle pour lui dire qu'elle avait été retardée et qu'elle descendrait à l'hôtel *Meurice*, plus approprié pour assister aux collections. Il serait plus sage de ne pas passer trop de temps avec Danielle ; sa vieille amie était bien trop fine.

— Au diable, les collections ! murmura Emmanuelle à son réveil. Je n'y vais pas.

C'était leur dernière matinée ensemble à Paris.

— Tu dois y aller, Emma. Tu le regretteras, sinon.

— Non, dit-elle avec passion. Je ne regrette jamais une seule seconde passée avec toi.

Elle manqua tout le défilé de Balenciaga et arriva très en retard pour celui de Chanel. Jusqu'à présent, elle s'était toujours vantée de ne jamais recourir aux articles officiels pour ses reportages de mode. Mais il était bien plus important d'être avec Julian que de regarder des vêtements pour femmes blasées et oisives.

Elle ne dîna qu'une fois avec Danielle, bien trop occupée à discuter du remboursement de son prêt pour remarquer la sérénité nouvelle de son amie. Emmanuelle rentra directement à New York ; elle achèterait ses meubles plus tard. Il lui fallait rétablir un juste équilibre entre la vie d'Emma et celle d'Emmanuelle.

Quand elle revit Julian, au mois de février suivant, il était membre du Parlement.

— Mon père a fini par me persuader de me présenter à une élection partielle. Il a probablement raison. J'aurai peut-être plus de pouvoir sur l'opinion publique. Les gens veulent trop facilement oublier la guerre et ses atrocités. Je ne peux pas les laisser faire sans rien dire.

— C'est la même chose aux États-Unis. Les Américains pensent que ce qui se passe en Europe ne les concerne pas.

— Mais ils sont concernés, insista Julian. Cinq mille d'entre eux sont morts au front. Ils seront entraînés dans une autre guerre, qu'ils le veuillent ou non. Les guerres rapportent de l'argent, même à des pays riches comme les États-Unis. Qu'en pense ton mari ?

— Il ne veut pas que les États-Unis soient impliqués dans une autre guerre, mais il dit que la paix en Europe ne durera pas si les gens ont faim. Il est reparti pour l'Allemagne ; la situation économique y est encore pire qu'en

France et en Angleterre. Deux journalistes se disputent le rôle de porte-parole officiel du parti national-socialiste.

— Otto Gregor Strasser et Joseph Goebbels. J'ai entendu parler d'eux.

— Il a rencontré Goebbels au cours de son dernier voyage. C'est un homme sinistre. Harding pense qu'il n'est pas bon que des journaux appartiennent à un parti dans une république, et qu'il ne peut y avoir de démocratie sans la liberté de presse. En supposant que les nationaux-socialistes prennent le pouvoir en Allemagne, qui imprimera l'opinion de l'opposition ?

— Je suis d'accord avec Harding.

Sur les lèvres de Julian, le prénom de son mari lui semblait étrange. L'un était né à Stridings, l'autre dans un quartier pauvre de Chicago ; il ne lui était jamais venu à l'esprit que les deux hommes pourraient avoir la même vision des choses.

— Et toi, Emma ? demanda Julian. Parle-moi de R.S.V.P.

Au début, Emmanuelle avait regretté d'avoir mentionné son service de traiteur. Elle savait que l'aristocratie anglaise méprisait les commerçants. A présent, elle en était ravie. Il l'écoutait toujours avec une grande attention et applaudissait à toutes ses victoires. Julian était le seul à approuver sans réserve son ambition et sa réussite.

Un mois s'était écoulé depuis son retour à New York quand Emmanuelle lut dans le *Times* de Londres le faire-part de naissance de la seconde fille de Julian, Alexandra Margaret.

Elle se sentit trahie, puis s'inquiéta que Julian ne lui en ait pas parlé. Mais, après réflexion, Emmanuelle se dit qu'elle lui taisait également ses relations avec Harding.

Un sentiment étrange l'envahit. D'une certaine manière, ce bébé était un message de Davina, peut-être même une menace. Emmanuelle posa son bras sur les épaules de Dana, qui paraissait très occupée avec un crayon et un petit carnet.

— Que fais-tu, ma petite chérie ?

— Je prends des notes, dit Dana.

— Pourquoi prends-tu des notes ?

— Pour être comme toi, maman.

Emmanuelle se pencha pour l'embrasser.

— Tu veux être comme moi ? Ma chérie, c'est le plus beau compliment que j'aie jamais entendu ! Mais toi, tu ne seras jamais obligée de travailler, pas un seul jour de ta vie.

Elle veillerait à ce que Dana ne manque jamais de rien. Pour l'instant, elle voulait persuader Kate et Spencer d'ouvrir des filiales de R.S.V.P. à Palm Beach et à Boston.

Réconfortée par un tel projet, elle repoussa le journal, et ses appréhensions disparurent.

CHAPITRE 55

— Faites quelque chose, siffla Davina.

— Il n'y a rien à faire, protesta Sir James. Soyez raisonnable, Davina, je ne peux pas interdire à Julian de la voir.

Ils parlaient à voix basse dans la chambre de Davina pour ne pas être entendus.

— Alors défendez-lui de revoir Julian, articula Davina. Il est déjà intolérable qu'ils se rencontrent à Paris, mais maintenant elle est ici, à Londres !

— Elle ne l'a ni vu ni appelé ; elle semble acheter des meubles. Et elle a réservé une cabine sur le *Carinthia*. Elle part dans deux jours.

— Elle se rapproche chaque fois un peu plus. Pourquoi faut-il que je continue à avoir des filles ?

Sir James la regarda d'un air interrogateur.

— Je vais avoir un fils, vous entendez ? Et alors j'en aurai fini avec ce maudit petit bâtard dont vous raffolez tant, vous et Julian.

— Davina, pour l'amour du ciel !

— Seul l'aîné des fils légitimes peut hériter du titre, c'est la loi.

— Que voulez-vous dire ?

— Si vous êtes trop bête pour comprendre, attendez seulement que j'aie un fils.

Le visage de Sir James s'assombrit.

— Ah, voilà qu'il comprend, dit Davina.

— Si vous contestez la légitimité de Drew, nous serons tous ruinés et vous perdrez Julian !

— Je le perdrai de toute façon si vous n'éloignez pas cette femme. Vous avez des moyens. Utilisez-les !

— Ne parlez pas si fort, Davina. Très bien, je vais aller à Londres pour essayer de la voir demain.

— Ça devrait vous faire plaisir, vous l'avez toujours appréciée. Quand vous reveniez de Glengowrie, vous aviez l'air d'un chat qui aurait perdu son canari. C'est bien dommage que vous ne l'ayez pas épousée avant que l'on ait retrouvé Julian.

Sans un mot, Sir James quitta la chambre tandis que le bébé se mettait à pleurer.

— Nurse ! hurla Davina. Sortez-la, je ne supporte pas ces vagissements.

« Grâce au ciel, Julian ne sait pas quelle garce insupportable il a pour épouse », pensa Sir James.

— Non, je continuerai de le voir, dit Emmanuelle.

— Vous allez le détruire.

Sir James se tenait debout dans le salon de la suite d'Emmanuelle, au *Ritz.*

— Pas moi ! Il revit, vous devez vous en rendre compte. C'est vous qui l'avez détruit en l'enchaînant à une femme qu'il n'aime pas. Vous auriez pu arrêter cela, il était encore temps.

— C'était trop tard ! Nous avions annoncé partout que Davina attendait un enfant.

— Elle aurait pu perdre le bébé. Mais vous ne vouliez pas que Julian puisse faire son propre choix. Vous préfériez lui mentir pour le protéger d'une créature comme moi.

Il était stupéfait du changement qui s'était opéré chez elle, bien qu'il eût suivi de près sa carrière aux États-Unis. Elle avait l'élégance d'une femme à la mode et surtout une autorité et une agressivité qu'il ne lui avait jamais vues auparavant. Plus rien ne subsistait de cette jeune fille endormie dans le jardin, si vulnérable et superbement impuissante. Emmanuelle Béranger était une femme courageuse et ambitieuse ; il n'était guère étonnant que Julian ait retrouvé sa vitalité d'antan.

— Que pensez-vous gagner en continuant ? insista-t-il.

— Rien, au sens où vous l'entendez. Ce que je voulais était pour Drew et il l'a à présent.

— Peut-être pas. Davina persiste à vouloir un garçon.

Emmanuelle fronça les sourcils d'un air perplexe, puis elle comprit ce qu'il voulait dire et redevint un instant la jeune fille qui était entrée dans son bureau dix ans plus tôt.

— Toutefois, elle ne dira jamais rien à Julian parce qu'elle a trop peur de le perdre, dit-elle.

— Et vous ?

— Je ne lui dirai rien parce que je l'aime.

C'était indéniable. Chaque trait de son visage exprimait son amour pour Julian.

— Je vous fais confiance, dit-il.

— Je vous ai fait confiance autrefois, répondit-elle avec amertume. Est-ce tout ?

— Je veux également vous dire que j'ai vécu des moments difficiles. Il m'a été pénible de le voir dans cet état. Je l'aime aussi. Mais je ne pouvais rien faire d'autre.

— Parlez-moi de mon fils.

Emmanuelle alluma une cigarette et écouta avec attention.

— C'est un beau petit garçon, le plus adorable des enfants, très vif et très brillant. Mais il n'y a pas que ça. Il illumine tout autour de lui, comme son père au même âge. Je vous vois parfois en lui. Je m'étonne qu'il n'en soit pas de même pour Julian.

— Avez-vous une photo de lui ?

Il chercha dans la poche de sa veste et lui tendit la photographie d'un garçon de neuf ans avec des yeux qu'elle aurait reconnus n'importe où. Il portait un blazer et des culottes courtes. « Je lui aurais déjà fait porter des pantalons à son âge », pensa Emmanuelle. Elle était incapable de dire ce qui l'emportait, de l'intelligence ou de la nostalgie qui donnait tant de charme au visage de son père.

— Il ressemble tout à fait à Julian, murmura-t-elle.

— Nous veillerons à ce qu'il garde ses biens.

— Qu'attendez-vous de moi, à présent ?

— Ah, tant de choses, tant de choses... Mais je vous demande seulement d'être plus discrète. Paris regorge d'Anglais et Julian est connu de tous. Et restez hors d'Angleterre. Elle était... hystérique en apprenant que vous étiez à Londres.

— Oui, d'accord, mais à partir de maintenant évitez de lui rapporter ce que vous racontent vos espions.

Elle lui rendit la photographie de Drew.

— Gardez-la, je l'ai apportée pour vous.

La voix de Sir James exprimait un amour profond pour son petit-fils et elle comprit pourquoi Julian aimait tant cet homme entêté.

— Comment avez-vous pu le laisser vivre avec elle ?

— J'ai fait ce que je devais faire. Si seulement vous pouviez le comprendre un tout petit peu. Au revoir, madame Ellis.

Son air impérieux avait disparu. Il prit son chapeau et ses gants, et la laissa seule avec la photographie du beau petit garçon qu'elle avait perdu.

Par un dimanche d'automne 1929, Emmanuelle et Harding allèrent voir leur maison. Ils emmenèrent avec eux Kate et Spencer dans la Rolls tandis que Nany Mills et les enfants suivaient dans la Packard. La maison était terminée mais toujours vide. Emmanuelle attendait la livraison des meubles anciens qu'elle avait achetés en Angleterre.

Le bâtiment s'élevait au sommet d'une colline boisée, légèrement aplanie sur plusieurs hectares, qui dévalait ensuite vers le fleuve. Les pelouses avaient été recouvertes de gazon au printemps et le jardin était encore en fleurs. Les voitures empruntèrent l'allée bordée d'ormes et s'arrêtèrent devant la grande porte de chêne sculpté.

Les enfants partirent jouer bruyamment sous les arbres, tandis qu'Emmanuelle et Kate laissaient leurs époux à l'intérieur de la maison pour se promener dans le jardin.

— C'est une des plus belles maisons que j'aie jamais vues, dit Kate. Comment vas-tu l'appeler ?

— Silvermoor.

— Oh, pourquoi entretenir un souvenir aussi pénible ?

— A Silvermoor, je me suis sentie en sécurité pour la première fois de ma vie.

— Tu es en sécurité, à présent.

— Oui, et Dana aura tout ce que je n'ai pas eu. Un

foyer, une gouvernante et les meilleures écoles. Peut-être même épousera-t-elle un noble.

— Emmanuelle, tu ne dois pas forcer Dana à vivre ta vie, ce n'est pas juste.

— La forcer ? Je ne forcerai jamais mon enfant à faire quelque chose contre sa volonté. Je veux qu'elle puisse choisir. Je n'en ai jamais eu la possibilité. Toi non plus, Kate. Tu as été élevée pour être un professeur célibataire.

— Je sais. Et je le serais encore sans toi. Je promets de ne te faire aucun reproche, mais parle-moi, laisse-moi t'aider. Je sais que quelque chose ne va pas.

— Mais je te parle.

— Pas de Julian. Tu l'as vu à Paris, n'est-ce pas ?

— Oui.

— Tu ne peux pas continuer à le voir.

— Je ne peux pas continuer sans lui.

— Mais où cela va-t-il finir ?

— Je m'en fiche, je ne peux pas me passer de lui. Il ne s'agit pas d'une petite liaison sordide, tu le sais bien.

— Harding pensera le contraire.

— Il n'en saura rien ! Je te jure qu'il ne le saura jamais.

— Tu n'aimes donc pas Harding ?

— Si, je l'aime, mais c'est différent. Je ne peux pas t'expliquer. Ce n'est pas bien de ma part de t'impliquer dans mes histoires de cœur. Il vaut mieux que tu restes en dehors de tout.

— D'accord, dit Kate. Sauf si tu as besoin de moi.

Mais Kate savait qu'elle partagerait les risques d'Emmanuelle comme elle partageait ses succès. Ses inquiétudes reprendraient dès le prochain voyage de son amie à Paris.

Cependant les soucis de Kate furent totalement éclipsés par le krach boursier, fin octobre. Les Atwood avaient investi tout leur argent dans R.S.V.P. et la rénovation de leur maison. Emmanuelle avait joué tout ce qu'elle avait mis de côté à la Bourse ; impuissante, elle assista à l'effondrement de ses capitaux au moment même où R.S.V.P. en avait le plus besoin.

CHAPITRE 56

Spencer ferma son registre et se prit la tête entre les mains.

— Tout va mal, Kate. Nous avons épuisé toutes nos liquidités disponibles et nous sommes toujours endettés. Certains de nos clients ne peuvent pas régler leurs notes et les affaires s'annoncent mal pour R.S.V.P., d'autant plus que nous devons pas mal d'argent aux banques. Je m'en veux de n'avoir pas su éviter tout cela, surtout maintenant que tu es enceinte.

— Non, Spencer, ne parle pas ainsi ; tu n'es pas responsable de l'effondrement de la Bourse. Nous sommes loin d'être les seuls à en subir les conséquences. Nous n'avons pas de chance, c'est tout, à l'exception du nouveau bébé.

Spencer esquissa un faible sourire.

— Plus rien ne semble t'effrayer, dit-il en l'embrassant.

— Tant que je suis avec toi, je n'ai pas peur.

C'était vrai, la jeune femme craintive et quelconque d'autrefois avait complètement disparu au cours des années passées en compagnie de cet homme calme et sans prétention qui l'aimait. Elle lui caressa les cheveux.

— Je ne pense pas qu'Emmanuelle connaisse la gravité de la situation, dit-elle.

— Alors nous devons le lui dire.

— Dire quoi ? demanda Emmanuelle dont les pas avaient été étouffés par l'épais tapis du bureau.

Après un dernier regard à Kate, Spencer lui décrivit les nouveaux problèmes de R.S.V.P.

— Et s'il nous est impossible de les payer, conclut-il, il faudra déclarer faillite.

— Non, pas cela !

Pour Emmanuelle, faillite et ruine étaient synonymes. Il y avait plus en jeu que R.S.V.P. : sa propre situation et l'avenir de Dana. Elle alla à la fenêtre et écarta le rideau. Il n'était que six heures de l'après-midi mais il faisait déjà sombre dehors.

— Je déteste le mois de mars, il ne manque plus que du vent et de la pluie battante pour compléter le tableau.

— Si nous ne déclarons pas faillite, continua Spencer, nos créanciers peuvent s'emparer de nos biens.

— Quels biens ? demanda Emmanuelle. Tu parles des meubles ou de mes tableaux et de mes bijoux ?

— Ils ne toucheront ni à tes tableaux ni à tes bijoux ; ils sont dans l'appartement et le bail est au nom de Harding. Mais ils pourraient prendre ton terrain de Silvermoor et certainement notre maison et tout notre argent.

— Jamais ! Je ne les laisserai pas nous ruiner. Mon Dieu, Spencer, vous êtes tous les deux dans le pétrin par ma faute.

— C'était une idée merveilleuse, dit Kate. Et cela nous a tous bien rapporté. Nous sommes arrivés au mauvais moment, c'est tout.

— Vous êtes de vrais amis, Spencer et toi. Je pense que R.S.V.P. est toujours une idée formidable. Je vais tâcher d'obtenir de l'argent.

— Auprès de Harding ?

Emmanuelle ne répondit pas.

— Rentrons maintenant, nous ne pouvons rien faire de plus ce soir. Comment te sens-tu, Kate ?

— Cette grossesse n'est pas aussi facile que les deux précédentes.

— Ne t'inquiète pas. Je vais trouver un moyen. Ne me demande pas lequel. Mais je trouverai bien.

Emmanuelle décida de rentrer à pied. Park Avenue n'avait pas changé mais derrière les façades patriciennes se trouvaient des hommes désespérés qui espéraient un miracle. D'autres avaient déjà déménagé dans des quartiers plus modestes. Des hommes ruinés s'étaient suicidés, des hommes qu'elle avait toujours crus invincibles. Elle comprenait leur peur , la pauvreté la terrifiait également.

Il fallait agir. Elle ne pouvait voir disparaître tout ce qu'elle avait accompli pour Dana à cause de sa trop grande avidité. Elle ne pouvait pas non plus faire du tort à Kate, Spencer, leurs deux fils et le futur bébé.

Jamais elle ne se séparerait de son terrain et de sa nouvelle maison. Elle pourrait toujours vendre ses tableaux et ses bijoux, mais bien au-dessous de leur valeur réelle.

Elle avait toujours sa collection de pièces d'or au coffre et les titres que Harding lui avait donnés. Cependant, elle n'y toucherait qu'en cas d'extrême nécessité.

Emmanuelle ne voulait pas demander d'argent à Harding. Il avait lui aussi beaucoup perdu à la Bourse. Les entreprises étaient de plus en plus nombreuses à faire faillite ; en conséquence, les revenus publicitaires de toutes ses publications diminuaient de façon considérable, de même que la diffusion de ses journaux. Il aurait bientôt besoin de tout son capital pour garder le personnel du *Star* afin de sauvegarder l'existence de son quotidien.

— Si je peux l'éviter, je ne veux renvoyer personne, lui avait-il dit le matin alors qu'il se rendait au *Star*.

Jamais il ne compromettrait le *Star* pour R.S.V.P., pas même pour son épouse. Les sentiments de Harding sur le succès d'Emmanuelle étaient très mitigés.

Une telle situation était exaspérante. Il devait bien y avoir de l'argent disponible quelque part. Elle pensa brièvement à Sir James, mais c'était trop risqué ; Julian pouvait tout découvrir. Elle ne pouvait pas non plus demander à Julian de l'aider. Les problèmes d'ordre financier n'étaient jamais intervenus dans leurs relations.

« J'obtiendrai un prêt personnel de ma banque », se dit-elle.

Emmanuelle avait toujours détesté emprunter mais il n'y avait pas d'autre solution. Un prêt rembourserait les dettes bancaires et leur permettrait de payer les salaires pendant plusieurs mois. Ils garderaient les chefs qualifiés et les fleuristes en cas d'éventuelle reprise des affaires. Mais le reste du personnel serait licencié. A partir de maintenant, R.S.V.P. demanderait en avance au moins cinquante pour cent des dépenses envisagées pour une soirée.

A son arrivée, Emmanuelle trouva un message de Harding annonçant que sa réunion au *Star* le retiendrait plus tard que prévu. Inquiète, elle dîna avec Dana et Nanny Mills, puis attendit Harding, qui ne rentra pas avant onze heures, l'air encore plus soucieux que d'habitude.

— Nous allons être obligés de restreindre ton personnel, conclut-il, et probablement de suspendre tes voyages à Paris. J'en suis désolé.

— Je comprends, dit-elle.

Emmanuelle était inquiète. La situation de Harding était-elle plus préoccupante qu'elle ne l'avait cru ?

— Je m'y attendais, reprit-elle. Je peux me débrouiller avec Kenny et Sheila. Il n'y aura pas de grandes soirées avant l'été prochain et « qui porte quoi » n'est pas d'un grand intérêt pour la plupart des femmes en ce moment.

— Ont-elles seulement envie de lire dans cette période de crise ?

— Je pense que oui. Si j'étais une femme dont l'époux est au chômage ou si j'avais peur qu'il perde son emploi, je me ficherais pas mal de l'information mondiale ou de la première soirée d'une jeune fille à marier. J'aimerais savoir comment les autres femmes s'en sortent, comment faire manger et habiller ma famille de la manière la plus économique, tu sais, des recettes pas chères, des vêtements à coudre soi-même, etc. J'aimerais savoir où trouver de l'aide en cas de besoin et surtout comment ne plus avoir d'enfants.

Harding regarda Emmanuelle avec intérêt.

— A l'exception des méthodes contraceptives, sujet bien trop controversé, tu as raison. Pourquoi ne t'en occuperais-tu pas ?

— Tu veux dire faire un article ?

— Pas un seul mais toute une série. Pourquoi ne pas faire une page féminine, au vrai sens du terme ? Les femmes doivent faire face à des difficultés, le *Star* peut les aider.

— Oui, c'est possible. Je le ferai.

Cependant, son enthousiasme disparut tandis qu'elle l'attendait dans son lit.

— Harding ? Ça va mal, n'est-ce pas ? Dis-moi.

Il éteignit la lumière et la prit dans ses bras avant de répondre.

— Je ne suis pas ruiné. Mais presque tout ce que j'ai investi à Wall Street n'a plus aucune valeur tant que les affaires n'auront pas repris. Le reste de mes actions ne s'est pas évanoui en fumée lors du krach boursier. Elles existent toujours mais les liquidités sont immobilisées dans des usines qui vont fermer, des hypothèques condamnées et des banques qui font déjà faillite. Il serait absurde de vendre en ce moment, même si je pouvais trouver un acheteur. Je vais avoir besoin de chaque dollar disponible pour tenir.

— Et Silvermoor ?

La belle maison, en partie meublée, était triste et solitaire comme une fiancée délaissée.

— Je préfère attendre, dit-il en soupirant. De toute façon, je me sens plus au courant des choses, ici, à New York.

Emmanuelle approuva et attendit, mais Harding ne mentionna pas R.S.V.P. ; lui non plus ne pouvait ou ne voulait rien faire pour elle. Elle préféra se taire pour ne pas créer un fossé entre eux. Cependant elle était bien décidée à garder R.S.V.P. à tout prix.

— Je suis contente de savoir comment économiser.

— Je savais que tu comprendrais. Tu es merveilleuse, tu sais.

Mais ce soir-là, il sentit qu'elle n'avait pas envie de faire l'amour avec lui. Ils se souhaitèrent une bonne nuit et restèrent seuls avec leurs soucis dans le noir. Même mariée à un homme comme Harding, Emmanuelle n'était pas en sécurité.

CHAPITRE 57

Le lendemain, dès neuf heures, Emmanuelle se trouvait dans le bureau du directeur de sa banque. Là, à sa grande surprise, elle apprit qu'elle avait besoin d'une meilleure garantie que son nom pour obtenir un prêt personnel.

— Les actifs, comme vous savez, sont tous hypothéqués, dit le directeur. Nous ne pouvons pas vous faire crédit à plus long terme.

— Voulez-vous dire que votre banque pourrait saisir nos biens si nous ne payons pas ?

Elle était prête à offrir ses bijoux comme garantie.

— Nous parlons d'un prêt personnel, madame Ellis, et bien sûr vous ne pouvez l'obtenir sans la signature de votre mari ; peu importe la garantie que vous offrez.

— C'est ridicule, protesta-t-elle. J'ai créé cette entreprise moi-même, mon mari n'a rien à voir avec R.S.V.P.

— Je regrette, madame Ellis, c'est la loi.

— Alors cette loi devrait être modifiée, dit-elle d'un ton hautain tout en se dirigeant vers la porte.

Furieuse, elle se rendit dans un bar et commanda un cognac pour se calmer. Après avoir téléphoné, elle prit un taxi et se rendit au bureau de Thomas Blessing à Wall Street.

— Vous voyez, dit-elle à Thomas une demi-heure plus tard, nous avons besoin d'un prêt pour nous dépanner en attendant que les gens se remettent à vivre. La vie continue, les jeunes filles de bonne famille doivent faire leur entrée dans la société. Il y aura toujours des bals de charité et des enterrements. Nous voulons être prêts quand tout recommencera. Je suis venue solliciter de l'aide auprès d'un gentil banquier qui ne me demandera pas toutes sortes d'absurdités comme la signature de mon mari.

— Il ne veut pas signer ? Harding a-t-il des problèmes ?

— Non, bien sûr que non, il n'est même pas au courant de mes problèmes financiers. R.S.V.P. m'appartient et je veux qu'il en soit toujours ainsi.

— Vous n'en avez toujours fait qu'à votre tête. J'approuve votre prêt, Emmanuelle. Je vais même vous prêter de l'argent sans intérêt. Après tout, nous sommes de vieux amis, n'est-ce pas ?

Il s'était assis sur un coin de son bureau et la regardait avec un sourire persuasif.

— Mais d'abord, passez un week-end avec moi.

— Vous n'êtes pas sérieux, Thomas !

— Mais si. Je vous ai toujours admirée, vous le savez. Je suis un homme marié heureux, mais j'aime me divertir de temps en temps.

— De temps en temps ? Vous êtes le plus grand coureur de jupons de New York, tout le monde le sait !

— Chacun a ses petites manies. Mais je n'éprouve pas qu'un désir passager pour vous, Emmanuelle, je vous ai attendue longtemps. Je vous assure que vous ne serez pas déçue. Je sais comment rendre une femme heureuse.

Emmanuelle fumait en silence. L'homme qui se tenait devant elle n'était pas un monstre, pourtant quelque chose l'arrêtait. Cela n'avait rien à voir avec la vertu ou la moralité. De nouveau, elle pensa à Sir James. Elle préférait encore ravaler sa fierté et coucher avec lui plutôt qu'avec Thomas Blessing. Sir James pourrait garder un secret alors que, tôt ou tard, Thomas serait trop content d'aller tout raconter à Harding. Il n'aurait aucun scrupule vis-à-vis de Matilda.

Matilda ! Emmanuelle se mit à sourire et se détendit pendant un instant, les yeux fermés. Puis elle écrasa sa cigarette, prit son sac à main et ses gants et se leva brusquement.

— Eh bien, qu'en pensez-vous ? demanda Thomas.

— Je vous remercie, Thomas, mais c'est non.

— N'est-ce pas la raison pour laquelle vous êtes venue me voir ?

C'était comique de le voir aussi confus.

— Mais non. Je suis venue pour un prêt, dit-elle en riant, pour de l'argent, pas pour votre petit zizi.

Elle prit un taxi pour retourner au *Star* et entra dans les bureaux déserts avec un sourire radieux.

— Hello, Kenny, reste-t-il du café ?

— Bonjour, madame Ellis, je vais en faire.

— J'ai un coup de fil à passer, ensuite je veux vous voir, vous et Sheila, pour les modifications de la page.

Elle appela Matilda.

— Il faut que je vous parle cet après-midi. C'est important et ça ne peut attendre.

— Je suis en train de me faire épiler. De quoi s'agit-il ?

— Une chose à laquelle vous ne pourrez pas résister. Pouvez-vous être là à deux heures ?

Tout en grommelant, Matilda accepta. Quand elle fut informée des difficultés de R.S.V.P., elle réagit comme l'avait prévu Emmanuelle.

— Je suis accablée de douleur, bien sûr, dit-elle avec un sourire. Mais je vous avais prévenue. Pourquoi m'en parlez-vous ?

— Pour que vous apportiez les capitaux dont j'ai besoin pour me dépanner. En retour, vous serez mon associée commanditaire. C'est une entreprise en pleine expansion ; nous subissons simplement les conséquences d'une crise temporaire. Vous ferez un bon investissement.

— Ne soyez pas ridicule. Pourquoi diable investirais-je dans votre misérable entreprise ?

— Pour m'éviter de le demander à Thomas.

Les deux femmes se dévisagèrent en silence.

— Je ne pense pas devoir lui demander, dit Emmanuelle avec candeur. Pourtant je suis sûre qu'il me ferait une offre.

— Non, dit Matilda d'une voix éteinte, moi non plus, je ne pense pas que vous devrez lui demander.

Puis elle se reprit aussitôt et sortit son carnet de chèques de son sac.

— Combien ?

— Deux cent mille, pour dix pour cent de ma part.

— Je vous en donne cinquante maintenant, le reste dans une semaine.

— Je ferai faire les papiers.

— Décidément, vous êtes très intelligente. Faites attention à ne pas vous rouler vous-même, un de ces jours.

Elle posa le chèque sur le bureau d'Emmanuelle et quitta la pièce.

LIVRE III

CHAPITRE 58

Janvier 1936

Emmanuelle descendit rapidement le large escalier central de Silvermoor. Il était bientôt huit heures et la voiture l'attendait déjà dans l'allée. Elle s'arrêta un instant sur le palier. Le hall d'entrée était inondé d'une lumière froide mais le bois des meubles et des lambris rendait la pièce chaude et accueillante.

Elle y avait installé une partie des trésors qu'elle avait choisis avec amour à Londres, puis à New York. Des tapisseries d'Aubusson décoraient les murs. Sur les deux buffets Sheraton, elle avait disposé des coupes d'argent remplies de fleurs fraîchement coupées. Une imposante horloge normande s'élevait dans un coin et une gracieuse statue de marbre dans un autre.

Satisfaite, Emmanuelle fit gonfler le jabot d'organdi de son chemisier blanc, ajusta la veste de son tailleur gris et se dirigea vers la salle à manger. Harding et Dana levèrent les yeux et les deux grands danois, Castor et Pollux, émirent un grognement de bienvenue.

— Je sais que je suis en retard, dit-elle en embrassant les beaux cheveux bruns de Dana. Mais tout ce que je désire, c'est un café.

Elle s'assit et se rendit soudain compte de leur calme. Elle les regarda d'un air interrogateur par-dessus sa tasse. Harding alluma sa pipe.

— Nous parlions école. Dana dit que tu veux l'envoyer en Angleterre l'année prochaine.

Le regard d'Emmanuelle se posa sur le visage troublé de sa fille puis sur celui de Harding.

— Seulement si elle veut.

— Elle ne veut pas. Et moi non plus, bien sûr.

Emmanuelle rougit légèrement ; l'éducation de Dana comptait plus que tout pour elle.

— Ce n'était qu'une idée en l'air, dit-elle en haussant les épaules. Et nous n'avons pas le temps d'en discuter, nous sommes déjà en retard.

Elle finit son café et se leva de table. Puis elle s'arrêta près de la chaise de Dana et son regard rencontra les immenses yeux gris de sa fille. Prise de remords, elle lui caressa la joue.

— Ne t'inquiète pas, ma chérie, ce n'était qu'une suggestion.

Un sourire de soulagement illumina le visage de Dana.

— Vraiment, maman ? Tu n'es pas déçue ?

A dix ans, elle n'était encore qu'une enfant. Elle se leva et mit les bras autour de la taille de sa mère.

— Mais non, ma chérie, je ne pourrais jamais être déçue par ma petite fille. Que vas-tu faire aujourd'hui ?

— Je vais chez Caro, nous travaillons sur nos albums. Je peux rester dormir chez elle ?

— Oui, si Miss Prescott veut bien t'y emmener.

Emmanuelle aimait bien la petite Carolyn George. Les parents de Carolyn, un couple très mondain et toujours en voyage, confiaient régulièrement leur fille à ses grands-parents dont la maison se trouvait également sur les bords de l'Hudson.

— Mais change-toi avant d'y aller, ma chérie ; cette robe est toute froissée.

Après avoir embrassé une nouvelle fois Dana, Emmanuelle quitta la pièce. Le maître d'hôtel les aida à mettre leurs manteaux puis Harding et Emmanuelle se dirigèrent vers la voiture qui les attendait dans l'allée.

— Rentrez tous les deux, dit Harding aux chiens. Retournez à l'intérieur avec Dana.

Il attendit que le chauffeur ait fermé la portière pour parler à Emmanuelle.

— Tu es en colère. Eh bien, moi aussi.

— Je ne vois pas pourquoi.

— Cette obsession d'envoyer Dana dans une école privée en Angleterre est ridicule ; tu sais bien que je suis contre.

— Elle serait plus en sécurité en Angleterre.

De nombreux rapts d'enfants avaient eu lieu ces dernières années aux États-Unis.

— C'est absurde, Miss Prescott est une gardienne autant qu'une gouvernante. Nous avons un système d'alarme, trois dobermans dans le jardin et Castor et Pollux à l'intérieur de la maison. Je ne pense pas que ce soit une raison valable.

— Mais il s'agit de son avenir, Harding. Il faut qu'elle aille dans une école privée ; l'éducation anglaise est la meilleure de toutes.

— Quelle absurdité ! Nous avons de très bonnes écoles ici. De toute façon, Dana est américaine. Elle doit être éduquée dans son propre pays.

— Je ne te savais pas si borné, dit Emmanuelle d'un ton glacial.

Elle avait toujours l'impression que Harding l'étouffait quand il essayait de lui imposer sa volonté. De plus, il manquait totalement de perspicacité ; à l'école les filles se faisaient des amies et après l'école venait le mariage.

— Ce n'est pas être borné que de vouloir sa petite fille près de soi, et non à des milliers de kilomètres.

Le ton de Harding était si virulent qu'elle jugea bon de remettre cette discussion à plus tard.

— Si c'est ce que tu ressens, n'en parlons plus. Ce n'était qu'une idée.

— Peut-être, mais Dana pense que tes idées sont sacrées. A propos, sur quel genre d'album travaille-t-elle avec la petite George ?

— Elles découpent les photos de leurs actrices préférées dans des magazines et les collent sur les pages de leurs albums avec une colle nauséabonde à base de farine et d'eau.

— Certaines de ces actrices ne valent pas la peine que les petites filles s'occupent d'elles et les admirent.

— Elles ne le savent pas. A leurs yeux, ce sont toutes des héroïnes belles et pures.

Ils se turent, contents que la discussion soit terminée. Emmanuelle ne voulait pas se séparer de Dana maintenant. Cependant elle avait déjà pensé à Rodean, une école prestigieuse où Dana ne rencontrerait que des jeunes filles de la noblesse anglaise.

Elle respectait Harding et était fière d'être son épouse, mais la dispute qu'ils avaient eue un an plus tôt au sujet de R.S.V.P. l'avait blessée. Matilda Blessing l'avait provoquée en annonçant lors d'une soirée qu'elle était toujours l'associée d'Emmanuelle.

— Jusqu'à demain, et je ne suis pas du tout sûre de vouloir revendre ma part à Emmanuelle ; R.S.V.P. croule sous l'argent.

— De quoi diable parle-t-elle ? demanda Harding.

— Je te le dirai plus tard, dit Emmanuelle.

— Non, tout de suite.

A cet instant le dîner fut annoncé et les deux couples rejoignirent les invités dans la salle à manger. Harding fut de mauvaise humeur tout au long de la soirée. De retour chez eux, il demanda une explication.

— C'est à cause du krach boursier. Un grand nombre de nos clients ne pouvaient pas payer, R.S.V.P. était sur le point de faire faillite. Il me fallait de l'argent et j'en ai obtenu grâce à elle.

— Pourquoi ne pas me l'avoir demandé ? Emmanuelle, j'ai le droit de savoir. Pourquoi ?

Elle le regarda avec rancune.

— Parce que tu ne m'as même pas demandé si j'avais des ennuis, Harding ! Tu ne parlais que de tes problèmes. Tu n'étais nullement concerné par R.S.V.P.

— Tu es injuste. J'avais moi-même tellement de choses à régler en cette période de crise !

— Très bien ! Alors j'ai résolu mes problèmes sans en rajouter. Qu'y a-t-il de mal à cela ?

— Rien, à t'entendre. Mais il devrait y avoir une confiance totale entre nous. Tu agis toujours dans le plus grand secret.

Comme elle ne répondait pas, Harding secoua la tête avec impatience. Avant son mariage, il avait promis de se contenter de ce qu'elle voudrait bien lui donner. Cependant, au fur et à mesure que les années passaient, cela ne lui suffisait plus.

Il devenait jaloux et s'en détestait. Il ne s'agissait pas d'une jalousie physique, il n'y avait aucun autre homme dans la vie d'Emmanuelle, sauf dans ses souvenirs. Et cela lui était intolérable. Il pouvait vivre avec elle, partager son lit, mais il lui était impossible d'entrer dans ses souvenirs. Tous les secrets d'Emmanuelle le lui rappelaient constamment.

— Je rembourserai Matilda demain.

— Non, Harding, je la rembourserai moi-même.

— Pour l'amour de Dieu, pourquoi faut-il toujours que tu refuses mes offres ?

— Mais je n'ai besoin de rien, j'ai bien assez d'argent.

— Et R.S.V.P. t'appartient. Voilà la vraie raison, n'est-ce pas ? Que croyais-tu que j'allais faire ? Demander une part, comme elle ?

— Oh, tais-toi, Harding, tais-toi !

Cette dispute avait été la première d'une longue série de confrontations comme celle de ce matin. Emmanuelle savait que son indépendance déplaisait à Harding, même s'il le niait toujours farouchement.

« Mais je ne regrette pas de l'avoir épousé, pensa-t-elle, et j'espère qu'il est heureux. » Elle savait que Harding aurait aimé avoir d'autres enfants mais il ne l'avait jamais dit ouvertement et elle feignait de ne pas s'en rendre compte. A trente-six ans, Emmanuelle estimait qu'il était trop tard.

Après deux années difficiles, la situation financière de Harding s'était améliorée grâce à ses actions dans l'industrie florissante de la radio. Le public américain, qui avait besoin de se changer les idées en cette période de crise, s'était tourné vers les feuilletons à l'eau de rose et les comédies. La publicité faisait son apparition et les annonceurs payaient généreusement leur temps de passage à la radio.

Harding avait eu également raison d'investir dans l'aéronautique, qui était en pleine effervescence. Cependant, il s'inquiétait des progrès technologiques de l'Allemagne dans ce domaine.

Deux années s'étaient écoulées depuis qu'ils avaient emménagé à Silvermoor. Nanny Mills avait été remplacée par une gouvernante anglaise, Miss Prescott. Harding allait fréquemment en Californie et au Canada ; Emmanuelle se rendait à Paris aussi souvent que possible et en Allemagne pour retrouver Julian.

Les New-Yorkais aisés avaient repris leurs activités mondaines, mais plus discrètement, en raison des longues files d'hommes et de femmes devant les soupes populaires à travers toute la ville.

R.S.V.P. possédait à présent des filiales à Boston et à Palm Beach et avait récemment ouvert un café français à Manhattan. Le *Café Vendôme* avait connu un tel succès qu'ils avaient dû emménager dans des locaux plus vastes sur Madison Avenue et ajouter un comptoir pour les pâtisseries et les chocolats. Toujours prudente, Emmanuelle avait prévu d'établir une chaîne *Vendôme* hors de New York dès que possible. Ce serait un bon investissement.

— Le tirage a augmenté, dit Harding à Emmanuelle. Et c'est toujours toi qui reçois le plus de courrier au *Star*.

— Plus qu'Edison Carter ?

— Plus de dix pour cent cette semaine.

Elle sourit avec satisfaction. Au printemps 1933, quand elle s'était mise à écrire sur les problèmes des femmes pendant la crise, elle avait engagé Edison Carter pour l'aider aux échos mondains. C'était un homme d'une grande intelligence, qui appartenait à la bonne société. Ruiné lors du krach boursier, il s'était vu obligé de travailler pour s'offrir son caviar. Un an plus tard, elle en avait fait son principal collaborateur et lui permettait de signer les articles qu'il écrivait.

— Tout le monde reconnaît votre talent, lui avait-elle dit. Il est grand temps de vous faire un nom. Vous l'avez bien mérité.

— Ma chère, dit Edison en l'embrassant, j'ai toujours su que vous étiez de sang bleu, même après toutes les histoires affreuses que cette garce de Matilda Blessing racontait après votre départ.

— Matilda ? Que disait-elle ?

— Que vous n'étiez qu'une bâtarde qui, je vous prie de

m'excuser, essayait de s'immiscer dans la société en couchant à droite et à gauche.

— Cette chère Matilda ! fit Emmanuelle en riant.

— Elle ne vous aime pas, Emmanuelle. A votre place, je me méfierais. A propos, je vais à l'exposition canine. Vous devriez y faire participer vos chiens ; ils gagneraient certainement.

Emmanuelle sortit de sa serviette un dossier rempli de notes pour une nouvelle série d'articles. Ses conseils pratiques portaient sur le budget familial, la nourriture ou l'habillement. « Ne jetez pas la laitue flétrie, faites-la cuire à l'étouffée avec un peu de bacon. » « Retournez les cols des robes de vos aînées et coupez-les pour leurs petites sœurs. » Elle avait aussi consacré plusieurs pages aux femmes qui dénonçaient la discrimination dont elles étaient l'objet dans le monde du travail.

Emmanuelle se demanda comment Harding réagirait à la lecture d'un article sur les méthodes contraceptives.

C'était un sujet embarrassant et délicat ; pour beaucoup, la contraception était jugée immorale mais, pour Emmanuelle, cela valait mieux que l'avortement. Elle frissonnait au souvenir sordide de la table de cuisine.

Une chose était sûre : elle ne consulterait pas Harding avant la publication de son article. Il essaierait probablement de l'arrêter, et Emmanuelle refusait toute censure. Avec un peu de chance, Harding serait peut-être absent lors de la parution de l'article.

— Tout va bien ?

— Oui, bien sûr, pourquoi ?

— Tu as l'air si... acharnée ! A quoi penses-tu ?

— A ma nouvelle série d'articles.

— Ce doit être un sujet très controversé, à en juger par ton air mystérieux. De quoi s'agit-il ?

— Il est encore trop tôt, ce n'est pas prêt.

Elle sourit et Harding retourna à ses dossiers tandis que la voiture atteignait Manhattan. Emmanuelle ferma les yeux un instant et se mit à penser à Julian.

Avec Harding elle discutait de la montée des dictatures en Europe, des problèmes politiques de l'Espagne, mais avec Julian, Emmanuelle vivait dans un monde totalement à part.

— Nous y sommes, dit Harding. Je me demande à quoi tu penses quand tu es si loin.

— A de nouveaux moyens de gagner de l'argent.

— Tu continues ou tu viens avec moi ?

— Je continue. Je veux parler à Kate et à Spencer.

— Me feras-tu confiance un jour ?

— Te faire confiance ? Mais je suis ta femme.

Il secoua la tête et sortit de voiture. Emmanuelle fit signe au chauffeur de continuer. Elle était impatiente de voir les chiffres de Spencer sur l'expansion de la chaîne *Vendôme*.

CHAPITRE 59

Mai 1936

Kate reposa le *Star* ouvert à la page d'Emmanuelle.

— Cette description d'un avortement est terrifiante ! Et visiblement authentique.

Elle jeta un coup d'œil vers Harding, qui venait de faire une partie de tennis avec Spencer.

— Harding n'était pas très content au début, dit Spencer.

— Ce n'est pas un secret. En lisant l'article, j'ai pensé qu'elle était allée trop loin, dit Harding d'un ton tranchant. Je regrette simplement qu'elle ne me l'ait pas montré avant la publication.

— Pourquoi l'aurait-elle fait ? Tu l'aurais arrêtée, dit Spencer avec bonhomie.

— Je suis le directeur du *Star*. Ce que fait Emmanuelle avec R.S.V.P. ne me regarde pas. Mais tout ce qui est imprimé dans le *Star* m'appartient.

Le silence s'abattit sur les quatre amis. Cela faisait longtemps que Kate avait remarqué la tension qui régnait entre Emmanuelle et Harding et leurs désaccords presque quotidiens. Elle savait qu'en privé ils avaient longuement discuté de l'article.

— J'aurais certainement atténué les choses, dit Harding.

— Mais les réactions du public au langage réaliste

d'Emmanuelle sont plutôt favorables, dit Spencer d'un ton conciliant.

— Il ne s'agit pas de cela. Emmanuelle, quel est ton prochain projet après cette série ?

— Je suis sûre que tu vas l'approuver. L'essor que nous avons connu dans les années 20 a rendu notre krach boursier encore plus dramatique. Mais la France est en crise depuis la fin de la guerre et, en Angleterre, le chômage touche un grand nombre de gens. J'aimerais faire une série sur les difficultés que doivent affronter les femmes européennes.

Kate regarda Emmanuelle. Ne voyait-elle pas qu'elle prenait des risques en cherchant à voir Julian plus souvent ?

— Je pense que c'est une excellente idée, dit Harding. Les États-Unis ont tendance à oublier qu'il y a également des hommes en difficulté de l'autre côté de l'océan.

— Où iras-tu en premier ? demanda Spencer.

— En France, bien sûr. Danielle aura des informations à me donner sur la situation des secrétaires. Je parlerai aussi de la mode mais seulement en tant qu'industrie employant des femmes. Celles qui s'intéressent à la haute couture n'ont qu'à lire *Vogue*. Puis j'irai en Belgique et en Hollande. Je n'ai pas très envie d'aller en Allemagne mais c'est toujours une possibilité.

— Pourquoi ne pas commencer par l'Angleterre ? suggéra Harding.

Il y eut un silence et Kate se leva pour vider les cendriers. Comme Emmanuelle ne répondait pas, Harding poursuivit :

— J'y pars bientôt ; je veux rencontrer des journalistes britanniques et surtout Lord Broadhurst. Il partage certaines de mes opinions.

— Sur les fascistes ? dit Kate, contente de changer de sujet.

— Oui, et sur les pacifistes.

— Tu ne veux pas dire qu'il existe une similitude entre les pacifistes et les fascistes, quand même ?

— Non, bien sûr que non. Les militants pacifistes, bien que sincèrement motivés, facilitent simplement les choses pour les militants fascistes. Des conflits menacent d'éclater dans le monde entier, en Éthiopie avec les Italiens, en Allemagne, et ce salaud de Goebbels a lancé une campagne contre les Tchèques. Nous serons peut-être obligés de nous protéger bientôt contre les dictatures et nous n'avons aucun espoir de gagner avec une armée inadaptée et des armes dépassées.

— Harding, tu ne parles pas de guerre ! dit Kate.

— Non, je parle de défense.

— Oh, Harding, s'il te plaît ! objecta Emmanuelle. Ne me fais pas croire que l'on fabrique des munitions sans raison. Les armes sont faites pour tuer. Si nous les fabriquons, c'est pour les utiliser et personne ne veut d'une autre guerre.

Harding ne répondit pas et les Atwood, gênés, restèrent silencieux.

— Je suis désolée, dit Emmanuelle. Je me suis laissé emporter.

— Je ne savais pas que tu étais une pacifiste aussi ardente, dit Spencer.

— J'ai vécu quatre années de guerre à Paris et les tranchées n'étaient jamais bien loin. Une fois qu'on a entendu les canons et vu la mort de près, la perspective d'une autre guerre est intolérable.

Avec nervosité, elle alluma une cigarette, le visage blême. Pour Harding, elle redevenait la jeune fille terrorisée à Paris, puis la veuve de guerre, en deuil d'un soldat qu'elle ne pouvait oublier. Il lui prit la main.

— Eh bien, pourquoi ne commencerais-tu pas ta série en Angleterre ? Tu n'y es allée qu'une fois ; c'est étonnant pour une telle anglophile. Kate, Emmanuelle t'a-t-elle dit qu'elle désirait envoyer Dana dans une école anglaise l'année prochaine ?

— D'accord, dit Emmanuelle en évitant le regard de Kate. Je commencerai par l'Angleterre. Quand as-tu prévu de partir ?

— Dans un mois. Combien de temps devras-tu y rester ?

— C'est difficile à dire, quelques semaines, peut-être plus. Je reviendrai voir Dana avant de repartir pour la France, à moins que tu ne viennes cet été avec elle dès la fin de l'école. Je pourrais louer une villa sur la Côte d'Azur.

— Très chic, dit Spencer.

— Il faut que vous veniez aussi, avec les trois garçons. Et Danielle en août ! Ce sera un merveilleux été, Harding.

— Je n'en doute pas. Je ne pourrai pas y rester tout l'été mais je me débrouillerai pour y passer quelques semaines. Qu'en penses-tu, Spencer ?

Ravis à la perspective de leurs prochaines vacances, ils se mirent à faire des projets, puis les deux hommes retournèrent sur le court de tennis.

— Emmanuelle, tu joues avec le feu, dit Kate durement.

— Je parle sérieusement pour les articles, Kate.

— Mais tu n'es pas censée te rendre en Angleterre !

— J'en ai assez que l'on me dise ce que je dois faire. Ces deux-là finiront bien par accepter que je sois libre de voyager où je veux. Après toutes ces années, ils devraient savoir que je n'ai aucune mauvaise intention. Drew a presque dix-sept ans.

— Tu ne vas pas essayer de le voir !

Emmanuelle secoua la tête.

— Mais tu verras Julian, n'est-ce pas ?

— Oui, chaque fois que j'en aurai la possibilité. Lui non plus n'est pas libre d'aller et venir librement.

— J'espère que tu sais ce que tu fais.

Emmanuelle ne répondit pas et évita le sujet au cours des semaines suivantes. Elle cherchait des locaux pour les confiseries *Vendôme* et préparait des interviews.

En juin, elle embarqua avec Harding sur le *Queen Mary*.

— Ça va être un plaisir de t'avoir pour moi tout seul pendant presque une semaine, dit Harding après le dîner.

C'était leur première nuit en mer. Ils étaient retournés dans leur suite pour mettre leurs manteaux avant d'aller se promener sur le pont.

— J'adore les bateaux, dit Emmanuelle. On peut être qui l'on veut sur un bateau.

— Qui veux-tu être ?

— Quelle question ! Moi-même, bien sûr.

— Je me le demande parfois. Il y a tant de choses que tu me caches !

— Harding, s'il te plaît, n'en parlons plus. Dorénavant, je te montrerai mes articles avant de les faire publier.

— Non, je veux parler de ce qui se passe là-dedans... et ici, dit-il en lui touchant le front, puis la poitrine. Tu ne l'as jamais oublié, n'est-ce pas ? C'est pour cette raison que tu répugnes à te rendre en Angleterre ?

— Je t'ai dit il y a longtemps que je ne pourrai jamais l'oublier. Mais il n'a rien à voir avec nous, je te le promets.

Troublée, elle l'attira contre elle et l'embrassa doucement. C'était la première fois qu'Emmanuelle traversait l'Atlantique en compagnie de Harding. Le temps ou la distance qu'elle mettait toujours entre Emma et Emmanuelle, le rêve et la réalité, ne serait pas suffisant cette fois.

Réconforté par son assurance, Harding lui prit le bras et ils sortirent sur le pont pour contempler la lune et ses reflets argentés, tous deux humbles et exaltés devant l'immensité obscure du ciel et de l'eau. Cette nuit-là, ils firent l'amour avec passion.

Harding était un amant irrésistible. L'ardeur qu'il mettait à la posséder était beaucoup plus qu'un simple désir physique ; il semblait vouloir se rapprocher d'elle au moyen de son corps. Pendant toute la traversée, leur sexualité fut débordante et passionnée.

A l'arrivée, ils étaient un couple aimant, mais leur ardeur sexuelle avait disparu.

— Je demanderai à Broadhurst s'il peut faire quelque chose pour t'aider.

— J'aimerais mieux avoir affaire à des femmes journalistes. Elles sont féministes, contrairement à Broadhurst.

— Comme tu veux, mais tu sais qu'il nous a invités à dîner ce soir. Je serai de retour à temps pour m'habiller.

Après son départ, Emmanuelle attendit quelques minutes avant d'appeler Sir James.

— C'est Emmanuelle Béranger.

— Oui ? dit-il avec inquiétude.

— Je suis à Londres avec mon mari. Il aurait été risqué de vous prévenir plus tôt.

— Je comprends. Combien de temps comptez-vous rester ?

— Plusieurs semaines, mais pas longtemps à Londres.

Je suis ici pour un reportage. Il sera peut-être publié dans la presse.

— Oui, je vois... Pouvons-nous nous rencontrer ?

— Je suis libre tout de suite, après je suis occupée toute la journée.

— Dans une heure ? dit-il après lui avoir donné le nom d'un hôtel discret.

Emmanuelle approuva puis raccrocha. Elle sortit une robe de jersey noire et un manteau Chanel bleu ciel bordé de jaune pâle. Un chapeau de feutre marine complétait l'ensemble. Après avoir vérifié une dernière fois son maquillage, elle quitta l'hôtel.

CHAPITRE 60

Au premier abord, Emmanuelle ne le trouva pas changé, mais quand Sir James se leva pour l'accueillir dans le salon privé qu'il avait réservé pour leur rendez-vous, elle vit qu'il avait vieilli. Sir James était encore bel homme, grand et élancé dans ses élégants vêtements, mais elle remarqua la transparence de sa peau et une hésitation dans ses mouvements qu'il n'avait pas lors de leur dernière rencontre.

— Madame Ellis, vous êtes encore plus belle à chacune de nos rencontres. J'ai commandé du thé.

— Je préférerais vraiment du café.

— Bien sûr. Je me souviens pourtant que vous buviez du thé à Silvermoor Cottage.

— Seulement quand je ne peux pas faire autrement. Lui avez-vous dit que j'étais ici ?

— Pas encore. Je le ferai ce soir.

Un domestique en tablier et bonnet blancs entra avec un plateau.

— Elle l'acceptera bien, votre mari est avec vous.

— Parlez-moi de Drew.

— Il va bien. Il sera bientôt à Oxford mais il se trouve à l'étranger pour le moment.

— Ne vous inquiétez pas, je n'essaierai pas de le voir. Mon mari rencontre Lord Broadhurst aujourd'hui. Ils semblent partager le même point de vue sur beaucoup de choses, y compris le mouvement pacifiste.

— Je vois. Votre mari veut-il rencontrer l'ami de Broadhurst, Julian Saxon, un des meneurs pacifistes anglais ?

— C'est fort possible mais je ne le souhaite pas. Y a-t-il un moyen de l'en empêcher ?

— J'essaierai. Mais, de toute façon, cette rencontre aura lieu tôt ou tard. Julian a prévu de partir en croisade à l'étranger, dans votre pays.

Emmanuelle inspira profondément.

— Vous êtes rapide à condamner l'adultère, n'est-ce pas ? Le mien en tout cas. Pourtant, vous acceptez celui de Julian, parce que c'est un homme.

— Au contraire, je le déplore de la même façon. Mais vous êtes une femme extraordinaire, Emma. Pendant toutes ces années, j'ai appris à vous admirer et à vous comprendre.

Emmanuelle lui fut reconnaissante de ce qu'il venait de dire. C'était comme s'il ouvrait une porte dans le mur qui la séparait de Julian. Il avait fait ce que son devoir lui commandait et serait toujours fidèle à ses propres concepts d'honneur — « Noblesse oblige. » Pourtant, d'un seul coup, l'admiration de Sir James lui sembla méprisable.

— Cependant, vous avez gâché ma vie pour protéger les vôtres, dit-elle avec froideur. Mais ils m'appartiennent aussi ! Ne le voyez-vous pas ? Pourquoi ne pas me faire confiance pour Julian et Drew ?

Elle avait besoin de son approbation. Si elle l'avait appelé, c'était pour lui montrer qu'Emmanuelle Béranger était une femme respectable.

— A cause de Davina et de mes petits-enfants.

— Davina ! J'ai pitié de ses enfants.

— Je l'ai entraînée dans toute cette affaire, et ses enfants aussi par conséquent.

— C'était une complice tout à fait consentante, vous savez bien qu'elle aurait fait n'importe quoi pour garder Julian ! Pourquoi vouliez-vous me rencontrer ?

— Simplement pour vous revoir. On veut toujours voir les personnes auxquelles on pense constamment.

Emmanuelle rougit, surprise par cet aveu. Mais il ressentait beaucoup plus que de l'affection pour elle ; tout avait commencé à Silvermoor Cottage comme une pulsion purement charnelle. Elle n'allait pas se rendre aussi facilement. Avec une profonde satisfaction, elle chercha à ramener l'attirance de Sir James à une relation bassement commerciale, comme au début.

— Un jour, j'ai failli venir vous voir pour vous demander de l'argent.

— Je vous en aurais donné, dit-il, le visage soudain très pâle, je vous aurais tout donné.

— Sauf ce qui m'appartient vraiment : Julian et mon fils. Comment avez-vous pu gâcher nos vies de cette façon ? Un homme comme vous ? Vous m'avez renvoyée alors que j'avais fait ce que l'on attendait de moi. Mais vous l'avez condamné à un mariage auquel il avait déjà renoncé. Vous vous êtes servi de son amour pour le manipuler, pas pour son bien ou celui de Drew mais pour votre héritage et votre titre. Ses opinions vous embarrassent ; vous préféreriez qu'il les garde pour lui. Mais il ne le fera pas. Il a plus de courage que vous et Broadhurst réunis. Je vous méprise pour ce que vous avez fait. Et, dit-elle avec un haussement d'épaules dédaigneux, votre admiration ne pourra rien y changer.

Sir James ne répondit pas. Emmanuelle quitta la pièce rapidement. Profondément troublée, elle prit soudain conscience qu'elle ne le reverrait peut-être plus jamais. A cette pensée, un sentiment d'angoisse l'envahit, comme à la mort de sa mère. Chacun d'eux avait connu une Emma Béquier que personne ne verrait jamais plus, pas même Julian.

Toujours tremblante, elle s'arrêta sur un banc dans un petit square pour fumer une cigarette et retrouver son calme.

Elle savait que Sir James essaierait tout pour éviter une rencontre entre Julian et Harding.

Après avoir longuement réfléchi, elle prit un taxi pour Fleet Street. Elle avait rendez-vous avec Marie-Alice Chandler, une journaliste du *Daily Gazette*, qu'elle avait rencontrée à Paris plusieurs années auparavant. Quand elle entra dans le bureau de Marie-Alice, ses mains tremblaient toujours.

— Eh bien, vous avez l'air plutôt épuisée. Vous êtes

ravissante mais franchement livide. C'est Chanel, n'est-ce pas ? dit-elle en admirant le manteau d'Emmanuelle.

Celle-ci hocha la tête et accepta une cigarette.

— Londres ne me réussit pas.

— C'est peut-être la traversée.

Marie-Alice était une femme brune aux pommettes saillantes dont l'accent aristocratique, trop parfait pour être inné, était le fruit de longues années d'entraînement.

— Je vous ai préparé des interviews, la plupart d'entre elles avec des femmes de condition modeste, quelques-unes avec des nobles.

— Pas de nobles, dit Emmanuelle en pensant à Davina.

Elle en avait assez de cette femme et de ses filles. Elle en avait trois, à présent ; après sa visite, il y en aurait certainement une quatrième.

— Pourquoi ne pas interviewer quelques aristos déchues ? Elles ont aussi leurs problèmes.

— Ce genre de femmes ne m'intéresse pas ; je veux parler avec celles qui ont dû se battre toute leur vie. Elles seules savent comment survivre.

— D'accord. Pouvez-vous me retrouver ici à neuf heures demain matin ?

Emmanuelle accepta. Elles discutèrent de leur emploi du temps, puis Marie-Alice l'accompagna à travers la bruyante salle de rédaction jusqu'à l'ascenseur.

— Tous les journaux ont la même odeur, dit Emmanuelle.

— C'est merveilleux, n'est-ce pas ?

— Oui. Oh, j'allais oublier, y a-t-il quelque chose de spécial à savoir sur Lord Broadhurst ? Il nous a invités à dîner ce soir.

— Profondément conservateur, farouchement anti-allemand, même avant la venue de Hitler, répondit Marie-Alice. Il déteste les bolcheviks. Il ne peut pas souffrir Mme Simpson et pense que le roi devrait être enfermé jusqu'à ce que cette femme soit renvoyée chez vous.

— La presse britannique n'a toujours pas mentionné leurs relations ?

— Toute référence à Mme Simpson, en tant que maîtresse du roi, est censurée même dans la presse étrangère.

— Ce serait impossible aux États-Unis.

— Vous n'avez pas de monarchie en Amérique. Notre royauté compte beaucoup pour nous. Et nous n'apprécions pas que le roi fréquente une divorcée dévergondée.

— Et s'il l'épousait ?

— Jamais. Imaginez une reine d'Angleterre qui a couché avec deux autres types, encore vivants pour en parler.

— Ha ! dit Emmanuelle en riant. Je pensais qu'il s'agissait d'un problème d'ascendance et de rang social mais, en fait, il s'agit plutôt de savoir qui a couché en premier avec Wallis Simpson ?

— C'est possible, mais suivez mon conseil, n'en parlez pas en public, dit Marie-Alice en riant.

— Vous avez probablement raison. Je ne le ferai pas mais, quand on réfléchit, tout revient au sexe d'une façon ou d'une autre. Mais revenons à Broadhurst : que pense-t-il des femmes en général ?

— Qu'elles sont à leur place dans les bals, au lit et dans les nurseries.

— Oh, mon Dieu !

Le soir, tandis qu'elle s'habillait pour le dîner, Emmanuelle en parla à Harding. Aujourd'hui, elle en avait plus qu'assez des aristocrates anglais et de leur code.

Pourtant elle fut agréablement surprise par Broadhurst. Il devait avoir quinze ans de moins que Sir James. C'était un homme attirant, robuste, énergique et plutôt excentrique. Originaire d'une riche famille terrienne, il était devenu membre du Parlement tout en bâtissant un véritable empire de presse. Il avait été fait pair par Lloyd George pour son ardent soutien durant la Grande Guerre. Broadhurst avait beaucoup de charme, ses yeux bleus étaient vifs.

— J'admire beaucoup votre mari, lui dit-il après le dîner dans le beau salon de sa demeure londonienne.

— Moi aussi, rétorqua Emmanuelle. C'est un homme honnête.

— Il le faut pour être votre époux. Vos articles ont fait très bonne impression ici. Vous ne mâchez pas vos mots.

— Me le reprochez-vous ?

— Je suis mal placé pour désapprouver. Comme le vôtre, mon travail est d'influencer le public dans ce qui est à mes yeux la meilleure direction.

— Votre influence est bien plus politique que la mienne.

— La vôtre pourrait l'être, dit-il, sérieux à présent. Les femmes ont le droit de vote. Elles peuvent devenir une force décisive en politique.

— Je suppose que je vais dans cette direction. J'aimerais faire modifier certaines lois.

— Ah, mais la vraie politique a de plus vastes objectifs ! Des objectifs internationaux. Nous vivons une époque où il est facile de soulever les foules et de les diriger.

Toute vêtue de rose, Lady Broadhurst, qui ressemblait à un portrait de Gainsborough, se joignit à eux. Ils se mirent alors à échanger des banalités.

— Comme si elle était trop délicate pour écouter notre conversation, dit Emmanuelle à Harding, de retour dans leur chambre. Ces pâles beautés anglaises ! Je me demande comment elles se reproduisent. Comme les fraises, avec l'aide des bourdons ?

Pendant les jours qui suivirent, elle se consacra uniquement à ses interviews. La semaine passa sans nouvelles de Julian. Harding s'apprêtait à rentrer aux États-Unis.

— Ici, les opinions sont très partagées en ce qui concerne l'Allemagne, dit-il tout en faisant ses bagages. Pourtant, je me demande ce qui va se produire si la guerre civile éclate en Espagne. Quand une république est menacée, le peuple réagit.

— Personne n'a rien dit quand la République de Weimar est devenue hitlérienne. Les Anglais sont très impérialistes, ils veulent la liberté mais imposent leur loi aux pays les plus faibles. Et ils détestent encore plus les communistes que les fascistes.

— La République espagnole est peut-être rouge, mais elle n'est pas bolchevique. C'est une distinction que la plupart des gens oublient de faire. J'ai l'intention de le leur rappeler. Combien de temps devras-tu rester en Angleterre ?

— Environ trois semaines. Je vais à Manchester et à Birmingham, puis à Edimbourg. C'est ce que m'a suggéré Lord Broadhurst. Après j'irai à Paris.

— Tu t'y sentiras mieux.

— J'ai l'air nerveuse ?

— Oui, et je ne sais vraiment pas pourquoi. Tu vas me manquer, Emmanuelle, rentre vite à la maison.

— Je vais essayer. Embrasse ma petite chérie pour moi.

Harding s'arrêta dans le couloir. Il lui était toujours très pénible de quitter Emmanuelle, surtout à l'étranger, loin de la sécurité de son foyer. Cependant, quel que soit le lieu où elle se trouvait, elle était toujours aussi insaisissable à ses yeux.

Emmanuelle quitta Londres le jour même, heureuse de fuir la capitale. Manchester et Birmingham la déprimèrent par leur morosité et, au bout d'une semaine, ses interviews étaient finies. Edimbourg fut un agréable changement et, dès son arrivée, elle se sentit inspirée. Elle ne s'y était rendue qu'une seule fois, en 1919, pour acheter des vêtements d'été avant son départ pour New York.

De retour à son hôtel, elle prit un long bain, puis passa quelques coups de téléphone. Elle était en train de relire ses notes quand le téléphone sonna.

— Ma chérie ?

— Julian ! Où es-tu ?

— A Londres. Mais je peux être là demain.

— Oh, mon chéri, oui, viens, je t'en prie. Depuis quand sais-tu que je suis en Angleterre ?

— Depuis ton arrivée. Broadhurst n'arrêtait pas de s'extasier sur une extraordinaire journaliste new-yorkaise dont l'intelligence rivalise avec la beauté ! J'ai su que c'était toi avant même qu'il ait mentionné ton nom. J'ai entendu parler de ta série d'interviews. Tu es merveilleuse, Emma, tu réussis de mieux en mieux tout ce que tu entreprends.

Elle aurait voulu voir l'expression de son visage tandis qu'il lui disait ces mots.

— Comment m'as-tu trouvée ici ?

— Toujours par Broadhurst, à mon retour de Paris. J'avais des affaires urgentes à la banque, pour mon père. Je dois y aller, ma chérie, je te verrai demain.

Emmanuelle était si impatiente de voir Julian qu'elle ne put fermer l'œil de la nuit. Elle se leva très tôt et essaya de travailler. Ces heures d'attente étaient toujours semblables, comme un parfum familier ou un élixir magique. Elle était encore en peignoir à son arrivée ; elle voulait toujours qu'il lui fasse l'amour au moment même où il la touchait ; à cet instant seulement, elle redevenait elle-même.

Julian s'était un peu étoffé. Son visage et ses bras étaient bronzés et, à l'exception de ses cheveux grisonnants, il ressemblait au jeune homme qu'elle avait rencontré à Paris.

— Vraiment ? dit-il en souriant après qu'elle le lui eut rappelé. Toi non plus, tu n'as pas changé. J'étais un homme triste avant de t'avoir rencontrée. Mon amour, tu m'as donné les plus beaux moments de mon existence. Et tu continues.

Elle l'attira contre elle et l'embrassa avec passion.

— Viens en France, Julian, je serai sur la Côte d'Azur pour chercher une villa à louer pour l'été. La saison n'a pas encore commencé. Nous pourrions passer quelques jours ensemble.

— C'est trop risqué, Emma. Sois prudente.

Elle devina que Broadhurst avait dû lui parler de Harding. De plus, Julian le connaissait de réputation. Il ne fallait pas que les deux hommes se rencontrent.

— Alors, en Allemagne ?

— Oui, en Allemagne, tant que cela nous sera possible. Je peux compter les jours que nous avons passés ensemble. Il n'y en a pas assez mais chacun d'entre eux représente une vie entière pour moi. Je t'aime, Emma, et je t'aimerai toujours.

Quand ils se séparèrent, ils avaient prévu de se retrouver à Munich, puis de séjourner dans une petite ville hors des sentiers battus pour que personne ne puisse les reconnaître. Ce projet rendit leur séparation moins difficile. Emmanuelle se hâta de terminer ses interviews à Edimbourg, puis partit pour Paris deux jours plus tôt que prévu.

CHAPITRE 61

Août 1936

La terrasse de la villa de Saint-Jean-Cap-Ferrat surplombait la Méditerranée. Emmanuelle y avait organisé un dîner d'adieu car les vacances se terminaient bientôt. Kate, Spencer et leurs trois fils, Skip, Emmet et Paul, étaient présents ainsi que Harding, Dana et Danielle.

L'été 1936 avait été son plus bel été. Elle l'avait passé en compagnie des personnes qu'elle aimait le plus, à l'exception de Julian, qu'elle n'avait pas revu depuis le mois de juin. La Côte d'Azur était magnifique et pourtant Emmanuelle avait hâte de rentrer à New York. Elle avait écrit des articles sur la condition des femmes en Angleterre, en Écosse, en France et en Belgique. Mais le bruit et l'animation de New York lui manquaient. Ici, elle consacrait trop de temps à la réflexion et aux souvenirs ; de plus, la guerre civile en Espagne commençait à l'inquiéter sérieusement.

Harding lui donna quelques explications :

— La situation, très simplifiée, est la suivante : la monarchie a été renversée en 31 et l'Espagne est devenue une république. Le gouvernement de cette république se compose de socialistes et de communistes. La grande majorité d'entre eux sont des idéalistes dont le but est de transformer un royaume féodal du XVIIe siècle en une démocratie.

— Certains de ces idéalistes sont des anarchistes, dit Kate.

— Les anarchistes sont contre tout gouvernement organisé, y compris la république ; ils la renverseraient s'ils le pouvaient. Malheureusement, le gouvernement lui-même ne s'est toujours pas mis d'accord sur la meilleure politique à suivre en matière de réformes.

— Ils ont besoin de temps, dit Spencer. Une démocratie ne se bâtit pas en une nuit.

— Et en dépit de ses problèmes, le gouvernement républicain a été réélu cette année. C'est là que les conservateurs ont essayé de réinstaurer la monarchie et qu'une guerre civile a éclaté. D'un côté nous avons les loyalistes, pour la république ; de l'autre, les monarchistes, l'Église et l'armée. Ces derniers disent qu'ils combattent pour préserver la nation espagnole, certains d'entre eux se font appeler nationalistes.

— Et le général Franco ?

— Il dirige la rébellion militaire. Et je pense qu'il laissera le parti fasciste espagnol se joindre à lui, de même que tous ceux qui l'aideraient à rétablir l'ancien régime. Je suis profondément opposé au fascisme.

— Même si le gouvernement espagnol est communiste ? demanda Spencer.

— Oui. Parce qu'il s'agit d'un conflit purement espagnol qui n'a rien à voir avec la révolution russe. Un communiste espagnol n'est pas un communiste russe. Les gens s'en rendent bien compte. C'est pourquoi les loyalistes ont trouvé un tel soutien aux États-Unis. Les Américains savent que les loyalistes ont besoin d'aide. Cependant, j'aimerais savoir ce que les Soviétiques demanderaient en échange de leur aide aux loyalistes avant d'engager le *Star* dans un des deux camps. Aussi, j'ai décidé de me rendre sur le terrain.

— Non, dit Emmanuelle. C'est trop risqué, Harding !

— Je n'irai pas là où se trouve le danger. Je veux voir quelles sont les forces politiques en présence avant que les vrais combats éclatent.

— Alors, je resterai ici jusqu'à ton retour. Dana peut rentrer à la maison avec Kate et Spencer. De toute façon, Miss Prescott devait nous retrouver au débarcadère.

— Dana ne voudra pas partir sans toi ! dit Kate. Et tu

ne peux pas rester toute seule dans cette maison à attendre.

— Ma chérie..., commença Harding.

— J'irai à Paris avec Danielle. J'ai l'habitude de me trouver à Paris, surtout en temps de guerre.

— Emma, c'est arrivé il y a longtemps, dit Danielle en français. Calme-toi.

Emmanuelle regarda son amie et fit un signe d'approbation.

— Excuse-moi, Harding, je ne sais pas pourquoi je m'emporte comme ça. Vas-y s'il le faut, mais, pour l'amour de Dieu, sois prudent.

Après son départ, Emmanuelle n'était qu'à moitié convaincue de l'absence de danger en Espagne, surtout pour les journalistes.

— Harding est un homme admirable, dit Danielle à la gare.

— Oui. Et, comme la plupart des hommes, il fonce tête baissée dans la première guerre.

Le train démarra. Emmanuelle fit signe à Danielle jusqu'à ce qu'elle soit hors de vue, contente que son amie ignore tout de Julian et de Drew. Elle retourna à la villa pour faire ses bagages. Deux jours plus tard, elle partit pour Gênes avec Dana et les Atwood pour embarquer sur un cargo à destination de New York. La traversée fut agréable mais Emmanuelle se faisait du souci pour Harding.

Leur travail les avait souvent séparés, mais cette fois c'était différent. Il se trouvait dans un pays en guerre ; il était peut-être en danger. Jamais elle ne s'était autant inquiétée pour lui. Elle ressentit une pénible sensation de déjà vu.

CHAPITRE 62

Octobre 1936

— Papa me manque, dit tristement Dana peu de temps après la rentrée des classes.

— A moi aussi, ma chérie.

— Maman, qui sont les fascistes ?

— Ce sont des gens qui empêchent les autres de s'exprimer librement.

Emmanuelle se demanda pourquoi sa fille lui avait posé une telle question. L'expression renfrognée de Dana était comique : elle ressemblait tellement à Harding !

— Alors ça ne m'étonne pas que papa soit contre eux, ils doivent être pires que les Rouges.

— Où as-tu entendu tout cela ?

— Au cours de danse. Claire Blessing a dit que le *Star* devrait s'appeler le *Star Rouge* et que papa est un communiste, tout comme le Président. Je pensais que les communistes étaient méchants.

— C'est ridicule ! Ces grandes filles ne prennent jamais la peine de dire bonjour aux plus petites, alors pourquoi faut-il qu'elles leur parlent politique ! Ton père n'est pas un communiste ! Il est aussi américain que les Blessing. Il t'expliquera tout cela à son retour et tu pourras le répéter à Claire Blessing.

— Mais quand papa va-t-il revenir ? soupira Dana. Je n'aime pas beaucoup l'école, ce trimestre.

— Je suis sûre que tu serais plus heureuse en Angleterre. Fais-moi un sourire à présent, ma chérie, nous allons passer le week-end à New York. Nous prendrons le thé au *Plaza*, puis nous irons au cinéma voir les nouveaux films.

— Et au Metropolitan Museum ? Je veux revoir les Égyptiens.

— Bien sûr, nous irons où tu voudras.

Dana n'avait pas autant d'amis que l'avait espéré Emmanuelle, mais elle était assez intelligente pour bien les choisir. Dans quelques années, elle irait faire ses études en Angleterre, quoi qu'en pense Harding.

Le lendemain, Emmanuelle appela Matilda Blessing.

— Votre fille ennuie la mienne, dit-elle après lui avoir rapporté sa conversation avec Dana. Et Claire n'a pu l'entendre que de votre bouche.

— C'est absurde, dit Matilda trop doucement. Tout le monde se passionne pour la politique en ce moment. Claire a pu l'entendre n'importe où.

— Alors dites-lui gentiment de garder ses réflexions pour elle, du moins en ce qui concerne Dana, ou je pourrais faire imprimer quelques faits divers sur les Blessing que j'ai pu entendre n'importe où, moi aussi.

— Allons, allons, je lui parlerai. Vous n'avez pas besoin de vous comporter en Lady Macbeth ; ce n'est pas votre style.

— Sauf quand il est question de Dana. Vous n'avez encore rien vu !

Quand Harding rentra d'Espagne, quelques semaines plus tard, il s'était engagé au côté des loyalistes.

— Pourtant, j'ai vu des choses que je désapprouve totalement. Je ne crois pas qu'il existe une seule église en Espagne qui n'ait été mise à sac.

— L'Église était aussi répressive que la monarchie en Espagne. Elle l'a toujours été, même avant l'Inquisition.

— Il y a déjà eu des exécutions dans les deux camps. Mais ce n'est pas une guerre de religion.

— La presse parle d'une révolution. Est-ce vrai ?

— Toutes les factions veulent de nouvelles réformes, même les fascistes espagnols. Mais le gouvernement et les communistes insistent pour que la révolution commence dès qu'ils auront gagné la guerre. Les anarchistes et les socialistes estiment que le seul moyen de gagner la guerre est de prolonger la révolution.

— Est-il vrai que les femmes ont maintenant bien plus de liberté qu'autrefois en Espagne ?

— Oui. L'avortement est autorisé, les femmes remplacent les hommes sur le marché du travail. Les anarchistes désapprouvent le mariage mais les mères espagnoles sont horrifiées par l'amour libre.

— Elles ont toutes ma sympathie. Que s'est-il passé ?

— Elles ont inventé ce qu'elles appellent les mariages révolutionnaires. Mais la situation en Espagne ne peut être comparée à la révolution russe. Au départ, la République a été élue dans la légalité et à deux reprises.

— Tu ferais bien de l'expliquer à Dana. La fille des Blessing lui a dit que tu étais communiste.

— Je parlerai à Dana. J'ai bien peur qu'elle n'ait pas fini d'en entendre. Le *Star* va soutenir ouvertement la cause des loyalistes pour qu'on leur envoie tout ce dont ils ont besoin.

— Veux-tu aussi parler d'armes ? Ne devons-nous pas rester neutres ?

— Comment peut-on rester neutre sur cette planète ? Je vais faire envoyer de la nourriture, des médicaments, des armes et même des hommes. Il y a déjà des volontaires.

— Tu ne vas pas y aller !

— Non, ma chérie, je ne suis pas un soldat.

— Vraiment, Harding ? Alors que tu encourages la guerre !

— Ce n'est pas vrai, je déplore la guerre. Mais elle aura lieu de toute façon et à présent que les dés sont jetés, je veux soutenir ceux dont la cause me semble la plus juste.

Emmanuelle était d'accord avec Harding. Elle savait qu'elle devait également prendre position. Après tout, elle était journaliste. Quelques jours plus tard, elle tendit à Harding un article qui reflétait sa perplexité.

« Les hommes sont de nature guerrière. La vie même, ils la transmettent dans un moment de violence. Ils dépensent à la guerre toute l'énergie que les femmes consacrent à l'éducation de leurs enfants.

« Pourtant, il serait plus juste de dire des femmes qu'elles sont le sexe fort. Au cours de leur vie, leurs souffrances sont plus grandes que celles des hommes, mais elles parviennent à vivre dans un monde hostile sans s'entre-tuer. Les femmes n'ont jamais organisé de massacres.

« Le pacifiste est un homme rare qui mérite le respect.

« Cependant, il semble parfois qu'il n'y ait pas d'autre solution que la violence. La tentative de Franco pour renverser le gouvernement espagnol élu dans la légalité est une provocation grossière. Les femmes américaines, tout comme les Françaises, ont soutenu la révolution au nom de la liberté. Il est temps de recommencer.

« Nous pouvons collecter des fonds pour envoyer de la nourriture, des vêtements et des médicaments aux loyalistes qui combattent pour un gouvernement qui, comme le nôtre, respecte la libre expression et la démocratie. »

— Est-ce là ton opinion des hommes ? demanda Harding. C'est un peu brutal.

Il venait d'entrer dans le bureau d'Emmanuelle avec les pages dactylographiées à la main.

— Ce n'est pas seulement mon avis, c'est ce qu'ils sont dans la réalité.

— Tous les hommes ?

— Je pense que oui. Ils cherchent simplement à dominer les femmes, par n'importe quel moyen.

— Si j'avais su que tu le ressentais ainsi...

Sa voix trahissait sa déception.

— C'est un article, dit-elle avec un haussement d'épaules. Il faut toujours exagérer la cause pour dramatiser l'effet.

— Tu ne le fais jamais, habituellement. C'est ce qui donne tant d'impact à tout ce que tu écris.

Comme elle ne répondait pas, il secoua la tête et regarda les pages dactylographiées.

— Après cette lecture, il m'est difficile de dire si tu soutiens les loyalistes espagnols ou le pacifisme mondial.

— Ma réflexion est honnête. Je pense que la plupart des gens trouveront le choix difficile. Aucune personne sensée ne désire la guerre ou le fascisme. Je dois m'en aller à présent, Harding. J'ai un rendez-vous à R.S.V.P.

— Eh bien, nous le publierons et tes lecteurs le prendront comme ils l'entendent. Mais je supprime cette phrase : « un moment de violence ». Il s'agit de politique et non de sexe.

Emmanuelle s'arrêta brusquement et fit volte-face.

— C'est ce que tu penses ? dit-elle en colère. C'est mon article. J'ai l'intention de dire ce que je pense. Et je crois que, d'une façon ou d'une autre, il existe une guerre des sexes.

— Si le Dr Freud insiste... Mais il se pourrait que cette idée ne soit pas du goût de tout le monde.

— Au diable le public ! Et toi aussi, si tu touches à mon article ! Je me dépêche, je suis en retard.

Elle s'était toujours opposée à ce qu'il change un seul mot de ses articles, mais jamais aussi violemment. Pendant un long moment, il relut la page, puis sortit un stylo et barra la phrase litigieuse.

— Nom d'un chien, jura-t-il doucement, c'est tout de même moi le directeur du *Star*.

L'article entraîna des milliers de lettres, bien plus que les écrits précédents d'Emmanuelle en faveur de la contraception, un an plus tôt. Des hommes en colère lui citaient les femmes sanguinaires de l'Histoire, Médée, Agrippine et Mary Tudor. Quelques femmes s'élevèrent contre ses idées de révolte. Pour d'autres, les femmes devaient obéissance à leur mari en échange de leur soutien et de leur protection. Mais la grande majorité se rangeait à son avis.

En décembre, Edouard VIII d'Angleterre abdiqua pour épouser Mme Simpson et toute l'Amérique se passionna pour cette romance princière.

— Il ne peut régner sans l'aide et le soutien de la femme qu'il aime. C'est absurde ! dit Edison Carter. Tout le monde veut voir dans cette abdication un sacrifice glorieux.

— Qu'y voyez-vous ? demanda Emmanuelle.

— Un moyen astucieux des Britanniques de se débarrasser d'un sympathisant nazi.

— Edison, pour l'amour du ciel ! C'est une rumeur sans fondement.

— Il a assez dit en privé qu'il admirait Hitler !

— Il n'a jamais approuvé sa politique, aussi n'en parlez pas dans votre article. Harding serait le premier à vous attaquer.

— N'ayez crainte. Mais je ne comprends pas ce qui a bien pu le charmer chez cette Simpson. C'est une personne timorée et glaciale. Elle lui reprochera de ne pas l'avoir faite reine d'Angleterre, vous verrez.

— Edison, vous n'êtes pas juste ! Comment pouvez-vous savoir qui elle est exactement ?

— Eh bien, les commérages font partie de mon travail, pas la psychanalyse. Au revoir, ma jolie, je dois sortir pour me tenir au courant des derniers scandales. Continuez de défendre le sexe faible ; il faut bien que quelqu'un le fasse quand une femme coûte le trône à un roi.

Elle retourna à son travail, angoissée. Elle eut soudain peur d'avoir perdu le contrôle de sa vie, comme si une force mystérieuse menaçait de détruire ce qu'elle aimait.

CHAPITRE 63

Allemagne, septembre 1937

— Mon Dieu ! s'exclama Julian. On dirait la Rome impériale !

Il posa un bras protecteur autour des épaules d'Emmanuelle tandis que le silence se faisait dans le stade. Au loin, le claquement des bottes résonnait sur les pavés des vieilles rues étroites de Nuremberg, accompagné par le roulement des tambours. Dans le stade, la foule attendait, sans respirer. Une fanfare de musique martiale annonça l'entrée des soldats d'élite et un rugissement s'éleva de la foule.

A la lueur des flambeaux, les hommes avançaient au pas de l'oie ; ils portaient des bannières écarlates avec des croix gammées au centre, surmontées par des aigles de bronze. Un grand nombre de bannières semblables flamboyaient dans les niches de la gigantesque arène. Une centaine de milliers d'Allemands les accueillirent avec une adoration frénétique tandis qu'au-dessus de leurs têtes des projecteurs transperçaient l'obscurité du ciel à une hauteur de vingt mille pieds. C'était la nuit d'apogée du parti nazi.

Les places occupées par Emmanuelle et Julian avaient été réservées par le commandant Siegfried Brand, le guide officiel d'Emmanuelle. Le commandant Brand lui avait promis qu'elle verrait la preuve de la dévotion allemande envers son Führer. Elle pourrait ainsi transmettre à son pays le glorieux message d'une nouvelle Allemagne, forte, fière et confiante en son avenir. L'officier allemand s'était adressé de la même façon à Julian, arrivé dans l'après-midi ; il l'appelait commandant Saxon.

Elle frissonna, hypnotisée par les tambours, les trompettes et le délire des spectateurs dont les visages reflétaient une extase presque religieuse.

— Quelle folie ! murmura-t-elle à Julian tandis que le silence se faisait de nouveau dans la foule.

— Une maladie contagieuse, ajouta-t-il d'un ton lugubre.

Une puissante ovation salua la venue de Hitler sur la tribune. Au-dessus de lui s'élevait un aigle de métal de soixante pieds de haut, ailes déployées, dont les serres étreignaient une épée. L'immense oiseau de proie lui donnait une stature impressionnante. Acclamé par la foule, il prit la parole et la force de sa voix électrisa l'air. Comme des milliers d'autres Allemands, le commandant Brand se mit à crier : « *Sieg, Heil !* »

Les torches, les bannières et les rangées de soldats faisaient penser à une gigantesque fête païenne. Les Allemands étaient transportés mais Emmanuelle était terrifiée par ce spectacle. Le trouble de Julian se lisait également sur son visage. Autrefois, elle s'était sentie menacée par les Allemands pendant la guerre et Julian les avait combattus de près mais jamais ils n'avaient assisté à une telle mobilisation des foules en faveur d'un homme.

Il était déjà tard quand le commandant Brand les conduisit à leur voiture, garée à la sortie de Nuremberg. Comme ils se séparaient, le commandant rappela à Emmanuelle qu'il se tenait à son entière disposition si elle décidait de visiter Berlin. Il était membre des S.S.

Après son départ, ils prirent la route de l'auberge où séjournait Emmanuelle, près de Munich.

— Le discours de Hitler parle de paix mais tout ce qu'il fait est orienté vers la guerre, dit Emmanuelle. Comment peut-on arrêter un homme comme lui ?

— C'est une brute, mais si nous restons fermes, il renoncera à ses ambitions sans combattre.

— Je regrette que nous y soyons allés.

— Pas moi, rétorqua Julian. Je veux être au courant de ce genre de choses pour pouvoir en parler en Angleterre.

La guerre nous menace, nous devons trouver les moyens de l'éviter.

— Julian, sais-tu à quoi je pense ? Je crois que nous avons attendu cet instant trop longtemps pour en partager une seule minute de plus avec les nazis.

— Alors nous allons faire un pacte. Tant que nous serons ici, nous ne parlerons plus de Hitler.

Mais les troubles politiques qui régnaient en Europe revenaient constamment dans leurs conversations. Harding était retourné en Espagne. Comme il l'avait prédit, Franco avait accepté le soutien des fascistes : les phalangistes espagnols, les Allemands et les Italiens. La guerre d'Espagne était devenue un terrain d'entraînement pour l'arsenal militaire nazi.

Drew, bien que toujours à Oxford, avait commencé des leçons de pilotage après la destruction de la ville basque de Guernica par les avions allemands, cinq mois plus tôt. Julian était convaincu que son fils était plus motivé par l'indignation que par le plaisir de piloter.

— Je lui ai fait promettre de ne pas aller en Espagne pour se rallier aux loyalistes, du moins pas avant mon retour, dit-il à Emmanuelle.

Le long de la route, les maisons étaient toutes décorées de drapeaux nazis qui s'élevaient vers le ciel tels des champignons vénéneux. Pour Emmanuelle, l'amour était la seule dérobade.

— Vive l'amour et les amoureux, dit-elle le lendemain matin alors qu'ils étaient étendus l'un près de l'autre.

— Je suis d'accord, même en ce qui concerne le duc et la duchesse de Windsor.

— Les pauvres ! Comme les Anglais la détestent ! Est-elle si affreuse que ça ?

— Ne l'as-tu jamais rencontrée ?

— Non, mais j'aimerais bien, pour juger par moi-même. Tu ne sais pas combien d'Américaines rêvent d'épouser un noble anglais mais jamais elles n'avaient pensé à un roi ! A présent, Edison s'occupe presque exclusivement des chroniques mondaines ; je me charge de la politique.

— Les Windsor seront ici le mois prochain pour un voyage en Allemagne. J'y serai peut-être également. Si tu peux venir, tu les rencontreras.

Emmanuelle le regarda avec surprise.

— Pourquoi diable se rendent-ils en Allemagne, avec toutes les rumeurs qui courent sur l'admiration du duc pour Hitler ? De plus, est-ce bien sage pour toi d'être vu en compagnie d'un homme que l'on dit sympathisant nazi ?

— Je pense qu'il admire surtout ce que Hitler a accompli. L'Allemagne est maintenant en bien meilleur état que l'Angleterre.

— Ne parlons plus des nazis, dit-elle en s'allongeant sur lui. Je ne veux plus parler d'eux ni de personne d'autre.

Elle l'embrassa et le prit dans ses bras avec avidité, comme si elle cherchait à fuir le monde hostile qui les entourait.

— Emma, que se passe-t-il ?

— J'ai peur, Julian.

— De quoi, ma chérie ? dit-il en l'embrassant.

— Que quelque chose nous sépare et nous retire le peu que nous avons ensemble.

— Non, dit-il en la berçant. Nous avons renoncé à une vie entière pour vivre des moments comme celui-ci. Rien ni personne ne nous en empêchera.

— Je suis si heureuse avec toi ! murmura-t-elle.

Mais, le jour suivant, un télégramme d'Angleterre vint assombrir son fragile bonheur. La plus jeune fille de Julian était très malade et Davina lui demandait de revenir.

— Comment a-t-elle su que tu étais ici ?

— Je devais laisser une adresse car la santé de mon père ne s'améliore pas. Je suis désolé, ma chérie, mais il faut que je retourne auprès de Jenny, tu comprends.

Emmanuelle comprenait très bien et beaucoup mieux que Julian. Elle était certaine qu'à son retour à Stridings sa petite fille serait complètement rétablie. Davina lui montrait ainsi qu'elle avait le pouvoir de lui retirer Julian chaque fois qu'elle le désirait.

Ils se séparèrent à la gare de Munich. Emmanuelle retournait à Berlin pour rendre la voiture qu'elle avait louée. Elle avait décidé de voir le commandant Brand pour un projet qu'elle avait en tête. Harding devait arriver à Londres le lendemain et elle ne voulait pas rester inactive en l'attendant. Ils avaient prévu de se retrouver en Angleterre pour faire la traversée ensemble.

Le voyage jusqu'à Berlin fut plutôt déprimant. Le départ de Julian l'avait profondément abattue. Pourtant, cette situation n'était pas nouvelle ; elle avait toujours su qu'il y avait très peu d'espoir pour eux. Brusquement, elle se sentit très seule.

A Berlin, elle rendit la voiture et passa l'après-midi avec le commandant Brand dans sa Daimler noire. Il lui montra les nouveaux bâtiments et les monuments du IIIe Reich. Leur taille colossale intimidait Emmanuelle.

— J'aimerais revenir avec mon photographe, dit-elle. J'ai des idées pour une série d'articles.

Ils pénétrèrent dans l'immeuble imposant qu'occupait le ministère de la Propagande sur la Wilhelm Platz et dans lequel se trouvait le bureau du commandant Brand.

— Mais nous avons d'excellents photographes, madame Béranger. Vous n'avez pas besoin d'amener les vôtres.

Il s'agissait visiblement d'une interdiction. Les manières du commandant Brand étaient pleines de douceur. Il n'avait pas l'air de prendre les femmes journalistes au sérieux. L'exaltation sauvage qu'elle avait observée à Nuremberg avait complètement disparu. Il avait une beauté sévère et pure. Ses cheveux étaient très blonds et son visage mince avait des pommettes saillantes et une large bouche.

— Quel sujet avez-vous en tête ? demanda-t-il en l'examinant de ses yeux bleu pâle.

— Les femmes dans la nouvelle Allemagne. J'aimerais les interviewer, des femmes de tous âges, de professions et de milieux divers.

— C'est une excellente idée ! Je suis sûr que nous pourrons arranger cela si vous me donnez un peu de temps.

— Je ne serai pas libre avant le printemps de l'année prochaine.

— Excellent, excellent. Je vais tout préparer et je vous informerai à New York.

Il lui posa quelques questions sur son métier, puis, après une petite pause durant laquelle ses yeux bleus s'adoucirent, il l'invita à dîner.

— Je vous remercie mais je dois partir ce soir pour Londres.

— Quel dommage ! Ça ne fait rien, nous nous verrons quand vous reviendrez.

Emmanuelle hocha la tête avec déférence. Elle n'avait pas l'intention de lui faire miroiter une vague promesse de faveurs en échange d'informations.

Le commandant Brand se leva et s'approcha de la chaise d'Emmanuelle avec un sourire. Il lui prit la main et la porta à ses lèvres. Elle revit le spectacle du rassemblement nazi et éprouva le même sentiment de terreur et de fascination. Cet homme dégageait la même cruauté.

Une fois dans le train, elle oublia le commandant Brand. Ses vacances gâchées se terminaient par un voyage en solitaire. Dans le taxi qui la conduisait à son hôtel de Londres, elle dut faire un effort considérable pour se détendre.

— Harding ? appela-t-elle en entrant dans leur suite, d'une voix qui lui parut étrange.

— Hello, ma chérie, je suis dans la salle de bains. Comment s'est passé ton séjour chez les nazis ?

— C'était plutôt troublant. Et toi, chez les loyalistes ?

— Pareil. Je suis content de rentrer à la maison.

— Oui, moi aussi.

Elle avait un air étrange mais Harding savait que, dans ces moments-là, il était inutile de la questionner. Si elle avait choisi de se taire, elle ne parlerait pas.

— Nous sommes invités par Lord Broadhurst ce soir, es-tu d'accord ? demanda-t-il.

— Tout à fait, je vais téléphoner à Dana.

— Oui, elle attend ton coup de fil.

— Tu l'as appelée ?

— Dès mon arrivée.

— Tu es un bon mari et un bon père, Harding Ellis. Tu mérites d'avoir tout ce que tu veux.

— Mais *j'ai* tout ce que je veux.

Emmanuelle se dirigea vers le téléphone.

CHAPITRE 64

— Hitler n'arrête pas de s'extasier sur les femmes du IIIe Reich, dit Emmanuelle au petit cercle d'invités qui entourait Lord Broadhurst. Je veux voir si l'Allemagne est aussi glorieuse qu'il le prétend.

Elle aperçut son image dans un miroir et fut contente d'avoir mis sa robe de velours noir et son collier de perles ; elle se différenciait des autres femmes, toutes vêtues de soie dans des tons pastel.

— Vous autoriseront-ils à faire ce reportage ?

— Oh oui, ils adorent la publicité. Goebbels dépense environ cinquante millions de dollars par an pour sa propagande à l'étranger. Il existe plus de trois cents journaux de langue allemande publiés dans le monde et il est actionnaire d'un aussi grand nombre de journaux étrangers.

— Je pense que c'est une excellente idée, dit Harding, tant qu'ils ne soupçonnent pas les vrais motifs de mon épouse.

— Mais cela va prendre du temps pour tout préparer, ajouta Broadhurst, et ils ne vous laisseront pas circuler librement à travers l'Allemagne sans une nounou déléguée par le ministère de la Propagande.

— J'ai beaucoup de temps devant moi. Je n'ai pas envie de me déplacer à travers l'Allemagne en plein hiver. Ma nounou est le commandant Siegfried Brand. Un pur aryen, bien sûr, entièrement dévoué à son *Volk*, à Wagner et à *Deutschland über Alles*.

— Ah, dit Broadhurst à Harding, voilà quelqu'un que

vous vouliez rencontrer. Julian Saxon, je vous présente Harding Ellis.

Comme dans un cauchemar, Emmanuelle vit les deux hommes se serrer la main. Avec un effort considérable, elle leva les yeux et fit un petit signe de politesse quand on lui présenta Julian, puis Davina, ravissante dans une robe de soie écarlate qui faisait ressortir sa blondeur.

— Enchantée, murmura froidement Davina.

Pourquoi Sir James n'avait-il rien fait pour éviter cela ? Elle prit alors conscience qu'il n'était plus tout-puissant et qu'il ne serait plus là pour la protéger.

— J'ai beaucoup entendu parler de vous, monsieur Saxon, dit Harding. J'admire votre courage.

Le regard de Davina rencontra brièvement celui d'Emmanuelle puis se reporta sur les deux hommes. « Elle est aux anges », pensa la jeune femme, immobile, la main crispée à son verre.

— Même si vous me désapprouvez ? dit Julian.

— Bien sûr, cela n'a rien à voir.

— J'en suis content, dit Julian en souriant. Je fais le désespoir de Sa Seigneurie.

— Pas vous, Julian, riposta Broadhurst, mais l'Angleterre ! Notre pays serait dans l'impossibilité de se défendre s'il ne se réarmait pas. Savez-vous que le budget de notre ministère de la Guerre comprend même le fourrage des chevaux ? Les chevaux ! Après ce que M. Ellis a vu en Espagne, je ne pense pas que nous puissions compter sur notre cavalerie pour nous défendre.

— Les loyalistes vont-ils perdre, monsieur Ellis ? demanda Julian.

— J'ai bien peur que oui. Les lois américaines interdisent la vente d'armes aux nations en guerre. Et le matériel russe ne peut égaler ce qu'ont développé les Allemands en matière d'armement.

— Si la République espagnole tombe, ce sera la catastrophe, dit Julian.

— Précisément ! dit Broadhurst. Et nous devons éviter une pareille catastrophe ici.

— Nous ne sommes pas menacés par la guerre civile, milord, dit Julian. De toute façon, je ne suis pas partisan du réarmement ; il précède toujours la guerre.

— Mon chéri, dit Davina, pas ici.

— Mon épouse a raison, l'endroit est mal choisi pour en débattre.

— Une autre fois alors ? dit Harding. J'aimerais continuer cette discussion.

— Avec plaisir.

— C'est merveilleux d'être la femme d'un héros, dit Davina à Emmanuelle avec un charmant sourire.

— Je ne revendique pas le droit d'être un héros, comme le sait très bien mon épouse, coupa Julian. Je ne fais pas confiance aux héros et je ne crois pas au courage.

— Excuse-moi, mon chéri, dit Davina.

— Le courage est une des plus belles qualités humaines, dit Harding. C'est ce qui nous a fait sortir des cavernes.

— Allons, allons, dit Broadhurst avec enthousiasme. La Victoria Cross t'a été décernée pour ton courage, Julian.

— Pensez-vous qu'il soit raisonnable d'envoyer un homme à la guerre pour une décoration ?

— Non, dit Harding, seulement pour défendre une bonne cause.

— Et qui doit juger si la cause est bonne ou pas ?

Le dîner fut annoncé. Le petit groupe se sépara avec soulagement et se dirigea vers la salle à manger.

Emmanuelle se demanda si elle aurait la force de tenir jusqu'à la fin de la soirée. Elle fut placée à la droite de Broadhurst, directement en face de Julian. A l'autre bout de la longue table, richement décorée, Harding et Davina étaient assis l'un en face de l'autre.

Emmanuelle s'efforçait avec peine de soutenir la conversation mais heureusement Broadhurst ne cessait de parler et de questionner Julian sur le spectacle de Nuremberg. Elle regardait bouger les lèvres de Julian sans l'entendre.

— Comment avez-vous trouvé l'Allemagne, madame Ellis ? lui demanda Broadhurst.

En dépit d'un mal de tête violent, elle se tourna poliment vers l'homme assis à sa droite pour répondre à sa question, comme l'exigeait l'étiquette.

— Berlin est spectaculaire, les constructions récentes et les nouvelles statues sont toutes d'une taille colossale. Elles sont faites pour intimider et y parviennent très bien.

A l'autre bout de la table, Davina semblait amuser Harding et Lady Broadhurst, mais ses yeux bleus se dirigeaient souvent vers Emmanuelle et Julian.

« Naturellement, pensa Emmanuelle, une vraie lady peut se tirer de n'importe quelle situation. » Elle se sentit gauche, maladroite, plus proche d'Emma Béquier que de la brillante Emmanuelle Béranger. Il lui était difficile de respirer, l'air lui manquait.

Puis les hommes se retirèrent pour boire du cognac et fumer un cigare. Emmanuelle alla dans le salon prendre le café avec les autres femmes. Le temps lui parut une éternité. Cette séparation la rendait encore plus furieuse, ce soir. Si les hommes s'isolaient ainsi, ce n'était pas pour éviter d'incommoder les femmes avec la fumée de leurs cigares mais pour épargner à leurs petits cerveaux l'effort d'une conversation sérieuse. Julian et Harding devaient certainement parler ensemble.

Quand les deux hommes sortirent de la bibliothèque, ils étaient toujours en grande conversation. Emmanuelle rappela à Harding qu'ils embarquaient le lendemain et ils prirent congé de leurs hôtes. Une fois dans la limousine, elle s'adossa à son siège et ferma les yeux.

— Saxon m'est très sympathique, dit Harding. Il y a quelque chose de très pur en lui.

— Oui, je suis d'accord avec toi.

— Il est profondément honnête, même si ses idées sont très irréalistes. C'est le genre d'homme que l'on imagine en train de conduire la Charge de la Brigade légère.

— Et de mourir. Ils sont tous morts.

— Je sais. J'espère qu'il viendra aux États-Unis.

— En a-t-il l'intention ? demanda-t-elle, surprise.

— Je le lui ai suggéré. Il va y réfléchir. Beaucoup sont pour la neutralité mais personne ne peut discuter de la position des pacifistes avec autant d'honnêteté que lui.

— Mais tu n'es pas d'accord avec lui ! Pourquoi voudrais-tu d'un rival pareil ?

— Parce que je préfère la paix à la guerre, si elle est possible. Saxon pense que oui. Il a peut-être des idées auxquelles nous n'avons pas pensé. De toute façon, le seul rival valable doit être convaincant.

La limousine s'arrêta devant leur hôtel.

— J'aimerais boire un cognac, dit Emmanuelle dans la

chambre. J'ai un mal de tête terrible. Je pense que j'ai pris froid.

— Tu as eu l'air incommodée pendant toute la soirée.

— Vraiment ? Je ne pensais pas que ça se voyait.

— Personne d'autre n'a dû le remarquer mais je peux toujours dire quand tu n'es pas bien. Va au lit avec le cognac, je vais demander à une femme de chambre une bouillotte et de la tisane.

Il s'allongea à côté d'elle dans le lit.

— Harding, je suis vraiment mal fichue.

— Je ne vais pas te violer, Emmanuelle. Je veux simplement te sentir contre moi. C'est normal après deux semaines de séparation. Tu es malade ; tu as le front brûlant et les mains glacées. J'espère que tu seras rétablie demain pour la traversée.

— Rien ne m'empêchera de prendre ce bateau. Que penses-tu de son épouse ? ajouta-t-elle quelques instants plus tard.

— Très belle, bien sûr, mais sèche.

— Comment l'imagines-tu au lit ?

C'était une question qu'Emmanuelle lui posait souvent sur les autres femmes.

— Carnivore.

— Mais excitante ?

— Oui, si on aime faire l'amour avec un cobra. Je préfère la chaleur voluptueuse de mon épouse. Maintenant, dors avant que je te viole pour de bon.

Emmanuelle ne s'endormit pas tout de suite. Cette soirée avait été épouvantable. Il était terrifiant de voir que les deux seuls hommes de sa vie éprouvaient une réelle sympathie l'un pour l'autre. A présent, elle redoutait un scandale que ni Harding ni elle ne pourraient supporter.

Après une nuit agitée, Emmanuelle se réveilla, grippée, avec un violent mal de gorge. Cependant, elle refusa catégoriquement de repousser leur retour. Pendant la traversée, elle ne quitta pas son lit. Harding dormait dans le salon de leur suite et consacrait ses journées à la rédaction d'éditoriaux pour le *Star*.

— Oh, mon Dieu, dit Kate après qu'Emmanuelle lui eut raconté la soirée chez Broadhurst.

— Je regrette, Kate, mais je devais t'en parler. Harding va certainement mentionner son nom dans la conversation. Il aime beaucoup Julian.

— Que vas-tu faire ?

— Rien. Que puis-je faire ?

— Je veux dire au cas où Julian viendrait ici.

— Je me plierai aux projets de Harding.

— J'espère qu'il ne viendra pas. Il a dû voir que tu étais bouleversée.

Emmanuelle n'était pas d'accord. Pour Julian, son amitié avec Harding n'était pas un obstacle à leur amour.

Mais quand Julian leur annonça sa venue, trois mois plus tard, elle perdit son sang-froid. Elle redoutait qu'ils ne soient séparés pour toujours.

En mars, l'Allemagne envahit l'Autriche. Harding demanda à Emmanuelle s'il pouvait lui emprunter Ken Conan.

— Bien sûr. Pour quand ?

— J'aurais besoin de lui plusieurs semaines. Je voudrais l'emmener en Europe avec moi, d'abord en Autriche puis en Espagne.

— A quoi bon, Harding ?

— Je veux être sur le terrain pour être juge de la situation. De plus, j'ai quelques affaires à régler en Allemagne avant que les nazis s'en emparent.

— Les Allemands interdiront à Ken de prendre des photos. Je le leur ai déjà demandé.

— Nous essaierons tout de même. En Espagne, nous n'aurons pas ce problème. Ken fera ce reportage même si les choses vont au plus mal.

Terrifiée, elle le regarda sans rien dire.

— Emmanuelle, des atrocités sont commises un peu partout en Europe. Il ne faut pas passer ces faits sous silence. Le public doit être informé avant de prendre parti.

— Et, bien sûr, tu es le seul à pouvoir en parler. Que fais-tu de Julian Saxon ?

— Je lui ai télégraphié que je serais absent à son arrivée, mais il m'a répondu qu'il ne pouvait pas retarder son voyage. Je suis désolé de le rater mais s'il a besoin d'aide, tu seras toujours là.

— Sois prudent, Harding, je t'en prie, sois prudent.

— Ne prends pas cet air désemparé, ma chérie.

— Je ne peux pas m'empêcher d'avoir peur. Il peut t'arriver quelque chose.

— Non, je ne suis pas assez bien. Seuls les héros meurent jeunes, dit-il en l'embrassant tendrement pour la réconforter, puis avec passion.

— Ne dis rien, serre-moi très fort.

Il ouvrit le peignoir de satin d'Emmanuelle et la poussa doucement sur le lit. Puis il s'agenouilla et parcourut de ses lèvres le corps de la jeune femme, s'attardant plus longtemps entre ses cuisses.

— Je ne te laisserai jamais partir, Emmanuelle. Tu m'appartiens, tu sais.

— Oui, Harding, je sais.

Vibrante de plaisir, elle tendit les bras vers lui, les yeux fermés.

Il s'allongea à côté d'elle et la serra contre lui. Avec avidité, il lui fit l'amour comme s'il voulait obtenir à travers son corps tout ce qu'elle ne lui avait jamais donné.

Après le départ de Harding, le lendemain matin, Emmanuelle se rendit au *Star* et essaya de travailler. Cependant, elle ne parvenait pas à oublier ce que Harding avait dit avant de la posséder : « Je te veux, Emmanuelle. » La sonnerie du téléphone interrompit brusquement ses réflexions.

— Je ne vous vois plus depuis que vous faites de la politique, dit Matilda Blessing.

— Je suis heureuse de constater que ma présence vous manque.

— Vous vous souvenez de cet Anglais si beau que vous aviez invité à mon bal costumé à Venise ?

— Il n'y en avait pas qu'un, autant que je me souvienne.

— Je veux parler de Julian Saxon. Il était avec son épouse, une blonde franchement désagréable.

— Que vous a-t-elle fait ?

— Rien de particulier, mais j'ai tout de suite su que c'était une garce.

— Eh bien, que voulez-vous me dire au sujet des Saxon ?

— Il va venir faire des conférences aux États-Unis. Étiez-vous déjà au courant ?

— Nous avons rencontré les Saxon à Londres. Harding m'avait dit qu'il viendrait peut-être.

— Vraiment ? Eh bien, j'aimerais que Saxon soit mon invité d'honneur à une soirée pacifiste.

— Demandez-le-lui. La glace est brisée, les Saxon ont déjà été vos invités.

— Elle ne vient pas. J'ai cru comprendre qu'elle était enceinte. Je les imagine très bien ensemble, tels les dieux sur l'Olympe. Fascinant, n'est-ce pas ?

— Merveilleux.

— Pourrez-vous en faire le reportage pour le *Star* ? Je ne veux pas de cette petite tapette d'Edison dans ma maison !

— Vous ai-je déjà refusé quelque chose ? J'y serai, n'oubliez pas de me prévenir de la date de votre soirée. Maintenant je vais raccrocher car j'attends un coup de fil important. Au revoir, Matilda.

CHAPITRE 65

New York, février 1938

Julian attendit la fin des applaudissements. A 9 heures du matin, l'immense salle de concert était remplie de femmes dont la plupart prenaient habituellement leur petit déjeuner à 10 heures.

« A leurs yeux, il est à la fois Lancelot et le roi Arthur », pensa Emmanuelle.

Soudain, elle se rendit compte qu'il devait être difficile pour Davina et Sir James de vivre avec un homme comme Julian : il leur faisait entièrement confiance alors qu'ils n'en étaient pas dignes. Le sentiment de reconnaissance et de gratitude que Julian éprouvait envers son père et son épouse était un rappel constant de leur trahison.

« Ce que j'ai fait est encore pire, pensa Emmanuelle, mais Julian ne le sait pas. Jamais il ne me pardonnerait. »

Il ignorait tout de ses origines et de son passé. Il ne comprendrait pas qu'elle ait pu abandonner Drew dans l'intérêt de son fils et, elle devait bien l'admettre, dans son intérêt également. Julian désapprouverait des choses qu'elle avait faites afin d'être digne de lui et de son fils. Jamais elle ne serait leur égale. Mais Dana le pouvait, elle ; Dana pouvait surpasser Drew.

— Thomas était comme lui autrefois, murmura Matilda, assise au premier rang à côté d'Emmanuelle.

« Autant comparer d'Artagnan à Torquemada », pensa Emmanuelle.

Finalement, les applaudissements cessèrent et Julian prit la parole.

— Je pense qu'il existe une solution politique. Et nous devons la trouver. Une fois déclarée, la guerre n'a que faire des fanfares, des bannières et des parades, et même des principes. La guerre n'entraîne que la mort et rien d'autre. Toute guerre rime avec brutalité, folie et désespoir. Elle ne vaut pas la peine que des hommes meurent pour elle. On peut reconnaître l'odeur d'un champ de bataille longtemps avant de l'apercevoir. Pendant notre second combat dans les Flandres, les éclats d'obus jetaient en l'air les cadavres des hommes tués dans la dernière bataille. Leurs doigts putréfiés semblaient faire signe aux vivants de rejoindre les morts. Une génération entière d'hommes jeunes ont péri de cette façon : des Français, des Anglais et des Allemands. Et pour quoi ? Je vais vous le dire. Nous n'avons pas pu trouver d'endroit décent pour enterrer nos morts. Sur cinquante mètres autour de nos tranchées, la terre était grouillante d'asticots festoyant sur les cadavres. Ce n'étaient pas les Anglais ou les Allemands mais les vers qui possédaient ces quelques mètres de terre saccagée, prise et perdue au prix de tant de vies humaines. Quand ils font des parades et des discours en faveur de la guerre, pensez-y.

Il se pencha en avant et Emmanuelle pensa aux cheveux dorés de William Poyndexter sous l'eau boueuse et à Tony Holland avec une balle dans la tête.

— Je parle en leur nom, dit Julian. Il est question de réarmement en Angleterre et même ici. On prétend que c'est par sécurité, pour la paix, mais une nation s'arme uniquement pour la guerre. Je ferai tout mon possible pour m'opposer à la guerre. Et vous ?

Pendant quelques secondes, un silence absolu régna dans la salle puis les applaudissements reprirent de plus belle.

— Je ne m'attendais pas à cela, dit Matilda, subjuguée. Il ne nous a pas épargné les détails macabres, n'est-ce pas ?

Emmanuelle secoua la tête et se leva.

— Il faut que je me dépêche, j'ai un rendez-vous. Je vous verrai à la soirée, demain. Thomas sera-t-il là ?

— Oui. Pourquoi ?

— Tom est un fabricant d'armes ; Saxon n'est certainement pas dans ses faveurs.

— Ne soyez pas lugubre, Emmanuelle, c'est une soirée, pas une réunion politique. Le pacifisme est très à la mode en ce moment et Saxon est très décoratif et plutôt inoffensif. Tout le monde le voulait et c'est moi qui l'ai eu. L'ambassadeur britannique sera là, aussi tâchez d'être à l'heure.

Emmanuelle s'assura qu'on ne la suivait pas, marcha un petit peu, puis monta dans un taxi qui l'attendait. Julian et elle parleraient plus librement dans cette voiture que dans la Rolls d'Ellis.

— Il faudra attendre un peu plus longtemps, dit-elle au chauffeur.

— C'est votre argent, madame.

Emmanuelle hocha la tête. Son salaire de rédactrice et de journaliste n'était pas négligeable mais ce n'était rien en comparaison des bénéfices énormes de R.S.V.P.

La page mondaine du *Star* couvrait les bals de charité et les cotillons aussi bien que les soirées des débutantes et les somptueuses réceptions données en leur honneur, la plupart d'entre elles organisées par R.S.V.P. La dépression aurait pu mettre un terme à l'ère de la jeunesse folle et du jazz mais, en dépit de la crise économique, on pouvait toujours voir les fous du swing dans leurs tacots peinturlurés.

— Nous sommes sensationnels, avait dit Emmanuelle à Kate et à Spencer après leur déménagement dans des bureaux plus vastes sur la Cinquième Avenue.

— Et comment ! avait ajouté Spencer. Nous avons fait une recette formidable rien qu'en fleurs l'année dernière à New York. Si l'on ajoute les chiffres de Boston et de Palm Beach, c'est énorme.

— Et regarde combien les buffets nous ont rapporté ! J'ai toujours su que nous ferions fortune avec notre propre service de traiteur. Nous sommes de plus en plus riches, n'est-ce pas ?

Cependant, Kate jugeait plus intéressant de parler du voyage d'Emmanuelle en Allemagne.

— La situation de l'Europe est explosive. J'ai peur que

ça saute et que tu sois prise au beau milieu d'une guerre. Tout le monde dit qu'un conflit européen est imminent.

« Julian n'en croit rien », pensa Emmanuelle dans le taxi. Il avait rencontré Hitler plusieurs fois et était convaincu que le leader allemand pouvait être arrêté. Julian soutenait la politique d'apaisement du Premier ministre Chamberlain, à laquelle Harding était farouchement opposé. Le *Star* publierait les arguments de Julian et les réfutations de Harding en première page.

Emmanuelle avait lu l'article de Harding. Il parlait de Julian comme d'un homme qu'il admirait personnellement mais il ne cachait pas son désaccord politique.

Les deux hommes se rencontreraient certainement avant le retour de Julian.

Elle ne supportait pas la pensée que Harding puisse découvrir sa liaison. Cela la faisait frissonner. Cette relation entre les deux hommes était intolérable. Mais comment renoncer à Julian ? Elle le reverrait encore une fois en Allemagne avant de prendre une décision.

Elle secoua la tête, atterrée. Julian ne devait pas la voir dans cet état. Elle sortit la grammaire allemande qu'elle était en train d'étudier et s'y plongea.

Elle connaissait un peu l'allemand grâce aux histoires alsaciennes de sa mère. Sylvie le parlait de temps en temps. Incapable de se concentrer, elle repoussa le livre quelques minutes plus tard en voyant Julian arriver. Il portait un borsalino noir et, à la main, la canne à pommeau d'argent que son père lui avait donnée. « Quand Sir James ne sera plus de ce monde, il n'y aura plus personne pour surveiller Davina », pensa Emmanuelle.

— Allez-y, dit-elle au chauffeur tandis que Julian montait dans la voiture. Et veuillez s'il vous plaît fermer la glace de séparation.

Le chauffeur grogna, ferma la vitre et ils furent seuls, en route pour Silvermoor.

— Tu as très bien parlé, Julian.

— Je n'aime pas faire resurgir tous ces affreux souvenirs, mais je peux combattre l'horreur par l'horreur.

— Parle-moi des enfants.

— Drew a du mal à faire son choix. La situation espagnole le rend furieux. Comment pourrait-il en être autrement ? Il pense qu'une guerre européenne est inévitable et que nous devrions nous y préparer. Mon fils a de l'admiration pour moi, je le sais, mais il pense que je me bats contre des moulins, comme Don Quichotte. Les petites filles ne connaissent rien à la politique, bien sûr, mais de temps en temps elles m'observent d'un air plus soupçonneux qu'admiratif, comme Davina.

Exténué, il ferma les yeux.

— Julian, ne parle plus. Repose-toi avant que nous arrivions à la maison.

Il était agréable de s'occuper de lui, elle en avait rarement l'occasion. Il s'adossa contre le siège et, pendant quelques secondes, elle contempla le visage qu'elle aimait tant. Puis elle détourna le regard et se demanda ce qu'il adviendrait de Julian et de Drew si la guerre éclatait.

CHAPITRE 66

Elle lui toucha le bras quand le taxi s'engagea dans l'allée bordée d'arbres.

— Silvermoor, dit-elle.

Il se redressa, puis la regarda avec surprise.

— Emma, on dirait Stridings !

— Oui, je l'ai copié d'après des photographies. Je rêvais d'habiter une maison comme la tienne.

— C'était un de mes rêves, également, que tu y habites avec moi, dit-il avec tristesse, comme s'il découvrait brusquement que ce rêve ne se réaliserait jamais.

Dana resta avec eux après le déjeuner pour lui poser des questions.

— Êtes-vous un lord ?

— Non, les baronnets ne sont pas des pairs ; aussi ils ne siègent pas à la Chambre des Lords, même s'ils ont des titres héréditaires. On m'appelle simplement monsieur ou parfois commandant mais mon père est appelé Sir et il en sera de même pour moi après sa mort et pour mon fils après moi.

— Vos filles vont dans quelle école ?

— Juliana ira à Rodean le trimestre prochain. Alexandra est encore en pension et Jenny est trop jeune pour aller en classe ; elle a une gouvernante.

— Maman veut que j'aille à Rodean, dit Dana, vivement intéressée, mais papa ne veut pas.

Julian jeta un coup d'œil vers Emmanuelle.

— Il sera d'accord quand tu auras atteint le bon âge.

— L'école est-elle très stricte en Angleterre ? insista Dana.

— Oui, et elle doit l'être. Le privilège suppose la discipline et la responsabilité. Voilà ce que signifie exactement « noblesse oblige ».

— Je suis contente de ne pas être noble, dit Dana. Je préfère vivre à la maison et aller au lycée.

— Caro est là, Dana, dit Miss Prescott en entrant dans la pièce.

— Maman, je peux la présenter ? J'aimerais qu'elle rencontre le commandant Saxon.

Dana courut chercher Carolyn George. Elles étaient toutes les deux du même âge et de la même taille, mais Carolyn, avec ses cheveux châtain clair et ses yeux noisette, était plus timide que Dana. Elles restèrent un moment et posèrent des questions à Julian sur l'Angleterre, puis après avoir fait la révérence, elles s'en allèrent, escortées par la gouvernante.

— Veux-tu voir le jardin ? demanda Emmanuelle.

Ils se promenèrent à travers les jardins et les serres jusqu'à l'endroit préféré d'Emmanuelle, qui surplombait le fleuve.

— C'est une belle maison, Emma, un cadre parfait pour toi et ta ravissante petite fille. Tu devais être comme Dana à son âge. A l'exception de tes cheveux. Quand j'étais au Front, je pensais souvent aux reflets dorés de tes cheveux.

Emmanuelle était troublée. Le souvenir de la rencontre de Julian et de Harding à Londres l'obsédait.

— Julian..., commença-t-elle en hésitant.

— Si seulement tu n'étais pas mariée avec lui ! Ou avec n'importe qui d'autre. Mais c'est un homme de valeur et j'ai de l'admiration pour lui.

— Il t'admire aussi.

— Je suis conscient d'une telle ironie.

— Si seulement tu ne l'avais pas rencontré !

— Je sais, Emma. A présent, je t'imagine avec lui dans la réalité et cela m'est insupportable. Il est encore plus difficile de le trahir maintenant que je le connais. Est-ce que quelque chose a changé pour toi ?

— Je n'avais pas pensé à la trahison, auparavant. Je ne sais pas. Je ne sais vraiment pas.

— Emma, je ne peux pas te laisser partir, il n'y a que toi qui puisses rendre ma vie supportable. Tu n'es pas seulement la femme que j'aime, Emma, tu es le seul véritable amour de toute ma vie.

— Je n'ai jamais voulu que cela change entre nous, murmura-t-elle. Je veux simplement que tout continue comme avant.

— Ma chérie, quand tu seras en Allemagne, je viendrai te rejoindre. Nous verrons tous les deux les choses différemment.

— Oui, dit-elle, en voulant désespérément y croire.

Pendant un moment, ils restèrent dans les bras l'un de l'autre et elle pensa que la vie sans lui ne lui apporterait pas de véritables joies. Puis ils rentrèrent et Emmanuelle demanda au chauffeur de le raccompagner à New York.

— Il est très gentil, dit Dana tandis que les deux amies accouraient pour le voir partir.

— Il est merveilleux, soupira Carolyn. Est-ce vraiment un héros ?

— Oui, dit Emmanuelle. C'est vraiment un héros.

Elle rentra à l'intérieur de la maison et les petites filles retournèrent à leur partie de croquet dans le jardin.

— Je vais épouser un héros, dit Carolyn.

— Si tu en trouves un. Un héros doit être parfait et mon père dit que nul n'est parfait, mais je sais qu'il pense que maman est parfaite.

— Je le pense aussi ! Elle n'est pas seulement gentille et très belle, elle est également très intelligente.

— Oui, mais ça lui prend tout son temps.

A la soirée de Matilda, Emmanuelle ne vit Julian que brièvement, mais ils se retrouvèrent deux mois plus tard. Julian rentrait en Europe ; ils dînèrent avec Harding la veille de son embarquement.

— Vous avez obtenu un immense succès, lui dit Harding, mais certains de vos mécènes font semblant d'être pacifistes. Ou ce sont des fascistes ou bien ils ont considérablement investi en Allemagne, comme je l'avais fait moi-même, et ne veulent pas que l'on entrave les bonnes œuvres de Hitler contre le bolchevisme. Les fascistes sont convaincus que Hitler détruira l'Union soviétique. Votre nom est associé aux partisans nazis.

— Je n'y peux rien. J'ai mes propres convictions, peu importe les parasites qui profitent de mon discours.

— Julian, je ne veux pas la guerre, mais malheureusement elle dépend d'un homme qui manifestement fait tout pour la déclencher.

— Pas avec l'Angleterre. Hitler nous considère comme ses alliés naturels, si grotesque que cela puisse paraître. De plus, nous ne possédons rien qui puisse l'intéresser, à l'exception des champs de pétrole de nos lointaines colonies. Il veut le charbon et les champs pétrolifères de l'Europe, les gisements miniers et les usines de munitions de Tchécoslovaquie.

— Sommes-nous censés lui donner tout ce qu'il veut pour qu'il puisse entrer en guerre contre l'Union soviétique ?

— Nous sommes du même avis à ce sujet. Beaucoup aimeraient qu'il déclare la guerre à la Russie. Le communisme est un mot qui les rend fous furieux. Les Soviétiques se méfient autant de nous que nous nous méfions d'eux. Imaginez que nous ayons un pacte de mutuelle assistance avec la Russie comme nous en avons un avec la France. Hitler n'amorcerait jamais une guerre sur deux fronts à la fois.

— Personne à l'Ouest n'aurait fait un pacte avec les Soviétiques, même avant Staline et ses purges sanguinaires, et encore moins maintenant.

Julian n'était pas de cet avis. Emmanuelle pensa qu'ils étaient totalement différents ; le dynamisme de Harding contrastait avec le charisme de Julian. Harding était un homme qui, parti de rien, était arrivé très haut ; il était fier de la puissance et de la jeunesse de son pays. Julian représentait des siècles de tradition d'une nation habituée à régner sur un immense empire.

Après le dîner, ils l'accompagnèrent à l'embarcadère.

— Il me fait penser à Don Quichotte, dit Harding, répétant ce que Julian avait déjà dit à Emmanuelle, il se bat contre des moulins, mais il a de nobles sentiments. J'aimerais être son ami.

CHAPITRE 67

Allemagne, avril 1938

— Le Führer croit en la famille, dit Frau Gruner avec un fort accent allemand, mais le mariage n'est pas le premier objectif d'une jeune fille dans la nouvelle Allemagne. L'importance est donnée à la maternité. Nos filles veulent d'abord être mères. C'est la seule chose qui compte pour elles. Le destin d'une femme est de faire des enfants.

— J'ai vu que votre taux de natalité a augmenté de façon considérable depuis 1933, s'enquit Emmanuelle tout en prenant des notes.

Frau Gruner hocha fièrement la tête comme si elle en était personnellement responsable.

— Il faut vous souvenir qu'après la guerre le nombre des femmes en Allemagne surpassait de trois millions celui des hommes. Deux millions de ces femmes étaient en âge de se marier. La plupart d'entre elles se voyaient refuser les joies de la maternité et notre Vaterland se trouvait privé d'enfants. Mais cela ne se produira plus jamais, grâce à la sagesse de notre Führer.

Même après un séjour de deux semaines en Allemagne, Emmanuelle était encore étonnée de voir Hitler vénéré comme un dieu. La folle adoration des Allemands pour cet homme si commun lui semblait ridicule. Mais elle se souvint de Nuremberg et se rendit compte que le pouvoir d'Adolf Hitler sur le peuple allemand était bien plus dangereux que la présence militaire qu'elle côtoyait un peu partout. Il était le père de tous les Allemands.

Cependant, les renseignements qu'Emmanuelle télégraphiait au *Star* n'étaient que des récits documentaires à la gloire de l'Allemagne. On lui avait dit qu'elle était libre d'écrire ce qu'elle voulait mais il valait mieux faire preuve de discrétion en Allemagne. Goebbels, ministre de la Propagande, régnait en souverain absolu sur toute l'information. Des journalistes étrangers avaient été expulsés pour avoir modifié les communiqués de presse officiels.

Son voyage en tant que journaliste prenait fin et Julian la rejoindrait à Ratisbonne.

La voiture noire qui amenait Frau Gruner était venue tôt le matin pour prendre Emmanuelle à l'*Hôtel Continental* de Munich. Elles allaient visiter une *Lebensborn*, une des nouvelles maternités du IIIe Reich. Emmanuelle était impatiente de voir ce genre d'établissement. Le programme des *Lebensborn* avait été inauguré par le S.S. Himmler ; ces maternités étaient réservées aux jeunes Allemandes enceintes des membres de la garde d'élite de Hitler. Le commandant S.S. Siegfried Brand était un parfait spécimen « aryen » selon les critères physiques définis par Himmler. Les filles sélectionnées pour s'accoupler avec les jeunes S.S. étaient membres des *Bund deutscher Mädchen*, un mouvement qui regroupait les jeunes aryennes de « race pure ».

— Madame Béranger, vous devez savoir combien les gens ont peur des idées nouvelles. Nous ne voulons pas que nos mères soient harcelées par des principes moraux démodés. Dans la nouvelle Allemagne, la seule bonne conduite est celle dictée par l'État.

Elles entrèrent dans une grande et belle maison de pierre, ancienne habitation thermale réquisitionnée par Himmler. Emmanuelle eut droit à une visite guidée. Les lits étaient larges et luxueusement fournis. Dans la nursery inondée de soleil, les berceaux étaient garnis de tissu à fleurs bleues ou roses.

— C'est charmant, dit Emmanuelle, choquée par l'extrême jeunesse des filles qu'elle voyait flâner dans le parc ou assises en groupes dans la vaste véranda.

La plupart avaient moins de seize ans et étaient déjà enceintes de plusieurs mois.

Emmanuelle fut contrariée de voir qu'on ne lui permettait pas de poser des questions à ces jeunes filles, même par l'intermédiaire de Frau Gruner. Elle en conclut qu'elles avaient dû rencontrer les géniteurs lors de rassemblements comme celui de Nuremberg.

— Que deviennent ces femmes après la naissance de leur bébé ?

— Elles sont prises en charge par l'État, bien sûr. Nous les honorons car, grâce à leur travail de mères, notre race se perpétue. Nous attendons d'elles qu'elles soient souvent enceintes, par le même homme si elles venaient à se marier, ou par d'autres. Comme Himmler l'a déclaré, la mère célibataire, pendant et après sa grossesse, n'est pas considérée comme une femme mariée mais comme une mère. Officiellement, elle se fait appeler madame et non mademoiselle. Comme vous le savez probablement, nos féministes allemandes ont revendiqué ce droit pendant longtemps, ajouta-t-elle d'un ton de conspiratrice. Au fond, le Führer est aussi profondément féministe.

Frau Gruner poussa la porte d'une salle d'accouchement moderne et bien équipée. Une immense photographie d'Adolf Hitler s'élevait sur le mur. Son regard cruel fixait la table sur laquelle les femmes s'allongeaient pour accoucher.

— Quel drôle d'endroit pour une photo ! dit Emmanuelle.

— Nous ne croyons pas à l'anesthésie. Les femmes en couches demandent au Führer de leur donner des forces.

— Frau Gruner, dit Emmanuelle avec impatience, avez-vous déjà eu un enfant ?

— Quatre, répliqua-t-elle en faisant gonfler son abondante poitrine.

— Alors vous devez savoir que tout cela n'est qu'absurdité. Quand on a mal, ce n'est pas un portrait sur un mur qui peut atténuer les souffrances.

— Pas ici. Nous continuons ?

« Une Walkyrie », pensa Emmanuelle, mais les Allemands étaient tous un peu dérangés. Elle suivit Frau Gruner dans la spacieuse salle à manger et prit un repas consistant de saucisses et de salade de pommes de terre. Puis on les emmena visiter un groupe de *Jungmädel*, la division junior pour les filles de dix à quatorze ans. Les fillettes, qui respiraient la santé, étaient vêtues de jupes bleu marine, de chemisiers blancs et portaient des cravates bleues. Emmanuelle ne fut pas autorisée à les interroger, mais ses connaissances en allemand lui permirent de comprendre que ce qu'elles récitaient dans la salle de classe n'était rien d'autre que la doctrine du parti nazi.

A la fin de la journée, elle fut contente d'échapper à tout ce chauvinisme pour se retrouver dans l'atmosphère plus saine de sa chambre d'hôtel. Elle prit un bain chaud, commanda un Martini et nota ses impressions.

Elle comprenait le credo nazi. La femme n'avait qu'à s'allonger et procréer, en échange de quoi elle serait honorée, chérie et protégée. C'était une offre bien tentante. Quelle femme ne rêvait pas d'être vénérée simplement pour ce qu'elle était ? Pourtant, une telle adoration était trop primitive pour satisfaire une femme intelligente.

Elle entendit frapper à sa porte et se leva pour aller ouvrir. C'était un groom avec un télégramme de Julian. Sir James était mourant et Julian avait dû annuler son voyage en Allemagne. « Je t'appelle dès que possible », concluait-il.

Ce rendez-vous était crucial pour elle et le destin les séparait une nouvelle fois. A présent, les considérations familiales revenaient de plus en plus souvent entre eux. Et il lui était impossible d'être à ses côtés pour le réconforter.

— Mon Dieu ! murmura-t-elle. Au cours de ces derniers mois, j'ai eu plus souvent l'occasion de le voir comme une amie plutôt que comme sa maîtresse.

Avec émotion, elle pensa à Sir James. Elle éprouvait du remords en se rappelant leur dernière rencontre. Que lui aurait coûté un peu de gentillesse envers un homme âgé ?

Même s'il lui avait pris son fils, Sir James était le genre de père qu'elle aurait aimé avoir, capable de tout pour protéger son enfant. Emmanuelle avait éprouvé du respect mais aussi du mépris pour lui. Jamais il n'avait reconnu ses torts. Il ne lui avait pas dit non plus qu'elle était digne de son fils et de son petit-fils ; cela, elle ne le lui avait pas pardonné.

Emmanuelle se demanda si Drew savait que sa « mère » le détestait. D'après ce que lui avaient dit Julian et Sir James, il en était conscient.

Soudain, elle ressentit un besoin très fort de voir son fils. C'était un désir douloureux, surtout ce soir. Elle voulait réconforter Andrew James Julian Saxon, futur baronnet. Julian serait bientôt Sir Julian et son épouse Lady Davina.

Sir James entendait clairement les voix autour de son lit.

— Julian, disait Davina, viens te reposer un instant.

— Non, je reste avec lui.

Il lui avait parlé plus sèchement que d'habitude.

« Mon fils tant aimé, pensa Sir James, si seulement j'avais pu rendre ta vie plus heureuse. »

— A quoi bon ? insista Davina.

— Mon Dieu, Mère ! s'exclama Drew. Grand-père peut encore nous parler.

— Ne sois pas ridicule, Drew, il est presque mort.

— Ça suffit, Davina ! murmura Julian avec colère. Il pourrait t'entendre ! Laisse-nous si c'est ce que tu veux.

— Non, mon chéri, je reste avec toi.

Sir James écouta le silence de la chambre, ce même silence qui régnait toujours quand Davina était avec Julian et Drew, s'accrochant à l'un et méprisant l'autre. De nouveau, il voulut briser le secret intolérable et se libérer d'un poids trop lourd à porter pendant toutes ces années.

Mais il devait sauver Drew. Dieu seul savait jusqu'où irait Davina une fois que Sir James ne serait plus là pour le protéger. Sa rancœur avait fait de Drew un garçon hésitant, inquiet et même égocentrique dans son besoin constant de se défendre.

N'y avait-il aucun moyen pour Sir James de réconforter son petit-fils ? Julian avait Emma, mais Drew n'avait personne pour le consoler.

Il se mit à respirer de plus en plus difficilement et sentit une main l'agripper. Était-ce Julian ou Drew ? Il forma un nom avec ses lèvres.

— Oui, Père. Qu'y a-t-il ?

— Drew, dit Sir James.

— Oui, je vous écoute.

— Dis à Drew...

De nouveau, ses forces déclinèrent.

— Julian ! dit Davina d'une voix pressante. Il est en train de mourir ! Va chercher le médecin.

Sir James sentit une autre main lui caresser le front.

— C'est Drew, grand-père. Reposez-vous un moment.

« J'ai dû te retirer à ta mère », voulait dire Sir James, mais aucun son ne parvenait à sortir de sa bouche. « Pardonne-moi, mon petit-fils tant aimé, il n'y avait pas d'autre solution. »

Il sentit qu'on lui faisait une piqûre au bras. Le médicament calma la douleur et lui donna la force de parler.

— Ta mère t'aime énormément, dit-il au jeune homme, juste avant de mourir.

— Père, murmura Julian, en se penchant sur le lit. Mon père bien-aimé...

Pendant un moment, il tint la main sans vie de son père contre sa joue. Puis il la relâcha, toucha doucement le visage de Sir James et attira son fils en pleurs contre lui.

— A-t-il dit quelque chose, Drew ?

— Oui, mon chéri, répondit aussitôt Davina avec tendresse. Quelque chose au sujet de Margaret, ta mère.

Emmanuelle était seule avec ses pensées quand le téléphone sonna. C'était le commandant Brand qui l'invitait à dîner. Elle ne l'avait pas encore vu depuis son arrivée à Berlin, trois semaines plus tôt, et elle hésita un instant avant d'accepter. Le télégramme de Julian l'avait déprimée mais elle pensa que Brand lui changerait les idées. De plus, elle essaierait de le faire parler pour obtenir plus d'informations.

CHAPITRE 68

Emmanuelle mit une robe de crêpe blanche et des bijoux en or.

— Vous êtes ravissante, lui dit le commandant Brand dans le hall. J'ai réservé une table dans un de mes restaurants préférés. La cuisine y est excellente et vous trouverez l'atmosphère... romantique, ajouta-t-il avec un sourire.

Il l'escorta jusqu'à sa voiture. Le restaurant n'était pas très loin ; pendant le trajet, il n'eut que le temps de lui demander si son tour d'Allemagne s'était bien passé. Quand ils entrèrent dans le restaurant, le maître d'hôtel les conduisit à une table éclairée par des chandeliers.

— Vous aimez ? demanda Brand.

— Beaucoup, surtout les violons tziganes. Je pensais que les Tziganes étaient mal vus dans le IIIe Reich.

— La musique est peut-être tzigane, mais je peux vous assurer que les musiciens sont de purs Allemands, dit-il avec un sourire glacial. Voulez-vous que je commande pour vous ?

Sans même lui demander son avis, il choisit du pâté, de la truite, des asperges, du pigeonneau et les vins appropriés.

— Les vins sont français, bien sûr. Je n'oublie pas que vous êtes française.

— Comment le savez-vous ? Je suis très fière de n'avoir aucun accent.

Il lui offrit une cigarette et l'alluma.

— Je sais tout sur vous. Nous faisons de véritables

enquêtes sur nos invités étrangers, les journalistes en particulier. J'étais vivement intéressé par Emmanuelle Béranger.

Emmanuelle fronça les sourcils mais elle fut encore plus surprise en entendant la suite.

— Nous avons là une femme célèbre et dont la réputation n'est plus à faire dans son domaine professionnel, mariée à un milliardaire américain, avec un enfant unique et une affaire prospère qui lui appartient. Tout cela est inhabituel chez une femme, surtout quand elle est aussi séduisante que vous. Pourquoi travaillez-vous ? De plus, votre mari a certainement dû vouloir d'autres enfants, au moins un fils. Je me suis demandé s'il avait trop insisté à ce sujet et si c'était la raison pour laquelle vous veniez si souvent en Allemagne toute seule, jusqu'à ce que je découvre que vous y retrouviez votre amant. Mais je comprends votre choix. Le commandant Saxon ne nous est pas inconnu, il sympathise avec notre cause.

— Non, sa seule cause est la paix, dit-elle avec colère. Et ce que vous dites sur moi me révolte.

Elle se sentait violée par l'exposé grossier qu'il venait de faire. Pourtant, elle hésita à se lever et à quitter le restaurant. Il était trop imprévisible et certainement capable d'un comportement violent.

— Alors excusez-moi, ce n'était pas mon intention, dit-il tout en l'observant de ses yeux pâles et dénués d'expression. Je ne faisais qu'énoncer l'évidence. Ah ! voilà le pâté. J'espère que vous l'aimerez.

Pendant le reste du repas, la conversation resta très impersonnelle. Emmanuelle se sentait menacée ; elle se trouvait dans un pays dominé par les hommes et plus particulièrement par des officiers S.S. comme Brand, qui n'obéissaient qu'aux ordres de Hitler. Il était très beau, un parfait spécimen aryen, et il y avait quelque chose en lui d'aussi fascinant que la folie du rassemblement de Nuremberg.

C'était le pouvoir. Brand était du genre à exiger ce qu'il voulait. Dans la Daimler, il lui prit la main et retira le gant blanc d'Emmanuelle en le faisant rouler doucement le long de son avant-bras, puis de plus en plus vite. Il lui ouvrit la main et en embrassa la paume de ses lèvres chaudes et insistantes. Elle sentit la pointe de sa langue humecter sa peau et frissonna légèrement.

— Vous allez coucher avec moi.

C'était une affirmation plus qu'une demande.

— Non, dit-elle.

— Comment non ? Vous me désirez.

De nouveau, les yeux bleus se posèrent sur son corps et sa bouche.

Elle retira sa main tandis que la voiture s'arrêtait devant l'*Hôtel Continental.*

— Vous vous méprenez, commandant, dit Emmanuelle d'une voix glaciale. Jamais je ne pourrais désirer un homme qui porte une tête de mort comme insigne.

— C'est une marque d'honneur.

— Pas pour moi, dit-elle en remettant son gant.

Il sortit de la voiture et l'aida à faire de même, en la serrant brièvement contre lui. Puis il l'accompagna dans le hall de l'hôtel et pendant un moment Emmanuelle eut peur qu'il ne monte avec elle mais, avec un claquement de bottes, il la salua devant l'ascenseur.

— *Auf Wiedersehen,* dit-il. J'ai été rappelé à Berlin. Je pense que vous ne serez pas seule pendant le reste de votre séjour, même si le commandant Saxon ne peut pas vous rejoindre.

Il la quitta et elle monta dans sa chambre qu'elle ferma à clé. Cette invite d'un officier S.S. l'avait profondément déroutée. Brand était comme son pays, fou et insensible. Les passions violentes existaient certainement en Allemagne mais pas la tendresse. Tout n'était que luxure, mort et bannières ensanglantées.

Brand était persuadé que, si elle trompait son mari, elle devait coucher avec tous les hommes qui la désiraient et qu'elle ne faisait aucune distinction dans le choix de ses partenaires.

Il l'avait rabaissée comme jamais elle ne l'avait été durant toutes ces années de rendez-vous secrets avec Julian. Son amour pour Julian était trop fort pour laisser un commandant nazi le souiller. Mais que lui importait l'avis de Brand ? C'était Harding qui la préoccupait.

Elle venait de mettre sa robe de chambre quand le téléphone sonna.

— Harding ? Oh, Harding, je n'ai jamais été aussi contente d'entendre quelqu'un.

— Emmanuelle ! Que se passe-t-il ?

— Rien, je suis simplement fatiguée. Le voyage a été pénible.

— Allons, raconte-moi ce qui s'est passé.

— Ma nounou allemande, le commandant Brand, m'a demandé de coucher avec lui. En fait, ça ressemblait à un ordre.

— Le salaud ! Mais je t'ai pourtant vue écraser de soi-disant Casanova comme de vulgaires moucherons.

— Laisse-moi te dire que c'est différent avec les officiers S.S. Ils s'attendent à ce que les femmes écartent les jambes et qu'elles se taisent. Celui-ci pense qu'il est un don du ciel.

— Il est temps que tu t'en ailles.

— J'ai fini plus tôt que prévu. Je vais demain à Paris pour voir Danielle. Je suis contente que tu aies appelé, Harding.

Elle prit le train pour Paris dans la matinée et rencontra Danielle chez *Maxim's* pour le dîner.

— As-tu engagé du personnel pour l'hiver ? demanda-t-elle.

Danielle, qui avait remboursé le dernier prêt de son amie plusieurs mois auparavant, approuva. A part ses cheveux gris, elle n'avait pas changé.

— J'ai embauché encore deux assistantes. Et toi ?

Emmanuelle lui parla des articles sensationnels qu'elle allait publier sur l'Allemagne et des avances du commandant Brand.

— Il déraille complètement, comme toute l'Allemagne.

— Au contraire, pour un homme, je trouve qu'il a eu une réaction tout à fait normale. Il voulait s'amuser en pensant tout naturellement qu'il en était de même pour toi !

— Les évangiles du sexe, selon sainte Danielle ! Mais, Dieu merci, il existe des hommes qui font exception. Je pense que je vais prendre des crêpes pour le dessert. A

New York, il est impossible d'avoir de véritables crêpes Suzette, pas même dans un prétendu restaurant français.

— Ouvre un restaurant ! suggéra Danielle.

Pendant la traversée à bord du *Normandie*, Emmanuelle travailla sur ses notes mais son esprit était ailleurs : elle était préoccupée par Julian. Jusqu'à maintenant, elle s'était toujours sentie menacée par son passé, mais aujourd'hui l'avenir la terrifiait.

CHAPITRE 69

New York, juin 1938

Assis à l'arrière de la Rolls, Emmanuelle et Harding pouvaient voir la foule s'amasser devant le *Star*. Ils échangèrent un sourire. La longue série d'articles d'Emmanuelle sur les femmes allemandes, publiés chaque semaine, avait révolté les Américains. La traduction anglaise de *Mein Kampf*, parue aux États-Unis, confirmait ce qu'Emmanuelle avait écrit.

— Écoute ça ! s'était exclamée Emmanuelle à la lecture du livre. La jeune Allemande ne devient citoyenne de l'État qu'à son mariage ! Il y a de quoi faire un article.

Pour les pacifistes, Emmanuelle était une provocatrice qui cherchait à soulever l'opinion américaine contre l'Allemagne. Les groupes antifascistes et les juifs estimaient que l'on n'avait encore jamais écrit de façon aussi réaliste sur le totalitarisme nazi. Les partisans de la femme au foyer contestaient Emmanuelle et l'accusaient d'être une femme à scandale, au même titre que Marlène Dietrich ou Katharine Hepburn. Les féministes la soutenaient, comme d'habitude, et saluaient vivement sa plume acerbe.

— Tu es vraiment une femme exceptionnelle, dit Harding tandis qu'ils se frayaient un chemin à travers la foule. Mais je m'inquiète pour Dana. Tu sais combien les autres enfants peuvent être méchants quand l'un d'entre eux devient une vedette.

Dana rentrerait de Foxcroft le lendemain pour les

vacances d'été. Emmanuelle l'avait déjà inscrite dans la même école pour le second trimestre dès son retour d'Allemagne, après une discussion animée avec Harding.

— Dana est plus forte que tu ne le crois, dit Emmanuelle.

— Oui, mais elle n'a que onze ans. C'est difficile pour une petite fille d'entendre les autres critiquer sa mère et d'avoir un père accusé d'activités anti-américaines.

— Mais qui se défend brillamment, ne l'oublie pas. Vas-tu cesser d'imprimer tes opinions, Harding ?

Il secoua la tête.

— Ni moi. Dana n'est pas comme la plupart des enfants de son âge, dit Emmanuelle avec satisfaction. J'ai toujours pensé qu'elle était différente.

— Je ne sais pas si elle se croit si différente.

Ils se séparèrent pour rejoindre leurs bureaux respectifs. Emmanuelle se mit à travailler avec acharnement pour essayer d'oublier ses tourments. Deux mois plus tôt, elle avait appris la mort de Sir James et avait envoyé ses condoléances à Sir Julian Saxon, de la part de M. et Mme Harding Ellis.

Elle regarda la liste des rendez-vous que sa secrétaire avait tapée et déposée sur son bureau. La matinée ne serait pas surchargée. Elle en profiterait pour écrire un article sur la baisse du nombre de femmes actives aux États-Unis et en Allemagne depuis 1933. Dans ces deux pays, la plupart des professions étaient réservées aux hommes. Les rares femmes qui avaient trouvé un travail intéressant étaient moins bien payées que les hommes.

L'emploi du temps de l'après-midi s'annonçait bien. Elle avait rendez-vous avec les Atwood pour déjeuner dans les locaux de R.S.V.P., puis avec le chef français de *La Caille*. Emmanuelle avait longuement réfléchi à la suggestion de Danielle. Elle était déjà assez riche pour assurer l'avenir de Dana avec son argent, sans avoir recours à Harding mais, quand il s'agissait de faire fortune, elle ne savait plus s'arrêter.

Elle alluma une cigarette et se remit au travail, interrompue un peu plus tard par la sonnerie du téléphone.

— Il y a ici quelqu'un de l'ambassade d'Allemagne qui

veut vous voir, dit la secrétaire d'Emmanuelle. M. Gerhardt Rausch.

— Faites-le monter, je vous prie, dit-elle, surprise de cette visite inattendue.

C'était un homme au physique agréable, plutôt indéfinissable, à l'exception de sa moustache à la Hitler.

— Asseyez-vous, je vous prie, monsieur Rausch. Que puis-je faire pour vous ?

— Le Dr Goebbels s'inquiète des articles que vous publiez dans le *Star*.

— Le Dr Goebbels n'est pas ministre de la Propagande aux États-Unis. Ce n'est pas lui qui édite ce qui est publié ici.

— Vous ne m'avez pas compris, dit-il d'un air peiné. Il pense que vous avez été mal informée quand vous étiez dans notre pays. Vous semblez croire que nous forçons nos jeunes garçons et nos jeunes filles... à avoir des relations intimes.

— Les Américains d'origine allemande ont fait la même objection mais je pense tout de même que c'est vrai. Il y a mille façons de pousser les jeunes filles à avoir des relations sexuelles, certaines apparemment innocentes.

— La femme qui vous a escortée en Bavière...

Il consulta ses notes.

— Frau Gruner, dit Emmanuelle.

— Ah, oui, manifestement, elle n'était pas coopérative.

« Mon Dieu, pensa Emmanuelle. Que vont-ils lui faire ? »

— Mais je vous assure qu'elle était très coopérative.

— J'ai cru comprendre que vous n'aviez pas été autorisée à parler aux jeunes filles.

— Je suis sûre que cette directive venait du Dr Goebbels.

— Peut-être. En tout cas, il le regrette et vous invite à revenir poser vos questions librement.

— C'est aimable de sa part, mais je n'ai vraiment pas le temps.

— Peut-être pas cet été mais durant l'automne prochain ? insista-t-il.

Emmanuelle réfléchit : les interviews personnelles des mères des *Lebensborn* et des enfants des *Jungmädel* seraient certainement un scoop formidable. De plus, elle pourrait rencontrer Julian à Berlin et tout reprendrait peut-être comme avant.

— D'accord, mais je dois consulter mon agenda avant de fixer une date. Remerciez, je vous prie, le Dr Goebbels pour l'invitation et dites à Frau Gruner que je suis impatiente de la revoir.

Peut-être l'aiderait-elle en disant cela. Cette femme était folle mais elle n'avait fait que suivre les ordres. Les nazis trouvaient toujours des boucs émissaires pour réparer leurs erreurs.

Elle savait que Harding s'opposerait à son voyage, mais elle avait pris sa décision.

— Pas cette fois ! protesta Kate pendant le déjeuner à R.S.V.P. Ils ont failli déclarer la guerre à la Tchécoslovaquie le mois dernier.

— Oui, ma chère Kate, mais « failli » seulement. Goebbels m'a offert une visite plus approfondie de ses maternités et je n'ai pas pu résister. Seulement il sera encore plus ennuyé une fois que je serai de retour et que je publierai ces interviews, mais je n'ai pas l'intention de le lui dire.

— Ne sous-estime pas les Allemands, Emmanuelle. Ce n'est pas un jeu pour eux, dit Spencer.

— Je le sais et j'apprécie que tu te fasses du souci pour moi mais ce n'est vraiment pas nécessaire. Je sais ce que je fais.

Kate et Spencer échangèrent un regard malheureux et laissèrent tomber le sujet. Dès qu'elle avait une idée en tête, plus rien ne l'arrêtait. Après le café, Emmanuelle ouvrit son porte-documents.

— Je suis venue vous demander votre avis sur un projet important. Je ne vous propose pas d'investir dans cette affaire ; je veux faire tout moi-même.

— Faire quoi, pour l'amour du ciel ?

— Ouvrir un restaurant, le plus luxueux, le plus cher et le plus authentique restaurant français de New York. Et non une médiocre imitation américaine de la cuisine française ! C'est une idée de Danielle et je pense qu'elle est excellente.

Les Atwood se regardèrent et, après un temps de réflexion, Spencer approuva.

— Un restaurant de luxe rapporte de l'argent s'il est bien géré. Vas-tu t'en occuper toi-même ?

— Non, je ne connais rien à la gérance d'un restaurant. Personne ne saura qu'il m'appartient. Cependant, j'ai l'intention de le fréquenter si souvent que la bonne société et les artistes à la mode y afflueront.

— Mais ils seront encore plus nombreux s'ils savent qu'Emmanuelle Béranger en est la propriétaire.

— Je sais, mais j'ai mes raisons. R.S.V.P. a du cachet parce que personne ne nous associe avec les cuisines que nous possédons. Mais un restaurant, c'est différent. Je ne veux pas que l'odeur des oignons imprègne mes vêtements ou ceux de Dana.

— Qui s'en occupera, alors ?

— M. Étienne, le chef de *La Caille.* C'est le meilleur chef français de tout New York. Il est aussi terriblement snob et déteste travailler pour les autres. Je pense qu'il sautera sur l'occasion d'avoir le quart des recettes de son propre restaurant. Avez-vous une idée des bénéfices que l'on peut faire avec les vins et la haute cuisine ?

Elle tendit à Spencer les papiers qu'elle avait sortis.

— Voici quelques établissements qui n'ont jamais fait faillite après le krach boursier et le prix qu'il faudra mettre pour les refaire entièrement. Je te laisse les chiffres, Spencer. Et j'aimerais que tu t'occupes de la comptabilité. Je n'ai aucune confiance dans un chef français. Bon, je dois y aller ; il faut que je finisse la décoration de la chambre de Dana.

— Ne s'arrêtera-t-elle jamais ? demanda Spencer après le départ d'Emmanuelle.

— Non, cela lui est impossible.

— Pourquoi donc ?

— Je ne sais pas exactement, Spencer.

Jamais elle ne lui révélerait le secret d'Emmanuelle.

CHAPITRE 70

— Oh maman ! s'exclama Dana. C'est magnifique !

— Je suis contente que ça te plaise, ma chérie.

Emmanuelle et Harding étaient montés avec Dana dans sa chambre. Le lit à baldaquin avait été remplacé par un lit à colonnes avec un couvre-lit blanc de velours et un traversin assorti. Les meubles laqués de blanc et les chaises recouvertes de percale rose avaient disparu, remplacés par des meubles de chêne délicatement ciselés, posés sur un moelleux tapis vert pâle. Près de la fenêtre se trouvaient deux fauteuils tapissés de velours vert et blanc.

— J'aimerais rester à la maison et vivre dans cette chambre, dit Dana.

Emmanuelle évita le regard de Harding.

— Viens voir tes vêtements d'été.

Elle ouvrit une grande penderie où étaient accrochées les robes de soie, d'organdi et de lin qu'Emmanuelle avait commandées chez Thiboux avec l'aide de Danielle. Sur les étagères se trouvaient des chapeaux et une sélection de sandales et de souliers vernis.

— La mode n'est pas mon fort, dit Harding. Je vous laisse.

— Elles sont belles, dit Dana, mais j'aurai également besoin de salopettes et de chaussures de marche pour le Maine.

— Pour que tu t'aventures dans de vieux souterrains boueux ? Je pensais que ce n'était plus de ton âge.

Dana se jeta dans un des fauteuils en velours. Elle portait encore sa jupe et sa veste d'uniforme. Elle semblait gauche et mal à l'aise dans ce nouveau décor. Ses traits s'étaient affinés, mais son corps était toujours celui d'une petite fille. Elle avait les yeux gris, la large bouche et le teint clair de sa mère ; la ressemblance était frappante, à l'exception de ses cheveux foncés, presque noirs, qui étaient ceux de Harding. De son père, elle tenait également son tempérament vif et certaines de ses expressions.

— Qu'est-ce qu'il y a, ma chérie ? demanda Emmanuelle, consciente d'une tension soudaine entre elle et sa fille.

— Je déteste la pension. Je veux vivre à la maison et aller au lycée.

— Ma chérie, nous en avons déjà discuté des centaines de fois. Tu ne peux pas avoir la meilleure éducation ni rencontrer des gens comme il faut dans un lycée.

— Oh, maman, je m'en moque.

— Pas dans quelques années, je peux te l'assurer.

Dana regarda par la fenêtre à travers les fins rideaux de mousseline.

— Parfois, j'ai vraiment l'impression que tu ne veux plus de moi ici.

Consternée, Emmanuelle fit un effort considérable pour ne pas céder.

— Dana, tu sais que ce n'est pas vrai ! Veux-tu me faire de la peine dans le seul but d'agir à ta guise ?

Dana se précipita pour embrasser sa mère.

— Je suis désolée, maman, je ne voulais pas te faire de peine.

Elle hésita puis regarda sa mère droit dans les yeux.

— Mais pense aussi que je déteste vraiment cette école.

Emmanuelle caressa les cheveux brillants de sa fille et lui embrassa la joue.

— Je crois savoir pourquoi. Ton père avait raison, les filles t'embêtent à cause de nous, n'est-ce pas ?

— Il n'y a pas que ça. Je veux simplement être à la maison avec toi et papa.

— C'est absurde, Dana. Ton père et moi sommes absents la plupart du temps. Qu'ont dit les filles de ton école ?

— Oh, maman, soupira-t-elle, je ne me souviens pas de

tout, mais je les ai rembarrées. Je leur ai dit que leurs mères ne pensaient qu'à changer de coiffure, mais que toi tu étais différente, que tu essayais d'aider les femmes.

Elles marchèrent jusqu'à la porte, bras dessus bras dessous.

— Mais toi aussi tu es différente, ma chérie.

— Non, pas comme tu l'entends, dit Dana avec chaleur.

— Mais si ! C'est rare d'être passionnée d'archéologie à ton âge. Préfères-tu ressembler à tout le monde ?

Dana se sépara de sa mère et dévala l'escalier.

— Il y a différent et différent. Je vais courir dehors avec Castor et Pollux.

— Alors, s'il te plaît, rentre à temps pour te changer pour le dîner.

Il n'y eut aucune réponse mais, quand Dana descendit pour le dîner après s'être lavée, elle avait mis la robe d'organdi et la large ceinture de satin bleu qu'Emmanuelle avait posées sur son lit. Elle portait des chaussettes blanches et des chaussures vernies. Un ruban de satin bleu retenait ses longs cheveux.

— Tu es ravissante, lui dit son père.

— Je déteste ces vêtements, je préfère encore porter mon uniforme.

— Ça ne m'empêche pas de penser que tu es ravissante, insista Harding.

Dana lui sourit, apparemment remise de sa conversation avec Emmanuelle.

Par une chaude nuit d'été, Emmanuelle entra dans la bibliothèque et s'effondra dans un fauteuil.

— Je n'aurais jamais cru que « Oh, maman » pouvait être répété autant de fois, dit-elle à Harding.

— Elle est à un âge difficile.

— Et comment ! Quand elle s'assied, elle s'affale toujours sur son siège comme un sac de farine, après tous ces cours de danse et ces leçons de maintien.

— Elle est malheureuse en pension. Si elle ne veut pas y rester, pourquoi insister, dans le seul but de produire un papillon mondain ?

— Je ne veux pas qu'elle soit un papillon mondain !

J'aimerais qu'elle devienne une véritable lady. Elle finira par s'habituer à la pension ; si elle va en Angleterre, elle n'aura pas à défendre les idées politiques de ses parents.

— Non, Foxcroft est déjà assez loin ! Moi non plus, je n'aime pas qu'elle soit mêlée à nos conflits, mais la situation en Europe est trop instable en ce moment.

— Quelle absurdité ! Chamberlain fera tout pour éviter la guerre.

Emmanuelle était déterminée à aller en Allemagne à la fin du mois de septembre. Elle informa Harding de son projet.

— Tu ne peux pas y aller, pas après ce que tu as imprimé sur eux, sans parler de ce qui s'est passé la dernière fois !

— Ils m'ont invitée pour éviter les malentendus. Et il ne s'est rien passé la dernière fois. C'est une chance inouïe de pouvoir se rendre en Allemagne avec la crise qui sévit actuellement dans ce pays. Imagine comme ces interviews vont faire sensation.

— Là n'est pas la question. Je ne veux pas que tu ailles en Allemagne, Emmanuelle.

— A cause de mes interviews ! Je ne voulais pas non plus que tu ailles en Espagne pour faire un reportage, mais tu es tout de même parti et l'Espagne était en guerre. Tu as peur que je devienne la plus importante journaliste de ton journal, c'est ça ?

Emmanuelle sentit que sa colère l'avait poussée trop loin.

— Es-tu en train d'insinuer que je veux faire obstacle à ta carrière ?

— Parfaitement, surtout quand je suis sur un coup formidable.

— Par exemple ?

— Maintenant, par exemple. Je veux finir ce que j'ai commencé, de la même manière que toi tu voudras aller en Espagne si les loyalistes se rendent. Moi seule peux décider de ce que je dois faire. Harding, je t'en prie, cessons de discuter tout le temps. C'est dans un mois, je serai en parfaite sécurité.

— Même avec le commandant Brand ?

— Mon chéri, comme tu es mignon ! Tu es jaloux, c'est tout.

— Ne me prends pas pour un idiot, je suis sérieux, Emmanuelle.

— Non, tu es jaloux. Et j'en suis tout attendrie.

Elle se leva de sa chaise et alla s'asseoir sur ses genoux.

— Ai-je une raison de l'être ? demanda-t-il en la prenant dans ses bras.

— Je suis ton épouse, n'est-ce pas ?

— La meilleure de toutes les épouses. C'est pour cette raison que je ne veux pas que tu prennes de risques.

Ce fut leur dernière nuit ensemble avant le départ d'Emmanuelle. Après cette courte trêve, leurs disputes reprirent de plus belle. Harding s'obstinait à vouloir partager son lit mais Emmanuelle lui faisait bien comprendre qu'elle n'en avait aucune envie.

Peu de temps avant l'embarquement, la rumeur d'une annexion de la Tchécoslovaquie par l'Allemagne s'amplifia. La paix semblait bien précaire en Europe. Harding pensa qu'il avait de bonnes raisons de s'inquiéter.

— Les Britanniques distribuent des masques à gaz et des cartes de rationnement, insista-t-il. Et ils creusent des tranchées. Leur flotte est dans la mer du Nord, prête à bloquer l'Allemagne ! Tu ne peux pas embarquer et te retrouver au beau milieu d'une guerre. Je ne te laisserai pas partir.

— Quand cesseras-tu de me dire ce que je dois faire ? Il ne va pas y avoir de guerre ; personne n'est prêt à se battre, tu l'as dit toi-même. Si la guerre éclate, je reviendrai.

— Tu risques d'être emprisonnée durant toute la guerre. Que dirais-tu de cela ?

— Si tu veux vraiment le savoir, je préférerais encore aller en prison plutôt que de vivre avec toi !

Ils se parlèrent à peine le jour du départ.

— Je déteste cette situation, lui dit-elle, mais je refuse d'être attachée comme une jument.

— Je ne cherche pas à t'attacher. Tu ne connais vraiment rien à l'amour si tu ne fais pas la différence.

— L'amour est une très bonne excuse pour un homme dominateur comme toi. Mais je m'y connais plus en amour que toi, Harding ! L'amour a les mains ouvertes. Tu as toujours voulu en faire à ta tête avec moi et Dana. Mais je ne me laisserai pas faire, Harding, je peux te l'assurer.

A plusieurs reprises, elle eut peur qu'il la soupçonne de le tromper. Jamais elle n'avait éprouvé un tel sentiment de culpabilité. Il fallait qu'elle s'éloigne de lui pendant quelque temps avant de se décider pour l'avenir. La traversée fut épouvantable.

CHAPITRE 71

Septembre 1938

Tandis que le bateau atteignait Bremerhaven, Chamberlain, le Premier ministre britannique, était à Munich afin de tenter d'apaiser Hitler pour la troisième fois.

A son arrivée, Emmanuelle se rendit directement à son hôtel pour retrouver Julian. Son visage exprimait la fatigue de plusieurs journées de doute. Elle avait beaucoup pensé à Harding.

— Tu n'as pas besoin de me parler, dit-il dès qu'ils furent seuls. Je lis dans tes yeux. Tu veux me dire que tout est fini entre nous.

— Si seulement je le voulais ! Les choses seraient plus faciles ! Mais j'ai eu du temps pour réfléchir et je sais que je ne peux pas continuer à tromper Harding, plus maintenant. Et je ne veux pas le quitter. Tout a changé depuis votre rencontre. Je ne parviens plus à vous différencier. Je ne comprends pas pourquoi mais c'est la vérité. J'en suis malade.

— Allons, ma chérie, ne pleure pas. Je ne supporte pas de te voir dans un tel état.

Elle lui caressa les cheveux. Le corps de Julian lui était familier après toutes ces années d'intimité.

— Julian, comment puis-je te laisser partir ? Tu es la moitié de ma vie, je t'aime, je suis si heureuse avec toi, mais je suis allée trop loin. Je n'avais jamais pensé que je trahissais Harding auparavant ; à présent j'en suis tout à fait consciente et cela m'est insupportable.

— Tu nous vois à travers ses yeux.

« Ou ceux de Dana », pensa-t-elle, tremblante.

— Oui, c'est cela. J'ai toujours eu l'impression que nous étions seuls au monde à chacune de nos rencontres. Mais aujourd'hui, j'ai de la peine pour lui. Nous sommes si loin l'un de l'autre, nous passons notre temps à nous disputer et, si je réagis violemment avec lui, c'est à cause de nous, uniquement. Il n'est au courant de rien, ce n'est pas loyal de ma part, c'est une trahison. Récemment, j'ai voulu tout lui raconter. Mais il ne comprendrait pas. Il serait certainement furieux et se sentirait humilié. Le pire, c'est qu'il me fait totalement confiance.

— Non, le pire de tout, c'est qu'il t'aime, Emma. Je serais aveugle de ne pas m'en apercevoir. Et tu l'aimes également.

— Pas autant que toi, Julian, mais oui, je l'aime. Auparavant, je n'avais jamais pris conscience de l'importance de Harding dans ma vie. Je ne sais pas comment je ferais sans lui. Pourtant, nous ne nous sommes pas dit un mot le jour de mon départ. Et puis je te vois et plus rien n'a d'importance.

Il lui prit la main et se leva.

— Emma, tu as besoin de rester seule, loin de lui, de Dana et de moi avant de prendre une décision. Je retourne à Londres, il y a un train dans deux heures.

— Oh, Julian non ! fit-elle en l'embrassant. Est-ce ainsi que nous nous disons au revoir ?

— Je n'ai pas la force de te dire au revoir une seconde fois. Mais nous ne pouvons pas continuer ainsi. Je t'ai déjà fait trop de mal, je ne veux pas recommencer.

— Je ne comprends pas.

— Je veux simplement dire que je respecterai ta décision quoi qu'il arrive, mais c'est à toi de choisir, à toi seule.

Il l'embrassa sur la bouche avec tendresse et elle s'accrocha à lui.

— Si je restais, continua Julian, je te persuaderais de rester avec moi, ma chérie, par n'importe quel moyen.

Délibérément il la repoussa et elle le regarda mettre son

chapeau et attraper la valise qu'il n'avait pas défaite. « Ne pars pas », supplia-t-elle en silence.

— Je descends avec toi, dit-elle en le suivant.

Quelques minutes de plus en sa compagnie étaient toujours mieux que rien. L'ascenseur s'éleva dans sa cage de verre. Bras dessus bras dessous, ils s'arrêtèrent au rez-de-chaussée et se trouvèrent nez à nez avec Thomas Blessing.

— Emmanuelle ! dit Blessing, avec un grand sourire.

Puis il remarqua le bras de Julian et son visage changea d'expression.

— Je ne vous demande pas ce que vous faites ici, dit-il avec un petit rire étouffé. Vous êtes Sir Julian Saxon, n'est-ce pas ? Le pacifiste anglais ; je suis sûr que vous êtes content du pacte de Munich.

— Très, dit Julian en lui serrant la main.

— Je viens juste d'arriver, expliqua Emmanuelle, sachant très bien qu'elle n'avait pas à se justifier. Et Sir Julian rentre chez lui.

— Au revoir, Emmanuelle, dit poliment Julian. Il faut que je m'en aille sinon je vais rater mon train. Bon voyage.

Avec un salut à peine courtois pour Blessing, il partit à grandes enjambées vers l'entrée de l'hôtel et sortit dans la rue sans se retourner.

Elle aurait voulu courir derrière lui mais, au lieu de cela, elle monta dans l'ascenseur avec Thomas. Elle échangea quelques banalités et refusa une invitation à dîner qui, visiblement, incluait la nuit.

— Pourquoi, Emmanuelle ? Il est clair que nous faisons ce que nous voulons pendant nos voyages. Harding n'en saura rien.

— Saura quoi ? Que vous avez traité avec les nazis ?

— Non, que vous avez couché avec le veinard qui vient de partir.

— Thomas, vous avez vraiment une imagination débordante et je suis occupée ce soir.

Elle le salua et regagna sa chambre.

Elle se sentait incapable de prendre une décision. Elle l'avait su dès le départ de Julian.

Les deux jours suivants, elle resta dans sa chambre, évitant Thomas Blessing. Elle quitta Berlin le troisième jour et alla dans le sud de l'Allemagne pour sa seconde visite des *Lebensborn*.

Ses soupçons furent confirmés par les réponses des jeunes Allemandes. Elles rencontraient les pères des bébés une ou deux fois seulement avant de faire un « mariage biologique ».

Le gouvernement organisait de nombreuses occasions de rencontre. Les plus populaires étaient les festivals de printemps et les rassemblements du parti en septembre mais les *Lebensborn* étaient surtout devenus de prestigieux bordels pour S.S.

Le commandant Brand et Frau Gruner n'étaient pas au rendez-vous ; visiblement ils n'avaient manifesté aucun désir de la revoir. Cette fois, une femme bien plus jeune avait été désignée pour escorter Emmanuelle. Elle parlait très peu mais son mépris pour le sang français décadent ressortait de temps en temps.

Emmanuelle avait l'intention de publier toutes ses conversations avec les jeunes filles enceintes ; les nazis seraient ainsi pris à leur propre piège. Elle acheva son séjour par la visite d'une maternité à Baden. C'était un beau jour d'octobre ; le froissement des feuilles mortes sur le sol et les rayons du soleil à travers les arbres lui rappelèrent son enfance à Paris. Elle pensa à sa jeunesse si loin derrière elle et à celle de ces mères-enfants qui s'occupaient de leurs nouveau-nés comme de poupées.

Une d'entre elles chantait mais Emma Anne Béquier ne l'écoutait pas ; c'était la voix de sa mère qu'elle entendait.

— *Ach so*, dit la guide. Vous voyez comme c'est beau d'avoir des enfants.

— Oui, dit Emmanuelle, impatiente de retrouver Dana.

Elle avait hâte de rentrer chez elle et de ne plus penser à rien. Ce fut avec un profond soulagement qu'elle quitta l'Allemagne.

A New York, Harding l'attendait au débarcadère. Emmanuelle l'observa d'un air angoissé avant qu'il tende les bras vers elle pour l'embrasser.

— J'ai mis une annonce dans le *Star*, dit-il. « Harding, reviens à la maison, tout est pardonné. Signé Emmanuelle. » Dis-moi que c'est fini.

Elle le prit dans ses bras avec reconnaissance.

— Oui, tout est fini, bien sûr, du moins jusqu'à la prochaine fois.

— Il n'y en aura pas. Comment s'est passé ton voyage ? Tu n'as pas eu de problèmes ?

— Non, les Allemands sont bien plus intéressés par l'œil au beurre noir de Goebbels que par les accords de Munich.

— Qui l'a frappé ?

— Eh bien, il a une douzaine de maîtresses. Surprenant, n'est-ce pas, pour un homme si petit et si laid ? Au printemps dernier, l'un des maris lui a donné une bonne raclée. Les Allemands en rient encore.

— Bravo pour le mari ! Mais as-tu obtenu ce que tu voulais ?

— Oh oui. J'ai de quoi faire toute une nouvelle série d'articles.

— Si nous allions dîner au *Stork Club* pour fêter ça ?

Il était presque trop jovial. Emmanuelle se rendit compte qu'il était mal à l'aise et qu'il voulait surtout retarder leur réconciliation.

— Sans journalistes ni politiciens ? Juste nous deux ?

— Oui, comme autrefois quand tu n'étais pas encore riche et célèbre. Si tu t'en souviens !

Elle n'avait pas oublié.

Ce fut un réconfort d'être allongée dans ses bras. Après des retrouvailles quelque peu hésitantes, leurs deux corps se retrouvèrent et s'aimèrent.

Cependant, Emmanuelle se demanda si la véritable passion qui les unissait autrefois n'avait pas à jamais disparu.

CHAPITRE 72

Août 1939

— Je commence à aimer l'avion, dit Emmanuelle à bord du *Yankee Clipper* de la Pan American en direction de Southampton. Même si je ne comprends toujours pas ce qui fait voler ces drôles de machines.

Ils avaient décollé de l'aéroport de Port Washington tôt le matin et avaient passé la matinée à lire et à attendre le dernier service dans la salle à manger de l'avion pour déjeuner au champagne. Puis ils avaient joué au bridge dans le salon.

Les compartiments étaient conçus pour loger dix personnes sur des vols courts et en coucher six pour les longs trajets. Harding avait réservé une cabine privée pour le vol qui durait vingt-quatre heures.

— J'ai toujours su que tu adorerais ça, dit Harding en tirant les petits rideaux avant de monter dans sa couchette.

Emmanuelle avait ressenti une certaine nervosité sur son premier vol transatlantique à bord du *China Clipper* avec un groupe de journalistes, mais cela n'avait pas duré longtemps.

Le pari à long terme de Harding sur l'avenir de l'aviation était couronné de succès. Il possédait des usines aéronautiques en Californie et achetait des terrains pour les longues pistes d'envol des futurs aéroports.

Emmanuelle s'étira avec plaisir, attentive au bruit des moteurs qui permettaient de voler à l'hydravion de quarante-deux tonnes. Elle savait qu'elle se réveillerait à chacune des trois escales dans le Nouveau-Brunswick, à Terre-Neuve et en Irlande avant d'atteindre Southampton ; elle aurait tout le temps de réfléchir et de se reposer pendant le voyage.

Une année s'était écoulée depuis son séjour à Berlin et elle n'avait reçu aucune nouvelle de Julian. Délibérément, elle essayait de se forger un avenir sans lui. Cette résolution avait amélioré ses relations avec Harding. Pourtant, elle ressentait un vide immense ; seule, sa conscience était soulagée d'un grand poids. Ils ne se disputaient que très rarement et Dana était leur seul sujet de discorde.

Emmanuelle voulait toujours l'envoyer en Angleterre pour ses études, mais la guerre menaçait d'éclater en Europe. Tant que la situation politique ne se rétablirait pas, sa fille resterait aux États-Unis. Les altercations entre Emmanuelle et Dana avaient pris fin quand Carolyn George, la meilleure amie de Dana, avait été inscrite à Foxcroft, cette année. Dana était enfin contente d'être pensionnaire.

— Je ne comprends toujours pas pourquoi tu t'obstines à vouloir l'envoyer si loin, avait dit Harding.

— Je ne le veux pas, Harding, mais je pense à son avenir.

D'une certaine façon, Emmanuelle se protégeait elle aussi. Un jour, Dana la quitterait. Il était plus sage de mettre une certaine distance entre elles pour s'accoutumer à une séparation inévitable.

Dana passait le mois d'août dans le Maine avec Carolyn et sa grand-mère. « Et peu lui importe que nous dînions en salopette », avait annoncé Dana avec satisfaction tandis que Carolyn devenait écarlate.

Emmanuelle pensa à sa dernière acquisition. M. Étienne avait accepté son offre et le décor Louis XV était presque terminé. Son restaurant, *Danielle's*, ouvrirait en octobre. Les Atwood s'occupaient des travaux jusqu'à son retour en septembre pour l'ouverture. Le décor était dans les tons crème et ivoire.

— Il ne faut pas que cela jure avec les vêtements de nos clientes, avait dit Emmanuelle.

Mis à part son cadre, le restaurant était également fier de posséder la cuisine la plus moderne de tout New York.

— Mais je ne veux aucune ingérence dans ma cuisine, lui avait rappelé M. Étienne. Vous êtes toujours d'accord, madame ?

— Oui, oui, je suis d'accord. En ce qui me concerne, vous n'interviendrez pas dans l'administration du restaurant.

— Mais non, c'est tout un art de préparer des plats délicieux et raffinés. Je vous laisse les livres de comptes.

— Efforcez-vous simplement d'obtenir ce que vous achetez au meilleur prix. Vous êtes peut-être un artiste culinaire mais je suis une femme d'affaires et j'ai l'intention de gagner de l'argent dans cette entreprise.

Elle était certaine de sa réussite, de même que Harding. Cependant, il avait été d'abord surpris d'apprendre qu'elle était une propriétaire incognito.

— Je me demande parfois s'il y a d'autres choses que tu ne m'as pas dites, avait-il ajouté avec un sourire.

Il n'avait pas envie de discuter : le changement d'attitude d'Emmanuelle, incompréhensible à ses yeux, lui rendait la vie beaucoup plus agréable. Ils ne se disputaient plus.

Quelques mois plus tôt, Harding avait déclaré qu'elle avait besoin de vacances.

— Cela nous ferait beaucoup de bien à tous les deux. Nous ne connaissons pas très bien les îles Britanniques. Je sais que tu n'aimes pas Londres, mais nous n'y resterons que quelques nuits avant de visiter les autres régions.

Emmanuelle était d'accord, bien qu'elle eût préféré passer ses vacances en France.

— Les Français pensent que les Américains sont tous des barbares, dit Harding.

— Les Anglais aussi.

— Oui, mais ils sont assez bien élevés pour ne pas le montrer.

— La perfide Albion.

Elle n'avait pas l'intention d'appeler Julian pendant son séjour en Angleterre, mais Harding s'en chargerait probablement pour connaître sa position.

— Si l'Angleterre entre en guerre, il sera bien obligé de rejoindre Broadhurst et les autres, avait-il dit.

— Peut-être.

— Il le faudra bien. Les Anglais veulent la paix. Saxon est un de leurs héros et le gouvernement britannique est prêt à faire pression sur lui pour qu'il retourne sa veste.

Emmanuelle se tourna dans sa couchette pour observer Harding dans la pénombre de leur cabine. Il avait la chance de s'endormir dès qu'il fermait les yeux. A quarante-cinq ans, il ne faisait pas son âge. Ses cheveux noirs commençaient à grisonner mais son dynamisme le conservait. Emmanuelle se sentait nettement moins énergique qu'avant.

— Ta lassitude serait pourtant considérée comme une activité débordante chez toute autre femme, lui avait dit Kate avec sympathie.

Après sa seconde série d'articles sur l'Allemagne, Emmanuelle avait reporté toute son attention sur R.S.V.P. et le restaurant. De temps en temps, elle écrivait un article politique pour la page féminine du *Star*.

Depuis la chute de la République espagnole, au printemps, les Américains avaient perdu leurs illusions. Désormais les mots d'ordre étaient neutralité et isolationnisme. Hitler n'avait pas tenu parole pour la Tchécoslovaquie et regardait maintenant vers la Pologne. Mais les Américains étaient peu nombreux à s'en préoccuper. Ils n'aimaient pas Hitler, qu'ils prenaient pour un fou, mais ils ne se sentaient nullement concernés : Hitler était en Europe.

Emmanuelle, elle, s'inquiétait. Que deviendraient Julian et Drew si l'Angleterre entrait en guerre ? Cette question ne cessait de la tourmenter.

Contrairement à Harding, elle ne pensait pas que Julian changerait d'avis.

CHAPITRE 73

Ils passèrent leurs vacances dans le Devon, dans un grand hôtel de style victorien de Sidmouth. Emmanuelle adorait les petites routes étroites, bordées d'arbres, qui serpentaient à travers les champs verdoyants de la campagne anglaise. Elle se levait tôt pour profiter de la brume matinale, humide et caressante. Elle appréciait la courtoisie des Anglais et assistait avec plaisir aux matches de cricket. Et elle s'était émue de l'attention toute particulière que le personnel de l'hôtel avait prodiguée à un pigeon blessé. L'oiseau, qui avait la patte cassée, récupérait sur leur balcon et ne devait pas être déplacé avant sa guérison.

— En France, ils l'auraient mangé, dit-elle à Harding tandis qu'ils roulaient vers Torquay. Les Anglais adorent les animaux et les animaux le sentent bien. As-tu ton appareil photo ? Dana veut des photos du gouffre de Kent.

— Le voilà. J'ai déjà toute une pellicule sur Stonehenge et une autre sur Tintagel. Je n'aurais jamais cru que ma petite fille deviendrait archéologue.

— Dana ne sera pas archéologue ! Ce n'est pas un métier de femme.

— Je serais prêt à parier le contraire.

Ils avaient quitté le Devon et se rendaient à Londres quand ils entendirent la nouvelle du pacte de non-agression germano-soviétique. La guerre était imminente et, à Londres, la Tate Gallery déménageait ses trésors pour les mettre en sécurité. A Canterbury, les vitraux irremplaçables de la cathédrale furent enlevés et cachés dans des souterrains. Cette nouvelle guerre n'aurait pas lieu dans des tranchées sur un champ de bataille bien délimité. Avec les avions, les chantiers navals et les industries stratégiques seraient désormais visés.

— C'est difficile à croire, dit Emmanuelle. Hitler est un anti-communiste farouche. Que va-t-il dire à son peuple ?

— Il peut leur dire n'importe quoi, ils le croiront. Il ne peut pas se mettre mal avec Staline s'il a prévu d'attaquer la Pologne. J'ai bien peur que Julian n'ait mis tous ses espoirs dans le pacte d'assistance mutuelle des Alliés avec les Soviétiques.

A Londres régnait une sorte de gaieté forcée comme si les Anglais cherchaient à éloigner la guerre par le rire et les danses.

Le lendemain, Harding appela Lord Broadhurst. Quand il raccrocha, son visage était décomposé.

— Il dit que l'Angleterre n'est pas encore prête à entrer en guerre. Les Français ont la meilleure armée d'Europe mais leur moral est au plus bas. Ça ne t'ennuie pas que je reste une semaine de plus ?

— Je reste avec toi. Si l'Angleterre déclare la guerre, elle aura besoin de ses femmes et c'est mon rayon.

Elle serait auprès de Julian et de Drew mais, comme il lui était impossible de les voir, c'était un faible réconfort. Elle tâcherait de se renseigner discrètement pour savoir ce qu'ils devenaient.

Le 1er septembre, par une matinée chaude et humide, Emmanuelle appela Marie-Alice Chandler à *la Gazette* pour l'inviter à déjeuner.

— Je n'ai pas le temps, cria Marie-Alice. Vous n'avez pas écouté la radio ? Hitler a attaqué la Pologne et nous lui avons dit que, s'il ne retirait pas ses troupes, la guerre serait déclarée. Je suis en route pour la gare de Charing Cross, ils ont commencé à évacuer les enfants. Si vous voulez un reportage, c'est là qu'il faut aller.

Dans les rues de Londres, on pouvait voir des sacs de sable un peu partout. Les réverbères n'éclairaient presque plus. Les arbres et les bords des trottoirs avaient été marqués avec de la peinture blanche pour guider les motocyclistes et les piétons dans la nuit. Emmanuelle aperçut un agent de police qui portait un casque d'acier au lieu du traditionnel képi en forme de dôme.

Il régnait une étrange confusion organisée dans la gare et Emmanuelle vit que les petits Anglais savaient faire la queue poliment, ce que ni les Américains ni les Français n'avaient jamais appris. De longues files d'enfants prenaient le train pour aller se réfugier à la campagne. Ils s'accrochaient à leurs valises et portaient un masque à gaz ; chaque enfant avait son nom et son adresse attachés autour du cou. Les plus petits réclamaient leurs mères et celles-ci leur souriaient et leur faisaient signe pour les rassurer jusqu'à ce que les trains démarrent et qu'elles éclatent en sanglots, elles aussi.

Emmanuelle trouva Marie-Alice et contempla la scène avec elle.

— Maudits soient les Allemands ! Si seulement je pouvais faire quelque chose ! dit Emmanuelle.

— Si vous restez, il y aura de quoi faire, soyez sans crainte.

— Je sais, j'ai déjà vécu une guerre.

— Pas comme celle-là. J'ai entendu dire que les Allemands n'épargnaient aucun civil en Pologne. A quel hôtel êtes-vous descendue ? J'essaierai de vous joindre quand je pourrai.

— Au *Connaught.* N'hésitez pas à m'appeler.

Marie-Alice hocha la tête et s'en alla à travers la foule tandis qu'Emmanuelle quittait la gare. Elle dut marcher un peu avant de trouver un taxi qui l'emmena au bureau du *Star,* à Fleet Street. Depuis un an, les correspondants étrangers y occupaient tout un étage. Harding était là.

— Que se passe-t-il en France ? demanda-t-elle.

— Toujours rien, les Français ne veulent pas combattre.

— Qui le veut, avec tous ces morts ? La pauvre Danielle, que va-t-il lui arriver ?

— Cela semble tellement incroyable que tout recommence comme en 1914 ! Des troupes blindées contre la cavalerie polonaise, ce sera un massacre.

— Que vas-tu faire, Harding ?

— Je pensais rester pour faire une série de reportages radio de Londres. L'Angleterre a besoin d'aide et seuls les Américains peuvent l'aider.

— Des reportages à la radio ? Oui, tu ferais ça très bien. Comment vas-tu procéder ?

— Je me contenterai de décrire la situation comme je la vois. Mais je pense que tu ferais mieux de rentrer à la maison.

— Bientôt. J'attends un peu de voir ce qui va se passer.

Marie-Alice n'appela que deux jours plus tard, tôt dans la matinée. Harding était déjà à Fleet Street et Emmanuelle parcourait les journaux du dimanche.

— Les nouvelles sont mauvaises, dit Marie-Alice. Si Hitler n'a pas retiré ses troupes de Pologne à 11 heures ce matin, nous déclarons la guerre.

Emmanuelle regarda sa montre : il était 10 heures.

— Y a-t-il une chance pour qu'il se retire ?

— Aucune, et maintenant nous sommes dans la merde jusqu'au cou et sans armes pour nous défendre, grâce aux pacifistes !

— Marie-Alice, vous n'allez pas imprimer une phrase pareille ?

— Non, bien sûr que non. Allumez la radio à 11 heures. Je vous appelle demain. Ce soir, je vais me saouler.

A 11 heures et quart, Chamberlain déclara la guerre à l'Allemagne d'une voix lugubre tandis que les cloches sonnaient à travers toute l'Angleterre pour l'office du matin. Une demi-heure plus tard, les sirènes d'alerte antiaériennes hurlèrent, mais il ne s'agissait que d'une fausse alerte ; tous ceux qui s'étaient rués vers les abris souterrains en sortirent l'air penaud.

Et, si bizarre que cela puisse paraître, la vie continua. En une nuit, des femmes apparurent en uniforme militaire ; beaucoup se présentèrent pour travailler comme ambulancières. Elles remplaçaient les hommes du pays comme Emmanuelle l'avait vu faire en France pendant la guerre. Mais, cette fois, elles ne se déplaçaient jamais sans une mallette qui contenait aussi bien un poudrier et du rouge à lèvres que des tickets de rationnement et l'indispensable masque à gaz.

Aux États-Unis, le Congrès refusa de modifier le pacte de neutralité, pour permettre la vente d'avions aux belligérants, y compris l'Angleterre et la France.

— Sont-ils aveugles ? s'exclama Harding. La France et

l'Angleterre forment la première ligne de défense des États-Unis. Si l'Europe tombe, Hitler expédiera les Russes et ensuite, il nous attaquera.

— Il n'oserait jamais ! dit Emmanuelle.

Puis elle se souvint de la folie qui régnait à Nuremberg, des tambours, des bannières, du rugissement de la foule, et elle sut que Harding avait raison.

CHAPITRE 74

Elle rencontra son fils deux semaines plus tard. Elle ne le vit pas tout de suite mais aperçut d'abord Julian et Davina pendant que le maître d'hôtel les conduisait à une table, au bar du *Ritz*. Les Saxon ne levèrent pas la tête et elle aurait continué de marcher si Harding ne s'était pas arrêté.

— Saxon ! Je suis content de vous voir, je voulais justement vous parler. Mais vous êtes Sir Julian à présent... et Lady Davina. Nous nous sommes rencontrés chez Lord Broadhurst.

— Je m'en souviens, monsieur Ellis, dit Davina.

Elle fit un radieux sourire à Emmanuelle.

— Bonsoir, madame Béranger. J'aimerais vous présenter mon fils.

Le regard d'Emmanuelle rencontra brièvement celui de Julian puis elle ferma les yeux un instant avant de regarder son fils. Il portait l'uniforme de la Royal Air Force. Il ressemblait beaucoup à Julian en plus grand et plus fort, mais les traits de son visage n'étaient pas aussi fins.

Il serra la main de Harding et sourit à Emmanuelle avec un petit salut de tête. C'était un merveilleux sourire où se lisait toute la force de sa jeunesse.

— J'ai beaucoup entendu parler de vous, leur dit-il.

Qu'avait-il bien pu entendre ? Que lui avait dit Julian ? Et Davina ?

— En termes flatteurs, j'espère, dit-elle avec une pointe d'ironie.

— Bien sûr, rétorqua-t-il, avec un vrai sourire cette fois.

Emmanuelle pensa qu'il était aussi irrésistible que Julian mais d'une manière différente.

— Voulez-vous vous joindre à nous ? demanda Julian, comme s'il ne s'était rien passé entre eux.

Avait-il oublié qu'elle l'avait laissé partir à Berlin sans avoir le courage de lui dire que c'était la dernière fois ? Mais elle vit qu'il était aussi désespéré qu'elle, aussi triste qu'à Venise avant leurs retrouvailles.

— Avec plaisir, dit Harding, si cela ne vous dérange pas.

— Pas du tout, leur assura Drew. Vous pouvez m'aider à fêter l'événement. Asseyez-vous, je vous en prie.

Il laissa sa chaise à Emmanuelle et claqua des doigts avec autorité pour demander au serveur d'apporter deux autres sièges.

— Quel événement ? demanda Harding en souriant de l'enthousiasme du jeune homme.

— Mon père ne s'oppose pas à ce que je quitte Oxford pour rejoindre la R.A.F. Je savais qu'il me laisserait partir une fois que la guerre serait déclarée.

— Vraiment ? Comme c'est intelligent de ta part ! dit Davina.

Davina laissa Julian allumer sa cigarette. Ses ongles vernis brillaient dans la lumière ; ils s'accordaient avec le rouge clair de sa robe qui faisait ressortir ses cheveux blonds et son teint pâle.

— J'aurais pourtant juré que ton père ne te laisserait jamais partir à la guerre. Au moins, il n'ira pas, lui.

Il y avait de l'affection dans sa voix quand elle parlait de Julian et du mépris pour Drew.

Julian ne répondit pas et Drew s'assit entre Emmanuelle et Davina.

— Papa peut servir sans avoir à utiliser un fusil, Mère.

Emmanuelle fut choquée de l'entendre appeler Davina « mère » puis atterrée par le regard impérieux et glacial que Davina lançait à Drew. Apparemment, il y était habitué. Il alluma une cigarette. Ses mains étaient celles de Julian.

— Je suis désolé que vous ayez dû faire un tel choix, dit Harding à Julian. Si les Alliés avaient signé un traité d'assistance mutuelle avec l'Union soviétique, comme vous l'aviez suggéré, la guerre aurait pu être évitée.

— Ce n'est pas une guerre au vrai sens du mot, dit Davina. Les Français sont assis derrière leur ligne Maginot ; à Londres les théâtres ont rouvert leurs portes et ces maudites sirènes ont cessé de hurler à chaque vol d'oiseau. Même mon vaillant fils, ajouta-t-elle en posa la main sur la manche de Drew, doit refréner son impatience.

Drew rougit mais ne chercha pas à discuter. Emmanuelle se demanda comment il aurait réagi si elle l'avait élevé elle-même. Il aurait certainement été moins hésitant. Dana, et pour la première fois elle pensa à Dana comme à la demi-sœur de Drew, n'avait que onze ans mais elle s'exprimait beaucoup plus librement que lui.

Harding et Julian continuèrent leur conversation et Drew se tourna vers Emmanuelle.

— J'ai lu presque tous vos articles sur l'Allemagne, madame. J'ai trouvé qu'ils étaient formidables.

— Sensationnels, dit Davina avec ambiguïté.

Emmanuelle l'ignora.

— Merci, mais qui vous les a montrés ?

— Fenella Bayliss, une amie. Elle devrait arriver d'un moment à l'autre, dit-il en regardant sa montre. Elle sera contente de vous rencontrer.

Il lui posa quelques questions sur les articles qu'elle avait écrits. Emmanuelle pensa avec fierté qu'il était très intelligent et qu'il avait un charme fou. Soudain, elle se rendit compte qu'elle n'avait jamais touché son fils, pas même le jour de sa naissance.

Il fallait qu'elle le touche. Elle lui demanda une cigarette et, quand il l'alluma, sa main se posa sur celle de Drew d'un geste protecteur, et tout ce qu'elle avait ressenti pour lui, rassemblé et caché pendant vingt ans, resurgit en elle avec une force surprenante.

Il était sa chair et son sang ; quand elle avait tenu Dana dans ses bras pour la première fois, elle avait éprouvé le même sentiment indescriptible.

Emmanuelle sentit que Davina l'observait ; elle la fixa de son regard ardoise. Davina détourna les yeux la première. Par chance, Drew aperçut Fenella Bayliss et quitta la table pour aller la chercher.

C'était une Anglaise à la peau claire et aux cheveux blonds que Drew présenta avec fierté. Les lèvres de la jeune fille étaient roses et parfaitement dessinées. Elle portait une robe de velours.

« Ils s'aiment, pensa Emmanuelle, le cœur serré, et ils sont bien trop jeunes pour l'amour et la guerre. »

Les Saxon partirent peu de temps après pour se rendre à un dîner privé.

— Quel homme étrange ! dit Harding après leur départ.

— Qui ?

— Julian. Il vit sur un nuage.

— Pourquoi en serait-il autrement, avec la guerre et un fils dans la R.A.F. ?

Elle savait ce que cela coûtait à Julian de laisser partir Drew.

— Ce n'est pas ce que je veux dire. J'ai déjà rencontré des hommes comme lui. On dirait que quelque chose les empêche d'être heureux et qu'ils n'ont jamais connu pleinement le bonheur, même un seul instant, et qu'ils ne le connaîtront jamais. Quand je t'ai rencontrée, je pensais que tu étais pareille.

— Eh bien, tu as vite changé d'avis.

— J'aimerais en être sûr.

— Harding, je meurs de faim. Si nous allions dîner ?

Les jours qui suivirent, elle n'arrêta pas une seconde. Chaque jour, elle écrivait de nombreux articles sur les préparatifs d'une guerre qui n'avait toujours pas commencé. L'état de guerre avait été déclaré mais aucune bataille n'avait eu lieu. Les Anglais pensaient que si la vie continuait, la menace d'une guerre s'estomperait peu à peu. A la fin de la semaine, Emmanuelle décida de rentrer chez elle. Son restaurant était sur le point d'ouvrir ; c'était un bon prétexte pour retourner à New York.

Elle avait réussi à joindre Danielle à Paris. Tandis qu'elle suppliait son amie de quitter Paris au plus vite pour venir aux États-Unis, Harding entra dans la pièce, préoccupé.

— J'ai déjà survécu à une guerre, disait Danielle, et il en sera de même pour celle-ci, si elle éclate un jour.

Après avoir raccroché, Emmanuelle s'adressa à Harding.

— Que se passe-t-il ?

— Je viens d'entendre une histoire très troublante au sujet de Julian Saxon. Il veut reprendre du service actif, dans les renseignements ou l'équivalent. Il a été trop grièvement blessé pendant la dernière guerre pour aller en mission sur le terrain. Mais il se pourrait qu'ils ne l'acceptent pas. Il était en Allemagne en 37 avec les Windsor et plusieurs autres fois avant et après cette date. Certains l'accusent d'être pro-nazi et d'avoir conseillé Hitler pour les négociations de Munich.

Harding se versa un verre de whisky ; Emmanuelle écoutait, clouée sur place.

— Ils disent que ce pacte est un instrument du diable, conçu pour apaiser l'Angleterre alors qu'au même moment Hitler renforçait sa machine de guerre. Ils accusent les pacifistes d'en être responsables et Julian est l'un des plus célèbres pacifistes d'Angleterre.

— Qui sont-ils ?

— Des hommes qui sont contre les institutions actuelles. Ils feraient n'importe quoi pour attaquer le gouvernement, même en cette période de crise.

— Mais pourquoi, pour l'amour du ciel ?

— Pour le renverser et prendre le pouvoir. Sinon les conservateurs gouverneront pendant toute la durée de la guerre. La Grande-Bretagne n'est pas prête pour la guerre, elle a besoin de toute sa force pour affronter la crise. Un sympathisant allemand dans un corps d'officiers de réserve, cela ferait scandale et le gouvernement n'en a vraiment pas besoin.

— Mais ce n'est pas vrai ! dit Emmanuelle, consternée, tu sais bien que ce n'est pas vrai.

— Bien sûr. J'ai beaucoup d'estime pour Julian, tu le sais. Mais si cette histoire n'est pas tirée au clair, on peut lui interdire de reprendre du service. Il peut même être arrêté ou interné pendant toute la durée des hostilités. Il risque d'être dénoncé d'un bout à l'autre du pays si cette rumeur s'amplifie.

— Cela le tuerait, dit Emmanuelle avec désespoir.

Harding leva la tête, surpris par son émotion. Il approuva mais son regard la questionnait.

— Je ne supporte pas la diffamation, j'en ai trop souffert moi-même autrefois.

— Moi non plus. Mais si je connais bien le gouvernement britannique, ils empêcheront cela.

Harding se dirigea vers la salle de bains.

Emmanuelle resta seule dans la chambre, tremblante. Julian avait été avec elle pendant presque tous ses voyages en Allemagne, mais jamais il ne révélerait ses rendez-vous secrets avec Emmanuelle Béranger. Elle non plus ne dirait rien. Pourtant, comment pouvait-elle assister au déshonneur public de Julian sans réagir ?

Elle alla à la porte de la salle de bains.

— Harding, ne peux-tu rien faire pour l'aider ?

— Je vais tâcher de trouver une solution. Oh, j'ai oublié de te dire la bonne nouvelle. Mes idées de radio-reportages suscitent beaucoup d'intérêt. J'en saurai plus dans quelques jours.

En dépit de son anxiété, elle était contente pour lui.

— Les radio-reportages de la C.B.S. sont bons, mais les tiens seront meilleurs.

— As-tu pensé à ton retour aux États-Unis ?

— J'y pense sans arrêt. Je serai fixée dans un jour ou deux.

Elle retourna s'asseoir à sa coiffeuse et se regarda dans la glace. Elle avait des cernes sous les yeux et tremblait. Cependant, sa décision était prise. Elle ne pouvait pas quitter Londres avant que le sort de Julian soit réglé.

Quelques jours plus tard, Harding reçut un coup de téléphone, tôt dans la matinée, alors qu'ils prenaient le petit déjeuner dans leur suite.

— C'était Broadhurst, dit-il après avoir raccroché. Il dit que Churchill veut me voir à l'Amirauté demain. Il est tout à fait d'accord pour les reportages à la radio.

— C'est merveilleux, Harding.

— Je suis convaincu que ce sera lui le prochain Premier ministre. J'espère que les reportages vont faire réagir les Américains et que les États-Unis aideront la Grande-Bretagne. Broadhurst m'a également demandé de le rencontrer ce matin au *Star*, avec un général, un député et Julian.

— Julian ?

— Ils veulent lui poser quelques questions et mon bureau est moins susceptible d'attirer les journalistes britanniques que les leurs. Je sais qu'il a attaqué les nazis dans ses discours lors de son séjour aux États-Unis et Broadhurst pense que cela peut lui être favorable.

— Ils ne veulent pas entendre sa version, ils veulent tout simplement que Julian retourne sa veste.

— C'est en partie vrai. Mais Julian n'est vraiment pas coopératif. Je l'ai rencontré plusieurs fois cette semaine et il ne m'a rien dit en dehors de ce qu'il avait déjà raconté à Broadhurst : il était en Allemagne en tant qu'observateur ou pour ses vacances.

— Il n'a peut-être rien à ajouter à cela.

— Nous le croyons, mais nous sommes ses amis ; ses ennemis, eux, risquent de penser différemment.

— Autrefois, tout le monde vénérait sa Victoria Cross pour obtenir le vote des anciens combattants. Aujourd'hui, ils veulent l'utiliser pour autre chose.

Elle se tourna et la colère l'envahit. Sir James s'était servi de Julian, d'elle et de son fils. Et voilà que d'autres recommençaient. Elle pensa à Drew qui avait une foi absolue en son père.

— Il faut que je m'habille, Harding, j'ai un rendez-vous.

— Je sais que tu t'inquiètes, tu as autant d'estime pour lui que moi. Appelle-moi à 9 heures, je te raconterai ce qui s'est passé.

Elle hocha la tête, alla dans la salle de bains et ouvrit le robinet du lavabo à fond.

— En voilà assez, dit-elle. Ne vont-ils donc jamais te laisser tranquille ?

En cet instant présent, elle n'aurait pu dire si elle parlait de Julian, de Drew, de Harding ou d'elle-même.

CHAPITRE 75

Le taxi d'Emmanuelle avançait péniblement à travers la foule qui assiégeait le quartier des journalistes. Les Londoniens attendaient les nouvelles d'une guerre déclarée depuis un mois mais qui n'avait toujours pas commencé.

Elle sortit du taxi et monta rapidement l'escalier qui menait au bureau privé de Harding. Elle traversa le second étage et aperçut des ombres derrière les vitres du bureau. Elle ouvrit la porte et se trouva brusquement confrontée à son mari, son amant et son fils. Trois autres hommes étaient présents : un général aux cheveux argentés, Lord Broadhurst et le député dont Harding lui avait parlé.

Harding fit les présentations avant de s'adresser à son épouse.

— Emmanuelle, que fais-tu ici ?

— Je suis venue vous aider, répondit-elle en évitant le regard de Julian. Personne ne met en doute la loyauté de Sir Julian Saxon, aux États-Unis. Je m'étonne qu'il n'en soit pas de même en Angleterre.

Il y eut un silence embarrassé et elle s'assit rapidement pour que personne ne s'étonne plus de sa présence. Les hommes en firent autant. Elle regarda Drew. Il paraissait inquiet mais il lui jeta un coup d'œil admiratif qui la remplit de fierté. Puis tous se tournèrent vers le général. Sa voix était sévère mais il semblait gêné d'être là. C'était visiblement un militaire qui aimait son métier, prêt à défendre ses officiers et grand admirateur d'hommes courageux comme le commandant Saxon. Les questions qu'il devait poser à Julian le mettaient mal à l'aise et il l'appelait « commandant » quand il lui adressait la parole. Le général lui fit bien comprendre qu'il n'avait pas à se défendre devant lui personnellement ; il n'avait jamais douté de sa loyauté.

— Mais l'armée ne peut pas ignorer toutes ces rumeurs, conclut-il. Vous ne niez pas être souvent allé en Allemagne au cours des dernières années.

— Non, et je ne nie pas non plus avoir rencontré Hitler plusieurs fois. J'ai même été photographié avec lui quand les Windsor étaient là. Je connaissais son Altesse Royale avant l'abdication ; il était tout naturel que je sois invité à une réception en son honneur.

— Il semblait bien disposé envers Hitler quand il était roi, objecta le député avec froideur.

— Je ne me permettrais pas de parler au nom de Son Altesse Royale, dit Julian. En ce qui me concerne, j'y étais pour des raisons personnelles et pour connaître les intentions de Hitler.

— En rencontrant personnellement le chancelier du Reich ? insista le député d'un ton sarcastique.

— Non, je ne l'ai rencontré qu'une ou deux fois, par hasard. Je me servais de mes propres observations que je rapportais au responsable du gouvernement chaque fois qu'elles étaient dignes d'intérêt.

Emmanuelle jeta un coup d'œil à Drew. Il observait son père avec confiance mais son regard était implorant. « Mon chéri, supplia Emmanuelle en silence, il faut faire mieux que cela, il leur faut des preuves. »

— Niez-vous, continua Broadhurst d'un ton beaucoup moins hostile que le député, avoir été en Allemagne quand les accords de Munich ont été signés ?

— J'y étais, mais pas à Munich. Je jure sur l'honneur qu'à cette époque je n'avais pas vu Hitler en privé depuis des mois et que je n'ai jamais révélé la moindre information sur les plans de la défense britannique. Cette insinuation selon laquelle j'aurais conseillé à Hitler d'attendre le moment opportun pour conquérir la Grande-Bretagne est infamante et je la rejette.

— Mais vous aviez approuvé les accords, fit doucement le député.

— Oui. Ils nous préservaient de la guerre. Je ne suis pas le seul à détester la guerre.

— Alors pourquoi voulez-vous reprendre du service après l'avoir condamnée pendant des années ? demanda Broadhurst.

— Que voulez-vous me faire dire, milord ?

— Que votre pays est en danger et que vous êtes prêt à l'aider par n'importe quel moyen.

Julian hocha lentement la tête avec l'expression d'un homme qui savait ce qu'on attendait de lui. Broadhurst voulait qu'il prône la guerre.

— Ma décision devrait être une preuve suffisante.

— Pas vraiment, dit le député d'un ton tranchant. Dans toute autre circonstance, votre parole suffirait, mais nous sommes en guerre, ne l'oubliez pas. Le pays tout entier est en effervescence. Il existe malheureusement des gens assez vils pour tirer parti des difficultés d'un ancien héros, détenteur de la Victoria Cross, la plus haute distinction de ce pays. Et le peuple a tellement peur qu'il les écoutera. Ils vous demanderont les raisons de vos fréquents séjours en Allemagne et je doute fort que la curiosité ou le tourisme soient des réponses suffisantes dans un cas comme celui-ci.

— Je ne peux pas en dire plus, répliqua Julian, le visage blême.

— Ce qui implique qu'il y a autre chose que vous ne pouvez pas dire, observa Broadhurst.

Après un moment de silence, Broadhurst reprit la parole.

— Cela n'est pas suffisant, Julian, je le regrette, mais si les circonstances donnent raison à ces gens-là, comment puis-je vous parrainer pour un poste de confiance ?

Il jeta un bref coup d'œil au général, qui hocha la tête en signe d'approbation.

— Je ne pense pas que ce soit le problème, milord, dit Julian avec colère. Vous avez toujours voulu que je revienne sur mes convictions et vous avez là un moyen de me forcer à le faire. L'Angleterre doit se défendre à tout prix, mais ce n'est pas une raison pour s'en réjouir.

— Nous ne devons pas seulement nous défendre, Julian, nous devons gagner par n'importe quel moyen.

Vous connaissez aussi bien que moi l'opinion des Anglais : ils sont indifférents ou ils refusent la guerre. L'Angleterre a besoin de ses héros. S'il ne sont pas avec nous, ils en déduiront qu'ils sont contre nous.

— C'est du chantage, et vous le savez.

— J'ai dit par n'importe quel moyen, Julian. En ce qui me concerne, rien ne m'arrêtera.

Il avait fini par le dire. Julian devait faire une déclaration publique, sinon il serait déshonoré.

« Qu'ils soient maudits, pensa Emmanuelle, qu'ils soient tous maudits. » Elle se leva.

— Non, Emma, dit Julian. Non.

Elle alla se placer derrière Harding, pour qu'il ne puisse pas voir son visage, ni elle le sien.

— Julian était presque toujours avec moi quand il était en Allemagne. Quand les accords ont été signés, nous étions à Berlin, pas à Munich.

Les trois hommes examinèrent avec attention cette femme élégante qui avouait publiquement être la maîtresse de Sir Julian Saxon. Mais Harding n'eut qu'à regarder Julian pour savoir qu'Emmanuelle disait la vérité.

Le général se racla la gorge mais Emmanuelle continua. Le rendez-vous qu'elle avait eu avec Sir Julian ce jour-là, de même que tous ceux qui avaient précédé, était strictement privé. Ils n'avaient rien à voir avec la politique, au contraire. Sa voix était ferme, son regard direct, mais elle avait l'impression d'être ailleurs. Elle savait que Drew ne cessait de les regarder, elle et Julian, d'un air stupéfait, mais elle évitait son regard. Quand elle s'arrêta, le silence se fit dans la pièce.

— Dois-je comprendre, dit le général que vous et le commandant Saxon vous êtes rencontrés fréquemment en Allemagne pour... des rendez-vous ?

— Oui, répondit Emmanuelle, nous avons été amants pendant de nombreuses années.

Harding respirait avec difficulté. Les autres hommes se regardaient, à la fois embarrassés et intrigués par cette mère de famille respectable qui avait eu une longue liaison avec un homme qu'ils connaissaient.

Il n'y avait rien à ajouter. Le choc de Harding prouvait

qu'il n'avait pas conspiré avec son épouse pour aider un ami.

— J'espère que tout cela restera confidentiel, dit Julian.

Les trois hommes rougirent et le général assura Julian qu'il avait sa parole d'officier et de gentleman. Il annoncerait également à la presse que les fonctions du commandant Saxon étaient tout à fait secrètes. Cela arrêterait les rumeurs.

— Ce sera également annoncé dans la presse américaine, dit Broadhurst. Quand un ardent pacifiste comme Julian se lance dans la bataille, nous voulons que cela se sache. Je suis désolé, Julian, mais nous avons besoin de vous. Au diable les convictions ! Un héros appartient à son pays.

De nouveau, le silence se fit, lourd et oppressant, jusqu'à ce que Harding lève la tête et que les deux hommes se regardent pendant un long moment chargé d'angoisse. Julian fut le premier à détourner les yeux. Il s'en alla en compagnie de Drew.

— Harding..., commença Emmanuelle.

— Pas maintenant, dit-il en secouant la tête. Plus tard. Ce soir. Laisse-moi tranquille.

Elle suivit Julian et Drew et ils descendirent rapidement l'escalier sans se parler. Elle les dévisagea longuement l'un après l'autre de ses grands yeux gris puis monta dans un taxi. Le père et le fils la regardèrent partir.

— Jamais je n'aurais pensé que vous étiez intéressé par d'autres femmes, Père.

Un changement s'était opéré dans la voix de Drew et même dans son attitude. Leurs relations s'étaient transformées comme si le père n'était plus l'idole de son fils mais son égal.

— Seulement par cette femme. Je ne peux pas te l'expliquer, Drew, mais j'éprouve bien plus pour elle qu'une simple attirance physique. Je l'ai rencontrée à Paris pendant la guerre. Je l'ai aimée pendant très longtemps, aussi longtemps et autant que je t'aime, mais cela n'avait rien à voir avec toi ni avec ta mère. Ta mère n'a jamais su que nous nous étions de nouveau rencontrés, et si tu ne le lui dis pas, elle n'en saura jamais rien. Peux-tu me faire assez confiance pour lui épargner cette peine ?

— Bien sûr, Père, je ne suis pas un mouchard et c'est votre aventure, pas la mienne, mais je ne comprends pas très bien. Vous êtes l'homme le plus honorable que je connaisse.

— Mais je ne suis qu'un homme, pas un héros ni une sorte de dieu, seulement un homme.

Drew hocha la tête mais il lui était difficile de penser à son père en ces termes.

— Eh bien, je dois retourner à la base, dit Drew d'une voix mal assurée.

Pour la première fois de sa vie il n'étreignit pas son père en partant ; il se contenta de lui serrer la main et disparut dans un taxi. Julian se rendit compte avec une profonde tristesse qu'il en serait peut-être toujours ainsi entre eux. Drew semblait soulagé de le quitter.

Il alla dans une cabine téléphonique pour appeler Emmanuelle mais elle n'était toujours pas rentrée à son hôtel. Il faillit se rendre au *Star*, pour avoir une discussion avec Harding, mais il ne pouvait risquer d'aggraver les choses pour se donner bonne conscience. Il savait qu'il ne devait pas essayer de contacter Emma. Elle avait fait son choix et il n'avait aucun droit d'intervenir sauf si elle le lui demandait. Il espérait simplement que son mariage pourrait supporter une telle épreuve.

CHAPITRE 76

— Depuis la guerre ! dit Harding.

Ils étaient tous les deux assis dans le salon obscur de leur suite.

Toute la journée, Emmanuelle avait attendu le retour de Harding. A son arrivée, il avait éteint les lampes, tiré les rideaux et ouvert les fenêtres avant de la questionner. Emmanuelle était incapable de voir quel sentiment dominait chez Harding ; sa voix exprimait tour à tour le mépris, la colère, l'humiliation ou l'étonnement.

— Oui, j'avais dix-sept ans quand je l'ai rencontré.

— Mon Dieu ! Tu aurais pu me dire la vérité avant de m'épouser, c'était la moindre des choses. Je pensais que tu était veuve de guerre.

— Harding, je le croyais mort ! J'ai su qu'il était vivant quelques mois avant la naissance de Dana.

— Quand tu l'as aperçu à l'Opéra ! Pourquoi ne m'as-tu rien dit alors ?

— Nous étions mariés et j'étais enceinte. Il avait deux enfants. J'espérais ne jamais avoir à te le dire.

— Bien sûr ! Il était plus facile de continuer cette aventure sordide.

— Ce n'était pas sordide ! Tu le connais ! Il représentait plus pour moi qu'une simple aventure.

— Il représentait tout ce que je voulais être et que je n'ai jamais été, n'est-ce pas ? Ce n'était pas juste de ta part de faire semblant de m'aimer.

— Mais je t'aime, je t'aime très fort.

— Mon Dieu, sois honnête au moins ! Une femme ne peut pas aimer un homme et coucher avec un autre.

— Elle peut les aimer tous les deux pour des raisons différentes ! Et parce qu'elle les a rencontrés chacun à un moment différent de sa vie. Mais c'est fini entre Julian et moi depuis votre rencontre.

— Je vois. C'était trop dur, même pour toi.

— Il fallait que je choisisse et c'est toi que j'ai choisi. Je ne le reverrai plus jamais.

— Crois-tu vraiment que ça rachète toutes ces années de mensonges ? Tu ne m'as jamais aimé autant que cette espèce de héros stupide et sans scrupules ! Et tu l'aimes encore après toutes ces années. Mais pourquoi ? Pourquoi ? Nous avions un enfant, nous étions mariés. Ce salaud s'est servi de ta jeunesse pour te séduire.

— Je voulais qu'il me séduise pour m'enlever de... l'endroit sordide où j'habitais. Je ne pensais pas l'aimer à l'époque, ni personne d'autre après avoir vécu dans ce taudis.

Pendant un long moment Harding resta silencieux, puis il parla d'une voix qui la fit frissonner.

— Le salaud ! Quand je pense que j'avais de l'admiration pour lui ! Je ne supportais pas les injustices dont il était la cible, j'essayais de l'aider. Et il m'a laissé faire ! Quelle noble attitude après avoir couché avec ma femme ! Est-ce qu'il t'a fait aussi l'amour dans notre lit à Silvermoor ?

— Harding, non ! Je t'en prie. Il préférait être déshonoré plutôt que de te compromettre.

— Mais tu as fait un autre choix, n'est-ce pas ?

Elle n'avait rien à répondre. Harding était persuadé qu'elle avait choisi délibérément de l'humilier alors qu'elle avait agi uniquement par impulsion. Elle ne pouvait pas assister impuissante à la destruction de Julian.

Emmanuelle entendit Harding approcher et se tourna vers lui avec espoir mais il se contenta de fermer la fenêtre. Puis il alluma la lumière et alla dans sa chambre sans la regarder. Elle le suivit. Il avait sorti une petite valise.

— Ne pars pas maintenant, Harding, il faut que nous parlions.

— Nous n'avons plus rien à nous dire. Je ferai envoyer

le reste de mes bagages dès que j'aurai pris une décision. Quand rentres-tu à la maison ?

— Je reste à Londres encore quelque temps, tu peux avoir besoin de moi.

— Ne me fais pas croire que tu restes pour moi, dit-il d'un ton méprisant. Pas après ce que tu m'as fait aujourd'hui.

— Mais ils l'auraient détruit.

— Emmanuelle, as-tu pensé une seconde à ce que cela me ferait ? J'ai signé un pacte avec le diable le jour où je t'ai épousée. J'avais dit que tout ce que tu me donnerais me suffirait. J'avais tort. C'était une mauvaise affaire. A part quand nous faisions l'amour ; dans ces moments-là, je pensais que tu étais entièrement à moi et aujourd'hui tu me retires mes dernières illusions. C'est la pire des trahisons, Emmanuelle. Notre marché est rompu désormais.

Il la quitta et elle se rendit compte qu'elle n'avait pensé qu'à Julian aujourd'hui. Elle avait choisi l'honneur de Julian plutôt que la fierté de Harding.

Elle se déshabilla comme un automate et se coucha. A l'aube, elle parvint enfin à dormir. Elle savait qu'il lui faudrait dire toute la vérité à Harding au sujet de Drew. Et ce ne serait pas facile. Si seulement Harding pouvait oublier sa fierté pour lui laisser le temps de s'expliquer...

Elle se réveilla à neuf heures en entendant le bruit d'une clé dans la serrure.

— Harding ? appela-t-elle.

Il lui dit qu'il était venu chercher ses bagages. Apparemment, il n'avait pas dormi.

— Harding, attends, supplia-t-elle. Il y a tellement de choses dont il faut que je te parle.

Mais le visage de Harding se ferma aussitôt.

— Je n'ai pas le temps. Je suis attaché auprès des services de renseignements britanniques depuis ce matin. J'ai observé la progression des Allemands pendant mon séjour en Espagne. Ils pensent que je peux leur être utile. Je serai envoyé quelque part en dehors de Londres, je ne sais pas où exactement et, même si j'étais au courant, je ne pourrais pas te le dire.

— Que vas-tu faire de tes reportages ?

— Je ne sais pas. De toute façon, je reste ici. Cette

guerre va aller en empirant. Tu devrais rentrer à la maison, au moins pour Dana. Ou a-t-elle moins d'importance à tes yeux que lui ?

— Arrête. Je t'ai dit que c'était fini.

— Tu espères peut-être que je vais te croire.

— Oui, parce que c'est la vérité ! Essaie de comprendre. Je suis tombée amoureuse de lui bien avant de t'avoir rencontré et à ce sujet, j'ai été honnête dès le départ.

— Honnête ? Oh, oui, assez pour vouloir te faire avorter sans me le dire. Tu ne voulais pas d'elle, et de moi encore moins.

— Ça suffit ! cria-t-elle, aussi furieuse que lui. Je ne voulais pas me marier à l'époque, c'est vrai, et je ne voulais pas d'enfant. Mais tout a changé, tu le sais bien. Je ne mérite pas que tu me dises cela.

— Vraiment ? Je pense au contraire que tu le mérites bien après toutes ces années d'adultère.

— Je sais que tu le vois ainsi, mais chaque instant passé avec lui n'avait rien à voir avec toi et moi.

Elle avait du mal à s'exprimer. Comment pouvait-il croire une chose pareille ?

— J'étais loyale envers toi à ma manière.

— A ta manière ! hurla-t-il. Mais ça ne suffit pas, ce n'est pas ce que dit le contrat. Tu étais mon épouse mais tu aimais un autre homme. Tu t'éclipsais pour aller le retrouver, tu m'as ridiculisé, moi et mes sentiments.

Il prit sa valise, se dirigea vers la porte et s'arrêta brusquement sans se retourner.

— Comment t'a-t-il appelée hier ?

— Emma.

— Pourquoi t'a-t-il appelée ainsi ?

— C'était mon nom, murmura-t-elle, avant que je vienne aux États-Unis commencer une nouvelle vie.

— Mon Dieu, je ne connais vraiment pas grand-chose de toi ! Il m'a déjà été pénible d'apprendre que tu menais une double vie mais une double vie secrète, c'est trop pour moi. Comment ai-je pu être assez bête pour t'aimer ?

Il sortit en claquant la porte derrière lui. Immobile près de son lit, Emmanuelle pensa qu'il lui serait impossible de tout lui dire.

Elle s'était déjà trouvée seule souvent mais jamais elle n'avait ressenti une aussi grande solitude que dans la suite de cet hôtel. Son angoisse croissait à mesure que les jours passaient.

Elle pensa au coup d'œil admiratif de Drew quand elle était entrée dans le bureau de Harding pour les aider à défendre son père. Quelle joie ce regard lui avait donnée ! Mais ensuite, comme il avait dû être peiné d'apprendre que son père avait une maîtresse !

Emmanuelle se mit à arpenter sa chambre en pensant à Dana en sécurité aux États-Unis et à Drew en danger ici. Sa présence en Angleterre ne changerait rien pour Drew mais, maintenant qu'elle l'avait vu et touché, comment pouvait-elle l'abandonner ?

Dans l'après-midi, sa décision était prise : elle resterait encore quelque temps à Londres pour faire le point. Il lui était pénible de savoir que son propre fils la jugeait durement.

Pendant le dîner, elle annonça à Marie-Alice que Harding avait rejoint les renseignements britanniques et qu'elle avait l'intention de rester en Angleterre.

— Mais c'est trop triste d'habiter une chambre d'hôtel. Je vais chercher un studio.

— Il y a une chambre libre dans mon appartement si cela vous intéresse. Roland, mon futur époux, s'en sert comme bureau, mais il est parti, aussi vous pouvez la prendre. Je n'ai pas l'habitude de vivre toute seule.

— Moi non plus. J'accepte votre offre.

Elle fit ses bagages le soir même et attendit qu'il soit tard sur la côte Est pour appeler Dana.

— Papa reste ici pour aider les Anglais, ma chérie, et, comme tu seras à l'école, j'aimerais bien rester aussi.

— Va-t-il vraiment y avoir la guerre, maman ? Les gens disent qu'elle ne commencera jamais.

— Peut-être, mais ils doivent être prêts et je peux les aider. Mais cela dépend de toi, Dana. Je ne resterai pas si tu n'es pas d'accord.

— Reste, dit Dana après un moment de silence.

— Si tu me manques trop, je rentrerai à la maison. Merci de m'accorder un peu de temps.

— Ça va, dit Dana, à la fois digne et hésitante. Embrasse papa de ma part.

— Je n'y manquerai pas, ma chérie. Il lui sera impossible de t'appeler ou de t'écrire avant plusieurs jours, mais ne t'inquiète pas. Au revoir, Dana.

Dana retourna dans la chambre qu'elle partageait avec Carolyn George et s'effondra dans un fauteuil, à bout de souffle. Caro la regarda pendant un instant avant de reposer son livre.

— C'était ta mère ?

Dana hocha la tête et les larmes lui vinrent aux yeux. Elle répéta toute la conversation à son amie.

— Eh bien, la voilà de nouveau partie pour une de ses folles croisades, conclut Dana.

— Ne sois pas méchante, Dana. C'est bien d'aider l'Angleterre en ce moment.

Dana fixa le mur de sa chambre, les poings fermés. C'était toujours pareil, sa mère faisait tout merveilleusement bien. Jamais elle ne pourrait rivaliser avec elle ni devenir ce qu'elle attendait d'elle. Parfois Dana avait l'impression de marcher dans un couloir étroit dont les murs se rapprochaient sans qu'elle puisse s'échapper.

Sur la table était posée une photo d'Emmanuelle et de Harding souriants, à Silvermoor, l'été dernier. Ils se tenaient enlacés près d'un buisson de roses dans le jardin. Harding était en tenue de tennis et Emmanuelle portait une robe de lin blanche et des bijoux de turquoise. Elle était détendue, pleine d'assurance, ravissante ; jamais Dana n'avait connu de femme aussi belle que sa mère.

« Oh, papa, implora silencieusement Dana, je ne peux pas être comme elle. Je ne le veux pas non plus. »

Carolyn attendit que les mains de Dana se décontractent et que les rougeurs de son visage s'estompent.

— Je sais que tu es fière d'elle quand tu n'es pas en colère.

— Oui, c'est vrai. Mais elle est constamment ailleurs, à faire des choses dont tout le monde parle pour que tout le monde puisse dire : Mme Béranger, n'est-elle pas merveilleuse ? Jamais elle n'a été Mme Harding Ellis, ma mère, tout simplement... Et maintenant, sais-tu ce qu'elle a prévu pour moi ? « Tu es censée être une jeune fille intelligente et élégante, et épouser un prince. Tu y arriveras sans effort, même si tu détestes cette idée. Ça ne fait rien, Dana, tu ne te marieras pas avant bien longtemps. »

Elle eut un petit sourire sans joie.

— Je te parie que je ne me marierai pas, en tout cas pas avec un garçon que m'aura choisi maman.

Emmanuelle emménagea dans l'appartement de Marie-Alice à Portman Square le matin suivant. Elle laissa sa nouvelle adresse et son numéro de téléphone au *Connaught*.

— Je ne veux pas me contenter d'écrire des articles sur les femmes britanniques pendant la guerre, dit-elle à Marie-Alice.

Elle était en train de défaire sa valise dans le petit bureau rempli de livres où elle habiterait dorénavant. Son lit était couvert de vêtements d'été et de robes de soirée. Il lui faudrait acheter des vêtements plus pratiques pour l'hiver, avant qu'il n'y ait plus rien dans les magasins.

— Je vais devenir folle si je ne me rends pas utile.

— Que savez-vous faire, à part défendre les droits des femmes ?

Emmanuelle réfléchit un instant.

— Je m'y connais en restauration. Je peux commander des repas pour dix ou mille personnes. Je sais également comment les répartir.

— Bien. Je vais vous envoyer au ministère de l'Approvisionnement. Je suis sûre que vous leur serez utile. Maintenant, je vous prépare une bonne tasse de thé. Ce sera prêt quand vous aurez fini de vous installer.

CHAPITRE 77

A la fin du printemps 1940, Emmanuelle éprouva des sentiments confus. Elle avait vécu deux vies distinctes, avec deux hommes et deux enfants et, à présent, elle se retrouvait seule, loin de ceux qu'elle aimait. Elle téléphonait à Dana plusieurs fois par semaine et essayait de ne pas remarquer le ton chargé de reproches de sa fille. Elle appelait Kate tous les jours. Le succès du restaurant était rassurant mais Kate était impatiente de la voir rentrer aux États-Unis.

— Cette drôle de guerre ne peut pas continuer éternellement, Emmanuelle.

— Je ne peux pas quitter l'Angleterre, Kate, pas maintenant.

Le monde semblait coupé en deux. Hitler était qualifié de tyran, de menteur et d'assassin des deux côtés de l'Atlantique, mais aux États-Unis les lettres de protestation contre la guerre affluaient au Congrès. Sur les plaques d'immatriculation des voitures, on pouvait lire cette inscription : « Restons neutres. »

— Sont-ils aveugles ? demanda Marie-Alice après avoir lu la presse américaine.

— Ils ne veulent pas entrer en guerre.

A Londres, pourtant au bord du désastre, il y avait de la musique hongroise au *Claridge* et une excellente cuisine italienne au *Quaglino.* Les tulipes et les jacinthes bleues embellissaient Hyde Park et les azalées les rebords des fenêtres d'hôtel, comme chaque année au mois d'avril.

En mai, Hitler mit un terme à cette drôle de guerre en envahissant la Norvège, le Danemark, la Belgique, la Hollande, le Luxembourg et la France. Emmanuelle se demandait de plus en plus sérieusement si elle devait rester ou rentrer chez elle.

A la fin du mois de mai, la France était occupée par les nazis et le corps expéditionnaire anglais n'avait pas dépassé Dunkerque. De l'autre côté de l'Atlantique, les Américains observaient la carte de l'Europe. La vague d'isolationnisme qui avait envahi l'Amérique reculait doucement.

— Il est difficile de croire la presse américaine, dit Marie-Alice. A l'exception des New-Yorkais, peu d'Américains s'intéressent à Hitler.

— Roosevelt a l'intention de faire fabriquer cinquante mille avions.

— Pour votre défense. Pas pour la nôtre. Les Américains préfèrent que nous nous battions sans eux et, quand les Allemands nous auront envahis, nous n'aurons plus que des balais et des bâtons pour nous défendre si personne ne nous aide. Votre mari est dans l'aéronautique, n'est-ce pas ? Grâce à lui, l'Amérique possède une importante force aérienne. Eh bien, vous verrez, ils l'accuseront d'avoir profité de la guerre.

— Les gens ne sont pas aussi stupides.

— Ils jugent les choses selon leurs apparences. Souvenez-vous de ce qu'ils ont fait à votre ami Saxon ! De telles rumeurs se répandent vite ; heureusement la presse n'a rien dit sur cette affaire, pas même les feuilles de chou. Je ne défends pas les pacifistes ; ils sont en partie responsables de la faiblesse de notre défense, mais je sais que Saxon n'a jamais été un sympathisant nazi pas plus que votre mari un profiteur de guerre.

Emmanuelle n'avait pas vu Harding depuis le jour où il avait quitté l'hôtel. Il l'avait appelée une fois au sujet de Dana et ils s'étaient mis d'accord pour ne rien dire à leur fille pour le moment. Cette conversation l'avait déprimée.

Quand la nuit tombait, Londres se transformait en une cité déserte et sombre. Des gardes patrouillaient dans les rues à l'affût d'une lumière trop forte et les Londoniens enveloppaient leurs lampes de poche avec du papier pour trouver leur chemin, redoutant le clair de lune. Dans la journée, la ville reprenait ses activités mais il n'y avait plus aucun enfant dans les rues.

Les nuits d'Emmanuelle étaient très agitées. Elle ne cessait de refaire le même cauchemar : elle se promenait à travers les rues sombres et désertes en appelant ses enfants. Dans son rêve, Drew était le petit garçon de neuf ans sur la photographie que Sir James lui avait donnée. Ses enfants se tenaient par la main et l'appelaient. Mais un torrent de cadavres les séparait qu'elle ne parvenait pas à traverser.

Emmanuelle avait un curieux pressentiment : elle sentait qu'elle devait rester en Angleterre. Cependant, l'année scolaire de Dana touchait à sa fin.

— Tu peux partir camper avec Caro cet été, lui avait-elle dit au téléphone.

— Ça ne me tente pas. Si toi et papa ne rentrez pas à la maison, je veux aller dans le Colorado faire des fouilles.

— Toute seule ?

— Oh, maman, bien sûr que non. Avec un groupe d'étudiants de l'Université du Colorado. Skip Atwood a l'intention d'y aller.

— Si Kate le laisse partir, tu peux y aller, toi aussi.

— Mais tu m'as promis que tu rentrerais à la maison si je te le demandais, protesta Dana, prête à éclater en sanglots. Je n'aime pas rester toute seule.

— Ma chérie, les réfugiés français sont chaque jour de plus en plus nombreux à Londres. Je peux les aider en tant qu'interprète pendant que tu seras en vacances.

— Maman, la France va-t-elle se rendre ? Où est Tante Danielle ?

— Toujours à Paris.

— Dis-lui de venir, maman, ramène-la à la maison avec toi.

Mais Emmanuelle ne parvenait pas à joindre Danielle. Une grande confusion régnait à Paris alors que le gouvernement prenait la fuite. Les immenses forêts impénétrables des Ardennes avaient été envahies dès les premiers jours et les Allemands avaient franchi aisément la ligne Maginot. Le reste du corps expéditionnaire britannique avait dû être évacué. Une armada de bateaux de plaisance, de bateaux de pêche et d'embarcations diverses s'était associée aux contre-torpilleurs et aux dragueurs de mines pour évacuer trois cent mille soldats des forces britanniques et françaises.

En dehors de son travail au ministère de l'Approvisionnement, Emmanuelle continuait d'écrire ses articles sur les femmes actives à Londres. La plupart s'aventuraient pour la première fois hors de leurs foyers après avoir envoyé leurs enfants dans un endroit sûr. Elles étaient prêtes à tirer sur les Allemands s'ils envahissaient l'Angleterre, du moins s'il restait assez de fusils. Presque tout l'équipement du corps expéditionnaire britannique était resté sur la plage de Dunkerque.

Quand la nouvelle de la capitulation de la France se répandit en Angleterre, Emmanuelle se trouvait au ministère. Les gens se rassemblaient en petits groupes pour discuter.

— C'est impossible, dit un des hommes. Les Boches vont traverser la Manche avant même que nous puissions riposter.

Emmanuelle reçut un appel de Julian. Le son de sa voix la réconforta.

— Il fallait que je t'appelle, ma chérie, aussitôt après avoir entendu la nouvelle.

— Je suis contente que tu l'aies fait. L'idée même que les nazis soient à Paris m'est insupportable.

— Tu vas bien, Emma ? demanda-t-il avec tendresse.

— Ça me fait plaisir d'entendre ta voix.

— Veux-tu dîner avec moi ?

— Pas encore, Julian. Attendons un peu avant de nous revoir.

— D'accord, ma chérie, je ne veux pas te brusquer. Je dois y aller, Emma. Je t'appelle dès que possible. Je t'aime. Prends bien soin de toi.

Ils se parlèrent souvent par la suite. Le quartier général de Julian s'occupait de défense nationale. Il était souvent parti, en Écosse ou sur la côte sud-est de l'Angleterre, comme le présumait Emmanuelle. Tout le monde savait que les Allemands s'attaqueraient en premier à ces régions. Sa maison de Regent's Park était devenue le cercle des officiers de la Royal Air Force et il avait loué un petit appartement dans Mount Street.

— Drew a besoin d'un endroit pour son idylle, lui avait-il dit récemment.

— Que devient Fenella ?

— C'est sérieux entre eux ; un gentleman ne doit pas... Je ne me suis pas vraiment conduit comme un gentleman avec toi.

— Ni moi comme une lady.

— Si. Tu n'as jamais cessé d'en être une.

Emmanuelle était certaine que Drew ne partageait pas l'avis de son père.

Davina était à Stridings avec ses filles pour plus de sécurité. Cependant, Julian ne demandait pas à Emmanuelle de le rejoindre dans son appartement. Il savait qu'elle refuserait.

Elle continuait de tenir sa promesse envers Harding, non pour des raisons morales mais plutôt comme un acte de contrition. Si elle tenait parole, le destin épargnerait peut-être ceux qu'elle aimait.

Harding faisait un reportage radio presque toutes les semaines. Emmanuelle était ainsi soulagée de savoir où il se trouvait.

Elle s'inquiétait surtout pour Drew. Les chasseurs de la Royal Air Force étaient le seul obstacle entre les bombardiers allemands et leurs cibles : les docks, les usines et en particulier les terrains d'aviation anglais d'où décollaient les pilotes de la R.A.F.

Elle était seule dans l'appartement quand Harding l'appela tard dans la soirée.

— Je rentre aux États-Unis. On a besoin de moi là-bas.

Elle savait qu'il voulait modifier ses usines aéronautiques de la côte Ouest pour produire du matériel militaire.

— Ensuite, continua Harding, j'irai quelque part, en mission. Et toi ?

— Je rentre bientôt à la maison. La France libre a besoin de moi pour le moment.

— Que dois-je dire à Dana ?

— Rien en ce qui nous concerne, Harding !

— Non, non, je ne veux pas parler de... nos différends

personnels. Je veux parler de ton séjour prolongé en Angleterre.

— Dana sait que je reste ici tout l'été. Je lui ai dit qu'elle pouvait aller dans le Colorado avec un groupe d'étudiants en archéologie. Skip Atwood y va aussi. J'espère que tu es d'accord ?

Le ton courtois et glacial de leur conversation était presque ridicule. Elle aurait préféré qu'ils hurlent.

— Bien. Mais la situation risque de s'aggraver. Avant l'invasion, les Allemands essaieront de bombarder l'Angleterre ou de faire un blocus. Tu devrais rentrer pendant qu'il en est encore temps.

Emmanuelle sentit sa colère disparaître. « Tu as toujours aimé me dire ce qu'il fallait que je fasse, implora-t-elle silencieusement. Dis-moi de venir avec toi maintenant, je t'en prie. »

— Es-tu seule ?

Le ton de sa voix avait brusquement changé.

— Marie-Alice est sortie, et je suis seule. Je suis toujours seule, Harding. Je t'ai donné ma parole.

— De toute façon, ça ne me regarde pas. Je n'aurais pas dû te poser cette question.

— Je rentrerai à la maison avant le retour de Dana du Colorado. Pourras-tu le lui dire ?

— Entendu, je lui dirai. Au revoir. Sois prudente.

Emmanuelle raccrocha et se mit à réfléchir. Qu'espérait-elle en restant à Londres plus longtemps ?

CHAPITRE 78

L'été 1940 fut apocalyptique. Toute l'Angleterre attendait que les cloches des églises annoncent l'invasion allemande. Le temps était doux et chaud mais le brouillard était toujours le bienvenu dans le sud-est du pays, où se trouvaient de nombreux terrains d'aviation.

— Vous agissez comme si vous aviez un amant dans la R.A.F., dit Marie-Alice à Emmanuelle. Ne me regardez pas comme ça, pour l'amour du ciel. Vous n'êtes pas la première femme à avoir une liaison pendant une guerre. La vie est courte et l'amour réconforte.

Emmanuelle secoua la tête avec un petit sourire. Elle avait un fils qu'elle ne connaissait pas et les deux hommes de sa vie n'étaient plus avec elle.

— Excusez-moi d'avoir été de mauvaise humeur ces derniers temps.

— Ce n'est pas grave, tout le monde est sur les nerfs en ce moment. Voulez-vous une tasse de thé ?

— Non, merci. Seuls les Anglais sont assez fous pour boire du thé par cette chaleur.

Le téléphone sonna.

— J'y vais, dit Emmanuelle. Si je m'assieds, je ne pourrai plus me relever.

— Emma ? demanda Julian.

— Bonjour, dit-elle en prenant bien soin de ne pas prononcer son nom. Comment vas-tu ?

— Emma, c'est à propos de Drew.

— Comment ? Que lui est-il arrivé ?

— Son avion s'est écrasé dans la Manche aujourd'hui. Broadhurst vient de m'appeler. Personne d'autre n'est au courant.

— Oh, mon Dieu ! Où es-tu ?

— Dans l'appartement, mais je pars pour l'aéroport de Hendon dès que j'aurai trouvé une voiture.

— Je peux en avoir une. Je serai là dans une demi-heure, attends-moi.

Elle raccrocha et se précipita dans sa chambre. Marie-Alice la suivit.

— Qui était-ce ? Que s'est-il passé ?

— Un ami, son fils a été abattu au-dessus de la Manche. Il a besoin d'une voiture. Nous allons au terrain d'aviation pour attendre les nouvelles.

— Comment allez-vous faire pour obtenir une voiture ?

— Je me débrouillerai.

Emmanuelle mit ses chaussures, attrapa son sac et son masque à gaz et dévala l'escalier.

Julian et Emmanuelle atteignirent Bentley Priory, situé à la périphérie de Londres, tard dans la soirée. Lord Broadhurst avait usé de son influence et Julian avait obtenu l'autorisation d'attendre dans le quartier général de la R.A.F.

— Broadhurst a dit que Drew avait pu sortir indemne de l'appareil. Son parachute s'est bien ouvert. Mais nos bateaux ne l'ont toujours pas repêché.

— Ils le retrouveront, répondit Emmanuelle, le cœur brisé.

Elle avait entendu dire au *Star* que la R.A.F. avait perdu beaucoup d'hommes dans des situations semblables. De nombreux pilotes étaient parvenus à sortir de leur appareil pour finir noyés dans les eaux froides et tumultueuses de la Manche. D'autres avaient été repêchés par les patrouilleurs allemands et faits prisonniers.

— Grâce à Dieu, tu es avec moi, dit Julian.

Ils attendirent en silence. Puis une sentinelle leur fit signe de la suivre dans l'allée qui menait au prieuré.

Ils furent accueillis par un jeune lieutenant et escortés jusqu'à une petite pièce qui avait dû être un parloir autrefois. Julian sortit avec le lieutenant et Emmanuelle se laissa tomber dans un fauteuil. Par les fenêtres ouvertes, elle pouvait entendre les bruits de la campagne au crépuscule.

Julian revint seul. Elle leva les yeux mais il secoua la tête.

— Toujours rien. Les rapports n'arriveront qu'à la nuit tombée.

— Mais ça fait des heures qu'il est dans l'eau ! dit-elle d'une voix haletante.

Julian se tenait près du bureau. L'expression de son regard lui rappela leur dernière soirée à Paris chez *César* quand il lui avait fait ses adieux.

— Emma, il y aurait eu plus d'avions pour le rechercher si je n'avais pas été là. Je ne voulais pas qu'ils en construisent.

— Non, Julian, tu n'étais pas assez puissant pour les arrêter tout seul. Si Drew est... perdu, il ne faudra pas te sentir coupable.

Julian ferma les yeux un instant.

— Tu es très forte.

Il lui tendit la main. Elle se leva et alla vers lui. Cela faisait longtemps qu'il ne l'avait pas prise dans ses bras. Elle lui caressa le visage et la nuque, se demandant pourquoi elle l'avait tenu à distance alors qu'elle l'aimait depuis si longtemps.

Il faisait presque nuit et leurs espoirs s'envolaient. Ensemble, ils regardèrent les champs et les arbres devenir de plus en plus sombres et se confondre dans la nuit.

Quelqu'un frappa enfin à la porte.

— Je suis désolé, mon commandant, dit le lieutenant, tous les bateaux réguliers ont fait leur rapport et votre fils n'est pas avec eux. Mais ne perdez pas espoir. Il a peut-être été recueilli par un pêcheur ou par les Allemands.

— Quel est le temps maximum de survie dans la Manche ? demanda Julian.

— Vingt heures, mon commandant, pour autant que je sache. Mais il se peut que d'autres aient survécu plus longtemps encore.

Emmanuelle sentit le corps de Julian trembler.

— Merci, lieutenant. Pouvons-nous rester ici ?

— Restez aussi longtemps que vous voulez, mon commandant. N'hésitez pas à m'appeler si vous avez besoin de quoi que ce soit. Je suis vraiment désolé.

Emmanuelle n'entendit pas la porte se refermer. Elle s'appuya sans dire un mot contre Julian, puis se mit à pleurer comme elle ne l'avait pas fait depuis longtemps.

— Emma, dit-il en la serrant contre lui. Je suis content que tu sois venue pour mon fils.

Elle était sûre que Drew était mort ou, pis encore, en train de se débattre dans une eau sombre et glaciale. Elle prit le visage de Julian dans ses mains et posa la joue contre la sienne.

— Mon fils, Julian, dit-elle doucement, c'est aussi mon fils. Le nôtre. Je l'ai abandonné à sa naissance mais il est toujours à moi.

Il recula pour mieux la regarder.

— Ton fils ? Drew ? Je ne comprends pas.

Elle approcha deux chaises de la fenêtre.

— Viens t'asseoir à côté de moi, Julian, et je te raconterai tout.

D'une voix très calme, elle lui parla de Sir James, de Davina et de Silvermoor Cottage à Glengowrie. Elle avait toujours redouté ce moment.

— J'aurais dû m'en douter, dit-il après un long silence. J'aurais dû deviner pourquoi je l'aimais tant et pourquoi Davina le détestait. J'aurais dû comprendre cette tristesse sur ton beau visage chaque fois que je te parlais de lui.

Il se tut puis se tourna vers elle.

— Pourquoi ne m'as-tu rien dit à Venise quand tu t'es rendu compte de ce que Davina et mon père nous avaient fait ?

— A cause de ma fille... et de mon fils. Aurais-tu dit à Drew qu'il était un bâtard et que sa mère l'avait abandonné ? Que son grand-père était aussi en partie responsable ? Et tu n'aurais jamais pu le laisser avec Davina ! Elle le déteste depuis le début !

— Je ne sais pas ce que j'aurais fait. Mais pense à ce que nous avons vécu, Davina et moi, toi et Harding. Nous aurions dû prendre une décision ensemble. Tu aurais dû me donner cette chance.

— Vraiment ? Alors que cela n'aurait rien changé ? Comment peux-tu savoir ce que j'aurais dû faire ? Je n'aurais jamais dû l'abandonner, c'est sûr. Mais il avait droit à tout et il a toujours ce droit, illégitime ou pas ! C'est ton fils !

— Je ne te blâme pas, Emma. Toi et Drew êtes les seules personnes au monde que j'aime vraiment.

— Oui, je sais. Je ne l'ai vu que deux fois, Julian. Je veux que tu me racontes tout sur lui.

Toute la nuit, il lui raconta la vie d'un petit garçon, d'un adolescent et d'un enfant. Le récit ne s'enchaînait pas : Drew avait douze ans, puis deux ans et dix-sept ans. Il était tour à tour angélique, rebelle, drôle, impossible mais toujours irrésistible.

Puis l'aube chassa doucement l'obscurité de la nuit et vint éclairer leur visage.

— Il faut que nous retournions à Londres, dit Julian. Je veux apprendre aux filles ce qui est arrivé à Drew. Et Davina doit aussi savoir.

Le quartier général s'éveillait et des bruits de pas résonnaient dans les couloirs. Ils furent stupéfaits de voir la porte s'ouvrir brusquement.

— Il a été retrouvé, mon commandant ! cria le lieutenant. La nuit dernière par un vieux pêcheur qui n'avait pas le téléphone et qui a attendu ce matin pour se rendre à la poste. Votre fils a trois côtes cassées, sa peau était violacée à cause du froid mais il sera rétabli dans un mois ou deux. Je suis très heureux pour vous, mon commandant, pour vous tous.

Il fit un petit signe en direction d'Emmanuelle, ne sachant pas très bien à qui il avait affaire et les laissa seuls, toujours séparés dans la vie mais réunis par Drew. Ils se jetèrent dans les bras l'un de l'autre.

— Que faire, maintenant, Emma ?

— Je ne sais pas. Il est vivant, c'est la seule chose qui compte pour le moment.

Ils quittèrent Bentley Priory et roulèrent lentement vers Londres dans le soleil levant, trop fatigués pour parler. Quand Emmanuelle s'arrêta, il se tourna vers elle.

— Je me suis toujours demandé pourquoi tu avais gâché ta vie pour moi, Emma, pourquoi tu ne vivais pas en paix avec Harding. Il t'aime et c'est l'homme qu'il te faut.

— Oui, mais ce n'est pas toi. Harding est un homme extraordinaire mais il ne sera jamais comme toi.

— Emma, dit-il après un moment de réflexion, je dois quitter Londres pendant quelques jours mais, à mon retour, il faut que je te voie. Nous avons encore beaucoup de choses à nous dire.

— Oui, Julian.

Il lui caressa la joue et sortit de la voiture.

— Je t'aime énormément, dit-il. Plus que jamais.

Elle démarra et réfléchit à ce qu'il venait de lui dire.

Elle s'arrêta devant le *Star* afin de voir la date des vols pour New York. Même si la liste d'attente était longue, elle serait chez elle avant le retour de Dana, dans dix jours.

Mais cette nuit-là Londres fut bombardé pour la première fois et le nom de code « Cromwell » qui signifiait « invasion imminente » se répandit à travers tout le pays. Les diplomates furent prioritaires sur les vols et Emmanuelle se retrouva en fin de liste d'attente.

Il n'y eut pas d'invasion. Les bombes avaient peut-être été une erreur, conclut-on, lancées dans l'obscurité par un pilote allemand qui préférait ne pas les garder à l'atterrissage. Mais la Grande-Bretagne était révoltée. Il y eut quatre raids de représailles sur Berlin et, après le retour de Julian à Londres, les terribles bombardements de Londres commencèrent pour de bon.

CHAPITRE 79

— T'épouser ? dit doucement Emmanuelle.

— Oui, Emma. Drew est un homme maintenant. Et les filles sont à l'école.

La silhouette élancée de Julian se détachait dans la lumière. Ils se trouvaient dans le salon de son appartement de Mount Street. Tout y était bleu pâle comme dans le petit salon décoré par Davina à Stridings. Emmanuelle se sentait mal à l'aise dans cet univers où tout rappelait Davina, mais c'était le seul endroit où ils pouvaient discuter sans être dérangés. Les Allemands eux-mêmes respectaient leur intimité ; les sirènes n'avaient pas encore retenti aujourd'hui.

— Nous aurions dû nous marier depuis longtemps, et nous l'aurions fait sans mon père, Davina et mon incroyable stupidité.

— Julian, tu oublies Dana.

— Non, ma chérie, je sais ce qu'elle représente pour toi. Mais tu disais qu'il y avait très peu d'espoir pour Harding et toi. Auras-tu la garde de Dana si vous divorcez ?

— Je ne pense pas que Harding soit d'accord.

Il le serait encore moins si elle épousait Julian. Son mariage avec Harding semblait irrémédiablement gâché mais elle devait penser à Drew et à Dana. Ils seraient trop bouleversés par son mariage avec Julian.

Julian l'avait embrassée à son arrivée mais depuis il ne lui avait pas même touché la main. Cette décision était trop importante pour reposer sur une attirance physique.

Elle l'aimait à la folie mais elle l'avait plus souvent exprimé par son corps que par des mots.

— Tu dis cela à cause de la guerre, dit-elle, encore perplexe.

— Non, Emma, à cause de notre amour et de notre fils.

Ils s'étaient déjà mis d'accord pour garder le secret au sujet de Drew. Il était difficile d'annoncer à Andrew James Julian Saxon, futur baronnet, qu'il n'avait aucun droit au titre. Drew n'avait pas besoin d'une telle épreuve en ce moment. Peut-être ne connaîtrait-il jamais la vérité sur sa naissance.

Emmanuelle revit l'expression de Drew dans le bureau de Harding et imagina le trouble et la colère de Dana si elle épousait Julian.

— Julian, il est trop tard pour nous.

— Non, Emma. Il faudra attendre que nos enfants nous acceptent. Ce sera difficile mais ils comprendront quand ils seront plus mûrs. Épouse-moi, ma chérie. Sois ma femme pour les années qui nous restent à vivre.

Il la regardait avec des yeux implorants.

— Je t'aime, tu le sais, mais je ne peux pas te donner de réponse avant d'avoir vu Dana et parlé à Harding. Attends encore un peu, je t'en prie, Julian.

— Oh, Emma ! J'attendrai, bien sûr.

Il lui tendit les bras et elle alla vers lui. Ensemble, ils revivaient leur passé. Mais à travers leurs sentiments, ne désiraient-ils pas surtout retrouver leur jeunesse, leur amour et leurs souvenirs ? Harding lui avait dit méchamment qu'elle avait aimé Julian pour son charme physique. C'était vrai en partie, mais tout l'enchantait chez lui, son esprit et son caractère autant que ses mains, sa bouche et son corps contre le sien quand il la désirait.

— Tu m'as tellement manqué, Emma...

— Toi aussi, mais pas ici, Julian, pas dans l'appartement de Davina.

— Non, tu as raison. Nous avons toute la vie et le monde entier devant nous.

— Et Davina ?

— Je ne veux plus vivre avec elle, quelle que soit ta décision. Je le lui dirai dès ma prochaine permission.

— Tu as besoin de te reposer, tu as l'air si fatigué...

Essaie de dormir. De toute façon, je suis de service maintenant. Je reviendrai te voir ce soir. Julian, si tu savais comme je t'aime !

— Je le sais, mais cela m'étonne toujours.

Julian s'allongea sur le divan et elle le laissa dormir. A Hyde Park Corner, elle prit un tramway en direction de l'hôpital Saint-George. Elle avait appris à vivre au milieu des bombardements et des ruines mais l'ouest de la capitale était encore intact. Les trois cents bombardiers du premier raid sur Londres n'étaient que le début de l'offensive allemande. Emmanuelle avait cessé ses activités au ministère de l'Approvisionnement après avoir décidé de rentrer à New York. Mais son vol avait été retardé et elle travaillait maintenant comme ambulancière.

L'alerte aérienne eut lieu quelques minutes après la tombée de la nuit. Le tramway d'Emmanuelle s'arrêta brutalement. Elle descendit à toute vitesse avec les autres passagers et courut vers un abri. Elle s'assit dans un coin, contente de porter sa tenue d'ambulancière. Elle attendit de voir si les bombes se rapprochaient. Jamais elles n'étaient tombées aussi près. Chaque fois, la terre tremblait, de petits tourbillons de poussière s'engouffraient dans l'abri. Emmanuelle alluma une cigarette, se boucha les oreilles et essaya de ne pas hurler à chaque explosion.

Elle posa la tête sur ses genoux et la couvrit avec ses bras. Elle pensa à Julian. Il était toujours le plus bel homme qu'elle eût jamais vu. Il la comprenait instinctivement mais il ne la connaissait pas vraiment.

Elle avait l'impression de vivre un rêve avec lui. Il ignorait tout de la rue Borges. Julian ne connaissait pas son ambition sans limites. Il ne savait pas de quoi elle était capable pour faire fortune, d'abord pour elle, puis pour Dana. L'argent n'avait jamais été un problème pour lui, il ne s'était jamais battu comme elle et Harding.

Julian ne connaissait pas non plus ses sautes d'humeur et son mauvais caractère. Et qu'aurait-il pensé de la façon dont elle avait extorqué de l'argent à cette pauvre Matilda Blessing ? Harding, lui, aurait ri avec elle s'il avait été au courant.

Et surtout, il ignorait ses origines et les règles qu'elle avait établies ; l'honneur, les traditions et les principes n'en faisaient pas partie. Elle avait perdu le respect de Drew et l'estime de Harding pour Julian, mais elle ne pouvait sacrifier Dana. C'était ce qu'elle avait l'intention de lui dire ce soir.

Elle sortit dans la rue, abasourdie à la vue des bâtiments en flammes quelques rues plus loin. Son uniforme lui permit d'aller à l'hôpital dans une ambulance.

— Content de voir que vous n'avez rien, lui dit le préposé. Ils ont bombardé un peu partout dans Londres cette fois. L'ouest est également touché.

— Je sais, j'en viens.

— Les Boches sont très démocratiques, ils bombardent aussi bien les aristos que les ouvriers. Occupez-vous de Piccadilly.

Emmanuelle essayait de ne pas voir les blessés que les équipes de secours sortaient péniblement des décombres et de ne pas entendre les cris de douleur des hommes qu'elle transportait dans son ambulance. Il était très tard quand elle essaya d'appeler Julian. Les lignes téléphoniques étaient coupées. Elle parvint à trouver un taxi et donna l'adresse de Julian.

— Ça n'a pas dû être facile pour vous aujourd'hui, dit le chauffeur qui avait remarqué son uniforme.

— Non, c'était affreux.

Elle se tenait droite sur la banquette arrière et priait tout bas pour que la voiture aille plus vite. Mais le taxi avançait lentement à cause des décombres. Il s'arrêta deux rues avant l'adresse de Julian en raison des barrières de sécurité qui avaient été dressées. Elle le paya, marcha aussi vite que possible et fut terrifiée par ce qu'elle vit.

Les bâtiments n'étaient plus que ruines et il ne restait qu'un pan de mur à l'emplacement de l'appartement de Julian.

Emmanuelle avait perdu tout espoir de revoir Julian vivant. Les bombes avaient explosé vingt minutes après son départ. Julian n'allait jamais dans les abris antiaériens ; il disait que cela lui rappelait les tranchées du Front, étroites et sombres. « S'ils ne m'ont pas tué la première fois, ils ne me tueront pas à Londres », disait-il.

Elle trembla en regardant l'équipe de secours déblayer. Cette fois, il n'y aurait plus de miracle.

— Pas encore, Milady, dit une voix derrière elle.

Elle tressaillit. Davina se tenait à cinq mètres d'elle, vêtue d'une jupe de tweed et d'un pull de cachemire. Ses yeux bleus brillaient à la lumière des flammes.

— Vous l'avez rencontré ici, n'est-ce pas ?

— Oui.

— S'il était resté dans son quartier général, il serait toujours vivant. Maintenant je l'ai perdu par votre faute.

— Vous l'aviez perdu depuis longtemps.

— J'étais son épouse ! Il était censé m'aimer.

— Vous êtes stupide, Davina, si vous pensez qu'un contrat de mariage achète l'amour.

— Il m'aimait quand nous étions enfants et quand il m'a épousée, et il aurait continué s'il ne vous avait pas rencontrée. Pourquoi ne le laissiez-vous pas tranquille ?

— Pourquoi l'aurais-je fait ? Vous saviez qu'il ne voulait plus de vous. Vous vous êtes servie de mon fils pour le garder.

— Qu'étais-je supposée faire ? Le laisser partir ? Pour que tout le monde sache qu'il s'était abaissé devant une créature comme vous ?

— Si vous teniez à lui, oui, vous auriez dû le laisser partir. Mais vous n'avez toujours pensé qu'à votre petite personne. Vous vouliez posséder un homme qui ne vous aimait pas. Allez au diable, Davina. Je ne veux pas rester ici à discuter avec vous.

— De quoi avez-vous parlé aujourd'hui ?

— De Drew et de notre futur mariage.

— Alors je suis contente qu'il ait été tué. Quel dommage que vous ne soyez pas morte avec lui !

Emmanuelle frissonna et s'éloigna de Davina. Drew était en danger et elle ne saurait rien de lui ; il n'y avait plus personne pour lui donner de ses nouvelles.

— Madame ! appela un des secouristes. Nous avons pu le sortir. Il est mort. Mais vous n'avez pas besoin de l'identifier, il avait ses papiers militaires sur lui.

— Non, je veux le voir une dernière fois, dit Emmanuelle.

Davina lui lança un regard chargé de haine avant de partir.

Emmanuelle revit le Julian qu'elle avait connu à Paris. Il

représentait les plus beaux souvenirs de sa jeunesse, une période cruelle et tendre mais brève. A présent, Julian était parti pour toujours. Elle ne le reverrait plus que dans ses rêves.

« Je t'aime, Julian, grâce à toi j'ai connu le bonheur. Je t'aimerai toute ma vie. »

Elle se fraya un chemin dans les décombres et s'en alla à travers les ruelles obscures.

CHAPITRE 80

New York, 1940

Emmanuelle resta à Silvermoor pendant trois mois. Pendant le premier mois, elle ne vit personne, pas même Dana, qui avait des dizaines d'excuses pour rester dans son école. Elle voulait ainsi punir sa mère de sa longue absence.

— Tu ne peux pas le lui reprocher, lui dit Harding au téléphone.

Il l'appelait de Londres. Après un voyage rapide aux États-Unis, il était parti en mission de renseignements pendant plusieurs semaines, probablement en Afrique du Nord ou en Birmanie. Apparemment, il n'était toujours pas au courant de la mort de Julian. Elle ne pouvait pas le lui dire. Il l'apprendrait bien assez tôt.

— Je ne lui fais aucun reproche, dit-elle.

Emmanuelle regrettait de s'être confiée.

— Ken m'accompagne, dit Harding.

— D'accord.

— Il m'a supplié pour que je l'emmène, je ne fais pas cela pour t'ennuyer.

— Oui, bien sûr, Harding.

— J'ai un service à te demander. Veux-tu diriger le *Star* à ma place pendant mon absence ?

— Mais pourquoi n'as-tu pas demandé aux autres ?

— Je préférerais que ce soit toi.

Quelle colossale ironie ! Il faisait confiance à la rédactrice en chef mais pas à l'épouse. Emmanuelle se sentait trop fatiguée pour discuter.

Diriger le *Star* était un travail très prenant. Le personnel masculin n'aimait pas recevoir d'ordres d'une femme, mais elle s'y était attendue.

Quand Dana rentra à Noël, elle fut accablée de remords en voyant l'état de sa mère. Emmanuelle avait beaucoup maigri.

— Mais je vais bien, ma chérie, j'ai simplement perdu quelques kilos que je n'ai pas eu le temps de reprendre. Comme tu as grandi ! Je suis désolée d'avoir raté cela.

— Moi aussi, mais tu es à la maison maintenant et tu vas y rester.

Dana avait les yeux gris de sa mère mais elle avait hérité de Harding son tempérament énergique et sa détermination. A treize ans, elle faisait déjà preuve d'une grande maturité. Elle se mit d'accord avec Emmanuelle pour fermer Silvermoor après les vacances de Noël et habiter New York jusqu'au retour de Harding.

— Je ne comprends toujours pas pourquoi il préfère être là-bas plutôt qu'à la maison avec nous, grommela Dana en regardant sa mère d'un air soupçonneux.

— L'Angleterre est en danger et il veut se rendre utile.

Mais Dana n'était pas convaincue.

Au Noël suivant, les États-Unis furent eux aussi en danger. Dans le Pacifique, la situation était bien plus sérieuse. Peu d'Américains savaient qu'ils avaient failli perdre la guerre dans les mois précaires qui avaient suivi Pearl Harbor.

R.S.V.P. se remit à prospérer. A peine remis de leurs émotions, les Américains éprouvaient aussitôt le besoin de faire la fête.

— Quelle orgie ! lui avait dit Matilda Blessing lors d'un gala. Vous devez apprécier.

— Oh, taisez-vous, Matilda. Vous commencez à m'exaspérer.

— Mais vous êtes un véritable paquet de nerfs ! Ça ne vous a pas arrangée de diriger le *Star* ! Je voulais simplement dire que vous aviez des tas de scandales pour votre page mondaine.

Ses yeux étaient écarquillés par de trop nombreux liftings.

— Ça va mal à Londres.

— C'est affreux, je ne sais pas comment ils peuvent vivre dans de pareilles conditions.

— Certains n'ont plus ce problème. J'ai entendu dire que votre fougueux baronnet avait été tué.

— Ce n'était pas mon baronnet, parvint à dire Emmanuelle.

D'une certaine façon, c'était vrai ; Julian ne lui avait jamais appartenu.

— Vraiment ? Thomas vous a vue avec lui à Berlin.

— Thomas m'a vue avec beaucoup de gens dans de nombreux endroits. A propos, qui est cette femme si vulgaire qui lui parle ?

Les scandales de la haute société lui semblaient plus futiles que jamais. Mais cette vie nocturne l'éloignait de son appartement et elle ne rentrait chez elle que pour se mettre au lit. Dans la journée, elle travaillait bénévolement à la base aérienne. Presque tous les jours, elle venait se détendre à l'heure du déjeuner dans son restaurant.

M. Étienne, désespéré par la pénurie de mets raffinés et de vins français, avait agrandi le petit bar très chic du *Danielle's*. Emmanuelle y ajouta un pianiste.

— Pour jouer Debussy, bien sûr, avait dit M. Étienne, de ses lèvres pincées.

— Pour jouer des chansons d'amour, répondit Emmanuelle. Nous sommes en guerre. La guerre et l'amour, c'est pareil, ne le saviez-vous pas ?

— Madame, vous êtes devenue cynique.

— Monsieur, je l'ai toujours été.

Avait-elle vraiment toutes les qualités que les autres lui prêtaient ? Elle pensa à Dana qui préférait les jeans aux robes de chez Hattie Carnegie et qui avait une opinion très différente de sa mère.

— Tu fais fausse route, maman, lui reprochait souvent Dana. Je ne pense pas que tu saches quelle est ma véritable philosophie de la vie.

— La mienne est de veiller à ce que tu aies tout ce que tu veux.

— Tu ne sais pas vraiment ce que je veux.

— Dis-le-moi, alors.

Mais Dana concluait toujours en disant que cela n'avait aucune importance et que de toute façon Emmanuelle ne la comprendrait jamais.

Parfois, Dana semblait même lui reprocher l'absence de Harding. Quand la guerre toucha à sa fin, elle se mit à attendre son père avec autant d'inquiétude que sa mère. Emmanuelle avait l'intention de démissionner dès son retour et de gérer ses propres affaires. Plus personne ne se souciait des droits des femmes en ce moment. Les Alliés étaient en train de gagner la guerre, les plus heureux rentreraient bientôt chez eux.

La guerre avait également affecté les projets scolaires de Dana. Elle voulait faire ses études à Northwestern mais les universités mixtes étaient réservées aux jeunes Américains qui avaient dû interrompre leurs études à cause de la guerre. Quand les Américains entrèrent à Paris, en août 1944, Dana était inscrite à Smith pour le trimestre suivant.

En apprenant la nouvelle de la Libération de Paris, Dana embrassa sa mère, ce qu'elle n'avait pas fait depuis longtemps.

— Je suis contente pour toi, maman, murmura-t-elle. Et pour tante Danielle.

Mais elle était déjà partie pour Northampton quand Emmanuelle reçut une lettre de Harding lui apprenant la mort de Danielle, plusieurs mois auparavant. Elle avait eu une pneumonie aggravée par le manque de médicaments, le froid et une nourriture insuffisante.

— La vie est trop injuste, dit Emmanuelle à Kate en pleurant sur le portrait de Danielle dans le petit médaillon qu'elle lui avait donné. Pourquoi n'est-elle pas venue ici ? J'aurais fait n'importe quoi pour elle.

— Elle le savait, Emmanuelle.

— J'ai peur, Kate. Qui vais-je perdre à présent ?

En décembre, Harding couvrait l'offensive des Ardennes, puis il partit pour l'Est avec la Troisième Armée de Patton. Avec Ken Conan, ils atteignirent le camp de concentration de Buchenwald en avril 1945.

— Mon Dieu, dit Emmanuelle à la lecture des premières lignes de Harding.

— Que se passe-t-il, madame Ellis ?

Elle ne put que montrer le message de Harding. Un petit groupe de journalistes se rassembla autour d'elle et d'autres sortirent des salles de presse voisines et s'attroupèrent autour de la machine.

Tous gardèrent le silence devant les descriptions terrifiantes et insoutenables de Buchenwald. Harding semblait désespéré.

— Nous ne pouvons pas publier cela en première page ! dit Derek Hennessy après qu'Emmanuelle lui eut tendu les feuilles d'épreuves pour l'édition du lendemain. Et encore moins les photos de Conan ; tout est trop horrible.

— Il n'a pas fait ce reportage pour qu'il soit enterré, tout doit être publié intégralement.

Quelques semaines plus tard, tandis qu'une Amérique bouleversée découvrait avec horreur l'atrocité des crimes nazis, la guerre prenait fin en Europe.

Et Drew, Sir Andrew James Saxon, avait survécu. Emmanuelle avait du mal à croire que son fils avait vingt-six ans et qu'il détenait le titre qu'elle avait toujours convoité pour lui. Seule Kate était au courant.

Sa photo parut en couverture de *Life.* « Le baronnet volant », titrait l'article. Drew ressemblait toujours de façon surprenante à Julian mais ses traits étaient moins réguliers. L'article reproduisait des photos de son père, de son grand-père, de Lady Davina à Stridings, de ses sœurs et de sa fiancée, Fenella Bayliss. Sa décision de reprendre la direction de la banque familiale sans finir ses études à Oxford était vivement applaudie. « Le colonel Andrew Saxon a fait l'histoire, il n'a pas besoin de l'étudier », concluait le journaliste. Emmanuelle avait mis le magazine de côté avec ses autres trésors. Elle se demanda si elle pourrait les exposer ouvertement un jour, ainsi que les silhouettes de Montmartre, les lettres de Julian et toutes les coupures de presse concernant les Saxon et Stridings, toujours soigneusement enveloppées dans son armoire.

Harding serait bientôt de retour. D'après ses lettres, il avait considérablement changé. Emmanuelle s'inquiétai de ce que leur réservait l'avenir.

CHAPITRE 81

Octobre 1945

— Si les heures passées à attendre comptent pour aller au ciel, les femmes n'ont aucune raison de s'inquiéter.

Emmanuelle faisait les cent pas dans la bibliothèque de son appartement de Park Avenue et ne cessait de regarder sa montre. Elle alla à son bureau et prit une cigarette.

— Nous passons presque toute notre vie à attendre des amants, des maris et des bébés, continua-t-elle. Nous attendons que les guerres éclatent et que les télégrammes arrivent. Nous venons d'attendre plusieurs années la fin d'une guerre. Les hommes sont la cause de tout et nous nous contentons de nous asseoir et d'attendre que ça se passe.

— Pas toi, dit Kate. Tu ne restes jamais longtemps inactive. Et si tu n'arrêtes pas de fumer, tu seras trop enrouée pour parler à Harding à son arrivée.

— Que puis-je lui dire, Kate ? Tout dépend de lui.

— Pourquoi ? demanda Kate. Je ne lui pardonnerai jamais sa froideur le jour où il t'a appelée d'Angleterre.

— Ma chère et loyale Kate, toujours prête à me défendre... Il ignorait la mort de Julian et il m'a tout de même demandé de diriger le *Star*.

— Il savait qu'il pouvait te faire confiance ! Il reprendra la direction du *Star* dès son retour et censurera la moitié de tes articles. J'ai toujours eu peur que ton amour pour Julian ne te détruise. Je ne préconise pas l'adultère, pas même dans des circonstances comme celles-ci. Mais Harding n'a jamais accepté ton succès et ton indépendance l'a toujours irrité ; il avait l'impression que tu ne lui appartenais pas complètement.

— Si je lui avais donné davantage, il aurait peut-être été moins exigeant.

— Toujours des si ! *Si* est un mot qui ne veut rien dire. Tu n'as jamais été de nature soumise.

De nouveau, Emmanuelle regarda sa montre.

— Nous verrons bien, il sera là dans une heure.

Kate se leva pour partir. Elle était encore plus ronde que le jour de sa rencontre avec Emmanuelle. Ses cheveux étaient parsemés de gris, mais son visage n'était presque pas ridé.

— Tu es belle, Kate, dit Emmanuelle en l'embrassant.

Kate rougit et mit son manteau.

— Je vais finir par le croire.

— C'est vrai, Spencer l'a toujours su, de même que les garçons.

— C'est normal, je suis leur mère.

Les deux femmes descendirent les marches du duplex vers la porte d'entrée.

— Tu sais, Kate, je ne serais jamais allée si loin sans toi.

— Appelle-moi demain pour me raconter tes retrouvailles avec Harding. En attendant, va prendre un bain chaud, ça te détendra.

Emmanuelle retourna dans la bibliothèque, se servit un verre et s'assit. Elle alluma une cigarette et sirota son cognac, la tête vide, jusqu'à ce qu'on sonne à la porte.

Elle bondit sur ses pieds et se précipita. Elle avait donné congé à son personnel pour être seule avec Harding. En le voyant sur le pas de la porte, si maigre et les cheveux gris, elle le prit dans ses bras et le serra contre elle.

— Oh, Harding !

C'étaient les seuls mots qu'elle parvenait à dire. Elle sentit son corps trembler comme le sien.

« Oh, mon Dieu », pensa-t-il. Il s'était attendu à de l'indifférence de la part d'Emmanuelle, pas à cet élan de tendresse.

— Comment vas-tu, Emmanuelle ?

— Viens t'asseoir. As-tu faim, veux-tu prendre un verre ?

Ils allèrent ensemble dans la bibliothèque.

— D'abord un verre.

Il s'arrêta et fit le tour de la pièce avant d'y entrer.

— Quand je vous imaginais, Dana et toi, c'était toujours ici, jamais à Silvermoor.

« Il est plus heureux ici, pensa-t-elle. Silvermoor est anglais, comme Julian. »

Il s'assit avec plaisir dans son fauteuil et elle lui apporta un cognac.

— Tu es si maigre ! dit Emmanuelle.

Elle voulait lui toucher la joue mais n'osait pas. Son teint était toujours hâlé mais les rides s'étaient creusées autour de ses yeux et formaient de petits sillons.

— Toi aussi mais tu es toujours aussi belle.

Sa voix était rauque. Elle s'assit en face de lui tandis qu'il sirotait son cognac. Il jeta un coup d'œil vers la porte.

— Où est Dana ?

— Elle revient demain, je voulais passer la soirée seule avec toi.

— Oui, moi aussi. Comment va-t-elle ?

— Très bien. Elle est ravissante et très sérieuse. Elle ne tombe pas en syncope devant Sinatra comme la plupart des filles de son âge. Elle a plein de petits amis mais elle préfère la compagnie de Skip Atwood pour explorer les vieilles pierres. Le pauvre Skip est amoureux de Dana. Tu sais, tu lui as beaucoup manqué.

Harding hocha la tête et resta silencieux, les yeux dans le vide. L'horloge sonna sept heures ; il sursauta, puis la regarda.

— Ce sont mes nerfs, mais je vais beaucoup mieux. Tu as fait du très bon travail au *Star*, dit-il en la regardant dans les yeux pour la première fois.

— Ton journal a toujours été un de tes rêves préférés, je ne pouvais pas le laisser aller à la dérive pendant ton absence.

Il ne répondit pas tout de suite et elle se rendit compte qu'elle était entrée dans le vif du sujet. Il secoua la tête.

— C'était toi mon rêve, Emmanuelle... de la même manière que Julian était le tien.

La tension montait mais elle pouvait lui répondre honnêtement.

— Je ne lui ai jamais donné ce qui nous appartenait, seulement ce qui était déjà à lui longtemps avant notre rencontre. Tout ce qui me restait, tu l'as eu et tu continueras de l'avoir toujours. Jamais personne ne pourra te remplacer à mes yeux. Mais quelle différence cela fait-il quand tu peux à peine me regarder ?

— Tu crois cela ? dit-il avec désespoir. Crois-tu qu'au cours des cinq dernières années j'ai pensé à autre chose qu'à te revoir ?

— Et moi alors ? Je n'ai pensé qu'à toi et à ce moment. Mais j'ai renoncé à lui pour toi. Peut-être me croiras-tu à présent qu'il est mort.

— Pourquoi ne me l'as-tu pas dit quand je t'ai appelée d'Angleterre ?

— Comment l'aurais-je fait ? Tu étais si...

— C'est pour cette raison que tu es revenue, parce qu'il était mort ?

— Non, Harding ! Non ! J'ai su que j'allais revenir pendant une alerte aérienne, juste après que Julian m'eut demandée en mariage. Cela aurait-il changé quelque chose si je t'en avais parlé ?

— Peut-être pas, dit-il après avoir réfléchi. Peut-être la mort suffit-elle à effacer tout. Je l'admirais beaucoup, tu sais, il existe peu d'hommes comme lui sur cette terre.

— Oh, Harding, tais-toi.

Les larmes jaillirent de ses yeux malgré elle.

Harding secoua la tête, bien déterminé à aller jusqu'au bout.

— Quand j'ai appris sa mort, j'ai d'abord été content. Je pensais : maintenant c'est de mon visage qu'Emmanuelle se souviendra en vieillissant. Je n'étais pas très fier de moi, mais c'était la vérité, que Dieu me pardonne. Beaucoup plus tard, quand il m'a été possible de penser à lui sans le voir avec toi, cette phrase m'est venue à l'esprit : « A sa mort, emportez-le et découpez-le en petites étoiles, grâce à lui le ciel sera si beau que le monde entier tombera amoureux de la nuit. »

— Mais tu as dit cela dans un reportage l'année dernière !

— Je l'ai dit pour lui. Et je le pensais vraiment. J'ai eu beaucoup de temps au cours des cinq dernières années pour réfléchir sur Julian et toi, et sur toi et moi. Je n'étais pas irréprochable, loin de là. J'étais jaloux de ton succès, je pensais qu'il t'éloignerait de moi. Comment pouvais-je perdre ce que je n'avais jamais eu ? Je pense que tu seras toujours amoureuse de la nuit, Emmanuelle, tu seras toujours l'esclave de quelque chose d'obscur qui m'échappe. Mais je sais que tu étais avec lui par amour et non par intérêt. Il y a si peu d'amour dans le monde...

— J'aurais pu te le dire, cria-t-elle. J'aurais dû tout te raconter.

— Cela n'a plus d'importance.

Il se leva et s'approcha d'elle.

— Ne pleure pas, ou je vais pleurer moi aussi. Je veux tout oublier et continuer de vivre avec toi.

— Oh, oui, c'est ce que je veux moi aussi.

— Ce sera différent, je le sais, mais il y a Dana. Et je ne peux aimer une autre femme que toi. Nous pouvons tout recommencer si c'est possible.

Il lui tendit les bras et, après un moment d'hésitation, elle l'enlaça et ils se serrèrent comme deux amis qui se retrouvent après une longue absence. Le corps de Harding lui sembla étrangement fragile ; ses tremblements n'avaient pas cessé. Elle lui toucha les lèvres, les joues, les yeux et les mains pour lui montrer combien elle tenait à lui, incapable de l'exprimer verbalement.

Harding avait raison, ce ne serait plus jamais pareil entre eux. Elle regretterait toujours cette complicité amoureuse qui avait eu raison de tous leurs griefs.

Ensemble, ils sortirent de la pièce. Elle l'aimait de tout son cœur, mais parfois l'amour ne suffit pas.

LIVRE IV

CHAPITRE 82

Londres, janvier 1951

Dana descendit le large escalier de l'hôtel particulier des Broadhurst à Stanhope Gate. Elle était vêtue d'une robe de taffetas rouge choisie par Emmanuelle.

Ses cheveux châtain foncé étaient coupés à la Jeanne d'Arc et elle portait les rubis que ses parents lui avaient offerts avant son départ pour l'Angleterre. Sa mère finissait toujours par obtenir ce qu'elle voulait, même si c'était Dana elle-même qui avait décidé de poursuivre ses études d'archéologie à l'université de Cambridge.

Dana était dans sa seconde année d'études. Elle avait son propre appartement à Cambridge et séjournait chez les Broadhurst chaque fois qu'elle venait passer quelques jours à Londres. Sa mère pensait qu'elle y rencontrerait l'élite anglaise.

Emmanuelle s'était toujours préoccupée de choses dont Dana se souciait fort peu : pour elle, sa fille devait porter des vêtements à la mode, et fréquenter des jeunes gens de bonne famille en vue du mariage.

— A quoi penses-tu en dehors de tes fouilles ? avait demandé Emmanuelle avant que Dana reparte pour sa dernière année à Cambridge.

— A ce que les ruines me disent : comment vivaient les civilisations anciennes, les dieux qu'ils adoraient, leurs coutumes et leurs croyances.

— Et que vas-tu faire de tout ce savoir ?

— J'irai faire des fouilles en Israël, si l'on m'accepte, et je suis désolée que cela te choque.

— Plus rien ne me choque ! Quand les autres filles étaient tout ébahies devant les dernières collections de Dior, tu t'extasiais devant les manuscrits de la mer Morte. Mais, Israël, c'est bien loin.

— Cela t'ennuie, maman ?

Dana avait honte de ses pensées mais elle espérait secrètement que sa mère aurait de la peine. Elle avait beaucoup souffert de sa décision de rester en Angleterre pendant la guerre. D'une certaine manière, elle se vengeait.

— Oui, mais je suis fière de toi ; tu es la femme moderne dont je parle constamment dans mes articles. Je me demande simplement si les hommes à marier fréquentent les tombes, de nos jours.

— Je ne veux pas me marier pour le moment.

— Tu vas avoir vingt-quatre ans. Il faudrait peut-être y penser.

— Ce ne sont pas là les paroles d'une ardente féministe ! Maman, je ne me marierai pas avant d'avoir rencontré un homme que j'aime autant que Skip mais d'une manière différente.

Elle regrettait de ne pas aimer véritablement Skip, mais c'était impossible. Ils avaient failli faire l'amour dans une grotte froide et sombre du Maine qui avait toujours été leur refuge sacré. Mais Dana avait fondu en larmes quand Skip s'était trop approché d'elle et il s'était aussitôt arrêté.

— Tu vas me détester, maintenant, sanglotait-elle, recroquevillée et trop embarrassée pour se rhabiller.

— Non, Dana. Je t'aime, je t'aimerai toujours. Mes sentiments ne changeront jamais. Je n'aurais pas dû aller si loin.

— Ce n'est pas ta faute.

Il s'était toujours senti responsable de toutes les erreurs qu'ils avaient commises ensemble depuis leur enfance.

— Je veux t'épouser, lui avait dit Skip tandis qu'ils retournaient dans la vieille maison que Harding avait achetée pour les grandes vacances dans le Maine.

Pendant un an, Dana avait réfléchi à ce que lui avait dit Skip. Ce n'était certainement pas le genre de mariage que sa mère avait projeté pour elle. C'était peut-être pour cette raison que Dana avait été d'accord quelque temps. Mais avant de partir pour l'Angleterre, elle lui avait dit qu'elle l'aimait beaucoup mais qu'il valait mieux qu'ils restent amis.

Cet aveu avait été la chose la plus pénible qu'elle eût jamais faite et l'expression désespérée de Skip continuait de la hanter. Récemment elle avait pris conscience de la supériorité de Skip sur tous les hommes qu'elle rencontrait. Sa virginité commençait à devenir un fardeau mais Dana se réservait pour le grand amour.

Elle se regarda une dernière fois dans le miroir de l'entrée et se dirigea vers le salon d'où provenait un bruit discret de conversations. Dana appréciait les bonnes manières et le savoir-vivre anglais mais elle était parfois gênée d'être constamment entourée de gens trop bien élevés pour dire ce qu'ils pensaient vraiment. Parfois, elle faisait preuve d'une franchise cinglante dans le seul but de les faire réagir. Cela lui avait valu la réputation d'être une originale. On la traitait parfois d'excentrique et d'intellectuelle, mais son sens de l'humour était vivement apprécié. Tous ces qualificatifs amusaient beaucoup Dana. Elle entra dans la salle de réception.

— Ah, vous voilà, dit Lord Broadhurst. Ma chère Dana, venez, je vais vous présenter nos invités.

Elle reconnut trois hauts magistrats et leurs épouses qu'elle avait déjà rencontrés avec ses parents. Parmi les jeunes gens, la fille d'un attaché américain et son cousin, deux marquis d'une vingtaine d'années et un très beau brun, légèrement plus âgé que les autres, qui eut l'air aussi surpris d'entendre le nom de Dana qu'elle le sien.

— Et voici Sir Andrew Saxon, dit Broadhurst.

Elle lui tendit la main et, dès que la conversation générale reprit, elle alla vers lui.

— J'ai rencontré votre père, une fois.

— Et moi vos parents.

— Vraiment ? Quand ?

— Pendant la guerre, dans le bureau de votre père à Fleet Street. Et vous ?

— Votre père était venu faire des conférences aux États-Unis. Il était venu déjeuner à Silvermoor.

— Silvermoor ?

— Chez moi. Sur l'Hudson.

Dana prit un verre de xérès sur le plateau que lui présentait le maître d'hôtel. Sir Andrew choisit un whisky et y ajouta de l'eau et de la glace. Elle le regarda faire ; il ressemblait beaucoup à son père. Dana et Carolyn George, qui était mariée et avait deux enfants, se souvenaient toujours de Sir Julian comme d'un prince de conte de fées, d'une beauté saisissante, presque irréelle. Son fils était beau mais tout à fait réel. Il était plus grand que son père.

— Comment dois-je vous appeler ? demanda Dana.

Il lui sourit ; pour la première fois, Dana comprit ce que les autres filles entendaient par un « sourire dévastateur ».

— Je ne réponds pas au nom de Sir Andrew. La plupart des gens m'appellent Drew. Que faites-vous en Angleterre ?

— J'étudie l'archéologie à Cambridge.

— J'avais un copain pendant la guerre qui voulait devenir archéologue. Il a été tué en survolant la Birmanie.

— Vous étiez dans la R.A.F. ! Je me souviens d'un article du magazine *Life* sur vous. Comment vous appelaient-ils... Ah, oui : le baronnet volant. Que faites-vous maintenant ?

— Je suis banquier. C'est une banque qui appartient à la famille depuis plusieurs générations et je dirige la filiale de Hong Kong. Je suis revenu pour le mariage de ma sœur Alexandra.

L'enthousiasme de Dana disparut ; il repartirait bientôt pour Hong Kong.

— Juliana s'est mariée il y a deux ans, ajouta-t-il.

— Je suis fille unique, dit Dana. Combien avez-vous de frères et sœurs ?

— J'ai trois sœurs, la troisième s'appelle Jennifer.

— C'est une lourde responsabilité, mais ça n'a pas l'air de vous accabler.

Il y avait une certaine insouciance dans son attitude. Ou peut-être était-ce naturel chez un homme ayant survécu à la guerre. Elle se sentait toujours supérieure aux hommes qu'elle rencontrait. Avec Andrew Saxon, elle était consciente de sa jeunesse et de son manque total d'expérience. « Il a dû avoir des centaines de femmes, pensa-t-elle. Je suis probablement la première vierge à qui il parle depuis des années. »

— Je ne suis pas accablé par les responsabilités, dit-il en riant. Ma mère s'occupe des filles et je peux vous assurer qu'elle est très stricte. Je ne les envie pas.

— Je sais, ma mère est pareille.

— Je n'ai pas eu cette impression.

Son sourire avait disparu.

— Qui prend soin de vous ? demanda-t-elle.

— Personne ; c'est une tâche impossible.

Le dîner fut annoncé et Lady Broadhurst demanda à l'un des marquis d'offrir son bras à Dana pour passer dans la salle à manger. Pendant le dîner, elle compta six plats différents dans un pays encore contraint au rationnement. Elle bavarda avec son marquis mais le regard de Drew rencontrait souvent le sien. Elle était contente d'avoir de beaux cheveux noirs et brillants, d'immenses yeux gris, une belle silhouette et un placard rempli de somptueux vêtements. « Grâce à toi, maman, pensa-t-elle. Et puis il est exactement ce que tu as toujours voulu pour moi. »

Il l'invita à danser après le dîner. Comme elle l'avait prévu, c'était un très bon danseur. Elle pensa que tout devait lui réussir. Elle avait toujours admiré ce genre de personne ; son père et sa mère étaient pareils.

— Quand retournez-vous à Cambridge ? demanda-t-il.

— Dans une semaine. Et vous à Hong Kong ?

— Je ne sais pas encore. Êtes-vous libre pour dîner demain soir ?

— Oui, je suis libre toute la semaine.

— Miss Ellis, vous faites preuve d'une franchise qui n'a rien de féminin.

— Je ne réponds pas à Miss Ellis, appelez-moi Dana. Oui, je pense que vous avez raison.

— Comment l'expliquez-vous ?

— Je n'ai aucune explication. Ma mère se désespère à mon sujet.

Il y eut une lueur d'intérêt dans ses yeux.

— Vraiment ? Pourquoi donc ?

— Pour elle, fouiller la terre à la recherche d'ossements

et de bracelets et reconstituer la vie des anciennes civilisations n'est pas un avenir pour moi.

— Et vous, qu'en pensez-vous ?

Elle sourit mais son regard resta grave.

— Jusqu'à présent, j'ai toujours été bien plus attirée par le passé que par l'avenir.

Ils s'arrêtèrent de parler et elle s'appuya contre lui, espérant qu'il la serrerait. Quand il le fit, elle ressentit un trouble merveilleux. Sa joue toucha la sienne et elle sentit l'arôme léger du vétiver de son eau de toilette. Son bras reposait avec dignité sur l'épaule de Drew mais, après un moment, elle mit la main sur sa nuque. Il recula pour la regarder et elle rougit, s'attendant à ce qu'il commente l'attirance évidente qu'elle éprouvait pour lui par un regard ou même un sourire, mais il la serra contre lui et ils continuèrent de danser.

Devant l'énorme porte de la demeure des Broadhurst, elle retira son gant et lui tendit la main.

— Demain soir à huit heures, dit-il. Je viendrai vous chercher.

Ils convinrent d'un lieu de rendez-vous et elle remonta rapidement le large escalier pour aller dans sa chambre, amoureuse pour la première fois de sa vie. Même avec Skip, elle n'avait jamais ressenti de tels sentiments. Il lui était difficile de croire qu'elle l'avait rencontré seulement six heures plus tôt.

Il était deux heures du matin à Londres et par conséquent neuf heures du soir à New York. Elle attrapa le téléphone et appela l'appartement de Park Avenue. Puis elle se déshabilla, évitant l'image de son corps nu dans le miroir.

— Papa ? dit-elle quinze minutes plus tard, la respiration essoufflée.

— Non, ma chérie, c'est maman. Ton père est en Californie. Tout va bien ?

— Oui, je vais merveilleusement bien. Je suis toujours chez Lord Broadhurst. Maman, je crois que je suis amoureuse.

— C'est merveilleux, dit Emmanuelle. Parle-moi de lui.

— Non, pas avant d'être sûre qu'il soit amoureux de moi.

— Comment est-il ?

— C'est l'homme le plus merveilleux que j'aie jamais vu, aussi beau qu'un prince et aussi intelligent.

Elle faillit dire à sa mère qu'elle l'avait déjà rencontré avec Harding, mais sa mère risquait de deviner son identité.

— J'ai porté la robe de chez Balenciaga, ce soir. Et tu avais raison, elle m'allait à ravir.

— Ne te laisse pas emporter, Dana, je t'en prie.

— Oh, maman, arrête de t'inquiéter. Tu l'aimerais beaucoup.

Elles parlèrent pendant un moment, puis Dana raccrocha. Elle ne dirait pas à sa mère qu'il s'agissait du fils de Julian Saxon. Emmanuelle ne croirait certainement pas au coup de foudre. De plus, cela l'agaçait de savoir que ses parents l'avaient rencontré avant elle. Elle voulait le garder pour elle aussi longtemps que possible.

Mais elle pouvait en parler à Caro ! Elle lui avait toujours tout raconté.

— Hello, madame Price, c'est moi.

— Hello, moi. Tu passes de bonnes vacances ?

— Formidables. Caro, je suis amoureuse.

— De qui ?

— Drew Saxon, plus exactement Sir Andrew, le fils de Julian Saxon. Tu t'en souviens ?

— Oh, oui. Ce n'était pas le genre d'homme que l'on oublie. Depuis combien de temps connais-tu son fils ?

Dana regarda son réveil.

— Six heures et quarante minutes.

Il y eut un silence à l'autre bout du fil et Dana se mit à rire.

— Je sais, ça ne me ressemble pas. C'est complètement fou, mais c'est vrai. Je l'aime.

— Et lui ?

— Il a l'air intéressé.

— Intéressé, ce n'est pas suffisant.

— Ça suffit pour commencer. Je ferai tout ce qu'il faut pour qu'il m'aime. Il y a quelque chose en lui de tellement... je ne sais pas, il a besoin de quelqu'un, j'en suis sûre.

— Mais Dana ! Tu juges toujours trop rapidement et

après tu es trop entêtée pour changer d'avis. Ton prince se transformera peut-être en crapaud ou deviendra comme Henry Price.

Dana fronça les sourcils pour la première fois de la soirée.

— Qu'est-ce qui cloche avec Henry ?

— Rien, si ce n'est qu'il est loin d'être un prince. Mais je ne peux pas lui en vouloir pour ça, n'est-ce pas ?

— Alors ce sont les jumelles qui ne vont pas bien ?

— Elles se portent à merveille. Je n'avais pas l'intention d'être un trouble-fête. Promets-moi de tout me raconter.

— C'est promis. Ne dis rien à ma mère.

— Bien sûr que non. De toute façon, je ne la vois plus. Il n'y a rien à Chicago qui pourrait l'intéresser. Tu ne veux vraiment pas qu'elle soit au courant ?

— Non, je veux faire au moins une chose dans ma vie qu'elle n'ait pas préparé à l'avance. C'est si terrible que ça ?

— Non, je sais très bien de quoi tu parles. Bonne chance avec ton baronnet, Dana, tu le mérites. J'espère qu'il est digne de toi.

— Oh, il l'est. Le plus drôle, c'est que maman l'accepterait tout à fait ; il est exactement ce qu'elle a toujours voulu pour moi : anglais, beau, noble et riche. Nous avons beaucoup en commun, il a un père dont il a du mal à se détacher et moi une mère qui a une emprise très forte sur moi. Merci de m'avoir écoutée, Caro. Je t'embrasse. Bonne nuit.

Dana sourit en rentrant dans son lit. Elle ne dirait plus rien à personne avant d'être sûre des sentiments de Drew...

CHAPITRE 83

Drew était attiré par Dana, mais elle était très jeune et il était surtout intrigué par Emmanuelle Béranger. Son père avait vécu la moitié de sa vie avec elle dans le plus grand secret. Il voulait en savoir plus sur cette femme que son père avait aimée avec tant de passion.

Bien qu'il eût reçu un choc ce jour-là dans le bureau du *Star*, Drew avait admiré le courage d'Emmanuelle quand elle avait défendu son père. Il ne le jugeait plus, personne n'a le droit de juger son prochain, mais il soupçonnait sa mère d'avoir été au courant de leur liaison. Cela expliquerait la méchanceté de Davina envers tout le monde. Seul son père était épargné, si bizarre que cela puisse paraître. Elle l'adorait comme s'il n'était pas responsable de son adultère.

Pendant les treize années qui avaient suivi la mort de son père, Davina avait été pire que jamais. A présent, elle se mourait d'une leucémie. Drew restait en Angleterre, attendant la mort de sa mère sans la désirer. Pour la première fois de sa vie, elle lui faisait pitié.

Pourtant, il n'avait jamais compris la haine qu'elle semblait éprouver pour lui. Tout ce qu'il faisait semblait lui déplaire. Au moins, ses sœurs n'avaient pas à souffrir de ses sarcasmes. Cependant elle leur menait la vie dure et leur donnait très peu d'affection.

Il se demandait quelle sorte de femme était sa rivale. Et pendant cette seconde soirée avec Dana, il écouta avec attention tout ce qu'elle lui disait sur Emmanuelle. Il n'avait pas besoin de la questionner ; elle parlait beaucoup de sa mère. Il y avait une franchise dans sa façon de s'exprimer qui n'était vraiment pas anglaise. Cela le changeait agréablement des autres femmes.

Après son départ pour Cambridge, il pensa souvent à Dana et lui téléphona plusieurs fois. Un autre mois passa et, en mars, il put se rendre à Cambridge pour passer le samedi avec elle. Un seul point le rendait mal à l'aise. Son père et la mère de Dana avaient couché ensemble pendant des années et visiblement Dana l'ignorait.

Sa gêne disparut dès qu'il la revit. Il appréciait son intelligence, sa franchise et son humour. Elle s'y connaissait dans son domaine et il était fasciné de l'entendre parler de civilisations étrangères.

— Mon amie Caro et moi pensions que votre père descendait directement des Chevaliers de la Table Ronde quand il est venu déjeuner à Silvermoor. Et les héros semblent se reproduire dans votre famille.

— Mon père n'était pas un véritable héros. Il s'est battu jusqu'au bout pour ses idées, même quand elles sont devenues impopulaires. Quant à moi, je n'ai fait que mon devoir.

— Mais vous l'avez fait avec panache. En ce qui me concerne, je déteste suivre les chemins tout tracés. Je vous ai dit que ma mère désespérait de moi.

— Quelles sont les ambitions des jeunes Américaines ?

— Comme pour les Anglaises : faire un beau mariage et avoir des enfants.

— Un destin pire que la mort ?

— Je le pensais, répondit-elle en le regardant.

Il vit qu'elle était amoureuse de lui et en fut dérouté. Le mariage ne l'intéressait plus et il n'allait pas la séduire simplement parce qu'il la désirait. Il avait trente-deux ans. A vingt-quatre ans, elle était encore jeune et visiblement inexpérimentée.

Il réfléchit longuement après avoir quitté Cambridge. A part l'affection de sa mère, il avait toujours eu tout ce qu'il voulait, à l'exception de Fenella Bayliss.

« Le mariage de Sir Andrew James Julian Saxon est annulé », avait annoncé le *Times.* Fenella lui reprochait d'avoir beaucoup changé et de ne plus être le jeune homme qu'elle avait rencontré en 1940.

Mais tout homme revenait changé après cinq années de guerre ! Il n'avait aucune intention de remettre sa cravate d'étudiant et de poursuivre ses études à Oxford. Il refusait de s'installer dans une maison à la campagne pour y fonder une famille. Auparavant, il voulait profiter de la vie.

Et il désirait Fenella avec une ardeur qui offensait sa fiancée chaque fois qu'il l'embrassait. Il n'y avait pas que le sexe. Il avait besoin de son amour autant qu'il désirait son corps, mais Fenella ne voulait pas entendre parler de sexe avant le mariage et ne souhaitait pas se marier pendant la guerre.

— Il ne faut pas me toucher, Drew, disait-elle.

— Pour l'amour de Dieu, ma chérie, nous sommes fiancés, nous nous aimons ; ne m'arrête pas maintenant.

Mais elle lui avait demandé de ne pas aller plus loin et Andrew, déprimé par des principes si rigides, avait emmené d'autres femmes à Mount Street pour apaiser ses désirs.

Et, bien sûr, il ne s'était pas assagi comme elle l'avait espéré à la fin de la guerre. De toute façon, Andrew ne désirait plus Fenella. Il avait joué avec la vie et avait gagné, mais le monde avait changé. Le danger était devenu une drogue pour lui et il ne pouvait pas se retirer brusquement dans le domaine que son père et son grand-père avaient tant aimé.

Il se sentait responsable de ses sœurs mais sa mère n'avait pas besoin de lui. Il avait fini par admettre qu'il la détestait autant qu'elle l'avait toujours détesté. Mais il continuait d'avoir une profonde admiration pour son père.

Après la rupture de ses fiançailles, il avait dirigé la filiale de Saxon-Vaillant à Hong Kong. L'exotisme l'attirait et il avait besoin de se changer les idées.

Là, il avait connu de nombreuses femmes, très belles, sophistiquées et cultivées, expertes en amour, qui lui procuraient tout le plaisir dont il avait été frustré au cours des dernières années. Il était revenu en Angleterre pour le mariage de sa sœur et y était resté à cause de la maladie incurable de sa mère. A présent, il voulait rester en Angleterre, même après la mort de Davina.

Il savait que Dana en était la cause. Il y avait en elle un mélange d'innocence et de sagesse qui l'enchantait. C'était la première fois qu'il pouvait se confier aussi librement. Il lui parlait de Fenella, de son père, des problèmes qu'il avait avec sa mère et de sa lente agonie. Dana le comprenait toujours.

La maladie de Davina empirait et, tous les dimanches, il allait la voir par devoir à Stridings. Presque aussi souvent, il se rendait à Cambridge pour passer le samedi avec Dana.

— Pouvons-nous nous rencontrer à dix heures, samedi ? lui demanda-t-il un soir de mai.

Elle acquiesça avec joie.

— Très bien, nous irons pique-niquer. A dix heures, n'oublie pas.

Dana lui donnait une assurance et une force nouvelles. Il redoutait la mort de sa mère et en était dérouté car il n'avait aucun sentiment pour elle.

Il ne voulait pas penser à Davina maintenant, mais à la bouche de Dana qu'il avait embrassée tant de fois. C'était un plaisir de sentir ses lèvres contre les siennes et ce serait merveilleux de faire l'amour avec elle. Dana était aussi ardente qu'elle était chaste. Il savait qu'elle le désirait mais il préférait attendre. Il n'était pas certain d'être fait pour le mariage mais, s'il faisait l'amour avec elle, il se sentirait obligé de l'épouser.

A son arrivée, elle lui fit signe de sa fenêtre et il sentit son cœur se gonfler de joie.

Ils trouvèrent un endroit pour pique-niquer dans la campagne.

— N'est-ce pas merveilleux ? dit-elle. Jamais je ne me suis sentie aussi bien.

— Comment, exactement ?

— C'est indescriptible. De toute façon, tu sais de quoi je parle.

— Non, vraiment je ne vois pas.

— Oh, Drew, arrête de jouer les vieillards fatigués. Tu es aussi jeune que moi par bien des côtés.

Elle s'allongea près de lui.

— C'est vrai, mais comment le sais-tu ?

— Parce que je te connais. Ça peut paraître présomptueux, mais c'est vrai. J'ai l'impression de t'avoir toujours connu.

— Je te rappelle mon père.

— Non, je ne l'ai vu qu'une heure. Il y a quelque chose dans ton attitude qui me ressemble, le côté provocateur, peut-être.

— Tu es beaucoup trop bien pour un débauché comme moi.

— Ah, mais je suis également une débauchée.

Elle tourna la tête pour le regarder de ses grands yeux gris éperdus d'amour. Il la prit dans ses bras et l'embrassa. Dana se blottit contre lui et il sentit la chaleur de son corps.

Il s'allongea sur elle, la main dans ses cheveux, et l'embrassa doucement dans le cou. Elle soupira de plaisir quand les mains de Drew lui caressèrent les seins, puis remontèrent le long de ses cuisses. Il savait qu'il était le premier et des larmes de passion et de tendresse lui vinrent aux yeux.

— Tu es si douce ! murmura-t-il.

— Oui, murmura-t-elle en tremblant.

Drew désirait Dana mais pas ici, pas aujourd'hui alors qu'il ne pouvait pas rester avec elle. Il la serra dans ses bras, jouissant un dernier instant de la chaleur de son corps avant de se redresser.

— Pourquoi t'es-tu arrêté, Drew ? Est-ce à cause de moi ?

— Non, Dana. Il faut que j'aille à Stridings. Ma mère est au plus mal.

— Oh, mon chéri, dit-elle en l'enlaçant.

— Les médecins pensent qu'elle va mourir aujourd'hui ou demain et les filles ont besoin de moi.

— Bien sûr, tu dois y aller.

— Je ne voulais pas t'en parler, je voulais oublier. Mais il fallait que je te voie avant.

Elle le serra contre elle pendant un moment.

— Je suis contente que tu sois venu. Essaie de m'appeler ce soir.

— Je le ferai.

Ils rassemblèrent leurs affaires et montèrent dans la voiture.

— Dana ?

— Oui.

— Je crois que je suis amoureux de toi.

— Pourquoi est-ce que ça te rend triste ?

— C'est simplement que... ce n'est pas le bon jour, n'est-ce pas ?

Elle resta assise contre lui jusqu'à ce qu'ils arrivent à Cambridge. Quand il la regarda partir, il sentit la chaleur qui l'avait envahi disparaître au fur et à mesure qu'elle s'éloignait. A mi-chemin de Stridings, il sut qu'il l'épouserait.

CHAPITRE 84

— Comment va-t-elle ? demanda Drew en entrant dans le petit salon.

Assise sur le canapé, l'aînée de ses trois sœurs était en train de prendre le thé.

— Elle est toujours en vie, dit Juliana. Tu connais maman.

Il acquiesça et lui prit la main.

— Puis-je monter la voir ?

— Oui, elle t'a demandé. Alex et Jenny sont avec elle en ce moment. Elle est toujours aussi belle, mais terriblement faible. Prends une tasse de thé.

Il refusa et monta dans la chambre de sa mère, surpris qu'elle veuille le voir. Ses sœurs étaient à son chevet. Elles levèrent la tête et leurs visages s'illuminèrent à la vue de leur frère.

Davina, adossée contre ses oreillers en soie, ouvrit les yeux.

— Ah, voilà le héros triomphant.

Sa voix était faible mais toujours aussi sarcastique.

Alexandra et Jennifer devinrent écarlates comme chaque fois que Davina était particulièrement méchante. Depuis sa maladie, elle était encore pire qu'après la mort de leur père. Elles avaient toujours eu peur de leur mère, mais la vénéraient comme une déesse.

— Comment allez-vous, Mère ? demanda Drew.

Il prit conscience de l'ironie de sa question.

— Comme tu vois ! Es-tu venu pour te repaître ?

— Mère, pour l'amour du ciel, murmura Jenny.

— Descendez, vous deux, ordonna Davina. Je veux parler à Drew seul.

Les filles sortirent rapidement et Drew prit la chaise de Jenny. Davina sembla dormir pendant quelques minutes. Puis elle ouvrit les yeux et fit un geste vers la porte. Drew alla la fermer et revint à son chevet.

— J'ai quelque chose à te dire, murmura-t-elle. Quelque chose qui est enfin digne d'intérêt pour toi.

Comme toujours, elle lui témoignait son mépris.

D'un seul coup, il se sentit faible, désemparé. Il voulait lui annoncer une nouvelle qui le rendait heureux mais qu'elle ne partagerait pas avec lui.

— Moi aussi. Je vais me marier.

— Vraiment ? J'ai toujours dit que je préférais mourir plutôt que d'avoir une belle-fille. On dirait que mon vœu va être exaucé. Qui est-elle ?

— Vous ne la connaissez pas, Mère. Elle est américaine.

— Comme ça te ressemble, Drew ! Tu n'as jamais fait une seule chose de bien dans ta vie.

— Dana est très bien, elle est ce qui m'est arrivé de mieux dans ma vie.

— Dana ?

— Danas Ellis. Son père est l'éditeur Harding Ellis, il a fait des reportages à la radio pendant la guerre. Mon père connaissait ses parents.

Davina laissa tomber son mouchoir et se mit à rire. C'était un rire silencieux et terrible à voir car ses forces avaient encore diminué. Drew se leva de sa chaise pour aller chercher l'infirmière, mais sa mère lui fit signe de se rasseoir.

— Je n'y avais jamais pensé, dit-elle. J'ai pensé à tant de choses pour me venger, mais à ça, jamais !

Drew ne bougea pas, persuadé que sa mère délirait.

— Tu ne peux pas l'épouser, dit-elle. Ça fait partie de ce que j'avais l'intention de te dire...

Par des phrases décousues, elle lui apprit qui était sa mère et comment il avait été élevé à Stridings.

— Ton père ne l'a jamais su, ajouta-t-elle avec malveillance. Il a cru que j'étais ta mère jusqu'au bout. Personne d'autre n'était au courant à part ton grand-père et cette traînée.

— Je ne vous crois pas.

— Oh, si, tu vas me croire. Je n'ai jamais vécu à Glengowrie, où elle est restée jusqu'à ta naissance. J'étais à Édimbourg dans une maison que ton grand-père avait louée pour moi ; je te donnerai l'adresse si tu veux. Elle était à Glengowrie, à Silvermoor Cottage, sous le nom de Mme Seaton ; tu peux vérifier dans les registres. C'est ta mère, cette putain française, et la mère de Dana, ta sœur. Les fruits ne sont pas tombés bien loin de l'arbre. Charmante histoire, n'est-ce pas ?

Davina laissa retomber sa tête sur les oreillers et ferma les yeux.

— Toute ma vie, j'ai dû vous supporter, toi et ta mère. Je l'ai fait pour le garder. Je n'ai plus peur de mourir, maintenant, car je n'ai plus rien sur la conscience.

Ses yeux s'ouvrirent et elle le regarda avec cruauté.

— Tu devrais me remercier. Tu n'ajouteras pas l'inceste à ta bâtardise. Ou est-ce déjà fait ?

Drew renversa la chaise d'un coup de pied et sortit précipitamment. Il monta les marches quatre à quatre vers son appartement, verrouilla la porte et s'assit dans le noir, à bout de souffle. En une journée, il avait trouvé l'amour et perdu sa propre identité. Il avait du mal à respirer. Son visage était mouillé et il se rendit compte qu'il pleurait, mais il ne savait si c'était sur Dana ou sur lui-même.

Il resta assis pendant deux heures à ressasser ses pensées. Puis il se leva, alla dans la salle de bains et se lava les mains et le visage sans allumer, avec l'étrange certitude qu'il verrait un autre visage que le sien dans le miroir ; en tout cas, certainement pas Sir Andrew Saxon : il n'était qu'un bâtard. Si son père avait été au courant, il ne lui aurait pas laissé Stridings ni les banques. Il n'avait aucun droit sur tous ces biens.

Et Dana ! Il n'avait aucun droit non plus de l'aimer de cette façon, de la toucher comme il l'avait fait.

Il sortit de sa chambre, voulant fuir au plus vite, loin de Stridings et de cette femme mourante qui le méprisait. Juliana montait l'escalier.

— Mère est morte il y a quelques minutes, Drew.

Elle l'étreignit et il la serra contre lui parce qu'il avait besoin de quelqu'un.

— Je suis contente que tu sois venu à temps, dit-elle.

Les yeux de sa sœur étaient aussi bleus que ceux de Davina mais ils exprimaient l'amour. Les filles l'avaient toujours aimé ; sans elles, il n'aurait pas supporté la mort de son père.

— Nous sommes si contentes que tu sois avec nous pour t'occuper de tout, dit Juliana.

Elle essuya les larmes qui coulaient sur le visage de son frère.

Il devait prendre soin de ses sœurs, ou plutôt de ses demi-sœurs. C'était la moindre des choses qu'il pouvait faire pour elles. Quand tout serait réglé, il repartirait pour Hong Kong et restituerait ses biens aux héritiers légitimes de son père. Il monta pour appeler le médecin et parler à l'avocat de Davina. Il ne voulut pas regarder le visage de cette femme qu'il détestait, pas même dans la chapelle alors qu'elle était étendue dans son cercueil. A quoi bon jouer le rôle du fils affligé ?

Il refusa de répondre aux coups de téléphone de Dana. Il avait demandé au maître d'hôtel de dire que Sir Andrew était très pris par les funérailles ou qu'il était sorti avec ses sœurs.

Davina fut enterrée à côté de Julian. Quand tout eut été réglé, il partit pour Londres. Il téléphona à Dana de l'embarcadère.

— Pourquoi, Drew ? demanda-t-elle après qu'il lui eut annoncé son départ pour Hong Kong.

— Les affaires, dit-il d'une voix dure.

— Et tu devras y rester pour un temps indéfini ? Tu me dis adieu, Drew, et je veux savoir pourquoi. Dis-moi la vérité, je t'en prie, même si elle m'est pénible.

Il faillit raccrocher.

— Dana, ça devenait bien trop sérieux entre nous. Je ne veux pas me marier ni avec toi, ni avec aucune autre, jamais.

— Je m'en fiche, Drew, tu n'as pas besoin de m'épouser. Je veux simplement que nous soyons ensemble.

— Non, tu ne veux pas, pas de cette manière, tu ne sais pas ce que tu dis.

— Je sais que je t'aime ! Et tu m'as dit que tu étais amoureux de moi.

— J'avais tort. C'était une attirance physique, rien de plus. En ce qui me concerne, en tout cas.

Il y eut un long moment de silence et Dana parla très doucement.

— Au moins, tu es honnête. Mais moi je t'aimais, Drew.

Il sentit qu'elle pleurait et cela lui brisa le cœur.

— Pas vraiment. Crois-moi, un jour tu sauras que j'ai raison. Au revoir, Dana. Je dois embarquer.

Il laissa tomber le téléphone et posa la tête contre la porte glaciale.

— Je suis désolé, murmura-t-il, ma pauvre chérie, je regrette tellement. Mais que pouvais-je faire d'autre ?

Il poussa la porte de la cabine et monta à bord.

Son visage ne conservait plus aucune trace de jeunesse.

Dana avait attendu l'arrivée de ses parents avec impatience pour leur parler de Drew. Maintenant, elle n'avait plus rien à dire. Pour la première fois de sa vie, elle souffrait d'avoir été rejetée par la personne qu'elle aimait. La seule bonne nouvelle qu'elle partagerait avec ses parents concernait ses études. On lui avait offert un poste de conservateur au Museum d'histoire naturelle de New York. Dana accepta ; plus rien ne la retenait en Angleterre.

Mais elle ne pouvait plus vivre chez ses parents. Elle loua un appartement à Gramercy Square et s'introduisit facilement dans le cercle mondain qu'elle avait toujours évité auparavant.

— Ça me distrait, dit-elle à Carolyn pendant l'automne 1951 alors qu'elles déjeunaient au *Plaza*. C'est presque aussi bien que les dinosaures pour me faire oublier mes erreurs.

Les jeunes femmes étaient toutes deux vêtues de tailleurs, de manteaux de fourrure et de bijoux discrets. Carolyn avait beaucoup changé. Sa timidité d'autrefois avait disparu mais ses illusions aussi.

— Les dinosaures ne me sont d'aucun secours. Je ne sais pas ce qui est pire, vivre sans amour, comme je le fais, ou ne pas pouvoir oublier, comme toi.

— Je suis désolée, Caro, j'ignorais que c'était à ce point-là.

— Tous les mariages sont peut-être comme le mien. Nous ne nous entendons pas plus mal, Henry et moi, que la plupart de nos amis mariés. Il a ses aventures et je fais semblant de ne pas être au courant. En vérité, je me soucie fort peu de ce qu'il fait, voilà le problème.

— Quel salaud ! Tu devrais avoir quelques aventures de ton côté, toi aussi.

— Je ne pense pas que ce soit la solution. Et mes parents me déshériteraient si j'avais le malheur de parler de divorce. Ils m'ont toujours écrasée. Maintenant, ils continuent avec mes filles. Ils leur ont dit que j'étais méchante avec leur père. Je ne peux pas leur expliquer, elles n'ont que quatre ans.

— C'est odieux ! Au moins, si tu avais un amant, ça te changerait les idées et tu serais peut-être plus heureuse.

— L'amour ne t'a pas rendue heureuse.

— Tu as raison. Je sais maintenant ce que Skip a dû ressentir quand je lui ai dit que c'était fini entre nous... Drew m'a dit... Mais ce n'est pas bien d'en parler. J'aimerais aussi avoir des enfants, Caro. Mais je veux que Drew en soit le père. Mon Dieu, si seulement je pouvais oublier ce qui s'est passé en Angleterre ! Si seulement je ne l'avais jamais rencontré.

— Non, Dana, ne dis pas cela.

— Mais pourquoi ?

— Parce que tu as été au moins une fois follement amoureuse dans ta vie et que ça n'arrive pas à tout le monde. Jamais je n'ai ressenti pour Henry les sentiments que tu éprouvais pour Drew.

Elles se séparèrent. Caro retourna à Chicago vivre un mariage sans amour et Dana repartit en quête de plaisirs qui ne parvenaient pas à lui faire oublier Drew. Elle ne lui reprochait jamais de l'avoir éconduite, elle pensait qu'elle en était indirectement responsable. Drew n'aurait jamais abandonné une vraie femme, une femme comme sa mère.

CHAPITRE 85

Septembre 1953

Emmanuelle était assise à sa table dans le bar du *Danielle's* et terminait son deuxième express en savourant une gauloise. De temps en temps des clients s'arrêtaient pour lui parler.

Les politiciens voulaient que leurs noms apparaissent dans le *Star* et les femmes désiraient un article dans la page féminine pour leurs œuvres de bienfaisance. Les ambassadeurs étaient les plus amusants : ils ne venaient que pour discuter.

Quand Harding arriva, Emmanuelle était en train d'écrire.

— Pourquoi souris-tu comme cela ? demanda-t-il en l'embrassant sur la joue.

— L'ambassadeur du Brésil vient de me raconter le dernier exploit amoureux de Tom Blessing à São Paulo.

— Tom Blessing est bien trop vieux pour baguenauder du côté de São Paulo, à plus forte raison pour y réaliser des exploits amoureux.

Harding commanda un scotch à l'eau et Emmanuelle du champagne.

— Quoi de neuf en politique ?

— Le Middle West demande plus de subventions agricoles et New York désire faire construire plus de logements sociaux avec l'argent du contribuable.

Emmanuelle leva les yeux et vit une femme sobrement vêtue qui se tenait à ses côtés.

— Excusez-moi, je ne vous avais pas vue. Vous voulez me parler ?

La femme hésita et Harding se leva.

— A tout à l'heure.

Il lui tendit son siège.

— Si vous voulez vous asseoir...

— Je m'appelle Frederika Riss, dit-elle. Je suis assistante sociale, j'espère que vous allez pouvoir m'aider.

— De quelle façon ? demanda Emmanuelle.

Le visage de Frederika Riss était énergique. Elle ne portait ni alliance ni bijoux et n'était pas maquillée.

— Je cherche à trouver de l'argent pour faire construire une maison, n'importe où, à Long Island ou dans le New Jersey, afin d'en faire un foyer pour des jeunes filles violées. Je n'ai pas un centime et n'ai pas réussi à obtenir une quelconque subvention. Les gens ne veulent pas entendre parler de ce genre de choses.

— Quelles choses ?

— L'inceste.

Emmanuelle reposa son verre et regarda Miss Riss avec intérêt.

— L'inceste ?

— Oui. C'est le plus répandu de tous les sévices sur les enfants, même si personne ne le reconnaît et encore moins les victimes elles-mêmes.

Emmanuelle se racla la gorge.

— Je ne pensais pas qu'il y en avait autant.

— Mais si. Essentiellement des pères avec leurs filles, mais aussi des oncles, des frères avec des petites filles qui n'ont pas plus de trois ans. Oui, je sais, c'est incroyable, mais c'est la vérité.

Elle se pencha vers Emmanuelle.

— Écoutez, j'ai réussi à trouver de l'argent pour les femmes divorcées et pour celles qui se sont retrouvées enceintes après un viol. J'ai milité pour le contrôle des naissances et pour la légalisation de l'avortement. Ça n'a pas toujours été facile, mais cette fois je n'ai pas réussi à obtenir un centime. Il faut beaucoup de courage pour admettre cet état de fait. Vous avez la réputation d'être une femme courageuse.

Emmanuelle se taisait, atterrée par ce qu'elle venait d'entendre. Miss Riss la regarda, hocha doucement la tête et se leva.

— S'il vous plaît, Miss Riss, je ne peux discuter de ce genre de choses ici. Où puis-je vous appeler ?

Une lueur d'admiration éclaira le visage de Frederika Riss. Elle ouvrit son sac à main et lui tendit une carte de visite avec son nom et son numéro de téléphone.

— Je suis souvent absente mais vous êtes sûre de me joindre le soir après neuf heures.

— Je vous appellerai dès que je pourrai.

— Je l'espère de tout mon cœur. Excusez-moi de vous avoir dérangée, mais ici j'étais sûre de vous trouver. Vous savez, je lis vos articles dans le *Star*. Bonne soirée.

Elle quitta le restaurant sous les regards hautains de certains clients.

« De quel droit la regardent-ils ainsi ? », pensa Emmanuelle en rangeant la carte de visite dans son sac.

— Qui était-ce ? demanda Harding.

— Une assistante sociale, répondit-elle en vidant son verre et en faisant signe au serveur de lui en apporter un autre.

Cette discussion l'avait bouleversée, mais elle n'en montra rien.

— Elle a besoin d'argent, n'est-ce pas ?

— Oui, bien sûr.

— Est-ce pour une bonne cause ?

— Une femme comme elle défend toujours les bonnes causes. Il faut que j'en sache plus là-dessus. Tiens, voici Dana.

Celle-ci était vêtue de soie grise. Son maquillage était parfait et elle portait des boucles d'oreilles et une broche d'opale.

— C'est l'archéologue la plus séduisante que j'aie jamais vue, dit fièrement Harding.

Il n'était pas au courant des frasques de sa fille et Emmanuelle espérait qu'il n'en saurait jamais rien.

— On dirait qu'elle passe ses journées chez Elizabeth Arden plutôt que dans ce musée poussiéreux.

— Elle a mis longtemps avant de s'épanouir, rappelle-toi le mal que j'ai eu à lui faire quitter ses blue-jeans.

— Skip n'a toujours aucune chance ?

— Non, c'est de l'histoire ancienne. Tais-toi, la voilà.

Dana avait rompu ses fiançailles. Elle éludait toujours les questions de sa mère sur ses petits amis en Angleterre, mais Emmanuelle était sûre que son intérêt soudain pour le maquillage et les robes venait de là.

— Tu dînes avec nous ? lui demanda Harding.

— Non, papa, je prends juste un verre. Je dois rentrer à la maison pour me préparer. Je vais au théâtre avec Peter Higham.

— Ce play-boy ! s'exclama Harding.

— Il est amusant, dit Dana.

Ses yeux rencontrèrent ceux de sa mère et fuirent son regard.

— Il le peut. Il a presque deux fois ton âge, maugréa Harding.

Emmanuelle était toujours étonnée par le manque de clairvoyance de Harding au sujet de la sexualité épanouie de sa fille, mais les pères préfèrent ignorer ce genre de chose.

Après avoir pris un verre, Dana rentra dans son appartement de Gramercy Park.

— Elle est belle, n'est-ce pas ? dit Harding. Mais en dehors de son travail, elle n'est pas heureuse. J'espère qu'elle trouvera quelqu'un de bien et qu'elle se stabilisera.

— Je t'ai déjà dit qu'elle avait mis longtemps avant de s'épanouir. Elle cherche à rattraper toutes ses années d'internat.

— Tous ses petits amis me font dresser les cheveux sur la tête.

— Que faisons-nous ce soir ?

— Dînons ici. C'est le meilleur restaurant français de New York.

— Et au moins je vois l'argent rentrer dans ma caisse, dit Emmanuelle en riant. Puis nous irons écouter de la musique.

A minuit, ils étaient rentrés chez eux et déjà couchés.

Depuis le retour de Harding, huit ans plus tôt, ils faisaient chambre à part. Emmanuelle et Harding faisaient souvent l'amour de façon amicale et satisfaisante, comme les vieux couples.

Ils avaient beaucoup de choses en commun, aimaient les mêmes gens et les mêmes choses, travaillaient souvent tard le soir, au journal, puis allaient manger un morceau avec leurs amis journalistes.

Emmanuelle savait ce qui troublait Harding. La guerre de Corée avait commencé et il ne voyait pas l'intérêt d'un tel bain de sang. Ses idées ressemblaient à celles de Julian, mais, alors que ce dernier voulait rayer la guerre de la surface du globe, Harding, lui, s'évertuait à rendre toujours présentes l'horreur et l'ignominie d'Auschwitz et de Hiroshima. C'était la seule façon, pensait-il, d'éviter que tout cela ne recommence.

— Il ne peut oublier tous ces carnages, dit Kenneth Conan à Emmanuelle lors de son dernier passage à New York. Ni moi d'ailleurs, c'est pourquoi je passe mon temps à courir le monde.

Ken était maintenant photographe free-lance et ses prises de vue durant la guerre l'avaient rendu célèbre.

Harding et Emmanuelle ne voyageaient presque plus. Leur mariage était devenu très conventionnel. Ils éprouvaient l'un pour l'autre une affection et une considération qu'ils n'avaient jamais connues auparavant. Mais le feu qui habitait Harding avait disparu et cette absence laissait à Emmanuelle une profonde amertume. Emmanuelle aimait Harding comme elle ne l'avait jamais aimé, mais elle avait peur d'y penser, de crainte de faire resurgir le passé.

Le plaisir physique avait toujours été quelque chose d'important pour elle mais associé à un amour profond et sincère.

« Peut-être suis-je loin de tout cela », pensa-t-elle en se couchant.

Harding frappa à la porte de sa chambre.

— Êtez-vous libre, ce soir ?

— Bien sûr, toujours pour vous.

Il se coucha à ses côtés et la prit dans ses bras. Une chanson française lui revint à l'esprit :

Plaisir d'amour ne dure qu'un moment
Chagrin d'amour dure toute la vie.

Harding l'embrassa et elle sentit le plaisir monter en elle et balayer son chagrin.

CHAPITRE 86

Décembre 1953

Dana entra dans le bureau de sa mère au *Star* et, étonnée, s'arrêta. Matilda Blessing était assise au bureau d'Emmanuelle derrière une pile de papiers, les deux pieds sur la table. Ses jambes étaient aussi minces que des cannes.

« Elle ressemble chaque jour un peu plus à une momie », pensa Dana.

— Madame Blessing, dit-elle brusquement, que faites-vous dans le bureau de ma mère ?

— Je l'attends. Nous donnons un bal de charité ensemble à Noël. Comment avez-vous pu vous séparer de vos animaux empaillés ?

— C'est mon jour de congé. Je suis venue discuter avec maman.

En dépit de son antipathie pour Mme Blessing, Dana avait l'air ravie.

— Laissez-moi deviner. Vous vous êtes enfin fiancée ?

— Non, dit Dana en s'asseyant sur le bord du bureau.

— Alors il est grand temps que vous y pensiez, ma fille. Je me permets de vous dire que vous commencez à vous faire une réputation.

Dana rougit mais ne répondit pas.

— Quel âge avez-vous à présent ? Vingt-six ans ? Vous finirez vieille fille si vous n'y prenez garde.

— Maman s'est mariée à vingt-six ans.

— Pour la seconde fois. Mais votre mère s'est également fait une réputation. Je suppose que c'est de famille.

— Comment osez-vous parler de ma mère de cette façon ! Et remettez ces papiers à leur place.

— Quel caractère ! Ce ne sont que des bulletins de presse et tout le monde les lira demain. Mais il y en a un qui intéressera tout particulièrement Emmanuelle.

Elle sourit et tendit un télex à Dana.

« Monte-Carlo. Les fiançailles de Sir Andrew James Julian Saxon, Bart., avec Lady Carlotta Margharita de Roja y Albafuente ont été annoncées aujourd'hui. Le mariage aura lieu en juin dans la cathédrale de Monaco. Sir Andrew n'a pas suivi le chemin de son illustre père ; il a abandonné la banque familiale il y a quelques années. On le considère comme le prince de la haute société internationale et le plus beau play-boy de la Côte. »

Dana alla à la fenêtre pour éviter le regard perçant de Matilda. Elle relut le télex, essaya de parler, sans succès, et se racla la gorge.

— Ce n'est rien d'autre qu'un communiqué de presse. Je ne vois pas pourquoi maman serait intéressée.

— Ah, mais si. Votre mère avait un faible pour le père de Sir Andrew. Je ne lui en fais aucun reproche, bien sûr, jamais je n'ai vu un aussi bel homme.

— Je sais, je l'ai rencontré.

— Vraiment ? Quand ?

— Quand il était venu pour ses conférences aux États-Unis. Maman l'avait invité à déjeuner à Silvermoor.

Tout en parlant, Dana pensait à ce que lui avait dit Drew au téléphone : « Je ne veux pas me marier, ni avec toi ni avec aucune autre, jamais. » Elle l'avait accepté, que pouvait-elle faire d'autre ? Quelque chose avait dû se produire à la mort de sa mère. Dana avait pensé à toutes sortes de raisons : la maladie de Lady Davina était héréditaire et Drew avait peur d'avoir des enfants, ou sa mère lui avait dit quelque chose qui l'avait décidé à ne plus jamais se marier.

Mais aujourd'hui il était fiancé. Ce que sa mère lui avait dit devait donc la concerner, elle, Dana. Mais qu'avait-elle fait de si terrible ? Il fallait qu'elle le voie pour avoir une explication. Elle entendit soudain la voix chargée d'insinuations de Matilda.

— ... Très discret, bien sûr, mais je savais qu'il était amoureux d'elle.

Dana se retourna, pensant qu'elle faisait allusion à Drew et à sa fiancée.

— Quand les avez-vous vus ensemble ?

— Assez souvent. A Venise, ici à New York, une fois à Paris et, bien sûr, mon mari les a vus à Berlin.

Perplexe, Dana secoua la tête.

— A New York ? Quand était-il à New York ?

— Quand vous l'avez rencontré, petite oie ! dit Matilda avec impatience.

— Madame Blessing, parlez-vous de Sir Julian ?

— Mais bien sûr, mon enfant.

— Et vous voulez me faire croire que lui et ma mère... ?

A cet instant, Emmanuelle entra dans le bureau.

— Hello, ma chérie, quel bon vent t'amène ici ? Je suis désolée, Matilda, j'ai été retardée.

Elle déposa sa serviette de cuir sur le bureau, rassembla tous les bulletins de presse puis observa Dana et Matilda.

— Que se passe-t-il ? demanda-t-elle d'un ton coupant. Matilda, qu'avez-vous encore dit ?

— Nous avons simplement bavardé. Emmanuelle, il est trop tard, je ne peux vraiment pas rester. Nous parlerons du bal une autre fois.

Avec un dernier regard à la mère et sa fille, elle quitta le bureau.

— Dana ?

— Maman, étiez-vous amants, Julian Saxon et toi ?

— C'est ce qu'elle t'a raconté ? dit Emmanuelle en s'effondrant dans son fauteuil.

— Je veux que ce soit toi qui me le dises. De toute façon, je te questionnerai jusqu'à ce que je sache la vérité.

Avec un profond soupir, Emmanuelle acquiesça.

— Pendant combien de temps ?

— Des années, Dana, très longtemps.

— Son épouse était-elle au courant ?

— Oui.

Dana devint écarlate. Elle alla s'asseoir en face de sa mère.

— Je n'arrive pas à le croire. Tu as fait ça à papa ?

— Dana, j'ai connu Julian bien longtemps avant de rencontrer ton père. Je ne l'aurais jamais épousé si j'avais su que Julian était vivant.

— Mais tu as continué de le voir après ton mariage. Papa était-il au courant ?

— Pas avant que la guerre éclate. Et puis, Julian a été tué.

— Je ne m'étonne plus de ton étrange comportement à ton retour. Tu as seulement quitté l'Angleterre parce qu'il était mort.

— Je serais revenue de toute façon, pour être avec toi.

Les poings de Dana se serrèrent. Sa main s'accrochait toujours au télex.

— Tu ne penses tout de même pas que je vais te croire ? Tu n'as jamais été intéressée par moi ni par papa. Tu ne pensais qu'à ta précieuse carrière et à ton amant.

— Dana, tu sais que je t'aime. Tout ce que j'ai fait, c'était pour ton bien, pour que tu aies une vie meilleure que la mienne. Quant à Julian, cela ne te concerne pas du tout. Ton père et moi sommes toujours ensemble ; il m'a comprise, pourquoi n'essaies-tu pas de me comprendre, toi aussi ?

Dana lui tendit le télex tout froissé. Emmanuelle y jeta un rapide coup d'œil.

— Je l'aime, dit Dana, trop révoltée pour remarquer la soudaine pâleur d'Emmanuelle. Et il m'aime. Il m'a quittée après la mort de sa mère et maintenant je sais pourquoi. Elle a dû tout lui raconter sur son père et toi. Quel scandale ça aurait fait si nous nous étions mariés ! Si Matilda était au courant, beaucoup devaient l'être également. Drew voulait protéger sa famille et moi par la même occasion. Ce n'est pas étonnant qu'il ne soit rien d'autre qu'un play-boy, à présent. Il ne voulait pas prendre exemple sur son père, qui a tant fait souffrir sa mère. Eh bien, je me moque du scandale. Je vais aller à Monaco pour le lui dire. Et je l'épouserai.

Elle se leva et repoussa sa chaise avec violence.

— Dana, dit Emmanuelle d'une voix dure et péremptoire. Assieds-toi. Tu ne peux pas aller à Monaco. Il ne t'épousera pas.

Elle regarda le visage défiant de Dana et son ton s'adoucit.

— Ma chérie, il ne t'a pas quittée par peur du scandale. Drew se fiche éperdument des scandales après la vie qu'il a menée. Et Davina n'a pas eu besoin de lui dire pour son père et moi. Il l'a su en 1940.

— Alors, pourquoi ? Il m'avait dit qu'il m'aimait. Qu'ai-je fait pour qu'il me laisse tomber ?

Emmanuelle s'approcha de Dana et se pencha vers elle.

— Écoute-moi bien, Dana. Il m'est très pénible de te dire une chose pareille. Drew ne peut pas t'épouser. C'est ton demi-frère. C'est ce que Davina a dû lui dire avant de mourir.

Dana suffoqua, puis s'éloigna, la main sur la poitrine, comme si elle avait reçu un coup.

— Oh, non, murmura-t-elle, oh, mon Dieu !

Emmanuelle s'approcha d'elle pour la consoler.

— Non, ne me touche pas, laisse-moi tranquille.

Emmanuelle retourna s'asseoir et alluma une cigarette, les mains tremblantes. Quand Dana la regarda, les beaux yeux gris de sa fille étaient sombres, inexpressifs.

— Très bien, tu peux me dire le reste, à présent.

Emmanuelle sentit qu'elle courait au désastre. Elle avait déjà perdu Drew et, après avoir raconté son histoire, elle sut qu'elle avait aussi perdu Dana.

— Pourquoi ne m'as-tu rien dit ? J'aurais compris.

— Une enfant n'est jamais assez mûre pour entendre sa mère lui raconter une chose pareille.

— Mais je ne suis plus une enfant, je suis une femme. J'ai ma personnalité, même si tu as toujours essayé de faire de moi une copie conforme de toi-même.

— Ce n'est pas vrai. Je voulais simplement que tu aies tout.

— Un foyer anglais, dit Dana d'un ton méprisant. Une nounou anglaise, une gouvernante anglaise. Une éducation anglaise, un lord anglais pour mari. C'est ce que tu voulais, maman.

— C'était ce que Drew avait. Je l'ai abandonné pour

qu'il puisse avoir tout cela. Je voulais que tu aies plus encore.

— Ainsi, j'ai été la rivale d'un frère dont j'ignorais l'existence. Eh bien, ça n'a pas marché, maman. Je ne suis pas comme tu aurais voulu. Je ne peux plus rester à New York. Je m'en vais.

— Où ?

— En Israël, faire des fouilles. Je suis venue ce matin pour t'en parler. Je ne m'attendais pas à ça.

— Quand pars-tu ?

— Après-demain. Je remplace quelqu'un à la dernière minute et ils ne peuvent pas attendre. Une remplaçante, c'est ce que j'étais aussi pour toi, n'est-ce pas ?

— Non, jamais. Les enfants sont irremplaçables. Je l'ai laissé, c'est vrai, mais que pouvais-je faire d'autre, à l'époque ?

— Tu aurais pu me dire qu'il existait. Tu aurais pu me faire confiance.

— Je te fais confiance, maintenant ! N'est-ce pas suffisant ?

— Non, maman, c'est trop tard.

Elle ouvrit la porte puis la referma.

— Quand papa rentre-t-il ?

— La semaine prochaine.

— Je lui laisserai un mot. Pauvre papa ! Est-il au courant pour Drew ?

— Non. Et n'essaie pas de me faire peur.

— Personne n'est assez fort pour cela, maman. Tu as un cœur de pierre. Je ne vais rien dire à papa, c'est un plaisir que je te réserve.

Elle quitta la pièce en fermant la porte derrière elle.

Emmanuelle était toujours assise, le télex à la main. Cette fois, elle avait tout détruit. Drew, qui l'admirait autrefois, devait la mépriser. Depuis deux ans, il savait qu'elle était sa mère et n'avait fait aucune tentative pour la contacter, ne serait-ce que pour vérifier si la vérité de Davina était la seule vérité. Et Dana venait de mettre une distance entre elles bien plus grande que les kilomètres qui les sépareraient dorénavant.

— Madame Béranger ? demanda la secrétaire.

Derrière sa secrétaire, elle aperçut le visage de Frederika Riss.

— Oui. Entrez, Miss Riss, asseyez-vous.

Elle voulait entendre cette femme lui parler des horreurs qu'elle avait vues. Elle voulait se persuader qu'elle avait eu raison de protéger ses enfants.

CHAPITRE 87

Avril 1955

« Cela aurait pu être pire », se dit Emmanuelle au mariage de Dana à Jérusalem. C'était une formule qu'elle aimait bien et qui lui permettait de faire face.

Aujourd'hui, le véritable problème n'était pas le mariage de Dana avec le professeur d'archéologie qu'elle s'était choisi, mais sa rancœur impitoyable envers sa mère. Toutes les lettres qu'elle avait envoyées depuis deux ans étaient bien adressées à M. et Mme Ellis mais n'étaient destinées qu'à Harding.

Pendant les joyeux préparatifs du mariage, il leur avait été facile de cacher leur désaccord. Puis, dans le jardin ensoleillé où avait eu lieu la réception, Dana avait fait en sorte de ne jamais se retrouver seule avec sa mère. Sa colère était encore virulente mais elle s'était juré de n'en rien laisser paraître.

— A cause de papa, disait-elle.

Il y avait toujours l'espoir que les choses iraient en s'améliorant, mais Emmanuelle savait que cela n'arriverait que si le mariage était une réussite. Elle ignorait la nature exacte des sentiments de Dana pour son nouveau mari mais leur amour ne faisait aucun doute.

Calvin Lloyd Bannister était un homme grand et calme de trente-cinq ans. Son visage fin et intelligent était très connu dans sa profession mais il ne serait jamais riche, chose dont il se souciait fort peu, tout comme Dana.

« Bien sûr, se disait Emmanuelle, c'est facile à dire quand on n'a jamais manqué de rien. » Sa seule passion en dehors de Dana était son travail. Emmanuelle estimait que, dans un couple, partager les mêmes intérêts était un bon départ pour une vie commune. Mais la passion serait-elle au rendez-vous ?

A présent, Dana et Calvin échangeaient leurs alliances. Harding avait les larmes aux yeux. Cela ne ressemblait pas au mariage qu'Emmanuelle aurait voulu pour sa fille. Elle l'avait imaginé à Silvermoor au milieu des pelouses verdoyantes avec des invités dont les noms remplissaient la chronique mondaine du *Star*.

La cérémonie se termina et les invités explosèrent de joie. C'était un mariage civil mais Dana avait prévenu ses parents qu'il se terminerait comme un véritable mariage israélien. Les musiciens commencèrent à jouer et les danses enchantèrent Emmanuelle. Dana faisait très jeune dans la robe de mariée brodée qu'elle lui avait achetée à Paris. Elle sourit à son nouvel époux et Emmanuelle se sentit réconfortée.

Après le départ des jeunes mariés pour leur lune de miel au Japon, Emmanuelle et Harding visitèrent Israël. Ce changement leur faisait du bien après les batailles qu'avait dû livrer Harding aux États-Unis pendant la chasse aux sorcières. Les gens dénonçaient leurs voisins comme le faisaient les Allemands sous Hitler.

« Ce n'est pas la première fois que des Comités d'activités antiaméricaines existent, avait écrit Harding dans l'éditorial du *Star*, au plus fort de la crise. Rappelez-vous Martin Dies, mais il ne peut être comparé à McCarthy. Je pensais que la Constitution avait supprimé toute forme de terreur politique aux États-Unis mais apparemment ces menaces planent toujours sur notre pays et sont prêtes à resurgir. »

Deux jours plus tard, Harding avait reçu une citation à comparaître. Il avait été un des seuls à sortir libre de la salle d'audience.

— Je peux comprendre pourquoi Dana aime l'histoire ancienne, dit Harding pendant leur voyage en Galilée. Le passé est sans risques.

— Tu aimes le danger, dit Emmanuelle.

Harding ne répondit pas. Il savait que ce n'était plus vrai depuis la guerre.

— Personne n'a soutenu Israël aussi activement que toi, dit Emmanuelle à Harding.

Ils avaient embarqué à Haïfa. A présent, ils prenaient un verre dans le bar du bateau.

— Tous ceux qui ont vu ces camps avant qu'on les transforme en espaces verts se doivent de soutenir Israël, dit Harding.

— Tu vois, tu es beaucoup trop jeune pour prendre ta retraite.

Elle savait que la retraite ne serait pas facile pour Harding mais il avait l'air fatigué et atteindrait bientôt la soixantaine.

— Je ne m'arrêterai pas avant toi, ce n'est donc pas pour demain.

Le travail était toujours la panacée d'Emmanuelle. Son association ou plutôt son amitié avec Miss Riss lui avait fait acheter une grande bâtisse dans le New Jersey. La moitié de la somme nécessaire provenait des œuvres de charité d'Emmanuelle mais le reste venait de sa poche.

Emmanuelle n'avait écrit aucun article sur l'inceste dans le *Star* et n'en avait jamais parlé à Harding ; cela lui rappelait de trop mauvais souvenirs.

La maison se trouvait dans le New Jersey au milieu d'une grande pelouse ; elle avait trois étages, des volets blancs et une véranda. Quand Emmanuelle l'avait achetée, elle était en très mauvais état, mais depuis les filles avaient fait des merveilles.

Emmanuelle n'avait jamais rencontré une seule de ses pensionnaires. Cela lui aurait été trop pénible.

A Londres le temps était gris et il pleuvait. Cela faisait quinze ans qu'ils n'y étaient pas allés. Emmanuelle avait voyagé à Paris pour les collections, sur la Côte d'Azur, en Italie, en Grèce et en Scandinavie mais jamais en Angleterre. Elle avait peur d'y rencontrer Drew.

Mais, le second soir, elle fut contente de dîner avec Marie-Alice au *Savoy*.

— Alors, le mariage ?

— Impeccable. Et vous ?

— Pareil, dit Emmanuelle, bien que ce ne fût pas tout à fait vrai.

— A propos de mariage, le jeune Saxon a divorcé. Ça n'a pas duré longtemps. Mais il n'est pas comme son père, n'est-ce pas ?

— Vous savez, je ne les connaissais pas beaucoup.

— Voyons, je sais que vous étiez avec son père quand Andrew Saxon a été abattu au-dessus de la Manche. Bon Dieu, nous sommes de vieilles amies. Je ne vais pas faire un article de notre conversation !

— D'accord, nous étions... mais c'était déjà fini entre nous avant que la guerre éclate. A quoi ressemble son fils maintenant ?

Marie-Alice alluma une cigarette.

— Je l'ai vu à Monte-Carlo, il y a un mois. C'est un type épatant, très sexy, mais différent de son père. Julian Saxon avait des principes et le sens de l'honneur, même si ça lui a attiré des ennuis. Si son fils a des principes, ça ne se voit pas. Avec les femmes, c'est un vrai cœur d'artichaut, il est du genre « je te prends, je te laisse ».

— Peut-être a-t-il eu une enfance difficile, dit Emmanuelle d'un air espiègle, pour dissimuler ses remords.

— Vous plaisantez ! Il a toujours eu tout ce qu'il voulait. Il était de loin le plus beau de la famille, ses trois jeunes sœurs sont jolies mais fades et un peu coincées, et ça a dû lui monter à la tête, si vous voyez ce que je veux dire. Le jeune Saxon s'est bien amusé du côté de Hong Kong après la guerre et il avait bien raison. Après, nous avons perdu sa trace pendant quelque temps. Il semble qu'il se soit stabilisé en reprenant Saxon-Vaillant jusqu'à la mort de sa mère. Puis il a recommencé ! Ça aide d'être un riche héritier. Il a eu plus de femmes qu'il n'a descendu de nazis. Je sais que c'est horrible à dire, mais la guerre a été un révélateur pour bien des gens.

— Ce n'est pas ce que pense Harding.

— Oui, c'est ce que j'ai pu comprendre en lisant ses

articles, mais il y avait de tout pendant la guerre, et des deux côtés.

— Je ne crois pas. J'ai rencontré un officier S.S. quand je faisais mes reportages sur les femmes allemandes. Il voulait faire l'amour avec moi. Le pouvoir absolu qu'il dégageait m'attirait. En y repensant, je ne peux pas m'empêcher de trembler. Je me demande toujours combien d'enfants il a tués dans les camps de concentration.

Les deux femmes se turent un moment. Emmanuelle reprit la parole.

— Mais nous parlions des Saxon. D'après vous, pourquoi a-t-il changé ?

— Peut-être n'a-t-il pas supporté cette image du héros qu'on lui attribuait, que ce soit la sienne ou celle de son père. De toute façon, c'est le genre de type dont rêvent toutes les femmes, mais je n'aimerais pas l'avoir pour gendre si j'avais une fille. Au fait, que devient la vôtre ?

— Elle vient d'épouser un professeur d'archéologie, un certain Calvin Lloyd Bannister. Ils se sont rencontrés en faisant des fouilles et se sont mariés à Jérusalem.

Les deux amies discutèrent jusqu'à 10 heures. Emmanuelle rentra au *Connaught* l'esprit troublé par ce qu'elle venait d'entendre. Harding était sorti avec des camarades de guerre et il ne rentrerait pas de sitôt. Elle n'avait pas envie de se coucher. Elle se servit un verre de cognac et se mit à feuilleter *Vogue.*

Le téléphone sonna et elle fut étonnée d'entendre la voix de Drew :

— Je veux vous voir si vous êtes seule.

Il s'agissait plus d'un ordre que d'une invitation.

— D'accord, dit Emmanuelle, et ses mains se mirent à trembler. Je t'attends.

CHAPITRE 88

Elle ne l'avait pas revu depuis le jour où elle avait défendu Julian dans le bureau de Harding. Il avait changé ; c'était un homme, à présent.

— Veux-tu boire quelque chose ?

Il secoua la tête et resta debout, les mains dans les poches de son pantalon.

— En fait, je suis surtout venu pour vous regarder.

— Me regarder ?

— Je voulais voir quelle sorte de femme avait pu faire les choses que vous avez faites.

— Comment peux-tu savoir la vérité ? Tu n'as eu que la version de Davina. Ce n'était pas une femme très charitable, surtout avec toi.

— Je ne lui en veux pas de ne pas m'avoir aimé. Elle a fait son devoir.

— Et moi ? demanda Emmanuelle avec colère. Qu'ai-je fait ?

— Vous m'avez abandonné, vendu plus exactement, puis vous avez tout simplement oublié que j'étais vivant. Vous rendez-vous compte de ce que vous avez fait à Dana ? Avez-vous une idée de ce qu'elle a souffert ? Imaginez qu'il se soit passé quelque chose entre nous avant que nous ayons appris qui nous étions l'un pour l'autre ! Mais vous ne vous préoccupiez pas plus de Dana que de moi. Je ne sais pas pourquoi mon père vous aimait, visiblement il ne vous connaissait pas vraiment. Vous étiez bien trop rusée pour lui.

— Ça suffit, dit Emmanuelle en se levant, les yeux étincelants. Tu ferais mieux de partir.

— Je m'en vais. J'ai vu ce que j'étais venu voir : ma mère ! Mon Dieu !

Il se dirigea vers la porte, puis se retourna, le visage tordu par la colère et la honte.

— Tout en vous est faux, inventé de toutes pièces, et par votre faute je suis devenu un imposteur, moi aussi. Je n'ai aucun droit légitime à mon nom, à mon titre et à ma position. Je les garde afin de ne pas embarrasser mes sœurs et de ne pas salir la mémoire de mon père, mais je n'ai plus aucune racine. Vous en êtes responsable et, à cause de ça, je vous détesterai jusqu'au jour de ma mort.

Il quitta la pièce en claquant la porte derrière lui.

Emmanuelle éclata en sanglots. C'est ainsi que Harding la trouva. Elle ne lui donna aucune explication et il appela un médecin. Ils devaient rester encore une semaine en Angleterre, mais elle le supplia de réserver deux places sur le premier bateau en partance pour les États-Unis. Le lendemain soir, ils embarquèrent sur le *Queen Elizabeth*.

Pendant deux jours, les calmants lui servirent d'excuses pour rester seule. Harding pensa qu'elle était traumatisée par Londres, qui lui rappelait les bombardements et la mort de Julian. Elle ne pouvait pas nier sans tout lui révéler.

Le troisième jour, en fin d'après-midi, elle se leva et s'habilla pour le dîner. Harding fut prêt avant elle et la regarda se préparer à sa coiffeuse. Ses cheveux avaient blanchi et lui donnaient un air sophistiqué. Elle était encore très pâle et semblait épuisée. Elle essaya de sourire à Harding dans le miroir. Il fut frappé par la détresse de son regard.

— Emmanuelle, tu ne peux pas savoir combien je t'aime.

— Je sais, je sais, murmura-t-elle, mais ce n'est plus pareil entre nous.

— C'est vrai, mais tu dois tolérer ma jalousie comme moi j'ai souffert de ton besoin d'indépendance.

— Oui, mais tu ne m'aimerais plus si tu me connaissais vraiment.

— Je te connais mieux que personne. Je sais d'où tu

viens et ce que tu as fait pour arriver si haut. Je sais que tu n'es pas la grande dame que tu prétends être, que tu préfères la bière au champagne, que tu peux être honnête et plus loyale que personne. Je te connais très bien et je t'aime pour ce que tu es.

— C'est vrai ?

Ses lèvres tremblaient ; elle se leva et s'arrêta pour lui caresser le visage avec tendresse puis alla s'asseoir sur le canapé du salon.

Harding la suivit et s'assit en face d'elle.

Soudain, Emmanuelle revit le jour de sa première rencontre avec Julian chez Saxon-Vaillant. Il avait dû tout de suite remarquer qu'elle était de condition modeste. A partir de cet instant, elle n'avait cessé de simuler.

— J'aurais tellement aimé qu'on m'aime pour moi-même !

— Tu ne m'as jamais fait confiance.

Un moment, elle vit la petite chambre au-dessus de l'épicerie. Elle entendit les grincements du lit tandis qu' « il » la détruisait. Toute sa vie, elle avait essayé d'oublier cette terrible humiliation.

— Tu n'as aucune idée de ce que j'ai vécu.

— Je m'en fiche ! Tu étais pauvre, mais ce n'est pas un crime, et ça ne t'a pas empêchée de réussir. Peu importent les conditions dans lesquelles on démarre dans la vie, ce qui compte c'est ce que l'on devient. Tu avais l'intelligence, la volonté et le courage, tout ce qui compte.

— Ah ! oui, j'avais tout, fit Emmanuelle en pleurant. La pauvreté et la saleté, les odeurs, les cris et la honte.

Il ne l'avait jamais vue dans un pareil état depuis le soir où elle avait essayé de se faire avorter.

— Mais tu as gagné, dit-il doucement, le cœur brisé devant sa détresse. Tu t'en es sortie.

Elle reposa son verre et s'allongea sur le canapé, le visage masqué par son bras.

— Je n'avais pas le choix ! Mon père m'a violée quand j'avais quatorze ans.

Il se sentit brusquement très vieux.

— Mon Dieu, Emmanuelle ! Pourquoi ne m'en as-tu jamais parlé ?

— Je n'en ai jamais parlé à personne, dit-elle, le visage

toujours dissimulé. Ce n'est pas le genre de choses qu'une femme raconte. Je me sentais souillée et méprisable. Il fallait que je devienne quelqu'un d'autre. Pendant des années, j'ai été terrifiée par mon père, je redoutais qu'il ne me viole une nouvelle fois. Il fallait que je m'en aille pour fuir les hommes comme lui. Je pensais que les riches étaient différents. La plupart d'entre eux ne le sont pas. Mais Julian l'était. Tu le connaissais. Il n'est guère étonnant que je sois tombée follement amoureuse de lui. Jamais personne n'avait été aussi tendre avec moi ; avec lui j'oubliais ce qui s'était passé. Nous étions tous les deux persuadés qu'il vivrait si nous restions ensemble. C'était notre talisman contre la mort. Quand ils m'ont annoncé sa mort, j'ai été désespérée. J'ai pensé que mon bébé aurait plus de chance parmi les siens. Je n'avais nulle part où aller ; j'étais une morte vivante. Je pensais que c'était une fille. Tu vois, ils me l'ont retiré dès sa naissance. Je ne l'ai plus jamais revu jusqu'à ce soir, au bar du *Ritz*, à Londres, mais je pensais qu'il valait mieux que mon bébé soit un Saxon plutôt qu'un bâtard dans un monde où il aurait dû payer pour ce que j'avais fait.

— Emmanuelle, dit-il, immobile sous le choc. Andrew Saxon est ton fils ?

— Oui, Julian ne l'a su qu'au dernier moment, juste avant d'être tué. Drew l'a appris à la mort de Davina. Elle lui a tout raconté. Ça l'a détruit. Et, entre-temps, il avait rencontré Dana. Ils s'aimaient.

— Mais il aurait pu l'épouser si Davina ne lui avait rien dit !

— Je sais. Au moins, la méchanceté de Davina leur a épargné cela. Mais Dana me déteste. De même que Drew, à cause de Dana et parce que je l'ai abandonné à sa naissance. Il dit que nous sommes tous les deux des imposteurs. Telle mère, tel fils. L'autre soir, il est venu me dire combien il me méprisait.

— C'est donc ce qui s'est passé à Londres ! Ne se souvient-il pas de ce que tu as risqué pour sauver la réputation de son père ? Ne comprend-il pas pourquoi tu as renoncé à lui ?

— Il s'en moque. Et je t'ai perdu par la même occasion, dit-elle, trop épuisée pour pleurer. Je t'aime, même si je n'ai pris conscience de mes sentiments qu'après t'avoir perdu. Je t'en prie, ne détourne pas les yeux, Harding, c'est vrai, même si je ne pouvais pas tout te donner. Elle était déjà partie, cette fille que j'étais, avant d'être détruite par mon père, cette fille que je ne pouvais être qu'avec Julian parce que nous vivions tous les deux dans un monde imaginaire. Si seulement tu pouvais me croire ! J'ai perdu Dana et je n'ai jamais eu Drew, mais je tiens tellement à toi ! Elle pourrait t'aimer, cette fille, si elle était toujours en vie.

Emmanuelle détourna la tête et attendit calmement. Elle l'entendit se lever de sa chaise et son cœur s'arrêta. Puis elle sentit la main de Harding lui caresser les cheveux.

— Qui est-elle, cette fille qui m'aime ?

— Emma, dit-elle en le regardant. Emma Anne Béquier.

Il s'assit et la prit dans ses bras.

— Parle-moi d'Emma Anne.

CHAPITRE 89

Juin 1958

Emmanuelle se tenait à la fenêtre de sa chambre à Silvermoor et regardait la longue file de limousines garée dans l'allée tandis qu'un flot d'hommes et de femmes en sortaient et disparaissaient derrière la maison en direction du fleuve. Le ballet durait depuis le milieu de la matinée. Elle attendait, pour descendre, que sa Rolls revienne de l'aéroport.

Elle s'éloigna de la fenêtre et regarda la chambre qu'elle avait décorée trois ans auparavant, au retour de ce voyage en Angleterre. Tout était tapissé de soie gris pâle, de satin ambré et de brocart ivoire.

Leur mariage était devenu différent ; ils n'avaient plus de secrets l'un pour l'autre. A près de soixante ans, elle avait enfin atteint ce qu'elle cherchait depuis toujours. Mais ce bonheur tant attendu n'avait duré que très peu de temps.

Dana entendit son petit garçon remuer dans la deuxième cabine du jet privé des Entreprises Ellis, et le bruit de la nounou lui préparant son biberon lui réchauffa le cœur.

Dana se demanda comment une chose si simple pouvait lui faire autant de bien. Elle se rappela la chaleur des bras de son père. Cela faisait longtemps qu'elle ne l'avait pas vu sourire ; à présent il était mort et elle ne le reverrait plus jamais.

« Bien sûr papa ne savait pas que je ne m'entendais plus avec maman », pensa-t-elle. Harding ignorait tout pour Drew. S'il avait été au courant, il n'aurait pas aimé Emmanuelle avec autant de passion jusqu'à sa mort.

Cal se rapprocha d'elle et la prit dans ses bras.

— As-tu dormi ?

— Un peu, dit-elle, les yeux gonflés de larmes.

— Ma chérie, arrête de blâmer Emmanuelle pour la mort de ton père. Elle l'aimait autant que toi. Jamais je n'avais vu de couple aussi uni.

— On voit bien que tu ne la connais pas. Ma mère n'a toujours pensé qu'à elle. Elle n'a jamais eu de remords pour ce qu'elle a fait à papa.

Cal était au courant de la liaison d'Emmanuelle avec Julian. Mais personne ne connaissait la vérité au sujet de Drew, pas même son amie Caro. Dana en voulait beaucoup à sa mère qu'elle rendait responsable.

— Tu ne crois pas que ton père était assez grand pour savoir ce qu'il faisait ? Elle était son épouse, ne l'oublie pas.

Par certains côtés, Cal ressemblait à Harding. Il avait la même force intérieure. C'était un homme passionné mais discret ; il ne faisait pas étalage de ses sentiments. Dana l'aimait beaucoup, même si Drew continuait de hanter ses rêves.

Elle enlaça son époux et se mit à pleurer dans ses bras.

Emmanuelle entendit le crissement des pneus sur le gravier et retourna à la fenêtre. Elle vit Calvin sortir de la voiture, son fils de six mois dans les bras, et respira profondément en voyant Dana apparaître derrière lui. Elle traversa rapidement la chambre et commença à descendre l'escalier au moment même où sa fille mettait le pied sur la première marche.

Dana l'embrassa mais il y avait toujours ce différend entre elles et les espoirs d'Emmanuelle s'envolèrent.

— Maman, murmura Dana, ça va ?

Emmanuelle hocha la tête. Elle tiendrait le coup pendant les funérailles de Harding.

Le choc était passé mais elle savait que le sentiment de solitude n'arriverait qu'après. Ce n'était pas la première fois qu'Emmanuelle perdait un être cher, mais la disparition de Harding était la pire de toutes. Pourtant, elle tâcherait de ne pas montrer sa douleur aujourd'hui. Cinq cents personnes attendaient pour rendre un dernier hommage à Harding Ellis. Il serait inhumé dans ce petit coin de terre qui surplombait l'Hudson et qu'Emmanuelle aimait tant.

Quand elle avait trouvé Harding mort à ses côtés en se réveillant, elle l'avait serré dans ses bras de toutes ses forces comme pour lui redonner la vie. Elle méritait ce chagrin, pensait-elle.

Emmanuelle descendit l'escalier et se dirigea vers Calvin pour le saluer et prendre son petit-fils dans ses bras. A la naissance du bébé, Emmanuelle et Harding s'étaient rendus en Israël et ils s'apprêtaient à y repartir bientôt. Mais Harding était mort, tranquillement, dans son sommeil, d'une crise cardiaque.

Debout, le visage contre le petit corps doux et chaud de son petit-fils, elle se souvint de ce matin terrible où elle avait retrouvé Harding silencieux et si froid à côté d'elle. Ses hurlements avaient ameuté les domestiques ; quand ils étaient entrés dans la chambre, Emmanuelle était en train de bercer Harding pour le ranimer comme si l'amour seul avait ce pouvoir.

— Maman, la nounou va conduire le bébé dans la nursery, dit Dana. Tu ne peux pas le garder comme ça dans tes bras pendant toute la cérémonie.

Emmanuelle secoua la tête.

— Laisse-le-moi, j'ai besoin de lui.

Elle le berça tendrement.

— Il va pleurer, Emmanuelle, dit Calvin.

— Il ne sera pas le seul aujourd'hui.

Kate et Spencer rejoignirent Emmanuelle et les Bannister dans le hall. Les trois fils Atwood suivaient avec leurs épouses et Skip devint pâle à la vue de Dana. Miss Riss était là, elle aussi, et Ken Conan, les yeux rouges et l'air étrangement démuni sans son appareil photo ; il y avait aussi M. Etienne. Ils traversèrent la maison et sortirent sur la pelouse. Emmanuelle portait Harding Jr, vivant et chaud, contre son épaule.

— C'est déplacé de lire le testament de papa aujourd'hui, dit Dana quand la cérémonie fut terminée.

Ses yeux étaient gonflés.

— Je me moque de l'argent de papa.

Elle regarda sa mère, mais Emmanuelle resta silencieuse.

— Autant en finir tout de suite, ma chérie, dit Kate à Dana.

Samuel Partridge, le vieil avocat de Harding, prit un gros dossier qui semblait trop lourd pour ses doigts fragiles.

— Voici le testament de Harding. Il possédait beaucoup de sociétés, d'actions et de parts, je vais donc être obligé d'employer un jargon financier. Plusieurs mois seront nécessaires pour régler une succession de cette ampleur. J'ai pensé qu'il serait plus facile de vous dire l'essentiel aujourd'hui et de laisser le reste pour une autre fois.

Il regarda Emmanuelle par-dessus ses lunettes.

— Êtes-vous d'accord ?

Elle acquiesça.

— Tout d'abord il y a une longue liste de legs pour tous ses amis et il en avait beaucoup.

Sa voix se mit à chevroter. Il s'arrêta un instant, se reprit, puis regarda Kate et Spencer.

— Il laisse un million de dollars à chacun de vos fils, ils étaient un peu comme ses neveux ; il vous donne, monsieur Atwood, son jeu d'échecs en ivoire et à vous, madame Atwood, la maison du Maine.

Il s'arrêta. Kate retira ses lunettes et posa la tête sur l'épaule de Spencer.

— Il savait combien j'aimais cette maison, dit Kate, les yeux noyés de larmes. Mais Emmanuelle...

— Kate, ce sera un plaisir pour moi de savoir que vous y êtes avec les enfants.

L'avocat consulta ses notes et continua :

— Il y a une dotation séparée de dix millions de dollars pour le bébé et pour chacun des autres enfants de Dana, et elle en sera curatrice. Harding laisse cinq millions de dollars à son gendre et une donation de cinq autres millions à une fondation archéologique que désigneront Dana et Calvin.

Me Partridge s'arrêta de nouveau.

— Le reste de la succession, soit environ cent millions de dollars, est divisé équitablement entre son épouse et sa fille jusqu'à la mort d'Emmanuelle. Après il ira à Dana et à ses enfants. Même chose pour Silvermoor, à l'exception bien sûr du terrain qui appartient à Emmanuelle. Dana et Emmanuelle sont coexécutrices de la succession avec mon étude. Elles peuvent prendre la direction de ses entreprises, avec sûrement l'aide des gens que Harding avait mis aux postes importants, ou les vendre. Dans ce cas, bien entendu, les sommes récupérées seraient divisées de la même façon qu'auparavant. Quant à son journal, le *Star Tribune,* il vous le laisse entièrement, Emmanuelle.

Partridge retira ses lunettes et la regarda.

— Il voulait que vous en soyez à la fois la directrice et la propriétaire. C'était très important pour lui.

Le vieil homme nettoya ses lunettes avec un grand mouchoir et les remit sur son nez.

— Voilà, c'est terminé. Je vais vous laisser. Si vous avez besoin de moi, téléphonez-moi n'importe quand.

Après son départ, Emmanuelle se rassit, consciente de l'énorme responsabilité et de la puissance qui lui incombaient maintenant.

— Je peux diriger le *Star,* dit-elle, mais le reste est au-dessus de mes capacités.

Elle regarda sa fille.

— Je ne connais rien à la haute finance, dit Dana. De toute façon, quelle importance ?

— Cela avait de l'importance pour lui. Ses succès ne lui ont peut-être pas rapporté un prix Nobel ou une page dans les livres d'Histoire, mais c'était son empire. Il l'a construit lui-même, en partant de rien, et il voulait que toi et son petit-fils héritiez de tout cela.

— Et toi ? dit Dana d'un ton ambigu.

— Je ne pense pas que vous devriez parler de tout cela ce soir, répliqua Kate en les regardant. Il est l'heure d'aller se coucher.

Emmanuelle approuva.

— Mais nous avons certaines choses à régler avant le départ de Dana.

— Nous avons prévu de rester quelques jours, nous avons tout notre temps, dit Calvin.

— Je suis heureuse que vous restiez, dit Emmanuelle en regardant Dana.

Elle n'avait pas réellement espéré une réconciliation avec Dana mais peut-être trouveraient-elles un terrain d'entente.

Emmanuelle se réveilla très tôt et écouta le silence de la maison. Elle n'était pas indifférente à l'immense empire qui lui appartenait dorénavant et qu'elle avait toujours convoité. Elle se demandait seulement comment elle allait remplir les derniers moments de sa vie. Sa main toucha l'oreiller de Harding. Elle l'attira contre elle et se mit à pleurer silencieusement. Son livre et ses lunettes étaient encore sur la table de chevet et elle les serra contre elle. Harding ne lui avait jamais autant manqué.

A l'aube, elle demanda qu'on lui selle un cheval. Elle avait besoin de sentir le vent dans ses cheveux et l'air frais du matin sur son visage. Elle traversa la maison endormie, marcha vers les écuries et monta sa jument alezane. Elle chevaucha parmi les arbres, évitant la tombe sur le coteau au-dessus de la rivière.

Elle entendit un bruit de sabots derrière elle et sut tout de suite qu'il s'agissait de Dana. Elle ralentit le pas et attendit que les deux chevaux soient à la même hauteur. Elles laissèrent les deux bêtes marcher d'un pas tranquille sous les arbres baignés de soleil.

— J'avais oublié la beauté de Silvermoor, dit Dana. Israël est un très beau pays, mais la verdure me manque.

— Vous devriez venir vous installer ici quand vous aurez terminé vos recherches. C'est un endroit parfait pour un enfant.

— Peut-être, nous n'avons pas encore fait de projets pour l'avenir.

— Le bébé a-t-il tout ce dont il a besoin ?

— Bien sûr, maman.

Dana arrêta sa monture et Emmanuelle fit de même.

— S'il te plaît, maman, dit Dana avec le plus grand sérieux, il faut que je te dise quelque chose. Je sais que je n'ai pas le droit de juger ce qui s'est passé entre toi et papa, ou qui que ce soit d'autre.

— Mais tu ne me pardonnes pas pour Drew.

— Non, je ne peux pas.

— Je vais te dire quelque chose, Dana : je ne recherche pas ton pardon car mes intentions n'ont jamais été mauvaises. C'était une ironie du destin.

— Imagine que nous nous soyons enfuis tous les deux et que le bébé soit de lui, est-ce que tu me l'aurais dit ?

— Non, il aurait été trop tard. Je suis désolée si ça te choque, mais c'est comme ça. Mais ce n'est pas la seule chose que tu me reproches, Dana. A tes yeux, je n'étais pas une mère parfaite qui t'aurait consolée de tes chagrins d'amour. Mais c'est une tâche impossible. Si celui-là n'avait pas existé, il y en aurait eu un autre.

— Oh ! bien sûr, c'est ma punition pour ne pas avoir fait toujours ce que tu voulais. Tu avais prévu chaque instant de ma vie, et cela avant même que je naisse.

— Et tu es si forte que je n'ai pas réussi.

— Non, dit triomphalement Dana. Cal n'est sûrement pas le genre d'époux que tu avais prévu pour moi.

— Est-ce pour cela que tu l'as épousé ? Pour me contrarier ?

— Je ne vois pas ce que tu veux dire.

— Mais si, je sais ce que c'est que d'aimer deux hommes à la fois. Le plus méritant des deux est toujours celui à qui l'on donne le moins. C'est ce que je ressentais avec ton père et cela m'était insupportable.

— Tu as mis longtemps à t'en apercevoir.

— Cela m'a pris le temps qu'il fallait. Il n'y a pas d'âge pour devenir adulte. Certains n'y arrivent jamais. Sur la fin, ton père savait que je l'aimais lui, et que cet amour n'avait rien à voir avec Julian.

— Papa était-il au courant pour nous ?

— Bien sûr, il savait tout, absolument tout.

— Même pour Drew ? Et moi ?

Dana rougit et se demanda pourquoi son père ne lui avait jamais rien dit.

Elle se mit à pleurer. Ainsi, son père avait toujours respecté sa vie privée. Elle appréciait sa discrétion et regrettait de ne pas lui avoir fait plus confiance.

— Oui, dit Emmanuelle, il savait tout sur toi, sur Drew et sur moi, sur ce que je suis vraiment.

— Et qui es-tu, maman ? En dehors d'une femme belle et intelligente ?

— La plupart du temps j'ai peur, comme tout le monde. Et je suis furieuse contre moi-même pour mes erreurs monumentales. C'est d'ailleurs une perte de temps, vous m'en voulez déjà suffisamment, Drew et toi.

— Drew, l'as-tu vu ? questionna Dana, à la fois furieuse et sceptique.

— A Londres, juste après votre mariage. Cela n'a pas été une rencontre agréable. Il me hait, à cause de toi, bien sûr, mais aussi pour l'avoir abandonné à Davina Saxon, qui était une femme épouvantable. En réalité, je l'ai confié à son grand-père, mais il ne m'a pas laissé le temps de le lui dire. Je ne voulais pas que mon enfant soit un enfant illégitime, c'était une chose terrible à l'époque, bien plus grave qu'aujourd'hui. Je voulais que mon fils ait sa place dans le monde. Cette naissance ne m'a apporté aucune joie.

La main d'Emmanuelle s'approcha du bras de Dana.

— Tu as été ma seule joie.

— Oh ! maman, murmura Dana.

— Écoute-moi une dernière fois. Tu devrais écrire à Drew et même le voir. Il a besoin que quelqu'un lui dise de ne pas se détruire, quelqu'un qui connaisse toute la vérité et qui l'aime malgré tout.

— Comme toi, maman.

Dana regardait sa mère comme elle ne l'avait jamais fait auparavant.

— Oui, mais il ne m'écoutera pas. Cela aidera Drew et te permettra aussi d'aimer Cal comme tu le veux vraiment. Tu ne l'aurais jamais épousé si tu ne l'avais pas aimé. Tu n'aurais pas eu un bébé avec lui non plus. Il vaut mieux que tu t'en aperçoives tout de suite, plutôt qu'après vingt-neuf ans de mariage, comme moi.

Dana acquiesça, mais ne promit rien. Ses doigts se détendirent.

— Que vas-tu faire des entreprises de papa ?

— Les diriger. C'est ce qu'il voulait. Il voulait que je sois toujours occupée pour éviter que je ne me sente trop seule. Mais la moitié des biens est à toi. Tu dois prendre une décision.

Dana hocha la tête.

— Je préfère que tu t'en occupes.

— Réfléchis-y, je peux les mener à la faillite.

— Pas toi. Papa savait ce qu'il faisait.

Elles étaient trop émues pour en dire plus.

Quelques jours plus tard, les Bannister repartirent pour Israël. Emmanuelle ferma Silvermoor et retourna à New York pour prendre la direction de toutes les entreprises Ellis.

CHAPITRE 90

New York, 1961

Les bureaux de Partridge, Tobias et Black étaient aussi impressionnants que leur clientèle. En observant la réaction de ses clients devant les tapis persans et le mobilier Chippendale, Alan Black pouvait dire sans se tromper s'il s'agissait de nouveaux riches ou de vieilles fortunes. La femme assise en face de lui était une vieille cliente. Aucun meuble ne pouvait impressionner Emmanuelle Béranger.

— Comment allez-vous, monsieur Black ?

Elle retira doucement ses gants. Jamais elle ne l'avait appelé Alan, bien qu'il fût de vingt ans son cadet.

— Très bien, madame.

— Vous êtes très gentil de me recevoir.

Elle alla droit au but :

— Je voudrais modifier mon testament.

Black prit un bloc et un stylo.

— Ma fille a eu un deuxième fils à Manille. Étrange endroit pour avoir un bébé, n'est-ce pas, mais ils faisaient partie d'une expédition aux Philippines.

— Toutes mes félicitations. Ils vont bien tous les deux ?

— Très bien. Ma fille a toujours été une originale. Le petit John doit avoir la même part que son frère.

Alan approuva.

— Il n'y a rien d'autre à changer ?

— Non, bien sûr.

— Il n'y a toujours pas de changement pour le legs scellé ?

— Toujours pas.

Black s'était toujours demandé à qui Emmanuelle pouvait léguer quelque chose d'aussi bizarre que ce gros manuscrit, scellé qui plus est. Mais ce n'était pas le genre de femme à qui l'on pouvait poser ce genre de questions.

Elle ferma son sac et reprit ses gants en souriant.

— Bon, cela règle le cas John Bannister. Son grand-père aurait été fier.

Harding était mort trois ans auparavant et Partridge avait remis la direction de la firme à Alan lors de son départ en retraite.

— Vous savez, il est toujours avec moi. Ce qui est bizarre avec les gens qu'on aime, c'est quand on commence à s'apercevoir de leur présence et non de leur absence. Je me demande pourquoi on ne me donne pas une table pour six quand je dîne seule car je suis entourée de fantômes.

Alan aurait voulu la serrer dans ses bras. Emmanuelle était une femme généreuse mais peu de gens s'en apercevaient. Dans le plus grand secret, elle avait également créé une école pour jeunes filles.

— L'appeler un foyer aurait créé un problème légal, lui avait-elle dit. Ces jeunes filles ont une famille, là se trouve le vrai problème. Le mot école rend les choses plus faciles pour leurs pères et leur permet de sauver la face.

Alan avait eu du mal à croire tout ce qu'Emmanuelle lui avait raconté sur les jeunes filles que recueillait miss Riss, mais elle avait la réputation d'exposer ce que beaucoup de gens préféraient cacher et oublier.

Il savait maintenant que son cynisme et les articles au vitriol qui l'avaient rendue célèbre n'étaient qu'une façade. Pour une raison qu'il ne connaîtrait jamais, elle avait choisi de cacher sa véritable nature à tous sauf à ceux en qui elle avait toute confiance : Kate Atwood, qui dirigeait toujours R.S.V.P., et Frederika Riss, le dragon bienveillant qui s'occupait de l'école. Il y avait aussi le grand photographe Ken Conan et, d'une façon surprenante, le chef du *Danielle's*. Sa fille Dana était rarement aux États-Unis mais Mme Béranger en parlait souvent d'une manière très touchante.

Ils se dirigèrent vers la porte du bureau.

— Comment trouvez-vous le célibat ?

Emmanuelle lui posait cette question car Drew venait de divorcer une seconde fois. Elle n'en avait pas été surprise. Drew continuait à vivre comme il avait choisi de le faire et rien ne pourrait l'arrêter.

— Difficile, répliqua Alan.

— Si seulement je savais pourquoi tant de jeunes couples divorcent actuellement.

— C'est l'époque qui veut cela, dit Alan. Tout change.

Elle étudia son expression énigmatique pendant un moment puis lui tendit la main. Il eut envie de l'embrasser. Elle était une adorable vieille dame avec ses cheveux gris, ses vêtements élégants et la canne à pommeau doré qu'elle avait toujours avec elle. Elle était grande et mince et débordait de vitalité. Alan l'aimait beaucoup. Depuis son divorce il avait souvent pensé à l'inviter à dîner ou à l'Opéra.

Emmanuelle se rendit à contrecœur au rendez-vous suivant. Elle allait chez son médecin. Elle avait repoussé cette visite pendant des semaines mais ces derniers temps elle avait eu besoin de la canne à pommeau doré.

— Vous ne pouvez pas continuer comme ça avec votre cœur, dit le Dr Hargreave à Emmanuelle après qu'elle se fut rhabillée. Vous avez votre propre empire à diriger et celui que Harding vous a laissé, plus le *Star*, vous courez d'un bout à l'autre du pays, vous assistez à des réceptions jusqu'à des heures avancées. Si vous voulez continuer à vivre un certain temps, Emmanuelle, il faut que vous ralentissiez votre rythme. Si j'étais sûr d'avoir de l'influence sur vous, je vous dirais de prendre votre retraite.

— Je partirai en retraite le jour de ma mort, comme Harding. Mon cœur ne m'intéresse pas. Cette mort n'est pas pire qu'une autre. Non, Wallace, je n'ai aucune intention de partir en retraite. Les empires, comme vous les appelez, tournent tout seuls. Mon seul travail est d'y aller à l'improviste pour vérifier que les dirigeants ne se servent pas dans la caisse. Mais le *Star* est mon honneur et ma fierté, comme pour Harding. A mon âge, il ne me reste plus grand-chose en dehors de la politique et des bavardages.

— Pensez à votre fille et à vos petits-enfants. Si vous étiez une femme normale, ils seraient votre joie et votre fierté.

— Wallace, nous n'avons jamais été d'accord sur la signification du mot *normal* pour une femme. D'ailleurs les enfants vivent leur vie loin de moi, comme ils le doivent, et je ne suis pas venue pour vous entendre parler de ma famille. Je suis prête à quitter cette vallée de larmes, prête mais pas pressée. Dites-moi simplement ce que je dois faire pour rester en vie plus longtemps.

Dès qu'Emmanuelle eut quitté le cabinet du médecin, elle se remit à penser à Drew. Il était la seule chose dans sa vie qui ne fût pas réglée, son seul travail inachevé.

La Bentley la ramena dans son somptueux duplex de Park Avenue. Elle se rendit dans la bibliothèque et demanda à sa gouvernante d'annuler tous ses rendez-vous de la soirée et de lui apporter un dîner léger. Elle s'assit près du feu, tout en maudissant son pauvre cœur, et se sentit seule et abandonnée.

Bien sûr, l'approche de la mort la poussait à vouloir revoir Drew. Il était retourné à la banque après son deuxième mariage et, bien qu'il fût toujours membre de la haute société internationale, il n'en était plus le prince. Emmanuelle aurait aimé penser que ses années de débauche étaient terminées. Elle se demandait si cela avait adouci son mépris pour elle.

Emmanuelle n'avait jamais cherché à en savoir plus. Cela aurait impliqué de le supplier pour le revoir et elle était au-dessus de cela. Elle en avait assez de l'honneur des Saxon, eux qui ne s'étaient jamais souciés du sien.

Puis elle quitta la bibliothèque, traversa le hall et monta lentement, trop lentement, l'escalier.

Arrivée au sommet, elle regarda la gracieuse courbe de l'escalier et pensa au temps où elle gravissait d'une traite la volée de marches, où elle buvait du café, où elle dansait jusqu'à l'aube et faisait l'amour toute la nuit. Elle serra les lèvres et alla dans sa chambre pour répondre au téléphone.

— Kate, dit-elle, tu sais toujours quand j'ai besoin de toi.

— Que t'a dit le médecin ?

— Il a dit que j'étais impossible.

— Dis-moi, insista Kate.

— Ce n'est rien. Il pense simplement que je suis épuisée et qu'il faudrait que j'agisse comme une femme de mon âge et que je prenne ma retraite.

— Alors pourquoi as-tu besoin de moi ?

« Elle me connaît trop bien », pensa Emmanuelle, heureuse à cette pensée.

— J'ai toujours besoin de toi quand je me rebelle. Tu es solide et sensible, moi pas.

Elles parlèrent quelque temps et prirent rendez-vous pour déjeuner ensemble le lendemain puis se souhaitèrent une bonne nuit. C'était un rituel quotidien. Où qu'elle fût, elle téléphonait à Kate.

« J'ai besoin de quelqu'un, pensa-t-elle. Quelqu'un qui m'aide à travailler. »

CHAPITRE 91

Alan Black jeta un coup d'œil sur sa montre en s'installant à sa table chez *Danielle's*. Il avait cinq minutes d'avance pour son rendez-vous et cela le fit sourire.

En apparence, ce n'était qu'un déjeuner avec un client. Emmanuelle Béranger lui avait demandé de lui trouver un assistant. C'était assez inhabituel de la part d'une femme aussi possessive dans son travail et secrète dans sa vie privée mais, comme d'habitude, elle ne lui avait donné aucune explication.

— J'ai pensé à quelqu'un, lui avait-il dit.

— Qui ? demanda-t-elle.

— Madame, ce serait indiscret. S'il vous plaît, un peu de patience.

— La vie m'a appris à attendre mais il y a longtemps que j'en ai perdu l'habitude.

— Je vous appellerai cet après-midi au *Star*. Est-ce assez tôt ?

— Tout juste.

Alan Black vit Carolyn Price arriver et se leva. Elle avait l'air d'une jeune fille de bonne famille et ne paraissait pas ses trente-quatre ans. Elle avait des cheveux blond foncé, des yeux noisette et des dents parfaites.

Après avoir commandé, Alan lui demanda si elle aimerait travailler avec Emmanuelle Béranger.

— Étant donné les circonstances de votre divorce, je pensais...

— Oui, dit-elle avec passion. Nous savons tous deux

que j'ai besoin d'argent et de quoi m'occuper. De plus, je la connais, ou plutôt je la connaissais quand j'étais jeune. J'étais à l'école avec sa fille.

— Donc vous savez qu'elle est du genre dragon.

Carolyn sourit.

— Je veux bien essayer. Je l'ai toujours admirée. Une dernière chose ; je préférerais utiliser mon nom de jeune fille : Carolyn George.

— Comme vous voulez. Je vais lui téléphoner pour prendre rendez-vous.

Il demanda un téléphone au serveur et appela le *Star*. Emmanuelle était rentrée chez elle. Il essaya l'appartement. Nedda, la gouvernante lui répondit.

— Madame est sortie. Elle vous rappellera.

Alan fut surpris que Nedda raccroche si rapidement, mais il s'arrangea avec Carolyn pour la joindre dès qu'il aurait pris un rendez-vous.

Nedda raccrocha le téléphone et retourna rapidement dans la chambre d'Emmanuelle. Le Dr Hargreave était auprès d'elle.

— Je me sens déjà mieux, insista Emmanuelle.

— Les crises d'angine de poitrine font toujours très peur, mais elles peuvent se contrôler, dit-il en lui montrant le flacon de médicament qu'il lui avait donné. Je vous ai administré un sédatif léger et, aujourd'hui, vous allez vous reposer, Emmanuelle. Ayez toujours ces pilules avec vous. Elles ne serviront à rien si elles restent ici pendant que vous êtes au *Star*.

Il se tourna vers Nedda, qui approuva.

Quand il fut parti, Emmanuelle ferma les yeux. Dès que le téléphone se mit à sonner, Nedda décrocha.

— C'est Mme Atwood, dit-elle.

Emmanuelle hocha la tête ; Nedda lui tendit l'appareil puis quitta la pièce.

Kate écouta Emmanuelle.

— Dois-je appeler Drew ?

— Mon Dieu, non, dit Emmanuelle d'une voix forte. Veux-tu me tuer ? Je l'appellerai quand je serai en forme et prête à le faire. Si je le suis un jour. Ne t'en fais pas, ma chérie, ça va aller mieux. Je te téléphonerai ce soir.

Nedda revint et raccrocha le combiné.

— Madame, il faut vous reposer.

— Oui, j'ai envie de dormir. Qui m'a appelée avant ?

— M. Black. Je lui ai dit que vous le rappellerez dès que vous pourrez. Faites une bonne sieste, ajouta Nedda en tirant les rideaux.

Emmanuelle ne protesta pas. Elle était trop effrayée par le monstre qui lui avait écrasé le cœur. Appeler Drew ? Mais que lui dire ?

Emmanuelle lui avait écrit tout ce qu'elle ne lui avait jamais dit. C'était son legs et il ne l'aurait qu'à sa mort. Pas avant.

Le lendemain matin, Emmanuelle reçut des appels d'Edison et de Ken Conan ; miss Riss et M. Étienne vinrent lui rendre visite.

— Comment a fait Kate pour prévenir tout le monde ? Elle a utilisé le téléphone arabe ? s'exclama Emmanuelle.

Elle était heureuse d'avoir de tels amis. Elle rappela Alan et accepta son invitation à l'Opéra pour le soir même.

— Alors, pour mon assistant ?

— Je suis en conférence. Je vous dirai tout ce soir.

Ils dînèrent au restaurant du Metropolitan Museum.

— C'est Carolyn Price, lui dit Alan. Elle m'a dit que vous la connaissiez sous son nom de jeune fille, Carolyn George.

— Caro George ? Bien sûr, cette petite fille douce et timide. Mais quel divorce décevant ! Le seul scandale de la saison et il s'est terminé en dehors du tribunal.

— Je suis content que vous vous souveniez d'elle, dit-il en riant.

— Oui, elle a épousé l'horrible Henry Price en sortant de l'école et elle a disparu de la circulation. Je ne suis pas sûre de vouloir l'engager.

— Non, Caro est différente et très intelligente. Et elle a une certaine expérience des pages féminines d'un journal.

— Je n'ai pas envie de réconforter une divorcée en détresse.

— Je n'ai vu en elle aucun signe de chagrin. Madame Béranger, cessez d'être pointilleuse. Je sais que vous désirez lui parler, ne serait-ce que de ses années de collège avec votre fille.

Emmanuelle accepta de voir Caro au moment où les lumières s'éteignaient. Elle semblait complètement absorbée par le spectacle. Mais en fait, elle était repartie de nombreuses années en arrière et se trouvait dans le bureau de Sir James à Londres. Puis elle se revoyait à Silvermoor Cottage en train d'écouter les gémissements d'un nouveau-né. Elle était devant l'Opéra, enceinte, et courait dans la neige derrière une limousine noire.

— Madame Béranger ?

La voix d'Alan était chargée d'angoisse. La lumière était revenue et l'entracte avait commencé.

— Vous allez bien ?

— Excusez-moi. Je crois que je suis très fatiguée.

Alan insista pour la raccompagner chez elle.

— Vous devriez voir un médecin, dit-il dans la voiture.

— Je viens d'en voir un.

— Êtes-vous malade ?

— Rien de sérieux. Près de la fin, comme tout le monde.

Il la ramena chez elle.

— Vous devriez prendre soin de vous, dit-il d'un ton si doux qu'elle ne pouvait le prendre mal. Vous avez besoin de l'aide de Caro, alors essayez d'être gentille avec elle demain.

Il lui sourit.

— Vous avez la réputation d'être féroce. N'en rajoutez pas.

Quand il fut parti, elle s'assit dans la bibliothèque et se reposa avant de monter l'escalier.

Une main de géant commença à écraser sa poitrine et elle chercha le flacon de médicaments qu'elle avait appris à garder à ses côtés. Elle posa un comprimé sous sa langue et attendit qu'il fasse son effet. Elle n'était pas seulement terrifiée mais solitaire. Emmanuelle aurait pu appeler n'importe lequel de ses amis, il serait venu aussitôt. Mais elle aurait voulu appeler Dana ou Drew.

Mais, après tout ce qui s'était passé, Drew ne viendrait pas et cela suffirait à la faire mourir.

Emmanuelle se détendit peu à peu. Elle ouvrit les yeux,

regarda le feu et se sentit mieux. Son regard se tourna vers les silhouettes et les portraits de Montmartre sur la table près du mur, cherchant le réconfort que Julian lui avait toujours apporté.

— Je ne dois pas, se dit-elle en souriant doucement. J'ai du travail. Je ne peux pas rester assise ici avec mes souvenirs comme une vieille femme impotente.

Emmanuelle savait que c'était sans espoir. Elle se versa un verre de cognac et se replongea dans ses souvenirs.

— Julian, dit-elle, Julian.

Son nom était encore magique.

Le feu s'était éteint quand Emmanuelle se leva, le visage baigné de larmes.

CHAPITRE 92

Emmanuelle s'habilla avec soin pour son rendez-vous avec Carolyn George, se demandant si elle était restée en contact avec Dana. Les relations d'Emmanuelle et de sa fille s'étaient nettement améliorées mais il lui semblait qu'elles devraient maintenir une certaine distance entre elles. Ensuite Dana reviendrait peut-être à la maison.

Dana avait hérité de son caractère et ne pouvait s'épanouir à l'ombre d'une mère aussi forte. Pendant ses séjours à l'étranger, elle avait beaucoup mûri.

Elles s'écrivaient de longues lettres. Emmanuelle pensait que sa fille manquait d'indulgence. Pour Dana, il n'y avait pas de juste milieu : les gens étaient bons ou méchants, les actions justes ou mauvaises.

Emmanuelle pensa à Carolyn George. Enfant, elle avait été l'amie de Dana, puis sa confidente. Sur le plan sentimental, sa vie avait été un désastre.

Comme elle entendait des voix dans l'entrée, elle se composa un visage de circonstance et se redressa. Mais le téléphone sonna et elle était encore en ligne quand Carolyn entra dans son bureau. Elle en profita pour l'observer. C'était une très jolie femme, bien plus belle que dans ses souvenirs. Elle avait les mêmes cheveux ondulés châtain clair, de grands yeux dorés et une grâce dans ses mouvements qui avait toujours contrasté avec la désinvolture délibérée de Dana. Apparemment, elle avait perdu sa timidité. Elle portait des vêtements classiques mais coûteux. Emmanuelle aimait ce genre de femme.

Carolyn examina la vaste collection de photographies disposées sur une longue table contre le mur. Il y en avait beaucoup de Dana, et même une de Dana et de Caro ensemble, et de Harding Ellis ; des photos du petit-fils d'Emmanuelle et une d'un jeune garçon aux cheveux bruns particulièrement attrayant qui avait le sourire d'Emmanuelle. Il portait un blazer avec un col Eton et des culottes courtes démodées. Puis un portrait au fusain d'une jeune femme qui ressemblait à Dana mais qui, à en juger par son chapeau et sa coiffure, devait être Emmanuelle dans sa jeunesse ; deux silhouettes découpées représentant la même jeune fille et un jeune homme ; la première page du magazine *Life* consacrée à Sir Andrew Saxon, le baronnet volant. Il n'était guère étonnant que Dana soit tombée amoureuse de lui. Pendant des mois, elle lui en avait parlé dans ses lettres, puis, brusquement, Dana avait cessé de lui écrire et elles s'étaient perdues de vue. Mais que faisait ici la photo d'Andrew Saxon ?

— Ma galerie vous plaît ? demanda Emmanuelle après avoir raccroché.

Carolyn vint lui serrer la main.

— Bonjour, madame Ellis. Je suis contente de vous revoir. Oui, elle me plaît beaucoup, surtout celles de Dana.

— Vous le lui direz dans vos lettres ?

— Nous ne nous écrivons plus depuis des années.

Emmanuelle eut un sourire énigmatique.

— Je dois vous en présenter certaines. Voici Kate Treadwell Atwood, mon ange gardien ; j'ai travaillé dans son école autrefois. Elle est veuve maintenant, mais nous possédons R.S.V.P. ensemble et c'est elle qui s'en occupe avec deux de ses fils ; le troisième est médecin. La femme dans le médaillon était ma plus vieille amie, Danielle Larchet. Voici Matilda Blessing, la vieille méduse ; j'étais sa secrétaire autrefois. Et, bien sûr, vous connaissez mon mari, un homme exceptionnel. Il y a encore quelques célébrités et le reste est personnel. Maintenant, parlez-moi de vous.

Carolyn était poliment évasive comme seules les jeunes filles de bonne famille peuvent l'être.

— Mes filles sont à l'école en Angleterre et vous connaissez le reste, conclut Carolyn. Je préfère que l'on m'appelle Caro George depuis mon divorce. Je suis très organisée et Alan m'a dit que vous recherchiez quelqu'un.

La décision d'Emmanuelle était prise. Caro était précisément la jeune femme polie et bien née, visiblement élevée dans l'opulence, qu'Emmanuelle avait toujours voulu être. De plus une certaine vulnerabilité en elle l'avait émue.

— Je pense que nous ferons du bon travail ensemble, dit Emmanuelle.

Elle montra à Carolyn les dossiers qu'elle gardait chez elle.

— Nous irons au *Star* cet après-midi.

A la fin de la journée, Carolyn appela Alan Black.

— Elle est charmante. Elle parle comme si elle était prête à tout pour faire un article, mais elle n'est pas si terrible qu'on le prétend.

— Oh, si ! Elle a eu plusieurs procès sur le dos depuis la mort de son mari. Il la freinait souvent.

— Ils ont dû souvent se disputer là-dessus. Mais elle m'est très sympathique. Et elle dit ce qu'elle pense.

Alan l'invita à dîner. Avant de le retrouver, Carolyn appela Emmanuelle pour savoir si elle pouvait l'aider.

Celle-ci dîna avec Kate, contente d'avoir trouvé Carolyn.

— Elle est sensible. Je serai gentille avec elle.

— Allons, Emmanuelle, n'essaie pas de diriger sa vie, à moins qu'elle ne te le demande.

Les deux amies se regardèrent avec tendresse, heureuses d'être ensemble. Kate aurait bientôt soixante-dix ans. En regardant Emmanuelle, elle pensa qu'il y avait une nouvelle fragilité en elle ; l'arrivée de Carolyn tombait bien.

Carolyn s'adapta très rapidement à l'emploi du temps surchargé d'Emmanuelle. Elle avait elle-même quatre secrétaires sous ses ordres. Emmanuelle tenait conseil tous les soirs dans le bar du *Danielle's*. Elles voyageaient beaucoup, à Paris, à Rome, pour le Kentucky Derby et les matches de polo, à Palm Beach et à Cap Canaveral.

Carolyn aimait beaucoup travailler pour R.S.V.P. mais le *Star* la captivait. Le pouvoir qu'un journal pouvait exercer était presque terrifiant. La page féminine était amusante à diriger. Caro adorait écouter Emmanuelle et Edison Carter parler des derniers potins de la haute société.

— Quand retournez-vous à Monte-Carlo ? avait demandé Edison à Emmanuelle.

— Tant que la jet set y séjournera, je vous paierai pour que vous y alliez.

Drew passait la plupart de son temps à Monaco.

— Je suis sûr que cette ravissante enfant meurt d'envie d'y aller, dit-il en regardant Carolyn.

— Cette ravissante enfant est libre d'aller où elle veut à condition que je n'aie pas besoin d'elle.

— Je préfère attendre, dit Carolyn en souriant.

Tous les ans, en juin, Emmanuelle organisait une soirée à Silvermoor pour les présidents des sociétés de Harding.

— Ils n'aiment pas recevoir d'ordres d'une femme, avait dit Emmanuelle à Carolyn. Mais l'argent leur fait oublier cette petite contrariété.

— Comme c'est agréable de revoir Silvermoor ! Quand Dana rentre-t-elle ?

— Bientôt, bientôt.

Les lettres de Dana arrivaient régulièrement, mais Carolyn avait cessé de demander de ses nouvelles. Quelque chose gardait Dana à distance. La rancœur et la colère qu'elle ressentait pour sa mère dans son adolescence semblaient s'être amplifiées au cours des dernières années.

Carolyn n'était pas surprise ; elle avait aussi des problèmes avec ses parents, qui refusaient de la voir depuis son divorce. Ils le ressentaient comme un déshonneur. A contrecœur, ils l'invitaient à Chicago une fois par an, en été, mais elle préférait se rendre à Londres pour voir les filles pendant leurs vacances.

Caro avait une liaison agréable avec Alan mais les heures passées en compagnie d'Emmanuelle étaient bien plus passionnantes. Elle avait découvert qu'Emmanuelle Béranger était le genre de femme que l'on adorait ou que l'on détestait. Carolyn appartenait à la première catégorie.

CHAPITRE 93

Décembre 1962

Carolyn entra dans la chambre d'Emmanuelle avec dans une main une pile d'invitations et de faire-part et dans l'autre un magnétophone. Nedda avait débarrassé le plateau du petit déjeuner, apporté du thé et mis une chaise et une petite table près du lit d'Emmanuelle.

« En un an, elle a changé tout mon emploi du temps », pensa Emmanuelle, mi-ennuyée, mi-reconnaissante. Elles s'étaient mises d'accord pour commencer plus tard dans la matinée. C'était assez inhabituel pour une femme qui avait été une lève-tôt toute sa vie.

Emmanuelle acceptait tout ce qui lui permettrait de continuer à travailler indéfiniment, même de façon moins active. Elle avait depuis longtemps délégué la direction des entreprises Ellis à leurs présidents. Cette année, ils étaient responsables de la filiale de Saxon-Vaillant à New York en raison de l'énorme compte des entreprises Ellis dans cette banque. Elle s'était toujours juré d'être cliente de Saxon-Vaillant un jour. Elle avait gagné son pari.

Mais jamais elle n'abandonnerait le *Star*. Il aurait été au-dessus de ses forces de diriger la page féminine, d'écrire des articles et d'assumer en même temps sa fonction de directeur et de rédacteur en chef du journal mais, grâce à Carolyn, elle y parvenait. Depuis l'arrivée de Caro, elle pensait moins à Drew.

— C'est comme si Dana était de retour, avait-elle dit à Kate.

— Quand verras-tu Dana et le nouveau bébé ? Il a déjà un an.

— La péninsule du Yucatan n'est pas l'endroit idéal pour tenir une réunion de famille. Ils viendront en automne. Il est grand temps, je ne veux pas que mon petit-fils soit élevé comme un sauvage.

— Emmanuelle, c'est merveilleux !

Mais elle ajouta un peu plus tard :

— Souviens-toi que tu ne dois pas te mêler de leur éducation.

Elle n'en avait pas l'intention et ne s'ingérerait ni dans la vie de Dana ni dans celle de Caro. Elle aimait beaucoup Carolyn, pour son caractère, sa jeunesse et son enthousiasme devant les nouvelles idées.

Carolyn regarda ses notes, mit le magnétophone en marche et se mit à énumérer les différents événements de la journée dignes d'intérêt pour la chronique mondaine du *Star*.

— Tu iras au bal de Whissie Bishop pour moi, dit Emmanuelle.

Elles se répartirent le travail pour savoir qui couvrirait tel ou tel événement ; Caro prenait toujours les tâches les plus ardues.

— Dis-moi, Caro, dit Emmanuelle alors que la jeune femme se préparait à partir, te soucies-tu vraiment de tous ces gens ?

Elle fit un geste vers la pile d'invitations pour le bal.

— De certains seulement, mais pas plus que vous.

— Je me demande toujours pourquoi tu es venue travailler avec moi.

— Je n'avais pas d'autre qualification et vous payez bien, répondit Carolyn en souriant. J'avais besoin d'argent.

— Ne reçois-tu pas une pension décente de cet horrible Henry Price ?

— Non, c'est moi qui lui en verse une.

— Quoi ?

— C'était le seul moyen pour obtenir un divorce sans histoires. Il a toujours besoin d'argent. Sinon, ça aurait été épouvantable pour les enfants. Mes parents étaient contre moi et Henry refusait le divorce. Son amour-propre était atteint.

— Après avoir flirté à droite et à gauche ? Tout le monde était au courant, à Chicago comme à New York. Il a un goût très prononcé pour les femmes. Après tout ce qu'il t'a fait, comment se porte ton amour-propre ?

— Pas très bien. Mais je souffrais moins de ce qu'il me faisait que de ce qui me manquait.

— Quoi donc, Caro ? demanda Emmanuelle d'une voix douce.

— L'extase, la passion, le bonheur. J'ai été élevée de manière très stricte. Je devais me marier, m'occuper d'œuvres charitables et avoir des enfants. Henry était un beau parti à l'époque, mais nous n'avons jamais été amoureux l'un de l'autre. Nous étions simplement attirés, et nous avons décidé de nous marier. Je n'espérais rien de plus et ne m'attendais pas à ce qu'il me soit fidèle. Et puis, j'ai soudain pris conscience que j'avais trente ans et que, si l'amour se résumait à cela, ce n'était vraiment pas suffisant. Le pire, c'est que je me souciais fort peu de toutes les aventures de Henry. Je n'avais donc aucune raison de continuer à vivre de cette façon, quelle que soit l'opinion de mes parents. Ils ont été furieux de mon divorce. Ils pensent qu'une lady devrait se plier à tout plutôt que de faire un scandale. Ils continuent de voir Henry mais moi, ils m'ignorent complètement et veillent à ce que mes filles soient du côté de leur père. Ils m'avaient menacée de le faire si je mettais mon projet à exécution. Les filles sont encore trop jeunes pour que je puisse leur expliquer certaines choses. Plus tard, elles comprendront. Voilà l'histoire de ma vie. Ma liberté me donne une certaine satisfaction mais je ne sais pas si ça suffit pour être heureux. Bon, je vais examiner les dossiers.

Emmanuelle était folle de rage après le départ de Carolyn. Pourquoi fallait-il que des femmes qui ont tant d'amour à donner gâchent leur vie auprès de types comme Henry Price ? Il lui avait fallu un an pour s'apercevoir qu'elle et Carolyn avaient beaucoup en commun. Emmanuelle était certes bien plus agressive que Caro. Ce n'était guère étonnant ; Carolyn n'était pas née dans un taudis.

Mais elles étaient toutes deux bien déterminées à tirer le meilleur de la vie.

L'affection qu'elles éprouvaient l'une pour l'autre les avait beaucoup rapprochées. Emmanuelle appréciait l'intelligence de Caro, sa bonne éducation et son sens de l'humour. Si Carolyn avait été sa fille, elle aurait tout fait pour la sauver des griffes d'un homme comme Henry Price.

Elle sonna Nedda pour qu'on lui fasse couler un bain. Mais ce fut Carolyn qui entra dans sa chambre.

— Je suis désolée, Emmanuelle, mais Skip Atwood vient d'appeler. Kate a eu une attaque.

Emmanuelle devint livide et s'effondra sur son lit. Carolyn lui tendit ses pilules mais elle secoua la tête.

— Je vais bien, dit-elle, mais reste ici quelques minutes.

Après qu'Emmanuelle se fut habillée, elles descendirent ensemble et s'assirent à l'arrière de la limousine, silencieuses. Carolyn tenait la main d'Emmanuelle.

Emmanuelle était assise au chevet de Kate. Doucement, elle implorait son amie de ne pas partir.

— Essaie, Katharine, murmura-t-elle. Je t'en prie, essaie.

Il y avait encore tant de choses dont elle voulait s'entretenir avec Kate, tant de conversations qu'elles n'avaient jamais eu le temps de finir...

Kate mourut une heure plus tard. Rien ne serait plus pareil pour Emmanuelle sans cette femme qu'elle avait aimée et chérie pendant tant d'années.

— Elle m'a toujours défendue, dit Emmanuelle à Carolyn dans la voiture. Cette fille timide et apeurée a commencé à me défendre alors que je n'étais qu'une étrangère, seule et désemparée à New York. Je lui ai fait une robe de soie rouge un jour, quand nous étions pauvres toutes les deux. Elle voulait avoir un physique de star de cinéma, juste un instant. Elle était tellement plus à mes yeux ! Il n'y a plus personne à qui je puisse parler de mes anciennes années à l'Académie Treadwell.

« Ou de Matilda, pensa Emmanuelle, de Julian et de Drew et de cette foule de choses vitales ou sans importance qui font la vie. »

Maintenant Carolyn était tout ce qui lui restait. Elle

savait qu'elle l'aimait presque trop, mais Caro en valait la peine.

— Comment ça se passe avec Alan? lui demanda Emmanuelle un soir au *Star*. Ce n'est toujours pas la passion ?

Carolyn secoua la tête.

— Je ne la connaîtrai peut-être jamais. Bon, il faut que j'aille à cette exposition. A demain matin.

— A quelle heure est ton avion pour Londres ?

Carolyn allait passer deux semaines en Angleterre avec les jumelles.

— 20 heures. Cela me laisse du temps pour vous aider.

Emmanuelle la regarda partir ; elle se consola en pensant que Carolyn serait de retour avant l'arrivée de Dana et de toute sa petite famille.

CHAPITRE 94

Avril 1962

« Harding devait être pareil à cet âge », pensa Emmanuelle en regardant son petit-fils en compagnie de Dana dans la bibliothèque.

Harding Jr était un petit garçon solide et débordant de vitalité, mais il avait l'air docte de son père, ce qui était comique chez un si jeune enfant.

— Grand-mère, demanda-t-il, es-tu très vieille ?

— Je suis désolée, maman, murmura Dana. Les enfants posent souvent ce genre de questions.

— Pourquoi me demandes-tu cela ? dit Emmanuelle, aussi sérieuse que lui.

— Papa dit toujours que tu es un monument et les monuments sont très vieux.

— Alors je dois l'être aussi, dit-elle après réflexion.

— Assez vieille pour mourir ?

— Pas encore, répondit-elle avec fermeté. Pas avant que vous ayez tous grandi.

— J'en suis très content, dit Harding.

— Moi aussi.

— Grand-mère, je peux aller jouer avec mes jouets, maintenant ?

— Bien sûr, mon chéri, je les ai mis là pour toi.

Il partit en courant vers l'ancienne salle de jeux de Dana. Emmanuelle versa le thé que Nedda avait apporté. A cette heure de la journée, elle aimait bien se détendre dans le calme de la bibliothèque. Le cuir épais des fauteuils et les draperies de velours crème avaient été renouvelés plusieurs fois mais rien n'avait changé dans cette pièce depuis que Harding et elle avaient emménagé dans cet appartement trente-cinq ans plus tôt. Il y avait toujours des plantes vertes près des fenêtres et un vase de cristal rempli de roses jaunes sur le bureau. Les souvenirs ne s'estompent pas dans un cadre familier.

— Nous prenions toujours le thé ici quand tu étais petite, dit-elle à Dana. C'était le meilleur moment de la journée.

— Je m'en souviens. Je suppose que tu le prends avec Caro, à présent.

Carolyn, avec son tact habituel, était partie tout de suite après l'arrivée des Bannister. Cal était à l'Université de Columbia pour discuter d'un projet.

— J'aime beaucoup Caro, dit Emmanuelle.

— Je l'ai remarqué. Tu sembles très à l'aise avec elle.

Les manières de Dana étaient aussi désinvoltes que ses vêtements, mais le ton légèrement accusateur de sa voix exprimait son désappointement.

— Il ne faut pas m'en vouloir de l'amitié que j'ai pour Caro, elle est tout ce qui me reste. Kate est morte, et toi, tu es si loin...

Dana rougit et essaya de dire quelque chose de gentil.

— C'est terrible pour elle d'être séparée de ses enfants ?

— Elle et moi avons ça en commun.

La mère et la fille se regardèrent longuement.

— J'ai beaucoup apprécié tes lettres, maman, dit Dana, mal à l'aise.

Emmanuelle attendit, espérant autre chose.

— Tu écris bien, continua Dana.

— Ce n'est pas pour ça que je les ai écrites.

Brusquement, les rires de Harding brisèrent le silence qui s'était installé entre elles.

— Comme c'est réconfortant d'entendre la voix d'un enfant ici !

— J'espère que Harding et le bébé ne vont rien abîmer.

— Tu sais qu'ils sont plus importants à mes yeux que des bibelots. Pourquoi nous adressons-nous la parole comme deux étrangères ?

— Je n'aurais pas dû venir, dit Dana d'une voix étranglée. Rien n'a changé, pas même après toutes ces lettres. Je déteste cette sensation.

Elle se leva et regarda la cheminée, tournant le dos à Emmanuelle.

— Quelle sensation ?

— Cette impression de gêne, dit Dana avec colère. Crois-tu que j'apprécie nos relations ? Cette pièce me manque et tu me manques aussi. J'aimerais ressentir ce que j'éprouvais autrefois quand nous bavardions ensemble mais je ne peux plus ; j'en ai perdu l'habitude. Nous sommes différentes à présent et cela ne sera plus jamais comme avant entre nous.

Après quelques instants de silence, elle se tourna vers sa mère et parla plus doucement.

— Mais ces lettres m'ont fait comprendre les sentiments que tu éprouvais pour papa.

— Et pour toi ? dit Emmanuelle d'une voix implorante. Avant ta naissance, je n'avais jamais cru que je pourrais autant t'aimer. Pourquoi refuses-tu mon amour ? Ne peux-tu y croire, Dana, même maintenant ?

— Si, bien sûr, maman. Mais je ne peux plus être comme autrefois, pas après toutes ces années.

— Ça ne fait rien, Dana, nous pouvons repartir à zéro. Je ne m'attendais pas à ce que nous nous tombions dans les bras l'une de l'autre.

— Oh, oui maman, nous pouvons repartir à zéro.

Elles se turent, redoutant de compromettre cette première et fragile réconciliation par des paroles inutiles.

« Il est trop tôt pour parler de Drew », pensa Emmanuelle en regardant les photographies sur son bureau. Elle avait retiré celles où il figurait.

La voix de Harding retentit dans le couloir.

— Tu as pleuré ? demanda-t-il, l'air inquiet, à sa mère.

— Un peu, mon chéri, parce que nous sommes heureuses d'être de nouveau ensemble. Comment sont les jouets ?

— Formidables !

— On dirait Cal en train de s'extasier devant un fossile, dit Emmanuelle en se tournant vers le petit garçon.

— Il faut remercier grand-mère pour tous ces nouveaux cadeaux, dit Dana.

— Merci beaucoup, grand-mère, répondit-il, les yeux brillants. C'est la voiture rouge que je préfère.

— Viens t'asseoir près de moi, dit Emmanuelle. Qu'as-tu aimé, à part la voiture rouge ?

Elle l'écouta faire la description de tous ses jouets, puis l'embrassa et lui caressa les cheveux tandis qu'il se blottissait contre elle. Elle lui murmura son amour, doucement, en français. De nouveau, Dana fut bouleversée à la pensée de tout ce qu'elle avait perdu.

— Maman, dit-elle, pourras-tu prendre les enfants le mois prochain pendant que Cal et moi serons au Congo ?

— Tu crois qu'ils seront en de bonnes mains ? demanda Emmanuelle d'une voix incertaine.

— Les meilleures mains au monde. Et la nourrice les surveillera.

— Non, je veux qu'ils s'amusent. Harding, tu voudras bien que grand-mère te gâte pendant ton séjour ici ?

— Oh, oui, répondit le petit garçon avec enthousiasme.

Les deux femmes se regardèrent et se sourirent pour la première fois depuis des années.

— Alan veut m'épouser, confia Carolyn à Emmanuelle quelques mois plus tard.

L'appartement était vide sans les enfants. Emmanuelle passait la plus grande partie de son temps à travailler en attendant le retour de Dana. Depuis la mort de Kate, elle supervisait R.S.V.P. avec l'aide de Carolyn.

— Parle-moi d'Alan, lui dit Emmanuelle.

Alan voulait s'établir mais Carolyn hésitait encore.

— Ce que je ressens n'a rien d'une passion, je me sens bien avec lui et en sécurité ; de plus, je ne veux pas finir mes jours toute seule.

— Tu veux dire comme moi ?

— Non, si j'étais comme vous, je ne me ferais aucun souci... Je crois que nous avons besoin de douze tentes pour le mariage, n'est-ce pas ?

— Disons quinze pour mille cinq cents invités, il peut pleuvoir.

Puis elle ajouta qu'elles iraient sur la Côte d'Azur cet été pour le Grand Prix et le gala de la Croix-Rouge.

— Je pensais que vous détestiez la Côte d'Azur en été.

— Je mentais, c'est le secret de ma réussite. Et, avec les distances, on y voit parfois plus clair en amour. Tu peux dire à Alan que tu lui donneras une réponse à ton retour.

Elles voyagèrent dans le jet privé d'Emmanuelle. Emmanuelle prenait moins de médicaments qu'avant mais Carolyn était sûre que quelque chose la tracassait ; pourtant, le fossé entre Dana et sa mère s'était presque comblé.

— Ça peut prendre du temps, lui avait dit Emmanuelle après le départ de Dana. Tu verras, un jour tout s'arrangera avec tes filles, j'en suis sûre.

Carolyn l'était beaucoup moins. Certaines choses une fois brisées sont irréparables. Il en était ainsi de son amitié avec Dana.

— Tu l'as toujours admirée, lui avait dit Dana, un jour qu'elles étaient toutes les deux seules.

— Comme toi.

— Oui, c'est vrai.

— Et je l'aime, comme toi à ta façon.

— Caro, ne te mêle pas de choses que tu ne peux pas comprendre.

Carolyn se demanda si elle avait le droit de lui parler de la santé de sa mère ; elle décida que oui.

— Elle n'est pas très forte, tu sais.

— Pas forte ? Emmanuelle Béranger ?

— Elle ne va pas très bien. C'est son cœur.

Dana s'effondra dans un fauteuil et se mit à trembler.

— Oh, non, pas maintenant. C'est sérieux, Caro ?

— Un jour, ça le deviendra.

— Ce n'est pas juste, murmura Dana. Pourquoi ne m'a-t-elle rien dit ?

— Cela n'aurait fait que rendre sa maladie plus réelle.

— Pardonne-moi, Caro. Grâce à Dieu, tu es ici pour t'occuper d'elle. Jamais je n'avais pensé qu'il pourrait lui arriver quelque chose.

Cependant, après cette conversation, les relations des deux jeunes femmes restèrent tendues. Carolyn pensait que Dana lui en voulait de prendre sa place auprès de sa mère et de l'amour sans réserve qu'elle éprouvait pour Emmanuelle.

Après ce qu'elle avait déjà perdu, l'estime de ses parents, la confiance de ses enfants, sa fierté, son mariage et son argent, elle ne voulait pas perdre cette femme belle et impérieuse qui avait tellement d'amour à donner et qui, pour des raisons que Carolyn ne comprenait pas toujours, lui donnait tant.

« Eh bien, tu ne seras plus jamais seule », lui promit Carolyn silencieusement. Elle regarda Emmanuelle ; sa peau était douce et délicate et ses cheveux argentés. Ses beaux yeux étaient toujours lumineux et expressifs et elle était toujours très bien habillée.

— Pourquoi ne pas vous allonger ? demanda-t-elle.

— Ne te tracasse pas pour moi, protesta Emmanuelle. J'étais censée mourir l'année dernière et je profite toujours de la vie. Je n'ai que soixante-deux ans.

Elle prit les mains de Carolyn avec affection.

— En vérité, je suis très heureuse que tu te fasses du souci pour moi. L'autre soir, je pensais que dans ma vie, chaque fois que j'ai eu un problème, il y a toujours eu une femme près de moi pour me remonter le moral. Il y a d'abord eu sœur Marie-Angélique qui m'a appris l'anglais et les bonnes manières, puis Danielle et ensuite une vieille Écossaise. Puis, ma chère Kate. Et miss Riss et Marie-Alice. Et puis, grâce au ciel, il y a toi.

Elle ferma les yeux. Où était Dana dans cette liste ? Mais une fille n'était pas une amie. Une fille, un enfant, était infiniment plus qu'une amie.

Drew ne serait pas sur la Côte, Emmanuelle s'en était assurée avant d'entreprendre son voyage. Il faisait une croisière dans les îles grecques pendant tout le mois d'août.

CHAPITRE 95

Carolyn était assise à la terrasse de l'hôtel *Carlton* à Cannes et prenait son petit déjeuner. La Côte d'Azur était d'une grande beauté. La mer était d'un bleu cobalt et aucun nuage ne venait troubler la pureté du ciel. Une petite brise soufflait sur la terrasse. Elle savourait une tasse de café au lait accompagnée de croissants au beurre. Bientôt elle prendrait la décapotable et irait visiter l'arrière-pays. Emmanuelle était partie en croisière en Italie.

La jeune femme ne s'était pas rendu compte qu'un peu plus loin, assis à une autre table, un homme l'observait depuis son arrivée. Finalement, il s'approcha d'elle.

— Je vous demande pardon, dit-il avec un accent anglais, mais n'êtes-vous pas Carolyn George ?

Elle avait déjà vu ce visage de nombreuses fois mais ne se rappelait plus où exactement. C'était un bel homme d'une quarantaine d'années aux tempes grisonnantes. Son bronzage faisait ressortir ses yeux noirs. Il portait un pantalon et une chemise de sport et tout indiquait son aisance matérielle, même la veste qu'il avait jetée négligemment sur une épaule. Il avait surtout une grande assurance.

— Si, dit-elle, et je suis désolée de ne pas me souvenir de l'endroit où nous nous sommes rencontrés.

— Nous ne nous sommes jamais rencontrés. Je suis Drew Saxon, un ami de Dana. Elle m'avait beaucoup parlé de vous.

— Bien sûr ! Je travaille pour sa mère.

Elle pensa à la couverture de *Life* sur la table d'Emmanuelle. Le baronnet volant. Cette photographie datait de vingt ans. Il s'était fait une tout autre réputation depuis.

— Voulez-vous vous asseoir ?

Il accepta l'invitation et expliqua qu'il était parti en croisière mais qu'au dernier moment il avait changé d'avis et pris l'avion à Athènes pour rentrer en France.

— Je suis venu souvent ici, mais en fait je ne connais pas bien cette région.

— Moi non plus. Et j'ai bien l'intention de la découvrir cette semaine.

— Toute seule ? demanda-t-il en souriant.

C'était un merveilleux sourire qui lui rappelait vaguement quelqu'un.

— Oui. Mme Ellis est partie en croisière pendant une semaine et je suis en vacances.

Son sourire s'estompa légèrement mais tout de suite après son enthousiasme réapparut.

— J'ai une voiture si vous voulez une visite guidée.

C'était une Maserati décapotable et Drew était un excellent conducteur. Ils sortirent de Cannes et se dirigèrent vers Fréjus et le massif de l'Estérel. Les collines avaient une beauté sauvage et les roches irradiaient des teintes magnifiques. Pendant le trajet, ils se parlèrent très peu mais se tournèrent souvent l'un vers l'autre pour s'extasier devant un site particulièrement beau et ces exclamations de joie les rapprochaient beaucoup plus qu'une conversation polie.

Ils s'arrêtèrent pour marcher le long d'un sentier boisé et Carolyn trouva parfaitement naturel qu'il lui prenne la main. Le contact de ses doigts chauds sur sa peau l'excitait. « Je suis folle, pensa-t-elle, mais après tout, pourquoi pas ? »

Il n'était guère étonnant que Dana soit tombée amoureuse d'Andrew Saxon dès leur première rencontre et qu'elle ait été tellement ébranlée par son échec sentimental. Carolyn se demanda ce qui avait bien pu se passer ; Dana ne lui avait jamais tout raconté et leur amitié avait pris fin peu de temps après. Mais Andrew Saxon n'était pas le genre d'homme à prendre l'amour aussi sérieusement que Dana.

Ils rejoignirent la voiture et roulèrent jusqu'à ce qu'ils trouvent un petit restaurant dans un minuscule village à flanc de montagne. Il n'y avait qu'une table d'hôte et l'ambiance y était familiale. De grands saladiers étaient posés sur la table, où l'on trouvait des tomates marinées dans de l'huile d'olive et du basilic, du pâté de campagne, du poulet froid servi avec de la salade, le tout accompagné d'un vin rouge capiteux. Ils prirent un café, puis un alcool de prune.

Sur le trajet du retour, ils continuèrent de voir des paysages spectaculaires que la lumière changeante du soleil rendait constamment différents. Ils décidèrent de dîner ensemble. Carolyn monta dans sa chambre pour prendre un bain, encore sous le charme de cet homme qu'elle venait de rencontrer. D'un seul coup sa vie devenait romantique. Elle sortit une robe du soir de piqué blanc et la tint contre sa peau bronzée devant la glace, surprise de voir comme elle était jolie, ce soir. Elle s'imagina dans les bras de Drew et ferma les yeux avec un petit soupir de joie.

Drew attendait la soirée avec impatience et en était le premier étonné. Carolyn était différente de toutes les femmes qu'il avait connues depuis sa rupture avec Dana. S'il l'avait abordée au départ, c'était uniquement pour approcher Emmanuelle Béranger. Il avait pris l'avion à Athènes dès qu'il avait appris qu'elle se trouvait dans le sud de la France.

Leur aventure se terminerait dès le retour d'Emmanuelle à Cannes mais, pour le moment, il avait hâte de la retrouver. Ils dînèrent à *la Bonne Auberge*, sur la route de Nice, puis allèrent dans un night-club.

— Combien de temps restez-vous à Cannes ? demanda-t-il tout en dansant avec elle.

— Aussi longtemps qu'Emmanuelle le voudra. L'avez-vous déjà rencontrée ?

— Une fois ou deux pendant la guerre.

— Mais pas quand vous connaissiez Dana ?

— Non, pourquoi ?

— Je me posais simplement la question. C'est une

femme remarquable, une des personnes les plus généreuses que j'aie jamais connues.

— Vraiment ?

— Oh, oui ! Dana ne vous l'a pas dit ?

— Si. Elle m'en parle souvent dans ses lettres.

— Vous correspondez avec Dana ? demanda Carolyn, étonnée.

— Oui, comme le font les vieux amis, pour Noël, les faire-part de mariage ou de naissance.

Ce n'était pas vrai ; leurs lettres avaient été graves et fréquentes pendant de nombreux mois et concernaient presque exclusivement Emmanuelle. Il lui sourit.

— Eh bien, vous rencontrerez Emmanuelle à son retour. Elle entretient sa réputation de femme glaciale, mais n'en est pas une. Si vous aimez les gens authentiques, vous l'aimerez tout de suite.

— Qu'entendez-vous par authentiques ?

— Dana l'est, j'espère que moi aussi. Je pense que vous l'êtes également, mais c'est difficile à dire, dit-elle en riant.

— Pourquoi ?

— Vous êtes... supérieur.

— Je ne crois pas, dit-il, embarrassé.

— On m'a fait remarquer que je devais vous appeler Sir.

— Oh ! ça... Les baronnets ne sont pas si extraordinaires, vous savez, ce ne sont pas des lords. Le titre est héréditaire mais pour le reste nous sommes comme les autres. Qui vous a fait cette remarque ?

— Le concierge. Je lui ai demandé si M. Saxon était au bar et il m'a répondu que Sir Andrew y était. Il n'était pas content du tout, je peux vous le dire. Il devait penser : « Encore une de ces Américaines barbares qui courent après un titre. » C'est vrai, d'une certaine façon.

— Vraiment ?

— J'ai rencontré votre père une fois, chez Dana. Nous avons rêvé de lui pendant des mois, nous appelions tous les héros de notre imagination Julian et nous l'avons mis dans toutes nos histoires de chevaliers.

— Oui, moi aussi. C'était un homme très courageux.

Quand la soirée toucha à sa fin, il la raccompagna à sa

chambre d'hôtel et l'embrassa. Carolyn avait attendu ce moment toute la journée.

— A demain ? demanda-t-il.

— A demain.

Elle mit longtemps à s'endormir. Qu'allait-il se passer ? Allait-elle faire l'amour avec lui ?

Drew non plus ne dormit pas tout de suite. Il pensait à tout ce que Dana lui avait écrit dans ses lettres, dont les premières lui étaient parvenues trois ans plus tôt. Elles avaient eu pour effet de changer ce souvenir romantique en simple amitié d'abord, puis en affection fraternelle. Leurs nouvelles relations lui avaient donné envie de revoir sa mère avant qu'il soit trop tard. « Ta mère t'aime beaucoup », avait dit son grand-père avant de mourir. Drew avait mis toutes ces années à comprendre la véritable signification de ces mots.

Il n'était pas sûr qu'Emmanuelle veuille bien le revoir après ce qu'il lui avait dit à Londres, mais il fallait essayer. Grâce à Dana, il savait qu'il avait été sourd à une version de l'histoire, celle d'Emmanuelle.

Jamais il ne s'était contenté d'être simplement lui-même. La femme qui lui avait servi de mère l'avait toujours détesté et maintenant sa véritable mère devait le haïr, elle aussi, depuis leur dernière entrevue. Pourtant, il avait besoin d'elle.

Qu'avait-elle ressenti ? Il n'avait jamais cessé d'y penser jusqu'à ce qu'il reçoive une première lettre de Dana. Maintenant il voulait entendre la vérité d'Emmanuelle. Il voulait qu'elle l'accepte et qu'elle lui fasse confiance.

Le lendemain, ils allèrent à Saint-Tropez. Ils découvrirent une petite plage de sable fin et se baignèrent dans l'eau chaude. Quand ils s'allongèrent côte à côte au soleil, l'attirance qu'ils éprouvaient l'un pour l'autre s'était renforcée.

— Caro, dit-il, je vais peut-être te paraître bizarre, mais j'aimerais que tu me fasses confiance.

— Comment ça ?

— Que tu aies confiance en moi, quoi que tu puisses entendre à mon sujet.

En guise de réponse, elle l'enlaça et il l'embrassa doucement, puis avec passion. Profondément ému par le baiser de Carolyn, il la serra contre lui, tremblant comme un petit garçon, goûtant le sel sur ses lèvres. Le haut de son maillot de bain glissa et il lui embrassa délicatement la pointe des seins. Ils se regardèrent.

— Rentrons, dit-il.

Elle le suivit. Bientôt ils furent seuls, nus et chauds dans les bras l'un de l'autre. Ils savaient qu'ils étaient amoureux avant même de s'être touchés. Carolyn avait attendu cet instant toute sa vie, cette passion plus forte que l'attirance physique, ce désir ardent qui brûlait en elle.

Ils eurent trois jours et trois nuits pour se confier l'un à l'autre avant le retour d'Emmanuelle à Cannes. Entre-temps, Drew avait tout raconté à Carolyn.

— Bien sûr, dit-elle, une fois son étonnement dissipé. C'est le sourire d'Emmanuelle. Je m'étonne de ne pas l'avoir reconnu.

— Je veux la revoir, Caro. Je lui dois tant.

— Oui, mon chéri. Je ferai tout mon possible pour t'aider.

Tant de choses sur cette femme énigmatique qu'elle aimait comme sa propre mère devenaient plus claires, y compris le long silence de Dana.

Carolyn ne dit rien à Emmanuelle à son arrivée. Tout cela était bien trop important pour qu'elles en discutent de façon maladroite et précipitée.

— Avez-vous fait bon voyage ? demanda Caro.

— Ennuyeux, répondit Emmanuelle. Si nous allions au casino ce soir ? J'ai besoin de me divertir.

CHAPITRE 96

Ils se rencontrèrent au casino du Palm Beach. Emmanuelle le vit se frayer un chemin à travers la salle bondée et se diriger vers elles.

— Bonsoir, madame Béranger, dit-il. Je suis heureux de vous revoir.

Emmanuelle se contenta de hocher la tête et se raidit sur son siège. Il ressemblait de plus en plus à Julian. Ses yeux avaient toujours été ceux de son père.

— Voulez-vous dîner en ma compagnie avec miss George ? demanda-t-il.

— Merci, nous dînons ailleurs avec des amis.

Elle se leva pour partir et Carolyn la suivit avec un dernier regard suppliant vers Drew.

— Vous avez été très brusque avec lui.

— Je ne l'aime pas.

— Moi si, j'ai passé beaucoup de temps avec lui pendant votre absence.

Le cœur d'Emmanuelle se mit à battre la chamade.

— Est-ce pour cette raison que tu as cet air extasié ?

Carolyn acquiesça et Emmanuelle soupira.

— J'espère que ce n'est pas sérieux.

— Tout à fait sérieux. Il semble nous avoir marquées profondément, toutes les deux.

— Il a cet effet sur toutes les femmes.

Elles retournèrent presque aussitôt dans la suite d'Emmanuelle à l'hôtel.

— Tu sais ce que j'éprouve pour toi, lui dit Emmanuelle.

Elle s'assit près des fenêtres ouvertes du balcon. Ses yeux gris étaient noirs d'inquiétude.

— Oui, Emmanuelle, je vous aime tendrement, moi aussi.

— Alors, s'il te plaît, écoute-moi. Andrew Saxon n'est pas un homme pour toi.

Carolyn secoua la tête.

— Je l'aime. Je veux l'épouser.

— Caro, ne te fais pas avoir par son charme. Si tu dois épouser quelqu'un, que ce soit Alan. Au moins, il ne te brisera pas le cœur ! Andrew a divorcé deux fois déjà ; pendant des années il a mené une vie sans intérêt comme ces fils de famille désœuvrés qui remplissent mes colonnes. Il n'a jamais été comme son père, Dieu seul sait pourquoi, il avait tout pour réussir.

— Je sais, dit Carolyn. Grâce à vous.

Emmanuelle la regarda avec attention.

— Bien sûr, il t'a tout raconté ! dit-elle d'un ton méprisant. Typiquement Saxon. Ce n'était pas à lui d'en parler.

— Il ne me l'a dit qu'hier soir, après m'avoir demandée en mariage. Il m'a également parlé de Dana. Ils se sont écrit, étiez-vous au courant ? C'est en grande partie grâce à Dana qu'il se trouve ici.

Emmanuelle respira profondément. Elle avait toujours cru que sa fille manquait d'indulgence.

— Eh bien, il ne t'a peut-être pas tout dit, fit-elle doucement. Aussi je vais m'en charger.

Une brise légère venait de la Méditerranée. Les deux femmes s'assirent, Emmanuelle, remplie d'amertume, Carolyn, révoltée, parfois en larmes.

Elle lui parla de Julian et de Davina, de Sir James, de Drew et de Dana ; mais le pire, elle ne l'avait partagé qu'avec Harding.

— Je n'ai pas pu aider Dana, conclut-elle, mais je peux t'aider.

Comme un automate, elle chercha une cigarette, se souvint qu'elle n'en avait plus et laissa retomber ses mains vides sur ses genoux.

— Et je ne veux pas te perdre. Je ne pourrais jamais te revoir si tu l'épousais. Ça il ne te l'a pas dit, n'est-ce pas ?

— Oh, Emmanuelle ! Pourquoi croyez-vous qu'il soit venu à Cannes ? Uniquement parce qu'il avait appris que vous étiez là. Il veut vous connaître, n'est-ce pas suffisant pour un début ?

— Autrefois, c'était mon rêve, mais il ressemble trop à un Saxon. Je voulais tellement qu'il en soit un. Quelle ironie ! Je t'en prie, écoute-moi, Caro, supplia-t-elle en lui prenant la main. C'est l'homme le plus charmant que tu aies jamais rencontré mais ce n'est qu'une façade. Il n'a pas changé.

— Il y a beaucoup plus en lui que du charme et c'est de vous qu'il le tient. Sa colère, sa folle tentative de vengeance contre vous en menant la vie qu'il a menée, rien de tout cela n'est admirable, mais ce n'est pas plus navrant que le sens de l'honneur de Julian Saxon. Ou que les jugements trop hâtifs de Dana. L'honneur est parfois trop cruel.

Carolyn prit les mains d'Emmanuelle dans les siennes.

— Vous l'aimez, vous ne vous pardonnez pas de l'avoir abandonné.

— Lui non plus ! Comment le pourrait-il ? Il croit que Davina n'a fait que son devoir. Quel énorme mensonge ! Je n'avais aucune chance avec elle entre nous. Comment pourrait-il me comprendre ? Non, Caro, je dois laisser le passé de côté, il m'est trop douloureux, à présent. Si je te perds, il aura tout gagné.

Épuisées, elles allèrent se coucher sans avoir résolu le problème. Carolyn rencontra Drew tôt le lendemain matin dans un café sur la Croisette.

— Elle a refusé, n'est-ce pas ? dit-il dès qu'il la vit.

— Oui, mais il faut continuer, Drew. Elle n'est pas forte, son cœur ne va pas bien.

Il secoua la tête, désespéré.

— Elle est très fière, Caro, elle ne me pardonnera jamais.

— Peut-être, mais vous avez besoin l'un de l'autre. Elle a agi dans ton intérêt aussi bien que dans le sien. Elle a peut-être eu tort, mais au moins elle a essayé. Maintenant c'est à toi. Elle fait rarement confiance aux autres, tout comme toi ; mais si tu n'oublies pas ta fierté, vous vous perdrez pour toujours.

— Et toi ? Je te perdrai aussi ?

— Pas si tu sais attendre. Je ne la quitterai pas tant qu'elle aura besoin de moi. Je l'aime beaucoup.

Emmanuelle prenait le petit déjeuner sur la terrasse du *Carlton*. Elle portait une robe de lin abricot et des bijoux d'onyx et buvait une camomille tout en essayant de réfléchir objectivement.

Avant que Caro entre dans sa vie, Emmanuelle avait accueilli l'âge et la solitude avec sérénité. A présent, il lui serait insupportable d'abandonner sa seconde fille.

En apercevant Caro et Drew qui arrivaient ensemble sur la terrasse, elle sut que sa bataille était perdue d'avance. La vie lui avait appris qu'à partir du moment où un homme et une femme décident qu'ils sont faits l'un pour l'autre, plus rien ne compte pour eux.

— Emmanuelle ? demanda Carolyn avec tendresse mais d'une voix inquiète.

— Ça va, Caro, ne me regarde pas comme ça.

Emmanuelle lui prit la main et regarda Drew, qui se tenait derrière Carolyn.

— Je veux te parler, lui dit-elle.

Puis elle se leva et quitta la terrasse. Après un dernier coup d'œil vers Caro, il la suivit dans sa suite.

Elle s'assit dans son fauteuil. Drew ferma la porte et, pour la seconde fois de sa vie, Emmanuelle fut seule avec son fils.

— Tu souhaites l'épouser ? demanda-t-elle et ses yeux gris le regardaient comme si elle parvenait à lire dans ses pensées. Tu as déjà été marié plusieurs fois ?

— C'est différent, affirma-t-il. J'ai changé, je l'aime. Jamais je n'ai connu une femme comme elle.

Il s'arrêta puis reprit.

— Pas depuis Dana. Depuis, je n'ai pas eu de chance.

— Et tu m'en veux, tout comme Dana.

— Non, plus maintenant. Aucun de nous deux. Vous ne pouviez pas savoir que nous tomberions amoureux l'un de l'autre. Dana vous ressemble beaucoup. Caro aussi.

Emmanuelle resta silencieuse, profondément émue, mais toujours sur ses gardes. « Si j'étais une jeune femme amoureuse, pensa-t-elle, je me ficherais éperdument de toutes les erreurs que tu as pu commettre. »

Ils continuèrent de se dévisager, sachant très bien qu'ils avaient d'autres choses à mettre au point que le mariage de Drew avec Carolyn George.

— Eh bien, finit-elle par dire. Que faisons-nous ?

Drew s'approcha d'elle.

— Nous pourrions oublier le passé.

— Oh, non ! fit Emmanuelle avec tant de passion qu'il s'arrêta. Je ne l'oublierai jamais. Le passé est tout ce qui me reste de ton père. Je l'aimais tellement, même s'il n'a jamais su à quel point.

Les larmes lui vinrent aux yeux et elle lui tourna le dos, trop embarrassée pour pleurer devant cet adulte qui était son fils.

— Et moi ? dit-il doucement, mais son visage était tendu. Ne reste-t-il plus rien pour moi de ce grand amour que vous éprouviez pour mon père ?

— Toi ! Tu es le seul regret de ma vie.

Elle se rendit compte de ce qu'elle venait de dire et elle lui tendit la main.

— Je ne regrette pas de t'avoir conçu, Andrew, ça jamais. Je regrette de t'avoir abandonné. Toute ma vie, j'ai eu du remords de t'avoir laissé.

— Mais vous ne pouviez rien faire d'autre. Vous n'aviez pas le choix ! Même Davina le savait.

Il alla près d'elle, inquiet.

— Et quelle importance si j'ai pensé autrefois que je devais la défendre ? Était-ce à moi de choisir entre vous et Davina ? Je savais simplement que vous m'aviez laissé ; cette pensée m'obsédait et je ne pouvais le supporter.

Elle se tourna pour le regarder et il l'enlaça, surpris de voir combien cette femme volontaire pouvait aussi être frêle. Elle lui toucha le visage avec tendresse.

— Mon chéri, jamais je n'aurais cru cet instant possible. Je pensais même que tu ne connaîtrais jamais mon existence.

Soudain, il eut terriblement peur de ne plus la revoir, peur qu'elle le quitte pour toujours.

— Venez à Stridings avec moi, dit-il. Votre place est là-bas.

Le regard d'Emmanuelle était impénétrable. Puis elle sourit et il la revit telle qu'elle avait dû être dans sa jeunesse, amoureuse de son père.

— Oui, dit-elle simplement.

— Redescendons maintenant, dit-il d'un ton voilé par l'émotion. Caro va me reprocher de vous avoir fatiguée.

— Je ne suis pas du tout fatiguée, mentit Emmanuelle. Je danserai à votre mariage.

Ils traversèrent la pièce et s'assirent côte à côte sur le canapé. Puis ils se mirent à parler et Carolyn, qui venait d'ouvrir la porte, la referma doucement et les laissa seuls encore un peu.

Achevé d'imprimer en juin 1988
sur les presses de l'Imprimerie Bussière
à Saint-Amand (Cher)

PRESSES POCKET - 8, rue Garancière - 75285 Paris
Tél. : 46-34-12-80

— N° d'édit. 4020. — N° d'imp. 4787. —
Dépôt légal : juin 1988.

Imprimé en France